ERIKA WEIGELE

Der Buchmaler von Zürich

ERIKA WEIGELE

Der Buchmaler von Zürich

Historischer Roman

GMEINER

Immer informiert

Spannung pur – mit unserem Newsletter informieren wir Sie
regelmäßig über Wissenswertes aus unserer Bücherwelt.

Gefällt mir!

Facebook: @Gmeiner.Verlag
Instagram: @gmeinerverlag
Twitter: @GmeinerVerlag

Besuchen Sie uns im Internet:
www.gmeiner-verlag.de

© 2023 – Gmeiner-Verlag GmbH
Im Ehnried 5, 88605 Meßkirch
Telefon 0 75 75 / 20 95 - 0
info@gmeiner-verlag.de
Alle Rechte vorbehalten
1. Auflage 2023

Herstellung: Mirjam Hecht
Umschlaggestaltung: U.O.R.G. Lutz Eberle, Stuttgart
unter Verwendung eines Fotos von: © https://commons.wikimedia.org/wiki/
File:Altartafeln_von_Hans_Leu_d.Ä._(Haus_zum_Rech)_-_rechtes_Limma-
tufer_-_Wasserkirche_2013-04-08_15-06-02.jpg
© Roland Fischer, Zürich (Switzerland) – Mail notification to: roland_zh(at)
hispeed(dot)ch / Wikimedia Commons / CC-BY-SA-3.0 Unported
Druck: CPI books GmbH, Leck
Printed in Germany
ISBN 978-3-8392-0465-8

O beatissime lector, lava manus tuas et sic librum adprehende, leniter folia turna, longe a littera digito pone. Quia qui nescit scribere, putat hoc esse nullum laborem.

O glücklichster Leser, wasche deine Hände und fasse so das Buch an, drehe die Blätter sanft, halte die Finger weit ab von den Buchstaben. Der, der nicht weiß zu schreiben, glaubt nicht, dass dies eine Arbeit sei.

[Schreibereintrag in einem westgotischen Rechtsbuch aus dem 8. Jh]

Prolog

Zürich, im November 1253

Eine junge Frau läuft durch die dunklen Gassen der Stadt. Ihre hölzernen *Trippen* klappern auf dem gefrorenen Boden. Unter dem weiten Mantel trägt sie einen kleinen Stoffballen, den sie beim Laufen sorgsam an sich presst. Ab und zu bleibt sie stehen, um zu verschnaufen und die Last in ihren Armen zu verlagern. Endlich tauchen die trutzigen Türme des Grossmünsterstifts vor ihr auf. Sie ist am Ziel. Sie zögert ein paar Minuten vor der Klosterpforte und wartet, bis ihr Herzschlag sich wieder beruhigt hat. Das Bündel in ihrem Arm beginnt sich zu bewegen. Zögernd läuft die Frau vor dem Tor auf und ab. Dann fasst sie sich ein Herz und betätigt den hölzernen Türklopfer. Dumpf hallen die Schläge durch die Nacht. Es dauert ein paar Minuten, dann öffnet sich ein Fensterladen im Tor. Der Pförtner schaut hinaus. Überrascht betrachtet er die junge Frau.

»Was wollt Ihr hier zu nachtschlafender Zeit?«

»Bitte, lasst mich ein. Ich habe etwas für Propst Werner abzugeben.«

»Um diese Zeit?« Der Pförtner bleibt misstrauisch. »Woher kommt Ihr? Wer schickt Euch?«

»Das darf ich nur dem Propst selbst sagen.« Die junge Frau hat Mühe, das immer stärker zappelnde Bündel festzuhalten. »Bitte, es ist eiskalt hier draussen, lasst mich ein!«

Bevor der Pförtner antworten kann, dringt wütendes Kindergeschrei an sein Ohr. Erschrocken zieht er den Kopf zurück.

Die junge Frau fasst einen Entschluss. Behutsam legt sie das brüllende Bündel auf der Schwelle ab. »Verzeih mir, mein kleiner Bertram. Hier wirst du es gut haben.« Eine Träne fällt auf das Gesicht des Kindes, dann ist die Frau verschwunden. Der Pförtner hört das sich entfernende Klappern ihrer *Trippen*, aber das Geschrei will nicht verstummen. Beim Allmächtigen, sie wird doch nicht ..., denkt er bei sich und entriegelt vorsichtig die Pforte. Entgeistert starrt er auf den eingewickelten Säugling zu seinen Füßen, der lautstark kundtut, dass ihm die augenblickliche Situation so gar nicht zusagt. Seufzend hebt der Bruder das Kind auf. Dabei bemerkt er auf dem Boden einen kleinen Lederbeutel und ein mehrfach gefaltetes Pergamentstück mit einem Siegel daran. Bruder Johannes wiegt den Beutel in der Hand – darin klimpert es verheißungsvoll. Er wirft einen Blick auf das Siegel und erbleicht. »Jetzt muss ich doch den Propst wecken«, murmelt er und tritt zurück in das Gebäude, das Kind fest an sich gedrückt.

1. Kapitel

Zürich, Grossmünster, Freitag, 22. September 1273

Die untergehende Sonne schickte ihre letzten Strahlen durch die Fenster der Schreibstube und tauchte den Raum in ein rötliches Licht. Bertrams Brüder hatten schon längst ihre Arbeit niedergelegt und waren zur *Vesper* gegangen. Von ferne drangen die Klänge des »Magnificat« an sein Ohr. Leise summte er die Melodie mit und vollendete zugleich die letzte Zeile auf dem Pergamentbogen, der vor ihm auf dem Pult lag. Heute hatte er sogar zwei Seiten mehr geschafft als geplant, Meister Konrad würde zufrieden sein. Bertram legte den Federkiel nieder und schüttelte sein Handgelenk aus. Er reckte sich ausgiebig und sah sich im Raum um. Wie so oft war er der Letzte. Während die Stehpulte am Fenster, die den erfahrenen Schreibern vorbehalten waren, tadellos aufgeräumt waren, herrschte neben den Hockern der Schüler ein heilloses Durcheinander. Gänsefedern, Wachstafeln und Griffel lagen auf dem Boden, als hätten ihre Besitzer es gar nicht abwarten können, endlich ins Freie zu kommen.

Bertram konnte nicht verstehen, warum die meisten Schüler den Schreibdienst als lästiges Übel empfanden. Seit er als kleiner Junge zum ersten Mal die Schwelle des *Skriptoriums* überschritten hatte, war er dessen Atmosphäre verfallen. Er liebte den Geruch von Leder, Tinte und Kreidepulver, das gleichmäßige Geräusch der kratzenden Gänsefederkiele auf dem Pergament, und wenn er vor seinem Schreibpult saß, vergaß er alles um sich herum. Er war der jüngste Schreiber gewesen, dem Meister Konrad je erlaubt hatte, selbstständig Texte zu kopieren, und der Einzige im Stift, der es verstand, die Handschriften mit prachtvollen *Miniaturen* zu schmücken.

Allmählich wurde es zu dunkel zum Schreiben. Bertram sah zu der Truhe hinüber, in der die Talglichter aufbewahrt wurden. Ob er eines anzünden sollte? Auf die Gefahr hin, dass der *Sigrist* sich auf der Kapitelversammlung wieder über den übermäßigen Verbrauch an Lichtern beschweren würde? Der dumpfe Knall einer zufallenden Tür riss ihn aus seinen Gedanken. Eilige Schritte näherten sich und dann stürmte einer der älteren Schüler ins *Skriptorium.* »Friedrich!«, rief Bertram überrascht. »Was willst du denn noch hier? Solltest du nicht beim Chorgebet sein?«

Friedrich nickte und versuchte, wieder zu Atem zu kommen. »Ein Bote!«, stieß er hervor. »Ein Bote ist eingetroffen! Und Ihr sollt sofort zum Propst kommen!«

»Endlich!« Bertram sprang so hastig auf, dass er beinahe sein Tintenhörnchen umgeworfen hätte. Das musste der Bote mit seiner jährlichen Leibrente sein, auf den er seit Ostern wartete. Seit fünf Monaten kein Geld und vor allem keine Gelegenheit, etwas über seine Familie zu erfahren. Er wollte den Mann unbedingt allein erwischen, bevor ihm der Propst wieder den Mund verbot. Er warf einen kurzen Blick auf die Unordnung und sah dann zu Friedrich, der resigniert nickte und anfing, die Griffel aufzusammeln. Bertram lächelte dankbar und eilte die Treppe ins Erdgeschoss hinab. Er schlüpfte in den Kreuzgang und blieb einen Augenblick erstaunt stehen. So voll war es hier nicht einmal zur Fußwaschung an Gründonnerstag! Es schien, als habe sich das gesamte Personal des Stifts mit allen Angehörigen hier eingefunden. Gesprächsfetzen drangen an sein Ohr. »Basel« verstand er und »Graf Rudolf« und »Bischof Heinrich«. Der Schreck fuhr Bertram in die Glieder. Er wusste von der Fehde zwischen dem Baseler Bischof und dem Grafen Rudolf von Habsburg, der die Stadt seit Monaten belagerte. War dem Bischof etwas zugestoßen? War er am Ende tot? Gab es wieder Krieg? Basel lag nur anderthalb Tagesritte von Zürich entfernt. Was dort geschah, war in kürzester Zeit auch in Zürich spürbar. Er drängte sich durch die Menschenmenge und erreichte den Eingang zum Chor in dem Moment, als Konrad von Mure heraustrat. Der Kantor sah ihm ernst entgegen.

»Gelobt sei Jesus Christus«, begrüßte Bertram seinen Ziehvater.

»In Ewigkeit, Amen«, erwiderte dieser mechanisch und fuhr gleich fort. »Gut, dass du da bist. Der Propst erwartet uns. Es ist etwas geschehen.«

»Das habe ich gemerkt«, sagte Bertram mit einem Blick auf das Getümmel, aus dem sich jetzt unwillige Rufe erhoben. Mehrere *Rebleute* der Propstei hatten sich mit Stöcken bewaffnet und begannen, die Leute über die schmale Pforte aus dem Kreuzgang auf die Straße zu drängen. Nach einigen Minuten war der Spuk vorbei. Deutlich erklang das Einrasten des Riegels, dann herrschte Stille.

Der Kantor wischte sich über die Stirn. »Endlich Ruhe. Ich habe die Knechte angewiesen, die äußeren Pforten zum Kreuzgang jetzt schon zu verriegeln, damit wir ungestört sind. Und jetzt komm mit.«

Sie durchquerten den Kreuzgang und traten durch die geöffnete Tür in den kleinen Raum neben dem Refektorium, der dem Propst als Studierzimmer diente. Inzwischen war es dunkel geworden, die Talglichter in den Wandhalterungen warfen tanzende Schatten an die Wände und spiegelten sich in dem gläsernen Wasserkrug, der auf der Fensterbank stand. Die fein ziselierten Silberbecher daneben und das elfenbeinerne Tintenhorn auf dem Schreibpult zeugten von der Vorliebe des Propstes, sich auch im Alltag mit schönen Dingen zu umgeben. Doch im Moment hatte er keine Augen dafür. Er saß aufrecht in seinem gepolsterten Lehnstuhl und trommelte mit den Fingern auf der reich geschnitzten Armlehne. Er begrüßte die Eintretenden mit einem kurzen Nicken und wies auf zwei Scherenstühle an der Wand. »Bertram, schließ bitte die Tür und bringe die beiden Stühle zu mir. Wir müssen nicht lauter sprechen als unbedingt nötig. Die Wände haben Ohren.« Bertram tat wie geheißen und nahm neben dem Kantor Platz. Er musste an sich halten, um nicht ungeduldig mit dem Fuß zu wippen. Was war nur geschehen? Und was hatte es mit ihm zu tun? An den Geldboten glaubte er inzwischen nicht mehr. Ob er jetzt endlich erfahren würde, wer seine Eltern waren?

Propst Heinrich lehnte sich zurück und sah Bertram ernst an. »Wie es aussieht, haben wir wohl endlich einen König. Unser neuer Papst scheint den Kurfürsten ordentlich Feuer unter dem Hintern gemacht zu haben.«

Bertram traute seinen Ohren nicht. Seit er denken konnte, war das Reich ohne einen Regenten. Oder besser gesagt, es gab zu viele davon, aber keiner hatte das Sagen. Nach dem Tod des Stauferkaisers Friedrich II. und seines Sohnes Konrad vor knapp zwanzig Jahren waren zwar verschiedene Kandidaten gewählt worden, doch keinem war es gelungen, die allgemeine Zustimmung im Reich zu erlangen. Den traurigen Höhepunkt erreichte die Geschichte im April letzten Jahres, als nach dem Tod Heinrichs von Cornwall dessen Gegenkönig Alfons von Kastilien die päpstliche Anerkennung seines Königtums forderte, von Papst Gregor X. jedoch abschlägig beschieden wurde. Stattdessen hatte dieser die Kurfürsten im Juli aufgefordert, sich auf einen passenden Kandidaten zu einigen, andernfalls werde er selbst einen bestimmen. Bertram sah den Propst gespannt an. »Und wer ist jetzt unser König? Doch nicht der Böhme?«

»Wenn ich unserem Boten aus Basel Glauben schenken soll, ist vorgestern Nacht der Burggraf Friedrich von Nürnberg im Feldlager Rudolfs eingetroffen und hat ihm im Namen der Kurfürsten die Krone angeboten. Und Rudolf hat angenommen.«

Bertram fiel die Kinnlade nach unten. »Der Habsburger?«

Der Propst nickte. »Genau der. Nun wird er seine Fehde mit dem Baseler Bischof wohl beilegen müssen, um rechtzeitig am Wahltag in Frankfurt zu sein. Und danach zur Krönung nach Aachen reisen.«

Das waren in der Tat bemerkenswerte Neuigkeiten! Trotzdem wusste Bertram immer noch nicht, warum der Propst neben dem Kantor ausgerechnet ihn eingeweiht hatte. »Und was bedeutet das für unser Stift?«, wagte er endlich zu fragen.

Der Propst seufzte. »In erster Linie viel Arbeit. Nach seiner Krönung wird der König durchs Land reisen, um seine Untertanen zu besuchen und Privilegien und Regalien zu bestätigen oder zu erneuern. Zürich ist Reichsstadt und als solche verpflichtet, den königlichen Hof unterzubringen und zu verpflegen. Hunderte von Menschen, dazu die Reit- und Lasttiere, ich darf gar nicht daran denken. Aber deswegen habe ich dich nicht rufen lassen.« Er warf einen Blick zum Kantor, welcher der Unterhaltung schweigend gefolgt war. »Unser Kantor ist seit jeher mit den Grafen von Habsburg befreundet. Wie du vielleicht weißt, hat er Rudolfs jüngste Tochter Guta aus der Taufe gehoben. Er wird also nach Aachen zur Königskrönung reisen. Das wird einige Wochen in Anspruch nehmen. Und er ist der Ansicht, dass du in dieser Zeit einen Teil seiner Aufgaben übernehmen könntest.« Bertram fuhr der Schreck in die Glieder. Hoffentlich erwartete man nicht von ihm, ihn bei der Leitung des Chores zu vertreten! Er war völlig unmusikalisch, nicht ohne Grund hatte man ihn bei den Messgesängen in die letzte Reihe verbannt und angewiesen, nur die Lippen zu bewegen und ja keinen Laut von sich zu geben.

Der Propst schien sein Zaudern zu bemerken und lächelte. »Keine Angst, es geht nicht um die liturgischen Aufgaben, die werden der *Leutpriester* oder ich übernehmen. Es geht um die Arbeit im *Skriptorium*.« Er nickte dem Kantor zu, der daraufhin das Wort ergriff.

»Bertram, du bist trotz deiner Jugend unser bester Schreiber und hast außerdem ein gutes Auge für die Qualität unserer Schreibstoffe. Ich möchte, dass du die Herstellung der Tinten überwachst und den Einkauf der Pergamente übernimmst. Außerdem sollst du unserem Schulmeister beim Schreibunterricht der jüngsten Schüler zur Hand gehen. Sozusagen als Hilfslehrer. Für die Lehrtätigkeit wirst du natürlich eine Vergütung erhalten.« Er machte eine Pause, bevor er fortfuhr: »Die wirst du auch brauchen.«

Bertrams anfängliche Erleichterung schlug bei den letzten Worten in Besorgnis um. Was sollte das nun wieder? Fragend starrte er den Kantor an, doch der wich seinem Blick aus und sah zum Propst.

Der stützte die Ellbogen auf die Armlehnen und faltete die Hände. Er blickte Bertram ernst an. »Es gibt noch einen anderen Grund, weshalb ich dich habe rufen lassen. Du steckst in Schwierigkeiten. Dein Geldbote ist nicht erschienen. Weder zu Ostern noch an Pfingsten noch jetzt zur Kirchweih.«

Bertram blinzelte. Das war in den fast zwanzig Jahren, die er nun schon im Stift verbracht hatte, noch nie vorgekommen. »Wie, der Bote ist nicht erschienen? Einfach so, ohne Nachricht?«

»Kein Bote, keine Nachricht.« Heinrich machte eine Pause. »Und kein Geld.«

»Und was bedeutet das jetzt?«

»Das bedeutet, dass du praktisch mittellos bist. Das Geld, das uns jährlich für dich geschickt wurde, reichte zwar für deinen Unterhalt und dein Studiengeld, aber größere Rücklagen konnten wir damit nicht bilden.«

»Und was heißt das?«, fragte Bertram noch einmal. Seine Stimme wurde schrill. »Erst sagt Ihr mir, dass ich Meister Konrad vertreten soll. Dann sagt Ihr mir, dass ich nicht einmal mein Schulgeld bezahlen kann. Soll ich gehen? Wollt Ihr, dass ich das Stift verlasse? Aber wohin dann? Ich weiß doch nichts über meine Herkunft!« Sein Blick glitt zwischen den beiden Männern hin und her.

Der Propst hob begütigend die Hände. »Niemand will, dass du das Stift verlässt. Ich habe das *Graduale* gesehen, das du im letzten Jahr illustriert hast. Es ist außergewöhnlich. Der Kantor sagt, dass ihm in all den Jahren noch niemand untergekommen ist, der so schnell und sorgfältig schreibt wie du und außerdem hervorragend malt. Der Herr hat dich wirklich mit einem seltenen Talent gesegnet.«

Das unerwartete Lob ließ Bertram erröten, konnte ihn aber nicht beruhigen. Mehr als der Verlust des Geldes traf ihn die Erkenntnis, dass nun wieder eine Gelegenheit dahin war, etwas über seine Familie zu erfahren.

Der Kantor wandte sich wieder an ihn. »Wie gesagt kannst du dem Schulmeister beim Unterrichten der neuen Schüler zur Hand gehen. Außerdem haben wir zahlreiche Anfragen zu Schreibarbeiten von außerhalb. Beides wäre mehr als genug, um deinen Aufenthalt und deine weitere Ausbildung zu finanzieren. Wenn du damit einverstanden bist.«

Bertram nickte. »Ja, natürlich bin ich damit einverstanden. Aber ...«

Propst Heinrich erhob sich und setzte so ein Zeichen, dass die Unterhaltung für ihn beendet war. »Dann wäre das also geklärt. Und Bertram, bitte vorläufig kein Wort über die Königswahl zu niemandem. Ich werde den *Leutpriester* anweisen, es am Sonntag vor der Heiligen Messe zu verkünden.«

Bertram nickte gehorsam und stand ebenfalls auf. Fragend sah er zum Kantor, der auf seinem Stuhl sitzen geblieben war. »Geh schon vor«, erwiderte Konrad. »Wir haben noch einiges wegen meiner Reise zu besprechen. Wir sehen uns morgen beim Frühmahl.«

Als sich die Tür hinter Bertram geschlossen hatte, sank Konrad von Mure in seinem Stuhl zusammen und rieb sich die Schläfen. Aus den Augenwinkeln nahm er wahr, wie der Propst zu der Wasserkaraffe ging und zwei Becher füllte. Dankbar ergriff er den gereichten Becher und leerte ihn in einem Zug. Er presste sich das kalte Metall gegen die Stirn.

»Schon wieder die *Hemicrania*?«, fragte der Propst. »Ihr solltet den *Infirmarius* aufsuchen, für einen Aderlass.«

Konrad winkte ab. »Ach was, es war nur ein langer Tag.« Er setzte sich wieder aufrecht hin und versuchte, das Pochen in seinem Schädel zu ignorieren.»Und? Was haltet Ihr von unserem neuen König? Überrascht Euch die Wahl?« Er beobachtete den Propst, der sich nicht wieder gesetzt hatte, sondern an sein Schreibpult getreten war und mit dem Tintenhorn spielte. Er ließ sich etwas Zeit, bevor er antwortete.

»Nun, es gab nicht viele Alternativen, oder? Rudolf von Habsburg hat vielleicht nicht das edelste Blut, aber er ist der mächtigste Graf im Südwesten des Reiches, vor allem, nachdem er sich auch das Kiburger Erbe unter den Nagel gerissen hat. Er ist beliebt beim Volk und er ist ein guter und mutiger Feldherr – der Einzige, der Ottokar von Böhmen militärisch gewachsen wäre, sollte es tatsächlich zum Krieg kommen.« Er schwieg einen Moment.

»Für Bertram wäre es natürlich einfacher gewesen, die Wahl wäre auf jemand anders gefallen. Oder ein Jahr später erfolgt.«

Konrad runzelte besorgt die Stirn. »Meint Ihr, Rudolf weiß etwas? Oder ist es Zufall – das Ausbleiben der Zahlungen ausgerechnet jetzt?«

Der Propst seufzte. »Dafür kann es viele Gründe geben, wir wollen den Teufel nicht an die Wand malen. Haltet die Ohren auf, wenn Ihr zur Krönung fahrt. Vielleicht könnt Ihr etwas in Erfahrung bringen.«

»Ich werde es versuchen.« Er warf einen Blick zum Propst, um dessen Stimmung zu erkunden. So gut sie sich sonst verstanden, in einer Sache waren sie seit Jahren uneins. »Meint Ihr nicht, es wäre an der Zeit, Bertram endlich ...«

»Nein!«, unterbrach ihn Heinrich in scharfem Ton. »Nur mit der Ruhe. Im November nächsten Jahres wird er volljährig und kann seine Ansprüche geltend machen, bis dahin braucht er nichts zu wissen. Zu seinem eigenen Schutz.« Er schwieg einen Augenblick und fuhr dann etwas ruhiger fort: »Vielleicht hätte ich ihm damals den Ring nicht geben sollen. Das hat ihn neugierig gemacht.«

Das stimmt, dachte Konrad bei sich. Bis zu seinem sechzehnten Lebensjahr hatte sich Bertram wenig Gedanken über seine Herkunft gemacht. Sie hatten ihm nie verheimlicht, dass er ein Findelkind war, doch solange er seinen Platz im Haushalt des Kantors und seine Bücher hatte, schien er zufrieden zu sein. Aber dann war mit dem Geldboten auch ein silberner Ring gekommen, ein sogenannter *Rosenkranzring*, wie ihn die Kreuzfahrer gerne trugen. Seitdem hatte sich Bertram verändert. Wieder und wieder hatte er seinen Ziehvater und den Propst gedrängt, ihm endlich etwas über seine Eltern zu erzählen. Doch der Propst war eisern geblieben. Er hatte Bertrams Vater auf die Bibel geschworen, die Herkunft des Jungen bis zu dessen Volljährigkeit geheim zu halten, und er würde dieses Wort nicht brechen. Erst wenn er alt genug war, sein Erbe anzutreten, solle er die Wahrheit erfahren. Irgendwann hatte Bertram aufgehört zu fragen. Doch Meister Konrad wusste, dass ihn das Thema nicht losließ. Manchmal fand er ihn abends im Kreuzgang sitzend, wie er in sich versunken die Perlen des Ringes an seinem Finger abzählte, und der Kantor war sich sicher, dass dabei weder ein »Ave Maria« noch das »Paternoster« seine Gedanken beherrschte. Laut sagte er: »Nun, es ist doch nur natürlich, wenn ein Mensch nach seinen Wurzeln sucht. Ich will versuchen, in Aachen etwas herauszubekommen.«

2. Kapitel

Zürich, Montag, 25. September 1273, am Gedenktag des Hl. Kleopas

»Herr Bertram, auf ein Wort!« Nur langsam drang Friedrichs Stimme in Bertrams Bewusstsein. Er vollendete ruhig die Zeile und legte die Feder behutsam zur Seite, um den Bogen nicht zu beschmutzen. Dann erst wandte er sich dem Jungen zu, der an Bertrams Pult getreten war und die darauf liegenden Blätter betrachtete. »Wie macht Ihr das nur? So gleichmäßig werde ich nie schreiben können, egal wie viele Stunden mir der Schulmeister aufhalst.« Er schüttelte unwillkürlich die rechte Hand aus und schnitt eine Grimasse. Bertram musste lachen. Friedrich gehörte wahrhaftig nicht zu den Schülern, die sich durch eine schöne Handschrift auszeichneten, daran hatte auch jahrelange Übung nichts geändert. Sein ungelenkes Gekrakel trieb Schulmeister Nicholas regelmäßig zur Verzweiflung und hatte dem Jungen so manche Rutenschläge beschert. Auch heute hatte er ihn dazu verdonnert, nach dem Unterricht länger im *Skriptorium* zu bleiben und ein paar zusätzliche Übungen zu machen.

»Du wirst es schon noch lernen«, sagte Bertram. »Zeig mal her.« Er griff nach der Wachstafel, die ihm Friedrich hinhielt. »Ach herrje.«

Friedrich sah zu Boden. »Ich weiß auch nicht, warum die Buchstaben zum Ende hin immer kleiner werden«, murmelte er.

Bertram kratzte sich am Kopf. »Damit wird Meister Nicholas nicht zufrieden sein«, sagte er und gab Friedrich die Tafel zurück. »Glätte das Wachs wieder und dann probierst du es noch einmal. Aber vorher bringst du mir die Tafel.«

Als Friedrich wenige Minuten später mit der geglätteten Tafel zurückkam, nahm Bertram das Falzbein, mit dem die Pergamentbögen gefaltet wurden, und drückte es zweimal in daumenbreitem Abstand in das Wachs. »So, und jetzt schreibst du genau zwischen diesen beiden Linien, jeder Buchstabe muss die obere und die untere berühren.« Friedrich hockte sich wieder hin, die Wachstafel auf den Knien, und ritzte langsam Buchstabe für Buchstabe in das Wachs. Vor Anstrengung schnaufte er vor sich hin.

Bertram sah ihm über die Schulter. »Na bitte, das sieht doch schon besser aus.«

Friedrich sah zu ihm auf und ein zaghaftes Lächeln erhellte seine Züge, erlosch aber gleich wieder. »Meister Nicholas wird das mit den Linien aber nicht gefallen.«

»Er wird davon nichts merken. Wenn du das ein paarmal gemacht hast, brauchst du die Linien nicht mehr«, beruhigte ihn Bertram. »Stell sie dir einfach in Gedanken vor. Deine Hand weiß dann ganz von alleine, wie sie den *Stilus* führen muss.«

»Noch ein paarmal abschreiben?« Friedrichs Stimme rutschte vor Entsetzen in die Höhe. Bertram war versucht, den Jungen gehen zu lassen, doch dann rief er sich selbst zur Ordnung. Schließlich sollte er demnächst den Schreibunterricht übernehmen, da durfte er nicht zu nachgiebig sein. »Wäre es nicht schön für dich, Meister Nicholas' Unterricht zur Abwechslung einmal ohne Rutenschläge zu überstehen?«

Friedrich seufzte, wischte das Geschriebene wieder aus und begann von Neuem. Die Aussicht, den strengen Schulmeister zu beeindrucken, schien ihn zu motivieren, nach kurzer Zeit lieferte er ein Ergebnis ab, mit dem Bertram zufrieden war.

»Das reicht jetzt, Friedrich, von mir aus kannst du gehen.«

»Danke, Herr Bertram!« Friedrich pfefferte freudestrahlend seine Tafel in die dafür vorgesehene Truhe und polterte die Treppe hinunter. Bertram sah ihm kopfschüttelnd nach. Dann warf er einen Blick auf die Bögen, die noch immer auf seinem Schreibpult lagen. Durch die lange Unterbrechung war die Tinte am Federkiel eingetrocknet, außerdem war es inzwischen so dämmrig geworden, dass er kaum etwas erkennen konnte. Für heute sollte er es gut sein lassen. Zeit für den Heimweg.

Er stieg die steinerne Treppe hinab, die von der Klausur in den Kreuzgang mündete, und verließ das Kloster über den Seiteneingang neben dem Nordportal. Bevor er nach draußen trat, warf er einen prüfenden Blick nach allen Seiten. In den letzten Wochen war er mehrfach einem Trupp Franziskanermönche begegnet. Sie kreuzten seinen Weg so oft, dass man nicht mehr von Zufall sprechen konnte. Natürlich war die Anwesenheit der Barfüßer auf Zürichs Straßen nichts Ungewöhnliches, schließlich bestritten sie ihren Lebensunterhalt durch Bettelei, doch Bertram schien es, dass sie ihm seit einiger Zeit mehr Aufmerksamkeit schenkten als den anderen Passanten auf der Straße. Besonders einer unter ihnen, ein hagerer Mensch mit eisblauen Augen, fixierte ihn immer so eindringlich, dass Bertram sich vorkam, als sei er die Ausgeburt der Hölle persönlich. Doch jetzt war niemand zu sehen, der schmale Weg durch den Friedhof lag verlassen vor ihm. Von dort waren es nur wenige Schritte bis zu Magister Konrads Haus in der Kirchgasse, in dem Bertram ein Kämmerchen bewohnte. Wie die meisten der höhergestellten *Chorherren* nahm der Kantor nur noch zu den Gottesdiensten, Chorgebeten und Kapitelversammlungen am gemeinschaftlichen Klosterleben teil und wohnte ansonsten in seinem Privathaus, zusammen mit seiner Konkubine Hedwig Fink und ihren vier gemeinsamen Kindern, von denen zwei schon erwachsen waren. Die lebhafte Atmosphäre dort war für Bertram eine willkommene Abwechslung zu den stillen Stunden im *Skriptorium*, außerdem war Hedwig eine ganz hervorragende Köchin. Beim Gedanken daran knurrte Bertram schon der Magen, und so beschleunigte er seine Schritte und bog gerade in die Kirchgasse ein, als am oberen Ende der Straße die dunklen Kutten der Franziskanermönche erschienen. »Oh Herr, lass mich die Tür erreichen, bevor sie mich sehen«, stöhnte er, doch sein Flehen wurde nicht erhört.

Die Franziskaner gingen auf Bertram zu und umringten ihn in einem Halbkreis. Der Hagere war auch wieder dabei und fixierte ihn mit einem derartig intensiven Blick, dass es Bertram eiskalt den Rücken hinunterlief. Er wickelte sich fester in seinen Umhang und starrte trotzig zurück. Was wollte dieser Mensch ständig von ihm? Er sah schon ein wenig wahnsinnig aus mit den struppigen Haaren und dunklen Schmutzflecken im Gesicht. Etwas daran kam Bertram vertraut vor, doch löste es bei ihm eher ein unbehagliches Gefühl als eine wirkliche Erinnerung aus, als weigerte sich sein Bewusstsein, eine wie auch immer geartete Verbindung zwischen ihm und diesem Widerling zuzulassen.

Einer der Mönche schwang die losen Enden seines *Cingulums* in der Hand, als wollte er ihre Schlagkraft prüfen. Bertram versuchte, zur Seite auszuweichen, woraufhin ihm die schweigende Gruppe geschlossen folgte. Da platzte ihm der Kragen. »Hättet Ihr wohl die Güte, mich vorbeizulassen?«, fuhr er den Hageren an, der direkt vor ihm stand. Dieser trat noch einen Schritt auf Bertram zu, so nah, dass ihre Nasen sich beinahe berührten. Sein fauliger Atem ließ Bertram zurückweichen.

»Fürchte den Herrn, Jüngelchen, denn der Tag des Herrn der Heere kommt über alles Stolze und Erhabene, es wird erniedrigt werden – der Herr allein ist erhaben an jenem Tag.«

Bevor Bertram etwas erwidern konnte, setzte das Läuten ein, das das Ende der Abendandacht im Grossmünster verkündete. Mit einem letzten verächtlichen Blick auf Bertram setzten sich die Franziskaner in Bewegung und waren verschwunden, bevor die ersten Gläubigen aus der Kirche auf die Straße traten.

Bertram war es, als würde er aus einem bösen Traum erwachen. Kurz bevor der Hagere sich abgewandt hatte, war ein letzter Sonnenstrahl über seine Gesichtszüge geglitten und Bertram war mit einem Schlag klar geworden, was ihm daran so vertraut vorkam. »Aber das kann doch nicht sein«, murmelte er. Wie betäubt starrte er den Franziskanern nach. »Das darf einfach nicht sein. Wahrscheinlich sind meine Augen nur übermüdet.« Er schüttelte sich und setzte dann seinen Weg fort. Wenige Minuten später klopfte er an die Pforte des Chorherrenhauses. Die kleine Elsbeth öffnete ihm und umarmte ihn stürmisch. »Endlich kommst du! Mutter hat die Wildpastete gemacht, die du so gerne magst, und gesagt, wir dürfen erst anfangen, wenn du da bist.«

Nach dem Essen halfen die Mädchen Hedwig beim Abräumen, während die beiden Männer in das Studierzimmer gingen. Konrad ließ sich in seinem Lehnstuhl nieder, Bertram nahm ihm gegenüber auf einem Scherenstuhl Platz. Die Magd brachte ihnen zwei Becher Würzwein. Die Männer schwiegen eine Weile, es war nur das leichte Knistern der Talglichter zu hören, deren Flammen tanzende Schatten an die Wand warfen. Konrad trank einen Schluck, dann blickte er Bertram direkt an. »So, jetzt raus mit der Sprache. Warum bist du später gekommen? Und warum warst du so still und geistesabwesend beim Abendbrot? Und das nicht zum ersten Mal. Schon seit Wochen habe ich das Gefühl, dass dich etwas belastet. Du bist doch nicht immer noch in Sorge wegen des Schulgeldes? Das haben wir doch geregelt.«

Bertram schüttelte den Kopf und erzählte in kurzen Worten von dem Vorfall auf der Straße.

Konrad runzelte die Stirn. »Hatte der hagere Mönch eine heisere Stimme und außergewöhnlich blaue Augen?«

»Ja, eisblau, mir wurde ganz kalt unter seinem stechenden Blick.«

Konrad seufzte ärgerlich. »Das war bestimmt Bruder Otto, ein Eiferer der übelsten Sorte. Er lebt erst wenige Jahre in Zürich, hat aber einen ungeheuren Zulauf vor allem bei den einfachen Leuten, denen er das Höllenfeuer in glühendsten Farben ausmalt. Wenn unser *Leutpriester* nur halb so mitreißend predigen könnte, bräuchte er sich nicht bei jeder Kapitelversammlung über sinkende Einnahmen zu beschweren, weil die Leute lieber zu den Bettelmönchen gehen.«

Zum ersten Mal an diesem Abend konnte Bertram lachen. Pfarrer Wellos Predigten waren in der Tat eher einschläfernd, als dass sie reuige Sünder zur Umkehr bewegt hätten. Doch dann gewannen die Gedanken an das Erlebte wieder die Oberhand. »Und woher kommt dieser Otto?«

»Das weiß keiner so genau. Er stammt wohl aus der Gegend um Winterthur und kam zur Zeit der Regensberger Fehde im Gefolge Graf Rudolfs von Habsburg nach Zürich.«

Bertram nickte. Jeder wusste, dass der frisch gekürte König Rudolf seit jeher ein Freund und Förderer des Franziskanerordens war. »Sein Beichtvater ist doch auch ein Barfüßer, oder?«

»Ja, das stimmt. Heinrich von Isny stammt aus einer einfachen Familie, hat es aber inzwischen schon zum Guardian von Luzern gebracht. Rudolf pflegt diejenigen reich zu belohnen, die ihm die Treue halten.«

»Und was will dieser Otto von mir?«

»Schwer zu sagen. Hat er dich denn konkret bedroht?«

Bertram versuchte, sich an die Worte des Franziskaners zu erinnern. »Eigentlich nicht. Er hat irgendetwas vom Jüngsten Gericht gefaselt, ich glaube, es waren Verse aus Jesaja – und dann setzte das Abendläuten ein und die Mönche sind verschwunden.«

Konrad lehnte sich zurück. »Dann war es wohl nur sein übliches Geschwafel, das muss man nicht weiter ernst nehmen. Geh ihm künftig aus dem Weg. Und jetzt lass uns von etwas Angenehmerem reden. Propst Heinrich hat angedeutet, dass Ritter Rüdiger Manesse gerne seine Bibliothek ergänzen möchte, entweder mit einer Weltchronik oder einem dieser neuen Romane, ›Tristan‹ oder ›Parzival‹. Und er möchte nicht nur eine Abschrift, sondern ein bebildertes Exemplar. Er überlegt noch, den Auftrag eventuell an den Stadtschreiber zu geben, aber wenn es um *Miniaturen* geht, bist du sicher die bessere Wahl. Also lass uns

ein Konzept entwickeln, mit dem wir ihn überzeugen können. Ich möchte das gerne vor meiner Abreise erledigt wissen.«
Bertram war sofort Feuer und Flamme. Das war doch etwas anderes als das übliche Kopierwerk. Bilder in einem weltlichen Roman, davon hatte er noch nie gehört! Der Ratsherr musste gut betucht sein, um sich solchen Luxus leisten zu können. Geschmückte Initialen wie in einem *Psalter*, Federzeichnungen, vielleicht sogar echte *Miniaturen* – vor Bertrams innerem Auge tauchten unzählige Möglichkeiten auf. Eifrig begann er, seine Überlegungen auf einem alten Pergamentbogen zu skizzieren. Die Zeit verging wie im Flug, bis sich Konrad gähnend erhob.»Ich muss ins Bett. Bitte mach die Kerzen aus, bevor du schlafen gehst.« Bertram nickte und wartete, bis der Meister das Zimmer verlassen hatte. Dann trat er an Konrads Schreibtisch und ergriff den polierten Dolch, den dieser zum Aufbrechen von Wachssiegeln benutzte. Er schob eine Haarlocke zur Seite und betrachtete sich in der spiegelnden Klinge. Denn es gab etwas, was er Konrad nicht erzählt und ihn mehr erschüttert hatte als Ottos bedrohliches Gefasel. Als der Mönch so dicht an Bertram herangetreten war, hatte dieser erkannt, dass die vermeintlichen Schmutzflecke im Gesicht des Franziskaners Muttermale waren. In der Abenddämmerung war ihm besonders ein tropfenförmiger brauner Fleck an Ottos Ohrläppchen aufgefallen. Erst hatte er es nicht wahrhaben wollen, doch jetzt gab es keinen Zweifel: Im Spiegel erblickte er einen Leberfleck von genau der gleichen Form an seinem eigenen Ohrläppchen.

3. Kapitel

Zürich, Montag, 9. Oktober 1273, am Gedenktag des Hl. Dionysius

Es war Viehmarkt in Zürich und seit den frühen Morgenstunden strömten die Menschen aus der Umgebung in die Stadt. Grobschlächtige Bauern trieben rücksichtslos ihre von Ochsen gezogenen Karren durch die Menschenmenge, die einfachen Hörigen schleppten ihre Waren auf Buckelkörben mit sich. Zerlumpte Betteljungen nutzten die Gunst der Stunde, stibitzten im Vorbeigehen Äpfel oder Rüben von den Wagen und verschwanden im Gewühl, während die Verwünschungen der Geprellten nutzlos hinter ihnen verhallten. Eine Gauklertruppe, deren bunte Gewänder sich deutlich von den grauen und braunen Kitteln der Bauern abhoben, versuchte mit ihrem Flötenspiel den Klangteppich aus rumpelnden Wagenrädern, blökenden Schafen und gackernden Hühnern zu übertönen. Auf der Straße vermengte sich die Abwasserbrühe aus den Häusern mit den Hinterlassenschaften der Vierbeiner zu einem übel riechenden Schlamm, in dem man besser nicht ausrutschte. Überall herrschten ein unglaubliches Gedränge und ein infernalischer Lärm. Fides hatte Mühe, ihre Mutter nicht aus den Augen zu verlieren, die wie ein schwarzes Schlachtschiff unbeirrt durch die Menge steuerte. Endlich blieb sie stehen und sah sich um.

»Fides, wo bleibst du denn? Gleich ist Ottos Predigt vorbei!«

»Ich komm ja schon!« Fides schlängelte sich eilig durch das Gewühl und hakte sich außer Atem bei ihr ein. »Ist es wegen Pater Otto so voll? Das hätten wir sonntags im Barfüßerkloster bequemer haben können.«

»Was du heute kannst besorgen ... Außerdem willst du ja nie mit zu den Barfüßern – du gehst ja lieber zu den feinen Pinkeln vom Grossmünster!«

Fides presste die Lippen zusammen. Nicht schon wieder die alte Leier! Kurz darauf hatten sie den Rindermarkt erreicht. Er war voll von Menschen. Eine krächzende Stimme erhob sich über dem Gemurmel der Menge. Ihre Mutter geriet in helle Aufregung. »Hab ich's dir nicht gesagt, jetzt hat er schon angefangen!«

Fides stellte sich auf die Zehenspitzen, doch in dem Meer von Rücken und Hinterköpfen vor ihr konnte sie Otto nicht erkennen.

»Los, lass uns versuchen, weiter nach vorne zu kommen, damit wir ihn wenigstens besser hören können!« Ihre Mutter packte sie am Arm und drängelte sich durch die Massen.

»He, was soll das!«, schimpfte eine alte Frau, der Fides versehentlich auf den Fuß trat. »Steh halt früher auf, wenn du was sehen willst!« Sie versetzte Fides einen kräftigen Stoß in die Seite. Fides biss die Zähne zusammen. Dann hatten sie es tatsächlich geschafft, sich bis in die erste Reihe vorzukämpfen. Nun sah sie den stadtbekannten Prediger mit eigenen Augen. Er stand auf einem Weinfass und hob gerade beide Arme, um die Zuhörer zum Schweigen zu bringen. Auf den ersten Blick fand Fides ihn nicht sehr beeindruckend. Ein hagerer Franziskanermönch in einer grauen Kutte, die schon bessere Tage gesehen hatte. Das grobe Sackleinen war mehrfach geflickt und starrte vor Schmutz, genauso wie die struppigen Haare des Mannes. In einer ausgewachsenen *Tonsur* standen sie nach allen Seiten ab und umrahmten seinen Kopf wie ein düsterer Heiligenschein. Er wandte den Kopf in ihre Richtung. Kalte hellblaue Augen trafen sie. Instinktiv drückte sie sich enger an ihre Mutter, doch sein Blick glitt schon weiter.

»Meine lieben Brüder und Schwestern!«, begann Otto. »Es freut mich, dass ihr so zahlreich erschienen seid. Ich hatte schon keine Hoffnung mehr, in dieser verderbten Stadt noch ehrliche Menschen zu finden. Menschen, denen Gottes Gebote nicht egal sind. Aber das alleine ist nicht genug. Bloß weil ihr hier steht, habt ihr noch lange nicht das Seelenheil.« Mahnend erhob er den Zeigefinger. »Zuhören alleine reicht nicht, ihr müsst auch handeln!« Sein Blick glitt wieder über die Menge. »Aber wie könnt ihr Gottes Wohlgefallen erlangen?«

Fides wollte unwillkürlich die Lider senken, fühlte sich aber zugleich magisch angezogen.

»Nun, das ist ganz einfach: indem ihr eure Aufgaben erfüllt. Und damit ihr eure Aufgaben auch erkennt, hat unser Herr alles auf der Erde mit Weisheit geordnet. Die Bauern, Schlachter und Bäcker sorgen für unsere Nahrung, die Schneider und Schuster für unsere Kleidung, die Fürsten und Ritter für unseren Schutz. Alles ist nach einem göttlichen Plan geordnet. So wie in unserem menschlichen Körper die Gliedmaßen bestimmte Aufgaben erfüllen, so hat Gott jedem von uns seine Aufgabe zugewiesen. Und doch gibt es Menschen, die sich dem göttlichen Plan widersetzen. Die glauben, ihre eigenen Pläne seien weiser als die des Allmächtigen! Aber wo kämen wir denn hin, wenn auf einmal die Hände sagen würden: ›Nein, wir wollen nicht mehr greifen, wir wollen lieber laufen!‹ Und die Füße schreien: ›Wir haben jetzt lange genug die Last des ganzen Körpers getragen, wir wollen lieber Ohren sein.‹ Und der Arsch würde beschließen, ein Mund zu sein – ein schöner Mund, aus dem nur Scheiße quillt!« Vereinzelte Lacher erklangen, doch eine Handbewegung Ottos brachte sie sofort zum Schweigen. »Alles würde in Unordnung geraten und zugrunde gehen!« Plötzlich blieb sein Blick an einem Mann hängen, der schräg gegenüber an einer Hauswand lehnte. Sein Gewand aus gutem Wolltuch war mit Pelzbesätzen und Stickereien verziert. »Bist du nicht Johann von dem Stege, der Gerber vom Niederdorf?« Bei der Erwähnung seines Namens horchte Fides auf. Sie kannte ihn, das war Meister Johann, der reichste Gerber am Ort und langjähriger

Freund ihres Vaters. Er sah Otto abwartend an. Dieser maß ihn abschätzig von Kopf bis Fuß und fuhr dann fort: »Du kannst dich noch so herausputzen und mit kostbarem Pelz behängen, an deinem von Gott bestimmten Los änderst du nichts. Selbst wenn du dich kleidest wie ein Graf, so bleibst du doch nur ein Gerber, der stinkende Häute wäscht.« Fides schnappte vor Schreck nach Luft. Der Gerber spuckte aus und wandte sich zum Gehen. Der feiste Bäcker neben ihm mit der mehlbestäubten Schürze lachte auf und klatschte in die Hände.

»Du brauchst gar nicht zu lachen, Meister Wackerbold, bist doch kein Stück besser!«

Die schneidende Stimme des Mönches ließ den Bäcker erröten. »Ich bin ein gottesfürchtiger Mann! Und freigebig! Habe ich für Euch und Eure Mitbrüder nicht immer ein Stück Brot übrig, wenn Ihr an meinem Laden vorbeikommt?«

»Jaja, das hast du«, erwiderte Otto mit sanfterer Stimme. Er wandte sich an die Umstehenden: »Wir alle wissen doch, wie freigebig dieser gute Bäcker ist ... vor allem mit der billigen *Gerwe*, die er reichlich unter das teure Mehl mischt, damit der Laib schön groß wird.«

Höhnisches Gelächter klang aus der Menge. Auch Fides musste lachen. Wackerbold war in der Tat bekannt für seine hohlen Brote. Schon mehrmals hatte er sich vor dem Rat für die schlechte Qualität seiner Waren verantworten müssen. Wie ein geprügelter Hund schlich der Bäcker davon.

Otto blickte wieder in die Runde. »Und ihr, die ihr so schadenfroh lacht – geht in euch und prüft, ob ihr wirklich ohne Schuld seid! Ihr denkt doch auch nur an den eigenen Vorteil! Betrügt, wo ihr könnt, und seid auch noch stolz darauf!«

Fides versuchte, sich so klein wie möglich zu machen. Der Pater konnte doch nicht jeden Bürger kennen? Wenn er den Gerber kannte, dann vielleicht auch ihren Vater – am Ende würde er sie auch noch vor allen Leuten abkanzeln. Doch der Blick des Franziskaners ging über sie hinweg in die Ferne. Sie hörte die

Leute hinter sich murmeln und tuscheln, spürte, wie Bewegung in die Menge kam. Verwundert drehte sie sich um.

Von der Brunnengasse her näherte sich ein Trupp Geistlicher in kostbaren Gewändern. Zwei Knechte bahnten ihnen mit groben Faustschlägen und Tritten einen Weg durch das Gedränge. Otto lachte triumphierend auf. Er wies mit ausgestreckten Armen auf die Gruppe. »Und hier kommen die Allerschlimmsten! Nach außen hin schwingen sie fromme Reden, doch ihre Seelen sind verderbt bis ins Mark. Nur heran mit Euch, Ihr Ausbund an Scheinheiligkeit!«

Fides reckte den Hals, doch es standen zu viele Leute vor ihr, um jemanden zu erkennen. Die Menschen wichen vor den Knechten zurück, sodass eine schmale Gasse entstand, welche die *Chorherren* direkt an Otto vorbeiführen würde. Als diese den Franziskaner erblickten, beschleunigten sie ihre Schritte. Besonders dem Vordersten war anzusehen, dass er keinen Wert auf eine Begegnung mit Otto legte. Doch die Leute standen viel zu dicht, für jeden Mann, den die Knechte zur Seite stießen, rückten zwei weitere nach. Notgedrungen blieben die Kanoniker stehen, ihr Anführer blickte dem hageren Mönch hochmütig entgegen.

Otto verzog seine Lippen zu einem hämischen Grinsen. »Sieh an, Wello, der frisch gebackene Plebanus des Münsters! Warum bist du nicht in deiner Kirche und spendest den Gläubigen Trost und Rat? Ach ja, dafür hast du deine Helfer! Du palaverst lieber mit den gelehrten Predigern. Das Seelenheil deiner Gemeinde ist dir egal!«

»Was erdreistet Ihr Euch!«, schimpfte der Pleban, doch Otto wandte sich bereits wieder an die Menge. »Die Ordensleute sollen den Menschen ein gutes Vorbild sein mit Demut, Barmherzigkeit und Güte, mit Keuschheit, Fasten und Frömmigkeit.« Mit ausgestrecktem Arm wies er auf die Kanoniker: »Sieht so ein Vorbild an Demut und Frömmigkeit aus?«

»Bestimmt nicht!«, rief ein dürrer Lumpensammler und zustimmende Rufe wurden laut. »Sie tragen unsere mühsam

vom Mund abgesparten Opferpfennige um ihre feisten Hälse!«
Ein Halbstarker riss Wello die Pelzmütze vom Kopf und warf sie hoch in die Luft.

»Gib das sofort wieder her!« Der Pleban stieß ein paar höchst unchristliche Verwünschungen aus. Einer der Knechte versuchte vergeblich, die Kopfbedeckung zu erhaschen. Doch die war längst zum Spielball der Leute geworden, die sich johlend darum balgten, bis die Mütze auf den schlammigen Boden fiel. Der Knecht hob sie auf und überreichte sie seinem Besitzer.

Angewidert betrachtete Wello den durchnässten Pelz. Dann raffte er seinen Mantel um sich und maß Otto mit einem bitterbösen Blick. »Ihr seid ein Aufrührer und Volksverhetzer! Ich werde Euch beim Bischof anzeigen! Dann sind Eure Tage hier in Zürich gezählt!«

Ottos Augen verengten sich zu Schlitzen. »Ihr wagt es, den Bischof ins Spiel zu bringen?«, zischte er. »Ihr Kanoniker seid doch armselige Heuchler! Eure Aufgabe ist es, durch ständiges Gebet die Seelen der Toten vor der Hölle zu bewahren. Aber was tut ihr? Nur gegen klingende Münze erscheint ihr überhaupt zum Chorgebet oder besucht die Sterbenden.«

»Das ist eine infame Lüge! Ich werde Euch das Maul stopfen!«, kreischte Wello. Er gab seinen Knechten ein Zeichen, die daraufhin ihre Knüppel vom Gürtel nahmen und langsam auf Otto zukamen. Doch immer mehr Leute bildeten einen Ring um den Pater, sodass für die Knechte kein Durchkommen war. Gleichzeitig begannen andere Zuhörer, die Kanoniker zu stoßen und zu schlagen, ein paar Vorwitzige versuchten sogar, ihnen die Pelzkrägen vom Mantel zu reißen. Schimpfend und zeternd ergriffen die Geistlichen die Flucht, begleitet von den Schmährufen der aufgebrachten Menge. Als sie ihre Herren davonrennen sahen, ließen auch die Knechte von Otto ab und folgten ihnen schleunigst.

»Da seht ihr mal, wie viel Standfestigkeit diese Hasenfüße haben«, höhnte Otto. »Aber lasst sie laufen, ihr guten Leute, sie sind es nicht wert, dass ihr euch versündigt. Lasst sie gehen, Gottes Strafgericht werden sie nicht entkommen!«

»Es stimmt, was Pater Otto gesagt hat!«, rief ein altes Mütterchen direkt neben Fides. »Meinen Mann haben sie ohne Segen sterben lassen!« Seine zittrige Stimme trug kaum zwei *Klafter* weit, doch Otto verschaffte der Frau sofort Gehör.

»Hört, ihr Leute, was uns diese Frau zu sagen hat!« Er nickte ihr aufmunternd zu.

Die Alte knetete ihre Hände und begann zu sprechen. »Es war im letzten Winter. Mein Mann hatte das Lungenfieber und der Medikus hat gesagt, dass es zu Ende geht. Ich habe nach dem *Leutpriester* geschickt für die letzte Ölung, aber er wollte nicht kommen.« Ihre Stimme versagte. Dann fasste sie sich wieder und fuhr fort: »Er wollte nicht kommen, weil ich den Pfennig nicht hatte. Der Herr erbarme sich meiner, was konnte ich tun? Wir sind einfache Leute, ich hatte schon kein Geld für den Arzt. Und so ist mein Mann ohne Beichte und Segen gestorben – und jetzt schmachtet seine Seele womöglich auf ewig im Fegefeuer.« Sie begann zu schluchzen. Otto betrachtete sie mitleidig.

»Weine nicht, meine Tochter, wir alle werden für die Seele deines Mannes beten!« Er wandte sich wieder an die Menge. »Ihr habt gehört, was dieser unglücklichen Frau widerfahren ist. Lasst uns unsere Kräfte bündeln! Wir müssen die Seele ihres armen Mannes aus dem Fegefeuer erlösen! Im gemeinsamen Gebet sind wir stark. Gelobt ihr, für seine Seele zu beten?«

»Wir geloben es!«, skandierte die Menge.

Otto nickte zufrieden. »Gott wird unsre Gebete erhören, denn der Herr ist barmherzig.«

»Der Herr ist barmherzig«, klang es aus vielen Kehlen zurück.

»Der Herr ist barmherzig gegenüber denen, die in aufrichtiger Reue zu ihm flehen. Geht in euch, tut Buße, betet fleißig, und der Herr wird euch in Gnade aufnehmen. Dass uns das alles zuteilwerde, dazu verhelfe uns Gott der Allmächtige. Amen.«

»Amen«, erwiderte die Menge. Fides sah Otto von der Tonne klettern. Die Leute zerstreuten sich. Ihr war es, als würde sie aus einem Traum erwachen. War es schon vorbei? Sie wollte sich zum Gehen wenden, doch ihre Mutter hielt sie zurück. »Vater Otto, habt Ihr einen Moment Zeit? Ich möchte Euch meine Tochter vorstellen, Fides.«

Der Pater kam auf sie zu. Seltsam, dachte Fides. Wie kann in so kalten Augen ein solches Feuer lodern? Sie erschauerte unwillkürlich und murmelte einen Gruß.

Der Mönch betrachtete sie prüfend. »Fides heißt du also, mein Kind. Da hast du ja einen bedeutsamen Namen. Fides bedeutet Treue, Glaube, Beständigkeit – passt das zu dir, Fides?«

Fides schwieg verwirrt. Ihre Mutter antwortete für sie: »Ja, Pater, sie ist ein gutes Mädchen, genau wie die Heilige Fides, an deren Namenstag sie geboren ist.«

Otto machte eine wegwerfende Handbewegung. »Jede Mutter hält ihr Kind für unfehlbar. Aber der Satan ist überall und seine Macht ist groß!« Dann richtete sich sein Blick wieder auf Fides. »Ich glaube, ich habe dich noch nie in meinem Gottesdienst gesehen ...«

»Oh, sie geht regelmäßig zur Messe, Bruder Otto«, stammelte ihre Mutter, »nur wohnen wir im Pfarrsprengel des Grossmünsters, deshalb geht sie meist mit ihrem Vater ...«

Mörderischer Zorn flammte in Ottos Augen auf. »Du lässt deine Tochter ins Grossmünster gehen? Zu Wello und seinen verderbten Klerikern, die nur Habgier und Wollust kennen?« Er fuhr zu Fides herum. »Soso, du gehst also gerne ins Grossmünster. Aber tust du das wirklich, um Gottes Wort zu hören? Vergisst du deinen Glauben nicht, wenn schöne Klänge und Wohlgerüche deine Sinne vernebeln? Denk daran: Unser Herr Jesus hat keine kostbaren Gewänder getragen, wenn er zu seinen Jüngern gesprochen hat.«

Fides spürte, wie ihr die Röte ins Gesicht stieg. Da gab es doch einen Vers, den sie oft in der Sonntagsmesse gebetet hatte.

Fast von allein entschlüpften die Worte ihrem Mund: »Laudate eum in psalterio et cithara.«

Otto schien es für einen Moment die Sprache zu verschlagen. Dann fasste er sich wieder. »Sieh an«, höhnte er, »ein junges Mädchen, das den *Psalter* zitieren kann. Weißt du denn auch, was du da daherplapperst?«

Fides reckte trotzig das Kinn. »Lobet den Herrn mit Gesängen und Lautenklängen. Meister Konrad, der Kantor, hat es mir erklärt.«

»Der Kantor hat es ihr erklärt! Hat er dir vielleicht noch mehr –« Er machte eine kurze Pause. »– erklärt, der Herr Kantor? Und wieso pflegt der Herr Kantor Umgang mit jungen Mädchen? Reicht ihm seine Kebse nicht mehr? Fides, der Verstand eines Weibes ist nicht dazu gemacht, die Heilige Schrift zu begreifen. Das führt nur zu Irrglauben und Ketzerei. Luzifer hat dann leichtes Spiel.«

Fides holte tief Luft. Doch bevor sie etwas sagen konnte, griff ihre Mutter sie heftig am Arm.

»Fides, das reicht jetzt! Widersprich dem Pater nicht!«

Otto betrachtete sie stirnrunzelnd. »Fides, ich lese Trotz und Verstocktheit in deinen Augen. Demut und Einsicht würden dir besser zu Gesicht stehen. Aber ich bin gerne bereit, dich auf den rechten Weg zu führen.« Er wandte sich an ihre Mutter: »Martha, du bringst sie das nächste Mal mit, wenn du zur Beichte kommst. Man muss die Saat des Bösen zertreten, bevor sie zu keimen beginnt.« Damit ließ er die beiden Frauen stehen und ging davon.

Fides sah ihm entgeistert nach. Der konnte doch nicht einfach so bestimmen, wo sie zur Beichte ging! Sie riss sich von der Mutter los. »Das also ist dein barmherziger Wunderprediger? Mich schaudert es schon, wenn er mich nur ansieht!«

»Ja, weil du insgeheim weißt, dass er recht hat. Du hast Angst, für dein sündiges Verhalten in die Hölle zu kommen!«

»Welches sündige Verhalten denn? Weil ich gerne die Messe

im Grossmünster besuche? Mutter, das kann nicht dein Ernst sein!«

Sie ließ ihre Mutter stehen und machte sich mit raschen Schritten auf den Weg ins Niederdorf. Daheim eine Fuhre Brennholz hacken war genau das, was sie jetzt brauchte.

4. Kapitel

Zürich, Niederdorf, Montag, 16. Oktober 1273, Gedenktag des Hl. Gallus

Bertram konnte sein Glück kaum fassen: Der Ratsherr Rüdiger Manesse hatte den Auftrag für die Romansammlung tatsächlich dem Münster-Skriptorium gegeben, mehr noch, er hatte ausdrücklich den Wunsch geäußert, die Texte von Bertram schreiben zu lassen. Und weitere Aufträge in Aussicht gestellt, sollte dieser zu seiner Zufriedenheit ausfallen. Und jetzt war Bertram zusammen mit Friedrich auf dem Weg ins Niederdorf, um beim besten Pergamenter der Stadt Pergamentproben auszusuchen. Meister Konrad war zur Königskrönung nach Aachen aufgebrochen und hatte daher Bertram mit dieser Aufgabe betraut. In die Vorfreude mischte sich auch etwas Aufregung. Der Kantor war recht heikel, was die Qualität der Schreibstoffe anbelangte, und hatte diese bisher immer höchstpersönlich ausgesucht. Natürlich war Bertram durch seine Tätigkeit im *Skriptorium* auch mit den Materialien vertraut und Meister Konrad hatte ihm zudem genauste Instruktionen erteilt, aber es war doch etwas anderes, die Verhandlungen mit dem Pergamenter allein zu führen. Wenn er sich nur nicht blamierte! Trotzdem fühlte Bertram sich so frei und unbeschwert wie schon lange nicht mehr. Er atmete tief ein und sog die frische Herbstluft in seine Lungen. Es war ein schöner Herbstmorgen, der Frühnebel hatte sich verzogen und die Sonne besaß schon wärmende Kraft.

Sie passierten eine Reihe schmaler Steinbauten, die sich dicht an dicht an der Oberen Münstergasse aneinanderdrängten, als versuchten sie, sich gegenseitig den begrenzten Raum streitig zu machen. Die Lage in unmittelbarer Nähe zur Kirche war sehr begehrt, hier wohnten einige der höhergestellten *Chorherren*, aber auch Angehörige der *Meliores*, der vornehmen Rats- und Rittergeschlechter der Stadt. Etliche Gebäude wiesen in den Obergeschossen bereits die moderne spitzbogige Fensterform auf und farbige Wappenfriese zeugten von der edlen Herkunft ihrer Bewohner. Vor dem Hof des Propstes war eine Magd dabei, die Stufen zu fegen, und nickte ihnen im Vorbeigehen freundlich zu. Sie liefen an den Chorherrenhöfen vorbei über den Salzmarkt. An der Ecke zum Rindermarkt erhob sich der prächtige Wohnturm des Ratsherrn Ulrich, an dem, wie immer in den letzten Jahren, gebaut wurde. Von der Brotlaube an der Niederen Brücke zog der köstliche Duft frisch gebackenen Brots herüber. Bertram hörte, wie Friedrichs Magen vernehmlich knurrte. Belustigt sah er zu ihm hinunter. »Hast du denn nichts gefrühstückt?«

»Doch, aber das ist schon eine Ewigkeit her. Und wenn ich das rieche, habe ich sofort wieder Hunger.«

Bertram zögerte. Bei dem köstlichen Duft lief ihm selbst das Wasser im Mund zusammen. Aber dann gab er sich einen Ruck. »Weißt du was? Wir sehen zu, dass wir möglichst schnell unseren Auftrag erledigen, dann können wir auf dem Rückweg bei der Brotlaube vorbeigehen.«

Friedrich nickte erfreut und beschleunigte seine Schritte.

Je weiter sie flussabwärts kamen, desto bescheidener wurden die Häuser, nur ab und an war wenigstens das Untergeschoss der schmalen Holzbauten gemauert. Gänse und Hühner liefen frei zwischen den Häusern herum und ein paar Schweine wühlten im Unrat. Bertram bedauerte, nicht seine *Trippen* mitgenommen zu haben. Ohne die hölzernen Unterschuhe konnte er nur hoffen, dass die dünnen Ledersohlen seiner Stiefel der schlammigen Nässe standhielten. Selbst die Luft hatte sich verändert, ein stechender Geruch waberte von der Limmat her. Friedrich rümpfte die Nase. »Meine Herrn, hier stinkt's aber ganz schön.« »Das kommt von den Gerbereien«, bemerkte Bertram, der stehen geblieben war und sich suchend umsah. »Hier muss es sein.« Sie standen vor einem mittelgroßen Haus, über dessen gemauertem Erdgeschoss sich noch ein hölzernes Stockwerk erhob. Neben dem geöffneten Portal hing ein *Lunellarium*, das halbmondförmige Schabeisen der Pergamenter. Sie traten durch das Tor und gelangen rechter Hand in einen großzügigen Ladenraum. Ein breiter hölzerner Tresen teilte den Raum in zwei Hälften. Der schmale vordere Teil, in den sie eingetreten waren, war mit frischem Stroh ausgestreut. Im größeren hinteren Teil hingen über zahlreichen Holzböcken Pergamenthäute in unterschiedlichen Größen und Farbschattierungen. Zwei große Weidenkörbe neben dem Tresen enthielten Pergamentschnipsel, wie man sie zum Buchbinden oder für kurze Urkundentexte verwendete. Regalbretter an den Wänden trugen kleinere Körbe und Schachteln, die sorgfältig beschriftet waren. Bertram kniff die Augen zusammen. »Bimsstein« entzifferte er und »Kreide«. Erstaunlich, offensichtlich konnten der Pergamenter und seine Angestellten lesen und schreiben. Die ganze Werkstatt wirkte sehr sauber und aufgeräumt. Bertram begriff, warum der Kantor hier bevorzugt einkaufte. Doch wo war der Pergamenter? Bertram ließ seinen Blick durch den Raum schweifen. Auf einem großen Holztisch in einer Ecke lag ein mit diversen Werkzeugen beschwerter Pergamentbogen und ließ vermuten, dass hier vor Kurzem noch jemand gearbeitet hatte. Dieser jemand war offensichtlich gerade damit beschäftigt, heruntergefallenes Material vom Boden zu klauben, jedenfalls war unter dem Tisch ein wohlgeformter Hintern in einem dunklen Leinenkleid zu sehen, der sich geschäftig hin und her bewegte. Bertram räusperte sich. Die Gestalt unter dem Tisch fuhr erschrocken empor und knallte mit dem Kopf gegen die Platte. Ein junges Mädchen von vielleicht siebzehn Jahren tauchte unter dem Tisch hervor, die kastanienbraunen Locken von einer leichten Haube gebändigt. Es hielt sich den Kopf und kam langsam auf die Füße.

»Verzeiht, ich wollte Euch nicht erschrecken.« Bertram registrierte rosige Wangen mit schelmischen Grübchen.

»Schon gut, nicht Eure Schuld.« Das Mädchen zupfte sein Kleid zurecht und wischte sich die staubigen Hände an der Schürze ab. »Womit kann ich Euch behilflich sein?«

Bevor Bertram antworten konnte, öffnete sich die Hintertür und ein Mann mittleren Alters betrat den Laden. »Fides, mein Kind, ich vergaß, dir zu sagen, dass heute jemand vom Grossmünster vorbeischaut ...« Er unterbrach sich. »Ah, ich glaube, die Herrschaften sind schon da.«

»Guten Morgen, Meister Hermann. Mein Name ist Bertram, ich soll Pergamentproben für das Grossmünster auswählen. Und das ist Friedrich, einer meiner Schüler.« Bertram schubste Friedrich nach vorne, der eine linkische Verbeugung machte.

»Seid Ihr ein neuer Lehrer?« Der Pergamenter musterte ihn prüfend. »Üblicherweise kommt Meister Konrad doch selber, er ist hoffentlich nicht krank?«

»Nein, er ist nach Aachen gereist, zur Krönung. Ich arbeite im *Skriptorium* und soll bis zu seiner Rückkehr einige Proben besorgen.«

Der Meister lächelte. »Dann hält Meister Konrad wohl große Stücke auf Euch, wenn er Euch die Vorauswahl zutraut. Ich nehme an, bei solch aufwendigen Vorarbeiten geht es nicht nur um Urkunden, sondern um einen *Codex*? Was soll es denn werden? Ein *Psalterium*? Oder etwas Größeres, eine Bibel oder gar ein *Graduale*?«

»Nein, diesmal soll es eine Sammlung höfischer Romane werden, ›Tristan‹ und ›Parzival‹, eventuell noch andere.«

Der Pergamenter hob überrascht die Augenbrauen. »Übernimmt das Grossmünsterskriptorium jetzt auch solche Aufträge?«

Bertram kratzte sich am Hinterkopf. »Äh, ja, seit Kurzem.« Er bemerkte eine Bewegung an seiner Seite. Das junge Mädchen kam näher heran und blickte ihn erwartungsvoll an. Schon wieder diese Grübchen! Bertram sah schnell zu den Pergamentständern. Der Meister folgte seinem Blick. »Und an welche Größe hattet Ihr gedacht – gewöhnliches Folioformat?«

»Ja, dazu hat Meister Konrad nichts gesagt – was würdet Ihr denn empfehlen?«

Der Pergamenter lächelte und gab seiner Tochter ein Zeichen. Sie hob einen Bogen helles Pergament von einem der Holzböcke und zeigte es Bertram. »Hier ist eine kleine Schafshaut.« Sie faltete den Bogen einmal. »Jetzt haben wir ein Folioformat. Das reicht gut für zwei oder drei Textspalten. Denn wenn Ihr zwei oder gar mehr Romane in einem Band unterbringen wollt, solltet Ihr ein mehrspaltiges Format wählen, sonst wird das Buch zu dick zum Binden.« Sie drückte Bertram das Pergament in die Hand und schob eine widerspenstige Locke zurück, die sich aus der Haube gelöst hatte.

»Für ein Mädchen kennt die sich aber gut aus!« Friedrichs offensichtliche Bewunderung brachte den Meister und seine Tochter zum Lachen. Bertram tat so, als hätte er nichts gehört, und konzentrierte sich auf den Bogen. Er rieb das Pergament vorsichtig zwischen den Fingern. Die Oberfläche fühlte sich samtig an und doch gleichmäßig glatt. Darauf ließ sich bestimmt gut schreiben.

»Ihr könnt gerne eine Schreibprobe machen, wenn Ihr wollt.« Als hätte sie seine Gedanken erraten, ergriff die Tochter des Pergamenters wieder das Wort. Sie wartete seine Antwort gar nicht ab, sondern wühlte in dem Korb mit den Reststücken herum, bis sie ein kleines Stück Pergament von der gleichen Qualität gefunden hatte. Das legte sie vor Bertram auf den Tresen, lief dann zu einem Regal im Hintergrund und kehrte kurz darauf mit einem gefüllten Tintenhörnchen und einem Federkiel zurück. Sie stellte alles auf dem Tresen ab, tunkte die Feder in die Tinte und malte langsam Buchstaben für Buchstaben auf das Blatt. Mit geröteten Wangen sah sie zu Bertram empor. »Seht Ihr? Die Feder lässt sich leicht führen und die Tinte verläuft nicht – probiert es selbst!« Sie hielt Bertram die Feder hin. Automatisch griff er danach. Für einen Wimpernschlag berührten sich ihre Finger. Hastig rückte er von ihr ab und tunkte die Feder in das Tintenhörnchen. Er schrieb ein paar Zeilen. Die Feder glitt wie von selbst über den Bogen. Er legte den Kiel aus der Hand und sah zu dem Pergamenter auf. »Ihr habt wirklich sehr gute Ware.«

Der Mann lächelte leicht. »Wisst Ihr denn schon, was für eine Sorte Ihr benötigt? Ziege, Schaf oder Kalb?«

Bertram geriet ins Schwitzen. Schon wieder so eine Frage. Er versuchte, sich an Meister Konrads Instruktionen zu erinnern. Der Pergamenter kam ihm zu Hilfe. »Was für eine Ausstattung soll das Buch denn haben? Soll es *Miniaturen* enthalten?«

»Nein, nur farbige Initialen, höchstens ein paar Federzeichnungen.«

»Gut, dann können wir dünne Pergamente gleicher Stärke nehmen, von Schaf oder Ziege. Bei farbigen *Miniaturen* hätte ich sonst das dickere und rauere Kalbspergament für die Bildseiten vorgeschlagen, besonders, wenn auch Blattgold aufgetragen werden soll.«

Bertram nickte zustimmend. »Das Grossmünster besitzt ein paar Schafherden bei Schwamendingen, da könnten wir Euch Häute zur Verfügung ...« Ein lautstarkes Grummeln unterbrach ihn. Bertram warf einen entgeisterten Blick auf Friedrich, der verlegen grinste und sich den Bauch hielt.

Der Pergamenter schmunzelte. »Fides, ich glaube, du solltest den jungen Mann mit in die Küche nehmen und ihm etwas zu essen besorgen, bevor er uns hier noch vom Fleisch fällt.« Fides öffnete den Mund, wie um zu protestieren, doch ihr Vater hatte schon die Hintertür geöffnet und winkte seine Tochter und Friedrich hinaus.

Bertram wollte zu einer Entschuldigung ansetzen, doch der Meister winkte ab. »Jungs in dem Alter sind immer hungrig, mein Geselle Rudolf war früher genauso. Lasst uns lieber ohne Ablenkung weitermachen.« Der Meister legte Bertram weitere Bögen vor und begann, ihm ausführlich die Vor- und Nachteile der einzelnen Pergamentsorten und Formate darzulegen. Bertram merkte schnell, dass er es nicht nur mit einem echten Fachmann zu tun hatte, der Meister war mit der gleichen Leidenschaft bei der Sache wie er beim Schreiben. Nach einer Weile eifrigen Diskutierens einigten sie sich auf fünf Proben, die Bertram Meister Konrad vorlegen wollte. Auf einem Wachstäfelchen skizzierte der Pergamenter eine Schätzung des Materialverbrauchs und der zu erwartenden Kosten. Kaum hatten sie die Arbeit beendet, öffnete sich leise die Hintertür und Friedrich schlüpfte herein.

Bertram sah ihm entgegen. »Du kommst gerade recht, wir sind soeben fertig geworden.« Er versuchte, durch den Türspalt zu blicken. Das Mädchen war offenbar nicht mit zurückgekommen.

Friedrich wandte sich an den Meister: »Ich soll Euch von Eurer Frau ausrichten, dass sie Eure Tochter jetzt in der Küche braucht.« Er drehte sich zu Bertram um. »Die machen nämlich gerade *Latwerge*, die schmeckt vorzüglich, ich durfte probieren!«

»Das ist nicht zu übersehen«, erwiderte Bertram trocken, »dein halbes Gesicht hängt noch voll Mus. Mach dich mal ein bisschen sauber, so kannst du nicht auf die Straße.«

Friedrich fuhr sich mit der Zunge über die Lippen und wischte mit dem Ärmel nach. »Besser?«

»Hinnehmbar«, erwiderte Bertram und drückte ihm die Pergamentrollen in die Hand.

Dann verabschiedete er sich von dem Pergamenter. »Ich danke Euch sehr für Eure Zeit. Wir geben dann Bescheid, sobald wir uns entschieden haben.«

Er verließ mit Friedrich die Werkstatt und trat durch die Toreinfahrt auf die Straße. Sie waren kaum ein paar Schritte weit gekommen, als sie hinter sich eine helle Stimme rufen hörten.

»Herr Bertram, Herr Bertram, wartet doch!«

Überrascht blieb Bertram stehen und drehte sich um. Die Tochter des Pergamenters kam ihnen hinterhergelaufen. Sie schwenkte etwas in ihrer Hand – das Wachstäfelchen, auf dem der Pergamenter die Berechnungen gemacht hatte. Bertram stieg das Blut zu Kopf. Wie dumm von ihm, er hatte es liegen lassen! Sie streckte ihm das Täfelchen entgegen. »Verzeiht, mein Vater hat vergessen, es Euch mitzugeben.« Bertram sah sie verdutzt an. Dann griff er hastig zu und verstaute das Wachstäfelchen in seiner Gürteltasche. »Ich hätte ja auch daran denken können. Danke, dass Ihr Euch die Mühe gemacht habt.« Er lächelte ihr zu.

Sie senkte die Lider. »Das war keine Mühe«, erwiderte sie leise. Sie schwiegen beide.

Ein scharrendes Geräusch an seiner Seite brachte Bertram wieder zur Besinnung. Er warf einen ärgerlichen Blick zu Friedrich, der mit der Schuhspitze Muster in den Straßenschmutz zeichnete. »Friedrich, hör auf damit, du verdirbst ja die Schuhe!« Dann wandte er sich wieder an Fides. »Jetzt müssen wir aber wirklich gehen. Danke für Eure Hilfe!« Er nickte ihr noch einmal zu, griff Friedrich am Arm und zog ihn mit sich die Straße hinauf. Obwohl er sich nicht umwandte, war er sich sicher, dass sie ihm hinterherblickte.

5. Kapitel

Zürich, Pergamenterhaus, Freitag, 10. November 1273, am Tag vor Martini

Fides verstaute die Töpfe mit *Latwerge* sorgfältig in einem geräumigen Korb.

»Stopf ein wenig Stroh in die Lücken, damit sie nicht aneinanderstoßen.« Fides' Mutter bewachte ihr Tun mit Argusaugen. »Und vergiss nicht, Mechthild schöne Grüße von mir auszurichten.«

»Ja, Mutter«, erwiderte Fides.

»Und es schadet sicher nicht, wenn du beiläufig erwähnst, dass wir für ihren Winterball noch keine Einladung erhalten haben. Es sind schließlich Vorbereitungen zu treffen, auf jeden Fall müsstest du ein neues Kleid haben.«

»Ich dachte, du machst dir nichts aus all dem Pomp?«, konterte Fides. »Jedes Jahr jammerst du über Mechthilds Verschwendungssucht und darüber, wie sündhaft das alles sei, und jetzt soll ich sogar ein neues Kleid bekommen?«

»Der Zweck heiligt eben manchmal die Mittel! Der junge Simon hat seine Lehrzeit in Basel beendet und arbeitet wieder in der väterlichen Werkstatt. Wahrscheinlich werden sie den Empfang dazu nutzen, ihn dem *Antwerk* vorzustellen. Und dieses Jahr bist du endlich alt genug, uns zu begleiten.« Ach, daher wehte der Wind. Fides rollte die Augen. Seit sie vor ein paar Wochen siebzehn geworden war, versuchte die Mutter ständig, sie mit heiratswilligen jungen Männern aus dem Viertel bekannt zu machen. Die mahnenden Worte Pater Ottos während des Viehmarkts hatten ihr offenbar so zugesetzt, dass sie es kaum abwarten konnte, die Tochter endlich unter die Haube zu bringen. Selbstverständlich wurden Fides nur solche Kandidaten vorgestellt, die Gnade vor Marthas strengen Augen fanden. Bodenständige, fleißige Handwerkersöhne, die zupacken konnten und am besten ein väterliches Geschäft zu übernehmen hatten. Und Simon, der älteste Sohn von Mechthild, fiel eindeutig in diese Kategorie. Da ihre Väter befreundet waren, hatten sie als Kinder manchmal zusammen gespielt, doch schon damals hatte Fides mit dem wortkargen Stoffel nicht viel anfangen können. Simons Vater Johann von dem Stege war der größte Rotgerber am Ort, seine Werkstatt lag im Niederdorf am unteren Abfluss der Limmat. Denn Wasser wurde in diesem Gewerbe reichlich benötigt – für die Gärgruben und zum Spülen der Häute. Ein erfolgreicher Gerber musste möglichst viele Gruben haben, um kontinuierlich arbeiten zu können – Simons Vater besaß sogar eine eigene Lohmühle, in der die Rindenstücke mit Wasserkraft vermalen wurden, somit entfiel das mühsame Zerkleinern von Hand. Er belieferte damit auch andere Gerber im Viertel und verdiente sich so ein schönes Zubrot. An seinen Mühlensteg – dem er seinen Namen verdankte – hatte er weitere schmälere Holzstege anhängen lassen, auf denen die Häute gespült wurden. Wehe dem unglückseligen Lehrling, dem dabei die Felle davonschwammen – da verstand der Meister keinen Spaß, er gerbte menschliches Fell genauso tüchtig wie das der Vierbeiner. Während Johann und seine Söhne durch harte Arbeit dafür sorgten, dass sich ihr Wohlstand mehrte, setzte Gerbergattin Mechthild alles daran, mit den vornehmen Damen des Hochbürgertums und der Ritterschaft mitzuhalten. Wenn sie schon wegen des Wasserbedarfs und der Geruchsbelästigung ihres Gewerbes im wenig beliebten Niederdorf wohnen musste, dann wollte sie das zumindest mit Stil tun und gab das Geld ihres Mannes mit vollen Händen für wohlüberlegten Luxus aus. Ihr Neujahrsempfang war legendär und alles, was Rang und Namen hatte, riss sich um eine Einladung.

»Ja, Mutter, ich werde es versuchen.« Fides legte zwar nicht viel Wert darauf, ihre Bekanntschaft mit Simon zu vertiefen, aber das Fest war sicher eine schöne Abwechslung in der trüben Winterzeit. Bei dem kalten Wetter gingen die Menschen nur vor die Tür, wenn es unbedingt sein musste, und sie hatte ihre Freundinnen aus den anderen *Antwerken* schon länger nicht mehr gesehen. Sie vermisste vor allem ihre beste Freundin Barbara, die Tochter von Schneidermeister Rudolfus. Barbara war immer fröhlich und zu Scherzen aufgelegt, mit ihr zusammen ließ sich sogar ein Simon ertragen. Sie legte noch eine Lage Stroh über die Töpfe und bedeckte sie mit einem groben Sacktuch, das sie sorgfältig unter dem Rand des Korbes feststeckte. Die Mutter fand kein Ende mit ihren Ermahnungen.

»Und gib dir Mühe! Mechthilds Einladungen sind begehrt, vielleicht kommen sogar ein paar der Kanoniker vom Grossmünster und der Abtei! Das wäre auch für den Vater eine gute Gelegenheit, neue Kunden zu gewinnen. Was nützt uns das beste Pergament, wenn es keiner kauft!«

Fides horchte auf. Kanoniker vom Grossmünster? Vielleicht auch der neue Lehrer? Sie hätte nichts dagegen, ihn näher kennenzulernen. Er war vielleicht etwas schüchtern, trotzdem konnte man sich mit ihm besser unterhalten als mit den Handwerksburschen, die nur zotige Witze rissen. Fides hüllte sich in ihren Umhang und nahm den schweren Korb auf. »Zum Mittagessen bin ich zurück.«

Die Mutter legte den Kopf schief. »Vielleicht solltest du doch erst ein wenig später losgehen. Wenn du mittags dort ankommst, wird Mechthild dich sicher zu Tisch bitten und du könntest ein paar Worte mit Simon wechseln.«

Fides schnaubte verächtlich. »Als ob man mit Simon Worte wechseln könnte! Der macht seinen Mund doch nur zum Essen und Rülpsen auf!«

»Von schönen Worten allein ist noch keiner satt geworden!«, erwiderte die Mutter scharf. »Simon ist ein ehrlicher und fleißiger Bursche und wird einmal einen guten Ehemann abgeben – ganz zu schweigen von dem Betrieb, den er einmal erben wird.«

»Mutter, ich gehe jetzt.« Fides lief zur Tür. Ein eisiger Wind empfing sie, als sie auf die Gasse hinaustrat. Sie stellte kurz den schweren Korb ab, um sich noch fester in ihren wollenen Umhang zu wickeln und sich die Kapuze tief ins Gesicht zu ziehen. Dann nahm sie ihre Last wieder auf und lief mit schnellen Schritten flussabwärts.

Ob es die *Latwerge* gewesen war oder einfach die Tatsache, dass beide Familien seit Langem befreundet waren – Fides' Mutter war es gelungen, eine Einladung für das Gerberfest zu erhalten, und so hatte sich die kleine Familie am Tag vor dem Ratswechsel auf den Weg zum Gerberhaus gemacht. Fides verstand jetzt, warum Mechthilds Feste stadtbekannt waren. »Schau nur, Vater, die vielen Kerzen!« Staunend verharrte sie auf der Schwelle des Festsaals, der durch Hunderte von Wachslichtern beinahe taghell erleuchtet war. Das Fest war bereits in vollem Gange, zahlreiche Gäste scharten sich um die großen Tafeln, die entlang der Wände aufgebaut waren. Und wie kostbar alle gekleidet waren! Das warme Kerzenlicht brachte die bunten Roben zum Leuchten und zauberte funkelnde Reflexe auf Spangen und Gürtelschließen. Jetzt begriff Fides auch, warum ihre sonst so knauserige Mutter darauf bestanden hatte, dass sie zu diesem Anlass ein neues Kleid bekam. Zum Glück hatte ihr Barbaras Vater einen guten Preis gemacht. Über einem Untergewand von zartgrüner Seide trug sie einen ärmellosen *Surkot* aus dunkelgrünem Samt. Barbara hatte ihr die Farbe empfohlen, weil Fides' rotbraune Locken darauf gut zur Geltung kamen. Offensichtlich war es Mutter wirklich ernst damit, Simon zu beeindrucken. Dass er Augen dafür haben würde, wagte Fides zu bezweifeln. Aber vielleicht jemand anders. Ob der junge Lehrer sie darin überhaupt wiedererkennen würde? Bisher hatte er sie ja nur in ihrem groben Arbeitskleid gesehen, das Haar unter einer Leinenhaube verborgen. Sie warf ihre langen Locken zurück und ließ ihre Augen durch den Saal schweifen. Ob er schon gekommen war? Auf den ersten Blick konnte sie niemanden vom Grossmünster erkennen. Vielleicht weiter hinten? Sie hob den Saum ihres Kleides an, um ihn zu suchen, wurde aber von ihrer Mutter zurückgehalten.

»Fides, wo läufst du denn hin? Mechthild winkt uns schon, lass uns zur Tafel gehen!«

Fides stieß einen Seufzer aus und folgte ihren Eltern zum Tisch, an dem Simon und seine Familie bereits Platz genommen hatten.

»Simon, jetzt hör mal einen Moment auf zu kauen und begrüße unsere Gäste!« Mechthild lächelte Fides und ihren Eltern entschuldigend zu. »Ich glaube, der Junge hat einiges nachzuholen – sein Lehrmeister in Basel hat ihn wohl etwas kurzgehalten.«

Fides musterte ihn unverhohlen. Simon hatte sich inzwischen erhoben und verbeugte sich linkisch. Die drei Jahre fernab von Mutters Kochtöpfen hatten zumindest seiner Figur gutgetan, aus dem Pummelchen war ein starker junger Mann geworden, der sie um Hauptesänge überragte. Ein blonder Backenbart verlieh seinem rundlichen Gesicht etwas Kontur. »Guten Abend, Simon«, sagte sie höflich, »wir haben uns ja lange nicht mehr gesehen.«

Simon schluckte den letzten Bissen hinunter und murmelte einen Gruß.

»Fides, dein Kleid ist ganz bezaubernd«, schnatterte Simons Mutter weiter, »Simon, sieh doch, wie hübsch Fides geworden ist.«

»Das Kleid hat sie sich extra für dich machen lassen«, ergänzte ihre Mutter.

Fides errötete vor Scham und Ärger. Was fiel den beiden ein, sie wie einen Ladenhüter anzupreisen! Bevor sie etwas erwidern konnte, trat eine Magd mit einer großen Platte voller Geflügel und Fleischbällchen an den Tisch.

Simons Augen leuchteten auf. Jetzt fand er auch seine Sprache wieder. »Setz dich zu mir, Fides«, rief er und zog sie neben sich auf die Bank. »Die Fleischbällchen sind ganz köstlich, nach Mutters Geheimrezept.« Er schaufelte fast den halben Inhalt der Platte auf ihren gemeinsamen Teller.

Fides musste sich das Lachen verbeißen. Simon mochte vielleicht besser aussehen als früher, aber an seinem Verhalten hatte sich nichts geändert. Einmal Vielfraß, immer Vielfraß. Wobei sie zugeben musste, dass die Fleischbällchen wirklich verlockend dufteten. Genauso wie das frische Brot daneben. Sie ließ sich nicht lange bitten und langte herzhaft zu. Nachdem der erste Hunger gestillt war, nahm sie einen Schluck Würzwein und beobachtete die Feiernden. Nach dem Essen sollte es sogar Musik und Tanz geben. Vielleicht traf sie dann endlich den Lehrer vom Grossmünster. Der würde sich bestimmt nicht so gehen lassen wie ihr Tischgenosse, der sich gerade das vierte Hühnerbein von der Platte angelte.

»In Basel gab's wohl nichts zu essen?« Fides platzte mit dem Erstbesten heraus, was ihr durch den Sinn schoss.

Doch Simon grinste sie nur fröhlich an. »Daheim schmeckt's halt am besten«, nuschelte er und spülte den Bissen mit Wein hinunter. Anschließend füllte er den Becher wieder auf und hielt ihn Fides unter die Nase. »Magst du auch? Der Wein ist wirklich gut.«

Angewidert betrachtete Fides den Fettrand, den seine Lippen hinterlassen hatten, und schüttelte den Kopf.

»Unsere Fides ist immer so bescheiden«, wandte sich die Mutter jetzt direkt an Simon. »Sie wird dir bestimmt eine gute Ehefrau sein.«

»Mutter!«, zischte Fides.

»Das weiß ich doch«, sagte Simon und zog Fides an sich. Sie erstarrte. Was fiel dem denn ein? Der konnte Mutters Gerede doch nicht ernst nehmen?

Nun mischte sich auch der ihr gegenübersitzende Schneidermeister ein. »Ist das schon beschlossene Sache? Na, da gratuliere ich dir aber, Fides, da bekommst du ja einen recht jungen

Ehemann, wenn Simon jetzt schon die Meisterprüfung ablegen und heiraten darf.«

Fassungslos starrte Fides ihn an. Wie konnte die Mutter ihr das antun! Gleich wusste die ganze Stadt von ihrer angeblichen Verlobung – am Ende auch Herr Bertram! Vor Wut stiegen ihr die Tränen in die Augen. Sie musste hier raus, und zwar sofort. Sie schüttelte Simons Arm ab und sprang auf. Ohne ein weiteres Wort kletterte sie über die Bank und verließ den Saal.

Draußen auf dem Flur lehnte sie sich an die Wand. In ihrem Kopf drehte sich alles. Das hatte die Mutter ja fein eingefädelt. Sie dachte wohl, wenn sie vor allen Leuten solche Märchen in die Welt setzte, würde Fides schön den Mund halten – die würde sich noch wundern! Sie schloss für einen Moment die Augen und atmete tief ein und aus, um sich zu beruhigen.

»Ist Euch nicht gut? Kann ich Euch helfen?«

Fides riss die Augen auf. Da war er, der junge Lehrer.

Bevor Fides antworten konnte, kam die Gastgeberin aus dem Saal geeilt. Sie warf Fides einen ärgerlichen Blick zu. »Wo bleibst du denn so lange? Simon hat dich schon vermisst!« Dann erblickte sie Bertram und verzog den Mund zu einem breiten Lächeln. »Wie schön, dass Ihr es einrichten konntet!« Sie sah sich suchend um. »Aber wo habt Ihr denn den Kantor gelassen?«

»Gott zum Gruß, Frau Mechthild«, erwiderte Bertram und verbeugte sich. »Der Kantor bedankt sich für die Einladung, leider ist er krank geworden und kann nicht kommen.«

»Ach, wie bedauerlich! Hoffentlich nichts Ernstes?«

»Nein, nein, nur ein Schwächeanfall, der *Infirmarius* hat ihm ein paar Tage Bettruhe verordnet. Die lange Reise zur Krönung hat ihm wohl etwas zugesetzt.«

»Nun gut, dann legt den Mantel ab und kommt schnell ins Warme. Ein Becher Würzwein wird Euch sicher guttun.« Sie gab einer herbeieilenden Magd ein Zeichen, sich um den Mantel zu kümmern, und geleitete Bertram in den Saal. Fides folgte langsam. Sie wollte den Lehrer nicht aus den Augen verlieren, verspürte aber wenig Lust auf eine weitere Begegnung mit Simon. Aber natürlich steuerte Mechthild direkt den Familientisch an. Simon war immer noch am Essen und hob kaum den Kopf, als seine Mutter mit dem neuen Gast an den Tisch trat. Ihr Vater dagegen stand auf und begrüßte Bertram freudig. Da brauchte sie jetzt gar nicht mehr hingehen, wenn der erst einmal mit seinen Pergamenten anfing, war so schnell kein Ende abzusehen. Obwohl, warum eigentlich nicht? Mit Pergamenten kannte sie sich schließlich aus, da ging ihr bestimmt nicht der Gesprächsstoff aus. Und es konnte ja wohl niemand etwas dagegen haben, wenn sie sich mit einem Kunden ihres Vaters unterhielt. Sie warf einen zaudernden Blick zum Tisch. Bertram hatte sich inzwischen neben ihren Vater gesetzt. Gerade warf er beim Lachen den Kopf zurück. Außergewöhnlich dunkle Locken hatte er, fast wie ein Italiener. Und er trug nur eine winzige *Tonsur* ...

»He, hast du etwa ein Auge auf den hübschen Klosterzögling geworfen?« Fides fuhr erschrocken herum und blickte in Barbaras lachende Augen. Die Freundin zwinkerte ihr verschwörerisch zu.

Fides errötete. »Ach was, ich habe nur Mechthild nachgesehen.«

Barbara hob vielsagend die Augenbrauen. »Wer's glaubt ... und sag mal, was habe ich beim Essen über dich und Simon gehört? Ihr seid praktisch verlobt und du erzählst mir nichts davon? Ich bin deine beste Freundin!«

»Hör mir bloß mit der Geschichte auf! Ich weiß nicht, was meine Mutter geritten hat. Bloß weil wir als Kinder ab und zu miteinander gespielt haben, sind wir noch lange nicht verlobt! Ich kann ihn nicht einmal leiden. Der ist noch genauso tumb wie damals.«

»Ach, es gibt Schlimmere«, sagte Barbara. Dann grinste sie spitzbübisch. »Aber mit so einem gebildeten Herrn aus dem Grossmünster kann er natürlich nicht mithalten. Erzähl, woher kennst du ihn? Habt ihr was?«

»Natürlich nicht! Das ist ein Kunde von meinem Vater. Er ist Lehrer am Grossmünster und kam vor ein paar Wochen zu uns, um Pergamente auszusuchen.«
»So jung und schon Lehrer? Ach, das muss dieser Bertram sein, der beim Kantor wohnt.«
Fides machte große Augen. »Du kennst ihn?«
Barbara knuffte sie in die Seite. »Er interessiert dich ja doch, gib's zu.« Dann fuhr sie fort: »Hedwig, die Frau vom Kantor, lässt bei uns nähen und hat es erzählt.« Sie sah Fides forschend an. »Soll ich mich ein wenig umhören? Du glaubst gar nicht, was die Kunden alles ausplaudern, wenn sie zur Anprobe kommen.«
Fides zuckte die Achseln. »Wenn du magst ...«
»Na gut, dann eben nicht.«
Erschrocken sah Fides die Freundin an, die in schallendes Gelächter ausbrach. »Ach Fides, du bist so leicht zu durchschauen. Natürlich hör ich mich um. Aber genug davon, hör nur, die Musiker fangen an.«
Sie zog Fides mit sich zu dem Platz, an dem vorher die große Tafel gestanden hatte. Die Dienstboten hatten die Tischplatten und Böcke entfernt und die Bänke an die Wände gerückt, sodass freier Raum zum Tanzen entstanden war. Besonders viel Platz gab es nicht, aber für einen einfachen Reigen würde es reichen. Eine Gruppe von vier bunt gekleideten Musikern war gerade dabei, ihre Instrumente zu stimmen. Einer gab den Takt mit einer Trommel vor, während er gleichzeitig eine Einhandflöte bediente. Zwei Fiedler zupften an ihren Saiten herum und der vierte entlockte seiner Schalmei nasale Töne.
Zahlreiche Gäste warteten bereits auf den Beginn des Tanzes. Fides musterte sie unauffällig. Sie konnte weder ihre Eltern noch Bertram entdecken. Wohin waren sie nur verschwunden? Ihr Gespräch mit Barbara hatte doch höchstens ein paar Minuten gedauert. Hoffentlich war der Lehrer nicht gleich wieder gegangen! Vielleicht kam er ja zurück, wenn der Tanz anfing. Ungeduldig wippte sie auf den Fußspitzen. Plötzlich spürte sie eine

Hand um ihre Taille. Sollte er wirklich so keck sein? Überrascht drehte sie sich um – und starrte direkt in Simons glasige Augen.

»Fides, da bissu ja endlich«, lallte er ihr ins Ohr.

Fides wandte den Kopf zur Seite, um seinem weingeschwängerten Atem zu entgehen. Himmel, der Kerl war sturzbetrunken. »Simon, lass das!«

»Was hassu denn? Komm, trink 'nen Schluck, und dann will ich mit mein Braut tanzen.« Er bot ihr den Weinbecher an, den er in der anderen Hand hielt. »Simon, lass mich endlich los!« Fides versuchte mit aller Macht, sich aus Simons Griff zu befreien.

Barbara kam ihr zu Hilfe. Energisch packte sie ihn am Arm. »Simon, das reicht jetzt! Du hast schon mehr als genug getrunken! Geh nach draußen, frische Luft wird dir guttun!«

Simon riss sich so ungestüm los, dass der Wein in hohem Bogen aus seinem Becher schwappte und sich über Fides' Kleid ergoss. Fassungslos starrte sie auf den dunklen Fleck, der sich auf ihrem *Surkot* ausbreitete.

»Simon, jetzt schau, was du angerichtet hast!«, rief sie aufgebracht.

Der starrte sie dümmlich an. »Wie'sn das passiert?«, murmelte er verwirrt. Unbeholfen versuchte er, die Weinflecken von Fides' Brust zu wischen, während seine Kameraden sich vor Lachen auf die Schenkel klopften.

»Nimm deine Pfoten weg!«, schimpfte sie und versuchte, seine Hände wegzustoßen.

»Lasst sofort die Dame los!«, ertönte auf einmal eine feste Stimme und eine Hand packte Simon an der Schulter. Der ließ Fides endlich los und drehte sich um.

»Was'n das für'n Vogel«, nuschelte er und maß Bertram überrascht von Kopf bis Fuß. Fides rieb sich den Arm und sah verlegen zu Boden. Sie schüttelte ihre Locken nach vorne, um die schlimmsten Flecken zu verdecken. Am liebsten wäre sie im Erdboden versunken. Der Lehrer erwischte sie immer im richtigen Moment! Bertrams Blick ging zwischen ihr und Simon hin und her.

»Was glotzt du denn so blöd?«, fuhr ihn Simon an. »Ich kann mit meiner Braut machen, was ich will!«

Jetzt reichte es ihr aber. Mit diesem Braut-Gerede musste ein für alle Mal Schluss sein. »Ich bin nicht deine Braut!« Fides verschränkte die Arme vor der Brust und starrte Simon herausfordernd an.

Der schleuderte fluchend seinen Becher zu Boden. »Das wollen wir doch mal sehen! Du wirst mich hier nicht zum Gespött der Leute machen!« Er trat rasch auf Fides zu und wollte sie in seine Arme ziehen. Sie sprang zur Seite, stolperte dabei über den Becher und wäre zu Boden gegangen, wenn Bertram sie nicht im letzten Moment aufgefangen hätte. Vorsichtig richtete er sie wieder auf und schob sie hinter sich. Gerade noch rechtzeitig riss er seine Arme hoch, um einen Faustschlag von Simon abzuwehren, der sich wutentbrannt auf ihn gestürzt hatte. Gemeinsam taumelten sie in eine Gruppe von Zuschauern, die sich lautstark beschwerte.

»Was ist hier los?« Wie aus dem Nichts tauchte Simons Vater neben Fides auf. Seine gebieterische Stimme übertönte den Tumult. Die Musiker hörten auf zu spielen. Das Lachen und Reden ringsum verstummte. Konnte es noch peinlicher werden? Fides wollte etwas sagen, doch die Worte blieben ihr im Hals stecken. Johanns Blick glitt über ihr verschmutztes Kleid und dann hinüber zu seinem Sohn. Der fuhr sich dümmlich grinsend mit einer Hand durch die Haare und hatte sichtlich Mühe, gerade zu stehen.

»Simon, warst du das? Musst du dich derartig besaufen? Du kannst ja kaum mehr stehen!«

Simon murmelte etwas Unverständliches. Inzwischen wurde der Kreis der Zuschauer immer größer. Fides sah ihre Eltern näher kommen und wollte nur noch weg. Sie legte dem aufgebrachten Gerber die Hand auf den Arm. »Johann, es war wirklich nur ein dummes Missgeschick ...«

Doch der war offensichtlich nicht gewillt, die Sache auf sich beruhen zu lassen. Er holte aus und gab seinem Sohn eine kräftige Backpfeife.»Es macht keinen guten Eindruck vor dem *Antwerk*, wenn sich ein angehender Meister derartig gehen lässt! Ich erwarte, dass du dich bei unseren Gästen für dein unmögliches Benehmen entschuldigst.«

Simon war durch die Wucht des Schlages zurückgetaumelt. Er hielt sich die Wange und blinzelte mit den Augen. Dann stieg ihm die Zornesröte ins Gesicht. Er zeigte auf Bertram und schrie:»Der is schuld! Der wollte was von mein Mädchen!« Er ballte die Fäuste und wollte sich auf Bertram stürzen. Fides schlug erschrocken die Hand vor den Mund. Doch Simons Vater sprang dazwischen und drehte ihm unsanft den Arm auf den Rücken. Simon wehrte sich wie ein Besessener und trat wild um sich. Erst als ein paar kräftige Männer mit anpackten, gelang es ihnen, den tobenden Jungen aus dem Saal zu schleifen. Aufatmend drehte sich Fides zu Bertram um. Sie wollte sich bei ihm für sein Einschreiten bedanken, doch die Mutter kam ihr zuvor.

»Da sieh nur, was du angerichtet hast, Fides!«, zeterte sie. »Uns so vor allen Leuten zu blamieren.«

Fides starrte ihre Mutter ungläubig an.

Bertram räusperte sich.»Die Jungfer Fides konnte wirklich nichts dafür. Es war ein …«

Der Vater schnitt ihm freundlich, aber bestimmt das Wort ab.»Lasst es gut sein. Das ist Familiensache. Ich glaube, es ist besser, wenn wir jetzt gehen.« Fides wollte protestieren, doch er nahm sie beim Arm und dirigierte sie Richtung Ausgang.

»Fides, wir gehen jetzt.«

Wenn der Vater diesen Ton anschlug, war Widerstand zwecklos. Und dabei hatte sie sich so auf die Musik und den Tanz gefreut. Und auf Bertram. Sie warf ihm einen letzten Blick zu und folgte mit hängenden Schultern ihren Eltern nach draußen.

6. Kapitel

Zürich, Niederdorf, Pergamenterhaus, Montag, 8. Januar 1274, kurz nach Dreikönig

Der Winter hatte Einzug gehalten und seit drei Tagen schneite es ohne Unterlass. Die Menschen verkrochen sich in ihre Häuser und gingen nur im äußersten Notfall vor die Tür. Auf dem Regenfass im Hof hatte sich eine dünne Eisschicht gebildet und der Weg zum Brennholzschuppen und zum Abort war die reinste Rutschpartie. Fides und ihr Vater nutzten die ruhige Zeit, um die Werkstatt gründlich aufzuräumen und zu putzen. Außerdem konnten sie so der Mutter aus dem Weg gehen, die seit dem Gerberball übelster Laune war. Denn der Vater hatte sich auf die Seite seiner Tochter gestellt: Auch wenn er eine Verbindung mit der Familie seines ältesten Freundes begrüßt hätte, würde er Fides keinen ungeliebten Mann aufzwingen, erst recht nicht, wenn sich dieser Mann als Trunkenbold entpuppte. Und überhaupt habe es seiner Ansicht nach keine Eile mit einer Vermählung. Sie schaufelten gerade einträchtig das auf dem Boden ausgelegte Stroh in einen großen Sack, als heftig an die Tür gepocht wurde, die gleich darauf aufflog und gegen die Wand knallte.

Eine dick vermummte Gestalt taumelte in einer Wolke von Schneestaub in die Werkstatt. »Verzeihung«, keuchte der Eindringling und schlug die Tür wieder zu. »Ganz schön windig da draußen.« Ein rabenschwarzer Haarschopf schälte sich aus der Kapuze.

»Herr Bertram!«, rief Fides überrascht. Ihr Herz begann zu klopfen. Unwillkürlich zupfte sie ein paar Locken unter ihrer Haube hervor. »Was macht Ihr denn bei diesem fürchterlichen Wetter draußen?«

»Ach, Ihr kommt bestimmt wegen der Bögen, über die wir auf dem Fest gesprochen haben«, schaltete sich der Vater ein. »Fides, hilf dem Herrn Lehrer aus dem Mantel, bevor hier alles nass wird.« In der Tat hatte sich zu Bertrams Füßen bereits eine kleine Lache gebildet. Bertram lächelte ihr entschuldigend zu und löste die Schnur seines Umhangs. Fides nahm ihm den Mantel ab und trug ihn zu einem Haken neben der Eingangstür. Als sie ihn aufhängte, stieg ihr ein bekannter Geruch in die Nase. Sieh an, dachte sie und lächelte. Auch beim Kantor verwendete man offenbar Nelkenöl gegen Motten und anderes Ungeziefer. Bertram hatte sich unterdessen ihrem Vater zugewandt.

»Ich benötige acht große Bögen feinstes Pergament, aber wirklich gutes, schön hell und ohne Risse oder Löcher.« Fides traute ihren Ohren nicht. Hatte ihm etwa die letzte Lieferung nicht gepasst? »Wir haben nur gute Pergamente«, rief sie empört. »Löchriges Pergament gibt's an der Sihl.« Im selben Moment hätte sie sich am liebsten die Zunge abgebissen. Wahrscheinlich war der Lehrer gar nicht gekommen, um sich über die letzte Bestellung zu beschweren.

Bertram sah sie überrascht an. »Das weiß ich, deshalb komme ich ja hierher. Ich hatte es Eurem Vater schon erklärt, es ist für ein Geschenk an den König.«

»Oh«, machte Fides und schlug die Augen nieder. »Für den König ...« Wie dumm von ihr. Sie rollte den Saum ihrer Schürze zwischen den Fingern und registrierte, wie fadenscheinig der Stoff war. Ausgerechnet heute hatte sie auch noch ihre ältesten Sachen an. Er musste sie für einen richtigen Bauerntrampel halten. Dann blickte sie ihn wieder an. »Acht Bögen – dann wird es wohl kein Roman?«

Bertram lachte auf. »Nein, zum Glück nicht. Das wäre in der kurzen Zeit wohl kaum zu schaffen. Meister Konrad hat ein Preisgedicht auf die Krönung verfasst, das ich ins Reine schreiben soll. Der Kantor will es dem König persönlich übergeben, wenn er Ende Januar nach Zürich kommt.«

Der Pergamenter lächelte. »Dann wollen wir mal nachsehen, ob wir ein paar Bögen finden, die eines Königs würdig sind.« Er ging in den Nebenraum der Werkstatt und begann, in seinen Vorräten zu kramen.

Bertram warf ihm einen kurzen Blick nach. Dann trat er näher zu Fides und raunte ihr zu: »Ich bin froh, dass es Euch gut geht. Ihr seid auf dem Fest so schnell verschwunden.«

Fides' Herz begann wieder zu klopfen. Er hatte an sie gedacht! Doch bevor sie antworten konnte, kam ihr Vater mit den Pergamentbögen auf Bertram zu. »Seht, hier habe ich vier sehr schöne Doppelbögen ohne Makel – meine Tochter soll sie gut einrollen, damit sie bei dem üblen Wetter keinen Schaden nehmen. Ich muss wieder an die Arbeit. Richtet dem Kantor meine Grüße aus.«

»Das werde ich«, erwiderte Bertram. »Vielen Dank, Meister Hermann. Ich muss auch wieder zurück.«

Während ihr Vater den Raum verließ, rollte Fides die Bögen zusammen und schlug sie in gewachstes Leinen ein. »Das sollte dem Wetter standhalten, bis Ihr daheim seid.« Bertram griff an seinen Gürtel, dann sah er erschrocken auf. »Das ist mir jetzt aber peinlich. Ich habe tatsächlich meine Geldkatze vergessen.«

Fides zögerte. Dem Vater war es sicher recht, aber die Mutter hatte ihr eingeschärft, keine Pergamente ohne Bezahlung herauszugeben. Andererseits war das Grossmünster ein guter Kunde. Und so hätte der Lehrer auf jeden Fall einen Grund, um wiederzukommen. Sie gab sich einen Ruck und lächelte. »Das macht nichts, Herr Bertram. Ich setze es auf die Rechnung und Ihr bezahlt einfach beim nächsten Mal. Ihr kommt doch sicher öfters?«

Bertram nickte erleichtert. »Ihr seid sehr freundlich, Jungfer Fides.« Er griff sich den Mantel vom Haken und wickelte sich darin ein. Dann nahm er das Paket aus Fides' Händen entgegen. Einen Herzschlag lang hielt er ihre Finger fest. Bertram sah ihr in die Augen. »Ich komme sicher zurück. Spätestens, wenn der Königsempfang vorbei ist.« Er nickte ihr zu, öffnete die Tür und ging davon.

Aber das sind ja noch über zwei Wochen, dachte Fides enttäuscht und schloss die Tür hinter ihm. Nun gut, dann würde sie die Zeit eben nutzen, sich eine neue Schürze zu nähen. Noch einmal sollte er sie nicht mit dem schäbigen Teil sehen.

»Hab ich dir nicht gesagt, dass du nichts anschreiben sollst?«

Fides zuckte zusammen. »Mutter! Hast du mich erschreckt, ich hab dich gar nicht hereinkommen hören.«

»Kein Wunder, warst wohl zu beschäftigt, diesen Kanoniker zu hofieren! Solche Leute hab ich gerne, vornehm tun, aber die Ware nicht bezahlen!«

»Mutter, jetzt sei doch nicht so. Bisher sind die Rechnungen vom Grossmünster immer bezahlt worden.«

»Dann wollen wir mal hoffen, dass es dabei bleibt! Und jetzt komm mit in die Küche, Mechthild hat mir ein paar Rezepte für Simons Lieblingsgerichte gegeben. Du willst ihm doch ein gutes Eheweib sein.«

»Mutter, wann hörst du endlich mit dieser Simon-Geschichte auf? Vater sagt, es gibt überhaupt kein Hochzeitsversprechen! Also lass mich mit diesem Vielfraß in Ruhe, ich werde ihn ganz bestimmt nicht heiraten!«

Die Mutter vergewisserte sich durch einen prüfenden Blick in den Nebenraum, dass sie allein waren. Dann trat sie einen Schritt auf Fides zu und zischte: »Jetzt will ich dir mal was sagen, junge Dame. Glaube nicht, dass du so wählerisch sein kannst, was das Heiraten betrifft. Dein Vater mag der beste Pergamenter der Stadt sein, aber von Geschäften versteht er nichts. Brütet ständig über neuen Rezepturen, statt sich um den Verkauf zu kümmern. Von daher wäre es wünschenswert, wenn du eine gute Partie machst. Und du solltest dir damit nicht allzu viel Zeit lassen. Wir haben Schulden und der Jude wartet nicht ewig auf sein Geld. Willst du, dass wir unser Haus verlieren und an die Sihl ziehen müssen?«

Fides starrte ihre Mutter mit offenem Mund an. Stand es wirklich so schlimm? Dass sie keine Reichtümer besaßen, wusste sie ja, aber bisher hatte noch jeden Tag genug zu essen auf dem Tisch gestanden. Und das neue Kleid? Wie hatten sie sich das leisten können?
»Ja, da schaust du! Und jetzt schließ die Werkstatt ab und komm endlich in die Küche! Bei dem Wetter kommt sowieso kein Mensch mehr.« Sie lief zum Hinterausgang. An der Tür drehte sie sich noch einmal um. »Und lass deinen Vater aus dem Spiel! Ich meine es nur gut mit dir, du wirst dich schon an Simon gewöhnen.«
Wie betäubt ging Fides zur Haustür und schob den Riegel vor. Das donnernde Krachen hatte etwas Endgültiges.

7. Kapitel

Zürich, Chorherrenstube des Grossmünsters, Donnerstag, 25. Januar 1274

Die Nacht war hereingebrochen, doch in der Chorherrenstube ging es hoch her. Noch immer drängten sich Menschen vor dem Gebäude, um wenigstens einen Blick auf den König und seinen Hofstaat zu erhaschen. Vergeblich, denn ein paar kräftige *Rebleute* bewachten den Aufgang zum Festsaal mit ihren Knüppeln und ließen nur noch geladene Gäste passieren. Die anderen mussten sich mit dem Stimmengewirr und Gelächter begnügen, das aus den trotz der winterlichen Witterung weit geöffneten Fenstern drang. Oben saßen die Gäste dicht gedrängt an den reich gedeckten Tischen und labten sich an nahrhafter Suppe, Fleischpasteten, gegrillten Hühnern und gesottenem Rindfleisch. An der königlichen Tafel prangte ein ansehnlicher Hirschbraten auf einer großen Platte, umgeben von Rebhühnern, Fasanen und Wachteln aus den Wäldern der Fürstäbtissin. Neben dem hausgebrauten Bier fand vor allem der warme Würzwein regen Zuspruch. Nach der langen Reise durch die winterliche Kälte und den endlosen Prozessionen durch die Stadt waren alle froh, endlich im Warmen zu sein, und dementsprechend ausgelassen war die Stimmung.

Während der Kantor und der Propst an der königlichen Tafel Platz genommen hatten, saß Bertram mit Rüdiger Manesse und dessen Sohn Johannes am Tisch der Ratsherren. Trotz des hohen Geräuschpegels hatte er Mühe, die Augen offen zu halten. Die letzten Tage hatte er nur wenig und dazu schlecht geschlafen, denn die Vorbereitungen des Königsempfangs hatten allen Mitgliedern des Stiftes große Anstrengungen und Opfer abverlangt. Es war zwar die Aufgabe der Fürstäbtissin, als Stadtherrin den König zu empfangen, doch nahm der König anschließend Wohnung in der Propstei. Dort konnte allerdings nur die königliche Familie untergebracht werden, das übrige Gefolge war auf die Stadt verteilt worden. Auch im Haushalt des Kantors waren Gäste einquartiert worden, und so hatte Bertram die Nacht auf einem schmalen Strohsack in der Küche bei dem Gesinde verbracht. Seine Kammer hatte er dem Neffen des Propstes überlassen, der in der Nacht aus Bologna angereist war. Der Schlafmangel und die warme Luft im Saal begannen ihren Tribut zu fordern. Er gähnte herzhaft.

»He, du wirst doch jetzt nicht schlappmachen, wo es anfängt, lustig zu werden!« Bertram spürte Johannes' Ellenbogen in der Seite und riss sich zusammen. Lautenklänge durchdrangen das Stimmengewirr und die Gespräche verstummten. Bertram reckte den Hals, um besser sehen zu können, doch ständig schoben sich Dienstboten und andere Gäste in sein Blickfeld. Ein kräftiger Bariton setzte ein.

»Nun seht, welch Wunder Gott zu wirken vermag!
Speer und Kron auf Trifels lagen dort manchen Tag
Bevor sich jemand ihrer anmaß
Nach des Kaiser Friedrichs Zeit
Gab es fünf Könige, von denen seit
dem keiner den Thron zu Aachen besaß!«

Die Zuhörer lachten, doch der Sänger brachte sie mit einem lauten Akkord wieder zum Schweigen und fuhr fort:

»Wie viel sie auch einsetzten an Arbeit
An Kosten, Geschenken und Gaben
Das Reich war für sie nicht bereit
Nun hat es von Habsburg der Grafen
Der edle Rudolf unverzagt
Heil dem von Gott auserwählten Schwaben!«

Johlend trommelten die Gäste auf die Tische und forderten eine Zugabe. Bertram klatschte mit und flüsterte gleichzeitig zu Rüdiger: »Wer ist das? So genau hat der das mit der Wahrheit aber nicht genommen, Wilhelm und Richard sind doch in Aachen gekrönt worden?«

»Ja, aber die *Reichsinsignien* haben sie nie bekommen – das war schon ein kluger Schachzug von dem Habsburger, sich auf dem Weg zur Krönung die Reichskleinodien zu sichern. Aber still, es geht weiter, ich glaube, jetzt nimmt er sich den Pfalzgrafen vor.«

Bertram lehnte sich zurück und konnte einen Blick auf einen graubärtigen Mann von vielleicht vierzig Jahren erhaschen, der einen Arm um eine junge Frau geschlungen hatte und mit der anderen Hand einen Becher hob. Das musste Ludwig der Strenge sein mit Mathilde von Habsburg, die er am Krönungstag ihres Vaters geheiratet hatte. Jetzt konnte Bertram auch den Sänger entdecken, er stand an der Schmalseite der Tafel, hatte einen Fuß auf die Bank gestellt und balancierte sein Instrument auf dem Knie. Nach ein paar Lautenschlägen warf er den Kopf in den Nacken und begann wieder zu singen:

»So ist geschmückt das Bayernland
Mit einem Fürsten, der löset unser Pfand

Er ist allem Falsch und aller Untreue bar
Wie unsre Luft so hell und klar

Als des Römischen Reiches erster Wähler bei der Kür
Der Laienfürsten hatte er Schlüssel und Tür
Ludwig – Herzog und Pfalzgraf genannt.«

Beifall brandete auf und der Sänger verbeugte sich schwungvoll vor Ludwig dem Strengen, der ihm lachend zunickte. Rüdiger grinste. »Ja, wer weiß, ob Rudolf ohne die Fürsprache des Pfalzgrafen so einhellig gewählt worden wäre. Nicht für nichts hat er ihm seine älteste Tochter zur Frau gegeben.«

Bertram fragte leise: »Wer ist denn nun der Sänger? Den habe ich hier noch auf keinem Fest gesehen, ist das einer der Fahrenden?«

»Das muss der von Rumelant sein«, erklärte Rüdiger. »Er stammt aus Sachsen, hat aber längere Zeit am Hof des Pfalzgrafen gelebt und ist wohl mit dessen Gefolge weiter zur Krönung gereist.«

Bertram nahm einen Schluck von seinem Wein. »Wie schade, dass man die Lieder immer nur auf Festen hört. Und wie schnell sind sie vergessen.«

Rüdiger nickte nachdenklich. »Man sollte sie für die Nachwelt festhalten. Wie die großen Dichtungen, den ›Parzival‹ oder die Tristangeschichte.«

Bertram lachte. »Das kann man doch nicht vergleichen. An einem Roman kann man sich auch beim bloßen Lesen erfreuen, aber Lieder leben doch vor allem vom Vortrag des Sängers.«

»Trotzdem. Man sollte sie aufschreiben. Die Messgesänge werden doch auch aufgeschrieben, schon seit Hunderten von Jahren, in *Gradualen* und *Psaltern*. Manchmal sogar mit Bildern – du hast doch letztes Jahr selbst die *Miniaturen* für euer *Graduale* angefertigt? Und Meister Konrad hat in seinem *Liber Ordinarius* die ganze Gottesdienstordnung des Grossmünsters festgelegt, mit allen Gesängen und Texten.«

Bertram nickte nachdenklich. »Ihr habt recht. Eine Liedersammlung. Vielleicht sogar mit Bildern der einzelnen Sänger – so wie die Davidbilder am Anfang des *Psalters*.«

Johannes war sofort Feuer und Flamme. »Vater, das machen wir. Sobald wir mit den Romanen fertig sind.« Rüdiger lachte. »Gemach, gemach, so ein Werk will gut geplant sein. Und es wird Unsummen verschlingen. Vielleicht können wir noch einige unserer Freunde für die Idee begeistern, das würde das Sammeln erleichtern und die Kosten senken.«

»Ich lasse mich immer für gute Ideen begeistern«, ertönte plötzlich eine fröhliche Stimme direkt über ihren Köpfen. Bertram und seine Freunde blickten überrascht auf. Ein blonder Mann um die Dreißig war an ihren Tisch getreten, er trug einen pelzgefütterten dunkelblauen *Surkot* über einem purpurfarbenen Gewand mit kostbaren goldenen Säumen.

»Ich glaub es nicht, der Klingenberger!«, rief Rüdiger und sprang auf, um den Neuankömmling zu umarmen. Auch Johannes erhob sich. »Mensch, Heinrich, was machst du hier? Ich denke, du bist in Bologna!«

Der Mann erwiderte die Umarmung lachend und ließ sich dann neben Bertram auf die Bank gleiten. »Ach, ich hatte einfach Sehnsucht nach dem wunderbaren Klima hier. So ganz ohne Schneematsch und Eis fehlt einem doch was.«

»Und da hast du wirklich einen Führer gefunden, der wahnsinnig genug war, im Winter über die Alpen zu gehen?«

Der Klingenberger feixte und nahm einen herzhaften Schluck aus Bertrams Becher. »Nun, ich gebe zu, es hat mich einiges an Geld und Überredungskunst gekostet. Die Reise war nicht gerade angenehm, aber wie ihr seht, bin ich rechtzeitig angekommen!«

»Du bist wirklich ein Teufelskerl! Und was hast du jetzt vor? Pekuniär scheint es dir ja gut zu gehen, wenn ich mir deine Kleidung so anschaue. Bist du schon fertig mit deinem Studium?«

Heinrich zupfte sein Obergewand zurecht, sodass das Pelzfutter besser zur Geltung kam, und grinste spitzbübisch. »Man ist doch nie fertig mit seinen Studien, oder? Vorläufig hat mir mein Onkel eine *Pfründe* im Breisgau besorgt. Und dann haben wir ja jetzt einen neuen König, der alles daransetzen will, die alten Besitzverhältnisse des Reiches wiederherzustellen. Das bedeutet jede Menge Prozesse, Verhandlungen, Urkunden. Ich bin sicher, die königliche Kanzlei hat Bedarf an fähigen Männern. Und ich brenne darauf, meine frisch erworbenen juristischen Kenntnisse zum Wohl des Reiches einzusetzen.«

Rüdiger lachte. »Du meinst wohl, vor allem zu deinem eigenen Wohl an einer gut dotierten Stelle! Du hast dich nicht geändert, immer noch ist das Beste gerade gut genug für dich.«

Bertram war dem Gespräch aufmerksam gefolgt. Dieser Klingenberger schien keine Zweifel daran zu haben, dass ihm alles gelingen würde! Ihre Blicke trafen sich. Heinrich lächelte ihn an. »Seid Ihr nicht der Ziehsohn von Meister Konrad, der mir freundlicherweise sein Bett abgetreten hat? Da ich gestern erst so spät angekommen bin, hatten wir noch keine Gelegenheit, uns bekannt zu machen.«

Bertram nickte höflich. »Ja, ich heiße Bertram. Ich bin Lehrer für die jüngsten Schüler am Grossmünster.«

Johannes knuffte ihn in die Seite. »Nur nicht so bescheiden, mein Guter!« Und an den Klingenberger gewandt fuhr er fort: »Bertram ist nicht nur Lehrer, sondern der beste Schreiber, den sie am Grossmünster haben, und darüber hinaus ein begnadeter Illustrator. Man könnte glatt meinen, seine Figuren würden gleich aus dem Bild spazieren, so lebendig sind sie gemalt!« Bertram lächelte verlegen.

Der Klingenberger betrachtete ihn forschend. »Tatsächlich? Nun, dann sollten wir uns morgen nach dem Frühmahl weiter unterhalten, vielleicht habe ich einen Auftrag für Euch. Aber jetzt entschuldigt mich, ich möchte meine Base begrüßen, die ich über ein Jahr nicht gesehen habe.« Er erhob sich und ging mit ausgebreiteten Armen einer schlanken Frau entgegen, die sich dem Tisch näherte. Sie war nicht mehr die Jüngste, vielleicht Mitte dreißig, aber eine ausgesprochene Schönheit und exquisit gekleidet. Über einem bodenlangen dunkelblauen Samtkleid trug sie einen pelzgefütterten weinroten Umhang. Das weizenblonde Haar war in dicken Flechten um den Kopf gelegt und wurde von einem perlenbesetzten Haarnetz gehalten. In ihren tiefblauen Augen glänzte es feucht, als sie ihrem Vetter entgegeneilte. Als sie näher kam, bemerkte Bertram feine Fältchen um ihren schön geschwungenen Mund, die ihrem Lächeln etwas Schwermütiges gaben.

So würde ich die Muttergottes unter dem Kreuz malen, schoss es Bertram in den Sinn und er bedauerte, dass er kein Zeichenmaterial dabeihatte, um den Moment festzuhalten. »Wer ist das?«, wandte er sich fragend an Johannes. »Gehört sie zum königlichen Gefolge?«

Johannes lachte hellauf. »Du musst eindeutig mehr Zeit auf den hiesigen Festen verbringen, statt immer nur über deinen Büchern zu hocken! Du kennst sie, hast sie vermutlich schon öfters gesehen – allerdings in etwas anderer Gewandung.«

Bertram starrte ihn begriffsstutzig an. Er konnte sich beim besten Willen nicht besinnen, die Frau schon einmal gesehen zu haben. An diese prächtigen Haare hätte er sich bestimmt erinnert.

»Das ist Elisabeth von Wetzikon, unsere Fürstäbtissin!«

»Nicht wahr!« Fassungslos sah Bertram der schlanken Gestalt hinterher, die sich beim Klingenberger untergehakt hatte und an seiner Seite den Saal verließ. Natürlich hatte er die Äbtissin schon auf diversen Prozessionen und Gottesdiensten erlebt, doch dann befand sie sich in vollem Ornat und unter dem Schleier war nicht viel zu erkennen. Er schüttelte verwundert den Kopf. »Offen gestanden habe ich mir nie Gedanken darüber gemacht, dass unter dem dunklen Habit eine so schöne Frau stecken könnte. Und sie ist mit den Klingenbergers verwandt?«

»Ja«, antworte Johannes. »Heinrich und Elisabeth sind wohl als Kinder zusammen aufgewachsen. Böse Zungen behaupten, dass sie sich näher stünden, als es sich für Vetter und Base geziemt, und dass Elisabeth deshalb ins Kloster gegangen sei. Aber das sind alles nur Gerüchte. Erfolgreiche Menschen haben eben viele Neider.«

Und Rüdiger ergänzte: »Für die Abtei ist sie sicher eine Bereicherung. Auch wenn ihre Wahl zur Äbtissin für viel Ärger gesorgt hat, muss inzwischen jeder zugeben, dass sie ihre Sache gut macht. Sie hat fast alle Schulden getilgt, obwohl sie für den Neubau der Abteikirche hervorragende Steinmetze eingesetzt hat. Für die Stadt hat sie einen neuen Marktplatz auf ihrem ehemaligen Friedhofsareal errichten lassen und ihre guten Beziehungen zum König sind auch nicht zu verachten.«

Bertram überlegte. »Wenn sie so kunstinteressiert und tüchtig ist, hat sie womöglich Interesse, an einer Liedersammlung mitzuwirken.«

Johannes und Rüdiger starrten ihn einen Moment überrascht an und brachen dann in schallendes Gelächter aus. Rüdiger hob seinen Becher und prostete Bertram zu: »So gefällst du mir, mein Junge – man muss die Gelegenheiten erkennen, wenn sie einem über den Weg laufen. Auf dass unsere Vorhaben gelingen mögen!« Er leerte den Becher in einem Zug und Johannes und Bertram taten es ihm nach.

8. Kapitel

Zürich, Kantorhaus, Freitag, 26. Januar 1274, morgens

Die rotbraunen Locken kitzelten ihn an der Wange. Bertram lächelte und strich Fides über das Haar. Sie schmiegte sich an ihn und bot ihm die Lippen zum Kuss. Er senkte seinen Mund auf den ihren und schloss die Augen, um sich ganz diesem wunderbaren Gefühl hinzugeben. Ihre Zungenspitze erkundete seine Mundwinkel. Ihm wurde ganz heiß. Wo hatte ein braves Mädchen so Küssen gelernt? Jetzt leckte sie ihm sogar über die Wange. Er wollte sich zurückziehen, doch er konnte sich nicht bewegen. Die Zunge arbeitete sich zu seinen Ohren vor. Bertram riss erschrocken die Augen auf. Mit einem zornigen Fauchen sprang die Hauskatze von seiner Brust und floh. Angewidert wischte er sich mit dem Ärmel das Gesicht sauber. Was für ein Traum! Er richtete sich auf und rieb sich gähnend die Augen. Ein dumpfer Schmerz pochte hinter seinen Schläfen. War gestern vielleicht doch ein wenig zu viel Wein gewesen.

»Na, schon munter?« Die fröhliche Stimme der Köchin riss ihn aus seinen Gedanken. Jetzt erst bemerkte er das geschäftige Treiben um sich herum. Hedwig und eine Magd waren dabei, den großen Tisch in der Mitte des Raumes zu decken, und auf dem Herd blubberte der Morgenbrei vor sich hin. Hastig sprang Bertram auf. »Guten Morgen, Berta! Ihr seid ja alle schon wach, warum habt ihr mich nicht geweckt?«

»Ach, du hast geschlafen wie ein Stein, der Kantor meinte, wir sollen dich liegen lassen. Er ist schon zur Frühmesse und wird gleich zurückkommen. Du könntest nach oben gehen und unseren Gast wecken.«

Schlagartig war Bertram hellwach. Stimmt ja, der Klingen-

berger schlief in seiner Kammer. Ob er jetzt erfahren würde, was der Neffe des Propstes von ihm wollte? Schnell stieg er die steile Treppe ins Dachgeschoss hinauf und klopfte an die Tür. Ein kräftiges »Herein« erklang. Bertram trat ein. Erstaunt blieb er in der Türöffnung stehen. Heinrich von Klingenberg stand nur mit einer *Bruoche* bekleidet in der Zimmermitte und turnte. Aus der geöffneten Dachluke im First strömte kalte Morgenluft ins Zimmer. Bertram fröstelte unwillkürlich. »Guten Morgen! Das Frühstück ist fertig, falls Ihr herunterkommen möchtet. Sonst kann Berta Euch auch etwas aufs Zimmer bringen.«
»Nicht nötig, ich komme gerne mit«, erwiderte Heinrich und schloss das Fenster. Er griff sich ein Leinenhemd vom Bett und zog es über seinen muskulösen Oberkörper. Erstaunlich, dass ein Theologiestudent so kräftig ist, dachte Bertram bei sich. Er schien mehr Zeit auf dem Turnierplatz als über den Büchern zu verbringen. Dem Leinenhemd folgte eine Tunika aus dunklem Wollstoff. Heinrich warf Bertram einen forschenden Blick zu. »Habt Ihr noch einen Moment Zeit? Dann setzt Euch, ich möchte Euch etwas zeigen.« Bertram sah sich in der winzigen Kammer nach einer Sitzgelegenheit um und nahm dann auf der äußersten Bettkante Platz. Heinrich kramte in einer kleinen Reisetruhe und brachte ein in Leder eingeschlagenes Päckchen zum Vorschein. Er setzte sich neben Bertram und wickelte es behutsam aus. Ein kleiner *Codex* kam zum Vorschein. Er schlug ihn vorsichtig auf und begann vorzulesen.

»Reine Tugend folgt dem weisen Rat
Den ihr die Lehre edler Herzen gab
Von allem, was ich zu loben weiß
Trägt die Zucht den höchsten Preis.«

Heinrichs angenehme Stimme und der Rhythmus der Verse nahmen Bertram sofort gefangen. »Und, gefällt es Euch?« Heinrich sah Bertram abwartend an.

»Ja, sehr. Von wem ist das? Gottfried von Straßburg?«

Der Klingenberger schmunzelte. »Nein, auch wenn dieser Dichter viel von Gottfried zitiert. Es ist Rudolf von Ems. Er hat einige Romane im Auftrag der Staufer gedichtet. Er lebt nicht mehr, ist vermutlich auf einem Italienzug Konrad IV. gestorben.«

»Und worum geht es in diesem Buch?«

»Um die rechte Lebensweise. Und um die Liebe natürlich. Genauer gesagt, um ein Paar, das sich bereits im Kindesalter verliebt, aber wegen gesellschaftlicher Konventionen einige Jahre getrennt wird.« Er schwieg. In seine Augen trat ein schwermütiger Ausdruck.

Bertram sah ihn abwartend an. »Und? Wie finden sie wieder zueinander?«

Heinrich blickte überrascht hoch. »Woher wisst Ihr, dass sie zueinanderfinden? Kennt Ihr den Roman doch?«

»Nein, aber am Ende finden sie doch immer zueinander, nicht wahr? Zumindest im ›Parzival‹. Manchmal auch erst im Jenseits – wie Tristan und Isolde. Mehr Romane kenne ich leider nicht.«

Heinrich drehte das Buch in seinen Händen. »Ihr habt recht, am Ende finden sie zueinander. Sie schreiben sich Briefe, die ihnen ein Vertrauter überbringt. Und am Ende überzeugen sie ihre Eltern davon, dass sie heiraten können.«

Bertram nahm das Buch in die Hand und schlug den Titel auf. »Wilhelm von Orlens«, las er laut. »Ah, den Namen kenne ich doch. Sein Wappen taucht im *Clipearius Teutonicorum* von Meister Konrad auf. Ist das seine Lebensgeschichte?«

»Ja«, erwiderte Heinrich. »Er verliert seine Eltern sehr früh und wächst schon als Säugling beim Herzog von Brabant auf, der ihm eine gute Ausbildung ermöglicht, ohne ihm seine Herkunft zu verraten. Dann verliebt sich Wilhelm in die englische Königstochter, die aber bereits einem anderen Königssohn versprochen ist.«

Bertram war es, als würde er einen Schlag in die Magengrube erhalten. Das war doch seine Geschichte – in groben Zügen. Auch er war als Säugling bei fremden Leuten aufgewachsen, ohne etwas über seine Herkunft zu wissen. Wusste der Klingenberger etwas über seine Eltern? Kannte er sie vielleicht persönlich? Hatte er ihn deshalb angesprochen? Er schluckte. »Und warum zeigt Ihr mir dieses Buch?«

»Ich möcht davon eine Abschrift anfertigen lassen. Mit Bildern. Keine Federzeichnungen, sondern echte Bilder, vielleicht sogar mit Gold. Der Preis spielt keine Rolle. Ich kann es mir leisten.«

Bertram starrte ihn mit offenem Mund an. Das wäre in der Tat ein fürstlicher Auftrag. So einen Aufwand trieb man nicht einmal für liturgische Bücher. Die umfangreiche Bibliothek des Grossmünsters enthielt genau drei illuminierte Handschriften: den *Psalter* eines früheren Propstes, eine große Bibel und ein *Graduale*, das Bertram vor zwei Jahren illustriert hatte. Er räusperte sich. »Und warum denkt Ihr da an mich? Ihr kennt mich doch gar nicht.«

Heinrich lächelte. »Tatsächlich hatte ich erst eine Werkstatt in Bologna ins Auge gefasst. Aber mein Onkel hat mir bei meinem letzten Besuch das *Graduale* gezeigt, dessen *Miniaturen* Ihr gemalt habt. Ich war beeindruckt. Ihr habt wirklich großes Talent. Und mein Freund Rüdiger war auch voll des Lobes.« Er sah Bertram an. »Außerdem meinte der Kantor, dass Ihr Aufträge gebrauchen könnt.«

Bertram senkte den Kopf. »Ja, das stimmt. Meine finanzielle Situation ist gerade etwas ... ungewiss.«

Der Klingenberger hob die Schultern. »Wir sind doch alle schon einmal in so einer Lage gewesen. Und, wie ist Eure Meinung? Traut Ihr Euch die Aufgabe zu?«

Bertram war ihm dankbar, dass er nicht weiter nachfragte. Er sah dem Klingenberger direkt in die Augen und bemühte sich um eine feste Stimme. »Zurzeit arbeite ich neben meinen Tätigkeiten hier an einem *Codex* für Herrn Rüdiger. Eine Sammelhandschrift mit Romanen – viel Text, aber nur einfache Zeichnungen in den Initialen, es wird nicht so lange dauern, ihn fertigzustellen. Bis zum Sommer könnte ich fertig sein. Wenn Ihr wollt, könnte ich mir Eure Handschrift einmal ansehen und Euch ein paar Vorschläge zur Ausstattung machen – welches Format, wie viele Textspalten, was für ein Pergament – solche Dinge eben.« Bertram war froh, dass er durch die Vorbereitungen für den Parzivalcodex und die intensiven Gespräche mit Fides' Vater so viel Erfahrung gewonnen hatte, dass er dem Klingenberger Rede und Antwort stehen konnte.

Heinrich klappte das Buch zu. »Wunderbar! Dann lasse ich Euch die Handschrift da, damit Ihr Euch mit dem Text vertraut machen könnt. Ich bin noch ein paar Tage hier, falls Ihr Fragen habt. Und wenn ich das nächste Mal in Zürich bin, sprechen wir über die genaue Ausführung und die Kosten. Und dann schauen wir, ob wir uns handelseinig werden.« Er schlug das Buch wieder in die Lederhülle ein und reichte es Bertram. »Passt gut darauf auf, es ist mir lieb und teuer.«

Bertram nahm es entgegen und nickte. Dann blickte er den Klingenberger an. »Darf ich Euch etwas fragen, etwas Persönliches?«

Heinrich nickte. »Nur zu.«

»Warum gerade dieser Roman? Ich meine, Ihr studiert Theologie und Jura – warum dieser Aufwand für einen Liebesroman?«

Heinrich erhob sich und trat zum Fenster. Er starrte in den Winterhimmel hinaus. Dann gab er sich einen Ruck und drehte sich wieder zu Bertram um.

»Wart Ihr schon einmal verliebt? Ich meine, so richtig verliebt – so sehr, dass diese Frau Euer ganzes Denken und Handeln beherrscht?«

Bertram zögerte. Er erinnerte sich an seinen Traum und ihm wurde wieder heiß. Er schluckte.

Der Klingenberger lächelte. »Ihr seid noch sehr jung. Wenn Ihr Euch einmal richtig verliebt, werdet Ihr es verstehen. Und jetzt lasst uns nach unten gehen, ich habe einen Bärenhunger.«

Bertram verstaute das Buch in seiner Truhe und gemeinsam stiegen sie die Treppe hinab ins Erdgeschoss.

9. Kapitel

Zürich, Franziskanerklosters, Freitag, 26. Januar 1274

Otto atmete ein paarmal tief durch, um seinen Herzschlag zu beruhigen, der nicht nur wegen der steilen Treppe so heftig pochte. Es geschah schließlich nicht alle Tage, dass man zum König gerufen wurde. Auch wenn man diesen König schon viele Jahre aus seiner Grafenzeit kannte. Die markante Stimme Rudolfs war bis auf den Gang zu hören, doch zu seinem Bedauern konnte Otto kein Wort verstehen. Er wusste gerne im Voraus, was auf ihn zukam, daher hatte er sich schon ein paar Minuten lang vor dem Refektorium herumgedrückt. Offenbar nicht lautlos genug, denn die Unterhaltung verstummte abrupt. Es hatte keinen Sinn mehr, zu warten. Otto bemühte sich um einen möglichst unbefangenen Gesichtsausdruck und schlurfte über die Türschwelle. Mit einem raschen Blick durchmaß er den Speisesaal, nahm aus dem Augenwinkel den an der Tafel sitzenden Franziskaner wahr und schritt dann auf den König zu, der ihn in der Mitte des Raumes in einem Lehnstuhl sitzend empfing. Otto hatte nicht erwartet, dass Rudolf von Habsburg nach seiner Krönung in hoffärtigen Prunk verfallen würde, und er sah sich nicht enttäuscht: Der König trug die gleiche zweckmäßige Gewandung, die er schon als Graf bevorzugt hatte, einen kniekurzen grauen Rock und hohe Schaftstiefel aus dunklem Leder – lediglich seine Haltung war vielleicht noch eine Spur aufrechter und stolzer geworden. Otto verbeugte sich andeutungsweise und blieb dann stehen, den Blick seiner eisblauen Augen fest auf Rudolf gerichtet. »Ihr habt nach mir schicken lassen?«

Rudolf lehnte sich in seinem Stuhl etwas nach vorne und kam ohne Umschweife zur Sache. »Ihr habt den Jungen gefunden?«

Otto zögerte einen Moment und warf einen Blick zu dem sitzenden Franziskaner.

Der König war seinem Blick gefolgt und erwiderte ungeduldig: »Sprecht nur frei heraus, das ist Heinrich von Isny, mein engster Vertrauter, er darf alles wissen.« Ach, das war also der berühmte Knoderer, aufgestiegen vom Handwerkersohn zum Guardian des Franziskanerordens in Luzern und jetzt sogar Beichtvater des Königs! Otto nickte und fuhr fort: »Ich habe einen Jungen bei den *Chorherren* des Grossmünsters gefunden, auf den die von Euch gegebene Beschreibung passt. Er ist im nämlichen Alter und wurde dort als Säugling abgegeben.«

»Also doch.« Rudolf warf Heinrich einen bedeutungsvollen Blick zu und wandte sich wieder an Otto. »Konntet Ihr etwas über seine Herkunft erfahren?«

»Nein. Seine Mutter ist wohl bei der Geburt gestorben, die Dienstboten munkeln, sein Vater sei eine hochgestellte Persönlichkeit gewesen. Das sind aber alles nur Gerüchte, gesehen hat ihn noch keiner, vermutlich lebt er gar nicht mehr.« Otto hielt kurz inne. »Ehrlich gesagt weiß ich nicht, inwieweit man den Informationen trauen kann. Die Leute tratschen nur weiter, was sie vom Hörensagen kennen, ich habe niemanden gefunden, der den Jungen bereits im Säuglingsalter kannte. Es ist ja schließlich zwei Jahrzehnte her.«

Der König entspannte sich sichtlich. Er lehnte sich im Sessel zurück, seine Stimme wurde beiläufig. »Und, was habt Ihr bis jetzt unternommen?«

Otto zuckte die Schultern. »Wie Ihr angeordnet habt. Ich habe versucht, ihn einzuschüchtern, bislang ohne Erfolg. Er ist mehr an den schönen Dingen des Lebens interessiert als am Wort Gottes, wie alle Zöglinge des Grossmünsters.« Er warf einen prüfenden Blick auf den König. »Wenn ich wissen dürfte, warum ...«

»Ihr wisst genug!«, erklang es schneidend. Otto schürzte die Lippen, schwieg aber. Rudolf erhob sich und begann, durch den

Saal zu wandern. Dann blieb er vor Otto stehen und sah auf ihn hinunter. Der König überragte ihn um Haupteslänge. In sanfterem Tonfall fuhr er fort: »Sagen wir – der Junge könnte dem Reich Schaden zufügen. Großen Schaden.«

Otto hob überrascht die Augenbrauen.

»Ihr wisst, dass ich den Bettelorden sehr zugetan bin. Ich bin ein tatkräftiger Mann, ich verabscheue Pomp und Hoffärtigkeit, ich will die Ordnung im Reich wiederherstellen, den Landfrieden wahren – wie es meine von Gott verlangte Aufgabe als Herrscher ist.«

Otto nickte. Rudolf war ein Herrscher, der selbst dem Heiligen Franziskus gefallen hätte. Auf dem Feldzug gegen die Regensberger hatte Otto miterlebt, wie Rudolf den letzten Bissen Brot mit seinen Soldaten teilte, im selben Zelt schlief wie seine Männer und sich nicht zu schade war, eigenhändig sein Wams zu flicken oder seine Waffen zu putzen. Eitelkeit lag ihm fern – ein Charakterzug, der seinem engsten Berater offenbar fehlte. Mit einem verächtlichen Blick streifte Otto die teuren Stiefel des Minoriten, der gerade die Beine übereinandergeschlagen hatte, und richtete seine Aufmerksamkeit wieder auf den König.

»Ich habe Euch in mein Gefolge aufgenommen, als Ihr krank und verwirrt vor Winterthur umhergeirrt seid. Ich habe Euch Schutz gewährt bis nach Zürich und dafür gesorgt, dass Ihr wohlbehalten Euer Ordenshaus erreicht.« Rudolf machte eine Pause. Er sah zu Heinrich hinüber, der die Unterhaltung mit steinerner Miene verfolgte und immer noch keinerlei Anstalten machte, daran teilzunehmen. Der König wandte sich wieder an Otto. »Ich brauche Eure Hilfe. Das Reich braucht Eure Hilfe. Der Junge muss weg. Sorgt dafür, dass er verschwindet und niemand seinen Aufenthaltsort kennt.«

Nun war es Otto, der zu Heinrich hinübersah. Doch sein Ordensbruder war ihm keine Hilfe. Regungslos starrte er vor sich hin und ließ die Knoten seines *Zingulums* durch die Finger gleiten. Otto räusperte sich. »Was genau meint Ihr mit ›verschwinden‹? Einfach nur weg aus Zürich, oder ...« Er vollendete den Satz nicht.

Der König sah ihn unwillig an: »Sorgt dafür, dass niemand ihn jemals wieder zu Gesicht bekommt! Könnt Ihr ihn nicht überzeugen, auf eine Wallfahrt zu gehen oder etwas in der Art? Hauptsache weg aus Zürich, wo die *Chorherren* jeden seiner Schritte bewachen. Um den Rest will ich mich gerne selber kümmern. Und wenn ihm dann unterwegs etwas geschieht, so war es der unergründliche Wille des Allmächtigen.«

Otto wirkte nicht wirklich überzeugt. »Mein König, Ihr wisst, dass die *Chorherren* und mein Orden nicht gerade auf gutem Fuß miteinander stehen. Sie wollen uns das Almosensammeln in ihren Bezirken verbieten. Und sie behindern uns in unserem päpstlichen Auftrag, für das Seelenheil der Gläubigen zu sorgen. Wie soll ich einen von ihnen überzeugen, mir zuzuhören oder mit mir mitzugehen? Vor allem, nachdem ich ihm bislang – Eurer Weisung gemäß – nur mit Schimpf und Häme begegnet bin?«

Rudolf knurrte: »Eure Streitigkeiten mit dem hiesigen Klerus interessieren mich nicht. Ihr seid doch sonst nicht auf den Mund gefallen. Man hört, dass Eure Predigten Hunderte von Menschen anlocken, sie kommen sogar von außerhalb in die Stadt, nur um Euch zu hören.«

Otto lächelte bescheiden. »Dem Herrn hat es gefallen, mich mit einer gewissen Gabe zu segnen.«

»Dann wäre jetzt der richtige Moment, diese Gabe zum Wohle des Reiches einzusetzen«, schnarrte der König. Otto zuckte zurück und runzelte die Stirn. Der König fuhr etwas freundlicher fort: »Ihr sagt doch selbst in Euren Predigten, dass die Kanoniker kein wirklich gottgefälliges Leben führen. Sie huren herum, sie kennen kein Maß bei Speis und Trank, einige sollen sogar dem Spiel verfallen sein – ist es nicht ein gutes Werk, einen jungen Menschen zur Umkehr zu bewegen, bevor er ganz vom rechten Pfad abkommt? Und wenn er bereits zu verstockt ist, so muss man ihn notfalls zu seinem Glück zwingen. Etwas Zucht und Strenge hat noch keinem geschadet. Schüchtert ihn ein, malt ihm das Höllenfeuer in schrecklichen Farben aus, bedrängt ihn, bis er selbst den Wunsch verspürt, den Sündenpfuhl Zürich zu verlassen. Kennt Ihr denn kein Kloster, möglichst weit weg von diesem Ort hier mit seinen Versuchungen, in das reuige Sünder zur Buße einkehren können?«

Otto wiegte nachdenklich den Kopf. »Es gibt ein paar Klöster jenseits der Alpen, die noch von unserem heiligen Bruder Franziskus gegründet wurden. Da wäre zum Beispiel die Kapelle am Monte Alverna, wo ihm die Gnade zuteilwurde, die Wundmale unseres Herrn zu empfangen. Manche unserer Brüder ziehen sich dorthin zurück, um Buße zu tun.«

»Na, das klingt doch nach einer brauchbaren Lösung. Sorgt dafür, dass er sich einer Pilgerfahrt anschließt ... Bald beginnt doch wieder die Fastenzeit, das scheint mir ein guter Zeitpunkt zum Handeln. Und lasst es mich wissen, wenn der Junge aufbricht, es soll Euer Schaden nicht sein.« Der König trat wieder ans Fenster. Sein abgewandter Rücken machte deutlich, dass die Unterhaltung für ihn beendet war. Otto blieb noch einen Augenblick stehen, verneigte sich dann stumm und verließ den Saal ohne ein weiteres Wort. Er schlurfte ein paar Schritte den Gang hinunter, zog dann geräuschlos seine Sandalen aus, nahm sie in die Hand und schlich auf Zehenspitzen wieder zurück zur Tür. Es musste doch mit dem Leibhaftigen zugehen, wenn er nicht in Erfahrung bringen konnte, was es mit diesem Bertram auf sich hatte, dass sogar der König Schlimmes von ihm befürchtete. Er presste sich an die Wand neben der geöffneten Tür und lauschte. Heinrich von Isny hatte sich offenbar gerade erhoben, Otto hörte das Schleifen der hölzernen Bank über den steinernen Fußboden und dann seine Schritte, die sich zum Fenster bewegten. Minutenlang sprach niemand, dann erklang die Stimme des Franziskaners: »Mein König, wir sollten aufbrechen. Es liegt ein weiter Weg vor uns und wir sollten vor Einbruch der Dunkelheit eine Unterkunft finden.« Otto ballte die Fäuste. So, wie es aussah, würde er heute doch nichts mehr erfahren. Er wartete die Antwort des Königs nicht mehr ab, sondern eilte mit großen Schritten den Gang hinunter Richtung Zellenbereich.

10. Kapitel

Zürich, Franziskanerkirche, Mittwoch, 28. Februar 1274

Mit einem dumpfen Knall fiel das schwere Kirchenportal hinter Fides ins Schloss. Innen war es nur unwesentlich wärmer als draußen. Sie blieb einen Moment stehen, um ihre Augen an das Dämmerlicht zu gewöhnen. Suchend ließ sie den Blick durch das Langhaus gleiten. Wahrscheinlich war sie die Einzige, die jetzt schon zur Beichte kam, statt wie alle anderen an Gründonnerstag zur allgemeinen Beichte ins Grossmünster zu gehen. Aber ihre Mutter hatte einfach keine Ruhe gegeben, bis Fides zähneknirschend zugestimmt hatte. Kurz vor dem Chor, hatte die Mutter gesagt. Und tatsächlich, in einer Ecke konnte sie eine kleine Gruppe von Menschen erkennen. Zögernd bewegte sie sich darauf zu. Ein junger Franziskanerpater kam ihr entgegen.

»Verzeiht, ich suche Pater Otto.« Sie lächelte ihm schüchtern zu.

»Zur Beichte?«

»Ja.«

»Warte dort, bis du an der Reihe bist.« Der Mönch wies zur Wand neben dem Chor, wo Pater Otto auf einer schmalen Holzbank saß und gerade das Kreuzzeichen über einer alten Frau machte. Zwei weitere Frauen warteten in einiger Entfernung.

Fides dankte und wollte an dem jungen Mann vorbeigehen, wurde von ihm aber sanft am Arm zurückgehalten. Auffordernd hielt er ihr die geöffnete Hand entgegen. Ach ja, der Beichtpfennig. Fides errötete, nestelte schnell eine Münze aus ihrem Beutel und reichte sie dem Pater. Die Alte hatte inzwischen der nächsten Beichtwilligen Platz gemacht und Fides gesellte sich zu der letzten wartenden Frau. Sie nickte ihr grüßend zu, doch die Frau schien viel zu sehr in ihrer Andacht versunken, um sie zu bemerken. Auch gut. Viel zu sehen gab es in dem Kirchenschiff nicht, der lang gestreckte Raum war spartanisch gehalten, die trutzigen Kapitelle trugen keinerlei Schmuck. Keinerlei Ablenkung vom Wort Gottes, würde ihre Mutter jetzt sagen. Fides wippte fröstelnd auf und ab. Ein bisschen Ablenkung könnte sicher nicht schaden, um die Kälte zu vergessen. Die langen Gottesdienste im Grossmünster vergingen jedenfalls wie im Flug, weil es dabei so viel zu sehen und entdecken gab. Als Kind hatte sie ihrem Vater Löcher in den Bauch gefragt über die Figuren und wundersamen Fabelwesen, die die Säulen und Portale zierten. Ob er ihr dabei immer die richtige Antwort gegeben hatte, wagte sie zu bezweifeln, aber er war nie um eine spannende Geschichte verlegen gewesen.

»Fides! Fides!«

Fides schrak auf und blickte direkt in ein Paar hellblauer Augen. Otto stand vor ihr und musterte sie ärgerlich. Dann verzogen sich seine Lippen zu einem spöttischen Lächeln. »Unaufmerksamkeit ist wohl die erste Sünde, die du bekennen solltest. Setz dich.« Er wies mit dem Kinn zur Bank.

Fides sah sich kurz um. Außer ihnen beiden war niemand mehr in der Kirche, sogar der junge Franziskaner war gegangen. Zögernd nahm sie auf der Bank Platz und raffte ihren Mantel um sich.

Otto setzte sich neben sie. »Es freut mich, dass du endlich den Weg in diese Kirche gefunden hast. Was führt dich zu mir?«

Das ewige Genörgel meiner Mutter, hätte Fides beinah gesagt, aber sie riss sich zusammen. »Pater, ich möchte beichten. Meine letzte Beichte war kurz vor Weihnachten.« In Erwartung eines Kommentars schielte sie zu Otto hinüber, doch dieser sah sie nur schweigend an.

»Ich habe gesündigt in Gedanken, Worten und Werken.« Sie holte tief Luft und fuhr dann schnell fort. »Ich habe gegen das dritte Gebot verstoßen und am Sonntag gearbeitet. Ich habe gegen das vierte Gebot verstoßen. Ich habe meiner Mutter oft Widerworte gegeben und nicht immer getan, was sie mir aufgetragen hatte. Ich habe gelogen und ich bin zornig und aufbrausend gewesen.«

Otto schwieg noch immer.

Fides schluckte nervös. Mehr Sünden wollten ihr im Augenblick nicht einfallen. »Diese Sünden reuen mich sehr. Ich habe den festen Vorsatz, sie nicht mehr zu begehen. Herr, erbarme dich meiner.« Geschafft. Pater Wello würde ihr jetzt ein paar »Ave Maria« aufbrummen und den Segen erteilen. Erwartungsvoll sah sie den Franziskanerpater an. Der saß stumm neben ihr und hatte die Augen geschlossen. War er etwa eingeschlafen? Das konnte doch nicht sein! Unruhig begann sie, auf der Bank hin und her zu rutschen. Als seine heisere Stimme ertönte, fuhr sie erschrocken zusammen.

»Wenn wir sagen, dass wir keine Sünden haben, so betrügen wir uns selbst, und die Wahrheit ist nicht in uns.«

Was sollte das jetzt? Sie hatte doch nicht behauptet, frei von Sünde zu sein! Verwirrt starrte sie den Franziskaner an. Otto lächelte.

»Fides, eine Beichte ist nur gültig, wenn sie auch vollständig ist. Gott sieht bis auf den Grund deines Herzens. Meinst du, du kannst den Herrn täuschen, indem du ein paar lässliche Sünden daherplapperst und die schwerwiegenden verheimlichst?«

Was meinte er bloß? Fides zermarterte sich das Hirn, doch ihr wollte nichts einfallen. Schwere Sünden? Sie hatte doch niemanden ermordet. Und nicht gestohlen ... oder halt, einmal hatte sie auf dem Markt zu viel Wechselgeld erhalten und es stillschweigend eingesteckt – konnte er das gesehen haben? Sie stammelte: »Äh, einmal habe ich auf dem Markt ...«

Otto unterbrach sie: »Was ist mit dem ersten Gebot? Ich bin der Herr, dein Gott. Du sollst keine fremden Götter neben mir haben! Wie steht es mit deinem Glauben, Fides? Liebst du Gott von ganzem Herzen? Betest du regelmäßig? Gehst du zur Messe? Und wenn du zur Messe gehst, wo sind dann deine Gedanken? Bei Gott? Oder ist das alles für dich nur eine schöne Zerstreuung, eine Abwechslung vom harten Tagesgeschäft?«

Fides schwieg verdattert. Darüber hatte sie noch nie nachgedacht.

»Warum antwortest du mir nicht? Da habe ich wohl ins Schwarze getroffen. Denk daran, Fides, Gott erkennt alle Scheinheiligkeit und Heuchelei und er verabscheut sie. Jesus lehrt uns, dass wahrere Anbetung von Gott mit Geist und in Wahrheit vollzogen wird. Schöne Musik und Festbeleuchtung allein machen noch keinen wahren Gottesdienst aus. Die höchste Form von Gottesdienst ist der Gehorsam Gott und seinem Wort gegenüber.«

Fides wollte etwas entgegnen, besann sich dann aber. Wenn sie sich jetzt auf einen Disput mit dem Franziskaner einließ, kam sie hier nie weg. Ganz abgesehen von der Reaktion ihrer Mutter, der sie bestimmt alles haarklein berichten müsste. Sie flüsterte: »Ja, Vater. Ich werde mich bemühen.«

Otto sah sie streng an. »Bemühen alleine reicht nicht. Ich will sehen, dass du es ernst meinst. Die nächsten Sonntage möchte ich dich hier in der Messe sehen.«

Fides nickte zähneknirschend.

»Und vor allem am Ostersonntag.«

Fides' Kopf fuhr empor und sie blickte den Pater schreckensstarr an. Das konnte er doch nicht verlangen! Ostern war der schönste Gottesdienst im ganzen Jahr. Jeder ging ins Grossmünster. Und dieses Jahr sollte sogar ein Osterspiel aufgeführt werden, Friedrich hatte ihr erzählt, dass er der Vorsänger sein würde. Und Herr Bertram einer der Sprecher! Seit Wochen freute sie sich darauf.»Aber, Pater Otto, der Bischof sagt, an den hohen Festtagen soll man den Gottesdienst in seinem eigenen Pfarrsprengel besuchen ...« Sie brach ab. Ottos kalter Blick ließ sie erschauern.

»Der Bischof? Du wagst es, den Bischof vorzuschieben, um deine eigenen Wünsche und Begierden zu rechtfertigen? Bist du wirklich schon so verblendet, dass du dein persönliches Vergnügen über die Leiden unseres Herrn Jesu stellst? Merkst du denn nicht, wie sehr du schon den Verlockungen des Teufels verfallen bist?«

Fides presste die Lippen aufeinander und versuchte, die aufsteigenden Tränen zu unterdrücken. Sie konnte einfach nicht verstehen, was an einem festlichen Gottesdienst teuflisch sein sollte. War denn die Auferstehung des Herrn kein Fest der Freude wert? Es konnte doch nicht alles falsch sein, was Pater Wello und der Kantor predigten. Da kam ihr dieser schmierige Mönch viel teuflischer vor. Seine folgenden Worte drangen ihr bis ins Mark.

»Fides, es tut mir in der Seele weh, aber ich kann dir keine Absolution erteilen. Ich sehe keine echte Reue und auch keinen wahrhaftigen Wunsch nach Besserung in deinem Herzen.«

Fides blinzelte. Noch nie hatte sie von einem Beichtenden gehört, dem der Pfarrer die Absolution verweigert hatte! Schlagartig wurde ihr entsetzlich übel und dann erbrach sie sich mit einem großen Schwall über die Kutte des Franziskaners. Taumelnd kam sie auf die Füße und stürzte auf das Kirchenportal zu, Ottos wütende Rufe ignorierend. Sie riss die schwere Tür auf und wankte nach draußen. Einen Augenblick lang lehnte sie sich mit dem Rücken an die Mauer und sog mit gierigen Zügen die kalte Winterluft in die Lungen, bis sich ihr Herzschlag etwas beruhigt hatte. In der Nacht hatte es geschneit und der Palisadenzaun gegenüber der Kirche trug weiße Häubchen. Sie schob sich eine Handvoll Schnee in den Mund, um den widerlichen Geschmack loszuwerden. Dann rannte sie tränenblind die Gasse hinunter, nur fort von diesem schrecklichen Ort.

11. Kapitel

Zürich, Skriptorium des Grossmünsters, Mittwoch, 28. Februar 1274

Bertram holte sich einen neuen Bogen Pergament und hielt ihn prüfend gegen das Licht. Meister Hermann hatte wirklich hervorragende Arbeit geleistet, der Bogen war makellos und gleichmäßig geglättet. Da lohnte sich auch die lange Wartezeit. Der Pergamenter an der Sihl, von dem sie öfters Urkundenbögen bezogen, war zwar billiger und schneller, dafür waren seine Bögen auch deutlich schlechter mit vielen Löchern und unebenen Stellen, die die Tinte nur widerwillig annahmen. Auf Hermanns Bögen hingegen schrieb sich der Text fast von selbst, so leicht glitt die Feder über die Oberfläche. Bertram kontrollierte kurz, wo er beim letzten Mal aufgehört hatte, tunkte die Feder ins Tintenhörnchen und begann zu schreiben. Während der Fastenzeit gab es deutlich weniger Ablenkung, und so war er ein großes Stück vorangekommen. Sorgfältig rückte er jede neue

Strophe über eine Höhe von zwei Zeilen einen Daumenbreit ein. Hier wollte er später die Anfangsbuchstaben farbig abgesetzt einfügen. Da eine Ausschmückung mit *Miniaturen* das umfangreiche Buch zu dick gemacht hätte, hatte Bertram nach einer Alternative gesucht. In der Bibliothek der Prediger war er fündig geworden. In einem Psalmenkommentar war der erste Buchstabe eines jeden Psalms farbig hervorgehoben und zusätzlich mit zierlichen Rankenmotiven versehen worden. Bertram hatte einige der Initialen in sein Musterbuch kopiert, um sie als Vorlagen zu verwenden. Abwechselnd rote und blaue Initialen für die Buchstabenkörper, das würde dem *Codex* einen repräsentativen Anstrich geben und im Rankenwerk konnte er sicher auch die eine oder andere Figur unterbringen. Schließlich tummelten sich genügend merkwürdige Gestalten in dem Roman, die geradezu danach verlangten, bildlich dargestellt zu werden. Allein schon die Königin Belakane – ob es wohl wirklich schwarze Frauen gab? Bertram konnte es kaum glauben. Andererseits erzählten auch die Kreuzfahrer, die aus dem Heiligen Land zurückgekehrt waren, die abenteuerlichsten Dinge über Menschen und Tiere, also warum sollte es nicht wahr sein. Leibhaftig begegnet war ihm allerdings noch keine. Nicht, dass er in seinem Leben schon viele Frauen bewusst wahrgenommen hätte. Ja gut, Hedwig sah er beinah täglich, aber sie war eben einfach Hedwig, die den Haushalt des Kantors versorgte, ohne groß aufzufallen. Eine echte Überraschung war für ihn die Äbtissin Elisabeth gewesen, kaum zu glauben, dass eine so hübsche Frau den Schleier nahm, anstatt zu heiraten. Die Wetzikons waren vermögend, ihr Vater hätte das stolze Eintrittsgeld für die vornehme Fraumünsterabtei auch in eine Mitgift investieren können. Ob das mit dieser Klingenberger-Geschichte zusammenhing? Bei der Erinnerung an ihre Begegnung während des Königsempfangs geriet Bertram wieder ins Grübeln. Wann der Neffe des Propstes wohl wieder zurückkam? Bei nächster Gelegenheit musste er Herrn Rüdiger darauf ansprechen. Aber zuerst musste er mit dem »Parzival«

vorankommen. Bertram vollendete den letzten Buchstaben auf dem Blatt und verglich das Geschriebene mit der Vorlage. Wie ärgerlich, er hatte eine Zeile ausgelassen. Das war ihm schon lange nicht mehr passiert. Kritisch versuchte er, den Schaden abzuschätzen. Den Fehler einfach zu ignorieren, war keine Option. Die Zeile an der richtigen Stelle einzufügen, bedeutete, mindestens fünf Zeilen mit dem Rasiermesser abzuschaben und neu zu schreiben. Auf dem feinen Pergament würde man das sofort sehen. Bertram beschloss, den fehlenden Vers quer zum Text am Spaltenrand nachzutragen.

»Bist heute wohl nicht ganz bei der Sache«, klang es auf einmal neben ihm. Bertram sah hoch. Bruder Anselm, der die ganze Zeit an dem Pult neben ihm gearbeitet hatte, sah ihm über die Schulter. Er hauchte in seine Handflächen. »Bei der Kälte hier kann sich auch kein Mensch konzentrieren. Heute ist schon der letzte Tag im Februar und noch immer liegt Schnee. Es wird Zeit, dass der Frühling kommt.«

Bertram legte den Federkiel nieder. »Du hast recht. Vielleicht sollte ich es für heute gut sein lassen, bevor ich das ganze Pergament verderbe.«

»Es ist übrigens Nachschub gekommen.« Bruder Anselm wies in eine Ecke des Raumes, wo ein hoher Weidenkorb stand, aus dem verschiedene Pergamentrollen ragten. »Friedrich sollte es einräumen, aber das hat er wohl wieder einmal vergessen.« Der alte Mönch lachte gutmütig.

Bertram kniete neben dem Korb nieder und zog eine der Rollen heraus. Vor seinem inneren Auge tauchte ein fröhliches Gesicht mit schelmischen Grübchen auf, umrahmt von kastanienbraunen Locken. Er verspürte ein leichtes Kribbeln in der Magengegend. »Wann ist die Lieferung denn gekommen? Und wer hat sie gebracht?«, fragte er, ohne sich nach Pater Anselm umzudrehen.

»Vor ein paar Tagen. Ich weiß nicht, wer sie gebracht hat, irgendein Laufbursche. Warum?«

»Ach, nur so.« Bertram richtete sich wieder auf. »Ich glaube, ich muss mir Friedrich wieder einmal vorknöpfen. Er hätte die Bögen schon längst zuschneiden und linieren können.«

»Sei nicht so hart zu ihm. Er muss schon genug Text lernen für das Osterspiel. Und wir sollten hinunter in die Kirche gehen, die *Sext* beginnt gleich. Ich würde ungerne meine Brotration riskieren, gerade jetzt zur Fastenzeit zählt jede Krume, ich fühle mich schon ganz abgemagert.« Er klopfte sich grinsend auf den üppigen Bauch.

Bertram musste lachen. Seitdem Propst Heinrich das Fernbleiben der Kanoniker beim Chorgebet unerbittlich sanktionierte, war deren Beteiligung deutlich gestiegen. Denn wer die frühmorgendliche *Matutin* nicht wenigstens vom »exaudi domine« bis zum »benedictus« mitmachte, verlor seinen Brotanteil bei der Mahlzeit, der dann dem Armenhaus an der Sihl gespendet wurde. »Na, dann sieh zu, dass du rechtzeitig in den Chor kommst! Ich habe für heute Mittag *Dispens* vom Kantor, ich soll noch etwas für Frau Hedwig besorgen, das hatte ich völlig vergessen.« Er warf noch einen letzten Blick auf den Korb und verließ mit Pater Anselm den Raum. Während der Pater durch eine kleine Tür neben der Bibliothek direkt auf die Chorempore gelangte, stieg Bertram die Treppen ins Erdgeschoss hinunter und trat auf die Straße.

Außer Atem erreichte Fides den oberen Markt und blieb einen Moment stehen, um zu verschnaufen.

»Mädchen, ist alles in Ordnung mit dir?« Ein altes Weiblein beäugte sie misstrauisch.

Fides zwang sich zu einem Lächeln. »Ja, es ist nichts. Ich bin nur zu schnell gelaufen.«

Das Mütterchen betrachtete sie kopfschüttelnd und ging dann weiter. Fides wischte sich die Tränen aus den Augen und schnäuzte ihre Nase in den Ärmel. In dem Zustand konnte sie der Mutter nicht unter die Augen treten, sie musste einen Platz finden, um sich ein wenig herzurichten und zu beruhigen. Vor ihr ragten die hölzernen Stützpfeiler eines größeren Gebäudes mit Vordach auf. Die Schneiderlaube! Wenn sie Glück hatte, war Barbara im Verkaufsraum, da konnte sie sich im Hinterstübchen frisch machen. Sie holte tief Luft und stieg die Treppe zur Laube empor, hinter der die Wohnräume von Barbaras Familie lagen. Jetzt zur Mittagszeit war der Verkaufsraum fast leer, ein Lehrbub war damit beschäftigt, den Boden zu fegen. Er sah Fides fragend an.

»Ist Barbara da?«

Bevor er antworten konnte, kam ihr die Freundin schon entgegen. »Fides! Das ist ja nett, dass du vorbeischaust. Brauchst du ein neues Gewand?«

Fides war so froh, ihr vertrautes Gesicht zu sehen, dass sie fast wieder in Tränen ausgebrochen wäre. Sie nickte nur, sah die Freundin flehentlich an und wies mit dem Kopf zu dem Lehrling, der auf seinem Besen lehnte und neugierig die Situation beobachtete. Barbara warf nur einen kurzen Blick auf Fides' Gesicht, nahm sie dann am Arm und dirigierte sie sanft, aber bestimmt ins Hinterzimmer. »Hast du nichts zu tun?«, schnauzte sie über die Schulter hinweg den Jungen an, der schleunigst mit seiner Arbeit fortfuhr. Barbara schob den Vorhang zu, der das kleine Zimmer vom Verkaufsraum trennte. Sie räumte ein paar Stoffballen von einer Bank und drückte Fides darauf nieder. »Wir haben nur wenig Zeit, gleich kommt jemand vorbei zur Anprobe. Aber in die Küche willst du bestimmt nicht, da sitzen alle beim Essen.«

Fides schüttelte den Kopf.

Barbara setzte sich neben sie und nahm ihre Hand. »Was ist denn passiert? Hat dir jemand was angetan? Und rede leise, durch den Vorhang hört man alles durch.«

Fides schluckte ein paarmal, dann flüsterte sie: »Es ist nichts, nur dieser schreckliche Pater hat so furchtbare Sachen zu mir gesagt. Ich war zur Beichte ...«

»Zur Beichte? Jetzt schon? Aber die Karwoche hat doch noch nicht einmal begonnen? Und wieso schrecklicher Pater? Pater

Wello ist doch sonst immer ganz nachsichtig? Besonders, wenn man ein bisschen mit den Augen klimpert ...« Barbara zwinkerte ihrer Freundin zu.

Die winkte nur müde ab. »Ich war nicht im Grossmünster. Meine Mutter bestand darauf, dass ich zu den Barfüßern gehe, zu Pater Otto.«

»Ach herrje, da wäre mir auch mulmig, wenn er einen ansieht, läuft es einem eiskalt über den Rücken. Ich habe immer das Gefühl, er kennt meine geheimsten Gedanken. Nicht, dass ich besonders sündige Gedanken hätte ...« Sie kicherte. Dann wurde sie wieder ernst und sah Fides neugierig an. »Aber was hast du denn Schlimmes zu beichten gehabt, dass er dich sogar zum Weinen bringt? Und von dem ich nichts weiß?« Sie brachte ihren Mund dicht an Fides' Ohr und flüsterte: »Hast du doch etwas mit dem hübschen Lehrer angefangen?«

Fides fühlte, wie sie puterrot wurde. »Barbara, was redest du! Natürlich nicht!«

Bevor Barbara antworten konnte, ertönte vor dem Vorhang ein lautes Räuspern. Barbara steckte den Kopf hinaus, Fides hörte sie mit dem Lehrjungen reden. Dann drehte sie sich zu der Freundin um. »Ich muss kurz raus. Du wirst es kaum glauben, aber da ist ein junger Mann gekommen und will Stoff für eine Hedwig Fink abholen. Wenn das mal kein Zufall ist!« Sie verschwand lachend im Verkaufsraum und ließ Fides völlig verwirrt zurück.

Ob das wirklich Bertram war? Sie stand auf und versuchte, durch den Vorhangspalt in den Verkaufsraum zu spähen, erblickte aber nur die gegenüberliegende Wand. Sie hörte Barbara lachen und spitzte die Ohren, aber sosehr sie sich auch bemühte, mehr als ein an- und abschwellendes Gemurmel unterschiedlicher Stimmen war nicht auszumachen. Enttäuscht setzte sie sich wieder auf die Bank. Hoffentlich blieb er nicht so lange, allmählich musste sie wirklich nach Hause. Nicht auszudenken, wenn ausgerechnet jetzt auch noch die Kundin zur Anprobe käme und sie ihr Versteck verlassen müsste! Endlich verstummten die Stimmen und gleich darauf riss Barbara den Vorhang auf. »Es war tatsächlich der Herr Bertram. Und stell dir vor, er hat mich wiedererkannt von dem Fest und sich nach dir erkundigt. Ich habe ihm gesagt, dass du zufällig gerade etwas anprobierst und bestimmt gleich nach Hause gehst – wenn du Glück hast, wartet er draußen auf dich. Also mach schnell, wir reden ein anderes Mal weiter und dann will ich alles wissen!« Sie schob die Freundin Richtung Tür.

Fides starrte Barbara entgeistert an. »Bist du verrückt, Barbara? Ich kann doch nicht einfach so ... Wie seh ich überhaupt aus?«

Barbara betrachtete sie prüfend. »Abgesehen von den Rotzstriemen auf deinen Wangen ...«

Fides quietschte entsetzt auf und griff sich ins Gesicht, dann hörte sie Barbaras schallendes Gelächter und ließ die Hände wieder sinken. »Barbara, du bist unmöglich!«

»Ich weiß, und jetzt fort mit dir!« Barbara stieß sie beinah grob zur Tür hinaus und Fides griff haltsuchend nach dem Treppengeländer, um nicht zu fallen. Das fehlte gerade noch, dass sie dem jungen Lehrer schon wieder vor die Füße purzelte. Wenigstens hatte sie heute den guten Mantel an. Sie biss sich auf die Lippen, um ihnen mehr Röte zu verleihen. Dann warf sie einen verstohlenen Blick nach unten. Tatsächlich, da stand jemand am Ladenfenster der alten Guta und kaufte offensichtlich ein paar Semmeln. Sie richtete kurz ihre Haare und stieg dann betont lässig die Treppe hinunter. Langsam schlenderte sie dicht hinter dem Mann vorbei. Der hatte inzwischen seinen Einkauf beendet und drehte sich um, wobei er Fides fast anrempelte. Das erwartungsvolle Lächeln gefror ihr im Gesicht. Es war nicht Bertram, sondern ein völlig Fremder, der eine kurze Entschuldigung murmelte und dann seinen Weg fortsetzte. Fides seufzte. Wie hatte sie auch nur annehmen können, dass ein gebildeter Mann wie Bertram echtes Interesse an einer einfachen Handwerkertochter haben könnte? Bestimmt hatte er sich nur aus Höflichkeit nach ihr erkundigt. Mit gesenktem Kopf lief sie die Salzgasse hinunter zum Marktplatz, wo die Straße ins Niederdorf abzweigte. Plötzlich nahm sie über sich ein leises Knistern wahr, ein warnender Ruf ertönte, und bevor sie reagieren konnte, wurde sie heftig zur Seite gerissen. Eine weiße Wand glitt an ihr vorbei und zerbarst in einer Wolke von eisigen Kristallen auf dem Boden. Ein Schneebrett hatte sich von einem Dachfirst gelöst und sie nur um Haaresbreite verfehlt.

»Das war knapp«, hörte sie eine bekannte Stimme. Sie blickte auf und direkt in Bertrams braune Augen. Er hat ja doch gewartet, dachte sie, und dann bemerkte sie, dass er sie noch immer fest umschlungen hielt. Das schien ihm in diesem Moment ebenfalls bewusst zu werden. Abrupt ließ er sie los und machte einen Schritt zurück.

»Jungfer Fides.« Er deutete eine Verbeugung an.

Fides schluckte und räusperte sich. »Ich danke Euch, Herr Bertram. Wenn Ihr nicht gewesen wärt, wäre ich jetzt ziemlich nass. Ungefähr so nass wie dieses Wolltuch – gehört das Euch?« Sie deutete auf ein blaues Stoffpaket zu ihren Füßen, das sich langsam, aber sicher mit Schnee vollsog.

Bertram bückte sich hastig. »Ach herrje, das sollte ich Frau Hedwig mitbringen. Sie wird nicht gerade begeistert sein.« Er hob das Paket auf, klopfte den Schnee notdürftig ab und klemmte es sich unter den Arm. Dann blickte er Fides wieder an. »Na ja, besser das Tuch als Ihr. Die Schneidertochter hat mir gesagt, dass Ihr zur Anprobe wart. Lasst Ihr Euch auch ein Kleid für die Ostermesse machen?«

Ostern! Die Erinnerung an das Beichtgespräch traf Fides wie ein Schlag.

Bertram betrachtete sie besorgt. »Was ist mit Euch? Ihr seid auf einmal ganz blass geworden.«

Fides riss sich zusammen. »Es ist nichts. Ich weiß nur nicht, ob ich Ostern ...«

»Oh, Ihr müsst Ostern in die Messe kommen, unbedingt!« Bertram griff nach ihrer Hand. »Hat Friedrich es nicht erzählt? Es wird ein Osterspiel aufgeführt, Ihr mögt die Musik doch so gerne!« Bittend sah er sie an.

Wie warm seine Hand ist, dachte sie. Und wie freundlich seine Augen. Nicht so kalt wie ... Die Erinnerung an die eisblauen Augen des Franziskaners ließ sie erschauern. Sie zog ihre Hand aus Bertrams und wandte sich zum Gehen.
»Ich muss jetzt nach Hause.«
»Wartet doch!« Sie drehte sich um. Die Ratlosigkeit in seinem Blick mischte sich mit Schuldbewusstsein. »Habe ich Euch gekränkt? Verzeiht, ich wollte Euch nicht bedrängen, ich dachte nur, Ihr mögt die Musik ...« Er verstummte.
»Nein, Ihr habt nichts falsch gemacht. Ich muss nur ... Mutter wartet.« Sie floh.
»Und Palmsonntag?«, hörte sie ihn noch rufen. »Kommt Ihr wenigstens zur Prozession?«
Doch sie drehte sich nicht mehr um, sondern rannte den ganzen Weg hinunter bis ins Niederdorf.

12. Kapitel

Zürich, Palmsonntag, 25. März 1274

Die hölzernen Balken der Niederen Brücke erzitterten, als der Prozessionszug seinen Weg vom Weinplatz über die Limmat nahm. Aus vielen Kehlen stieg das »Vexilla regis« in den blauen Himmel empor. Der Herr meinte es gut an diesem Palmsonntag, nach dem langen und harten Winter war endlich der Frühling eingekehrt und die Sonne ließ die Edelsteine auf dem Prozessionskreuz funkeln. Bertram war froh, dass er dieses Jahr nicht als Fahnenträger eingeteilt worden war. Ihm taten jetzt schon alle Muskeln weh, schließlich machte er den Weg heute schon zum zweiten Mal: Zusammen mit einigen kräftigen Schülern hatte er bereits in aller Herrgottsfrühe den hölzernen Palmesel mit der Christusfigur auf den Lindenhof geschafft, wo der Auffindungsritus stattgefunden hatte. Wenn er ganz ehrlich war, hatte er sich nicht ganz uneigennützig für diese Aufgabe gemeldet. Viele Gläubige kamen an diesem Sonntag schon lange vor Prozessionsbeginn zur Kirche, um sich einen der geweihten Buchsbaumzweige zu sichern, welche die Palmwedel beim Einzug Jesu in Jerusalem symbolisieren sollten. Doch sosehr er auch Ausschau gehalten hatte, Fides und ihre Familie waren nicht erschienen, zumindest hatte er sie nicht entdecken können. Weder bei der Austeilung der geweihten Zweige noch bei der Prozession noch auf dem Lindenhof. Zweimal war er nach ihrer letzten Begegnung vor der Schneiderlaube in der Werkstatt ihres Vaters gewesen, doch Fides hatte sich nicht blicken lassen. Dafür hatte er einen Tadel von Meister Konrad einstecken müssen, der ihm nahelegte, solche Botengänge lieber den Schülern zu überlassen und sich stattdessen auf seine Aufgaben im *Skriptorium* zu konzentrieren. Doch die Arbeit an dem *Codex* schenkte ihm nicht mehr die gleiche Erfüllung wie früher. Die Tochter des Pergamenters ging ihm nicht mehr aus dem Sinn. Ständig hatte er ihr Bild vor Augen, meinte, noch den leichten Hauch nach Zimt und Nelkenöl zu riechen, der ihm in die Nase gestiegen war, als er sie im Arm gehalten hatte. Und dann war sie einfach davongerannt, als sei der Leibhaftige hinter ihr her. Wieder und wieder hatte sich Bertram ihr Gespräch vor Augen gerufen, doch ihm wollte nichts einfallen, was diese Reaktion gerechtfertigt hätte.

Der vordere Teil des Zuges hatte jetzt das Ende der Brücke erreicht und verlangsamte etwas, um den hölzernen Palmesel mit der Christusfigur vorsichtig von den hölzernen Brückenplanken auf die Pflastersteine des Ufers zu ziehen. Bertram warf einen Blick über das Geländer. Auf der Limmat schaukelten einige *Weidlinge*, in denen Fischer mit ihren Familien saßen, um die Prozession vom Wasser aus zu beobachten. Eine schlanke Gestalt mit braunen Locken erregte seine Aufmerksamkeit – war das etwa …?

Der Prozessionszug setzte sich wieder in Bewegung. Bertram drückte sich eng an das Geländer, um die Leute an sich vorbeiziehen zu lassen. Er beugte sich etwas vor, um die Person im Boot zu erkennen. Auf einmal erhielt er einen heftigen Stoß in den Rücken. Sein Magen wurde schmerzhaft gegen die Holzbalken gepresst. Er schnappte nach Luft und versuchte, sich vom Geländer wegzustemmen.

»Man trifft sich immer zweimal im Leben, Pfaffensöhnchen«, flüsterte eine raue Stimme direkt an seinem Ohr. Er wollte den Kopf drehen, um seinem Angreifer ins Gesicht zu sehen, doch eine starke Hand hielt seinen Nacken unerbittlich umklammert.

»Was soll das?«, keuchte er. »Lasst mich sofort los!«

Der Druck ließ nach, doch bevor Bertram sich aufrichten konnte, spürte er, wie ihm jemand von unten so kräftig gegen die Schienbeine trat, dass es ihm die Füße wegzog. Einen kurzen Augenblick lang schwebte er bäuchlings über der Brüstung, dann verlor er das Gleichgewicht. Mit einem lauten Schrei stürzte er in die Tiefe. Seine Kutte samt Chorrock rutschte ihm über das Gesicht und nahm ihm die Sicht. Himmel hilf, ich kann doch nicht schwimmen, dachte er noch, dann schlug er hart auf. Doch zu seiner großen Überraschung verspürte er außer ein paar Spritzern keine Nässe, nur ein wildes Schaukeln. Ein muffiger Geruch stieg ihm in die Nase. Benommen hob er den Kopf. Direkt vor ihm ragten ein paar grobe Stiefel auf. Er war bäuchlings auf einem Stapel alter Säcke in einem der *Weidlinge* gelandet, dessen Besitzer fluchend versuchte, mit Hilfe des langen Stehruders den tanzenden Kahn unter Kontrolle zu bekommen.

Bertram wollte sich aufrichten, doch ein stechender Schmerz in der rechten Schulter ließ ihn stöhnend wieder zusammensinken. »Lieg still, Junge, sonst kippt uns der Kahn noch um!«, schnauzte ihn der Fischer grob an. Dann fuhr er etwas sanfter fort: »Hier kann ich nicht ans Ufer. Ich werde zur Anlegestelle des Grossmünsters fahren, so, wie du aussiehst, bist du da genau richtig.«
Bertram nickte schwach zum Zeichen, dass er verstanden hatte. Der Schmerz in Schulter und Arm wurde inzwischen unerträglich. Auch seine Handflächen brannten, er musste sie sich am Geländer aufgeschürft haben. Er schloss die Augen und versuchte, an etwas anderes zu denken. Er hörte den Fischer mit seinen Kollegen sprechen, die offenbar herangekommen waren, Stimmengewirr von der Brücke, und spürte, wie der *Weidling* sich langsam stromaufwärts bewegte. »Hoffentlich ist nichts gebrochen«, dachte er. »Wie soll ich denn mit einem verkrüppelten Arm als Schreiber arbeiten können?«

13. Kapitel

Zürich, Kantorhaus, Mittwoch, 28. März 1274

»Und du bist sicher, dass dich jemand gestoßen hat?« Der Kantor sah Bertram ernst an.
»Ganz sicher.«

Es war der Tag vor Gründonnerstag, drei Tage nach dem Unfall. Der Kantor hatte Bertram nach dem Frühstück in sein Arbeitszimmer gebeten, um die letzten Abläufe für die Osterfeierlichkeiten zu besprechen. Bertram trug den rechten Arm in einer Schlinge. Der *Infirmarius* hatte das Schultergelenk wieder einrenken können, ihm aber einige Wochen Schonung verordnet. An Schreiben war vorläufig nicht zu denken, aber es bestanden gute Aussichten, dass der Arm wieder vollständig heilen würde.

»Aber gesehen hast du niemanden?«

»Nein. Nicht gesehen. Aber ...« Bertram zauderte.

»Aber? Hast du doch jemanden erkannt?«

»Ich bin mir nicht sicher ... Es könnte der Sohn von diesem Gerber gewesen sein. Ihr wisst schon, bei dem wir im Januar eingeladen waren. Ihr seid krank geworden, darum bin ich alleine gegangen.«

Ehrlich verblüfft blickte der Kantor ihn an. »Wie kommst du denn darauf? Ich gebe zu, die jungen Handwerksburschen schlagen manchmal über die Stränge mit ihren derben Scherzen, aber das war doch kein Spaß mehr. Du hättest tot sein können!«

Bertram senkte den Kopf.

»Raus mit der Sprache! Was hast du mit diesem Simon zu schaffen, dass du ihm eine solche Tat zutraust?«

Bertram gab sich einen Ruck: »Ich hatte Streit mit ihm. Er war betrunken und hat die Tochter von unserem Pergamenter und deren Freundin belästigt. Als ich dazwischengegangen bin, ist er sehr wütend geworden. Er wollte eine Schlägerei anfangen, doch sein Vater hat ihn vor allen Leuten geohrfeigt und aus dem Saal bringen lassen.«

Der Kantor runzelte die Stirn. »Gut, das war sicher peinlich für den jungen Mann, aber warum sollte er so nachtragend sein? Der Vorfall liegt doch fast vier Monate zurück?«

Bertram druckste herum. »Na ja, er ist wohl mit der Tochter unseres Pergamenters verlobt und dachte, ich hätte etwas mit ihr.«

Der Kantor sah ihn scharf an. »Du hast doch hoffentlich nicht mit dem jungen Mädchen angebändelt?«

»Natürlich nicht.« Bertram stieg die Röte ins Gesicht, er wusste nicht, ob aus Verlegenheit oder vor Empörung. »Ich habe die Jungfer Fides stets mit dem gebotenen Respekt behandelt.« Zumindest in der Öffentlichkeit, dachte er. Die Erinnerung an den Traum schob er beiseite.

Der Kantor entspannte sich etwas. »Dann ist es ja gut. Weißt du, ich kenne Fides schon, seitdem sie ein kleines Mädchen war, und ich schätze auch ihren Vater sehr. Das sind anständige Leute, nichts für eine schnelle Liebschaft.« Er sah Bertram forschend an. »Also, wenn du gewisse Bedürfnisse hast … was nicht ungewöhnlich ist für einen jungen Mann in deinem Alter … Da gibt es diese Häuser auf dem Graben …«

Bertram wusste nicht mehr, was er sagen sollte. Sein Kopf leuchtete bestimmt wie ein Feuerball. Nur weg von diesem Thema! »Ich weiß nicht, ob das auf der Brücke wirklich dieser Gerbersohn war. Es ist nur wegen der Drohung, die er mir ins Ohr geflüstert hat, bevor er mich über das Geländer stieß.«

Bestürzung malte sich auf dem Gesicht des Kantors. »Eine Drohung? Was hat er denn gesagt, um Himmels willen?«

»Er sagte: ›Man trifft sich immer zweimal im Leben, Pfaffensöhnchen.‹ Das gleiche Schimpfwort hat auch Simon auf dem Fest benutzt.«

Der Kantor schwieg einen Moment. Dann fasste er einen Entschluss. »Gut, Bertram, nehmen wir einmal an, dass es tatsächlich Simon war, der dich gestoßen hat. Nur – was bringt uns das? Willst du ihn beim Rat anzeigen? Dann wird es eine Untersuchung geben, man wird Zeugen suchen, auch zu dem Streit auf dem Fest. Simons Vater ist ein bekannter Mann, die ganze Stadt wird davon erfahren …«

Bloß das nicht, dachte Bertram. Hastig sagte er: »Nein, nein … lassen wir es einfach auf sich beruhen. Ich denke nicht, dass er mir ernsthaft schaden wollte. Vermutlich wollte er mir nur einen

Denkzettel verpassen und hat nicht bedacht, wie gefährlich das hätte ausgehen können. Ich glaube, er ist nicht besonders helle...« Der Kantor nickte zufrieden. »So sehe ich das auch. Vergessen wir das Ganze und du siehst zu, dass du dich von Simon fernhältst. Am besten gehst du in der nächsten Zeit auch nicht zu dem Pergamenter. Die Bögen kann Friedrich abholen oder wir lassen sie liefern. Und jetzt lass uns endlich mit den Vorbereitungen für den Gottesdienst anfangen.« Er wollte sich aus seinem Lehnstuhl erheben und zu dem Schreibpult am Fenster gehen, auf dem der aufgeschlagene *Liber Ordinarius* lag.

Bertram hielt den Kopf gesenkt, damit der Kantor die Enttäuschung in seinem Blick nicht bemerkte. Wie lange würde es dauern, bis er Fides wiedersehen konnte? Aber wahrscheinlich war es besser so. Um nichts auf der Welt wollte er riskieren, dass ihr Name in den Schmutz gezogen wurde. Aber eine Frage musste er noch loswerden. Er sah den Kantor direkt an. »Wartet. Eine Sache noch. Hat er recht?«

»Was meinst du? Wer hat recht und womit?«

»Simon. Mit seiner Beschimpfung. Bin ich wirklich der Sohn eines Klerikers?«

Der Kantor erstarrte mitten in der Bewegung, als habe ihn der Schlag getroffen. Dann ließ er sich wieder auf den Stuhl sinken.

Mit jeder Minute, die verstrich, wuchs Bertrams Verzweiflung. Er sah das tropfenförmige Muttermal vor sich, meinte, den stinkenden Atem des Franziskaners zu spüren. Leise wiederholte er: »Bin ich wirklich ein Pfaffensohn? Macht Ihr deshalb so ein Geheimnis aus meiner Herkunft, weil Ihr mich vor der Wahrheit schützen wollt? Dass mein Vater ein schlechter Mensch war, ein lüsterner Mönch, dessen Brut man im Kloster versteckt ...« Die Stimme versagte ihm.

Der Kantor regte sich wieder. Er sah Bertram erst fassungslos, dann mitleidig an. »Bertram, Junge, wie kannst du so etwas denken!« Er ergriff Bertrams Hand und wies auf den *Rosenkranzring*. »Dein Vater war kein schlechter Mensch. Er war gottesfürchtig und stammte aus einer Familie von Kreuzfahrern, daher der Ring. Er hat vielleicht einen großen Fehler gemacht, aber im Grunde seines Herzens war er ein guter Mensch. Als deine Mutter gestorben ist, hat er dich bei uns abgegeben, weil so am besten für dich gesorgt werden konnte. Und damit du eine gute Ausbildung erhältst.«

Bertram war noch nicht wirklich überzeugt. »Aber warum darf ich dann nicht erfahren, wer er war? Warum diese Geheimniskrämerei?«

Der Kantor seufzte. »Bertram, glaub mir, das geschieht nur zu deinem eigenen Schutz. Dein Vater hatte Feinde, mächtige Feinde. Er wollte nicht, dass dir etwas geschieht. Darum soll bis zu deiner Volljährigkeit niemand von deiner Existenz erfahren.« Dann erhob sich der Kantor. »Und jetzt genug davon. Ich habe dir schon mehr verraten, als gut für dich ist.«

14. Kapitel

Zürich, Rathausbrücke, Donnerstag, 12. April 1274

Es war, als ob das Osterfest die Zäsur im Jahreslauf bildete, ab der die Stadt wieder zum Leben erwachte. Der Winter war überstanden, die Fastenzeit vorbei, die Menschen kamen wieder aus ihren Häusern und an den Bäumen und Sträuchern zeigte sich das erste Grün.

Bertram schlenderte langsam über die Rathausbrücke und beobachtete das bunte Markttreiben um sich herum. Die breite Brücke bot genügend Platz für die Marktstände der Bauern aus der Umgebung, weshalb sie im Volksmund auch Gemüsebrücke genannt wurde. Er näherte sich der Stelle, an der er ins Wasser gefallen war. Sein Herzschlag beschleunigte sich. Wieder fühlte er den plötzlichen Tritt gegen seine Schienbeine, den Fall, den harten Aufschlag. Unwillkürlich blieb er stehen. »Wunderbare Äpfel, süß und saftig«, kreischte es unvermittelt zu seinen Füßen. Er sah nach unten. Dort hockte ein altes Mütterchen neben einem Korb mit Äpfeln und Birnen und hielt ihm eine Frucht entgegen. Bertram schüttelte sich und fand langsam in die Wirklichkeit zurück. Die Äpfel sahen zwar ein wenig schrumpelig aus, rochen aber gut. Mit seiner unversehrten Hand nestelte er eine kleine Münze aus seinem Beutel und hielt sie der Alten hin. Die ließ das Geldstück schnell in ihrer Schürze verschwinden und drückte ihm den Apfel in die Hand. »Und der ist fürs Liebchen«, kicherte sie und angelte einen zweiten kleineren Apfel aus dem Korb.

Bertram sah sie verblüfft an.

»Na, das junge Mädchen dort, das die ganze Zeit herübersieht, als sei ihm der Heiland erschienen!«

Bertram fuhr herum. Fides! Tatsächlich, da neben einem Tisch mit Wurzelgemüse stand die Pergamentertochter. Als ihre Blicke sich trafen, zuckte sie zusammen und machte Anstalten, wegzugehen. »Fides! Wartet doch!« Bertram presste die beiden Äpfel an seine Brust und versuchte, sie einzuholen. Sie blieb stehen und drehte sich zu ihm um. Leicht außer Atem stand er vor ihr. »Jungfer Fides. Es ist schön, Euch nach so langer Zeit wiederzusehen.« Er deutete eine leichte Verbeugung an, wobei ihm die Äpfel fast aus den Fingern geschlüpft wären.

Er sah ihre Mundwinkel zucken und in den Wangen erschienen wieder diese reizenden Grübchen. Dann fiel ihr Blick auf die Armschlinge und ein besorgter Ausdruck trat in ihre Augen. »Ihr seid verletzt! Habt Ihr den Arm gebrochen?«

»Nein, nur die Schulter ausgekugelt. Aber der *Infirmarius* hat es wieder richten können, ich soll nur den Arm eine Weile nicht belasten.«

»Soll ich Euch die Äpfel abnehmen?« Sie hielt ihm die Hand hin.

Erleichtert ließ Bertram einen der Äpfel hineinfallen. »Vielleicht einen. Der ist sowieso für Euch.«

Wieder zuckten die Mundwinkel. »Für mich? Ihr geht auf den Markt, um einen Apfel für mich zu kaufen?«

Bertram wurde es heiß. »Äh, eigentlich wollte ich gar nichts kaufen.«

Jetzt hoben sich ihre Augenbrauen. »Ihr geht auf den Markt, um nichts zu kaufen?«

Bertram holte tief Luft. »Ich bin nur hier, weil Meister Konrad mich hinausgescheucht hat. Im *Skriptorium* kann ich im Augenblick doch nicht arbeiten und er meinte, bevor ich nur daheimsitze und vor mich hin grüble, soll ich lieber nach draußen und unter die Leute.«

Fides wurde schlagartig ernst. Vorsichtig berührte sie den verletzten Arm. »Es ist hier passiert, oder? Der Unfall, meine ich.«

Bertram nickte. »Ihr habt davon gehört? Inzwischen bin ich wohl Stadtgespräch.«

Fides sah ihn forschend an. »Und wie ist das passiert? Seid Ihr ausgerutscht? Auf der Brücke kann es im Frühjahr noch tückische vereiste Stellen geben, auch wenn der Schnee sonst weggetaut ist.«

Bertram zögerte. Er wollte nicht, dass sie sich Sorgen machte oder, schlimmer noch, ihn für verrückt hielt. Dann gab er sich einen Ruck, zog sie in eine Ecke zwischen zwei Marktständen, wo sie ungestörter waren, und sah ihr ernst in die Augen. »Ich bin sicher, dass mich jemand mit Absicht von der Brücke gestoßen hat.«

Fides öffnete den Mund und klappte ihn gleich wieder zu. »Gestoßen?«, flüsterte sie. »Aber wer sollte so etwas tun?«

Bertram zuckte die Achseln. »Ich weiß es nicht. Vielleicht könnt Ihr mir helfen.«

»Ich? Aber ich war doch nicht einmal bei der Prozession!«

»Erinnert Ihr Euch an den Tag vor dem Ratswechsel? Das Fest bei Johann von dem Stege?«

Fides nickte langsam. Er sah sie erröten und wusste, dass sie ahnte, worauf er hinauswollte. »Dieser Simon – hat er ein Anrecht auf Euch? Haltet Ihr es für möglich, dass er sich so über meine Einmischung geärgert hat, dass er sich später rächen wollte?«

Fides riss die Augen auf. »So ist Simon nicht! Er ist ungehobelt und trinkt manchmal mehr, als ihm guttut, aber er ist nicht heimtückisch! Wenn er Streit mit jemandem hat, ficht er das direkt aus und stößt die Leute nicht hinterrücks von der Brücke! Und er hat kein Anrecht auf mich«, fügte sie leise hinzu.

Bertram hörte nur den letzten Satz. »Wirklich nicht? Ich dachte, weil er ... weil Ihr ... Er wirkte doch sehr besitzergreifend.«

Fides betrachtete ihren Apfel. Mit gesenkten Augen murmelte sie: »Unsere Väter sind seit vielen Jahren befreundet, daher kennen Simon und ich uns schon von Kindesbeinen an. An dem Abend war er einfach betrunken und nicht ganz bei sich.« Sie hob den Blick. »Ich kann mir beim besten Willen nicht vorstellen, dass er oder seine Kumpane hinter Eurem Sturz stecken.«

Bertram war sich da nicht so sicher, doch er wollte sie nicht verärgern. Er lenkte ein. »Schon gut, es war nur so ein Gedanke, ich wollte Euch nicht kränken. Vielleicht habe ich mir das alles auch nur eingebildet«, fuhr er nach einer kurzen Pause fort.

Eine Weile schwiegen sie, dann ergriff Fides das Wort: »Ich sollte mich allmählich um meine Einkäufe kümmern, Mutter wird sich wundern, wo ich so lange bleibe ...«

Bertram schreckte aus seinen Gedanken hoch. »Ja, natürlich, verzeiht, ich wollte Euch nicht aufhalten.« Er sah sie zögern und fuhr schnell fort: »Ich könnte in den nächsten Tagen bei Eurem Vater vorbeischauen, wegen neuer Pergamente.« Meister Konrad muss ich es ja nicht auf die Nase binden, dachte er bei sich. Sie sah ihn an. »Macht das. Mein Vater wird sich freuen.« Dann wandte sie sich endgültig zum Gehen.

Bertram fühlte sein Herz wieder schneller schlagen. Wenn er jetzt nicht endlich die Gelegenheit beim Schopfe packte, war sie wieder dahin. »Wartet!«, rief er ihr nach. »Werdet Ihr dann auch da sein? In der Werkstatt, meine ich ...«

Sie blieb stehen und drehte sich wieder zu ihm um. Jetzt lächelte sie. »Wenn Ihr früh kommt, könnte ich es einrichten. Ab Mittag muss ich meist in der Küche helfen.« Sie sah ihn abwartend an und zupfte dabei eine verrutschte Locke zurecht.

Bertram strahlte. »Dann komme ich gleich morgen früh. Nach der *Terz*.«

Sie nickte kurz und lief dann Richtung Fischmarkt. Bertram sah ihr nach. Ob sie sich umdrehen würde? Das tat sie nicht, stattdessen streckte sie ihren Arm hoch und winkte ihm mit dem Apfel zu. Bertram schmunzelte. Gut gelaunt warf er seinen Apfel in die Luft, fing ihn wieder auf und biss krachend hinein. Kauend ließ er seinen Blick über die Marktstände schweifen, als ihm plötzlich der Bissen im Halse stecken blieb. Auf der anderen Brückenseite stand Pater Otto und starrte Fides hinterher, als habe ihn der Schlag getroffen. Bertram wurde es kalt.

15. Kapitel

Zürich, Barfüßerkloster, Donnerstag, 12. April 1274

Als Otto endlich das Grundstück des Barfüßerordens erreichte, keuchte er vor Anstrengung. Seine Kutte klebte ihm nass am Rücken, und das lag nicht nur an der Hitze und dem steilen Weg. Er schüttelte ein paar Steinchen aus seinen Sandalen und kniete neben dem Wolfsbach nieder, der durch den Hof der Klosteranlage floss. Er schöpfte etwas Wasser in die hohlen Hände und kühlte sein Gesicht. Nur langsam beruhigte sich sein Atem. Die Begegnung auf der Brücke hatte ihn doch mehr aufgewühlt, als er zugeben mochte. Waren denn alle seine Ermahnungen vergeblich gewesen? Wie konnte Fides nur so dumm sein, sich mit einem dieser Grossmünsterzöglinge einzulassen? Denn dass da etwas war, daran gab es keinen Zweifel. Diesen sehnsüchtigen Blick in ihren Augen, den kannte er gut. Wie oft hatte er ihn schon gesehen, wenn die jungen Mädchen heulend in der Beichte ihre Sünden bekannten … und wenn das Intermezzo dann auch noch Folgen hatte, waren das Geschrei und die Verzweiflung groß. Dann musste ganz schnell ein Bräutigam her, dem man das Kuckucksei unterschieben konnte, und nicht wenige der dummen Dinger fanden sich auf einmal mit einem zwanzig Jahre älteren Witwer verheiratet und zogen fremde Kinder groß – oder wurden bleich und kalt aus der Limmat gezogen und landeten draußen vor der Mauer des Gottesackers, hastig verscharrt in ungeweihter Erde. Das musste er um jeden Preis verhindern.

»Bruder Otto! Hörst du denn nicht?«

Otto fuhr zusammen und blinzelte irritiert den jungen Bruder an, der ihn an der Schulter rüttelte. Unwillig erhob er sich.

»Was willst du?«, schnauzte er so unfreundlich, dass der Angeredete erschrocken zurückwich und abwehrend die Hände hob.
»Verzeih, ich wollte dich nicht erschrecken. Der Guardian will dich sehen. Im Kapitelsaal. Sofort.«
Der Guardian? Jetzt? Ob der König eine Nachricht für ihn gebracht hatte? Otto strich sich mit den nassen Händen durch die Haare. Mit einem schiefen Lächeln wandte er sich an seinen Mitbruder. »Ich danke dir, Bruder Martin. Verzeih, wenn ich etwas ruppig war. Ich war in Gedanken und du hast mich erschreckt.« Martin neigte schweigend den Kopf und ging dann Richtung Kirche davon.

Otto wartete, bis er ihn nicht mehr sehen konnte, und stieg dann die Treppe ins Obergeschoss des Klostertraktes empor. Die Tür zum Kapitelsaal stand offen. Er trat über die Schwelle. Guardian Johannes saß in seinem Lehnstuhl, rechts und links von ihm sein Stellvertreter Jakobus und Bruder Thomas, der Lektor des Konvents. Alle drei sahen ihm ernst entgegen. Otto fühlte aufkeimendes Unbehagen. Die drei ranghöchsten Ordensmitglieder auf einmal versammelt? Was hatte das zu bedeuten? »Gelobt sei Jesus Christus«, grüßte er und blieb abwartend stehen.

»Der Herr gebe dir Frieden«, antwortete der Guardian und fuhr gleich fort. »Sei so gut und schließe die Tür.«

Otto tat wie geheißen und wandte sich dann wieder dem Trio zu, die Hände in den Ärmeln seiner Kutte verborgen, den Blick demütig gesenkt.

Einen Augenblick herrschte Stille, dann sagte der Guardian: »Es ist ein Brief gekommen.« Also doch! Otto hob den Kopf und wollte gerade nachfragen, als der Guardian fortfuhr. »Aus Konstanz.« Konstanz? Das war merkwürdig, seines Wissens weilte der König zurzeit in Hagenau. »Vom Bischof.« Otto musste sich Mühe geben, ruhig zu bleiben. Hatte der König jetzt auch den Bischof eingespannt? Verwunderlich wäre das nicht, schließlich war Eberhard II. seit vielen Jahren mit Rudolf befreundet und auch auf dem Zürcher Empfang im Januar zu

Gast gewesen. So ernst, wie die drei dreinschauten, hatten sie den Brief vermutlich gelesen. Hoffentlich war der Bischof nicht zu sehr ins Detail gegangen. Am besten packte er den Stier bei den Hörnern. »Und was schreibt mir der Bischof?«, fragte er und streckte auffordernd die Hand aus.

Der andere sah ihn unbewegt an. »Der Bischof schreibt nicht an dich. Er schreibt über dich.«

Otto riss die Augen auf. Auf ein Zeichen des Guardians hin entfaltete der Lektor einen Pergamentbogen, den er bisher im Schoß gehalten hatte. Der Guardian erläuterte: »Das ist die Abschrift eines Gesuchs, das dem Fürstbischof vor Kurzem zugestellt wurde. Bruder Thomas wird sie vorlesen.« Der Lektor räusperte sich und begann mit monotoner Stimme vorzutragen: *Dem Ehrwürdigen Vater und Herrn, Eberhard von Waldburg, von Gottes Gnaden Bischof von Konstanz, entbieten Elisabeth, Äbtissin unseres Konvents, und Heinrich der Propst mit seinem eigenen Kapitel sowie der gesamte Klerus und die Ratsherren der Stadt Zürich, ihre geschuldete Treue und Hingabe.*

Als gute Söhne erflehen wir demütig die Hilfe des frommen Vaters in allen Notlagen und Beschwernissen – besonders bei den ungewohnten Ereignissen, die uns seit einigen Monaten großen Kummer bereiten.

Wir haben das Haus der Minderbrüder in Zürich und die Personen dieses Klosters immer geliebt und gefördert, in reiner Zuneigung und mit treuen Werken, was sie selbst nicht abstreiten können. Trotzdem ist der Minderbruder Otto, anders als es seinem Stand geziemt, in seinen Predigten und in seinem ganzen Verhalten so lästig und ungerecht, indem er den Orden und unsere Ehre sowie die des ganzen Klerus herabwürdigt und verfolgt. Er tut dies offen in seinen Predigten und heimlich hinter unserem Rücken, was wir mit unserem guten Gewissen und unserer Ehre und der des Klerus nicht vereinbaren können, ohne dass wir auch Eure Güte und Vorsehung in erbärmlicher Weise preisgeben.

Daher wollen wir durch Brief und Zeugen dieses Verhalten offenbar machen. Dies vor allem, weil der Bruder Otto Übel auf Übel häuft. Erneut hat er unseren sehr geliebten Leutpriester Wello am letzten Sonntag in der Kirche und zuvor in einer gehaltenen Predigt auf dem Markt mit sehr vielen schändlichen Worten in außerordentlicher Weise beschimpft – dies tat er in schamloser Weise zur Schande des Klerikerordens und zum Nachteil seiner Ehre.

Deshalb bitten wir Euch mit gebeugten Knien und flehender Stimme, einträchtig, demütig und aufmerksam, dass Ihr den Übeln und den Krankheiten dieser Art schnell entgegentretet, denn sonst wird nicht nur bei uns, sondern in der ganzen Diözese die klerikale Ehre und Freiheit herabgewürdigt. Das Aufgezeichnete und Weiteres werden euch der genannte Plebanus und andere Mitglieder unseres Konvents, die ebenfalls auf das Schändlichste beleidigt wurden, Wort für Wort ausführlicher darstellen.

Gezeichnet: Elisabeth von Wetzikon, Fürstäbtissin der Stadt Zürich, Heinrich von Klingenberg, Propst des Grossmünsters zu Zürich …

»… und so weiter und so weiter.«

Der Lektor sparte sich die Abschiedsfloskeln und ließ den Bogen sinken. Bei seinen ersten Worten hatte Otto seine Hände wieder in den Ärmeln der Kutte verborgen. Mit angespanntem Kiefer ließ er die Lesung über sich ergehen. Er ballte die Fäuste. Schmerzhaft gruben sich seine Nägel in die Handballen. Dieser elende Fettwanst Wello hatte seine Drohung wahr gemacht und sich an den Bischof gewandt! Hätte er ihn doch damals auf dem Markt seinem Schicksal überlassen, statt die wütende Menge zu beruhigen! Wer wohl diese »anderen Mitglieder« waren? Sollte etwa auch Bertram …

Die ruhige Stimme des Guardians störte seine Gedanken. »Diesmal bist du zu weit gegangen, Otto. Es ist nicht unsere Aufgabe, Zwietracht zu säen zwischen den Menschen. Der Bischof wünscht, dass wir in Frieden mit dem hiesigen Klerus leben. Es wird eine Untersuchung geben. Und du wirst dich öffentlich entschuldigen.«

Otto fuhr zusammen. »Niemals! Ich habe nur die Wahrheit gesprochen – ich werde doch nicht zu Kreuze kriechen vor diesen schamlosen ...«

»Es reicht!«, donnerte der Guardian. »Mäßige dich! Dieser Zorn und Hass sind eines Ordensmannes unwürdig!« Er holte tief Luft und fuhr dann in gedämpftem Ton fort. »Halte dich an die Gebote unseres heiligen Bruder Franziskus: Du sollst nicht streiten, dich nicht auf Wortgezänke einlassen noch andere richten!«

Otto biss die Zähne zusammen und schwieg. Der Guardian betrachtete ihn eine Weile schweigend, dann befahl er: »Du wirst die restlichen *Stundengebete* des Tages in deiner Zelle absolvieren und fasten. Vielleicht findet dein unversöhnliches Herz im Gebet Einsicht und Frieden. Und morgen wirst du vor der Kapitelversammlung deine Sünden bekennen und die Buße annehmen, die dir die Brüder auferlegen werden. Und jetzt geh!«

Otto knirschte mit den Zähnen, doch er hielt den Kopf demütig gesenkt, verneigte sich vor dem Guardian und verließ rückwärtsgehend den Saal. Äußerlich ruhig begab er sich auf direktem Weg in seine Kammer und schloss die Tür hinter sich. Seine Augen irrten ziellos durch den kargen Raum und blieben an dem Wasserkrug hängen, der auf einem Wandbord neben seiner Bettstatt stand. Er griff sich den Krug und schmetterte ihn an die Wand. Tonscherben fielen klirrend zu Boden, Wassertropfen benetzten sein Gesicht und brachten ihn wieder zur Besinnung. Mechanisch trat er einen Schritt zurück, um dem Rinnsal auszuweichen, das langsam von der Wand herabfloss und sich auf dem Boden ausbreitete. Als es die Bettstatt erreichte, stieß er einen Fluch aus, kniete sich auf den Boden und zog ein flaches Holzkästchen unter dem Bett hervor. Behutsam drehte er es um, glitt mit dem Finger vorsichtig über die Schnitzereien und vergewisserte sich, dass es keinen Schaden genommen hatte. Dann legte er es auf den dünnen Strohsack, der ihm als Lager diente, und betrachtete es schweigend. Das war sein kostbarster Schatz, das letzte Stück, das ihm noch aus seinem früheren Leben geblieben war. Fast zwei Jahrzehnte lang trug er es mit sich herum. Eine stete Mahnung an seine Schuld. Er öffnete den Deckel. Auf dem Boden des Kästchens lagen ein gefalteter Pergamentbogen, darauf ein paar kleine Münzen und eine dunkle Haarlocke, Letztere durch ein hellblaues Samtband mit einer kleinen Feder zusammengebunden. Versonnen strich Otto über den zarten Flaum. Sie hatte Vögel geliebt, seine Marie, besonders die hübschen Meisen hatten es ihr angetan. In ihrem Garten hatte sie ein paar Futterplätze angelegt und stundenlang daneben ausgeharrt, bis ihr die scheuen Gesellen aus der Hand fraßen. Otto sah ihr strahlendes Gesicht noch vor sich, die dunklen Locken von bunten Bändern zusammengehalten, in die sie neben Wiesenblumen auch die eine oder andere Feder flocht. Sie waren doch glücklich gewesen auf ihrem kleinen Hof am Fuße der Kiburg. Das hatte er zumindest geglaubt. Doch dann war Marie dem Grafen begegnet. Und mit einem Mal war alles vorbei gewesen. Otto war nichts geblieben, außer seinen Erinnerungen und ein paar dürren Worten auf einem Stück Pergament. Er legte die Locke zurück und nahm den Bogen aus der Truhe. Vorsichtig entfaltete er das Blatt, dessen Kanten schon ganz brüchig waren. Eine getrocknete Blüte kam zum Vorschein, ein Vergissmeinnicht, die ehemals zartblauen Blättchen vergilbt, die Stängel so porös, dass er nicht wagte, sie zu berühren, aus Angst, sie könnten zu Staub zerfallen. Er ließ die Pflanze sanft in eine Ecke des Pergaments gleiten. Die drei Zeilen auf dem Bogen waren schon so verblasst und verschwommen, dass man sie kaum entziffern konnte, aber Otto wusste auch so, was sie bedeuteten: »Mein lieber Otto, such mich nicht, ich folge meinem Herzen. Verzeih mir, wenn du kannst. In Liebe, Marie.« Bittere Galle stieg in ihm hoch. Warum nur hatte er nicht besser auf sie aufgepasst? Sie war so unschuldig gewesen, so vertrauensvoll, eine leichte Beute für diesen adeligen Ehebrecher, der ihrer bestimmt rasch überdrüssig geworden war. Himmel und Hölle hatte Otto in Bewegung gesetzt, um Marie wiederzufinden, doch vergeblich. Auf der Kiburg wollte sie niemand gesehen haben und auch in den umliegenden Dörfern und in Winterthur hatte er keinen Erfolg gehabt. Haus und Hof hatte er verkommen lassen, war monatelang durch die Gegend gestreift, bis seine Ersparnisse aufgebraucht waren. Er fragte sich, wie sein Leben wohl verlaufen wäre, wenn er damals nicht von ein paar durchreisenden Franziskanerbrüdern aufgenommen und gepflegt worden wäre. Wahrscheinlich hätte er sich aus Verzweiflung im nächstbesten Fluss ertränkt. Aber Gott hatte sich seiner erbarmt. Er hatte ihm einen Weg gezeigt, seine Schuld zu sühnen und dabei viele Seelen vor der ewigen Verdammnis zu bewahren. Wenn er ganz ehrlich zu sich war, so hatte er sich den Brüdern zunächst nur angeschlossen, weil er hoffte, auf ihren vielen Reisen vielleicht doch noch eine Spur von Marie zu finden. Doch mit den Jahren war jede Hoffnung in ihm erloschen, sie in diesem Leben noch einmal wiederzusehen. Wahrscheinlich war sie schon längst gestorben, in Schimpf und Schande und fernab von ihrer Familie. In diesem Augenblick größter Verzweiflung hatte Gott ihm Rudolf von Habsburg geschickt, den jetzigen König, als er Winterthur das Stadtrecht verliehen hatte. Der neue Graf hatte ihn sehr beeindruckt mit seiner Zielstrebigkeit, der er alle körperlichen Bedürfnisse unterordnete. Als die Zürcher ihn im Streit mit den Regensbergern zur Hilfe gerufen hatten, war Otto in seinem Gefolge mit nach Zürich gereist, wo der Barfüßerorden ein Kloster unterhielt. Die junge Niederlassung zählte damals wie heute gerade mal eine Handvoll Mönche, doch ihre Gemeinde wuchs ständig und das war nicht zuletzt auch ihm zu verdanken. Denn endlich war ihm klar geworden, dass auch er ein Ziel hatte, dass der Herr mit ihm besondere Pläne hatte. Warum sonst hatte er ihn mit der Gabe der Rede ausgestattet, wenn nicht zu dem Zweck, möglichst viele Seelen vor der Versuchung zu bewahren? Marie hatte er nicht retten können, aber viele andere nach ihr. Wenn er predigte, war die große Hallenkirche bis zum letzten Platz gefüllt. Die Menschen kamen von weit her, um ihn zu hören, und auch die Zahl der Spenden und Jahrzeitstiftungen wuchs stetig. Kein Wunder, dass er den alteingesessenen Stiften ein Dorn im Auge war. Und statt sich selbst um ein gottgefälligeres Leben zu bemühen, heulten sie lieber dem Bischof die Ohren voll, er hätte ihre klerikale Ehre besudelt! Otto schnaubte verächtlich, während er den Brief wieder zusammenlegte und sorgfältig in dem Kästchen verstaute. Er prüfte den Boden. Das Wasser war nicht sehr weit unter das Bettgestell gelaufen und würde bald trocknen. Er schob die Schachtel ganz nach hinten unter das Bett und machte sich daran, die Scherben des Kruges einzusammeln.

Von Ferne hörte er die Glocke zur *Non* schlagen. Instinktiv wollte er sich erheben, doch dann fielen ihm die Worte des Guardian wieder ein. Seine Anwesenheit beim *Stundengebet* war nicht erwünscht! Unwillkürlich ballte er die Faust, bis ihn ein scharfer Schmerz durchzuckte. Blut quoll zwischen seinen Fingern hervor. Er öffnete die Faust und betrachtete die tiefen Schnitte, die die Scherben in seinem Handteller hinterlassen hatten. »Sanguis eius super nos et super filios nostros«, schoss es ihm durch den Sinn. »Sein Blut komme über uns und unsere Kinder.« Nichts hatte sich verändert. Schon damals hatten sich die Menschen lieber für den Mörder Barrabas entschieden, statt ihre Lebensweise zu ändern und den Worten Jesu Folge zu leisten. Wer die Wahrheit aussprach, wer den Menschen ihr sündiges Verhalten vorhielt, der war ihnen ein Dorn im Auge und wurde verleumdet und zum Schweigen gebracht. Aber so leicht würde er es ihnen nicht machen. Bevor sie ihn ans Kreuz schlugen, hatte er noch eine letzte Aufgabe zu erfüllen – Fides auf den rechten Pfad zurückzuführen. Dass sie sich ausgerechnet in diesen Bertram verguckt hatte, nahm er fast als Wink des Schicksals, denn nun konnte er zwei Fliegen mit einer Klappe schlagen: das Mädchen vor der Verdammnis bewahren und dabei dem König einen Gefallen erweisen. Er musste nur noch herausfinden, wer der junge Mann gewesen war, der Bertram von der Brücke gestoßen hatte. In dem Menschengewühl hatte er ihn nur flüchtig gesehen. Wie ein Scherge des Königs hatte er nicht gewirkt, eher wie ein Handwerksbursche. Wie ärgerlich, dass Bertram den Sturz von der Brücke so gut überstanden hatte. Musste der dumme Fischer ausgerechnet zu diesem Zeitpunkt mit seinem Kahn vorbeikommen? Er musste unbedingt herausfinden, wer der Täter war. Auf den tätlichen Angriff gegen ein Kirchenmitglied standen empfindliche Strafen. Wenn er dem Täter damit drohte, vor dem Rat als Zeuge aufzutreten, konnte er ihn sicher überzeugen, das Werk zu vollenden, ohne dass er sich selbst die Finger schmutzig machen musste.

16. Kapitel

Zürich, Pergamenterwerkstatt, Freitag, 13. April 1274

Die *Terz* war kaum vorbei, da machte sich Bertram schon auf den Weg ins Niederdorf. Er schritt zügig aus und erreichte schon bald das Pergamenterhaus. Das große Tor zum Hof stand weit auf, gerade war eine Fuhre frischer Häute eingetroffen und Meister Hermann und sein Knecht Rudolf waren dabei, den

Wagen abzuladen. Fliegen umschwirrten sie und Bertram hatte Mühe, bei dem Geruch nach Blut und rohem Fleisch nicht das Gesicht zu verziehen. Der Pergamenter begrüßte ihn freundlich und erkundigte sich nach dem Zustand des Armes, den Bertram immer noch in der Schlinge trug. Sie wechselten ein paar belanglose Worte über den Unfall. Dann entschuldigte sich der Meister: »Ich muss abladen, damit der Schlachter weiterfahren kann. Geht doch ruhig schon in die Werkstatt, meine Tochter ist da und kann Euch behilflich sein.« Das ließ sich Bertram nicht zweimal sagen. Er klopfte kurz an die Werkstatttür und trat dann ein. Fides oder ihr Vater hatte offensichtlich schon einiges vorbereitet. Bertram entdeckte auf dem Arbeitstisch einen Stapel der hellen Pergamente, die er für die Parzivalhandschrift ausgewählt hatte. Fides war gerade dabei, die Bögen zusammenzurollen und in einen Korb zu legen, der neben dem Tisch auf dem Boden stand. Als sie ihn eintreten hörte, blickte sie auf und lächelte. Bertram grüßte und trat an den Tisch. Wie hübsch sie war, auch in der einfachen Tracht. Fides trug ihre Arbeitskleidung, ein schlichtes Kleid aus dunklem Tuch und eine helle Leinenhaube, die ihre kastanienbraunen Locken kaum bändigen konnte. Er verspürte den unwiderstehlichen Drang, an einer der Strähnen zu zupfen, und legte seine Rechte vorsichtshalber auf den Rücken.

Ein besorgter Ausdruck schlich in ihre Augen. »Tut Euch etwas weh?«

Bertram war erst verwirrt, registrierte dann, dass sie seine Geste missverstanden haben musste, und brachte den Arm schleunigst wieder nach vorne. Er hob einen der Bögen an. »Sehr schöne Ware. Euer Vater versteht sein Handwerk. Rüdiger Manesse wird sehr zufrieden sein.«

»Und Ihr? Seid Ihr auch zufrieden? Ihr müsst es ja schließlich beschreiben.« Die haselnussbraunen Augen sahen ihn beinah herausfordernd an. Und da waren sie wieder, die schelmischen Grübchen …

»Ich? Oh ja, ich bin auch sehr zufrieden. Ich kann es kaum erwarten, diese Binde los zu sein und endlich weiterarbeiten zu können.«

Er strich über die samtene Oberfläche des Pergamentbogens. Fides kicherte plötzlich. »Man sieht, dass Ihr lange nicht mehr geschrieben habt. Eure Fingerkuppen sind fast wieder weiß.«

Das war es also, was ihr an ihm aufgefallen war? Die Tintenkleckse an seinen Fingern? Bertram wusste nicht recht, was er darauf erwidern sollte.

Fides nahm sein Schweigen offenbar als Vorwurf. »Verzeiht, ich wollte Euch nicht kränken. Es ist doch keine Schande, wenn man an den Händen den Beruf erraten kann. Seht, meine Finger hängen meist auch voll Kreidestaub.« Sie hielt Bertram ihre offenen Handflächen hin. Sie waren prall und rosig und makellos.

Aus einem Impuls heraus ergriff er ihre Rechte und führte sie an seine Lippen. Sie zuckte kurz zurück, doch dann schmiegte sie ihre Handfläche an seine Wange.

»Ich bin nicht nur wegen der Pergamente gekommen«, flüsterte er heiser. Seine Stimme wollte ihm kaum gehorchen.

»Das hatte ich gehofft«, erwiderte sie leise.

Er zog sie an sich. Das Herz schlug ihm bis zum Hals und durch den Stoff ihres Kleides konnte er spüren, dass ihres mindestens genauso schnell pochte. Sein Mund suchte den ihren und endlich fanden sich ihre Lippen zu einem ersten zaghaften Kuss.

Ein lautes Krachen ließ sie auseinanderfahren. Im Türrahmen stand der Pergamenter, zornrot im Gesicht, zu seinen Füßen ein Haufen Holzscheite, die er hatte fallen lassen.

»Vater!«, schrie Fides auf.

»Schweig!«, herrschte sie der Mann an und kam langsam näher. Bertram versuchte eine Erklärung: »Meister Hermann, ich …«

Der Pergamenter ließ ihn nicht ausreden. »Ihr verlasst sofort mein Haus!«

»Aber …«

Fides wollte ihren Vater am Arm greifen, aber er schüttelte sie ab und baute sich vor Bertram auf. Die Augen zu schmalen Schlitzen zusammengekniffen, zischte er ihn an: »Ich bin sehr enttäuscht von Euch. Ich habe Euch vertraut. Ich dachte, Ihr kommt hierher, weil Ihr meine Arbeit zu würdigen wisst. Stattdessen macht Ihr euch an meine Tochter heran! Ich hätte auf meine Frau hören sollen. Ihr seid nur ein lüsterner Heuchler!«

Er packte Bertram unsanft an seinem gesunden Arm und zerrte ihn zur Tür. »Raus mit Euch! Richtet dem Kantor aus, dass er nächstens einen Boten schicken soll für die übrigen Pergamente. Euch will ich in meinem Haus nie wieder sehen!«

Krachend schlug die hölzerne Tür zu und Bertram fand sich in der Toreinfahrt wieder. Durch die geschlossene Tür hörte er den Meister weiter brüllen, das Klatschen einer Ohrfeige und Fides' Weinen. Er hob die Hand, um an die Tür zu klopfen, ließ sie dann aber wieder sinken. Er würde alles nur noch schlimmer machen. In dem Zustand ließ der Pergamenter bestimmt nicht mit sich reden. Niedergeschlagen machte er sich auf den Heimweg.

17. Kapitel

Zürich, Grossmünster, Samstag, 14. April 1274

»Benedictus Dominus Deus Israel, quia visitavit et fecit redemptionem plebi suae.« Der kräftige Bariton des Kantors erhob sich über den Stimmen der wenigen *Chorherren*, die sich zur *Laudes* eingefunden hatten. Ich sollte öfters so früh kommen, dachte Bertram bei sich. Es ist so friedlich hier. Der vertraute Ritus und die gleichförmigen Gesänge brachten etwas Ordnung in seine Gedanken. Er hatte die ganze Nacht grübelnd wachgelegen und bei Tagesanbruch seinen Entschluss gefasst: Er musste Meister Konrad einweihen und ihm seine Liebe zu Fides gestehen. Der Kantor würde es verstehen. Er musste es einfach verstehen, schließlich lebte er doch selbst mit einer Bürgerlichen zusammen. Der Schlusssegen erklang. Gemäß den Statuten verließ der Kantor den Chor als Erster. Hoffentlich wartet er unten auf mich, dachte Bertram, während er den Brüdern die Treppe hinab folgte.

»Was hat dich denn so früh aus dem Bett getrieben?« Meister Konrad sah Bertram neugierig an.

Der zögerte einen Moment. Sollte er wirklich? Doch dann gab er sich einen Ruck. »Habt Ihr Zeit für mich? Ich müsste etwas mit Euch besprechen. Am besten noch heute.« Der Kantor sah ihn forschend an. »So? Aber ich hoffe, es geht nicht wieder um deinen Vater. Dazu habe ich dir schon alles gesagt.« Bertram schüttelte den Kopf.

»Na gut, dann lass uns gleich in mein Arbeitszimmer gehen. Bis zum Frühstück ist noch ein wenig Zeit.«

Im Arbeitszimmer nahmen sie ihre gewohnten Plätze ein, der Kantor in seinem Lehnstuhl, Bertram auf einem Schemel davor. »Jetzt raus mit der Sprache. Was liegt dir so schwer auf der Seele, dass es nicht warten kann?« Bertram betrachtete seine Finger und wusste nicht so recht, wie er beginnen sollte. Dann hob er den Kopf und platzte heraus. »Ich habe Fides geküsst.«

Der Kantor sah ihn ungläubig an. »Du hast was?«

»Fides. Die Tochter von unserem Pergamenter. Ich habe sie zufällig getroffen. Auf der Brücke. Sie hat gesagt, sie ist nicht verlobt. Und dann bin ich in die Werkstatt ... und dann kam ihr Vater ...«

Der Kantor hob beide Hände. »Bertram, langsam, ich versteh kein Wort. Was genau willst du mir sagen? Du hast die Tochter von unserem Pergamenter geküsst? Hast du mir nicht erzählt, dass sie verlobt ist? Mit diesem Simon, der dich angeblich von der Brücke gestoßen hat? Und hatte ich dir nicht geraten, dich von ihr fernzuhalten?«

Bertram holte tief Luft. »An dem Tag, an dem Ihr mich spazieren geschickt habt, habe ich zufällig Fides getroffen. Wir kamen auf den Unfall zu sprechen und ich habe sie gefragt, ob ihr Verlobter dafür verantwortlich sein könnte. Sie hat gesagt, dass sie sich das nicht vorstellen kann. Und dass sie gar nicht verlobt ist. Und dann habe ich gesagt, dass ich sie am nächsten Tag besuchen komme, wegen neuer Pergamente und dann ... na ja.«

Der Kantor seufzte. »Und dann habt ihr euch geküsst.«

»Ja. Und dann ist Meister Hermann hereingekommen und hat uns gesehen. Er ist furchtbar wütend geworden und hat mich hinausgeworfen.«

Der Kantor hob die Augenbrauen. »Nun, das kann man ihm nicht verdenken, oder?« Er schüttelte den Kopf und sah Bertram eindringlich an. »Bertram, Junge, so geht das nicht. Du kannst nicht den Handwerkertöchtern nachstellen. Das gibt nur böses Blut. Ich habe es dir schon einmal gesagt, es gibt da gewisse Weiber ...«

Bertram sprang wütend auf. »Ihr wollt mich einfach nicht verstehen. Es geht mir doch nicht darum, meine Lust irgendwo zu stillen. Fides ist ein anständiges Mädchen, sie ist hübsch, klug, sie versteht etwas von Büchern, ich bin einfach glücklich, wenn ich bei ihr sein kann ... Ich glaube, ich liebe sie.«

Der Kantor lachte kurz auf. »Liebe! Bertram, du bist noch so jung, das ist das erste Mal, dass dir ein Mädchen den Kopf verdreht – was verstehst du von Liebe? Ich glaube, das Romanelesen bekommt dir nicht. Vielleicht war es doch keine gute Idee, dich für die Manesses arbeiten zu lassen.«

Bertram antwortete nicht sofort. Er trat zum Fenster und

blickte hinaus. Dann drehte er sich wieder um und sah den Kantor fest an. »Doch, ich bin mir sicher, ich liebe sie. Ich will sie heiraten. Sobald ich volljährig werde.«

Jetzt stand auch der Kantor auf. Er legte Bertram die Hand auf die Schulter. »Bertram, du weißt, ich liebe dich wie einen eigenen Sohn und ich will nur dein Bestes. Hast du dir das gut überlegt? Wie willst du dir später deinen Lebensunterhalt verdienen? Du hast so viel Talent, ich hatte gehofft, du würdest deine Studien hier fortsetzen, vielleicht sogar einige Zeit an die Universitäten von Paris oder Bologna gehen, womöglich hier ein Chorherrenamt mit *Pfründe* übernehmen. Aber dann wirst du nicht heiraten können und eure Kinder werden rechtlose Bastarde.«

Bertram schluckte. »Ihr lebt doch selbst mit einer Bürgerstochter zusammen«, wandte er ein.

»Gerade darum will ich dich warnen. Es wird nicht einfach werden. Hedwig hat nicht die Rechte einer Ehefrau. Damit sie auch nach meinem Tod ein gutes Auskommen hat, habe ich schon vor Jahren ein Haus auf ihren Namen gekauft, weil sie und unsere Kinder nicht erbberechtigt sind.«

»Aber das könnte ich doch auch machen?«

»Bertram, das Geld ist nicht alles. Denkst du, ich weiß nicht zu schätzen, was Hedwig für mich aufgegeben hat? Wie die Leute hinter vorgehaltener Hand tuscheln? Sie wagen es nur nicht, sie öffentlich zu beleidigen, weil Hedwig aus einer angesehenen Familie stammt und ihr Vater großen Einfluss im Rat hat. Fides hat diesen Schutz nicht. Und ich denke auch nicht, dass ihre Eltern zustimmen würden. Sie würde wählen müssen, zwischen dir und ihren Eltern. Für die Leute wird sie die Kebse eines Pfaffen sein. Glaubst du, sie wird so ein Leben ertragen können?«

Bertram senkte den Kopf. Leise sagte er: »Ehrlich gesagt bin ich mir nicht mehr sicher, ob ich wirklich weiter studieren und Kleriker werden möchte. Versteht mich nicht falsch, ich bin Euch wirklich sehr dankbar für alles, was ihr für mich getan habt.

Und ich lebe gerne hier am Grossmünster und unterrichte die Schüler. Aber die Arbeit als Schreiber und Miniator macht mir genauso viel Freude. Damit ließe sich doch auch Geld verdienen. Der Stadtschreiber im Rat hat ein ordentliches Einkommen und die Manesses werden sicher ein gutes Wort für mich einlegen. Und dann ist da auch noch der Auftrag des Klingenbergers.«

Der Kantor schwieg einen Moment. Dann lächelte er. »Ich sehe, du hast dir schon Gedanken gemacht. Was sagt Fides denn zu deinen Plänen?«

Bertram drehte an seinem Ring. »Ich habe sie noch gar nicht gefragt. So weit sind wir gar nicht gekommen. Ich weiß auch nicht, wie ich sie wiedersehen soll, wenn ihr Vater mich nicht ins Haus lässt.«

Der Kantor nickte. »So etwas Ähnliches habe ich mir schon gedacht. Bertram, es ist gut, dass du zu mir gekommen bist. Ich würde sagen, du denkst jetzt erst einmal in Ruhe drüber nach, wie ernst es dir mit dieser Geschichte ist. Wenn du dir in ein paar Wochen immer noch sicher bist, dass du das Mädchen heiraten möchtest, werde ich dafür sorgen, dass ihr Vater dich zumindest anhört.«

Bertram fiel ein Stein vom Herzen. Er ergriff die Hand des Kantors und drückte sie heftig. »Danke, Meister Konrad! Das ist mehr, als ich zu hoffen gewagt habe.«

»Schon gut, mein Junge. Und jetzt lass uns zum Frühstück gehen, inzwischen habe ich einen Bärenhunger. Hedwig fragt sich bestimmt schon, wo wir bleiben.«

18. Kapitel

Zürich, Niederdorf, Samstag, 14. April 1274

Mit einem zufriedenen Rülpser schob Simon seinen Napf zurück. »Danke, Martha, deine Suppe war wirklich lecker! Fast so gut wie bei meiner Mutter.«
»Nimm doch noch etwas! Oder von den Pasteten!« Sie hielt Simon die Platte mit den restlichen Teigtäschchen hin. Simon winkte ab. »Ich platze gleich!« Er klopfte sich auf den Bauch. »Aber du kannst mir noch etwas Bier geben, wenn noch etwas da ist.« Fides sah in den Krug, er war fast leer. Für gewöhnlich stand dem Hausherrn der letzte Rest zu. Sie warf ihrem Vater einen fragenden Blick zu. Als der eine verneinende Geste machte, goss sie den Rest in Simons Becher. Dann erhob sie sich und wollte die Näpfe zusammenstellen.

Die Mutter legte ihr die Hand auf den Arm. »Fides, lass doch, ich mach das schon. Der Abend ist noch warm, warum nutzt ihr jungen Leute das schöne Wetter nicht aus und macht einen Spaziergang?« Fides erstarrte. Bloß das nicht! Flehentlich sah sie ihren Vater an, doch der drehte den Kopf weg.

Simon stürzte sein Bier hinunter und knallte den Becher auf den Tisch. »Gute Idee! Lass uns Richtung Oberdorf gehen, vielleicht treffen wir im Ochsen noch ein paar Freunde!« Angesichts der sauertöpfischen Miene ihrer Mutter musste Fides fast lachen. Das war bestimmt nicht die traute Zweisamkeit, die Martha im Sinn gehabt hatte. Aber umso besser.

»Ich hole nur schnell mein Wolltuch!«
Wenige Minuten später verließ sie mit Simon das Haus. Sie waren kaum durch den Torbogen getreten, da spürte sie schon seine Hand auf ihrer Hüfte. Er zog sie beim Gehen an sich.

»Endlich alleine«, flüsterte er ihr ins Ohr.
Fides machte sich energisch von ihm los. »Simon, lass das!«
Er blieb stehen und sah sie verständnislos an. »Was zierst du dich denn immer so? Hier ist doch niemand, der uns sehen könnte – oder meinst du, deine Mutter hat uns jemand hinterhergeschickt?« Er lachte und sah sich kurz um. »Weit und breit niemand zu sehen!« Er zog sie wieder an sich. Seine Lippen näherten sich ihrem Mund.
Fides wurde es zu bunt. Sie stieß Simon von sich. »Simon, ein für alle Mal: Ich will dich nicht küssen. Ich bin nicht dein Mädchen. Und ich werde ganz bestimmt nicht deine Frau, falls du es darauf angelegt hast.«
Ehrliche Verblüffung malte sich auf Simons Gesicht. »Fides, was redest du denn da? Ich dachte, es wäre klar, dass wir heiraten, sobald ich meine Meisterprüfung abgelegt habe? Das war doch so ausgemacht, bevor ich nach Basel gegangen bin.«
Fides starrte ihn fassungslos an. »Wer hat dir denn den Floh ins Ohr gesetzt? Ich habe davon jedenfalls nichts gewusst! Und mein Vater sagt, es gab keine Abmachung!«
Simons Augen verengten sich zu schmalen Schlitzen. »Dein Vater sollte den Mund nicht so voll nehmen. Er steht auch bei uns in der Kreide. Innerhalb der Familie greift man sich ja gerne unter die Arme, aber wenn du dich jetzt so anstellst ...« Er beendete den Satz nicht.
Fides' Herzschlag beschleunigte sich. Hatte der Vater etwa nicht nur beim Juden geborgt, sondern auch bei seinen Freunden? Dass Simon so reagieren würde, hatte sie nicht erwartet. Aber wenn sie sich jetzt einschüchtern ließ, hatte sie gleich verloren. Sie verschränkte die Arme vor der Brust und starrte Simon direkt in die Augen. »Willst du mir etwa drohen, Simon von dem Stege? Ist das deine Art, einem Mädchen den Hof zu machen?«
Simon ballte die Fäuste. »Warum bist du auch immer so widerborstig?« Er betrachtete sie lauernd. »Oder bist du nur bei mir so abweisend?«

Fides runzelte die Stirn. »Wie meinst du das?«
»Ich meine, dass du einen anderen hast. Ich meine, dass du auf unserem Winterball nicht mit mir tanzen wolltest, weil dieser Pfaffensohn aufgekreuzt ist. Bist du sein Liebchen? Willst du mich nur deshalb nicht heiraten, damit nicht herauskommt, dass du keine Jungfrau mehr bist?«
Fides schnappte nach Luft. Wie konnte er so etwas sagen!
»Du schweigst – da habe ich wohl recht? Du bist eine Pfaffenhure geworden ...«
Fides fand ihre Sprache wieder. »Simon, du bist widerlich! Wie kannst du so etwas von mir denken! Ich gehe jetzt nach Hause. Und ich will nichts mehr mit dir zu schaffen haben.« Sie drehte sich um und wollte die wenigen Meter zur Werkstatt zurücklaufen.

Simon riss sie am Arm zurück und drückte sie mit dem Rücken gegen eine Hauswand. Er packte sie grob am Hals und zwang sie, ihn anzusehen. Sein biergeschwängerter Atem ließ sie würgen. »Darüber ist das letzte Wort noch nicht gesprochen, Fides. Du bist mein Mädchen und dabei bleibt es! Wir sehen uns morgen nach der Messe. Und deinem Buhlen kannst du ausrichten: Er soll die Finger von dir lassen, sonst passiert was. Wenn ich ihn das nächste Mal erwische, wird er nicht nur nass!«

»Hattet ihr noch einen schönen Abend? Du bist ja sehr früh zurückgekommen, ich habe dich auf der Treppe gehört.« Die Mutter betrachtete Fides forschend, während sie am nächsten Tag den Morgenbrei austeilte. Heute waren sie nur zu dritt, Geselle Rudolf hatte den Sonntag freibekommen, um seine Familie zu besuchen. Die Stimmung bei Tisch war zum Schneiden.

Bevor Fides antworten konnte, schob der Vater seinen Napf zurück und stand auf. »Ich werde heute nicht zur Messe gehen.« Er wandte sich an seine Frau, die ihn fassungslos anstarrte. »Martha, vielleicht hast du recht und es ist besser, wenn Fides dem

Grossmünster fernbleibt. Zumindest eine Zeit lang. Nimm sie heute mit zu den Barfüßern.« Krachend fiel die Tür hinter ihm ins Schloss.

Fides presste die Lippen aufeinander. Also keine Möglichkeit, eventuell Bertram zu begegnen. Aber dafür blieben ihr auch Simon und seine Familie erspart, die meist ins Grossmünster gingen. Trotzdem war ihr der Appetit vergangen und sie legte den Löffel hin.

Ihre Mutter gab keine Ruhe. »Fides, kannst du mir vielleicht erklären, was mit deinem Vater los ist? Ist irgendetwas vorgefallen, von dem ich wissen sollte?«

»Mutter, ich weiß nicht, warum er so ist. Er wird sich schon wieder beruhigen. Lass uns einfach zu den Barfüßern gehen.«

Die Mutter sah Fides forschend an. Dann weiteten sich auf einmal ihre Augen. Sie hob eine Hand und berührte vorsichtig Fides' Hals. Ein plötzlicher Schmerz ließ Fides zurückzucken.

»Fides, um Himmels willen, woher kommen diese blauen Flecken an deinem Hals?«

Fides erschrak bis ins Mark. Hatte Simons grober Angriff etwa Spuren hinterlassen? Vorsichtig tastete sie nach ihrer Kehle und spürte eine druckempfindliche Stelle. Was sollte sie bloß der Mutter erzählen?

»Ich weiß nicht, ich muss mich wohl gestoßen haben.« Sie wollte sich erheben, um den Tisch abzuräumen, doch die Mutter drückte sie wieder auf die Bank. Sie setzte sich neben sie und ergriff sanft ihre Hand. Fides sah sie erstaunt an. Die Mutter neigte sonst nicht zu Zärtlichkeiten. »Fides, du bist gestern so schnell zurückgekommen und du wirkst so bedrückt – ist Simon vielleicht etwas zu weit gegangen?«

Fides starrte ihre Mutter sprachlos an. Oh du heilige Einfalt – Simon war in der Tat zu weit gegangen, wenn auch auf andere Weise, als die Mutter vermutete. Diese wartete ihre Antwort gar nicht ab.

»Weißt du, Fides, Männer können sich manchmal nicht

zurückhalten, besonders wenn sie etwas getrunken haben. Sie können nichts dafür, ihre Triebe sind einfach stärker als bei uns Frauen. Und manchmal werden sie dabei etwas ... wie soll ich sagen ... ungestüm. Ich kann verstehen, dass dich das erschreckt hat. Aber Simon meint es nicht so. Und ihr seid ja so gut wie verlobt. Aber trotzdem solltest du vorsichtig sein. Bevor ihr nicht wirklich verheiratet seid, solltest du nicht ... äh ...«
Fides wusste nicht, ob sie lachen oder weinen sollte. Wollte ihre prüde Mutter ihr gerade zureden, sich von Simon betatschen zu lassen, solange sie dabei nicht bis zum Äußersten ging?
Die Mutter deutete ihr Schweigen falsch. Entsetzen malte sich in ihrem Blick. »Ihr habt doch nicht etwa schon ...?«
Fides schüttelte ihren Arm ab und stand auf. »Mutter, also wirklich! Was denkst du denn von mir?« Möglichst geräuschvoll schob sie die Näpfe zusammen, um anzudeuten, dass die Unterhaltung für sie beendet war. Sie musste unbedingt daran denken, ein Halstuch umzulegen, wenn sie aus dem Haus ging, bevor noch jemand anders die Würgemale entdeckte.

Je näher sie der Franziskanerkirche kamen, desto unbehaglicher wurde es Fides. Bei dem Gedanken an das entsetzliche Beichtgespräch vor Ostern stieg ihr wieder die Galle in den Hals. Sie schluckte mühsam. Wäre sie doch bloß nicht mitgegangen! Sie warf einen Blick zu ihrer Mutter, die ausnahmsweise gut gelaunt schien und zügig ausschritt. Fides dagegen fühlte sich, als hätte sie Blei in den Füßen. Hoffentlich war der Gottesdienst so gut besucht, dass sie dem Pater nicht weiter auffiel. Zumindest der erste Teil ihres Wunsches schien in Erfüllung zu gehen.

»Hier sind ja bald mehr Menschen als am Grossmünster!« Erstaunt betrachtete sie das Gedränge vor dem geöffneten Kirchenportal. »Und wieso geht das so langsam voran? Diese Riesenkirche kann doch nicht schon voll sein?«

Die Mutter bedachte sie mit einem nachsichtigen Lächeln. »Würdest du öfters kommen, dann wüsstest du, dass Pater Otto gerne jeden Gläubigen persönlich willkommen heißt. Sieh, da ist er schon!« Bevor Fides sich von ihrem Schreck erholt hatte, stand sie schon Auge in Auge mit dem Franziskaner.

Pater Otto lächelte ihre Mutter salbungsvoll an. »Martha, meine treue Dienerin, wie schön, dass du diesmal deine Tochter mitgebracht hast.« Dann wandte er sich Fides zu, die einen Gruß murmelte. Sie erschauerte unter dem intensiven Blick seiner eisblauen Augen und senkte die Lider. Seine Kutte war in der Zwischenzeit nicht sauberer geworden, Fides fragte sich, ob er sie überhaupt gewaschen hatte, nachdem sie sich darauf übergeben hatte. Vermutlich nicht. Vielleicht waren die Flecken ja seine persönliche Gedächtnisstütze. Jeder Fleck ein Vergehen. Kein Wunder, dass er sich so gut an die Sünden seiner Schäfchen erinnerte. Hysterisches Kichern stieg ihr in die Kehle, was sie durch einen Hustenanfall zu kaschieren versuchte.

»Du hast dir lange Zeit gelassen, Fides. Nach unserem letzten Gespräch hatte ich dich eigentlich früher erwartet.« Wie hatte sie nur annehmen können, der Pater habe sie vergessen. Gleich würde er Mutter verraten, was während der Beichte passiert war. Unerwarteterweise kam ihr die Mutter zu Hilfe. »Verzeiht, Pater Otto, dass wir Ostern ins Grossmünster gegangen sind. Aber unsre Fides ist doch verlobt ...«

»Ins Grossmünster? Verlobt??« Pater Otto starrte sie mit einem derartigen Abscheu an, dass es sogar der Mutter auffiel. Erstaunt stammelte sie: »Nun ja, Pater, sie ist doch alt genug ...«

Ottos Gesichtsfarbe spielte ins Purpurne. Er schien alle Leute um sich herum vergessen zu haben, konzentrierte sich allein auf Fides' Mutter. »Martha, wie kannst du mich so enttäuschen? Habe ich dich nicht immer gewarnt vor diesem gottlosen Abschaum, der mit leeren Versprechungen unschuldige Mädchen verführt ...« Fides fühlte eine eisige Hand nach ihrem Herzen greifen. Was wusste der Pater? Und woher? Er konnte doch nichts gesehen haben. Hatte Bertram etwas verraten? Oder Barbara geplappert?

Ihre Mutter schien zum Glück völlig ahnungslos. Verwundert starrte sie Pater Otto an. »Aber Ihr habt mir doch zugeraten, Fides schnell zu vermählen? Ich weiß, Johann von dem Stege und seine Familie sind etwas eitel, aber es sind doch trotzdem anständige Handwerker?«

Otto schwieg einen Moment und schloss die Augen. Als er sie wieder öffnete, waren sie klar und ruhig wie ein Bergsee. »Fides ist mit einem der Gerbersöhne verlobt?« Fides wollte protestieren, doch ihre Mutter trat ihr kräftig auf den Fuß und ergriff das Wort. »Ja, Pater. Mit Simon, dem ältesten. Sobald er seine Meisterprüfung abgelegt hat, wollen sie heiraten.«

Otto lächelte vor sich hin. »Das ist gut«, murmelte er dann. »Das ist sehr gut.« Ohne ein weiteres Wort schob er Fides und ihre Mutter ins Kirchenschiff und wandte sich dem nächsten Besucher zu.

19. Kapitel

Zürich, Sonntag, 15. April 1274, nach dem Gottesdienst

»Das warme Wetter hat dem Wein gutgetan. Seht nur, die vielen neuen Triebe.« Propst Heinrich ließ die Weinrebe los, die er begutachtet hatte, und wandte sich an seinen Begleiter.

»Wir sollten uns viel öfters die Zeit nehmen, uns in Gottes schöner Natur zu bewegen. Ich danke Euch, werter Kantor, dass Ihr mich dazu überredet habt, nach dem Gottesdienst ein paar

Schritte zu tun. Aber wie ich Euch kenne, ging es Euch nicht ausschließlich um meine Gesundheit, oder?«

Der Kantor lächelte. Er ließ seinen Blick über die Weinstöcke gleiten und schwieg eine Weile. Dann sah er den Propst an. »Ich wollte mit Euch etwas unter vier Augen bereden und die Mauern haben ja bekanntlich Ohren.«

Der Propst zog die Augenbrauen hoch. »So? Ihr macht mich neugierig.«

»Ich weiß, wer Bertram von der Brücke gestoßen hat.«

Jetzt hatte er die volle Aufmerksamkeit des Propstes. »Erzählt! War es ein Scherge des Königs?«

»Nein, einer der Handwerkersöhne. Simon, ein Gerbersohn, der gerade wieder aus Basel zurück ist.«

Der Propst lachte ungläubig auf. »Warum sollte ein Handwerker so etwas tun?«

»Aus persönlicher Rache. Es ging wohl um ein Mädchen.«

»Um ein Mädchen???«

Der Kantor holte tief Luft. »Ihr wisst doch, dass ich über den Jahreswechsel so krank war. Wir hatten eine Einladung zu einem Fest bei Johann von dem Stege, dem Vater von Simon. Weil ich nicht gehen konnte, habe ich Bertram geschickt. Dort muss er sich wohl in Fides, die Tochter unseres Pergamenters, verguckt haben. Das hat diesem Simon nicht gepasst. Jedenfalls kam es zu einem Streit zwischen den beiden jungen Männern. Weil der Mann auf der Brücke die gleichen Schimpfwörter benutzt hat wie Simon auf dem Fest, vermutet Bertram, dass er der Täter ist.«

Der Propst schüttelte den Kopf. »Ich weiß nicht, was ich davon halten soll. Es erscheint mir doch recht unwahrscheinlich, dass der Gerbersohn wegen eines dummen Streites so ein Risiko eingeht. Noch dazu ein Vierteljahr später. Nein, da steckt jemand anders dahinter, jemand, der viel zu verlieren hat, jemand mit Macht und Einfluss.«

Der Kantor zögerte, dann sprach er es doch aus: »Ihr meint den König?«

»Ja.«

Der Kantor seufzte. »Ich wünschte, es wäre anders, aber vermutlich habt Ihr Recht. Rudolf von Habsburg hat schon während der Krönungsfeierlichkeiten im Januar versucht, mich über Bertram auszuhorchen. Vermutlich ahnt er etwas.«

»Er ahnt nicht nur etwas, er weiß es. Er muss es wissen. Alles deutet darauf hin. Besonders das Ausbleiben der Zahlungen für Bertram nach Margarethes Tod. Vermutlich hat er im Nachlass die entsprechenden Dokumente gefunden und versucht nun, den Jungen zu beseitigen, bevor er volljährig wird.«

Konrad sah den Propst besorgt an. »Ihr meint also, der Brückensturz war ein Anschlag des Königs. Und wer soll ihn verübt haben? Wer weiß überhaupt von Bertrams Herkunft?«

»Wenn Ihr nicht geplaudert habt, niemand außer uns beiden. Die übrigen Zeugen bei der Unterzeichnung der Urkunde sind schon gestorben, die Dienstboten waren nicht eingeweiht. Aber es gibt genügend Leute, die gegen klingende Münze bereit sind, jemand aus dem Weg zu schaffen, ohne groß nach dem Warum zu fragen.«

»Und was sollen wir jetzt tun?«

»Bertram hat doch seine Studien hier so gut wie beendet, oder? Habt Ihr mit ihm schon über seine Zukunft gesprochen? Wollt Ihr ihn als Lehrer behalten, strebt er gar eine geistliche Laufbahn an?« Er sah den Kantor forschend an. »Denn diese angebliche Liebelei ist doch sicher nichts Ernstes, oder? Junge Männer sind schnell entflammbar, vor allem wenn auch noch Wein und Feststimmung ins Spiel kommen.«

Der Kantor seufzte. »Ich hoffe es, aber ich fürchte, Bertram hat sich ernsthaft in das Mädchen verliebt. Heute war er während der Messe sehr unaufmerksam, weil er sie nicht unter den Besuchern entdecken konnte. Er spricht von Heirat und einer Zukunft als Schreiber. Ich denke nicht, dass er sich zu einer geistlichen Laufbahn berufen fühlt, die Tintenrezepte des *Theophilus* fesseln ihn weitaus mehr als die Schriften unserer Kirchenväter.

Bei den Schülern hat er eine gute Hand, aber das Einzige, was ihn wirklich interessiert, sind Bücher. Und seit Neuestem Fides.«
Der Propst zog die Augenbrauen hoch. »Was für eine Verschwendung von Talent. Nein, ich werde nicht zulassen, dass ein so begabter Schüler meiner Anstalt alles hinwirft, nur weil er das andere Geschlecht entdeckt hat. Es wird Zeit, ihm seinen Weg zu zeigen.«
»Habt Ihr eine Idee?«
»Nun, ich dachte daran, ihn mit meinem Neffen Heinrich auf Reisen zu schicken. Er kann auf seinen Gesandtschaften immer einen fähigen Schreiber brauchen, der des Lateinischen mächtig ist.«
»Aber Euer Neffe will doch für die königliche Kanzlei arbeiten? Ihr wollt Bertram dem König auf einem Silbertablett präsentieren?«
»Manchmal ist man in der Höhle des Löwen sicherer als in seinen Jagdgründen. Euch ist sicher bekannt, dass Papst Gregor X. zu einem großen Konzil aufgerufen hat, um endlich eine Einigung mit der Ostkirche zu erreichen und seinen Traum von einem Kreuzzug zu verwirklichen. Es wird in Lyon stattfinden und im Mai beginnen. Ich weiß von Heinrich, dass der König eine Gesandtschaft nach Lyon vorbereitet, um endlich den päpstlichen Segen für seine Krönung zu erhalten. Es ist zwar noch nicht sicher, aber vermutlich wird Heinrich daran teilnehmen. Wenn Bertram ihn begleiten würde, könnte er bei dieser Gelegenheit auch versuchen, *Dispens* wegen seiner unehelichen Geburt zu erhalten – damit wäre er erbberechtigt und auch die Chorherrenämter hier wären ihm nicht länger verwehrt. Vielleicht besinnt er sich wieder auf seine wirkliche Berufung, wenn seine materielle Zukunft gesichert ist.«
Konrad von Mure nickte anerkennend. »Ihr seid ein guter Politiker. An die *Dispens* hatte ich gar nicht gedacht. Vermutlich ist es wirklich das Beste, wenn der Junge eine Weile die Stadt verlässt. Vielleicht erledigt sich dann auch die Liebesgeschichte

von selbst. Auch das größte Feuer erlischt irgendwann, wenn es nicht genährt wird.«

»Gut, dann werde ich jetzt an meinen Neffen schreiben und Ihr redet mit Bertram, was er von unserem Vorschlag hält, mit Heinrich nach Lyon zu reisen. Natürlich ohne ihm die wahren Hintergründe zu verraten.«

Der Kantor wiegte den Kopf. »Wäre es nicht langsam an der Zeit, ihn einzuweihen? Er ist doch allmählich alt genug, um seine wahre Herkunft zu erfahren.«

»Damit er sich verplappert oder, schlimmer noch, zu unbedachten Handlungen hinreißen lässt? Nein, bevor wir die Rechtslage nicht geklärt haben, muss er nichts wissen. Ich muss mir auch noch überlegen, inwieweit ich meinen Neffen ins Vertrauen ziehe. Er ist sehr ehrgeizig, wenn es hart auf hart kommt, könnte seine Loyalität dem König gegenüber größer sein als sein Familiensinn.«

Der Kantor neigte den Kopf. »Wenn Ihr das für richtig haltet, werde ich schweigen. Auch wenn es mir immer schwerer fällt, den Jungen hinzuhalten. Er ist mir sehr ans Herz gewachsen.«

Der Propst legte ihm die Hand auf die Schulter. »Es ist doch nur noch für ein paar Monate. Und sorgt in der Zwischenzeit dafür, dass er sich möglichst fernhält von diesem Mädchen. Auch in dem größten Bücherwurm erwachen irgendwann die fleischlichen Begierden, das ist ganz natürlich. Es ist an uns, ihm einen Weg zu zeigen, mit diesen Versuchungen fertigzuwerden. Wenn es Gebet und Arbeit nicht vermögen, dann gibt es genügend willfährige Weiber, die einem Mann aus der Not helfen, ohne dass er sich gleich verehelichen muss. Schickt ihn auf die Feste der Manesses, dort geht es recht freizügig zu – dort kann er sich austoben und dann wird er diese Fides vergessen und sich wieder auf seine eigentlichen Aufgaben besinnen.«

Wenn Ihr euch da mal nicht irrt, dachte der Kantor bei sich, doch er verkniff sich eine Antwort.

20. Kapitel

Zürich, Kreuzgang des Grossmünsters, Mittwoch, 18. April 1274

Mit klopfendem Herzen öffnete Bertram die kleine Pforte des Chorvorraumes und spähte vorsichtig in den Kreuzgang. Ob Fides wohl gekommen war? Seine Nachricht hatte sie jedenfalls bekommen, wie Friedrich stolzgeschwellt berichtet hatte. Bertram schloss die Tür hinter sich. Nervös umklammerte er den *Psalter*, den er sich vorhin vom *Librarius* erbeten hatte. Die Säule mit dem Affenkapitell, die er ihr als Treffpunkt genannt hatte, befand sich nur wenige Meter vor ihm, doch dort war noch niemand zu sehen. Eine Gruppe *Rebleute* eilte an ihm vorbei, offensichtlich waren sie auf dem Weg zum Schenkhof. Bertram ließ seinen Blick entlang der Säulenreihen schweifen. Im Klostergarten war der Bruder *Infirmarius* gerade dabei, einige Stauden zu inspizieren. Ich sollte zu ihm gehen, dachte Bertram bei sich. Von dort aus konnte er unauffällig alle Eingänge zum Kreuzgang im Auge behalten. Er trat durch den schmalen Durchgang neben der Säule mit dem Affenkapitell. Der *Infirmarius* erhob sich aus seiner gebückten Stellung. »Bertram«, rief er überrascht. »Ist etwas mit dem Arm?«

Bertram schüttelte den Kopf. »Nein, nein, ich wollte nur ein wenig die Nachmittagssonne genießen und draußen lesen.« Er schwenkte den gesunden Arm mit dem *Psalter*.

Der *Infirmarius* lächelte und hob sein Gesicht zur Sonne. »Ja, der Frühling ist eindeutig auf dem Vormarsch.« Er warf einen prüfenden Blick auf Bertrams Armschlinge. »Wie lange ist der Sturz jetzt her? Sind es schon vier Wochen? Morgen früh will ich mir den Arm wieder ansehen, vielleicht können wir dich ja bald erlösen.«

Bertram nickte. »Ja, ich will so schnell wie möglich wieder mit dem Schreiben anfangen.«

Der *Infirmarius* kicherte. »Für dein Schreibmaterial ist jedenfalls gesorgt.« Er warf einen Blick über Bertrams Schulter. »Seltsam, sonst kommt der Bote doch immer morgens? Und sie schicken den Lehrjungen und kein Mädchen.« Bertram fuhr herum.

Tatsächlich, gerade war Fides durch den Nordeingang getreten und strebte auf die Säule mit dem Affenkapitell zu, am Arm einen Korb, aus dem ein paar halb verdeckte Pergamentrollen ragten.

Sein Herz machte vor Freude und Aufregung einen Hüpfer, doch es gelang ihm, dem Bruder ruhig zu antworten. »Das ist die Tochter unseres Pergamenters. Vielleicht hatte der Kantor einen Extrawunsch. Ich werde nachsehen.« Er unterdrückte den Drang zu rennen und ging Fides gemessenen Schrittes entgegen. Er sah ihr Gesicht aufstrahlen, als sie ihn erkannte, doch unterdrückte sie das Lächeln sofort wieder und begrüßte ihn mit leicht geneigtem Kopf. Sie stellte den Korb auf der Steinbrüstung ab. »Jungfer Fides«, sagte Bertram laut, dann flüsterte er: »Wie schön, dass du kommen konntest. Ich habe mir Sorgen gemacht. Geht es dir gut?«

Sie griff in den Korb und entrollte einen Pergamentbogen, als wollte sie ihn Bertram zur Begutachtung vorlegen. »Ich kann nur ganz kurz bleiben, es war schon schwer genug, die Bögen aus der Werkstatt zu schmuggeln.«

Bertram betrachtete sie besorgt. Fides wirkte sehr nervös, immer wieder sah sie sich verstohlen nach allen Seiten um. Er legte den *Psalter* neben dem Korb auf der Brüstung ab und ergriff eine Ecke des Pergamentbogens. Mit dem Daumen streichelte er vorsichtig Fides' Hand. »Ist dein Vater immer noch böse?«

»Schlimmer. Ich weiß jetzt, wer dich von der Brücke gestoßen hat. Du hattest recht, es war Simon. Und er hat gedroht, dir noch Übleres anzutun, wenn er uns zusammen sieht.«

Obwohl Bertram es geahnt hatte, traf ihn die Bestätigung seines Verdachts wie ein Schlag in die Magengrube. Er schluckte.

Fides rollte den Bogen wieder zusammen und nahm die nächste Rolle aus dem Korb. Ihre Hand zitterte leicht. »Hier können wir nicht reden und ich kann auch nicht lange bleiben.« Unruhig blickte sie wieder über ihre Schulter.

Bertram warf einen prüfenden Blick in die Runde. Er konnte nichts Verdächtiges feststellen. Der *Infirmarius* hatte sich wieder seinen Kräuterbeeten zugewandt und die Gruppe von Wäscherinnen, die gerade laut schwatzend durch das Nordportal trat, war mit sich selbst beschäftigt. Er beugte sich wieder über den Pergamentbogen. »Hab keine Angst. Niemand beachtet uns«, flüsterte er. »Aber ich weiß einen Ort, wo wir uns ungestört treffen können. Kennst du das Haus der Manesses an der Publica strata?«

»Den Wohnturm des Ratsherrn?«

»Genau. Rüdiger Manesse ist der Auftraggeber für die Romanhandschrift, wegen der ich damals in eure Werkstatt gekommen bin. Wenn die Lieferungen nicht ins Grossmünster, sondern direkt zum Ratsherrn gehen, lässt dein Vater dich vielleicht wieder Pergamente austragen und wir könnten uns dort treffen.«

Fides wirkte eher erschrocken als begeistert. »Weiß der Ratsherr dann auch Bescheid über uns?« Ihre Stimme wurde schrill.

Bertram versuchte, sie zu beruhigen. »Er ist mein Freund und wird nichts sagen. Und in seinem Haus gehen so viel Boten ein und aus, du wirst gar nicht auffallen.« Bittend sah er sie an.

Fides mied seinen Blick und verstaute die Rollen wieder im Korb. Sie schwiegen ein paar Minuten. Dann murmelte sie: »Gut. Lass es uns versuchen. Es ist auf jeden Fall besser als hier.« Sie warf einen Blick empor zu dem Kapitell und schüttelte sich. »Hättest du keinen schöneren Stein aussuchen können? Vor diesen hässlichen Viechern habe ich mich schon als Kind gefürchtet.«

Bertram musste lachen. »Nun, zumindest ist er unverwechselbar und man hat von hier alle Zugänge im Auge.«

Fides schnaubte. »Unverwechselbar ist gut. Bei der lausenden Affenmutter bekomme ich Juckreiz vom bloßen Zusehen.«

Ihr Ärger schien verraucht, die schelmischen Grübchen erschienen wieder in ihren Wangen.

Bertram stellte sich auf die Zehenspitzen und streckte den gesunden Arm zum Kapitell aus. Er griff dem linken Affen in den Schoß und zauberte einen kleinen Gegenstand hervor, den er blitzschnell in Fides' Korb fallen ließ. Dabei flüsterte er ihr ins Ohr: »Außerdem bietet dieser Stein einen unschätzbaren Vorteil: Die Figuren sind so weit herausgehauen, dass dahinter lauter Hohlräume sind – ich dachte, wir könnten uns dort Nachrichten zukommen lassen.«

Verdutzt sah Fides ihn an. Und blickte dann in den Korb. Sie machte eine Bewegung, als wollte sie hineingreifen, besann sich dann aber anders. »Ich werde es daheim lesen, aber jetzt muss ich wirklich gehen. Wann wollen wir uns beim Manesseturm treffen?«

»Vielleicht in drei Tagen? Ich will versuchen, einen Boten zu schicken.«

Fides nickte wortlos, dann eilte sie Richtung Nordtor davon.

21. Kapitel

Zürich, Münstergasse 22, Freitag, 20. April 1274

Bertram hatte Wort gehalten, zwei Tage nach ihrem Gespräch war ein Bote des Ratsherrn im Pergamenterhaus erschienen und hatte eine umfangreiche Bestellung aufgegeben. Er hatte es recht dringend gemacht, und da der Vater nach dem Ende der Winterpause seinen Lehrling für die harte Arbeit am Fluss brauchte, hatte er nach einigem Zögern zugestimmt, dass Fides die Pergamente ausliefern sollte. Und jetzt stand sie tatsächlich vor dem imposanten Wohngebäude, das sich neben dem fünfstöckigen Turm erstreckte. Sie legte den Kopf in den Nacken und blickte die Fassade empor. Nicht nur der Turm, auch das Wohngebäude war fast vollständig in Stein errichtet, lediglich das dritte Stockwerk direkt unter dem Dach bestand aus Holz. Und waren das wirklich Glasscheiben in den Fensteröffnungen des Obergeschosses? Nicht einmal das Rathaus hatte Glasfenster! Angesichts dieses Reichtums war sie froh, eines ihrer besseren Kleider und die neue Schürze angezogen zu haben. Sie bewegte vorsichtig die Schultern unter dem schweren Buckelkorb auf ihrem Rücken. Vielleicht sollte sie ihn ganz absetzen und erst einmal ihre verknitterte Kleidung richten, bevor sie Bertram unter die Augen trat.

Sie hatte den Korb gerade zu Boden gleiten lassen, als sich das große Portal öffnete und eine Gruppe laut miteinander diskutierender Männer heraustrat. Der Vorderste musterte sie überrascht. Er war ein beleibter Mittfünfziger mit einem gepflegten Backenbart, gekleidet in einen dunklen Mantel mit kostbarem Pelzkragen. Das musste der Ratsherr Rüdiger sein. Fides senkte grüßend den Kopf. Seine grauen Augen glitten über ihre Gestalt und blieben an dem Korb mit den Pergamentrollen hängen. Ein wissendes Lächeln glitt über seine Züge.

»Du willst bestimmt zu Herrn Bertram, Mädchen?«, sprach er sie an.

Fides nickte. Rüdiger drückte das schwere Tor wieder auf und winkte ihr, einzutreten. Sie schob den Korb über die Schwelle und stand in einer geräumigen Diele.

Der Ratsherr klatschte laut in die Hände. »Marie! Marie!«, rief er. »Wo steckst du?«

Ein junges Mädchen in einfacher Gewandung kam in die

Halle gelaufen. Es wischte sich die nassen Hände an der Schürze ab. »Verzeiht, Herr, ich war …«

Rüdiger unterbrach sie mit einer Handbewegung. »Schon gut, ich brauche dich kurz. Führe bitte unseren Besuch ins Obergeschoss in die Schreibstube, Herr Bertram weiß schon Bescheid.«

Fides schien es, als würde das Mädchen erstaunt die Augenbrauen hochziehen, doch dann lächelte es Fides freundlich zu und geleitete sie zu einer schmalen Treppe am hinteren Ende der Diele. »Einfach die Stufen hoch und immer dem Licht nach, es ist nicht zu verfehlen, die Türen stehen auf. Ich muss wieder zurück in die Küche.«

Bevor Fides etwas erwidern konnte, war das Mädchen verschwunden. Fides nahm den Korb wieder auf den Rücken und stieg mit klopfendem Herzen nach oben. Das hölzerne Geländer war mit aufwendigen Schnitzereien geschmückt und so spiegelblank poliert, dass Fides kaum wagte, es zu berühren. Die Treppe mündete in einen langen Gang, an dessen Ende Fides tatsächlich eine offen stehende Tür erblickte. Rasch lief sie darauf zu und blieb an der Schwelle stehen.

Staubkörnchen tanzten in dem Sonnenlicht, das durch die leicht getönten Scheiben fiel. Jetzt verstand sie auch den Ausspruch der Magd. Das war natürlich etwas anderes als das schummerige Licht, das die pergamentbespannten Rahmen daheim in die Stube ließen! Bertram stand am Fenster und begutachtete einen beschriebenen Pergamentbogen. Als er ihre Schritte hörte, hob er den Kopf. Er ließ den Bogen auf den Tisch fallen und eilte ihr mit ausgebreiteten Armen entgegen. Er wollte sie umarmen, doch der Korb war im Weg. Kichernd wand Fides ihre Arme aus den Schlaufen und ließ ihn achtlos zu Boden poltern, dann schmiegte sie sich an Bertrams Brust. Einen Moment standen sie eng umschlungen. Dann machte Fides sich los und sah sich scheu in der Kammer um. »Wenn uns jemand sieht …«, wisperte sie.

Bertram lachte. »Keine Sorge, es ist niemand da. Rüdiger und sein Sohn sind zum Mittagessen ins Wirtshaus, sie haben den

Schreiber mitgenommen, weil sie danach gleich eine Ratssitzung haben. Und die übrige Familie und die Dienstboten sind in der Küche. Die nächste Stunde wird uns hier niemand stören.« Er legte seine Hände zärtlich um Fides' Wangen und hob ihren Kopf zu sich. Er küsste sie sanft auf den Mund.

Fides legte ihre Hände auf seine. Überrascht rief sie aus: »Du trägst ja keine Schlinge mehr! Ist dein Arm wieder gesund?«

Bertram hob beide Arme und wackelte fröhlich mit den Fingern. »Ja, alles wieder in bester Ordnung! Der *Infirmarius* meinte zwar, ich soll es nicht übertreiben und noch eine Weile warten, bevor ich wieder mit dem Schreiben anfange, aber ich habe natürlich sofort ausprobieren müssen, ob meine Finger wieder so gelenkig sind wie vor dem Unfall.« Er zog Fides zu einem Schreibpult am Fenster und zeigte ihr den Bogen, den er bei ihrem Eintreten in der Hand gehalten hatte. Gleichmäßige Schriftzüge bedeckten den Bogen in drei Spalten, gelegentlich war Platz gelassen für eine später auszuführende Schmuckinitiale. Fides warf nur einen kurzen Blick darauf, dann blieb ihr Blick an einem Blatt hängen, das halb verdeckt unter leeren Pergamentbögen auf dem Pult lag. Sie zog es hervor. Es zeigte eine fast fertiggestellte *Miniatur* in kräftigen Farben, offenbar eine Turnierszene mit einem Ritter und seiner Dame. Während von dem Ritter und seinem Pferd bislang nur die Vorzeichnung angelegt war, war die Frau bereits farbig ausgearbeitet. Sie trug ein lindgrünes enganliegendes Kleid und darüber einen dunkelgrünen *Surkot*, kastanienbraune Locken kringelten sich über ihre Schulter. »Das ist aber schön!«, rief Fides. »Hast du das gemalt?« Bewundernd sah sie zu Bertram auf.

Der lächelte verlegen. »Ach, das ist nur ein Entwurf, den ich jemandem vorlegen will.«

Fides betrachtete das Bild genauer. »Das ist ja das Kleid, das ich auf dem Ball getragen habe.« Ihre Gedanken gingen zurück zu dem Gerberball. Wie hatte sie sich auf den Abend gefreut und wie stolz war sie auf ihr erstes Ballkleid gewesen. Das Kleid, das

Simon ruiniert hatte. Simon! Schlagartig kehrte die Erinnerung an ihre letzte Begegnung mit Simon zurück. Sie ließ das Blatt fallen und griff sich unwillkürlich an die Kehle.

»Was hast du denn? Ist dir nicht gut? Dir ist bestimmt viel zu warm, du hast ja immer noch den Mantel an.« Bertrams besorgte Stimme drang an ihr Ohr. Sie fühlte seine Hand auf ihrem Arm und ließ sich von ihm zu einer breiten Bank führen, die in einer Ecke stand. Sie sank auf die weichen Polster, löste die Bänder ihres Mantels und ließ den Stoff achtlos nach hinten fallen. Bertram kniete vor ihr und nahm ihre Hände in die seinen. Einen Moment schwiegen beide.

Dann hob Fides den Kopf und sah Bertram ernst an. »Ich muss dir noch etwas sagen. Wegen Simon. Er hat nicht nur dich bedroht.«

Bertram sah sie fragend an. Fides holte tief Luft. »Er hält es für selbstverständlich, dass wir heiraten, sobald er seine Meisterprüfung abgelegt hat. Offenbar hat mein Vater Schulden bei seiner Familie. Simon droht damit, uns zu ruinieren, wenn ich nicht zustimme.« Sie hatte so schnell gesprochen, dass sie ganz außer Atem war. Mit klopfendem Herzen wartete sie auf Bertrams Antwort.

Doch der sah sie nur stumm an wie vom Donner gerührt. Dann erhob er sich und trat wieder an das Fenster. Schweigend starrte er hinaus. »Wann?«, stieß er dann dumpf hervor.

Fides wurde es angst. Das war nicht die Reaktion, die sie erhofft hatte. Ehrlich gesagt wusste sie selbst nicht so genau, was sie erwartet hatte. Dass er sie in den Arm nehmen und küssen und bei ihrem Vater um ihre Hand anhalten würde? Es sah nicht danach aus.

Bertram drehte sich um. »Wann ist diese Meisterprüfung?«, wiederholte er. Sein Gesicht war aschfahl geworden.

Fides schluckte. »Ich weiß es nicht so genau. Er muss erst sein Meisterstück fertigstellen. Und die Prüfung und den Eid ablegen. In ein paar Monaten vielleicht?« Sie stand ebenfalls auf und rieb sich nervös über die Unterarme.

Bertram kam wieder auf sie zu. »Und du?«, fragte er. »Willst du ihn heiraten?«

Fides starrte ihn entgeistert an. »Nein, was denkst du denn! Ich kann ihn nicht ausstehen!« Dann senkte sie den Kopf. »Aber ich will auch nicht, dass mein Vater deswegen im Schuldturm landet«, fügte sie leise hinzu.

Bertram nahm sie in den Arm. »Nein. Natürlich nicht«, murmelte er. Dann hob er ihr Gesicht empor und sah ihr fest in die Augen. »Hör zu, Fides. Ich liebe dich, aber ich kann dich nicht heiraten. Jedenfalls nicht so schnell ...«

Fides fühlte sich, als hätte er sie mitten ins Gesicht geschlagen. Hatten Pater Otto und die Mutter doch recht gehabt? War Bertram auch nicht besser als all die Kanoniker, die sich ein Mädchen nur zum Zeitvertreib hielten? Sollte sie sich so in ihm getäuscht haben? Sie wusste nicht, was sie sagen sollte, starrte ihn nur mit weit aufgerissenen Augen an. Bertram erkannte wohl, was in ihr vorging. »Ach Fides, versteh mich nicht falsch – ich will dich ja heiraten, aber im Augenblick kann ich es einfach nicht. Mir fehlen die Mittel, um einen eigenen Hausstand zu gründen.«

Fides blinzelte. Langsam drangen seine Worte in ihr Bewusstsein. Ihm fehlten die Mittel? Das konnte doch nicht sein. »Aber ... so schlecht verdient doch ein Lehrer nicht?«, platzte sie dann mit dem Ersten heraus, was ihr durch den Kopf ging.

Bertram lächelte traurig. »Ich bin noch kein richtiger Lehrer. Mit meiner Lehrtätigkeit verdiene ich mir das Schulgeld für mein eigenes Studium.«

Jetzt verstand sie gar nichts mehr.

Bertram schob sie wieder auf die Bank zu. »Wir sollten uns setzen. Das wird eine längere Geschichte.« Widerspruchslos ließ sich Fides auf die Bank sinken. Bertram setzte sich dicht neben sie und ergriff ihre Hand. »Am besten fange ich ganz von vorne an. Ich bin ein Findelkind, das man als Säugling an der Klosterpforte abgegeben hat.«

»Ein Findelkind?«, echote Fides. »Das heißt, du weißt gar nicht, wer deine Eltern sind?«

Bertram schüttelte den Kopf. »Ich weiß nur, dass meine Mutter bei meiner Geburt gestorben ist.« Er zog seinen Ring ab und hielt ihn Fides hin. »Das ist alles, was ich von meiner Familie habe. Den Ring hat mir der Propst gegeben, als ich sechzehn wurde. Angeblich stammt er von meinem Vater, mehr habe ich nicht erfahren. Ich weiß nicht einmal, ob er noch lebt.«

Fides nahm den Ring und strich vorsichtig über die Erhebungen. »Ist das ein Kreuzfahrerring? War dein Vater im Heiligen Land?« Aufgeregt drehte sie den Ring zwischen den Fingern. »Vielleicht gibt es eine Gravur?« Sie betrachtete die Innenseite, konnte aber nichts entdecken.

Bertram seufzte. »Das habe ich alles schon selbst untersucht. Es gibt keine Gravur, keinerlei Hinweis, woher der Ring stammt und wem er gehört hat.«

Fides gab ihm den Ring zurück und sah nachdenklich zu, wie er ihn wieder an den Finger steckte. »Du weißt gar nichts von deiner Familie? Selbst wenn deine Eltern nicht mehr leben sollten – jemand hat doch für deinen Aufenthalt und deine Ausbildung am Grossmünster gezahlt? Hast du denn nicht versucht, etwas über deinen Vater zu erfahren?«

Bertram zuckte die Schultern. »Natürlich habe ich es versucht, als ich älter wurde. Ständig. Aber vom Kantor und vom Propst kam immer nur die gleiche Antwort: Für dein Auskommen ist gesorgt, wenn du zu deinen Tagen kommst, wirst du alles erfahren.«

»Aber … wenn für dein Auskommen gesorgt wird, warum arbeitest du dann als Lehrer?«

Bertram fuhr sich über die Stirn. »Das Geld wurde jedes Jahr von einem Boten überbracht. Und der ist dieses Jahr nicht erschienen.«

Fides runzelte die Stirn. »Merkwürdig. Und die anderen Brüder? Oder die Dienstboten? Die wissen doch sonst immer alles.«

Bertram lächelte traurig. »Bruder Johannes, der mich damals vor der Tür gefunden hat, lebt schon lange nicht mehr. Und Dienstboten kommen und gehen, auch hier habe ich nichts erfahren können.«

Fides schluckte. Das waren keine guten Nachrichten. Der Vater war sowieso schon voreingenommen, nie und nimmer würde er seine Tochter einem Mann geben, der nicht einmal wusste, wer seine Eltern waren. Und sie nicht ernähren konnte. Ganz zu schweigen von der Mutter.

»Und wie soll es jetzt weitergehen?«, fragte sie leise. »Ich meine, mit uns? Wie hast du dir das vorgestellt? Wir können uns doch nicht auf ewig nur heimlich treffen?«

»Nein, natürlich nicht«, erwiderte Bertram. »Ich bitte dich nur um etwas Zeit. Im November werde ich volljährig, der Propst hat mir versprochen, dass ich dann erfahren werde, wer meine Eltern waren. Er hat auch von irgendeinem Erbe gesprochen, das mir angeblich zusteht. Vielleicht ist es ja genug zum Heiraten. Und wenn nicht, der Ratsherr hat genügend Arbeit für mich. Und der Neffe des Propstes hat mir ebenfalls einen großen Auftrag in Aussicht gestellt.« Bertram hatte sich in Rage geredet. Er sprang auf und zog Fides mit sich. Seine braunen Augen sahen sie beschwörend an. »Bitte, Fides, nur noch die paar Monate. Kannst du Simon so lange hinhalten? Wirst du auf mich warten?«

Fides schwirrte der Kopf. Sie holte tief Luft. »Gut, Bertram, ich werde auf dich warten. Aber ich habe eine Bedingung.«

Bertram sah sie fragend an.

»Du musst mit meinem Vater reden. Und zwar möglichst bald. Ich will ihn nicht die ganze Zeit anlügen müssen.«

22. Kapitel

Zürich, Trinkstube der Herren von Lunkhofen, Dienstag, 1. Mai 1274, Gedenktag der Apostel Philippus und Jakobus

Bertram hatte sich von Rüdiger und seinem Sohn Johannes überreden lassen, die beiden auf Lunkhofens Estrich zu begleiten, wo der Tag des Ratswechsels gefeiert wurde. Er bereute seine Entscheidung bereits, als er den ersten Fuß in die Gaststube setzte.

Trotz der geöffneten Fensterläden war es stickig, eine Dunstglocke aus Alkohol, Schweiß und billigen Duftwässern hing über der ausgelassenen Gesellschaft. Neben den Ratsherren waren auch einige Ritter und reiche Kaufleute gekommen. Sogar ein Grüppchen *Chorherren* hatte den Weg hierher gefunden. Bertram erkannte den *Leutpriester* Wello, der erst ein knappes halbes Jahr im Amt war. Er schien dem Wein bereits ordentlich zugesprochen zu haben. Jetzt war Bertram auch klar, warum er die Frühmesse so häufig seinen Helfern überließ.

Rüdiger stieß ihn vorsichtig an. »Lasst uns oben an der Tafel beim Hottinger sitzen, da schenken sie den besseren Wein aus. Echten Elsässer, nicht das saure Zeug von hier.« Sie nahmen Platz. Bertram war durstig und stürzte den ersten Becher Wein hastig hinunter. Der Wein war wirklich gut, stieg aber sofort zu Kopf. Langsam fiel die Anspannung von ihm ab. Er nahm noch einen Schluck Wein.

»Lust auf Gesellschaft, meine Herren?« Eine junge Frau quetschte sich zwischen Bertram und Johannes auf die Bank. Das tief ausgeschnittene gelbe Gewand und die rote Kappe wiesen sie als *Hübschlerin* aus. Sie lächelte den beiden Männern verführerisch zu. Dabei entblößte sie eine Reihe faulender Zahnstümpfe. Bertram schauderte es. Mit einer Mischung aus Ekel und Faszination beobachtete er, wie Johannes der Dirne ungeniert in den Ausschnitt griff und ihre üppigen Brüste knetete.

Die Frau kicherte und sah Bertram herausfordernd an. »Na, mein Kleiner, willst du nur zuschauen oder selbst mal ran? Für so hübsche Kerle mache ich es billiger.« Während sie dem jungen Manesse weiterhin ihre Brüste unter die Nase hielt, begann sie mit der anderen Hand unter dem Tisch Bertrams Schoß zu erkunden.

Ihm stieg die Schamröte ins Gesicht, als er merkte, wie sein Körper auf die Berührung reagierte. Er kniff die Beine zusammen und zischte die Frau an: »Lass das gefälligst, ich bin nicht interessiert.«

»Oh, da fühle ich aber ganz was anderes!« Die Frau lachte schrill und verdoppelte ihre Bemühungen.

Bertram stieß ihre Hand weg und erhob sich. Durch die schnelle Bewegung wurde ihm schwarz vor Augen und er musste sich am Tisch festhalten.

Johannes nahm seine Hände von der Dirne und sah Bertram besorgt an. »Ist alles in Ordnung mit dir? Du bist ganz blass – verträgst wohl überhaupt nichts?«

Bertram wiegelte ab. »Es ist nichts. Ich geh nur kurz nach draußen.« Ohne eine Antwort abzuwarten, verließ er den Raum. Draußen nahm er erst einen tiefen Atemzug von der frischen Nachtluft, bevor er die Treppe hinabstieg. Er würde ganz sicher nicht wieder zurückkehren, um sich den aufdringlichen Weibern oder dem Gespött der Leute auszuliefern. Das war einfach nicht seine Welt. Aber wenn er jetzt schon zurückkehrte, würden der Kantor und Hedwig nur dumme Fragen stellen. Am besten ging er noch eine Weile spazieren, um sich dann leise ins Haus zu schleichen, wenn alle schliefen. Außerdem fiel es ihm beim Laufen leichter, nachzudenken – schließlich konnte er das Gespräch mit Fides' Vater nicht ewig aufschieben. Er nahm sich eine Pechfackel aus dem Korb neben der Tür und schlug den Weg zum Niederdorf ein.

23. Kapitel

Zürich, Wirtshaus im Niederdorf, Dienstag, 1. Mai 1274

Die Luft im Ochsen war zum Schneiden, der Lärm ohrenbetäubend. Zwischen den Tänzen stürzten die erhitzten Leute das Bier hinunter wie Wasser, und entsprechend ausgelassen war die Stimmung. Fides drückte sich tiefer in ihre Bank, um nicht ständig angerempelt zu werden. Angewidert schob sie einen Bierkrug zur Seite, dessen schaler Geruch ihr Übelkeit bereitete. Sie fühlte, wie sich bohrende Kopfschmerzen ankündigten. Wieso nur hatte sie sich von Barbara überreden lassen, sie zur Maifeier der *Antwerke* zu begleiten? Natürlich hatte Simon sich wieder aufgeführt wie ein eifersüchtiger Ehemann und die ersten beiden Tänze für sich beansprucht. Fides hatte pflichtschuldig ein paar Runden mit ihm gedreht, dann war es ihm langweilig geworden und er hatte sich mit ein paar Freunden zum Würfeln und Saufen gesetzt. Fides warf einen verstohlenen Blick zu der Gruppe grölender Männer am anderen Ende des Tisches, konnte ihn aber nicht mehr entdecken. Wahrscheinlich lag er schon sturzbetrunken unter einer Bank und schlief seinen Rausch aus. Je weniger sie ihn sehen musste, desto besser. Wenn doch Bertram endlich mit ihrem Vater reden würde, damit sie dieses Schmierentheater beenden konnte. Sie massierte sich die Schläfen. Über eine Woche war ihr letztes Treffen nun her, seitdem hatte sie Bertram nicht mehr gesehen. Ob er es überhaupt ernst mit ihr meinte? Und wie sollte es mit ihnen weitergehen?

»Fides, was bläst du denn wieder für Trübsal?« Barbaras fröhliche Stimme riss sie aus ihren Gedanken. Die Freundin stand mit erhitzten Wangen vor ihr, im Schlepptau einen der jungen Männer aus dem Schneiderantwerk, der besitzergreifend einen Arm um ihre Taille gelegt hatte und Fides neugierig anstarrte. Barbara griff nach einem der Krüge auf dem Tisch und warf einen prüfenden Blick hinein, bevor sie ihn Fides unter die Nase hielt. »Komm, trink einen Schluck und dann komm mit uns tanzen, das bringt dich auf andere Gedanken!«

Fides hob abwehrend die Hände. »Danke, Barbara, wenn ich noch mehr Bier trinke, muss ich speien – ich glaube, ich gehe in den Hof und hole mir etwas Wasser aus dem Brunnen.«

Barbara verzog den Mund. »Wasser! Wer trinkt denn Wasser, wenn er etwas Besseres haben kann!« Dann sah sie Fides prüfend an. »Geht's dir nicht gut? Soll ich mitkommen?«

Fides sah die Enttäuschung in den Augen von Barbaras Begleiter und schüttelte rasch den Kopf. »Nein, nein, ich habe nur etwas Kopfweh. Geht ihr ruhig tanzen, ich bin gleich wieder zurück.« Sie lächelte Barbara beruhigend zu und machte sich dann auf den Weg nach draußen. Es war noch hell, die Luft angenehm lau. Das Wirtshaus verfügte über einen eigenen Brunnen im Hof, sodass sie nicht auf die Straße laufen musste. Sie hängte einen Holzeimer an den Haken und betätigte die Winde. Das lautstarke Quietschen ging ihr durch Mark und Bein. Erschrocken hielt sie inne. Doch außer dem Gelächter und Gejohle, das aus den geöffneten Fenstern des Ochsen drang, war nichts zu hören, entweder schliefen die Nachbarn bereits wie die Toten oder befanden sich selbst im Wirtshaus. Sie kurbelte weiter und hob kurz darauf den gefüllten Eimer über den Brunnenrand. Sie tauchte ihre Hände hinein und klatschte sich etwas Wasser ins Gesicht. Das tat gut! Tief sog sie die frische Abendluft in ihre Lungen. Da spürte sie auf einmal eine Hand auf ihrer Schulter. Sie erschrak bis ins Mark. Kräftige Finger gruben sich in ihr Fleisch und drehten sie herum. Simon!

»Hast mich wohl vermisst, mein Mädchen«, lallte er und schob sie gegen den Brunnenrand. Sie spürte die Kälte des Steins durch ihre Röcke. Unfähig, sich zu rühren, starrte sie Simon mit weit aufgerissenen Augen an. »Bist mir wohl nachgegangen, süße Fides, braves Mädchen«, nuschelte er und versuchte, sie zu küssen.

Ihre Lebensgeister kehrten zurück. »Simon, lass das!«, rief sie und stieß beide Arme gegen seine Brust. Er taumelte. Sie wollte an ihm vorbeischlüpfen, doch seine Hand schnellte nach vorne und erwischte sie an den Haaren. Sie schrie auf vor Schmerz, ihr Kopf wurde nach hinten gerissen. »Simon, du tust mir weh! Lass los!« Sie versuchte, seinen Griff zu lösen, doch er hielt sie unerbittlich fest.

»Jetzt werde ich dir ein für alle Mal zeigen, wer hier der Herr ist! Heute Nacht wirst du meine Frau!« Er sah sich suchend um und schleifte sie dann in eine dunkle Ecke des Hofes. Der unerträgliche Zug an ihren Schläfen trieb ihr das Wasser in die Augen. Endlich ließ er ihre Haare los. Sie wollte ihm die Finger in die Augen bohren, doch er packte ihre Handgelenke und schlug sie hart gegen die Hauswand. Ein schneidender Schmerz schoss ihr bis zum Ellenbogen durch den Arm. Sie stöhnte. Er lächelte böse und leckte sich über die Lippen. »Fides, mein Täubchen, jetzt stell dich nicht so an. Du willst es doch auch.« Er presste seinen Unterleib gegen den ihren und sie spürte sein hartes Gemächt an ihrem Schenkel. Sie versuchte, ihn wegzustoßen, doch er war viel zu stark. Dann fühlte sie seine fleischigen Lippen auf ihrem Mund, sein übler Atem aus saurem Wein und Knoblauch ließ sie würgen. Seine Hände tasteten grob über ihre Brüste und er begann zu keuchen.

Fides riss ihren Kopf zur Seite und bekam den Mund frei. Sie holte tief Luft, doch bevor sie schreien konnte, legte sich Simons Pranke auf ihre Lippen. »Wenn du schreist, bring ich dich um«, zischte er und der kalte Ton seiner Stimme ließ keinen Zweifel daran, dass er es ernst meinte. Fides erstarrte. Wenn ihr jetzt nichts einfiel, würde Simon sie hier auf offener Straße schänden, womöglich sogar töten. Sie gab ihren Widerstand auf und ließ sich gegen ihn sinken. Dann begann sie zaghaft, an seinen Fingern zu lecken, die immer noch auf ihrem

Mund lagen. Sie spürte, wie er den Griff lockerte. Überrascht sah er sie an. Sie schob seine Hand sanft zur Seite und bemühte sich um ein Lächeln. »Warum ihr Männer nur immer so grob sein müsst«, flüsterte sie. »Kein Mädchen hat es gerne, wenn man ihm das Gewand zerreißt. Warte, ich helfe dir.« Sie zog den Ausschnitt ihrer Tunika etwas nach unten. Dann hob sie ihre Röcke ein wenig an und begann, verführerisch mit dem Saum zu wedeln.

Simon starrte sie immer noch ungläubig an, dann glitt ein selbstgefälliges Grinsen über sein Gesicht. »Ihr Weiber seid doch alle gleich, erst ziert ihr euch, dann könnt ihr es kaum erwarten.« Er ließ sie los und machte sich hastig an seiner *Bruoche* zu schaffen. Fides lehnte sich fester an die Wand und öffnete einladend die Beine. Als Simon mit erigiertem Glied auf sie zutrat, rammte sie ihm mit aller Kraft das Knie ins Gemächt. Stöhnend ging er zu Boden. Sie sprang über ihn hinweg und wollte über den Hof rennen, dem rettenden Wirtshaus entgegen, doch er war schneller. Seine Hand umschloss ihren Knöchel. Hart stürzte sie zu Boden. Sie begann, gellend zu schreien. Diese Saufköpfe da oben mussten sie doch endlich hören? Warum kam ihr niemand zu Hilfe? Wütend trat sie mit den Beinen nach hinten, um ihn abzuschütteln. Endlich lockerte sich sein Griff und ihr Fuß kam frei. Bäuchlings robbte sie von ihm weg. Sie kam kaum zwei Körperlängen weit, da war er schon über ihr. Er warf sich mit seinem ganzen Körpergewicht auf sie und drückte ihr Gesicht zu Boden. Kleine Steinchen bohrten sich in ihre Wangen, sie fühlte, wie ihre Lippe aufplatzte, und schmeckte Blut. Er riss ihren Kopf wieder nach oben, sie spürte seinen heißen Atem an ihrem Hals. »Ich mach dich fertig, Fides«, keuchte er. »Niemand widersetzt sich Simon von dem Stege, und schon gar nicht ein verdammtes Weibsbild!« Dann schienen ihn die Kräfte zu verlassen, mit einem unterdrückten Schmerzenslaut sackte er über ihr zusammen. Sie wand sich wie ein Wurm unter ihm, ihre Hände tasteten blindlings über den Boden auf der Suche nach etwas, an dem sie sich festhalten und aufrichten konnte. Doch da waren nur Erde, Steinchen, nutzlose Grashalme. Endlich schlossen sich ihre Finger um einen größeren Stein. Sie spannte ruckartig ihren Körper an und schaffte es, sich halb unter Simon hervorzuwälzen. Mit aller Kraft hieb sie ihm den Stein ins Gesicht. Er brüllte auf wie ein Tier, kippte dann seitlich von ihr herunter und rührte sich nicht mehr. Fides ließ den Stein fallen und kroch hastig von ihm weg. In sicherer Entfernung richtete sie sich auf. Bloß weg von hier, bevor er wieder zu sich kam. Sie wischte sich die Tränen aus den Augen und warf einen hastigen Blick zu ihm hin. Simon lag immer noch regungslos da. Ein eisiger Schauder lief Fides über den Rücken. Er war doch wohl nicht – tot? Hatte sie ihn umgebracht? Aber das konnte nicht sein, so fest hatte sie doch nicht zugeschlagen – oder doch? Ihre Zähne begannen zu klappern. Auf Mord stand die Todesstrafe – wer würde ihr denn glauben, dass sie sich nur gewehrt hatte? Sie musste verschwinden, bevor sie jemand entdeckte.

Erst zögernd, dann immer schneller trugen ihre Füße sie über den Hof auf die Gasse hinaus. Sie begann zu rennen, als sei der Leibhaftige hinter ihr her. Blindlings hastete sie durch die Gassen, nahm kaum die Verwünschungen der Passanten wahr, die sie dabei anrempelte. Als sie um eine Ecke bog, kam ihr eine dunkle Gestalt in einem weiten Mantel entgegen, die eine Art Knüppel trug. Der Nachtwächter! Jetzt ist alles aus, dachte sie noch, dann prallten sie zusammen. Der Knüppel fiel zu Boden.

24. Kapitel

Zürich, Niederdorf, Dienstag, 1. Mai 1274

Bertram hatte Mühe, das Gleichgewicht zu halten. Instinktiv griff er die Frau an den Armen, um sie vor einem Sturz zu bewahren. Ihre Blicke trafen sich. Beinahe hätte Bertram sie wieder fallen lassen. »Fides!«, rief er aus. »Um Himmels willen, was ist dir geschehen?«

Statt einer Antwort sackte sie schluchzend zusammen. Wimmernd hockte sie zu seinen Füßen und bedeckte ihr Gesicht mit den Händen.

Bertram bückte sich zu ihr hinunter. »Fides, Liebes, hier auf der Straße können wir nicht bleiben. Kannst du aufstehen?«

Sie murmelte unverständliches Zeug. Er griff sie unter dem Arm. Willenlos ließ sie sich hochziehen und zu einem Mäuerchen führen. Bertram drückte sie darauf nieder und nahm ihre Hände in die seinen. Sie zuckte zusammen und entsetzt betrachtete er die schmutzverklebten und aufgeschürften Handflächen. Er ließ seinen Blick über ihren Körper wandern, registrierte das zerrissene Kleid, die blutverkrusteten Lippen, die geschwollene Wange. Eine eiskalte Hand griff nach seinem Herzen. Wortlos stand er auf, zog seinen Mantel aus und wickelte Fides darin ein. Sie zitterte wie Espenlaub. Er setzte sich wieder neben sie und nahm sie in den Arm.

»Wer hat das getan?«, fragte er tonlos und wusste die Antwort schon.

»Simon«, flüsterte sie.

»Ich bringe ihn um«, stieß er hervor, entsetzt über den Hass, den er auf einmal in sich aufsteigen fühlte.

»Das hab ich schon getan«, erwiderte sie leise. Er starrte sie an.

Sie begann wieder zu weinen. »Oh Bertram, was soll ich bloß tun? Ich wollte das doch nicht, ich wollte nur, dass er aufhört.« Bertram drückte sie noch fester. »Schhht, Fides, ganz ruhig. Erzähl mir einfach, was passiert ist.«

Sie holte tief Luft. »Ich war beim Brunnen, und dann kam auf einmal Simon und er war wieder betrunken und wollte mich küssen und ich hab mich gewehrt und dann hat er mich ... dann wollte er ...«, sie konnte nicht weitersprechen. Nach einer Weile fuhr sie fort: »Dann habe ich ihn getreten und wollte weglaufen, aber er hat mich wieder gepackt und da war ein Stein und damit hab ich zugeschlagen und dann war ich endlich frei, aber er hat sich nicht mehr gerührt und dann bin ich weggerannt. Oh Bertram, was soll ich bloß tun? Ich habe so Angst, dass er tot ist, und sie werden mich einsperren und aufhängen und ich komme in die Hölle.«

Bertram war so erleichtert, dass Simon seine schändliche Tat offensichtlich nicht hatte vollenden können, dass er beinah aufgelacht hätte. Fides' verzweifelter Blick ließ ihn schnell wieder ernst werden. Er fasste sie an den Schultern und schüttelte sie sanft. »Fides, jetzt beruhige dich doch. Simon ist robust, so schnell stirbt der nicht. Der Schlag wird ihn vielleicht betäubt haben und der Wein hat dann sein Übriges getan.« Er sprach zuversichtlicher, als ihm zumute war, doch es zeigte Wirkung.

»Meinst du?« Sie stieß einen tiefen Seufzer aus und wischte sich mit dem Rocksaum die Tränen aus dem Gesicht.

»Ja, meine ich. Und jetzt lass mich dich nach Hause bringen, deine Wunden sollten gesäubert und verbunden werden.«

Fides verzog das Gesicht. »Was soll ich nur meinen Eltern sagen? Mein Vater wird dich nicht einmal einlassen. Vielleicht sollte ich alleine gehen ...«

»Ich lasse dich doch nicht in dem Zustand nachts alleine durch die Stadt laufen! Gleich wird der Nachtwächter die Sperrstunde ausrufen, dann sind noch mehr Betrunkene unterwegs. Wenn wir uns beeilen, schaffen wir es noch, bevor es richtig dunkel wird.«

Er stand auf und zog Fides mit sich. Schweigend liefen sie nebeneinanderher.

Als das Pergamenterhaus in Sicht kam, verlangsamte Fides ihre Schritte. »Das letzte Stück könnte ich auch alleine ...«

Bertram schüttelte nur den Kopf. Bei dem Gedanken an die Begegnung mit Fides' Vater war ihm selbst mulmig zumute, aber er konnte nicht länger kneifen. Schlimm genug, dass er so lange gewartet hatte. Wenn er sich früher erklärt hätte, wäre Fides das heutige Erlebnis vielleicht erspart geblieben.

Das große Hoftor war bereits geschlossen, Fides zog Bertram zu der kleinen Pforte im Eck. »Die Werkstatt ist verriegelt, wir müssen zur Küchentür«, flüsterte sie Bertram zu. Sie führte ihn über den Hof.

Die Sonne war inzwischen untergegangen, die Dämmerung war aber noch hell genug, um die Umgebung zu erkennen. Durch die Ritzen der hölzernen Küchentür fiel flackerndes Licht. Ein Plätschern und Zischen war zu hören, dann öffnete sich auf einmal die Küchentür und Fides' Mutter trat hinaus, einen Eimer in der Hand. »Ah, Fides, du bist zurück, hab ich doch richtig gehört. Und du hast Simon mitgebracht, wie ...«, sie unterbrach sich, als sie Bertram erkannte, und riss die Augen auf.

Bertram trat vor und deutete eine Verbeugung an. »Gott zum Gruß, Frau Martha.« Fides' Mutter starrte ihn immer noch an wie eine Erscheinung. Bertram fuhr fort: »Fides ist verletzt, sie braucht Hilfe ...«

Ruckartig flog ihr Kopf zu ihrer Tochter herum. »Verletzt?« Sie ließ den Eimer fallen und zog Fides in die Küche. Bertram folgte ihnen unaufgefordert. Im Kamin qualmten noch die letzten Glutreste des Herdfeuers, das die Mutter offenbar gerade gelöscht hatte. Auf dem Tisch flackerte ein Talglicht in einer tönernen Schale. Sie schubste ihre Tochter auf die Küchenbank und leuchtete ihr mit dem Licht ins Gesicht.

Als sie die tiefen Kratzer und die blutverkrustete Lippe bemerkte, kreischte sie auf. »Fides, was um Himmels willen hast du gemacht!« Sie bemerkte den Mantel, den Fides immer noch trug. »Und was hast du da überhaupt an!« Sie warf Bertram einen wütenden Blick zu und zerrte ihr den Mantel von der Schulter. Fides schrie erschrocken auf und griff schnell nach den Fetzen ihres Gewandes, um ihre Blöße zu bedecken. Fassungslos starrte ihre Mutter auf das beschmutzte und zerrissene Kleid. Dann wirbelte sie zu Bertram herum. »Ist das etwa Euer Werk?«, schrie sie ihn an.

Bertram wich einen Schritt zurück. »Nein, natürlich nicht«, erwiderte er empört. »Ich habe Fides auf dem Weg zur Ratsfeier zufällig auf der Straße getroffen und nach Hause gebracht. Könntet Ihr Euch endlich einmal um ihre Verletzungen kümmern ...«

»Zufällig getroffen, dass ich nicht lache«, zeterte die Mutter weiter. »Ihr habt ihre Unschuld ausgenutzt, habt Euch an ihr vergangen! Oh, diese Schande ... Fides, wie konntest du nur, jetzt wird Simon dich nicht mehr wollen.«

Bevor jemand antworten konnte, flog die Küchentür auf und Fides' Vater polterte hinein. Er war offensichtlich schon zu Bett gewesen, hatte nur eine Jacke notdürftig über seine Blöße geworfen, die Haare standen ihm wild zu Berge. »Weib, was machst du für ein Geschrei zu nachtschlafender Zeit?«, schnauzte er seine Frau an, dann fiel sein Blick auf Bertram. Die Zornesröte stieg ihm ins Gesicht. »Ihr!«, brüllte er. »Hatte ich Euch nicht das Haus verboten? Hinaus, bevor ich mich vergesse!« Er ballte die Fäuste.

Jetzt platzte Bertram der Kragen. »Nein, jetzt hört Ihr endlich einmal zu!«, brüllte er in der gleichen Lautstärke zurück. »Eure Tochter ist überfallen worden! Statt hier falsche Beschuldigungen zu erheben, solltet Ihr Euch endlich um sie kümmern!«

Der Pergamenter starrte ihn erst völlig entgeistert an, dann glitt sein Blick zur Küchenbank. Erschrocken sank er neben seiner Tochter auf die Knie. »Fides, Kind, was ist denn passiert?«, stammelte er. Vorsichtig nahm er ihr Gesicht zwischen seine Hände, wischte mit dem Daumen die Tränen fort, die wieder aus ihren Augen quollen. Über die Schulter rief er seiner Frau zu: »Martha, was stehst du da rum! Mach das Feuer wieder an, sorg für warmes Wasser, saubere Tücher!«

Martha kniff die Lippen zusammen, ging dann zum Herd und begann mit dem Schürhaken die Glutreste zusammenzuschieben, um das Feuer wieder anzufachen.

Der Pergamenter wandte sich wieder seiner Tochter zu. Vorsichtig streichelte er ihre Hand. »Und jetzt erzähl mal, Kind, was ist denn passiert? Du bist doch mit Barbara und Simon und den anderen jungen Leuten zum Ochsen gegangen. Gab es eine Schlägerei im Wirtshaus?«

Fides schüttelte den Kopf. »Simon«, stieß sie hervor. »Simon wollte ... und ich hab mich gewehrt und dann hat er mich geschlagen und dann ...« Sie begann wieder zu weinen.

Der Pergamenter erbleichte. »Simon hat dir Gewalt angetan?«, fragte er.

Fides schüttelte den Kopf. »Er wollte, aber ich hab ihn getreten und wollte weglaufen, aber er ist mir nach und dann hab ich den Stein genommen und dann ...« Aufheulend ließ sie den Kopf auf die Tischplatte sinken. Ihre Schultern zuckten. Unbeholfen tätschelte ihr Vater ihren Rücken. Bertram räusperte sich.

Der Pergamenter wandte ihm wieder den Kopf zu, widerstreitende Gefühle spiegelten sich in seinem Gesicht. Offenbar war er sich immer noch nicht sicher, ob er Bertram vor die Tür setzen oder ihm zuhören sollte. Endlich fragte er gepresst: »Versteht Ihr das? Wart Ihr dabei?«

Bertram schüttelte den Kopf. »Ich habe sie in dem Zustand auf der Straße gefunden«, erwiderte er. »Sie hat erzählt, dass dieser Simon versucht hat, ihr Gewalt anzutun, dass sie ihm aber entkommen konnte, indem sie ihm einen Stein auf den Kopf geschlagen hat. Danach ist er wohl umgekippt und jetzt hat sie Angst, ihn getötet zu haben.«

Bei seinen letzten Worten schluchzte Fides wieder laut auf.

Der Pergamenter atmete hörbar auf. Ein schwaches Lächeln

erhellte seine Züge. Er strich seiner Tochter über den Kopf. »Ach was, Kind, so schnell stirbt sich's nicht. Ein starker Kerl wie Simon hält etwas aus.«

Er wurde von seiner Frau unterbrochen, die einen hölzernen Waschzuber auf den Tisch knallte. Sie stemmte die Arme in die Hüften und musterte Bertram unfreundlich. »Ich will meine Tochter waschen. Geht Ihr jetzt endlich oder wollt Ihr dabei vielleicht zusehen?«

»Mutter!« Fides hatte sich aufgerichtet und sah ihre Mutter empört an.

Der Pergamenter stand auf. »Schweig, Weib, und mach deine Arbeit!«, herrschte er seine Frau an.

Er nahm den Mantel von der Bank und reichte ihn Bertram. »Ich bringe Euch hinaus.« Bertram warf noch einen letzten Blick auf Fides, dann verließ er mit ihrem Vater die Küche. Im Hof blieb er einen Moment stehen, um sich den Mantel umzulegen. Inzwischen war es dunkel geworden, der Mond war aufgegangen und warf sein silbrig glänzendes Licht in den Hof. Einen Augenblick standen die beiden Männer schweigend nebeneinander. Dann räusperte sich der Pergamenter. »Ich muss Euch danken für das, was Ihr heute für meine Tochter getan habt.«

Bertram sah ihn ernst an. »Ich würde alles für sie tun«, sagte er dann leise.

Der Pergamenter antwortete nicht, Bertram sah, wie seine Kieferknochen mahlten.

Er holte tief Luft. »Meister Hermann, ich versichere Euch, dass ich nie schlechte Absichten mit Eurer Tochter hatte. Kann ich in den nächsten Tagen wiederkommen und mich erklären? Werdet Ihr mich anhören?«

Der Pergamenter schwieg noch einen Moment. Dann nickte er langsam. »Gut, ich werde Euch anhören. Mehr kann ich nicht versprechen.«

Bertram atmete auf. Jetzt musste er nur noch Meister Konrad dazu bewegen, ein gutes Wort für ihn einzulegen. Er nickte dem Pergamenter zu. »Das genügt mir. Dann werde ich jetzt gehen.« Er wandte sich zum Tor.

»Wartet. Es ist dunkel. Ich werde Euch eine Fackel mitgeben.« Der Pergamenter verschwand kurz in der Küche und kam mit einer angezündeten Pechfackel zurück, die er Bertram in die Hand drückte. »Hier. Damit Ihr nicht vom rechten Wege abkommt.«

Bertram hob überrascht die Augenbrauen. Solche Wortspiele hätte er Fides' Vater nicht zugetraut. Er neigte dankend den Kopf und öffnete die kleine Pforte in der Toreinfahrt. Dann drehte er sich noch einmal zu dem Pergamenter um. »Könnt Ihr in Erfahrung bringen, was mit diesem Simon geschehen ist?«

Der Pergamenter nickte und lächelte grimmig. »Keine Sorge, den werde ich mir morgen persönlich vornehmen. Und dann gnade ihm Gott.«

25. Kapitel

Zürich, Mittwoch, 2. Mai 1274, am Gedenktag der Hl. Wiborada

Zum ersten Mal seit Wochen erwachte Bertram frisch und ausgeruht. Er hatte sich mit Fides' Vater ausgesöhnt! Jetzt musste er nur den Kantor überzeugen, mit ihm beim Pergamenter vorzusprechen. Am besten noch heute, gleich nach dem Unterricht.

Er sprang aus dem Bett, wusch sich flüchtig und schlüpfte in seine *Cotte*. Auf der Treppe stieg ihm der Duft des Hirsebreis in die Nase. In der Küche saß die Familie bereits am Tisch. Hedwig füllte ihm einen Napf mit Brei und gab noch einen Löffel Honig darüber. Bertram dankte ihr und glitt auf die Bank. Der Kantor bedachte ihn mit einem überraschten Lächeln.
»Du bist schon auf? Nach der gestrigen Nacht habe ich dich noch gar nicht erwartet – es war doch recht spät, als ich dich nach Hause kommen hörte. Hast du dich wenigstens gut amüsiert? Wie man hört, soll es hoch hergegangen sein.« Er zwinkerte Bertram zu.

Der sah ihn einen Augenblick verblüfft an. Amüsiert? Dann begriff er, dass der Kantor von der Ratsherrenfeier redete. Die er verpasst hatte, weil er Fides getroffen hatte. Schnell schob er sich einen Löffel Brei in den Mund, um nicht antworten zu müssen.

Der Kantor grinste noch breiter und knuffte ihn in die Seite.
»Na, siehst du, junge Männer müssen sich manchmal austoben.« Bertram kaute auf seinem Brei herum, um Zeit zu gewinnen. Endlich schluckte er den Bissen hinunter und erwiderte: »Ich müsste etwas mit Euch besprechen. Am besten gleich nach dem Unterricht. Es ist wichtig.«

Der Kantor ließ seinen Löffel sinken und sah ihn erstaunt an. »So? Na gut, aber du brauchst heute nicht zu unterrichten. Meister Nicholas wird das übernehmen, der Propst will dich sehen. Er hat eine Überraschung für dich.«

Bertram wurde es mulmig. Von den Überraschungen des Propstes hatte er offen gestanden die Nase voll. »Ich hoffe, es ist nicht wieder so eine Hiobsbotschaft wie im Oktober«, murmelte er.

Der Kantor lachte. »Nein, ich glaube, du wirst dich freuen. Es ist Besuch gekommen.«

Jetzt war Bertrams Neugier geweckt. Besuch? War der Geldbote endlich eingetroffen?? Er schob den Napf zur Seite und sprang auf. »Ich bin fertig. Wo soll ich ihn treffen?«

Der Kantor schüttelte belustigt den Kopf. »Nun iss doch erst einmal in Ruhe zu Ende, du hast noch Zeit. Nach der *Terz* kannst du ihn im Kreuzgang finden.«

Bertram sank wieder auf die Bank zurück. Das waren ja noch fast zwei volle Stunden! Geistesabwesend griff er zum Löffel und kratzte die letzten Reste aus seinem Napf.

Kurz vor dem Ende der *Terz* betrat Bertram den Kreuzgang. Der Propst war sicher noch beim Chorgebet, aber Bertram hatte es nicht länger ausgehalten. Ein paar Minuten im Kräutergarten würden ihm guttun. Er lief zu seinem Lieblingsplatz an der Affensäule. Doch zu seinem Erstaunen war der Platz schon besetzt, ein groß gewachsener Mann mit blonden Locken saß dort auf der Brüstung, lehnte mit dem Rücken an der Säule und hielt sein Gesicht mit geschlossenen Augen in die Sonne, die bereits so hoch stand, dass die ersten Strahlen über den Dachfirst lugten. Bertram stutzte – war das nicht – der Klingenberger? Der Mann hörte ihn offenbar näher kommen, er öffnete die Augen und wandte ihm das Gesicht zu. Dann sprang er auf und sah ihm mit einem fröhlichen Lächeln entgegen. Tatsächlich, es war Heinrich von Klingenberg. Wie beim letzten Mal war er ausgesprochen elegant gekleidet, wenn auch nicht so bunt wie auf dem Fest. Sein dunkelgraues Obergewand aus teurem Wollstoff war vorne geschlitzt und ließ eine schwarz glänzende Tunika sehen, sodass sich Bertram in seiner einfachen braunen *Cotte* geradezu unscheinbar vorkam.

»Was für eine Überraschung, mit Euch hatte ich nun wirklich nicht gerechnet!«, rief er aus.

Ein Anflug von Schuldbewusstsein flog über das Gesicht des Klingenbergers. »Entschuldigt, dass ich damals so ganz ohne Abschied verschwunden bin. Das war nicht sehr höflich.«

»Ihr werdet Eure Gründe gehabt haben«, erwiderte Bertram. Erwartungsvoll sah er den Klingenberger an.

»Mein Vater war krank, darum bin ich damals aus Bologna zurückgekehrt. Meine Mutter hatte mir eine Nachricht nach

Zürich geschickt, dass sich sein Zustand rapide verschlechtert hätte, deshalb bin ich so überstürzt abgereist.«

Bertram erschrak. »Oh, das tut mir leid. Ich hoffe, es geht ihm inzwischen besser.«

Der Klingenberger schüttelte den Kopf. »Ich habe ihn noch lebend angetroffen, aber kurz darauf ist er verschieden.«

Bevor Bertram antworten konnte, erklang hinter ihm die sonore Stimme des Propstes. »Ah, ich sehe, Ihr habt Euch schon gefunden.«

Bertram drehte sich um. Der Propst war nicht allein, außer dem Kantor stand auch der *Infirmarius* neben ihm und musterte den Neuankömmling mit unverhohlener Neugier. Bertram kam es so vor, als würde der Propst seinem Neffen einen warnenden Blick zuwerfen. Seine Unruhe wurde immer größer. Was hatte Propst Heinrich mit ihm vor? Und wann würde er endlich den Kantor im Vertrauen sprechen können, wegen Fides? Der Propst blickte in den Kreuzgang, in dem nach dem Öffnen der Außenpforten ein geschäftiges Treiben eingesetzt hatte. Mägde nutzten die Abkürzung, um ihre auf dem Markt erstandenen Waren in schweren Henkelkörben nach Hause zu schleppen, und vor dem Schenkhof warteten die *Rebleute* des Stifts auf den *Cellerarius*, der ihnen die Tagesaufgaben zuteilen sollte. »Wir sind komplett, lasst uns in mein Studierzimmer gehen. Dort ist es zwar eng, aber wir sind ungestörter als im Kapitelsaal.«

Die kleine Kammer war eindeutig nicht auf zahlreichen Besuch angelegt, doch sie verteilten sich, so gut es ging. Der Propst nahm in seinem geschnitzten Lehnstuhl Platz, Bertram und der Klingenberger überließen dem Kantor und dem *Infirmarius* die beiden verbleibenden Scherenstühle und setzten sich auf eine Truhe, deren schwerer Holzdeckel mit einem Teppich gepolstert war.

Der Propst blickte seinen Neffen auffordernd an. »Nun, Heinrich, hast du Bertram schon erzählt, was alles nach deinem Weggang aus Zürich geschehen ist?«

»Ich war gerade dabei«, erwiderte dieser. Er räusperte sich kurz, suchte eine bequeme Stellung auf der Truhe und begann zu erzählen: »Nach dem Tod meines Vaters hatte ich neben der Bestattung noch einige Erbschaftsangelegenheiten zu regeln und bin danach an den königlichen Hof in Hagenau gereist. Wie Ihr vielleicht wisst, ist es König Rudolf ein großes Anliegen, endlich die Revindikation voranzutreiben und die seit dem Tod Friedrichs II. abhandengekommenen Reichsgüter wieder zurückzugewinnen. Somit besteht großer Bedarf an ausgebildeten Juristen. Außerdem steht immer noch die Anerkennung seiner Königswahl durch den Heiligen Vater aus ...«

Der Propst räusperte sich vernehmlich und warf seinem Neffen einen ungeduldigen Blick zu.

Heinrich nickte ihm beruhigend zu und fuhr fort: »Um es kurz zu machen – ich werde mit der Gesandtschaft des Königs nach Lyon zum Papst reisen.« Er schwieg einen Moment und wandte sich dann direkt an Bertram: »Und Ihr kommt mit, als mein persönlicher Schreiber!«

Bertram starrte ihn entgeistert an. »Aber ... ich kann jetzt nicht weg!«, stieß er dann hervor.

Einen Augenblick herrschte gespannte Stille. Dann erwiderte der Propst: »Dein Pflichtgefühl ehrt dich, aber der Kantor und der Schulherr kommen ganz gut eine gewisse Zeit ohne dich aus.«

Bertram wusste nicht, was er sagen sollte. Er biss sich auf die Lippen.

»Falls du dir wegen deines Armes Sorgen machst – der *Infirmarius* hat mir versichert, dass du wieder vollständig hergestellt bist, einer Reise zu Pferde steht nichts im Wege. Nicht wahr, Bruder Johannes?«

Der *Infirmarius* nickte. »Wenn Ihr einen ruhigen Zelter wählt, der nicht die ganze Zeit am Zügel reißt, sehe ich kein Problem.«

Bertram warf einen hilfeflehenden Blick zum Kantor. Doch der sah ihn nur mit der gleichen Verwunderung an wie die anderen. Bertram räusperte sich. »Das kommt jetzt etwas überraschend«, sagte er lahm. »Ich meine, ich hatte nicht damit gerechnet ...« Die hochgezogenen Augenbrauen des Propstes deuteten an, dass diese verhaltene Reaktion nicht wirklich überzeugend klang. Er versuchte, etwas mehr Begeisterung in seine Stimme zu legen. »Ich freue mich wirklich«, wandte er sich direkt an den Klingenberger, »es ist eine große Ehre, dass Ihr mich ausgewählt habt – ich weiß nur nicht, ob ich Euch wirklich von Nutzen sein kann, ich war noch nie weiter als eine halbe Tagesreise von Zürich weg ...«

»Das lasst nur meine Sorge sein«, rief Heinrich fröhlich und sprang von der Truhe. Er legte dem Propst eine Hand auf die Schulter. »Onkel, Ihr sorgt doch dafür, dass Bertram ein Pferd bekommt und was er sonst noch für die Reise benötigt? Ich werde mich unterdessen mit meinem neuen Schreiber über seine Aufgaben unterhalten.«

»Gewiss doch, aber ...«

Heinrich hatte schon die Tür geöffnet. Überrumpelt folgte ihm Bertram. Sie traten wieder hinaus in den Kreuzgang. Heinrich von Klingenberg blieb einen Moment stehen und sog tief die Frühsommerluft in die Lungen. »Ich liebe diese Jahreszeit. Sie ist voller Verheißungen – findet Ihr nicht?« Er nahm Bertram am Arm. »Lasst uns ein paar Schritte gehen, dabei redet es sich leichter.« Sie durchmaßen zweimal schweigend den vom *Infirmarius* sorgfältig angelegten Kräutergarten, bis Heinrich das Wort ergriff: »Was ist der wahre Grund für Euer Widerstreben, dass Ihr es vor meinem Onkel nicht aussprechen wollt?«

Bertram kaute auf seiner Unterlippe. Konnte er ihm trauen? Er kannte ihn doch kaum. Wie viel sollte er preisgeben?

Heinrich sah ihn forschend an. »Seid Ihr immer noch gekränkt, weil ich damals ohne ein Wort abgereist bin?«

Bertram schüttelte den Kopf. »Nein, nein, natürlich nicht. Ihr musstet Eurer Familie beistehen, wie könnte ich das übelnehmen. Es ist nur ...« Er zögerte wieder.

Der Klingenberger legte den Kopf schief. Ein spitzbübisches Lächeln umspielte seine Mundwinkel. »Oder könnt Ihr nicht reiten?«

Bertram fühlte, wie er errötete. Jetzt hielt ihn der Klingenberger bestimmt für die letzte Memme! »Nein, ich kann reiten«, antwortete er eilig. »Einem Turnierkampf würde ich mich nicht stellen, aber Reisen ist kein Problem. Ich habe früher den *Leutpriester* oft zu den weiter abgelegenen Höfen begleitet.«

Inzwischen waren sie wieder bei der Säule angekommen, an der sie sich in der Früh begegnet waren. Der Klingenberger warf einen Blick auf das Affenkapitell. Ein Lächeln glitt über seine Züge. »Die sind aber wirklich ausnehmend hässlich.«

Er trat näher und betrachtete die Figuren genauer. »Sie sind ja hohl«, bemerkte er. Sein Blick bekam etwas Verträumtes. »Als ich ein Kind war, habe ich immer Botschaften mit meiner Kusine ausgetauscht, in einem hohlen Baum.«

Bertram schwante Böses, und tatsächlich – ehe er sich rühren konnte, hatte der Klingenberger bereits die Hand ausgestreckt und tastete zwischen den Figuren herum. Bertram sah das Erstaunen in seinem Blick und wäre am liebsten im Boden versunken. Heinrich zog die Hand wieder hervor und betrachtete ein Pergamentröllchen. Bertram kannte es nur zu gut. Nach ihrem letzten Treffen im Manessehaus hatte er abends ein paar Zeilen für Fides geschrieben und sie hier deponiert. Und anschließend völlig vergessen.

Der Klingenberger entrollte den Streifen und las halblaut vor: »Liebes, zweifle nicht an mir, denn mein Geist und meine Gedanken sind beständig bei dir, und du bist Tag und Nacht verborgen in meinem Herzen.«

Er schwieg einen Augenblick. Dann sah er Bertram an. »Das ist von Euch, oder?«

Bertram nickte.

Der Klingenberger betrachtet die Zeilen noch einmal. »Sehr hübsch.« Dann lächelte er. »Ihr habt den Wilhelm gelesen!« Es war mehr eine Feststellung als eine Frage.

Bertram nickte wieder.
»Und das ist der Grund, warum Ihr nicht verreisen wollt. Ihr habt Euch verliebt und wollt Euch nicht trennen.«
Bertram seufzte. »So einfach ist das nicht.«
»Liebe ist niemals einfach«, erwiderte Heinrich. Ein Schatten glitt über seine Züge. Er las die Zeilen noch einmal. Dann faltete er den Schnipsel wieder zusammen und gab ihn Bertram zurück, der ihn schleunigst in seinem Ärmel verschwinden ließ. Nicht auszudenken, wenn ihn jemand anders entdeckt hätte! Er sah den Klingenberger an. »Es wäre mir lieb, wenn das unter uns bleiben könnte.«
Der lächelte. »Natürlich. Aber Liebe hin oder her, wollt Ihr mir nicht erzählen, warum Ihr Euch nicht für einige Wochen aus Zürich entfernen könnt? Ihr hättet Gelegenheit, den Papst zu treffen, den großen Bonaventura persönlich predigen zu hören ... Ganz abgesehen von den herrlichen Kathedralen, die wir unterwegs besuchen könnten ...«
Bertram bekam leuchtende Augen. »Lausanne!«, rief er aus. »Oh, wie gerne würde ich einmal die Fensterrose mit dem mirror mundi sehen – Meister Konrad hat mir davon erzählt, er hat sie gesehen, als er auf dem Weg nach Paris war ... Es muss beeindruckend sein, wie der Künstler in den Glasbildern die Menschen im Kreis der Jahreszeiten und Naturelemente darstellt, um den göttlichen Kosmos abzubilden, ein wahrer Spiegel der Welt.« Bertram überlegte kurz. »Wann würden wir aufbrechen?«
»Vielleicht in zwei Wochen«, erwiderte der Klingenberger. Ich habe vorher noch einen anderen Auftrag zu erledigen und außerdem werdet Ihr Zeit für die Vorbereitung benötigen – Ihr braucht ein Pferd, Sattel, Reisetaschen ...«
Bertram fasste neuen Mut. Zwei Wochen. Zeit genug, um mit dem Pergamenter zu reden. Nach dem gestrigen Vorfall war Simon als Bräutigam wohl aus dem Rennen. Wenn er überhaupt noch lebte. Bertram wurde ganz schlecht, als er an die Konsequenzen für Fides dachte. Dann gab er sich einen Ruck. Ach

was, der Holzkopf war bestimmt wohlauf. Die widerstreitenden Gefühle spiegelten sich offenbar so deutlich in seinem Gesicht, dass ihn der Klingenberger belustigt ansah.

»So wirklich begeistert scheint Ihr mir immer noch nicht. Ich bin noch ein paar Tage hier. Wenn Ihr wollt, kann ich Euch bei der Auswahl eines Sattels behilflich sein. Kennt Ihr hier einen guten Gerber und Sattler?«

Bertram nickte langsam. Das war die Gelegenheit, unauffällig etwas über Simon zu erfahren. »Der beste Gerber hier am Ort ist Johann von dem Stege. Er hat eine große Werkstatt im Niederdorf, direkt an der Limmat. Und er kennt gute Sattler und Täschner, die mit ihm zusammenarbeiten.«

Der Klingenberger rümpfte die Nase. »Puh, das wird eine olfaktorische Herausforderung. Ein Ladengeschäft am Markt hat er wohl nicht?«

Bertram musste lachen. Er erinnerte sich noch gut an seine ersten Besuche im Niederdorf, als ihm der beißende Gestank aus den *Äschergruben* fast den Atem verschlagen hatte. Inzwischen nahm er den Geruch kaum noch wahr. »Nein, aber wenn wir einen Boten schicken, liefert er sicher auch eine Auswahl Häute ans Haus.«

Der Klingenberger winkte ab. »Ach was, so ein bisschen Gestank wird mich schon nicht umbringen. Es ist so schönes Wetter, lasst uns doch gleich gehen, dann sind wir bis zur *Sext* wieder zurück.«

Jetzt gleich? Bertram zögerte. Eigentlich hatte er erst mit dem Kantor reden wollen. Andererseits – vielleicht war es gar nicht so dumm, vorher in Erfahrung zu bringen, wie es um Simon stand. »Einverstanden«, sagte er schließlich. »Ich will nur kurz Bescheid sagen. Außerdem sollten wir vorsichtshalber *Trippen* mitnehmen. Es ist zwar ein schöner Tag, aber noch früh im Jahr, die Wege im Gerberviertel können schlammig sein.« Er winkte einen der *Rebleute* zu sich heran, der dabei war, den Kreuzgang zu fegen, und trug ihm auf, dem Propst auszurichten, dass er bis mittags mit dessen Neffen unterwegs sei. Aus einer Wandnische neben dem Eingang fischte er zwei Paar Holzschuhe, die ihm passend erschienen, und verstaute sie in einem dunklen Leinenbeutel. Dann geleitete er den Klingenberger durch die kleine Seitenpforte nach draußen. Sie überquerten den Friedhof und schlugen den Weg Richtung Niederdorf ein. Auf der öffentlichen Straße herrschte an diesem warmen Frühsommertag ein reges Gedränge, mehr als einmal mussten sie sich eng an eine Hauswand drücken, um den Ochsenkarren oder schwer beladenen Maultieren auszuweichen. Die Baustelle am Rindermarkt hatte große Fortschritte gemacht, das Haus des Ratsherrn Ulrich war bis zum Dachstuhl gediehen. In das fröhliche Hämmern der Zimmerleute mischte sich das Kreischen der Winde, mit der die Dachziegel nach oben gehievt wurden. Bertram legte den Kopf in den Nacken und blinzelte in den blauen Himmel. Der Klingenberger hat recht, dachte er. Es liegt wirklich etwas Verheißungsvolles in der Luft.

26. Kapitel

Zürich, Niederdorf, Haus des Pergamenters, Mittwoch, 2. Mai 1274

Die scharfen Dämpfe der Zwiebel trieben Fides die Tränen in die Augen. Sie stand von der Küchenbank auf und öffnete die Tür zum Hof, um etwas frische Luft hereinzulassen. Verbissen hackte sie das widerspenstige Gemüse weiter in Stücke und warf es in den Topf, in dem Rüben und Pastinaken ein gelb-weißes Muster bildeten. Viel lieber wäre sie jetzt in der Werkstatt, aber mit dem entstellten Gesicht wollte sie nicht unter die Leute. Also stand nun die Mutter hinter der Ladentheke, während sie sich mit dem Mittagessen herumplagen musste. Der Vater hatte das Haus schon in aller Herrgottsfrühe verlassen. Er hatte nichts gesagt, aber sie war sich sicher, dass er zu Johann gegangen war, um etwas über Simons Zustand herauszufinden. Gestern hatten sie noch ein langes Gespräch geführt und Fides hatte alles gestanden. Dass sie Simon nicht ausstehen konnte, dass er sie früher schon geschlagen hatte, dass sie nur mit ihm ausgegangen war, weil er gedroht hatte, sonst den Vater in den Schuldturm zu bringen – da war der Vater ganz blass geworden und hatte der Mutter einen bitterbösen Blick zugeworfen –, und dass sie Bertram liebte. Nur das mit dem Findelkind, das hatte sie für sich behalten. Das saß ihr selbst noch so quer, sie wollte es nicht einmal aussprechen. Die Türöffnung verdunkelte sich. Fides sah auf.

»Vater!«, rief sie. »Endlich! Warst du bei Johann? Hast du etwas herausgefunden über Simon?«

Der Pergamenter trat ein und ließ sich auf die Küchenbank sinken. Er zog sich den Hut vom Kopf und wischte sich den Schweiß von der Stirn. »Gib mir erst einen Schluck Wasser. Das viele Reden hat mich durstig gemacht.« Fides nahm den Tonkrug, der in einer Wandnische stand, und füllte einen Becher, den sie dem Vater reichte. Er leerte ihn in einem Zug und hielt ihn ihr gleich noch einmal hin.

Inzwischen war auch die Mutter in die Küche gekommen. Sie sagte kein Wort, lehnte sich nur mit verschränkten Armen an die Wand neben dem Eingang. Der Vater stellte den Becher ab und wischte sich mit dem Handrücken über den Mund. Dann endlich begann er zu sprechen. »Das Wichtigste zuerst. Fides, du brauchst dir keine Sorgen zu machen, Simon ist wohlauf.«

Er machte eine Pause und grinste dann. »So wohlauf, wie man mit gebrochener Nase und geplatzter Lippe sein kann. Du hast ihn ganz schön zugerichtet!«

»Dem Himmel sei Dank!« Fides vergrub ihr Gesicht in den Händen. Vor lauter Erleichterung wäre sie fast wieder in Tränen ausgebrochen. Sie holte tief Luft und wischte sich über die Augen. »Und? Hat er etwas gesagt?«

Der Vater schnaubte verächtlich. »Er konnte mir nicht einmal in die Augen schauen, der Lump. Dafür war seine Mutter umso gesprächiger. Hat lautstark herumgejammert, dass ihr Junge unter die Räuber gefallen sei. Und dass der Rat endlich gegen die rüden Sitten vorgehen solle. Die hat vielleicht geglotzt, als ich sie über ihren Goldjungen aufgeklärt habe. Und gleich weiter gezetert, dass ihr Sohn es nicht nötig habe, sich eine Frau mit Gewalt zu nehmen.«

Die Mutter zog geräuschvoll die Nase hoch.

Fides beachtete sie nicht. »Und Johann?«, fragte sie. »Was hat Simons Vater gesagt? Hat er dir wenigstens geglaubt?«

Der Vater nickte. »Johann kennt seinen Sohn. Es ist schließlich nicht das erste Mal, dass Simon über den Durst trinkt und gewalttätig wird. Aber dass er unsere Schulden zum Anlass genommen hat, dich zu erpressen, das hat Johann doch sehr getroffen.«

»Das hast du ihm auch erzählt?« Fides schlug die Hand vor den Mund. Ein Glück, dass sie Simons Geständnis bezüglich des Anschlags auf Bertram für sich behalten hatte. Die anderen Dinge konnte man innerhalb der Familien regeln, aber den Anschlag öffentlich zu machen, hätte eine Untersuchung durch den Rat nach sich gezogen und daran hatte sie wahrlich kein Interesse.

Der Vater blickte etwas schuldbewusst. »Es ist mir so rausgerutscht wegen Mechthilds überheblichem Gerede. Sie tut ständig, als wäre es eine große Ehre für uns, dass Simon dich überhaupt als Ehefrau ausgewählt hat. Dabei ist die ganze Geschichte doch auf ihrem Mist gewachsen. Sie dachte wohl, mit dir als Schwiegertochter bekäme sie eine fleißige und gehorsame Arbeitskraft ins Haus, die sie nach Herzenslust schikanieren kann. Aber da hat sie sich getäuscht.« Der Vater lächelte Fides liebevoll an und strich ihr eine Haarsträhne aus der Stirn.

Die Mutter stieß ein unwilliges Schnauben aus und trat an den Tisch. »Mann, jetzt lass dir doch nicht jedes Wort aus der Nase ziehen! Was ist nun mit den Schulden? Wenn Fides und Simon nicht heiraten, will Johann doch bestimmt sein ganzes Geld auf einmal zurück? Wie sollen wir das denn schaffen? Wir kommen ja gerade so über die Runden. Du wirst im Schuldturm landen und Fides und ich im Armenhaus – oh, diese Schande!« Sie funkelte Fides wütend an und zischte: »Das ist alles deine Schuld! Warum musstest du dich auch von diesen Grossmünster-Kanonikern verführen lassen? Kein Wunder, dass Simon böse geworden ist – wenn du auf Pater Otto gehört hättest, wäre das alles nicht passiert!« Vor lauter Aufregung bildeten sich rote Flecken an ihrem Hals.

Fides starrte ihre Mutter sprachlos an. Glaubte die eigentlich, was sie da sagte?

Der Vater schlug mit der Faust auf den Tisch. »Martha, es reicht jetzt! Ich habe immer viel von Johann und seiner Familie gehalten, aber seit Simon aus Basel zurück ist, hat er sich in einen brutalen, feigen Schläger verwandelt, dem der Wein wichtiger ist als seine Mannesehre – ganz das Gegenteil von seinem Vater!« Er zerrte ein gefaltetes Stück Pergament aus seiner Gürteltasche und warf es auf den Tisch.

»Was ist das?«, fragte Fides. Sie faltete den Bogen auseinander und begann zu lesen. »Aber das ist ja ...« Sie ließ den Bogen sinken und starrte den Vater an.

»Der Schuldschein, genau.«

»Was?!«, schrie die Mutter. »Hat er ihn quittiert? Sonst müssen wir ihn vernichten!« Sie wollte sich den Bogen schnappen, aber der Vater war schneller.

Er nahm den Bogen wieder und verstaute ihn sorgfältig in seiner Tasche. »Ich lasse mir nichts schenken, wir werden alles zurückzahlen, bis auf den letzten Viertelpfennig. Johann hat ihn mir nur gegeben, damit er nicht in falsche Hände gerät. Und gemeint, wir können uns so lange Zeit lassen, wie wir brauchen.«

Fides atmete erleichtert auf. Eine Sorge weniger. »Johann ist wirklich ein anständiger Mann.«

»Ja«, bestätigte der Vater. »Grund genug, es ihm ebenso zu vergelten.« Bei diesen Worten sah er seine Frau nachdrücklich an. Die warf den Kopf in den Nacken, murmelte etwas, was verdächtig nach »sturer Esel« klang, und verließ die Küche. Fides griff nach einer Zwiebel, um endlich den Eintopf fertigzustellen.

Ihr Vater legte ihr seine Hand auf den Arm. »Warte kurz. Ich muss dir noch etwas sagen. Ich habe dort auch den Herrn Bertram gesehen, in Begleitung eines ziemlich vornehmen Ritters. Ich kannte ihn nicht, es war keiner der Ratsherren, dem Tonfall nach jemand von außerhalb.«

Fides machte große Augen. »So? Wer kann das denn gewesen sein? Hast du Bertram gesprochen?«

Der Pergamenter schüttelte den Kopf. »Er hat mich gar nicht gesehen. Die beiden haben sich sehr angeregt unterhalten. Sie wollten Leder für einen Sattel kaufen. Offenbar planen sie eine Reise nach Lyon. Zu dem Konzil, das der Papst einberufen hat.« Er sah Fides forschend an. »Weißt du etwas davon?«

Fides erschrak. Eine Reise? Davon hatte Bertram nichts erwähnt. Und Lyon – lag das nicht in Frankreich? Sie schluckte. »Wieso sollte er verreisen wollen? Ausgerechnet jetzt?«

Ein mitleidiger Ausdruck war in die Augen ihres Vaters getreten. »Sag du es mir.«

Fides krampfte die Hände zusammen. »Das hast du bestimmt falsch verstanden, Vater. Wahrscheinlich ist es sein Begleiter, der verreisen will und den Sattel braucht. Und Bertram ist nur mitgekommen, weil er die Gelegenheit nutzen wollte, etwas über

Simon zu erfahren.« Bestimmt war es so. Bertram würde doch nicht einfach verreisen, ohne mit ihr gesprochen zu haben.

Ihr Vater sah sie schweigend an, dann erhob er sich. »Ich werde den Schuldschein an einen sicheren Ort bringen und dann muss ich endlich an die Arbeit. Kümmerst du dich um das Essen?«

Fides nickte schweigend. Sie wandte sich wieder dem Gemüse zu. Sie war sich nicht sicher, ob die Tränen, die ihr dabei in die Augen stiegen, wirklich nur von der Zwiebel herrührten.

27. Kapitel

Zürich, Donnerstag, 3. Mai 1274

Die Glocke kündigte die *Sext* an. Erleichtert entließ Bertram seine Schüler in die Mittagspause. Zum ersten Mal in seinem Leben hatte er das Ende des Unterrichts genauso herbeigesehnt wie seine Schüler. In den letzten Stunden war so viel auf ihn eingestürmt, dass es ihm vorkam, als wäre seit der verhängnisvollen Mainacht eine ganze Woche vergangen und nicht nur zwei Nächte und ein Tag. Der Klingenberger hatte ihn so in Beschlag genommen, dass er nicht einmal dazu gekommen war, mit Meister Konrad zu sprechen. Das sollte er schleunigst nachholen. Wenn er sich beeilte, traf er ihn vielleicht noch zu Hause an. Als Bertram auf die Straße trat, löste sich von der gegenüberliegenden Hauswand eine junge Frau und eilte ihm winkend entgegen.

Er stutzte. Diese dunklen Locken kannte er doch, war das nicht Barbara, die Freundin von Fides? Er blieb stehen und sah ihr erwartungsvoll entgegen.

»Gott zum Gruß, Herr Bertram, habt Ihr einen Moment?«

»Gewiss doch, was kann ich für Euch tun?«

Sie zwinkerte ihm schelmisch zu. »Ich glaube, ich kann eher etwas für Euch tun.«

Verwirrt runzelte er die Stirn.

Sie sah sich kurz um, brachte dann ihren Mund nahe an sein Ohr und flüsterte: »Ich soll Euch ausrichten, dass Fides auf Euch wartet, am Stadtgraben, gleich hinter dem Oberdorfturm, wo die Straße nach Stadelhofen geht.«

Bertram zögerte einen Moment. Hatte Fides ihre Freundin eingeweiht? Wie viel wusste sie? »Fides wartet auf mich? Wann? Jetzt sofort? Geht es ihr gut?« Vor Aufregung überschlug sich seine Stimme.

»Das solltet Ihr selbst herausfinden. Beeilt Euch, sie kann nicht lange bleiben.« Sie nickte Bertram noch einmal zu und lief dann die Kirchgasse hinunter.

In Bertrams Kopf überschlugen sich die Gedanken. Wenn er den Kantor noch vor den nächsten *Stundengebeten* erwischen wollte, musste er jetzt nach Hause. Aber Fides hatte ihn sicher nicht ohne Grund rufen lassen. Nein, er konnte sie nicht schon wieder versetzen. Dann musste sein Gespräch mit dem Kantor eben warten bis zum Abend. Bertram schlug den Weg zur hinteren Münstergasse ein, die direkt auf das Stadttor zuführte. Kurz hinter dem Tor begannen bereits die Äcker und Viehweiden, auch der Weinberg des Grossmünsters lag dort. An diesem warmen Frühsommertag herrschte ein ständiges Kommen und Gehen, die Fallbrücke war herabgelassen und die beiden Torwächter saßen im Schatten des Turmes beim Würfelspiel. Sie sahen kaum auf, als Bertram grüßend an ihnen vorbeischritt. Möglichst unauffällig sah er sich um. Gleich hinter dem Turm, hatte Barbara gesagt. Da gab es eigentlich nur eine Möglichkeit. Unmittelbar hinter dem

Tor lag der dritte Befestigungsring der Stadt, ein aufgeschütteter Wall, der parallel zum Graben um die Stadt lief. Er war gänzlich mit Gras überwuchert und in regelmäßigen Abständen mit Linden bepflanzt, unter deren Schatten man einen guten Überblick auf den Weg und in die Landschaft hatte, ohne selbst gesehen zu werden. Ein paar grob in den Lehm gehauene Treppenstufen erleichterten Bertram den steilen Aufstieg. Oben angekommen blieb er einen Augenblick stehen, um zu verschnaufen. In vielleicht fünfzig Schritt Entfernung sah er den ersten Baum und tatsächlich, dort saß jemand, eingehüllt in einen weiten Umhang. Als er näher kam, erhob sich die Gestalt, blieb jedoch im Schatten des Baumes stehen. Sie schlug die Kapuze zurück und ließ dann den Umhang zu Boden fallen. Bertrams Herz tat einen Sprung: Es war tatsächlich Fides. Er wollte sie in seine Arme ziehen, doch sie machte sich ganz steif. Erschrocken ließ er sie los. »Habe ich dir wehgetan? Verzeih, das wollte ich nicht.« Vorsichtig nahm er ihr Gesicht in seine Hände und begutachtete es. Die Schürfwunden hatten sich geschlossen, waren aber immer noch deutlich zu sehen. Er ließ die Arme sinken. Die Wut auf Simon stieg wieder in ihm hoch. »Immerhin sieht Simon schlimmer aus. Du hast ihm die Nase gebrochen. Aber er lebt.«

»Ich weiß«, erwiderte Fides. »Mein Vater war dort. Er hat es mir erzählt.«

Bertram atmete auf. »Ah, das ist gut. Du musst dir also keine Sorgen mehr machen.« Er zögerte einen Moment. Fides wirkte immer noch sehr bedrückt. »Er hat nicht einmal seinen Eltern erzählt, was wirklich passiert ist. Seine Mutter glaubt, er wäre in eine Schlägerei geraten. Also mach dir keine Gedanken mehr wegen der Schulden, er wird das nicht einfordern können, ohne zuzugeben, dass er dir Gewalt antun wollte.«

Fides starrte zu Boden und schwieg. Dann hob sie den Kopf. Sie sah ihn ernst an. »Wann wolltest du es mir erzählen?«

Bertram ahnte drohendes Unheil. »Was erzählen?«, fragte er trotzdem.

Fides' Augen funkelten zornig. »Dass du fortgehst. Nach Frankreich. Mit irgendeinem – Ritter.« Sie spuckte das Wort fast aus. »Ich dachte, du liebst mich. Ich dachte, du wolltest mit meinem Vater reden. Über unsere Hochzeit.« Ihre Stimme brach.
Bertram griff nach ihrer Hand, doch sie entzog sie ihm und verschränkte die Arme vor der Brust. Er seufzte. »Fides, es tut mir leid. Ich weiß es doch selbst erst seit gestern. Ich wollte zu dir kommen, gleich in der Früh, aber dann hat mich der Propst zu sich bestellt und mir mitgeteilt, dass ich mit seinem Neffen zum Konzil nach Lyon reisen soll – ich wollte erst gar nicht, aber der Klingenberger braucht einen Schreiber und er würde mich gut bezahlen ... Fides, versteh doch, das ist die Gelegenheit! Ich würde gutes Geld verdienen und einflussreiche Leute kennenlernen.«

»Du hast dich also schon entschieden. Ohne auch nur einen einzigen Gedanken an mich zu verschwenden.«

»Fides, das ist doch nicht wahr. Ich denke die ganze Zeit an dich. Ich tu das doch auch für uns. Ich werde so viel verdienen auf dieser Reise, dass wir bald heiraten können. Vielleicht schon dieses Jahr, wenn ich volljährig bin.« Wieder versuchte er, sie an sich zu ziehen, aber sie stieß ihn von sich.

»Wenn du überhaupt zurückkommst. Vielleicht hat ja einer dieser einflussreichen Leute ebenfalls Bedarf an einem Schreiber. Oder ködert dich mit seiner wunderbaren Bibliothek. Und dann bleibst du vielleicht in Frankreich oder gehst nach Rom oder sonst wohin. Wahrscheinlich schickt der Propst dich nur deshalb so weit fort, damit du mich vergisst.«

»Der Propst weiß doch gar nichts ...« Bertram hatte den Satz noch nicht beendet, da wusste er schon, dass er einen großen Fehler begangen hatte.

Fides starrte ihn ungläubig an. »Er weiß es noch gar nicht? Das heißt, du hast ihm gar nicht gesagt, dass du heiraten willst?« Sie war ziemlich laut geworden. Ein paar Vögel erhoben sich aus dem Laub der Linde und suchten schimpfend das Weite.

Bertram sah sich erschrocken um, ob jemand sie gehört hatte, aber sie schienen allein auf dem Wall zu sein. Er fuhr sich mit der Hand durch die Haare. »Fides, bitte, so glaube mir doch. Ich liebe dich.« Mit hängenden Armen stand er da, wagte nicht, sie zu berühren.

Fides fuhr sich mit dem Ärmel über die Augen. Dann schüttelte sie den Kopf. »Ich weiß nicht mehr, was ich glauben soll.« Sie bückte sich und hob den Umhang vom Boden auf. Sie warf ihn sich über die Schultern und zog die Kapuze so tief über den Kopf, dass ihr Gesicht kaum mehr zu erkennen war.

Bertram starrte sie entgeistert an. »Fides, du kannst doch jetzt nicht einfach so gehen!«

»Doch, ich kann. Du weißt ja, wo du mich findest.« Mit diesen Worten ließ sie ihn stehen und rannte davon.

Bertram ließ sich zu Boden sinken und lehnte den Kopf an den Stamm der Linde. Warum nur war er gestern nicht seiner ersten Eingebung gefolgt, gleich in der Früh mit dem Kantor zu reden? Und woher wusste Fides überhaupt von der Reise? Ob ihr Vater ihn bei dem Gerber gesehen hatte? Bertram schlug sich mit der Hand an den Kopf. Das musste es sein, Meister Hermann hatte ihm ja erzählt, dass er am nächsten Tag zum Gerber gehen wollte. Wie peinlich, dass er ihn nicht bemerkt hatte. Der Pergamenter musste ihn für einen wortbrüchigen Lump halten, kein Wunder, dass Fides so enttäuscht war. Es half nichts, er musste so schnell wie möglich mit seinem Ziehvater sprechen. Meister Konrad würde sicher ein gutes Wort für ihn einlegen, er hatte es versprochen. Bertram rappelte sich auf und klopfte seine *Cotte* ab.

Doch er musste sich tatsächlich bis zum Abend gedulden, bis der Kantor Zeit für ihn fand. Beim Nachtmahl brachte er fast keinen Bissen hinunter, konnte es kaum erwarten, bis sich die Tür des Studierzimmers endlich hinter ihnen schloss.

Der Kantor ließ sich in seinen Sessel sinken und schenkte ihm ein amüsiertes Lächeln. »Die bevorstehende Reise scheint dich ja ganz schön zu beschäftigen. So aufgeregt kenne ich dich gar nicht.« Er nahm einen Schluck von seinem Wein und sah Bertram erwartungsvoll an.

Der wusste nicht, wie er beginnen sollte. Nervös drehte er den Becher zwischen seinen Fingern. Dann sah er Meister Konrad fest in die Augen. »Ich habe nachgedacht, wie Ihr mir geraten habt. Ich möchte Fides immer noch heiraten. Und ich möchte, dass Ihr mich zu Ihrem Vater begleitet, damit ich um ihre Hand anhalten kann.«

Der Kantor verschluckte sich an seinem Wein. Ein Hustenanfall setzte ihn minutenlang außer Gefecht. Endlich fand er seine Stimme wieder. »Bertram, Junge, unser letztes Gespräch ist kaum zwei Wochen her. Warum diese Eile? Unter Bedenkzeit hatte ich mir einen längeren Zeitraum vorgestellt. Warum nicht zumindest diese Reise abwarten?« Er sah Bertram forschend an. Dann glitt ein erschrockener Ausdruck über sein Gesicht. »Fides ist doch nicht etwa schwanger?«

Jetzt war es Bertram, der sich fast am Wein verschluckte. Empört sah er den Kantor an. »Nein, natürlich nicht! Ich habe sie nicht angerührt!«

Der Kantor lehnte sich zurück. Die Erleichterung war ihm deutlich anzusehen. »Gut, aber warum dann diese Hast? Was ist passiert, dass ihr beide nicht ein paar Wochen oder Monate warten könnt?«

Bertram seufzte. Dann erzählte er dem Kantor, was in der Mainacht geschehen war.

Als er geendet hatte, herrschte einige Minuten Stille. Endlich ergriff der Kantor das Wort: »Gut, Bertram, ich sehe ein, dass du angesichts dieser Umstände noch vor deiner Abreise mit Fides' Vater sprechen willst. Ich werde dich begleiten. Trotzdem bin ich der Meinung, dass ihr nichts überstürzen sollt. Und ich bin mir ziemlich sicher, dass der Vater von Fides das genauso sieht.«

Bertram nickte. Er war schon froh, die erste Hürde genommen zu haben. »Und wann gehen wir?«, fragte er. »Gleich morgen?«

Der Kantor lächelte. »Wir schicken morgen einen Boten, dass wir Sonntagnachmittag vorsprechen.«

In drei Tagen erst! Bertram schluckte. Aber eigentlich war das gar nicht so schlecht, vielleicht hatte Fides sich bis dahin wieder beruhigt. Nachdem die Anspannung von ihm abgefallen war, fühlte er auf einmal eine bleierne Müdigkeit in sich aufsteigen. Er gähnte herzhaft. »Entschuldigt, Meister Konrad. Gestern hatte ich nicht viel Schlaf, der Tag mit dem Klingenberger hat sich sehr lange hingezogen. Wir sollten zu Bett gehen, Ihr müsst auch früh raus. Ich danke Euch sehr, dass Ihr Euch die Zeit genommen habt.«

Er wollte sich erheben, doch Meister Konrad legte ihm die Hand auf den Arm. »Warte, Bertram. Ich muss dir auch noch etwas sagen bezüglich deiner Reise.« Bertram ließ sich wieder auf den Stuhl sinken und sah ihn erwartungsvoll an. Was kam nun noch?

Der Kantor sah auf einmal so ernst aus. Endlich begann er zu sprechen. »Bertram, hör mir zu. Du sollst dem Klingenberger nicht nur als Schreiber dienen. Es gibt noch einen anderen Grund, warum der Propst dich nach Lyon schickt.« Er zögerte einen Moment, dann stieß er schnell hervor: »Er möchte, dass du beim Papst eine *Dispens* erwirkst.«

Bertram war mit einem Schlag wieder hellwach. Entgeistert sah er den Kantor an. »Eine *Dispens*? Aber wofür denn? Was soll ich denn getan haben?« Bertram verstand gar nichts mehr. Er war sich keiner Verfehlung bewusst. Dass er neben seinen Studien als Lehrer arbeitete und Schreibaufträge außerhalb des Stifts ausführte, war von der Kapitelversammlung abgesegnet worden. Er war ja schließlich kein *Chorherr*.

Der Kantor seufzte. »Du hast gar nichts getan. Aber deine Eltern waren nicht verheiratet. Das bedeutet, du bist nicht erbfähig. Mit einer *Dispens* vom *Defectus natalium* wäre dieses Problem gelöst.«

Bertram fühlte, wie ihm alles Blut aus dem Gesicht wich. Nicht verheiratet! Hatte Simon doch recht mit seinen Beschimp-

fungen – war er ein Pfaffensohn? Wirklich abgestritten hatte es der Kantor bei ihrem letzten Gespräch nicht. Unwillkürlich griff er sich ans Ohrläppchen. »Warum waren meine Eltern nicht verheiratet? Und warum haben sie mich weggegeben? Damit niemand von dem Bastard erfährt?«
Der Kantor sah ihn mitleidig an. »Bertram, so darfst du nicht denken. Deine Mutter ist kurz nach deiner Geburt gestorben. Dein Vater war mit einer anderen Frau verheiratet, doch die Ehe blieb kinderlos. Er hatte sich immer einen Sohn gewünscht.«
»Aber warum hat er mich nicht zu sich geholt? Ich meine, Ihr habt doch auch, Euer ältester Sohn ...« Bertram geriet ins Stammeln und verstummte dann.
Der Kantor lächelte. »Du meinst, warum mein ältester Sohn Heinrich als Kind bei uns lebte, obwohl Hedwig nicht seine Mutter ist?«
Bertram nickte.
»Nun, es hat nicht jede Frau so ein großmütiges Herz wie Hedwig. Außerdem wollte dein Vater dich schützen. Wie ich dir schon bei unserem letzten Gespräch sagte, hatte er mächtige Feinde. Als du geboren wurdest, war er schon älter, er wusste nicht, wie lange er noch zu leben hatte. Darum hat er beschlossen, dass es für deine Sicherheit am besten sei, wenn möglichst niemand von deiner Existenz wüsste, bis du selber erwachsen bist.«
»Schon älter? Dann ...« Bertram zögerte, es auszusprechen, tat es dann aber doch: »Dann lebt er wohl nicht mehr?«
Der Kantor schüttelte den Kopf. »Er ist vor einigen Jahren gestorben.«
Also doch. Unwillkürlich drehte Bertram den Ring an seinem Finger. Aber etwas stimmte immer noch nicht. »Aber wenn mein Vater schon vor Jahren gestorben ist – wer hat die ganze Zeit danach für mein Auskommen gesorgt? Der Bote ist doch weiterhin gekommen!« Zumindest bis zu diesem Jahr, fügte er in Gedanken hinzu. »War das dann seine Witwe?« Als er es ausgesprochen hatte, begann sich im hintersten Winkel sei-

nes Gedächtnisses etwas zu regen. Eine dunkle Frau in Begleitung des Propstes ... Damals war noch Heinrichs Vorgänger im Amt gewesen. Bertram platzte heraus: »Wer war die schwarz gekleidete Frau, die unsere Schule besucht hat, als ich ungefähr zehn war?«

Der Kantor fuhr zusammen. »Wer hat dir das erzählt?«

»Niemand. Ich war doch dabei. Der Propst – damals war es noch der Manesse – hat sie mitten im Unterricht zu uns geführt. Damals gab es das Schulgebäude noch nicht, wir saßen im Kreuzgang auf der Mauer. Eine verschleierte Dame in einem eleganten schwarzen Kleid. Der Propst hat sie mit ›Frau Gräfin‹ angesprochen.«

In den Augen des Kantors stand blankes Entsetzen. »Das weißt du noch? Daran erinnerst du dich?«

Bertram nickte. »Der Propst sagte, sie wäre eine Förderin des Stifts. Sie hat uns Schüler über unsere Studien ausgefragt. Ich weiß noch, wie die Seide ihres Kleides knisterte, als sie unsere Reihe abschritt. Und sie roch gut.« Bertram lächelte leicht bei der Erinnerung. Er sah den Kantor an. »Wer war sie? War sie die Witwe meines Vaters?«

Der Kantor sah ihn eindringlich an. »Bertram, hör zu. Versprich mir, dass du niemals mit irgendjemandem über diese Begegnung sprichst. Wirklich mit niemandem. Nicht mit Fides. Nicht mit Rüdiger. Und vor allem nicht mit dem Klingenberger. Versprich es mir.«

Bertram starrte ihn verwundert an.

Der Kantor fasste ihn am Arm. »Bertram, das ist wirklich wichtig! Lebenswichtig!« Er sah ihn erschrocken an. »Oder hast du es schon jemandem erzählt? Vielleicht Fides?«

Bertram schüttelte den Kopf. »Nein, es ist mir doch eben erst wieder eingefallen.«

Der Kantor atmete erleichtert auf. »Das ist gut so. Und jetzt vergisst du es am besten ganz schnell wieder. Versprich es mir!«

»Gut, ich verspreche es.« Bertram wusste nicht, was er davon halten sollte, aber wenn es seinem Ziehvater so wichtig war. Er sah den Kantor an. »Aber was soll ich jetzt Fides sagen? Bisher weiß sie nur, dass ich ein Findelkind bin und meine leiblichen Eltern nicht kenne. Ich glaube kaum, dass ihr Vater sehr angetan davon sein wird.«

»Deine leiblichen Eltern tun nichts zur Sache. Ich bin dein Ziehvater und als solcher werde ich für dich bürgen.« Er sah Bertram an und lächelte wehmütig. »Auch wenn du im Augenblick einen Lebensweg einschlagen willst, den ich so nicht für dich vorgesehen hatte.«

Bertram ergriff seine Hand und drückte sie. »Danke, Meister Konrad. Ihr seid der beste Vater, den man sich wünschen kann.«

Der Kantor fuhr sich über die Augen. »Schon gut, mein Junge. Und jetzt lass uns endlich zu Bett gehen. Morgen nach der *Sext* schickst du einen der Schüler mit unserer Nachricht zum Pergamenter. Am besten Friedrich, ich glaube, der Junge ist sowieso schon mehr in die Sache verwickelt, als ich wissen sollte.«

28. Kapitel

Zürich, Niederdorf, Samstag, 5. Mai 1274

Otto kauerte schon seit Stunden unter der Treppe der Trinkstube. Auf dem Estrich des Ochsen ging es hoch her. Die jungen Handwerker fanden mal wieder kein Ende. Um dann am

Tag des Herrn halb schlafend dem Gottesdienst beizuwohnen. Gottlos war sie geworden, diese Welt.

Dabei hatte der Nachtwächter längst die Sperrstunde ausgerufen. Aber vermutlich hatte ihm der Wirt des Ochsen vorher die Hand gesalbt, sodass er ab und zu ein Auge zudrückte. Endlich schien es sogar dem Wirt zu viel zu werden. Ein lautes Gepolter war zu hören, dann flog die Tür zur Trinkstube auf und knallte so heftig gegen die Wand des hölzernen Vorbaus, dass die ganze Treppe vibrierte. Otto zog sich weiter in den Schatten zurück und verfolgte aufmerksam das Geschehen über seinem Kopf. Die scharfe Stimme des Wirtes war deutlich zu vernehmen. »Es gibt nichts mehr auf Kredit, Simon. Dein Vater war da mehr als deutlich.« Unverständliches Gemurmel folgte, dann wieder die Antwort des Wirtes: »Du hast sowieso genug gehabt für heute, schlaf deinen Rausch daheim aus und deine Kumpane nimm gleich mit.« Die Stufen knarrten, als die jungen Männer sie mühsam hinabkletterten. Am Fuß der Treppe beratschlagten die Männer noch, ob man das Gelage in einem anderen Lokal fortsetzen sollte. Doch offensichtlich waren ihre Kreditmöglichkeiten bereits in der ganzen Stadt erschöpft, sodass sie beschlossen, nach Hause zu gehen.

»Aber zuerst will ich unserem großzügigen Wirt noch ein kleines Andenken dalassen!« Simon nestelte an seiner *Bruoche* und urinierte in großem Strahl gegen die Hauswand. Seine Kumpane taten es ihm unter dröhnendem Gelächter nach, dann taumelten sie Richtung Niederdorf davon.

Simon kam nur ein paar Schritte weit, dann stützte er sich mit einem Arm an der Hauswand ab und übergab sich heftig.

»Auf ein Wort!«

Simon wandte den Kopf und fixierte den Pater aus zusammengekniffenen Augen. Dann richtete er sich auf und wischte sich mit dem Handrücken den Mund ab.

»Was wollt Ihr, Mönch? Wenn Ihr Almosen sucht, damit kann ich gerade nicht dienen, meine Taschen sind so leer wie der Schoß einer alten Frau.« Er lachte dröhnend und klopfte sich auf den Gürtel.

»Ich habe dich gesehen, dich und dein frevelhaftes Tun.«

Simon blinzelte. »Hä? Wovon faselt Ihr, Pater? Darf ein hart arbeitender Mann sich nicht einmal ein wenig zerstreuen?«

»Auf der Brücke. Ich habe dich beobachtet, Simon. An Palmsonntag.«

Jetzt hatte er Simons Aufmerksamkeit. Otto registrierte mit Genugtuung, wie der Gerbersohn zurückzuckte und sich dann vorsichtig umsah.

»Keine Sorge, Simon. Die *Büttel* habe ich nicht mitgebracht. Noch nicht.«

Simon warf einen Blick nach oben zu den geschlossenen Fensterläden, dann griff er den Pater am Ärmel und zog ihn weg vom Haus. Er flüsterte: »Wovon redet Ihr? Was genau habt Ihr gesehen und was wollt Ihr von mir? Woher kennt Ihr überhaupt meinen Namen?«

Otto ignorierte die letzte Frage. »Du hast den neuen Lehrer vom Grossmünster von der Brücke gestoßen. Mit Absicht.«

Simon ließ den Ärmel abrupt los und trat einen Schritt zurück. Er verschränkte die Arme vor der Brust. »Ich habe gar nichts getan. Habt Ihr Beweise?«

Otto kräuselte verächtlich die Lippen. »Beweise? Meine Augen sind Beweis genug. Was glaubst du, wem wird man Gehör schenken beim Rat? Einem Mann Gottes oder einem versoffenen Handwerker, der für seine Streitlust stadtbekannt ist? Deinem bunten Gesicht nach zu schließen, ist die letzte Schlägerei noch nicht lange her.«

Simon schnaubte. Dann sah er den Pater lauernd an. »Und wenn schon, es ist doch nichts passiert. Von ein bisschen Wasser ist noch keiner gestorben. Es war ein Streich, weiter nichts.«

»Ich weiß nicht, ob der Rat das genauso sehen wird. Von deinem Vater ganz zu schweigen.«

Offensichtlich fürchtete Simon seinen Vater mehr als den

Arm des Gesetzes. Er zog den Pater zur Seite. »Schhht, nicht so laut! Wenn Euch jemand hört! Wieso interessiert Ihr Euch überhaupt dafür? Was wollt Ihr?«

»Ich will, dass du das Werk vollendest.«

Simon starrte ihn mit offenem Mund an. Dann räusperte er sich. »Versteh ich das richtig, Ihr wollt ...«

»... dass du dafür sorgst, dass dieser Bertram nie wieder anständigen Handwerkertöchtern nachstellt.«

Simon zuckte zurück, als habe ihn jemand gebissen. »Also doch«, presste er hervor und ballte die Fäuste. »Ich wusste es, diese Hure ...«

»Lass es nicht an Fides aus«, erwiderte Otto scharf. »Die Weiber sind schwach und anfällig, es ist die Aufgabe des Mannes, sie auf den rechten Weg zu führen.«

Simon blinzelte. »Woher wisst Ihr von Fides?«

Otto lächelte. »Ein guter Hirte kennt alle seine Schäfchen.«

Simon wischte sich mit dem Ärmel über den Mund. Hinter seiner niedrigen Stirn schien es zu arbeiten. »Bevor dieser Pfaffensohn aufgetaucht ist, war sie ganz anders«, gab er schließlich zu. »Nicht so ... widerspenstig.« Unwillkürlich tastete er nach seiner Nase.

Otto zog die Augenbrauen hoch. Stammte dieses imposante Gemälde in Grün und Blau tatsächlich nicht von einer Schlägerei mit seinen Saufkumpanen, sondern von Fides? Höchste Zeit, dass jemand das Mädchen an die Zügel nahm. Einschmeichelnd erwiderte er: »Ihre Mutter weint sich bei mir in der Beichte die Augen aus. Sie hielt große Stücke auf dich.«

Ein selbstgefälliges Lächeln glitt über Simons Züge. Dann wurde er wieder ernst. »Also gut. Was genau soll ich tun?«

»Um es kurz zu machen: Tötet ihn. Ich habe vergeblich versucht, ihn auf den rechten Weg zu bringen. Er bleibt den Versuchungen des Bösen treu und er wird Fides mit in den Abgrund ziehen, wenn wir ihre Seele nicht retten. Dieses Natterngezücht wird immer wieder seinen Kopf erheben, wenn man es nicht zertritt.«

Simon verschlug es einen Moment die Sprache. Dann erwiderte er: »Für einen Pfaffen seid Ihr aber ganz schön rabiat. Und ich dachte immer, ihr Gottesdiener haltet zusammen!«
»Die Kanoniker des Grossmünsters huldigen längst anderen Götzen!«, zischte Otto aufgebracht. Drohend erhob er den Zeigefinger. »Sprach nicht der Herr zu Mose: ›Ich will den aus meinem Buch tilgen, der an mir sündigt!‹«
Simon wich erschrocken zurück. »Schon gut, schon gut, ich glaube Euch ja, regt Euch bloß nicht auf!« Etwas ruhiger fuhr er fort. »Und wie stellt Ihr Euch das vor? Wie soll ich an ihn rankommen? Ich kann ihm doch nicht auf offener Straße eins über die Rübe hauen?«
Otto atmete ein paarmal tief ein und aus, um sich zu beruhigen. »Natürlich nicht, Dummkopf, es soll kein Verdacht auf dich fallen. Zufällig weiß ich, dass dieser Bertram sich in den nächsten Wochen einer Gesandtschaft zum Konzil in Lyon anschließen wird. Er wird ein Pferd brauchen, und einen Sattel. Du bist doch Gerber, oder? Dein Vater hat die größte Werkstatt hier am Ort mit der besten Qualität – ich wette, dass die vornehmen Herrschaften sich bei ihm eindecken werden. Sorg dafür, dass sein Sattel manipuliert ist ... ein Gurt aus minderwertigem Leder, der bei längerer Beanspruchung reißt – er ist ein unerfahrener Reiter, mit etwas Glück bricht er sich unterwegs den Hals. Ein bedauerlicher Unfall, wie sie ständig geschehen.«
Simon schien nicht wirklich überzeugt. »Aber sie werden doch sofort merken, wer dafür verantwortlich ist.«
Otto schnaubte ärgerlich. »Dann musst du eben dafür sorgen, dass es nicht sofort auffällt. Außerdem – wenn überhaupt würde der Verdacht auf deinen Vater fallen. Ihm gehört schließlich die Werkstatt, es ist seine Aufgabe, alle Ware zu kontrollieren. Hast du nicht auch mit ihm noch eine Rechnung offen? Denk nur daran, wie er dich ständig demütigt, öffentlich tadelt und dir jetzt auch den Kredit gestrichen hat, sodass du vor deinen Freunden wie ein mittelloser Bettler dastehst. Du bist der

Älteste – wenn er weggesperrt würde, hättest du seine Werkstatt für dich und dazu noch Fides – was willst du noch?« Otto hatte sich in Rage geredet und musste kurz Luft holen. Lauernd beobachtete er Simon. Der misstrauische Ausdruck im Gesicht des Gerbersohnes wich einem zufriedenen Grinsen. Endlich schien dieser Hohlkopf zu begreifen, was für eine Gelegenheit sich ihm hier bot.

Simon nickte. »Wie Ihr das sagt, klingt es einleuchtend. Und wenn ich darüber nachdenke – ich glaube, der Sattel ist sogar schon bestellt. Meine Mutter hat so etwas erzählt, dass der Herr Bertram vor ein paar Tagen da war mit einem Ritter und einen Reisesattel bestellt hat, ich habe nur nicht begriffen, dass der Sattel für ihn selber sein soll.«

Otto rollte innerlich die Augen. Herr, wie viel Dummheit kann in einem einzigen Menschenkind wohnen? Salbungsvoll lächelte er Simon zu und erwiderte: »Da siehst du, wie sich alles fügt. Der Herr in seiner unermesslichen Weisheit hat dir bereits alle Werkzeuge in die Hand gegeben. Du musst nur Gebrauch davon machen.«

Simon nickte eifrig. »Das werde ich, Pater, das werde ich.«

»Gut. Dann weißt du, was du zu tun hast. Verdirb es nicht. Und denk daran: Ich werde dich immer finden, Simon von dem Stege, egal, wohin du gehst. Vergiss das nicht.«

29. Kapitel

Zürich, Niederdorf, Sonntag, 6. Mai 1274

Das Herz schlug Bertram bis zum Hals, als er an der Seite des Kantors durch das Niederdorf lief. Hier ging es nicht ganz so ruhig zu wie in der oberen Stadt, zahlreiche Kinder tummelten sich auf der Straße und liefen ihnen lachend und johlend hinterher. Aus den geöffneten Fenstern drang der Geruch von Eintopf, gebackenem Brot und Bier und mischte sich mit dem Gestank aus den *Ehgräben* zwischen den Häusern, die wohl schon länger nicht mehr geräumt worden waren. Mit der Sonntagsruhe nahm man es hier auch nicht so genau, Hämmern und Klopfen klang vereinzelt aus den Hinterhöfen und viele Frauen nutzten das sonnige Wetter für die Wäsche oder Gartenarbeit. Im letzten Moment wich Bertram einem Schwall übelriechender Brühe aus, die eine junge Frau schwungvoll von ihrer Türschwelle aus auf die Straße kippte. Dabei hätte er fast ein kleines Mädchen umgestoßen, das mit großen Augen zu ihm aufsah und dabei hingebungsvoll in der Nase bohrte. Als der Kantor ihm eine winzige Münze reichte, wurden die Augen noch größer. Sporenstreichs wischte sich das Kind den Finger an den blonden Locken ab, griff sich die Münze und rannte davon, den kostbaren Schatz fest in der geballten Faust verborgen. Belustigt sah ihm Bertram hinterher. Die junge Frau – offensichtlich die Mutter des Mädchens – trat aus ihrem Haus und begrüßte den Kantor. »Entschuldigt bitte das Missgeschick mit dem Wassereimer. Und vielen Dank – Ihr habt Katharina glücklich gemacht.«

Der Kantor machte eine wegwerfende Geste. »Das war doch nur eine Kleinigkeit. Wie geht es deiner Tochter? Spricht sie immer noch nicht?«

Überrascht sah Bertram ihn an. Das Kind war stumm? Und wieso wusste der Kantor davon?

Die junge Frau schüttelte den Kopf. »Kein einziges Wort.« Dann hob sie die Schultern. »Aber sie kommt zurecht. Sie ist ein fröhliches Kind. Und sie liebt Eure Musik. Sie freut sich jeden Sonntag auf die Messe.«

Der Kantor erwiderte: »Oft schenkt der Herr den Geprüften ein besonders sonniges Gemüt.« Er nickte der Frau noch einmal zu, dann gingen sie weiter. Das Gespräch mit der Frau hatte Bertram etwas ruhiger werden lassen, doch als nach wenigen Schritten das Pergamenterhaus in Sicht kam, begann sein Herz wieder heftig zu pochen. Unwillkürlich zögerte er. Der Kantor blieb stehen und fasste ihn am Arm. »Warte, Bertram. Ich muss wissen, was ich dem Pergamenter sagen soll. Du bist dir immer noch sicher? Noch kannst du es dir überlegen.«

Bertram sah ihn erstaunt an. »Natürlich bin ich mir sicher.« Er schüttelte seine Hand ab, trat schnell in die Toreinfahrt und klopfte an die Tür zur Werkstatt, sodass dem Kantor nichts übrigblieb, als ihm zu folgen.

In der Werkstatt hatte sich bereits die ganze Familie versammelt. Bertram suchte Fides' Blick und sah, wie ihre Augen bei seinem Anblick aufleuchteten. Sie war ihm nicht mehr böse! Und sie hatte sich hübsch gemacht. Über das dunkelblaue Leinenkleid, das er bereits von ihren sonntäglichen Messebesuchen kannte, hatte sie einen hellen Spitzenkragen gelegt und die Haare in einen lockeren Zopf geflochten, der ihr über eine Schulter fiel. Erst jetzt nahm er den Rest der Umgebung wahr. Auf dem Boden lag frisches Stroh, von dem ein leichter Duft nach Wiesenblumen aufstieg. Die Arbeitstische waren an die Wand geschoben worden, dafür standen jetzt zwei einfache Lehnstühle in der Mitte des Raumes, von denen der Pergamenter einen dem Kantor anbot. Er selbst nahm auf dem gegenüberliegenden Platz, während sich seine Frau und Tochter dahinterstellten. Meister Konrad raffte seinen Rock zusammen und setzte sich. Bertram blieb hinter ihm stehen, die Hände um die Rückenlehne gekrampft.

Der Pergamenter war offensichtlich nicht willens, die Unterhaltung zu beginnen. Seine Hände ruhten auf den Armlehnen des Stuhles, während er den Kantor und Bertram schweigend ansah. Die Minuten verstrichen, dann räusperte sich der Kantor. Er warf einen kurzen Blick nach oben zu Bertram, dann ergriff er das Wort. »Bertrams Eltern leben nicht mehr, daher werde ich als sein Ziehvater für ihn sprechen.«

Falls diese Eröffnung irgendeinen Eindruck auf den Pergamenter machte, ließ er es sich nicht anmerken, im Gegensatz zu seiner Frau, die ihre verkniffenen Lippen noch enger zusammenpresste und demonstrativ die Arme vor der Brust verschränkte.

»Wie Euch sicher nicht entgangen ist, haben diese beiden jungen Leute«, dabei blickte er erst Fides, dann Bertram an, »Gefallen aneinander gefunden. Bertram hat mich daher gebeten, bei Euch um die Hand Eurer Tochter anzuhalten. Im November wird er volljährig. Er lebt seit seinen frühsten Kindertagen unter meinem Dach und ist mir lieb wie ein eigener Sohn. Er ist begabt, fleißig und gewissenhaft. Er wird Eure Tochter in Ehren halten und gut für sie sorgen, dafür verbürge ich mich.«

Der Pergamenter schwieg einen Moment. Dann holte er tief Luft und sah dem Kantor direkt ins Gesicht. »Versteht mich nicht falsch, Herr Kantor.« Er zögerte einen Moment. Bertram wurde es eiskalt. Das klang nicht sehr ermutigend. Mit wachsendem Entsetzen lauschte er den Worten des Pergamenters, der bedächtig fortfuhr: »Ihr seid ein angesehener Mann, ein bekannter Gelehrter. Trotzdem habt Ihr für jeden ein freundliches Wort und wart Euch nie zu schade, mit meinesgleichen zu verkehren. Ich habe unsere Gespräche immer sehr genossen. Es steht mir nicht zu, über Euren Lebenswandel zu urteilen. Aber über den meiner Tochter. Und da muss ich Euch in aller Deutlichkeit sagen: Es kommt nicht in Frage, dass Fides die Kebse eines künftigen *Chorherrn* wird.« Seine Stimme war immer lauter geworden und die letzten Worte verhallten im Raum.

Während seine Frau beifällig nickte und einen triumphierenden Blick zu Bertram warf, legte Fides ihrem Vater eine Hand auf die Schulter. »Aber Vater«, begann sie zaghaft, doch eine Handbewegung des Pergamenters ließ sie wieder verstummen. Bertram rauschte das Blut in den Ohren. Er wollte antworten, doch der Kantor kam ihm zuvor.

»Ich glaube, hier liegt ein Missverständnis vor«, erwiderte er ruhig. »Bertram wird kein *Chorherr*. Er darf heiraten. Er wird kein Kleriker.«

»Nicht?«, fragte der Pergamenter erstaunt. Er sah zweifelnd zwischen dem Kantor und Bertram hin und her. »Wieso soll er sonst zum Konzil nach Lyon reisen? Ihr habt mir doch immer erzählt, wie begabt Euer Ziehsohn sei und dass Ihr ihn zum Studium nach Paris oder Bologna schicken wollt. Und dass Ihr hofft, ihm eine *Pfründe* am Stift zu sichern.«

Der Kantor seufzte. »Ja, das stimmt. Das war das, was ich mir für ihn gewünscht hatte. Aber Bertram hat andere Absichten.« Er machte eine kurze Pause und fügte dann mit einem Blick auf Fides hinzu: »Unsere Kinder machen nicht immer das, was wir uns vorstellen.«

Der Pergamenter knurrte etwas Unverständliches, dann sah er Bertram direkt an: »Ihr wollt also freiwillig auf alle Privilegien und Einkünfte verzichten? Und wie wollt Ihr dann für meine Tochter sorgen? Seid Ihr so vermögend oder beherrscht Ihr ein Handwerk, das eine Familie ernähren kann?«

Bertram löste seine schweißnassen Hände von der Stuhllehne und richtete sich auf. Jetzt bloß die richtigen Worte finden! »Ich bin nicht vermögend, aber ich könnte weiterhin als Schreiber und Miniator für das Grossmünster arbeiten. Außerdem habe ich Aufträge von Rüdiger Manesse, dem Ratsherrn. Ihr wisst, dass er den Vorsitz im Sommerrat führt. Der jetzige Stadtschreiber ist schon älter und mit seinen Augen steht es nicht mehr zum Besten – Rüdiger hat versprochen, sich dafür einzusetzen, dass ich seine Nachfolge antreten kann.«

»Oh Vater, bitte.« Fides hatte sich neben den Stuhl ihres Vaters gekniet und ergriff seine Hände. »Ein Stadtschreiber hat doch ein angesehenes Amt und ein gutes Einkommen. Und wenn Bertram erst einmal für den Rat arbeitet, könnte er doch dafür sorgen, dass alle Urkundenpergamente von dir ...« Sie verstummte und senkte errötend den Kopf. Ihr Vater verdeckte seinen Mund mit dem Handrücken, Bertram sah seine Wangen verräterisch zucken. Er schöpfte neue Hoffnung. So ganz aussichtslos stand seine Sache wohl nicht. Der Pergamenter sah seine Tochter ernst an. »Offenbar habt ihr beide das alles schon gut durchdacht.« Fides nickte eifrig. Er wandte sich wieder Bertram zu. »Und wozu dann diese weite Reise? Was wollt Ihr auf einem Kirchenkonzil, wenn Ihr kein Kleriker seid?«

»Ich begleite den Neffen des Propstes, Heinrich von Klingenberg. Er gehört zu der Gesandtschaft, die König Rudolf zum Papst schickt, um die Anerkennung seiner Königswahl zu erreichen. Er hat mich als Schreiber eingestellt. Ich werde gut verdienen, es wäre ein schönes Startkapital, um ...« Er vollendete den Satz nicht mehr.

Der Pergamenter hatte das Kinn auf die Hand gestützt und kratzte sich den Bart.

Bertram trat noch einen Schritt vor. »Meister Hermann, ich liebe Eure Tochter. Ich würde nichts tun, was ihrem Ruf schaden könnte. Ich verstehe auch, wenn Ihr noch Bedenkzeit benötigt. Ich bitte nur darum, dass Ihr sie keinem anderen zur Frau gebt, bis ich von meiner Reise zurück bin.« Er verstummte und wartete mit klopfendem Herzen auf die Reaktion des Pergamenters.

Endlich hob dieser den Kopf und sah Bertram ernst an.

»Gut, damit bin ich einverstanden.« Fides stieß einen unterdrückten Jubelruf aus, während ihre Mutter scharf die Luft einzog. Hermann warf ihr einen warnenden Blick zu und fuhr dann fort. »Unter zwei Bedingungen.« Bertram sah ihn fragend an.

»Erstens: Diese heimlichen Treffen hinter meinem Rücken hören auf.« Bertram sah Fides erröten und senkte selbst beschämt den Kopf. Er nickte. »Ja, Meister Hermann.«

»Und zweitens.« Der Pergamenter zögerte. »Ach, es ist eigentlich keine Bedingung. Ich möchte, dass Ihr mir einen Gefallen tut. Wenn Ihr schon auf Reisen geht.« Bertram sah ihn erstaunt an. »Sehr gerne, wenn es in meiner Macht steht.«

»Lyon ist doch eine große Stadt, oder? Und zu dem Konzil kommen sicher auch Händler von überallher, auch aus dem Orient und aus Italien?« Bertram nickte. »Ich denke schon.« Fragend sah er zum Kantor, der sich erhob und neben ihn trat. »Lyon ist in der Tat eine bedeutende Handelsstadt. Durch ihre Lage an der Rhone gibt es eine direkte Schiffsverbindung zum Mittelmeer. Viele Gewürze kommen über Lyon, oder Stoffe.«

Worauf wollte der Pergamenter hinaus? Er schien auch nicht mehr ärgerlich zu sein, sondern eher verlegen. »Ich habe gehört, dass man sich im Orient darauf versteht, farbiges Pergament zu machen. Wenn Ihr es einrichten könntet, mir ein paar Bögen mitzubringen ...«

Bertram fiel ein Stein vom Herzen. Diese Bedingung war ganz nach seinem Geschmack. Er hatte sowieso vorgehabt, den örtlichen Schreibstuben einen Besuch abzustatten. Freudestrahlend sah er den Pergamenter an. »Das will ich sehr gerne versuchen.«

Der Pergamenter erhob sich und zog seine Tochter mit sich hoch. Er fasste sie an beiden Händen und sah sie ernst an. »Nun, Fides, mein Kind, du bist dir immer noch sicher, dass du Bertram zum Ehemann nehmen willst, wenn er gesund von seiner Reise heimkehrt und dich ernähren kann?«

Fides nickte. In ihren Augen glitzerte es feucht. »Ja, Vater«, sagte sie leise. »Das will ich.«

Der Pergamenter streckte eine Hand aus und bedeutete Bertram, an seine Seite zu kommen. Er ergriff dessen rechte Hand und fragte: »Und Ihr, Herr Bertram, seid Ihr immer noch Willens, meine Tochter Fides zur Ehefrau zu nehmen?« Bertram schlug das Herz bis zum Hals, er musste sich erst räuspern, bis er sprechen konnte. »Ja, das will ich«, erwiderte er dann mit fester Stimme. Der Pergamenter nickte, dann gab er Fides' Hand in die Bertrams und legte seine eigene über beide. »So sei es dann.« Einen Moment schwieg er, dann löste er seine Hand und schob Bertram und Fides aufeinander zu. »Worauf wartet ihr, nun küsst euch endlich. Und über Mitgift und Brautschatz reden wir nach der Reise!«

Die Anspannung löste sich in Gelächter, lediglich Fides' Mutter zog ein Gesicht, als hätte sie in einen wurmstichigen Apfel gebissen. Bertram hauchte einen keuschen Kuss auf Fides' Lippen. Als sie sich von ihm löste, hielt er sie fest. »Warte, Fides, ich möchte dir noch etwas geben.« Er zog seinen *Rosenkranzring* vom Finger und versuchte, ihn ihr anzustecken. Ihre Finger waren zu schmal, sodass er ihn schließlich über den Daumen streifte.

Fides sah ihn überrascht an. »Aber – das ist der Ring deines Vaters! Das einzige Andenken, das du von ihm hast.«

Bertram nickte. »Er wird dafür sorgen, dass ich zu dir zurückkomme.«

Sie barg den Daumen in ihrer Handfläche und legte schützend die anderen Finger darüber. Sie presste die Faust an die Brust. »Ich werde gut auf ihn aufpassen, Bertram«, sagte sie. »Und jeden Abend einen Rosenkranz beten, dass du heile zurückkehrst.«

30. Kapitel

Zürich, Grossmünster, Montag, 14. Mai 1274 – vormittags

»Ich habt recht, es hat sich jemand an den Urkundentruhen zu schaffen gemacht. Diese tiefen Kratzer um die Schlösser entstehen niemals bei gewöhnlichem Gebrauch.« Meister Konrad stützte sich auf den Arm des Propstes und erhob sich ächzend aus seiner gebückten Haltung. Sie befanden sich in der oberen Sakristei, in der neben den kostbaren liturgischen Gefäßen, die nur an besonderen Festtagen zum Einsatz kamen, auch die wertvollsten Bücher sowie die Urkunden und Siegel des Stifts aufbewahrt wurden. Der schmale Raum besaß nur eine einzige abschließbare Holztür, die zum Chor führte, und ein kleines Fenster, das der Propst sogar hatte vergittern lassen, nachdem ihm der Stadtrat auch seine wichtigsten Urkunden zur Aufbewahrung anvertraut hatte. Der *Sigrist* hatte sie rufen lassen, weil er bei seinem Kontrollgang die Tür unverschlossen vorgefunden hatte.

Der Propst zog den Truhenschlüssel aus seiner Tasche. »Wir müssen den Inhalt überprüfen. Lasst uns die Truhe auf den kleinen Tisch unter dem Fenster stellen.«

Kaum hatte er aufgesperrt, durchwühlte der Kantor mit fliegenden Fingern die Truhe. Ganz unten fand er, was er suchte. Der Umschlag schien unversehrt, Wappen und Dokumente vollständig. Erleichtert stieß er den Atem aus, schloss kurz die Augen für ein dankbares Stoßgebet. Er spürte eine Hand auf der Schulter und sah auf. Der Propst lächelte ihm beruhigend zu. Schweigend begutachteten sie den Rest der Kiste, es war alles vollständig und unversehrt. Wer auch immer in der Sakristei gewesen war, hatte die Truhe nicht öffnen können.

Der Propst verschloss sie wieder und steckte den Schlüssel

ein. »Ich glaube, ich muss ein ernstes Wörtchen mit unserem *Librarius* reden. Vermutlich hat er vergessen, die Tür zur Sakristei abzuschließen, und irgendein zufälliger Entdecker wollte die Gunst der Stunde nutzen. Der *Sigrist* soll prüfen, ob das Silber noch vollständig da ist.«

Meister Konrad war sich ziemlich sicher, dass der Einbruch nicht den liturgischen Gefäßen gegolten hatte. Wenn es nach ihm gegangen wäre, hätte man die unselige Urkunde über Bertrams Herkunft auch vernichten können. Aber auch das hätte nur Sinn gehabt, wenn es öffentlich geschah – solange noch irgendjemand an die Existenz des Blattes glaubte, war Bertrams Leben weiterhin in Gefahr. Er räusperte sich. »Wenn Ihr mich nicht mehr braucht, würde ich jetzt in die Tischlerei gehen. Ich habe Friedrich aufgetragen, eine Wachstafel für die Reise anzufertigen.«

Der Propst nickte zustimmend. »Tut das. Wir sehen uns dann bei der *Sext*.«

Die Tischlerei war in einem Nebenraum der Kellerei untergebracht. Hier war das Reich von Bruder Burkard, der kleinere hölzerne Gebrauchsgegenstände wie Löffel oder Schachteln für das Stift fertigte und wenn nötig auch den einen oder anderen Stuhl oder Kasten reparierte. Auch die Anfertigung der Schreibtafeln für den Schulunterricht fiel in seinen Aufgabenbereich. Als Meister Konrad den Raum betrat, hielt er gerade einen Tafelrohling auf dem Tisch fest, während Friedrich aus einem Metallkännchen eine dunkle zähe Flüssigkeit in die Vertiefung des Täfelchens goss. Ein würziger Geruch nach Honig und Holz lag in der Luft.

»Hast du die Mischung so gemacht, wie ich dir gesagt habe?« Meister Konrad sah Friedrich über die Schulter.

»Ja, Meister Konrad – acht Teile Bienenwachs, ein Teil Kiefernharz und ein Teil Ruß«, ratterte Friedrich eifrig herunter. Konzentriert vollendete er sein Werk und richtete dann das Kännchen mit Schwung wieder auf, damit kein Tropfen danebenfiel.

»Sehr gut.« Meister Konrad nahm eine der noch unbefüllten Tafeln in die Hand und strich über die Oberfläche. Bruder Burkard hatte gute Arbeit geleistet und das Holz des Rahmens sorgfältig geglättet, damit man sich keinen Splitter einzog. An einer Längsseite hatte er in der Mitte drei Löcher gebohrt, sodass man die Tafeln zusammenbinden und wie ein Buch verwenden konnte. Vier Tafeln waren es insgesamt.

Friedrich begutachtete kritisch den Inhalt des Kännchens und die verbleibenden Täfelchen. »Für alle wird das aber nicht reichen«, meinte er dann. »Vor allem, wenn die beiden mittleren von zwei Seiten beschreibbar sein sollen.«

»Das macht nichts«, beruhigte ihn Bruder Burkard. »Wir müssen bei den zweiseitigen Täfelchen sowieso abwarten, bis die eine Seite vollständig getrocknet ist, bis wir weiterarbeiten können.«

Friedrich runzelte die Stirn. »Wie lange wird das dauern? Nicht dass Herr Bertram zurückkommt, bevor wir fertig sind – dann wäre die schöne Überraschung verdorben! War doch eine gute Idee von dem Herrn von Klingenberg, ihn ein paar Tage mitzunehmen, damit wir in Ruhe arbeiten können.«

Meister Konrad lächelte. »Vor morgen früh kommen sie sicher nicht zurück. Und in die Tischlerei verirrt sich Bertram eher selten, warum wohl habe ich dich hier arbeiten lassen und nicht im *Skriptorium*?«

Friedrich nickte eifrig und wollte das nächste Täfelchen befüllen, doch Bruder Burkard legte ihm die Hand auf den Arm. »Langsam, Junge – schau doch mal in den Topf. Du hast zu lange gewartet, jetzt wird das Wachs schon fest und die einzelnen Bestandteile setzen sich ab – mache es lieber noch einmal warm und rühre gut durch – schließlich wollen wir doch eine schöne Tafel für diesen Anlass!«

Friedrich griff nach dem Kesselchen und lief damit nach draußen, wo sich eine Feuerstelle befand. Meister Konrad nahm eines der äußeren Täfelchen und betrachtete es gedankenver-

loren. Vorsichtig strich er über die rautenförmigen Rillen, mit denen der Boden bedeckt war, damit das Wachs besser haftete. Das müsste gehen, dachte er bei sich.
»Ist irgendetwas damit nicht in Ordnung?«
Meister Konrad zuckte zusammen und sah Bruder Burkard überrascht an. Hatte er etwa laut gedacht? Er schüttelte den Kopf. »Nein, die Tafeln sind sehr schön, Ihr habt hervorragend gearbeitet. Mir ist nur gerade etwas eingefallen. Und, Bruder Burkard, bitte wartet noch mit dem Befüllen dieser Tafel. Friedrich muss jetzt sowieso zum Chorgebet. Ich kümmere mich später selbst darum.«

31. Kapitel

Zürich, Niederdorf, Mittwoch, 16. Mai 1274

Es war erst Mitte Mai, doch die Sonne brannte bereits mit großer Kraft von einem wolkenlosen Himmel, als Bertram kurz nach der *Sext* aufbrach. Der Weg ins Niederdorf erschien ihm heute endlos. Zum Glück herrschte zur Mittagszeit ein reges Gedränge, sodass kaum auffiel, dass er sich bewegte wie ein Greis. Das Pergamenterhaus geriet in sein Blickfeld. Bei dem warmen Wetter waren die Fensterläden zur Straße aufgeklappt und auch die Werkstatttür stand offen. Bertram drückte den Rücken durch und versuchte, sich möglichst gerade aufzurichten. Die Schmerzen ignorierend schritt er zügig auf den Eingang zu und trat durch die Hofeinfahrt. Er klopfte an den Türstock zur Werkstatt und trat ein. Fides befand sich allein im Raum, sie stand hinter dem großen Arbeitstisch und war gerade dabei, einige Pergamentbögen zusammenzurollen.

Bei seinem Anblick strahlte sie auf. »Bertram!« Sie ließ die Bögen fahren, die sich mit einem flappernden Geräusch wieder aufrollten und auf der anderen Seite des Tisches zu Boden fielen. Sie schenkte ihnen kaum einen Blick, sondern eilte um den Tresen herum und fiel Bertram um den Hals. Er zuckte unwillkürlich zusammen. Erschrocken ließ sie ihn los. »Was ist? Immer noch der Arm?«

Bertram verzog das Gesicht zu einer schmerzlichen Grimasse. »Nein, meinem Arm geht es prima. Das Problem sitzt eher ... weiter unten.«

Fides sah ihn begriffsstutzig an.

Bertram seufzte. »Der Klingenberger meinte, ich solle ihn als Vorbereitung auf die Reise auf einen Ausritt zu seinem Familiensitz begleiten. Die Burg liegt kurz vor Konstanz, fast zwei Tagesritte von hier. Und der junge Hengst, den er mir zur Verfügung gestellt hatte, war kaum zu bändigen. Mir tut noch immer alles weh. Keine Ahnung, wie ich die Reise zum Konzil überstehen soll.«

Er sah, wie sie sich mühsam das Lachen verbiss. Ihr Gesichtsausdruck schwankte zwischen Belustigung und Mitleid.

»Ja, lach du nur«, grollte er. »Du könntest ruhig etwas Mitgefühl für deinen künftigen Gatten aufbringen.«

»Verzeih, Liebster, ich mache es wieder gut«, flüsterte sie, schlang die Arme um seinen Nacken und küsste ihn.

Er zog sie an sich. Sie roch so gut, nach Nelken und einem Hauch Lavendel. Sie biss ihn sanft in die Unterlippe. Bertram entfuhr ein wohliges Stöhnen, dann unterdrückte er mit Mühe einen Schmerzenslaut und schob sie sanft von sich.

»So schlimm?«, fragte sie und der Schalk funkelte in ihren Augen.

»Sind deine Eltern nicht da?«, versuchte Bertram abzulenken. »Ich habe einen neuen Auftrag für euch.«

Fides schüttelte den Kopf. »Mutter macht Besorgungen – hat sie zumindest gesagt. Wahrscheinlich ist sie wieder bei den Franziskanern und heult Bruder Otto die Ohren voll. Vater ist mit dem neuen Lehrling am Fluss. Komm mit, dann kannst du ihn begrüßen. Ich mache nur schnell die Lieferung fertig.« Sie bückte sich zu den herabgefallenen Bögen und begann, sie wieder aufzurollen. Die fertigen Rollen schob sie in einen Buckelkorb mit Schulterriemen, der neben dem Tresen lehnte.

Bertram trat zu ihr. »Und wenn Kundschaft kommt?«

Fides ließ die letzte Rolle in den Korb fallen. »Ach was, ein paar Augenblicke kann ich den Laden schon alleine lassen, über Mittag kommt kaum jemand. Heute war ein guter Tag, ich wollte die Einnahmen sowieso nach hinten bringen.«

Sie schloss die Fensterläden und riegelte auch die Eingangstür ab, dann holte sie einen prall gefüllten Lederbeutel unter dem Tresen hervor und zog Bertram mit sich zur Hintertür. »Warte kurz, ich bin gleich zurück.« Sie stieg eine schmale Holztreppe empor und kehrte kurz darauf ohne den Beutel wieder zurück. Sie liefen über den Hof. Dort stand Rudolf und bearbeitete eine aufgespannte Haut mit dem Schabeisen. Er war nur mit einer *Bruoche* bekleidet und der Schweiß glänzte auf seinem bloßen Oberkörper. Er nickte Bertram freundlich zu, ohne seine Arbeit zu unterbrechen. Fides öffnete eine schmale Pforte an der hinteren Mauer. Bertram staunte. So weitläufig hatte er sich das Anwesen nicht vorgestellt. Sie traten durch das Tor und Bertram fuhr unwillkürlich zurück. Sie waren jetzt direkt am Fluss, wo sich die Gärbottiche befanden. Ein paar Häute dümpelten in einer unappetitlichen Brühe, aus der beißende Dämpfe emporstiegen. Bertram bemühte sich, möglichst flach zu atmen. Fides schien der Gestank nichts auszumachen. Sie lief zwischen den Gruben hindurch zur Limmat, wo Meister Hermann knietief im Wasser stand. Er hatte einen Scherbaum mit einer aufgelegten Haut vor sich und zeigte einem vielleicht zehnjährigen Jungen, wie er das Schabeisen führen sollte. Als er Bertram und Fides bemerkte, sprach er noch ein paar Worte zu dem Jungen und stieg dann aus dem Wasser. Bertram sah, dass er außer seiner ledernen Arbeitsschürze noch hohe Stiefel trug, von denen das Wasser perlte und sich in kleinen Pfützen zu seinen Füßen sammelte.

»Gott zum Gruß, Meister Hermann«, sagte Bertram. »Ich wollte mich verabschieden, in wenigen Tagen werden wir aufbrechen.«

Meister Hermann wischte sich die nassen Hände an der Schürze ab. »Wird es schon ernst? Dann wünsche ich Euch eine gute und erfolgreiche Reise.« Er reichte Bertram die Hand und schüttelte sie kräftig.

Bertram hielt sich mühsam aufrecht und lächelte krampfhaft. »Danke, Meister Hermann.«

Der Pergamenter sah ihn forschend an. »Ist etwas?«

Bertram riss sich zusammen. »Äh, ja, ich wollte Euch etwas fragen. Ich hätte einen neuen Auftrag für Euch. Wenn Ihr Kalbspergament vorrätig habt. Ich bräuchte allerdings dreizehn oder vierzehn Häute.«

Der Pergamenter strich sich über das Kinn. »Zufällig habe ich sogar ziemlich viel Kalbspergament übrig, es könnte reichen. Wird es diesmal eine Handschrift mit Bildern?«

Bertram nickte. »Ja, für den Neffen des Propstes, mit dem ich nach Lyon gehe. Ich würde dann morgen oder übermorgen mit ihm vorbeikommen, damit er etwas aussucht.«

»Es wird mir ein Vergnügen sein«, erwiderte der Pergamenter. Er sah seine Tochter an. »Sind die Aufträge für heute schon erledigt?«

Fides nickte. »Ja, Vater, nur die Bestellung fürs Fraumünster ist noch da, die kann Rudolf nachher vorbeibringen. Und die Einnahmen habe ich auch schon gezählt und aufgeräumt.«

Der Pergamenter schmunzelte. »Nun gut, Kind, warum

begleitest du Herrn Bertram nicht nach Hause? Das schöne Wetter ausnutzen – Mutter kommt sicher nicht vor der *Non* nach Hause, du kannst dir also Zeit lassen.«

»Danke, Vater!« Fides umarmte ihn stürmisch, dann ergriff sie Bertram bei der Hand und zog ihn mit sich.

Er biss die Zähne zusammen. Auf dem unebenen Gelände schoss ihm bei jeder Bewegung der Schmerz ins Kreuz, aber solange sie noch in Sichtweite waren, wollte er sich vor ihrem Vater und dem Lehrling keine Blöße geben. Sie schlüpften durch das kleine Türchen in den Hof. Bertram wollte schon durch das große Haupttor auf die Straße treten, doch Fides zog ihn wieder zur Küchentür.

»Einen Augenblick noch, Bertram, ich habe noch etwas für dich.« Bertram folgte ihr überrascht durch die Küche über den Flur bis in die Werkstatt. Sie holte unter dem Tresen eine flache Mappe aus dünnem Leder hervor und legte sie auf den Tisch. Die Ränder waren mit zweifarbigem Garn in zierlichen Stichen bestickt, die ein verschlungenes Muster ergaben.

»Das ist sehr hübsch«, sagte Bertram. »Hast du das bestickt?« Er strich mit dem Finger sanft über die Stickerei.

Fides nickte. »Schwarz und braun, wie unsere Haarfarbe«, erläuterte sie. »Mach es auf!«

Bertram löste die Verschnürung und warf einen Blick in die Mappe. Er zog einige Bögen feinsten Pergament in verschiedenen Schattierungen hervor.

»Das hat Vater gemacht. Falls du unterwegs Schreib- oder Zeichenmaterial benötigst.«

Bertram schluckte. Was für eine nette Geste! Und er war gar nicht auf die Idee gekommen, seinerseits ein Abschiedsgeschenk zu besorgen. Er musste auf der Reise unbedingt versuchen, den Wunsch des Pergamenters nach farbigen Bögen zu erfüllen! Vorsichtig schob er die Bögen wieder in die Hülle und verschloss sie sorgfältig. Dann zog er Fides' Hände an seine Lippen. »Das ist ein wunderbares Geschenk, Fides. Ich danke dir.«

Er küsste ihre Finger, dann stutzte er. »Du trägst ja den Ring nicht mehr«, stellte er fest.

Fides streckte die Finger aus. Kein Ring. »Er war zu groß. Ich hatte Angst, ihn zu verlieren.«

Er zog die Augenbrauen hoch. Sie kicherte. »Keine Angst, ich habe ihm einen besseren Ort gegeben.« Sie griff sich in den Ausschnitt und zog ein Lederband hervor, an dem der Ring baumelte. »So habe ich ihn immer an meinem Herzen.«

Er nahm den Ring zwischen die Finger. Er war noch warm von ihrer Haut.

»Es ist ein gutes Band, es wird nicht reißen. Und ich habe die Enden vernäht, damit sie nicht aufgehen. Siehst du?« Sie drehte das Band und hielt es ihm entgegen. Zierliche gleichmäßige Stiche in Braun und Schwarz verbanden die Lederenden miteinander.

Er küsste den Ring und ließ ihn wieder in ihren Ausschnitt fallen. Sie verbarg das Band sorgfältig unter dem Stoff, dann nahm sie die Leinenhaube ab, die sie während der Arbeit trug, und legte sie auf den Tisch. Sie warf den dicken Zopf über die Schulter und strich sich ein paar widerspenstige Löckchen aus der Stirn. Erwartungsvoll sah sie Bertram an. »Gehen wir?«, fragte sie.

Er nickte, griff sich den Umschlag und zusammen traten sie auf die Straße. Unschlüssig standen sie einen Moment vor dem Tor und betrachteten das rege Treiben um sich. Bertram kam es so vor, als würden sämtliche Nachbarn gerade jetzt aus den Fenstern schauen und sie neugierig mustern. »Lass uns zur Leonhardskapelle gehen«, schlug er vor. »Ich weiß einen Platz, wo wir ungestörter sind.«

Fides nickte. Um kein Aufsehen zu erregen, liefen sie schweigend und in gebührendem Abstand nebeneinanderher. Sie passierten die Fallbrücke hinter dem Niederdorftor und gelangten auf die untere Straße, die nach Schaffhausen führte.

Das niedergetretene Gras rund um die kleine Leonhardskapelle zeugte noch von der Bittprozession zu Himmelfahrt –

Bertram konnte kaum glauben, dass es erst eine Woche her war, so viel war in der Zwischenzeit geschehen. Hinter der Kapelle lag ein kleiner Friedhof, der an ein Waldstück grenzte. Bertram bedeutete Fides mit einem Kopfnicken, ihm zu folgen. Er hob ein paar Zweige an, damit sie hindurchschlüpfen konnte, dann standen sie auf einer kleinen Lichtung. Fides sah sich um. Von der Straße war nichts mehr zu sehen und zu hören, lediglich das Summen der Bienen und Vogelgezwitscher umgaben sie.

»Es ist schön hier«, flüsterte sie. »Wie hast du das gefunden?« Bertram ließ sich mit einem leichten Ächzen vorsichtig am Fuße eines Baumes nieder und zog Fides zu sich hinunter. »Ehrlich gesagt habe ich das Friedrich zu verdanken. Er hatte sich während der Bittprozession mit ein paar Freunden aus dem Staub gemacht und ich habe sie dann hier aufgespürt.«

Fides lehnte ihren Kopf an Bertrams Brust und kicherte. »Pfarrer Wello meint es eben manchmal zu gut mit seinen Fürbitten.« Dann wurde sie wieder ernst. »Erzähl mir von diesem Herrn von Klingenberg. Wie ist er so? Vater fand ihn ziemlich eingebildet.«

Bertram lachte auf. »Nein, das kann man so nicht sagen. Gut, er ist vielleicht ein wenig eitel. Aber er ist auch sehr zielstrebig. Und gebildet. So wie die ganze Familie. Die Mutter hat uns jeden Abend vorgelesen. Das war sehr schön.« Er schwieg einen Moment, versunken in die Erinnerung. Dann wandte er sich wieder Fides zu. »Und weißt du, was das Beste ist? Sie hat Heinrich endgültig davon überzeugt, mir den Auftrag für den Wilhelm-Roman zu geben. Wahrscheinlich wollte sie nicht, dass ihr Sohn das einzige Familienexemplar mit nach Bologna nimmt. Es ist schon ganz schön alt und zerfleddert. Angeblich stammt es noch von dem Dichter persönlich, aber das kann ich mir kaum vorstellen. Dann wäre es älter als ein Menschenleben.«

»Brauchst du dafür das Kalbspergament?«

Bertram nickte. »Die Klingenbergers wollen eine Abschrift mit Bildern. Echte Bilder, mit Gold.«

Fides hob die Augenbrauen. »Mit Gold? Ist das nicht ein wenig übertrieben?«

Bertram zuckte die Achseln. »Es ist für die Fürstäbtissin. Da darf es schon etwas aufwendiger sein.«

»Für die Fürstäbtissin?« Fides setzte sich auf und sah ihn ungläubig an.

»Die Wetzikons und die Klingenberger sind verwandt. Sie ist seine Kusine, wenn ich das richtig verstanden habe. Sie sind zusammen aufgewachsen. Offenbar spielt der Roman eine große Rolle in der Familie, ich weiß es nicht. Viel wichtiger ist, was ich für die Handschrift bekommen werde.« Er flüsterte ihr die Summe ins Ohr. Ihre Augen wurden ganz groß.

»So viel? Aber das heißt ja ...«

Bertram nickte. »Das heißt, dass wir vielleicht doch schon dieses Jahr heiraten können. Oder zumindest im nächsten.«

»Ach, Bertram, das wäre wunderbar.« Sie strahlte ihn an, dann wurde sie auf einmal wieder ernst. »Bertram ... musst du unbedingt diese weite Reise machen? Ich meine, kannst du nicht einfach hierbleiben und dieses Buch fertigstellen?«

Bertram sah sie überrascht an. »Aber Fides, du weißt doch, dass Heinrich von Klingenberg mich auch für die Reise als Schreiber angestellt hat? Ich kann ihn doch jetzt nicht im Stich lassen! Außerdem ...« Er zögerte. Sollte er ihr das mit der *Dispens* erklären? Aber dann müsste er zugeben, dass er das Resultat eines Ehebruchs war – Findelkind allein war schon schlimm genug. Er entschloss sich zu einem Kompromiss. »Außerdem weiß ich inzwischen, dass mein Vater nicht mehr lebt. Und der Propst meinte, ich müsse in Lyon ein paar Dokumente besorgen, damit ich erben kann.«

Fides starrte ihn mit gerunzelter Stirn an. »Was denn für Dokumente? Und wieso in Lyon? Und weißt du jetzt endlich, wer dein Vater war?«

Bertram zuckte die Schultern. »Das wird sich dort alles finden.« Er rupfte einen Grashalm aus und wickelte ihn um seinen Finger.

»Bertram, du verschweigst mir doch etwas.« Fides hatte die Arme vor der Brust verschränkt und starrte ihn herausfordernd an.

»Ach Fides, jetzt hör schon auf. Ich tu das alles doch auch für uns. Damit wir bald heiraten können.« Sie schob die Unterlippe vor. »Das sagst du jedes Mal, wenn du mir ausweichen willst. Hast du dem Propst wenigstens von unserer Verlobung erzählt?«

Endlich eine Frage, die er mit gutem Gewissen bejahen konnte. »Ja, das habe ich. Noch am gleichen Tag.«

Sie entspannte sich sichtlich. »Und?«

»Na ja, begeistert war er nicht gerade, das kannst du dir denken.«

»Aber er ist einverstanden?«

Bertram lachte auf. »Er ist überhaupt nicht einverstanden, aber was soll er machen? Ich liebe dich eben. Genug geredet.« Er zog sie wieder in seine Arme.

»Aber ...«

Er verschloss ihr den Mund mit einem Kuss. Sie sträubte sich erst und stemmte die Arme gegen seine Brust, gab aber schnell ihren Widerstand auf. Dann schmiegte sie sich an ihn und sah zu ihm auf. »Wirst du mir schreiben?«

»Jeden Tag«, versprach er. »Aber du musst mir auch schreiben. Willst du?«

Fides schnitt eine Grimasse. »Bei mir dauert das immer furchtbar lange. Lesen ist viel einfacher.«

Bertram lächelte und ergriff ihre Hände. »Du musst doch keine Romane verfassen. Nur ein paar Worte, damit ich weiß, dass es dir gut geht.«

Die Grübchen erschienen wieder in ihren Wangen. »Gut, das schaffe ich. Aber wem soll ich die Nachricht denn geben?«

»Gib sie einfach im Kantorhaus ab. Sie werden mich dann schon erreichen.«

32. Kapitel

Zürich, Freitag, 25. Mai 1274, St. Urbanstag – morgens

Die Sonne hatte sich noch nicht lange über den Horizont geschoben, als sich die Reisegruppe vor dem Kantorhaus versammelte. Der Klingenberger wollte früh aufbrechen, damit sie bis zur Mittagshitze schon ein gutes Stück des Weges hinter sich bringen konnten. Außer Hedwig und dem Kantor hatte sich auch Friedrich eingefunden, der den Neffen des Propstes mit offenkundiger Bewunderung anstarrte. Bertram musste zugeben, dass Heinrich von Klingenberg in seiner Reisekleidung eine imposante Erscheinung darstellte, obwohl er für seine Verhältnisse schlicht gewandet war. Er hatte wohl nicht zufällig Schwarz und Silber gewählt, die Wappenfarben der Klingenberger. Über dem geschlitzten dunkelgrauen Reitrock mit silbernen Bordüren trug er einen Waffengurt, in dessen reich bestickter Lederscheide auf der linken Seite ein Schwert steckte. In einer kürzeren Scheide auf der anderen Seite führte er noch einen Dolch mit sich. Das bevorstehende Abenteuer schien ihn zu beflügeln, er war noch rastloser als sonst und erteilte dem neuen Knecht letzte Anweisungen zum Verladen der Gepäckstücke. Die kleine Elsbeth hüpfte aufgeregt zwischen den Pferden herum. Bertram war froh, dass sein brauner Zelter sich nicht aus der Ruhe bringen ließ, sondern ihr unbeholfenes Tätscheln mit einem gutmütigen Schnauben quittierte. Heinrich winkte ihm auffordernd zu. Jetzt wurde es wohl ernst. Zeit, Lebewohl zu sagen. Bertram fühlte, wie sich sein Herzschlag beschleunigte. Er trat auf Hedwig zu, die sich mit dem Ärmel über die Augen wischte. Ach nein, sie würde doch nicht weinen? Unbeholfen legte er seine Arme um sie.

Sie drückte ihn fest an sich. »Pass auf dich auf, mein Junge«, flüsterte sie mit erstickter Stimme.

»Das werde ich, Hedwig, das werde ich.« Er hielt sie noch einen Moment fest, dann wandte er sich dem Kantor zu.

Auch in dessen Augen glitzerte es verdächtig. »Nun heißt es also Abschied nehmen«, sagte er.

Bertram neigte den Kopf und wollte ihm die Hand küssen, doch der Kantor ergriff seine beiden Hände und drückte sie fest. »Geh mit Gott, mein Junge. Möge der Allmächtige seine schützende Hand über dich halten.«

Bertram spürte einen Kloß im Hals, er nickte nur.

»Hast du den Brief des Propstes dabei, wegen der *Dispens*?«

Bertram deutete mit dem Kinn zum Klingenberger. »Den hat sein Neffe eingesteckt, zusammen mit dem königlichen Geleitbrief. Er hofft, dass wir damit ein paar Zölle sparen.«

Friedrich drängelte sich zwischen sie. »Herr Bertram, habt Ihr auch die neue Tafel eingepackt, die wir für Euch gemacht haben?«

Bertram zauste ihm durch die Haare. »Ja, natürlich, Friedrich, wie könnte ich sie vergessen? Sie ist sicher verstaut und wird mir gute Dienste leisten.«

»Verlier sie nicht«, ermahnte ihn der Kantor ernst.

Bertram sah ihn überrascht an. »Ich werde gut darauf aufpassen.«

Er wollte noch etwas hinzufügen, doch Heinrich von Klingenberg war schon aufgesessen und lenkte sein Pferd zu Bertram. »Können wir aufbrechen?« Er warf einen missmutigen Blick zu dem Knecht, der gerade unbeholfen auf sein Maultier krabbelte. »Ich fürchte, mit diesem Tollpatsch werden wir länger unterwegs sein als geplant. Und renitent ist er auch noch, wollte mit mir über die Reiseroute debattieren. Jedenfalls ist es sicher besser, wenn wir nicht über den Bözberg reiten, sondern die flachere Landstraße nach Baden nehmen, auch wenn der Weg dadurch länger wird.«

Dann kommen wir ja gar nicht mehr durchs Niederdorf, dachte Bertram. Insgeheim hatte er gehofft, Fides noch einmal sehen zu können. Oder besser gesagt – dass sie ihn sehen würde – so hoch zu Ross. Doch das würde er dem Klingenberger natürlich nicht auf die Nase binden. Stattdessen schüttelte er den Kopf. »Das kann ihm doch egal sein, wie wir reisen. Mir ist alles recht, ich vertraue da ganz auf Eure Erfahrung.«

Während Heinrich den Knecht misstrauisch beäugte, nutzte Bertram den Moment, um sich seinerseits in den Sattel zu hieven. Er wusste, dass er dabei immer noch keine besonders elegante Figur machte, und wollte sich vor Heinrich keine Blöße geben. Er setzte sich zurecht. Immerhin war der neue Sattel bequem, da hatte Meister Johanns Frau nicht zu viel versprochen. Die Stickereien am Gurt und an den Satteltaschen hätte er jetzt nicht gebraucht, aber schließlich schadeten sie nicht.

Der kleine Zug setzte sich in Bewegung. Bertram und Heinrich ritten vorneweg, hinter ihnen der Knecht, der ein zweites Saumtier am Zügel führte. Sie ritten über die untere Brücke, vorbei an dem prächtigen Wohnturm der Müllners, und passierten die Baustelle des Augustiner Eremitenklosters, auf der bereits fleißig gearbeitet wurde. Zahlreiche Tagelöhner waren dabei, einige Ochsenkarren mit Bruchsteinen abzuladen. Die Luft war geschwängert von den Ausdünstungen der Tiere und Menschen und über allem waberte grauer Steinstaub, der in den Augen brannte und zum Husten reizte. Mit dem Kloster hatten sie auch die Stadtmauer erreicht, der Torwächter am Ketzistürlein hob grüßend die Hand und fing geschickt die Münze auf, die Heinrich ihm im Vorbeireiten zuwarf. Ein schmaler Holzsteg führte sie über die Sihl, die sich unmittelbar hinter der Mauer in verschiedene Arme verzweigte. Linker Hand schlängelte sich ein schmaler Feldweg vorbei am Kloster Selnau und verlor sich bald in den waldbewachsenen Hängen des Ütliberges. Sie blieben auf der etwas breiteren Landstraße, die zwischen den Wiesen der Allmend, Getreidefeldern und brachliegenden Ackerflächen nach Nordwesten führte. Rechts in der Ferne konnte man das glitzernde Band der Limmat erkennen, das sie sicher bis nach Baden leiten würde. Als sie das Siechenhaus der Leprösen hinter sich gelassen hatten, ließ Heinrich seinen schwarzen Hengst antraben und Bertrams Stute folgte ihm bereitwillig. Zu seiner Freude konnte Bertram wesentlich besser mithalten als bei ihrem ersten Ausflug. Die Schmerzen der letzten Woche waren vergessen und er genoss die frische Luft, den leichten Wind in seinen Haaren und die wärmenden Strahlen der Sonne auf seinem Gesicht. So langsam verdrängte die Freude über die bevorstehenden Abenteuer den Abschiedsschmerz. Da der Knecht weit zurückblieb, ließ Heinrich sein Pferd bald wieder in den Schritt fallen.

»Der Bursche gefällt mir nicht, ich dachte, Ihr wolltet einen vertrauten Knecht mitnehmen? Woher kommt der Kerl?«

Bertram hob die Schultern. »Ich kenne den Mann auch nicht. Unser Kellermeister hat ihn aufgetan, er war wohl auf der Suche nach Arbeit und wollte nach Basel, da hat es sich angeboten. Eigentlich sollte Mathis uns begleiten, er ist ein guter Knecht und mir treu ergeben. Aber er ist gestern Mittag plötzlich krank geworden mit heftigem Durchfall, Erbrechen, Fieber. Der *Infirmarius* hat ihn zur Ader gelassen, aber er konnte nicht sagen, wie lange dieser Zustand anhalten wird. Ausgerechnet jetzt, Mathis ist sonst nie krank.«

»Tatsächlich? Das ist in der Tat ein merkwürdiger Zufall. Vielleicht hat er etwas Verdorbenes gegessen?«

»Kann sein, aber üblicherweise isst er mit den anderen Knechten zusammen und die sind alle gesund.«

»Und wir müssen uns jetzt mit diesem Schiefmaul abplagen.«

Bertram musste lachen. »Er heißt Thomas. Und für sein entstelltes Gesicht kann er doch nichts. Er sieht kräftig aus, das ist es doch, was wir brauchen.«

»Trotzdem, ich traue ihm nicht. Er ist mir zu neugierig. Vorhin beim Beladen hat er mich über unsere Reiseroute ausgefragt, mehr, als es seinem Stand geziemt.«

Bertram fand es nicht verwunderlich, sich mit dem Weg vertraut zu machen. Schließlich konnte es leicht geschehen, dass man sich aus den Augen verlor, dann war es doch gut, wenn man wusste, welche Richtung es einzuschlagen galt. Seine Zurückhaltung stand ihm wohl deutlich ins Gesicht geschrieben. Der Klingenberger lächelte. »Man merkt, dass Ihr noch nicht viel herumgekommen seid. Wisst Ihr, was Wegelagerer oder Heckenlieger sind?«

Bertram zog überrascht die Luft ein. »Ihr meint Straßenräuber? Die Reisende überfallen?« Zweifelnd blickte er sich zu dem Knecht um, der wieder ein Stück näher gekommen war. »Besonders mutig oder gefährlich sieht er eigentlich nicht aus. Außerdem habt Ihr ein Schwert und einen Dolch – er nur einen Knüppel.«

»Wegelagerer bedienen sich oft eines Spions, der die ahnungslosen Reisenden in einen Hinterhalt lockt.«

Der Klingenberger trieb sein Pferd wieder an und bedeutete Bertram, ihm zu folgen. Als sie auf gleicher Höhe waren, nestelte er die kurze Lederscheide mit dem Dolch von seinem Gürtel und reichte sie Bertram. »Ich weiß, Ihr wolltet keine Waffen tragen, aber mir wäre wohler, wenn Ihr das an Eurem Gürtel befestigen könntet. Und wenn es nur zur Abschreckung ist. Hinter der Wegbiegung dort können wir kurz anhalten.« Bertram war zu überrascht, um etwas zu erwidern. Er umklammerte die Waffe, und als die Pferde standen, fädelte er den ledernen Riemen um seinen Gürtel. Das ungewohnte Gewicht an seinem Oberschenkel ließ ihn schaudern. Wahrscheinlich konnte er das Ding nicht einmal benutzen. Der Klingenberger nickte zufrieden, dann drehte er sich um und trieb den gemächlich herbeitrottenden Thomas lautstark zur Eile an: »Mann, komm endlich oder muss ich dir Beine machen! Soll ich dich vielleicht in Albisrieden eintauschen? Die Leichen am Galgen bewegen sich schneller als du!« In der Tat zeugten Krähengeschrei und ein immer stärker werdender bestialischer Gestank davon, dass der Richtplatz nicht mehr fern war. Das schien sogar den Knecht zu beeindrucken, er stieß seinem Reittier die Fersen in die Seiten und zu dritt galoppierten sie an dem Galgengerüst vorbei, an dem noch die Überreste der Unglücklichen baumelten, die dort am letzten Richttag aufgeknüpft worden waren. Schweigend ritten sie eine Weile nebeneinanderher. Je weiter sie sich von der Stadt entfernten, desto unwegsamer wurde das Gelände. Freiliegende Felder und umzäunte Weideflächen wechselten sich mit kleinen Waldstücken ab, dazwischen lagen vor allem in den Limmatbuchten sumpfige Wiesen, die im Frühjahr, kurz nach der Schneeschmelze, bestimmt überflutet waren, sich jetzt aber nach der langen Trockenheit begehen ließen. Trotz der frühen Morgenstunde waren bereits einige Binsensammlerinnen unterwegs, die nur kurz aufsahen, als der Tross an ihnen vorbeiritt, und sich dann wieder ihrem mühsamen Tagwerk zuwandten. Immer wieder tauchten befestigte Überreste der alten Römerstraße auf und zeigten ihnen, dass sie auf dem richtigen Weg waren. Der Wind trug Glockengeläut zu ihnen herüber, es musste wohl Zeit für die *Terz* sein. »Gleich sind wir in Dietikon«, meinte der Klingenberger. »Seht Ihr die Burg dort auf der Insel? Dort kontrollieren die Ritter von Schönwerd den Schiffsverkehr auf der Limmat.« Er hielt seinen Rappen an, damit Bertram einen Blick auf die Burg werfen konnte. Um einen trutzigen Turm gruppierten sich mehrere steinerne Gebäude mit mächtigen Mauern und schmalen Fensterschlitzen. Die Burg lag auf einer kleinen Insel in einem Seitenarm der Limmat, ein von bewaffneten Rittern bewachter Holzsteg verband sie mit der Landstraße. Direkt an der Landstraße erstreckte sich ein großer Gutshof, vor dem reges Treiben herrschte. Zahlreiche Menschen standen vor einem Tisch an, einige mit Körben voller Äpfeln und frühen Kirschen, sogar einige Wagenladungen an Weinfässern waren zu sehen. An St. Urban war vielerorts der Obst- und Weinzehnt fällig, der zum Teil in Naturalien, aber auch in klingender Münze gezahlt wurde.

Ein älterer Mann mit einem gepflegten Backenbart trat ihnen entgegen und hob die Hand zum Gruß, während er gleichzeitig zwei grobschlächtige Kerle anwies, den Weg mit ihren Lanzen zu versperren. »Gott zum Gruße! Wohin wollt Ihr und was führt Ihr mit Euch? Habt Ihr Waren zum Verzollen?«

Der Klingenberger erwiderte den Gruß und zog dann den königlichen Geleitbrief hervor. »Wir sind keine Händler, sondern sind im Auftrag der königlichen Kanzlei unterwegs zum Konzil von Lyon. Wir haben keine Waren dabei, sondern nur unsere persönlichen Besitztümer und Verpflegung.« Er ließ den Mann das königliche Sigel sehen und hielt ihm dann das aufgefaltete Pergament vor die Nase. Der studierte das Blatt mit zusammengekniffenen Augen, musterte dann die Gepäckstücke und schien in Gedanken zu überschlagen, ob die Menge an Reisegepäck mit der Anzahl der Reisenden kompatibel war. Schließlich nickte er und scheuchte seine Knechte mit einer Handbewegung zur Seite. »Es ist gut, Ihr könnt passieren.« Der Klingenberger verstaute den Brief wieder sorgfältig in seinem Gewand, nickte dem Mann zu und ließ eine Münze in dessen immer noch ausgestreckte Hand fallen. Sie waren kaum an der Zollstation vorbeigeritten, da stieß Thomas ein kurzes »Halt!« aus und ließ sich von seinem Maultier gleiten.

Der Klingenberger registrierte es mit hochgezogenen Augenbrauen: »Wer hat etwas von einer Pause gesagt? Ich will wenigstens die Höhe bei Killwangen erreichen, bevor wir Rast machen. Dort haben wir schattigen Wald zur größten Mittagshitze.«

Der Knecht schob die Unterlippe vor. »Ich muss aber jetzt!« Ohne eine Antwort abzuwarten, drückte er Bertram die Zügel der beiden Saumtiere in die Hand und verschwand hinter ein paar Büschen am Wegrand. Einige barfüßige Kinder, die die Szene beobachtet hatten, rannten ihm kichernd hinterher, nahmen aber schleunigst Reißaus, als wütendes Geschimpfe aus den Sträuchern erklang. Heinrich von Klingenberg zerrte eine lederne Wasserflasche vom Sattelknauf und nahm einen tiefen Schluck, bevor er sie zu Bertram reichte. Der winkte ab. Heinrich wischte sich mit dem Handrücken über den Mund und verstaute die Flasche wieder.

Mit unterdrückter Stimme raunte er Bertram zu: »Den Kerl nehme ich auf keinen Fall mit nach Lyon. Wir sollten zusehen, dass wir ihn in Basel loswerden. Dort werden wir sicher einen Ersatz finden.«

Bertram nickte. So langsam ging ihm der Knecht auch auf die Nerven. Wo er nur blieb? Nicht dass er am Ende auch die Scheißerei hatte und sie alle ansteckte!

Endlich tauchte Thomas wieder auf, zog sich beim Laufen demonstrativ die *Bruoche* hoch und kroch wieder auf sein Maultier, das sich nur widerwillig von den saftigen Grasspitzen trennen wollte, an denen es in der Zwischenzeit geknabbert hatte. Er wickelte sich die Zügel des zweiten Lasttieres um die Hand und wollte sich wieder hinter Bertram einreihen.

»Einen Moment!« Die scharfe Stimme des Klingenbergers ließ auch Bertram zusammenzucken. Fragend sah er Heinrich an. Der ließ seine Augen über die Landschaft und den Weg schweifen und fixierte dann den Knecht, der den Blick senkte und unruhig auf seinem Maultier hin und her rutschte. »Ich glaube, es ist besser, wenn du zwischen uns reitest. Bevor du uns ganz abhandenkommst.«

Es war dem Knecht deutlich anzusehen, dass ihm diese Anweisung nicht behagte. Er hob den Kopf und warf dem Klingenberger einen wütenden Blick zu, wagte jedoch nicht zu protestieren, sondern folgte dem schwarzen Hengst. Bertram schloss sich ihm an. Der Klingenberger hatte einen schnellen Trab angeschlagen, und so kamen sie endlich ein gutes Stück voran. Sie ritten am Fuß des Heitersberges entlang, dessen bewaldete Höhen linker Hand steil anstiegen, während man rechts einen schönen Blick über das Limmattal hatte. Nach wenigen Meilen verschwand der Weg im Wald und sie tauchten in eine neue Welt ein. Das gleißende Sonnenlicht wich einer goldenen Dämmerung, statt des leuchtend blauen Himmels schwebten nun die grünen Gewölbe der Baumkronen über ihren Köpfen, und vereinzelte Sonnenstrahlen malten Lichtpunkte auf die Stämme. Stille umgab sie, nur unterbrochen durch das Summen der Mücken, die um die Köpfe der Tiere tanzten, und das gelegentliche Rufen eines Vogels. Das satte Stampfen der Hufe auf dem bemoosten Boden erzeugte einen fast einschläfernden Rhythmus. Bald konnten sie die Tiere nur noch im Schritt gehen lassen, wie Schlangen wanden sich die Wurzeln gewaltiger Baumriesen über den Pfad. Bertram richtete seine ganze Aufmerksamkeit auf den Boden, bloß keinen Fehltritt tun! Ein plötzliches Knacken ließ ihn zusammenfahren. Heinrich stieß einen Warnruf aus und riss sein Pferd herum. Ein ohrenbetäubendes Gebrüll ertönte und eine Horde Männer brach aus dem Dickicht. Ehe Bertram reagieren konnte, fiel etwas Dunkles, Schweres von einem Baum herab und warf ihn aus dem Sattel. Schwer stürzte er zu Boden. Instinktiv riss er die Arme hoch, um seinen Kopf zu schützen. Er rollte sich zur Seite, weg von den wirbelnden Hufen seines Pferdes, das wiehernd in die Höhe stieg. Benommen versuchte er, sich aufzurichten. Ein heftiger Schwindelanfall schickte ihn gleich wieder zu Boden. Ich muss aufstehen, dachte er. Er zwang sich, die Augen zu öffnen. Der Kerl, der ihn vom Pferd gestoßen hatte, rappelte sich gerade hoch. Er trug den kurzen Kittel der hiesigen Bauern, sein Alter war wegen des mächtigen Vollbarts nicht zu schätzen. Er warf Bertram einen kurzen Blick zu und eilte dann zu Thomas, der in einem Gewirr von Pferdeleibern kaum zu sehen war. Gemeinsam versuchten sie, die beiden Maultiere und Bertrams Stute zu bändigen. Ein paar Schritte entfernt hieb Heinrich von Klingenberg mit seinem Schwert auf drei Kerle ein, die ihn vom Pferd zerren wollten. Bertram spürte eine unbändige Wut in sich aufsteigen. Hatte der Klingenberger doch recht gehabt – dieser Thomas war ein Verräter! Wahrscheinlich hatte er die Pinkelpause an der Zollstation genutzt, um seine Kumpane zu benachrichtigen. Aber so leicht würden sie es ihnen nicht machen! Bertram stützte sich mit einer Hand an einem Baumstamm ab und kam taumelnd auf die Füße. Er stieß sich vom Baum ab und nutzte den Schwung, sich von hinten auf den Bärtigen zu werfen. Er schlang seine Arme um dessen Hals, um ihm die Kehle zuzudrücken. Der stieß ein wütendes Knurren aus und grub seine Finger in Bertrams Unterarme. Bertram verankerte seine Hände mit den Ellenbogen und verstärkte den Druck. Aus den Augenwinkeln bemerkte er einen Schatten über seinem Kopf und ließ sich instinktiv nach hinten fallen, ohne seinen Griff zu lockern. Thomas' Knüppel krachte auf den Kopf des Bärtigen nieder.

»Gut so!«, hörte er Heinrichs Stimme über sich. »Und jetzt zu dir, Halunke!«

Bertram schob den regungslosen Körper des Bärtigen von sich und setzte sich auf. Heinrich war es offenbar gelungen, seine drei Angreifer in die Flucht zu schlagen. Er sprang aus dem Sattel und bedrängte Thomas mit erhobenem Schwert. Der wich rückwärts zurück, bis ihm ein Baumstamm den Weg versperrte.

Er hob die Arme und winselte: »Ich hab nich' nix getan, Herr! Ich kenn die nich'!«

Heinrich schnaubte verächtlich. »Ach, auf einmal kannst du reden? Lüg doch nicht, du hast die Kerle doch auf unsere Spur gebracht! Und du wolltest meinen Begleiter erschlagen!« Die Schwertspitze berührte seine Kehle.

Thomas schielte nach unten, seine Hasenscharte verzog sich. »Nich' wahr, Herr. Ich wollt ihm helfen!«, presste er hervor.

Bertram, der mit offenem Mund der Unterhaltung gefolgt war, hörte auf einmal ein Rascheln hinter sich. Er fuhr herum und sah den Bärtigen auf sein Pferd steigen. Er schrie auf und versuchte, ihn aufzuhalten. Der Bärtige lachte höhnisch und hieb dem Tier die Fersen in die Seiten. Doch die friedliche Stute hatte offenbar genug von der rüden Behandlung. Sie begann zu bocken und nach allen Seiten auszuschlagen. Dabei traf sie das Maultier, das ein empörtes Wiehern ausstieß, die Ohren anlegte und davongaloppierte, als sei der Leibhaftige hinter ihm her. Bertram erwischte gerade noch den Zügel des zweiten Lasttieres, um zu verhindern, dass es ebenfalls durchging. Der Bärtige fluchte gotteslästerlich und schlug mit den losen Enden der Zügel auf sein Pferd ein. Die Stute stellte sich auf die Hinterbeine und drehte sich wiehernd um die eigene Achse. Plötzlich löste sich der Sattel und krachte mitsamt seinem Reiter zu Boden. Von dem Gewicht befreit, ließ sich das Tier wieder auf alle viere nieder und schüttelte noch ein paarmal mit dem Kopf, bevor es seine Aufmerksamkeit ein paar Grasbüscheln am Wegesrand zuwandte. Bertram war es, als würde er aus einem bösen Traum erwachen. Alles war so schnell gegangen. Sie hätten tot sein können! Schlagartig wurde ihm entsetzlich übel. Er ließ sich neben dem Maultier zu Boden sacken und atmete einige Male tief ein und aus.

»Der steht nicht mehr auf«, hörte er die Stimme des Klingenbergers. Der kniete neben dem Gestürzten und maß mit zwei Fingern den Pulsschlag an dessen Kehle.

»Ist er ... tot?« Bertram bekreuzigte sich unwillkürlich. Der Klingenberger nickte und erhob sich. »Der überfällt keine Reisenden mehr. Schade nur, dass mir das Schiefmaul entwischt ist. Den hätte ich doch zu gern dem nächsten Gericht übergeben oder höchstpersönlich aufgeknüpft.«

Bertram konnte seinen Blick nicht von dem Toten wenden. »Was machen wir jetzt mit ihm?«

Der Klingenberger zuckte die Achseln. »Darum kümmere ich mich später. Viel wichtiger ist, was machen wir mit dem hier?«

Er wies mit dem Kopf nach vorne. Bertram folgte seinem Blick und erschrak. Gerade noch in Sichtweite lag das Maultier auf der Erde und war offenbar nicht mehr fähig aufzustehen. Sie banden die Zügel der drei Reittiere an einen Baum und liefen zu ihm hin. Das Lasttier lag mit zuckenden Gliedmaßen auf der Erde, ein Bein merkwürdig verdreht. Die Augen quollen ihm fast aus den Höhlen und aus seinem Maul kamen grässliche Laute. Der Klingenberger trat zu ihm und versuchte, das verletzte Bein abzutasten, ohne von dem wild um sich schlagenden Tier getroffen zu werden. Er schüttelte den Kopf und erhob sich wieder.

»Das wird nichts mehr«, murmelte er. »Ich muss es erlösen.« Er streckte Bertram die Hand entgegen. »Gebt mir den Dolch. Der ist schärfer als das Schwert.« Bertram schluckte. Er nestelte an seinem Gürtel und hielt ihm den Dolch hin. Heinrich strich dem Tier beruhigend über den Kopf, dann schnitt er ihm die Kehle durch. Er sprang schnell zurück, um nicht von dem hervorschießenden Blut besudelt zu werden. Mit einem gurgelnden Geräusch erstarben die Schreie, ein letztes Zittern lief durch den Leib, dann lag das Tier still. Bertram schauderte es. Sie starrten einen Augenblick schweigend auf das tote Tier, dann rammte Heinrich die Klinge in eine Grasnarbe, um sie zu säubern, und gab sie Bertram zurück.

»Wir müssen das Gepäck abladen«, meinte er dann. »Wir verteilen es auf die Pferde. Notfalls gehen wir zu Fuß weiter. Bis nach Killwangen ist es nicht mehr weit, dort werden wir Hilfe finden.« Er wollte gerade zu den Pferden gehen, als er plötzlich herumfuhr und sein Schwert zog. »Still«, raunte er Bertram zu. »Es kommt jemand.«

Bertram lauschte. Tatsächlich, das klang wie Hufschläge auf moosigem Boden. Leise zog sich der Klingenberger in den Schatten der Bäume zurück und bedeutete Bertram, es ihm nachzutun. Gespannt warteten sie. Bertram schlug das Herz bis zum Hals. Sein Bedarf an Aufregung war für heute mehr als gedeckt. Endlich tauchte ein mit Weinfässern beladener Esel auf, dem ein zweiter mit Obstkörben folgte. Ein älterer bärtiger Mann in einer knöchellangen dunkelbraunen Kutte marschierte neben ihnen, einen Wanderstock in der Hand. Als er das verendete Tier auf dem Weg entdeckte, stieß er einen überraschten Laut aus. Er hielt seine Esel an und sah sich suchend um. Heinrich von Klingenberg schob sein Schwert wieder in die Scheide und trat auf den Weg hinaus.

»Gott zum Gruß, Vater. Euch schickt der Himmel.«

Der Ankömmling erwiderte den Gruß und nickte auch Bertram freundlich zu, der ebenfalls hinzugetreten war. »Was ist Euch denn passiert?«, fragte er. »Hattet Ihr einen Unfall?«

Der Klingenberger schnaubte. »Überfall trifft es wohl eher. Wir waren auf dem Weg nach Killwangen, als plötzlich eine Horde Männer über uns herfiel. Vermutlich hat uns unser Knecht verraten. Einer ist tot, der Rest geflohen. Jetzt müssen wir irgendwo einen neuen Knecht auftreiben und ein Saumtier.« Der alte Mann musterte Heinrich von Kopf bis Fuß. »Und was sucht ein Ritter wie Ihr ausgerechnet in dieser Einöde?«

Heinrich lächelte. »Verzeiht, ich habe mich noch gar nicht vorgestellt. Ich bin Heinrich von Klingenberg, das ist Bertram vom Grossmünster in Zürich. Wir sind auf dem Weg zum Konzil von Lyon. Von Basel aus wollten wir das Schiff nehmen.«

Jetzt wurde der Mann merklich zugänglicher. »Ich bin Laienbruder Gisbert vom Kloster Wettingen. Ich habe einen Teil des Zehnten aus Dietikon geholt. Wir haben einen großen Gutshof diesseits der Limmat, dort finden wir bestimmt ein neues Tier für Euch. Es ist nicht mehr weit. Bis dahin kann ich Euch eines meiner Tiere für das Gepäck geben.«

Bertram betrachtete zweifelnd die vollgepackten Esel. Kaum vorstellbar, dass die armen Viecher noch mehr tragen konnten.

Bruder Gisbert lächelte. »Helft mir einfach, den Wein abzuladen. Ich lasse ihn später abholen. Oder auch nicht.« Er begann, die Gurte zu lösen, mit denen die Fässer auf dem Tragsattel befestigt waren.

Bertram beeilte sich, ihm zu helfen. »Aber habt Ihr keine Angst, dass jemand in der Zwischenzeit den Wein stiehlt?«

Bruder Gisbert lachte auf. »Den stiehlt keiner. Der Zehntwein ist so sauer, der taugt höchstens als Fleischbeize. Den guten Wein von den sonnigen Hängen behalten die Killwanger Bauern selbst.« Sie rollten die vier Fässer unter ein Gestrüpp am Wegesrand und luden das Gepäck von dem verendeten Maultier auf die Trage. Dann schleiften sie das Tier ebenfalls an den Wegrand. Bruder Gisbert wischte sich die Hände an seiner Kutte ab. »Das lasse ich auch abholen. Der Abdecker wird sich freuen, für die Haut und Knochen kriegt er noch gutes Geld.«

Sie gingen zu ihren Pferden zurück. Bruder Gisbert betrachtete den Leichnam. »Sieh an, der bärtige Heinz. Möge der Herr seiner Seele gnädig sein.« Er schlug ein Kreuzzeichen.

»Ihr kennt ihn?«, fragte der Klingenberger. Bruder Gisbert zuckte die Achseln. »Jeder kennt ihn hier. Er war der größte Unruhestifter am Ort, ständig in Händel verwickelt. Man munkelt auch, er sei an verschiedenen Raubüberfällen beteiligt gewesen, doch man konnte ihm nie etwas nachweisen. Die Böden hier sind karg, die Erträge kümmerlich, dazu noch die Zehntabgaben. Da versucht eben manch einer, sich ein Zubrot mit Wilderei oder Schlimmerem zu verdienen.« Er sah den Klingenberger an.

»Habt Ihr ihn getötet?« Heinrich hob die Hände. »Das hat er schon selbst besorgt. Er wollte unser Pferd stehlen und ist dabei gestürzt. Offenbar ist der Sattelgurt gerissen.«

Bruder Gisbert bückte sich zu dem Sattel und drehte ihn um. Er ließ den Gurt durch seine Finger gleiten. Dann zog er auf einmal scharf die Luft ein. Er sah zu Heinrich empor. »War das Euer Pferd?«

Heinrich sah ihn erstaunt an. »Nein, wieso? Es gehört meinem Begleiter.«

Bertram kniete sich neben den Mönch. »Was meint Ihr? Ist etwas mit dem Sattel nicht in Ordnung?«

»Allerdings«, knurrte Bruder Gisbert. »Seht Ihr das? Das ist kein gewöhnliches Gurtleder. Üblicherweise nimmt man starkes Rindsleder. Das hier ist vermutlich Kalb – es ist viel zu dünn und wurde zusätzlich noch abgeschabt. Man sieht es nur nicht, weil dieses bestickte Stoffband darauf genäht wurde. Aber so ein Stoff hält gar nichts. Es war klar, dass der Gurt bei der ersten stärkeren Belastung reißen würde.«

Bertram betrachtete fassungslos die zerrissenen Enden. Sollte etwa Simon ... aber das konnte doch nicht sein. So weit würde er doch nicht gehen – erst recht nicht, nachdem Fides für ihn verloren war. Er hat es schon einmal getan, sprach eine andere Stimme in seinem Inneren. Er hat dich von der Brücke gestoßen. Er hob den Kopf. »Ihr habt recht«, sagte er leise. »Der Gurt wurde beschädigt.«

Bruder Gisbert sah ihn mitleidig an. »Ich weiß nicht, wer Ihr seid, mein Junge, oder was Ihr getan habt. Aber eines ist sicher: Jemand trachtet Euch nach dem Leben.«

33. Kapitel

Wettingen, Freitag, 25. Mai 1274 – abends

Bertram starrte über den Fluss. Die Sonne hing wie ein roter Feuerball über dem Horizont. Sanft schlugen die Wellen gegen den Steg, umspielten seine Füße. Er bewegte die Zehen und dehnte seine Fußgelenke. Nach dem unerwarteten Fußmarsch von heute Mittag eine wahre Wohltat. Er spürte eine Erschütterung auf dem Steg und sah sich um. Heinrich von Klingenberg ließ sich schweigend neben ihm nieder, zog die Sandalen aus und tauchte seine Füße ebenfalls ins Wasser. Bertram mied seinen Blick. Ihm war nicht nach Reden zumute. Heinrich stieß ihn in die Seite und hielt ihm einen Weinkrug hin. Bertram wollte erst ablehnen, doch dann besann er sich anders und nahm einen großen Schluck. Der Wein war so sauer, dass es ihm die Tränen in die Augen trieb. Er spuckte ihn in hohem Bogen aus. »Pfui Teufel, der ist ja widerlich!« Er wischte sich den Mund ab.

Heinrich nahm ihm den Krug ab und leerte seinen Inhalt in den Fluss. »Wie Bruder Gisbert schon sagte, der Zehntwein taugt höchstens als Fleischbeize.«

Bertram sah ihn empört an. »Wenn Ihr das schon wisst, warum gebt Ihr mir das Teufelszeug? Wollt Ihr mich vergiften?« Heinrich grinste von einem Ohr zum anderen. »Immerhin redet Ihr jetzt wieder mit mir. Beim Nachtmahl habt Ihr keinen Ton gesagt. Und gegessen habt Ihr auch nichts.«

Bertram starrte ihn verblüfft an, dann musste er selbst lachen. »Verzeiht. Ich wollte nicht unhöflich sein. Ich musste nur über etwas nachdenken.«

»Wegen des Sattels?«

Bertram nickte.

»Habt Ihr eine Idee, wer Euch so etwas antun würde?«

Bertram schüttelte den Kopf. »Ich habe eine Idee, aber es passt nicht.«

Heinrich sah ihn fragend an.

Bertram holte tief Luft. »Der Sohn des Gerbers, bei dem wir den Sattel bestellt haben, hat sich in Fides verguckt. Sie hat ihn aber abgewiesen. Und als ich dann ins Spiel kam, wurde er eifersüchtig.«

Heinrich zog die Augenbrauen hoch. »Ihr habt einem anderen die Frau ausgespannt? Für so einen Herzensbrecher hätte ich Euch gar nicht gehalten.«

Bertram ging nicht darauf ein. »Jedenfalls hat Simon – so heißt er – versucht, Fides Gewalt anzutun, um sie zur Hochzeit zu zwingen. Und mich hat er an Palmsonntag von der Brücke gestoßen, wie durch ein Wunder ist mir nicht viel passiert.«

»Oha«, rief Heinrich. »Aber dann scheint mir der Fall doch ziemlich klar zu sein.«

»Eben nicht. Simon ist strohdumm. Er würde einfach einen Knüppel nehmen und mich erschlagen. Der Stoß von der Brücke, das passt zu ihm. Aber die Idee, den Sattelgurt so zu präparieren, dass er erst viel später reißt – ich glaube nicht, dass ihm das alleine eingefallen ist. Er hat die Tat vermutlich ausgeführt, aber eingeredet hat ihm das jemand anders. Und das ist es, worüber ich die ganze Zeit nachdenke.«

Heinrich kratzte sich am Kopf. »Das klingt zumindest wahrscheinlich. Gibt es denn noch jemand, der Euch bedroht?«

Bertram zögerte. Wie viel sollte er dem Klingenberger anvertrauen? Dann gab er sich einen Ruck. »Es gibt da so einen Barfüßer, Otto heißt er. Dieser Wunderprediger, Ihr habt vermutlich schon von ihm gehört.«

Heinrich nickte. »Ja, mein Onkel hat mir davon erzählt. Offenbar hetzt er die Leute gegen den Züricher Klerus auf. Aber ich dachte, der Bischof hätte sich der Sache angenommen und ihm das Maul gestopft?«

»Besonders erfolgreich war er damit nicht. Was ich eigentlich sagen wollte: Dieser Otto belästigt auch mich schon seit Monaten. Erst hat er mich nur beschimpft und verhöhnt, dann wollte er sich mir als Beichtvater aufdrängen.«

»Aber das ergibt doch überhaupt keinen Sinn. Wahrscheinlich ist der Mensch nicht ganz richtig im Kopf. Besteht denn irgendeine Verbindung zwischen Euch und diesem Franziskaner?«

Bertram zögerte. Der tropfenförmige Leberfleck kam ihm wieder in den Sinn. Er schob den Gedanken mit aller Macht beiseite. Stattdessen sagte er: »Nicht direkt. Fides' Mutter steht sehr unter seinem Einfluss. Sie hasst mich. Sie wollte immer, dass Fides Simon heiratet.«

Der Klingenberger lachte auf. »Oh weh, auch noch eine üble Schwiegermutter. Ihr seid wahrhaftig nicht zu beneiden. Aber Ihr glaubt doch nicht ernsthaft, dass sie hinter diesem Anschlag stecken könnte?«

»Sie nicht. Aber vielleicht Otto. Er ist sehr gut darin, Menschen zu beeinflussen. Unser *Leutpriester* wäre einmal fast auf dem Markt verprügelt worden, weil Otto die Leute so aufgehetzt hat.«

»Wobei sich wieder die Frage stellt, was Ihr mit diesem Otto zu schaffen habt, worauf Ihr mir keine Antwort geben könnt – oder wollt.«

Bertram senkte beschämt den Kopf, schwieg aber.

Heinrich wartete noch einen Moment, zog dann die Füße aus dem Wasser und streifte seine Sandalen über. »Wie auch immer, wir werden das Rätsel heute Abend nicht mehr lösen. Daher schlage ich vor, wir holen uns einen anständigen Wein und vergessen das Ganze. Morgen ist ein neuer Tag, den wir ganz in Ruhe genießen können, denn bis Euer Sattel geflickt ist, können wir nicht viel tun. Lasst uns zum Gasthof zurückkehren.«

Hinter dem Haus befand sich ein kleiner offener Bretterverschlag, über und über mit Efeu bewachsen. Bruder Gisbert saß an dem kleinen Tisch und bedeutete ihnen, auf der gegenüberliegenden Bank Platz zu nehmen. Er schob ihnen seinen Weinkrug hin. »Probiert ruhig, es ist guter Elsässer!«

Heinrich nahm einen kräftigen Schluck und nickte beifällig. Er wandte sich an die Magd. »Bring uns doch noch einen Krug – und vielleicht noch etwas Brot und Käse?«

Die Magd zog sich zurück. Bruder Gisbert wartete, bis sie außer Sichtweite war, dann wühlte er in dem Beutel herum, der neben ihm auf der Bank lag, und zog zwei schmale Stücke Leder hervor. Er schob es zu Bertram hinüber. »Das sind die Reste Eures Sattelgurts. Unser Sattler hat ihn aufgehoben, falls Ihr ihn als Beweis braucht.«

Bertram ließ den Gurt durch die Finger gleiten. Ihm lief ein Schauder über den Rücken. Wäre der Überfall nicht gewesen, läge er jetzt vielleicht selbst irgendwo im Wald mit gebrochenem Genick! Er sah den Klingenberger an. »Da hat mir der bärtige Heinz wohl unbeabsichtigt das Leben gerettet.«

»Er wird trotzdem in der Hölle schmoren«, murmelte der Klingenberger und wandte sich an Bruder Gisbert. »Was habt Ihr mit dem Leichnam gemacht? Wird es eine Untersuchung geben deswegen? Braucht Ihr uns als Zeugen?«

Gisbert kratzte sich den Bart. »Tja, das ist so eine Sache. Als die Brüder mit ihrem Karren dort ankamen, gab es keine Leiche mehr.«

Heinrich starrte ihn ungläubig an. »Das kann nicht sein. Der Mann war eindeutig tot, mausetot. Ihr habt ihn doch auch untersucht!«

»Ja, das stimmt wohl. Aber offensichtlich sind seine Kumpane zurückgekommen und haben ihn mitgenommen. Sie hatten wohl Angst, dass man ihnen auf die Spur kommen könnte.«

»Aber Ihr habt ihn doch erkannt!«

Gisbert hob die Schultern. »Ohne Leiche kein Beweis. Und ohne Beweis keine Anklage. Im Endeffekt ist Euch außer dem toten Lasttier kein Schaden entstanden. Im Gegenteil, wie Euer junger Freund bemerkte, hat ihn der Überfall vor Schlimmerem bewahrt.«

Heinrich von Klingenberg wollte etwas erwidern, doch in dem Augenblick kehrte die Magd mit Wein, Brot und einem dicken Stück Käse zurück. Außerdem stellte sie eine Schale mit dampfendem Eintopf vor Bertram ab und legte einen Holzlöffel daneben. »Ihr habt doch vorhin nichts gegessen. Lasst es Euch schmecken!« Sie verschwand wieder. Als Bertram der würzige Duft nach Rinderbrühe und Gelben Rüben in die Nase stieg, merkte er erst, wie hungrig er war. Mit großem Appetit machte er sich über die Suppe her.

Am nächsten Tag regnete es. Wie ein nasser Vorhang fiel das Wasser vom Himmel. »Die Bauern wird's freuen«, meinte Bruder Gisbert, als er Bertram und Heinrich von Klingenberg beim Frühmahl Gesellschaft leistete. »Die letzten Wochen waren viel zu trocken für die Jahreszeit.«

Heinrich von Klingenberg starrte durch die geöffnete Tür der Gaststube nach draußen. »Mag sein, aber was fangen wir jetzt an mit diesem Tag?«

»Ich würde gerne die Kirche besuchen«, sagte Bertram leise.

»Dem Herrn danken, dass uns gestern nicht Schlimmeres zugestoßen ist.«

»Das ist eine gute Idee«, erwiderte Bruder Gisbert. »Abt Ulrich hat sowieso den Wunsch geäußert, Euch zu sehen, als er hörte, dass Ihr nach Lyon wollt. Er selbst ist inzwischen zu alt für solche Reisen, aber er hat bereits Nachricht von den ersten Sitzungen. Ihr müsst allerdings mit der Marienkapelle vorliebnehmen, die Kirche ist zurzeit eine einzige Baustelle. Ich werde den Fährmann bitten, dass er Euch gleich nach der *Terz* übersetzt.«

Die Marienkapelle gehörte zum Krankensaal des Stiftes und lag daher etwas außerhalb des gewaltigen Klosterkomplexes. Sie diente auswärtigen Besuchern als Andachtsraum, denn in unmittelbarer Nähe befand sich der Gästetrakt des Klosters. An diesem regnerischen Vormittag waren sie die einzigen Besucher. Sie durchschritten den schmalen Kirchenraum und knieten vor dem schlichten Altar nieder, der vor dem rechteckigen Chorraum stand. Bertram sprach ein stilles Dankgebet und schloss mit einer Fürbitte für den weiteren Verlauf der Reise. Sie hatten sich gerade wieder erhoben, als aus einer Seitentür der Abt zu ihnen trat. Die ehemals hochgewachsene Gestalt ging gebeugt an einem Stock. Die altersfleckige Hand auf dem Knauf zitterte leicht, aber die Augen unter dem schlohweißen Haarkranz blickten wach und klar, als sie sich auf Bertram richteten. »Bruder Gisbert hat mir von Eurem Unfall berichtet. Der Herr hat wohl seine schützende Hand über Euch gehalten.«

»Und den Übeltäter auf wundersame Weise verschwinden lassen«, warf Heinrich von Klingenberg ein.

Der Abt musterte ihn schweigend. Heinrich senkte die Augen.

»Verzeiht, Ehrwürdiger Vater. Bruder Gisbert meinte, Ihr hättet bereits Nachrichten vom Konzil?«

»Ja, gestern ist der erste Bote eingetroffen.« Der Abt unterbrach sich und atmete schwer. Seine Hand krampfte sich um

den Griff seines Stabes. Bertram bemerkte, dass sich das Zittern verstärkt hatte. Er griff ihm unter den anderen Arm. »Ihr solltet Euch setzen, Ehrwürdiger Vater. Das lange Stehen ermüdet Euch.«
Der Abt stützte sich schwer auf Bertrams Arm. »Ich danke Euch, mein Sohn. Mein Körper will nicht mehr so recht. In der Vorhalle ist eine Bank.«
Vorsichtig führte Bertram den Abt Richtung Ausgang. Der alte Mann sah ihn an. »Fast beneide ich Euch. Ihr seid noch so jung und schon auf Reisen. Es war mir nie vergönnt, den Heiligen Vater persönlich zu sehen. Es wäre wünschenswert, wenn er Rudolf endlich anerkennt, damit dieses würdelose Geschacher um die Krone ein Ende hat.«
»Kennt Ihr den König persönlich?«, fragte Bertram.
»Ja, noch aus seiner Grafenzeit. Unser Kloster ist den Grafen von Habsburg seit Jahrzehnten verbunden. Ihr ehemaliger Truchsess Arnold von Wildegg ist hier Mönch geworden. Und Rudolf selbst hat dem Kloster umfangreiche Ländereien aus dem Erbe seiner Mutter überlassen.«
»Überlassen ist gut«, flüsterte der Klingenberger in Bertrams Ohr. »Verkauft gegen klingende Münze, um seine ärgsten Gläubiger ruhigzustellen.«
Bertram war froh, dass sie gerade in diesem Moment das Tor zur Vorhalle passierten, sodass der Abt die frechen Worte nicht hörte. Zu beiden Seiten des Eingangs waren Steinbänke in die Mauer gemeißelt. Der Abt ließ sich ächzend nieder.
Bertram wies auf die beiden Sarkophage, die an den Seitenwänden der Vorhalle aufgestellt waren. »Ist hier auch eine Grablege der Habsburger Grafen?«
»Der Sarkophag der Habsburger steht links«, erwiderte der Abt und deutete auf einen größeren Steinsarg, der ringsum mit bunt bemalten Säulenarkaden geschmückt war. »Der andere ist von den Kiburgern. Seht nur das Wappen auf dem Deckel.«
Bertram trat mit Heinrich näher heran und betrachtete das

flache, aber äußerst präzise ausgeführte Relief. Es zeigte ein Kreuz mit einem Agnus-Dei-Medaillon, darunter ein Wappen mit steigenden Löwen in beiden Feldern, getrennt durch einen Schrägbalken.

»Auch eine Familie, die mit unserem Kloster eng verbunden war«, erläuterte der Abt. »Es ist ein Doppelgrab, beide Hartmanns liegen hier, sie starben kurz hintereinander vor über zehn Jahren. Und Margarethe, die Witwe des älteren Grafen, hat verfügt, dass sie nur hier bestattet werden will. Letztes Jahr ist auch sie gestorben.« Nachdenklich blickte er auf den Sarg.

»Wahrscheinlich aus Gram darüber, dass sie ihr Wittum nur unter großen Mühen vor dem Zugriff Rudolfs bewahren konnte«, bemerkte Heinrich von Klingenberg. Als Bertram ihn erstaunt ansah, fuhr er fort: »Hartmann der Ältere war der Onkel Rudolfs. Und weil Hartmann und Margarethe kinderlos blieben, war Rudolf der nächste Erbe. Es ist sicher kein Zufall, dass er seinen im Jahr zuvor geborenen zweiten Sohn Hartmann genannt hat, eine Referenz vor der Familie seiner Mutter.«

Bertram schwirrte der Kopf. »Wieso kennt Ihr Euch so gut aus? Ist Eure Familie auch mit den Kiburgern verwandt?«

»Nein, aber mein Onkel war jahrelang Kiburger Notar. Und als Mitglied der königlichen Kanzlei sollte man mit den Besitzverhältnissen der Habsburger vertraut sein. Es vergeht kaum ein Tag, an dem nicht irgendwelche Erbschafts- und Nachbarschaftsanliegen zu klären sind.«

Der Abt ergänzte: »Umso wünschenswerter die Anerkennung durch den Papst, damit auch der Kaiserkrönung Rudolfs nichts mehr im Weg steht.«

Heinrich wippte auf den Fersen. »Was hat Euer Bote nun berichtet? War die Krönung schon Thema auf den Sitzungen? Oder ging es nur um die angekündigte Union mit den Griechen und den Kreuzzug, des Papstes liebstes Steckenpferd?«

Der Abt runzelte leicht die Stirn, fuhr dann aber fort: »Die

Griechen waren bis zur Ankunft meines Boten nicht eingetroffen, aber auf der zweiten Sitzung am 18. Mai wurde bereits ein Kreuzzugszehnt für die kommenden sechs Jahre verkündet.«
Das war viel! Bertram entfuhr ein überraschter Laut und der Klingenberger rief aus: »Ein Zehntel aller kirchlichen Einkünfte auf sechs Jahre! Damit hat er die Forderungen seiner Vorgänger verdoppelt. Gab es keine Proteste?«
»Genügend. Es wurde so erbittert darüber gestritten, dass die zweite Sitzung um vier Tage verschoben wurde. Gregor hat sogar noch einen draufgesetzt: Der Zehnte sollte nicht nur für den Klerus gelten, sondern für alle Gläubigen – es ergingen Einladungen an die weltlichen Herrscher, den Zehnten in Form einer Steuer einzuziehen. Danach hat der Papst bereits alle niederen Prälaten ausdrücklich nach Hause entlassen, um die Unterkünfte frei zu machen und die Verpflegung zu erleichtern. Die Wohnsituation muss entsetzlich sein, die Stadt platzt aus allen Nähten, dabei sind die Griechen noch gar nicht eingetroffen. Die Preise für Lebensmittel und Futter steigen ständig und die ersten Seuchen breiten sich aus.«
Bertram und der Klingenberger sahen sich an. Das klang ja nicht gerade verlockend.
»Und keinerlei Nachrichten über die Einstellung Gregors zur Krönung? Ist denn der Kanzler schon eingetroffen?«
Der Abt schüttelte den Kopf. »Bis zur Abreise meines Boten nicht. Aber die Erzbischöfe hatten wiederholt Audienzen beim Heiligen Vater. Und die allgemeine Stimmung im Kardinalskollegium geht wohl dahin, dass Gregor X. ihm seinen Segen geben soll.«
»Wenigstens etwas«, bemerkte Heinrich. »Hoffen wir, dass es sich günstig auswirkt, dass Rudolf immer betont hat, Gregors Kreuzzugsgedanken offen gegenüberzustehen. Immerhin ist sein Vater im Heiligen Land gestorben.«
Bertram sah ihn überrascht an. Das hatte er nicht gewusst.
»Ja, das stimmt«, sagte der Abt. »Graf Albrecht von Habs-

burg starb in Askalon an der Pest, da war Rudolf gerade einundzwanzig Jahre alt. Er übernahm dann die Herrschaft.«
Bertram schluckte. Da war der König genauso alt gewesen wie er jetzt.

Als sie wenig später vor die Torhalle traten, hatte der Regen aufgehört. In tiefen Pfützen stand das Wasser auf dem Weg. Der Klingenberger schaute nach oben. Über die dunklen Wolkenränder schob sich zaghaft die Sonne. Im Westen war bereits blauer Himmel zu sehen. »Hoffentlich hält das Wetter morgen«, meinte er. »Ich möchte dem Burggrafen ungern wie eine aufgeweichte Katze unter die Augen treten.«

Bertram musste lachen. »Der wird dann genauso aufgeweicht sein. Oder meint Ihr, der Regen macht einen Unterschied?«

Heinrich stimmte in sein Lachen ein. Dann wurde er wieder ernst. »Ich überlege, einen Teil des Gepäcks vorläufig hierzulassen. Wenn die Zustände in Lyon wirklich so schlimm sind, wie Abt Heinrich meint, sollten wir uns auf das Notwendigste beschränken. Dann sparen wir auch den Stellplatz und das Futter für ein zweites Lasttier.«

Bertram enthielt sich eines Kommentars. Er hatte außer einem Satz Kleider zum Wechseln nur noch sein Schreibzeug dabei. Notfalls konnte er alles auf seinem Reitpferd unterbringen.

34. Kapitel

Wettingen, Sonntag, 27. Mai 1274, zwei Tage nach St. Urban

Der Herr war ihnen wohlgesonnen, in der Nacht waren auch die letzten Regenwolken davongezogen und ein blauer Himmel wölbte sich über Wettingen, als sie am nächsten Morgen nach der Messe ihre Pferde sattelten. Bruder Gisbert hatte Bertram in der Früh den reparierten Sattel gebracht. »Mit einem anständigen Gurt, wie es sich gehört«, hatte er gemeint. »Der sollte sogar einen Kreuzzug überleben.« Heinrich hatte tatsächlich den Großteil seines Gepäcks im Kloster abgestellt, sodass ihnen das verbliebene Lasttier genügte. Es konnte später dem neuen Knecht als Reittier dienen, vorläufig führte Bertram es am Zügel. Dadurch kamen sie zwar nur langsam voran, aber da sie zeitig aufgebrochen waren, hatten sie keine Eile.

»Wird der Burggraf nicht ungehalten sein, dass wir uns erst in Brugg treffen?«, fragte Bertram.

Heinrich sah ihn überrascht an. »Wieso sollte er? Der Weg nach Lyon führt sowieso an Brugg vorbei. Als wir den Treffpunkt Basel ausgemacht hatten, war ich noch davon ausgegangen, dass wir mit dem Schiff von Zürich nach Basel fahren.«

»Und was hat Eure Meinung geändert?«

Heinrich schwieg einen Moment. Dann sagte er: »Ehrlich gesagt bin ich nicht gerne auf dem Wasser. Man ist zu sehr auf das Können anderer angewiesen.«

»Ich verstehe«, sagte Bertram. »Ihr habt die Zügel lieber selbst in der Hand – im wahrsten Sinn des Wortes.«

Heinrich lachte. »So kann man es sagen. Außerdem beträgt die Zeitersparnis auf der kurzen Strecke von Zürich bis Basel gerade mal einen halben Tag. Wir werden noch lang genug auf

dem Wasser sein. Allein das letzte Stück des Weges von Yverdons bis nach Lyon beschert uns fast drei volle Tage auf der Rhone. Aber da lohnt es sich, auf dem Landweg würden wir doppelt so lange brauchen.«
Bertram nickte. Er war schon etwas aufgeregt. Auf der Limmat hatte er sie schon oft fahren sehen, die Handelsschiffe, die Waren von den Alpen durch den Walen- und Zürchersee bis nach Basel brachten, aber mitgefahren war er noch nie.
Zögernd sah er zum Klingenberger. Dann fasste er sich ein Herz. »Darf ich Euch etwas Persönliches fragen?«
Der nickte ihm freundlich zu. »Sicher, nur keine Scheu.«
»Ihr habt doch die Rechte studiert ...«
Der Klingenberger nickte und sah ihn erwartungsvoll an.
»Wie läuft das eigentlich ab mit einer *Dispens*?«
Der Klingenberger zog die Augenbrauen hoch. »Das kommt darauf an. Um welche Art *Dispens* geht es denn?«
Bertram senkte beschämt den Kopf: »*Defectus natalium*«, flüsterte er.
Ein leichtes Lächeln kräuselte die Lippen seines Begleiters. »Oh, das ist einfach, das dürfte das am häufigsten eingereichte Dispensgesuch sein. Offensichtlich sind wir Menschen nicht für den Zölibat geschaffen. Das erledigt meist einer der Minderpönitentiare. Das sind die untersten Beamten der päpstlichen Kanzlei, die die Gesuche entgegennehmen.«
»Der nimmt mein Gesuch entgegen und stellt mir dann ein Dokument über die *Dispens* aus? So einfach ist das?« Bertram konnte es kaum glauben.
»In der Regel schon. Solange es sich nicht um schwerwiegendere Dinge wie Inzest oder Ehebruch handelt.«
Bertram schluckte. »Mein Vater war mit einer anderen Frau verheiratet«, sagte er dann leise.
Der Klingenberger hielt sein Pferd an. Ehrliches Interesse glomm in seinen Augen auf. »Tatsächlich? Dann liegt der Fall etwas anders, darüber muss der Papst persönlich entscheiden. Und

außerdem bedeutet es, dass Ihr vermutlich der einzige Sohn Eures Vaters seid. Wahrscheinlich hatte er mit seiner Ehefrau keine Kinder oder nur Töchter. Dann verstehe ich auch, warum mein Onkel so erpicht darauf war, dass ich Euch mit zum Konzil nehme.«

Bertram wurde es mulmig. »Brauche ich dann eine persönliche Audienz beim Papst?«

Der Klingenberger schüttelte den Kopf. »Der Papst entscheidet zwar, aber ich denke nicht, dass er sich persönlich darum kümmern wird. In der Regel delegiert er diese Dinge an einen speziell befugten Kardinal, den *Poenitentiarius maior*. Es gibt eine ganze Behörde, die sich um solche Bittgesuche kümmert.«

»Und wo ist diese Behörde? Muss ich dafür nicht nach Rom?«

Der Klingenberger lachte auf. »Ubi Papa, ibi Roma – Wo der Papst ist, da ist Rom! Wenn der Papst reist, nimmt er einen Großteil seines Hofstaats und seiner Kanzleibeamten mit – erst recht, wenn er ein Konzil abhält, zu dem alle wichtigen Personen der christlichen Welt geladen sind. Die Konzilsbeschlüsse müssen dokumentiert und vervielfältigt werden, zudem werden unzählige Bittsteller mit zahllosen Anliegen vorsprechen. Also seid Ihr in Lyon genau richtig mit Eurem Anliegen.«

Bertram war noch nicht wirklich beruhigt. »Aber dauert das dann nicht furchtbar lange? Wie lange werden sie benötigen, um mein Anliegen zu bearbeiten? Reicht die Zeit überhaupt dafür?«

Der Klingenberger zuckte die Achseln. »Das kann niemand vorhersagen. Auf jeden Fall solltet Ihr die Supplik von einem versierten Prokurator prüfen lassen, damit keine Formfehler enthalten sind. Dem entrichtet Ihr auch die Gebühren für *Dispens* und *litterae*, also die Urkunde, die Ihr dafür bekommt. Und es schadet sicher nicht, dem Beamten, der Euer Schreiben entgegennimmt, die Hand zu salben, damit es möglichst schnell den Dienstweg passiert.«

Bertram hatte noch viele Fragen, aber er wollte den Klingenberger nicht weiter damit belästigen. »Ich danke Euch«, sagte er und trieb sein Pferd wieder an. Sie ritten eine Weile schweigend nebeneinanderher. Dann ergriff der Klingenberger wieder das Wort. »Wollt Ihr mir nicht verraten, wer Euer Vater ist, dass darüber so ein Aufheben gemacht wird?«

Bertram sah ihn an. »Es tut mir leid, aber das kann ich nicht.«

Heinrich runzelte die Stirn. Seine Brauen zogen sich zusammen. »Allmählich könntet Ihr etwas mehr Vertrauen …«

Bertram unterbrach ihn. »Ihr versteht mich falsch. Ich meine, ich kann es wirklich nicht. Ich weiß es selbst nicht.«

Der Klingenberger hielt sein Pferd wieder an. »Ihr wisst es selbst nicht? Wollt Ihr damit sagen, Ihr habt ein Dispensgesuch dabei, von dem Ihr nicht einmal wisst, was darinsteht? Wer hat es dann abgefasst?«

»Der Propst, also Euer Onkel. Und streng genommen habe nicht ich, sondern Ihr das Gesuch dabei. Es ist der Brief, den er Euch mitgegeben hat.«

Heinrich starrte ihn an, schüttelte dann den Kopf und sprang aus dem Sattel. »Das will ich jetzt genauer wissen. Los, kommt mit.« Er sah sich kurz um und führte sein Pferd zu einer Baumgruppe am Wegesrand, neben der sich ein Bächlein durch eine Wiese schlängelte. Bertram folgte ihm mit seinen beiden Tieren. Sie schöpften etwas Wasser aus dem Bach und tranken aus der hohlen Hand und ließen auch die Pferde saufen. Während die Tiere anschließend grasten, breitete Heinrich seinen Reisemantel unter dem Schatten einer Linde aus und bedeutete Bertram, sich neben ihn zu setzen. »So, und jetzt erzählt mir die ganze Geschichte.«

Bertram riss einen Grashalm aus und wickelte ihn um seinen Finger. Dann holte er tief Luft und redete sich alles von der Seele, angefangen von seiner Aussetzung bis hin zu dem Prozess, den der Propst für ihn anstrengen wollte, sobald er volljährig geworden war. »Unehelich Geborene können nicht erben. Deswegen benötige ich die *Dispens*«, schloss er endlich.

Heinrich lächelte. »Außerdem stünde Euch dann ein Chorherrenamt offen. Die *Expektanten* müssen von ehelicher Geburt sein.«

Bertram rollte die Augen. »Das steht ja wohl nicht mehr zur Debatte.«

Heinrich sah ihn nachdenklich an. »Warum nicht? Nur wegen Fides? Das solltet Ihr Euch überlegen. Die *Pfründe* ist ansehnlich – und viele *Chorherren* halten sich eine Geliebte. Euer Ziehvater und seine Hedwig sind doch auch nicht verheiratet, obwohl sie seit Jahrzehnten zusammenleben und gemeinsame Kinder haben.«

Bertram schüttelte den Kopf. »Das wird Fides nicht mitmachen. Und ihre Familie auch nicht. Ihr Vater war da mehr als deutlich. Außerdem möchte ich das nicht. Es kommt mir nicht richtig vor. Ein Mann muss sich doch entscheiden. Entweder steht man im Dienst Gottes und wird Kleriker oder man gründet eine Familie.«

»Als ob das immer so einfach wäre.« Heinrichs Blick ging in die Ferne. Bertram sah ihn von der Seite an.

Er wollte etwas sagen, zögerte und sprach es dann doch aus. »Sie ist mehr als Eure Kusine, hab ich recht?«

Heinrich wandte sich ihm wieder zu. »Ist das so offensichtlich?«

Bertram hob die Schultern. »Nun ja, die Leute reden. Und auf dem Königsempfang wirktet Ihr doch sehr vertraut. So wie sie Euch angesehen hat ...«

Heinrich seufzte. »Die Leute reden viel. Aber ja, wir sind uns tatsächlich sehr zugetan. Das war schon so, als wir Kinder waren.«

»Und warum seid Ihr dann nicht ... ich meine, Ihr seid vom gleichen Stand ... und bei meinem Besuch hat auch Eure Mutter immer mit Zuneigung von Elisabeth gesprochen ... oder ist die Verwandtschaft zu eng?«

Heinrich schüttelte den Kopf. »Sie ist nur eine entfernte Kusine. Das wäre kein Hindernis. Außerdem ...« Er lachte kurz auf. »Auch dafür gäbe es eine *Dispens*.« Er schwieg einen Moment, bevor er fortfuhr: »Ich bin nur der Zweitgeborene. Da bleibt nicht wirklich viel zu erben, will man die Güter nicht völlig zerteilen. Ich war schon immer für eine kirchliche Laufbahn vorgesehen, genau wie meine jüngeren Brüder. Und es ist mir recht so. Politik interessiert mich. Ich will etwas bewegen. Gerade in diesen Zeiten. Und Elisabeth denkt genauso. Seht doch, was sie erreicht hat, dabei ist sie noch relativ jung. Sie ist die Fürstäbtissin. Als Stadtherrin von Zürich hat sie nur den König über sich. Ich habe noch nicht einmal fertig studiert und besitze schon *Pfründe* im Breisgau und in Lüttich. Und ich bin zuversichtlich, nach Ablegung meiner Prüfungen einen einflussreichen Posten in der königlichen Kanzlei zu erhalten. Sollen wir das alles aufgeben? Nein, es ist gut so, wie es ist. Was wir aneinander schätzen, haben wir auch so. Es gibt genügend Gelegenheiten, sich zu begegnen. Kultur, Literatur ... Das muss reichen.«

»Von allem, was ich zu loben weiß, trägt die Zucht den höchsten Preis«, zitierte Bertram leise.

Heinrich von Klingenberg lachte auf. »Wenn Ihr mir ständig Verse aus dem Wilhelm um die Ohren haut, überlege ich mir das noch einmal mit dem Auftrag.« Dann stieß er Bertram in die Seite und meinte: »So, nachdem wir uns jetzt gegenseitig unsere Geheimnisse offenbart haben, würde ich sagen, es ist Zeit, dass wir uns duzen.« Bertram war viel zu überrascht, um etwas zu sagen. Heinrich wartete seine Antwort gar nicht ab, sondern sprang auf die Füße und lief zu dem Lasttier. »Bruder Gisbert hat uns noch etwas Wegzehrung mitgegeben – da sollte doch auch ein wenig Wein dabei sein. – Ah, da ist er schon.« Er löste einen kleinen Weinschlauch vom Sattel, an dem auch ein Lederbecher hing. Er goss etwas Wein in den Becher und hielt ihn Bertram hin, der inzwischen aufgestanden war. Bertram zögerte. Heinrich verdrehte die Augen und nahm selbst den ersten Schluck. »Kein Zehntwein, guter Elsässer! Und jetzt du!« Bertram folgte seinem Beispiel und trank. Er gab Heinrich den Becher zurück. »Worauf trinken wir?« Heinrich überlegte kurz, dann rief er aus: »*Utinam inveniamus, quod quaeramus* – auf dass wir finden, was wir suchen!« Er leerte den Becher. Bertram lächelte. Das war ein guter Wahlspruch! Er wiederholte: »*Utinam inveniamus, quod quaeramus!*« Heinrich warf einen Blick zum Himmel. »Jetzt sollten wir uns allerdings wieder auf den Weg machen, die Sonne steht schon hoch.« Er befestigte den Becher wieder am Sattel. Dann glitt ein spitzbübisches Lächeln über seine Züge. Er öffnete die Satteltasche und zog das Schreiben des Propstes mit der *Dispens* hervor. Er wedelte damit vor Bertrams Nase herum. »Es gibt einen einfachen Weg, deine Herkunft zu erfahren. Wir könnten einfach nachsehen.«

Bertram erschrak. »Es ist versiegelt! Ich kann doch keinen aufgebrochenen Brief einreichen!«

Heinrich zuckte die Schultern. »Auf so einer langen Reise kann ein Siegel schon mal brechen ...«

Am liebsten hätte Bertram den Brief an sich gerissen, hatte jedoch Angst, dabei das Siegel zu zerstören. »Ihr seid ... Du bist verrückt, Heinrich. Pack den Brief wieder weg. Wir können ihn nicht öffnen, ohne dass man merkt, dass er gelesen wurde.«

Heinrich betrachtete den Brief mit schräg geneigtem Kopf. »Wahrscheinlich hast du recht. Zu schade. Ich hätte doch zu gerne gewusst, mit wem ich da eigentlich auf Reisen bin. Bei dem ganzen Aufwand kannst du nicht so unbedeutend sein, wie du immer tust.«

35. Kapitel

Brugg, Sonntag, 27. Mai 1274 – nachmittags

Mit den letzten Klängen des Vesperläutens passierten sie endlich das Stadttor von Brugg und schlugen den Weg zum Marktplatz ein. Sie mussten hintereinander reiten, die Wege waren schmal und es kamen ihnen zahlreiche Bauern und Handwerker von außerhalb entgegen, die ihre Arbeit in der Stadt erledigt hatten und heimwärts strebten, bevor es dunkel wurde.

»Das müssen sie sein«, meinte Heinrich und hielt sein Pferd an. Er wies auf eine Reitergruppe aus mehreren ritterlich gekleideten Personen, begleitet von Lasttieren und Dienern, die sich um den Stadtbrunnen drängten.

Jetzt drehte sich einer um und sah ihnen entgegen. Ein stattlicher Mann von vielleicht Mitte fünfzig, mit einem gepflegten Backenbart. Bertram erkannte ihn wieder, er hatte während des Königsempfangs in Zürich an der königlichen Tafel gesessen. Das musste der Burggraf sein. Sein Pferd trug eine prächtige Satteldecke mit einem umlaufenden rot-weiß geblockten Muster und im Wappen einen steigenden Löwen in Schwarz.

»Das ist der Burggraf«, bestätigte Heinrich seine Vermutung. »Und wie er sich jetzt schon herausgeputzt hat! Ich wollte meine Satteldecke erst kurz vor Lyon hervorholen, inkognito reist es sich sicherer.« Er trabte auf die Gruppe zu und hob grüßend die Hand.

Der Burggraf musterte ihn mit zusammengekniffenen Augen und lachte dröhnend. »Heinrich von Klingenberg! Ihr seid immer für eine Überraschung gut, oder? Ein Überfall, ein toter Mann – darunter macht Ihr es wohl nicht?« Seine Augen hefteten sich auf Bertram, der grüßend den Kopf neigte. »Und wen habt Ihr mitgebracht?«

»Das ist Bertram, der Ziehsohn von Konrad von Mure. Er soll etwas von der Welt sehen und dient mir außerdem als Schreiber.«

Der Burggraf hob die Augenbrauen. »Das trifft sich gut, den müsst Ihr mir gelegentlich ausleihen. Mein eigener Pfaffe hier ist nämlich vom Pferd gefallen und hat es fertiggebracht, sich dabei den rechten Arm zu brechen.« Er wies auf einen älteren Mann in Mönchskutte neben sich, der den rechten Arm in einer Schlinge trug und mit schmerzverzerrtem Gesicht vornübergebeugt im Sattel hing. »Er konnte mir zwar noch Eure Nachricht vorlesen, aber als Schreiber ist er vorläufig nicht zu gebrauchen.«

Mitleidig betrachtete Bertram den Unglücksraben, der bei den Worten des Burggrafen dunkelrot angelaufen war. Er konnte sich noch gut an die Zeit nach seinem Brückensturz erinnern und daran, wie nutzlos er sich vorgekommen war.

Heinrich musterte den Mann ebenfalls und meinte dann: »Vielleicht solltet Ihr ihn tatsächlich hierlassen. Die Reise wird anstrengend und wir haben gerade vom Wettinger Abt erfahren, dass die Zustände in Lyon sehr zu wünschen übrig lassen. Die Stadt ist hoffnungslos überfüllt.«

Der Mönch protestierte, doch der Burggraf beachtete ihn nicht weiter. »Ah, habt Ihr schon Nachrichten vom Konzil? Ich warte noch sehnsüchtig auf meine Boten. Wie steht es um unsere Sache?«

»Darüber wurde noch nicht verhandelt, offenbar war auch der Kanzler bis zur Abreise des Wettinger Boten noch nicht eingetroffen. In der ersten Sitzung ging es um den Kreuzzug, es wurde ein Zehnter für sechs Jahre festgelegt.«

Der Burggraf feixte von einem Ohr zum anderen. »Auf sechs Jahre? Na, das wird Euch Pfaffen aber freuen, wenn Ihr schon von den üblichen Steuern befreit seid.«

Heinrich grinste genauso breit zurück. »Freut Euch nicht zu früh, es ergingen auch Schreiben an die weltlichen Herrscher, dass der Zehnte diesmal von allen Gläubigen aufgebracht werden sollte.«

»Da hört doch alles auf«, rief der Burggraf aus und wandte sich an einen jüngeren Mann, der langsam näher gekommen war. »Gottfried, habt Ihr das gehört? Es soll eine allgemeine Kreuzzugssteuer geben, auf sechs Jahre! Ablass hin oder her, so viel kann man doch gar nicht sündigen, dass sich das rechnet!«

Der Angesprochene, ein Mann in den Dreißigern, wischte sich die rotblonden Strähnen aus der Stirn und gähnte unverhohlen. »Warten wir ab, wie die Landesfürsten entscheiden. Was

mich jetzt viel glücklicher machen würde, wären ein weiches Bett und ein kühler Trunk. Wir sind den ganzen Tag geritten bei dieser Gluthitze, können wir das Politisieren auf später verschieben und uns erst einmal eine Erfrischung gönnen?«
»Ein kühles Bier wäre mir jetzt auch sehr recht«, stimmte der Burggraf zu und wandte sich an Heinrich. »Aber wartet, wir haben Euch noch jemanden mitgebracht. Oder besser gesagt, Eurem Begleiter.« Er drehte sich um und winkte zu der Gruppe Dienstleute, die sich in gebührendem Abstand gehalten hatte. Eine Gestalt löste sich aus dem Gefolge des Burggrafen und kam langsam näher.
Bertram traute seinen Augen nicht. »Mathis!«, stieß er überrascht hervor. Er sprang aus dem Sattel. Fast wäre er seinem Knecht vor Freude um den Hals gefallen, angesichts der einschüchternden Gegenwart der beiden Grafen ließ er es bleiben. Stattdessen sah er zu Heinrich auf und griff ihn am Bein. »Sieh nur, das ist Mathis! Mein Mathis!« Und zu seinem Knecht gewandt: »Wie ist das denn möglich?«
Mathis grinste. Er schien sich diebisch zu freuen, dass die Überraschung gelungen war. »Ich konnte euch doch nicht alleine ziehen lassen. Am Abend von eurer Abreise ging es mir schon besser und der Kantor hatte wohl Bedenken wegen dieses neuen Knechts – wo ist er überhaupt?« Mathis sah sich suchend um.
Bertram winkte ab. »Das ist eine lange Geschichte. Aber wie konntest du uns so schnell folgen?«
»Auf dem Wasser! Der Propst hat mir noch einen Brief für den Burggrafen mitgegeben, dass ich zu euch gehöre, und dann bin ich mit dem ersten Schiff nach Basel und habe mich durchgefragt – es gab ja nicht so viele Gasthöfe, in denen so hohe Herren absteigen.« Er senkte bei den letzten Worten die Stimme.
»Na, immerhin scheinst du etwas mehr Tempo und Einsatz an den Tag zu legen als dein nutzloser Vorgänger«, mischte sich der Klingenberger ein, der inzwischen ebenfalls abgesessen war. »Du kannst gleich unser Lasttier übernehmen, damit Bertram erlöst ist.«

Bertram war dieser herrische Tonfall gar nicht recht, aber Mathis lächelte nur gutmütig und trat zu dem Saumtier. Er löste die Zügel von Bertrams Sattelknauf und wandte sich dann an den Klingenberger. »Der Burggraf wollte im Ochsen nächtigen. Wenn es Euch recht ist, gehe ich mit den anderen Knechten schon vor, um Euch anzukündigen, damit die Zimmer gerichtet sind und eine Mahlzeit bereitsteht, bis Ihr kommt.«

Er nickte Bertram kurz zu und machte sich mit den anderen Knechten und den Lasttieren auf den Weg.

Heinrich von Klingenberg sah ihm eine Weile hinterher, dann legte er eine Hand auf Bertrams Schulter und raunte ihm zu: »Du hattest recht. Er ist wirklich ein guter Mann. Hoffen wir mal, dass sein Magen den Rest der Reise durchhält.«

36. Kapitel

Zürich, Pergamenterhaus, Donnerstag, 31. Mai 1274

Fides zerdrückte die Eierschalen in ihrem Mörser zu einem feinen Pulver. Immer wieder rieb sie eine Prise davon zwischen den Fingern, um die Konsistenz zu prüfen. Erst wenn kein Kratzen mehr zu spüren war, konnte man damit die Bögen einreiben. Sie warf einen Blick auf die flache Holzkiste, die neben ihr auf dem Boden stand. Rudolf hatte sie ihr gezimmert, damit die Bögen für den Klingenberger keinen Schaden nahmen. Immerhin hatte er bereits die Hälfte des ausgemachten Preises als Vorschuss gezahlt. Drei Häute hatte sie schon zugeschnitten und präpariert, zwölf Doppelbögen lagen in der Kiste und warteten darauf, von Bertram beschrieben zu werden. Bertram. Morgen war es eine Woche her, dass er aufgebrochen war, und noch hatte sie kein Lebenszeichen. Wie weit er inzwischen wohl gekommen war? Ob er ihr überhaupt schreiben würde? Sie war so in Gedanken versunken, dass sie ihren Vater erst bemerkte, als er ihr die Hand auf die Schulter legte. Sie lächelte ihm zu, ließ dann den Blick über seine Gewandung gleiten. »Du hast ja den guten Rock angezogen – hast du etwas Besonderes vor?«

Der Pergamenter nickte. »Lass es nicht die Mutter wissen, aber ich werde heute unsere Schulden bei Johann zurückzahlen. Wir haben gut verdient die letzten Monate und mit dem Vorschuss für diese Bögen ist es möglich.« Er strich zufrieden über die Geldkatze an seinem Gürtel. »Deine Mutter meinte zwar, ich solle erst den Juden bezahlen, aber dieses hier ist mir wichtiger.«

Fides musste lachen. »Na ja, so ganz unrecht hat die Mutter nicht. Beim Juden zahlen wir Zinsen, bei Johann nicht. Vielleicht solltest du darüber nachdenken.«

Der Pergamenter schüttelte den Kopf. »Trotzdem. Johann ist mein Freund und ich möchte ihm nichts schuldig sein. Außerdem ist dann diese Simon-Geschichte endgültig aus der Welt geschafft.«

Fides senkte den Kopf. Ihr Vater drückte ihr einen Kuss auf den Scheitel. »Ach Kind, jetzt mach doch nicht so ein Gesicht. Das war kein Vorwurf. Du kannst doch am wenigsten dafür. Und jetzt muss ich mich sputen, sonst ist die Mutter noch vor mir von der Bleichwiese zurück.« Er lächelte ihr zu und verließ das Geschäft durch den Haupteingang. Sie hörte ihn durch die offen stehende Tür in der Toreinfahrt mit jemandem reden. Eine helle Stimme, aber es war nicht die von Barbara. Neugierig spitzte sie die Ohren. Das war doch ... Ein blonder Lockenkopf schob sich durch die Türöffnung. »Friedrich!« Er nickte ihr fröhlich zu und schwenkte einen Brief in der Hand. Endlich! Fides war so erleichtert, dass sie kaum reden konnte. Sie winkte Friedrich hinein.

»Herr Bertram hat geschrieben! Für Euch war auch ein Brief dabei – der Kantor hat mir freigegeben, damit ich ihn gleich vorbeibringe.« Er reichte ihr den Brief. Sie erkannte einen der Bögen, die sie Bertram mitgegeben hatte, zweimal gefaltet und mit einem einfachen Wachssiegel geschlossen. Ihr Name stand darauf. Sie ließ sich auf die Bank sinken, brach das Siegel und faltete mit zitternden Händen den Bogen auseinander.

Friedrich reckte den Hals. »Soll ich ihn vorlesen?«

Sie schüttelte geistesabwesend den Kopf. »Danke, Friedrich, das schaffe ich schon alleine.« Buchstabe für Buchstabe arbeitete sie sich durch die Zeilen. Sie bemerkte, dass Bertram besonders groß und deutlich geschrieben hatte und ohne Abkürzungszeichen. Entsprechend wenig Text passte auf die Seite.

Freundschaft, Liebe und alles Gute wünsche ich dir und entbiete dir meine Ergebenheit, Geliebte meines Herzens. Wir haben Sonntagabend Brugg erreicht und die Gesandten des Königs und werden morgen früh aufbrechen nach Egerkingen. Sei unbesorgt, Herr von Klingenberg, der nun mein Freund ist, und mein guter Mathis sind treue Begleiter. Nun behüte dich Gott, meine geliebte Fides, ich trage dich in meinem Herzen immer bei mir. Dein dich liebender Bertram

Sie ließ den Bogen sinken. Erst Sonntagabend in Brugg? So weit war das doch nicht weg? Und hatten sie sich nicht in Basel treffen wollen? Ob etwas passiert war? Und den Klingenberger nannte er jetzt seinen Freund? Fides wusste nicht recht, was sie davon halten sollte. Ob er dem Kantor mehr erzählt hatte? Sie sah Friedrich an. »Es ist ganz schön warm draußen – du hast bestimmt Durst. Magst du etwas verdünntes Bier? Oder Buttermilch – wir haben frisch gebuttert, ein Stück Brot kannst du auch haben.«

Friedrich nickte so eifrig, als hätte er nur darauf gewartet. Sie verriegelte die Ladentür und nahm ihn mit in die Küche. Sie schob Friedrich auf die Bank und stellte einen Krug verdünntes Bier auf den Tisch, dazu einen Kanten Brot und Butter. »Lass es dir schmecken!« Friedrich ließ sich nicht lange bitten. Mit dem Holzspatel strich er großzügig Butter auf das Brot und biss krachend hinein. Sie wartete, bis er den ersten Bissen hinuntergeschluckt hatte, und sagte dann beiläufig: »Ich bin neugierig, was noch alles passiert, wenn es schon ganz am Anfang nicht so läuft wie geplant.«

Friedrich nickte. »Ja, das muss ganz schön aufregend gewesen sein. Gut, dass Mathis jetzt bei ihm ist. Der hätte den Räubern bestimmt eins aufs Maul ...« Er schlug sich die Hand auf den Mund und lief puterrot an.

Fides wurde es eiskalt. »Was sagst du da?« Sie griff über die Tischplatte und fasste sein Handgelenk. »Du erzählst mir jetzt auf der Stelle, was auf der Reise passiert ist. Und zwar alles!«

Nachdem Friedrich seinen Bericht beendet hatte, sah Fides ihn nachdenklich an. Ob Simon etwas damit zu tun hatte? Denn dass sein Vater Johann minderwertige Ware auslieferte, hielt sie für ausgeschlossen.

Als sie wenig später Friedrich über den Hof nach draußen geleitete, hatte sich der blaue Himmel mit einem grauen Schleier überzogen und dunkle Wolken zogen von Westen heran. Die Luft war stickig geworden, es wehte kaum ein Lüftchen. Von ferne erklang leises Donnergrollen.

Friedrich warf einen Blick nach oben. »Ich sollte mich beeilen, es wird wohl ein Gewitter geben.«

Sie wechselten noch ein paar belanglose Worte, dann eilte er davon. Fides kehrte in die Werkstatt zurück und setzte sich wieder an ihren Arbeitstisch. Fenster und Tür ließ sie offen stehen, um ein klein wenig Durchzug zu schaffen. Sie betrachtete das Häufchen Eierschalenmehl im Mörser. Für einen Bogen würde es wohl noch reichen. Sorgfältig verteilte sie das Pulver auf dem Pergament und verrieb es. Sie blies gerade die letzten Krümel weg, als sie draußen lautes Lachen hörte. Dann verdunkelte sich die Türöffnung und ihre Mutter stürmte atemlos hinein. Fides wollte sich gerade nach dem Grund für ihre gute Laune erkundigen, als sie bemerkte, dass die Mutter nicht allein gekommen war. Hinter ihr schob sich ein stämmiger Mann über die Türschwelle und stellte einen großen Wäschekorb ab. Dann richtete er sich auf und strich sich die Haare aus der Stirn. Simon! Fides blieben die Worte im Hals stecken.

»Schau doch, wen ich mitgebracht habe!«, rief die Mutter und fasste Simon vertraulich am Arm. »Wir haben uns zufällig auf der Bleiche getroffen, wenn er mir nicht mit dem Korb geholfen hätte, wäre ich wohl nicht mehr rechtzeitig nach Hause gekommen, sieh nur, wie es regnet!«

Sie wies durch die geöffnete Tür nach draußen, wo in der Tat ein gewaltiger Regenguss niederging. Die Regentropfen sprangen von dem festgestampften Lehmboden empor, auf dem sich die ersten Pfützen bildeten.

Fides verschränkte die Arme vor der Brust und starrte Simon schweigend an. Die Mutter warf ihr einen unsicheren Blick zu. Dann ließ sie Simons Arm los und griff sich den Wäschekorb. »Ich finde, ihr solltet euch aussprechen«, zischte sie Fides zu. Und an Simon gewandt: »Simon, ich danke dir sehr für deine Hilfe. Setz dich doch in die Küche, bis der Regen vorbei ist. Fides leistet dir sicher Gesellschaft, ich muss mich um die Wäsche kümmern.«

Sie verschwand durch die Hintertür, ohne eine Antwort abzuwarten. Fides' Herzschlag beschleunigte sich. Was sollte das denn? Die Mutter konnte sie doch nicht mit diesem Kerl allein lassen! Simon schien ihre Unsicherheit zu spüren. Ein leichtes Lächeln umspielte seinen Mund. Langsam schloss er die Werkstatttür und schob den Riegel vor. Dann trat er schweigend auf Fides zu und sah auf sie herab. Sein starker Körpergeruch stieg ihr in die Nase. Unwillkürlich wich sie einen Schritt zurück. Sie ballte die Hände hinter ihrem Rücken zu Fäusten und hob das Kinn. Nur keine Angst zeigen. »Was willst du hier, Simon?«

Er schob die Hände in die Taschen seiner *Bruoche* und bemühte sich um einen unverfänglichen Gesichtsausdruck. »Wie deine Mutter schon sagte, wir sollten uns aussprechen.«
»Ich wüsste nicht, was wir zu bereden hätten«, entgegnete Fides. »Sobald der Regen aufhört, bist du hier weg. Und jetzt sag schon, was du zu sagen hast.«
Er trat einen Schritt auf sie zu. »Fides, hör zu. Lass uns einfach vergessen, was war, und neu anfangen.« Er lächelte sie an, als wäre damit alles vergeben.
Sie musterte ihn kalt und sagte äußerlich ruhig: »Simon, es ist besser, wenn du jetzt gehst. Das bisschen Regen wird dich schon nicht umbringen.«
Er schnaubte verächtlich. »Du musst verrückt sein, wenn du glaubst, dass dich dieser Pfaffensohn wirklich heiraten wird.«
»Geh jetzt endlich«, wiederholte sie und wies zur Tür. »Oder muss ich Rudolf rufen? Er arbeitet am Fluss, wahrscheinlich kommt er wegen des Regens sowieso gleich ins Haus.«
Simon warf einen Blick nach draußen, wo der Regen inzwischen etwas nachgelassen hatte. »Gut, ich gehe. Aber eines solltest du wissen.« Er brachte seinen Mund dicht an ihr Ohr. »Reisende leben gefährlich. Sieh dich vor, dass du nicht vor der Zeit zur Witwe wirst.«
Das war zu viel! Sie stieß ihn von sich und rief aus: »Du gibst es also zu?«
Er sah sie mit zusammengezogenen Brauen an. »Was soll ich zugeben?«
»Dass du den Sattel beschädigt hast!«
Für einen Moment blitzte etwas in seinen Augen auf, dann schüttelte er den Kopf. »Ich weiß nicht, wovon du redest.«
Sie stemmte die Arme in die Seiten. »Jetzt tu doch nicht so! Bertram hat dem Kantor geschrieben, dass es einen Unfall gab, weil sein Sattelgurt gerissen ist. Der Sattel war ganz neu, er hatte ihn bei deinem Vater in Auftrag gegeben!«
Simon zuckte die Achseln. »Und wenn schon! Was habe ich

damit zu schaffen? Frag doch meinen Vater! Oder den Sattler.«
Er wandte sich zum Gehen. Doch bevor er in den Regen hinaustrat, drehte er sich noch einmal zu ihr um. »Merk dir eines, Fides: Unsere Väter mögen vielleicht quitt sein, aber unsere Geschichte ist noch lange nicht zu Ende! Ich komme wieder.«

37. Kapitel

Lyon, Dienstag, 5. Juni 1274, Tag des Hl. Bonifatius – früher Nachmittag

Das Erste, was Bertram von Lyon ins Auge fiel, waren die Burgtürme hoch auf den Hügeln von Fourvière. Als die übrigen Reisenden die trutzigen Mauern von Pierre Scize bemerkten, brach auf dem Boot hektische Betriebsamkeit aus. Ritter und Edelleute legten letzte Hand an ihre Ausstattung, Dienstboten suchten das Gepäck zusammen und die Kaufleute wachten misstrauisch darüber, dass sich niemand an ihren Waren vergriff.

Mathis mühte sich mit der schweren Satteldecke für Heinrichs Pferd ab, auf der das Wappen der Klingenberger prangte, der geteilte Schild in Silber und Schwarz und das fünfspeichige goldene Rad. Bertram wollte ihm helfen, doch Mathis gab ihm durch eine Kopfbewegung zu verstehen, sich lieber Heinrich zuzuwenden, der zusammen mit dem Burggrafen und Gottfried von Sayn an der Reling stand. Bertram zögerte. Ehrlich gesagt war er inzwischen über jede Minute froh, die er nicht mit dem Burggrafen und dessen Begleiter verbringen musste. Friedrich von Nürnberg war ein alter Haudegen, ein Vetter des Königs, mit dem er seit frühster Jugend diverse Schlachten und Fehden geschlagen hatte und der nicht müde wurde, davon zu berichten. Die Geschichte, wie er Rudolf die Nachricht von der bevorstehenden Wahl in das Feldlager vor Basel gebracht hatte, kam Bertram inzwischen zu den Ohren heraus. Und wenn er einmal nicht über sich selbst redete, zeigte er ein auffälliges Interesse an Bertrams Angelegenheiten, das weit über das Maß des Höflichen hinausging. Heinrich hatte ihn schon mehrmals vor seinen zudringlichen Fragen retten müssen. Sein junger Begleiter hingegen hatte schnell das Interesse an Bertram verloren, als er merkte, dass dieser nicht mit einem berühmten Namen aufwarten konnte, und behandelte ihn seitdem mit herablassender Arroganz. Bertram trödelte noch ein wenig bei seinem Pferd herum und trat dann an die Reling. Staunend betrachtete er das Häusermeer rechtsseits des Ufers. Lyon war wirklich eine Stadt von gewaltigen Ausmaßen, noch größer als Lausanne. So hohe Häuser hatte er noch nie gesehen, sie hatten drei, manche sogar vier Stockwerke und waren fast vollständig in Stein gehalten. Wie in Zürich standen sie zum Teil direkt am Wasser und wiesen im Untergeschoss halbhohe Bögen auf, unter denen ein flacher Lastkahn anlegen konnte. Dazwischen erstreckten sich Gärten und sogar kleine Waldstückchen. In der Ferne, am Fuße des Burghügels, sah er etwas glitzern – das musste die Saône sein, die sich ganz im Süden der Stadt mit der Rhone vereinigte.

Sie hatten nun kaum mehr Fahrt, steuerten einen Wald von Masten an, zwischen denen sich der Kapitän seinen Weg bahnte. Ein heftiger Stoß lief durch das Schiff, dann kam es schaukelnd zum Stehen. Bertram spürte eine Hand auf seiner Schulter. Er drehte sich um.

Heinrich von Klingenberg lächelte. »Wir sind da. Und dort wartet auch schon der Bote des Kanzlers.« Er wies nach links.

Bertram hatte Mühe, in dem Menschengewühl auf dem Kai überhaupt etwas zu erkennen.

»Die blaue Fahne mit dem weißen Kreuz«, erläuterte der Klingenberger. »Das Wappen des Erzbistums Speyer. Du weißt doch, Otto von Bruchsal ist Propst von St. Guido in Speyer.«

»Hier hat es aber ganz schön viele blaugrundige Fahnen«, bemerkte Bertram. »Sind das nicht französische Soldaten? Die mit den Lilien? Und wer sind die blau-weiß-gewürfelten auf der anderen Seite, die die Franzosen anstarren, als hätten sie Essig getrunken?« Er wies auf eine Gruppe Männer, die über ihren Kettenhemden blau-weiß-karierte Waffenröcke trugen.

»Das sind die Truppen des Erzbischofs oder besser gesagt die seines Bruders, des Abbé de Savigny«, mischte sich der Burggraf ein. »Angesichts der ständigen Konflikte zwischen Erzbischof, Domkapitel und der Bürgerschaft in den letzten Jahren hat der Papst militärische Verstärkung angefordert, damit es während des Konzils nicht zu unliebsamen Zwischenfällen kommt. Aber jetzt lasst uns gehen, ich will den Kanzler nicht länger warten lassen als unbedingt nötig.«

Sie hatten kaum festen Boden betreten, als ihnen der Bote schon entgegenritt. Er grüßte die Gruppe nur flüchtig und wandte sich direkt an den Burggrafen, den er mit einem Wortschwall überschüttete.

Der Burggraf nickte, raunte dem Grafen von Sayn etwas ins Ohr und wandte sich dann an den Klingenberger. »Es tut mir leid, aber so, wie es aussieht, ist im päpstlichen Palast eine wichtige Nachricht vom König für uns eingetroffen. Und nach der *Non* hat der Kanzler eine Unterredung beim Papst, an der auch der Graf von Sayn und ich teilnehmen sollen. Jetzt ist es schon weit über Mittag, es bleibt keine Zeit mehr, vorher unser Quartier aufzusuchen. Wir sind im Dominikanerkloster untergebracht. Wärt Ihr wohl so freundlich, unser Gefolge dorthin mitzunehmen?«

Es war dem Klingenberger anzusehen, dass ihm dieser Vorschlag nicht wirklich zusagte, doch er nickte. »Gerne, wenn

Ihr uns den Weg beschreiben könnt. Ich bin zum ersten Mal in Lyon.«

»Ich will Euch einen der *Affaneurs* rufen, dass er euch hinführt«, mischte sich der erzbischöfliche Bote ein. »Die Tagelöhner kennen jeden Winkel der Stadt.« Er stieß einen gellenden Pfiff aus und wählte aus der herbeieilenden Schar einen jungen Mann von vielleicht Anfang zwanzig aus, dessen rotblonder Haarschopf von einer speckigen Mütze notdürftig gebändigt wurde. Er wechselte ein paar Worte mit ihm und drückte ihm einige Münzen in die Hand. Dann wandte er sich wieder an den Klingenberger. »Er kann ein paar Brocken Deutsch und wird Euch sicher zu den Predigern geleiten. Und hier sind noch die *litterae testimoniales* der päpstlichen Kurie für die Unterkunft.« Er drückte ihm mehrere gefaltete Pergamentbögen in die Hand.

Heinrich verstaute die Bögen in seinem Gewand und maß den Jungen von Kopf bis Fuß.

Der riss sich daraufhin die Mütze vom Kopf und deutete eine Verbeugung an. »Bonjour, Monsieur.«

»Wie heißt du, Junge?«, fragte der Klingenberger.

»Pierre, Monsieur.«

»Pierre, also Petrus. Und du verstehst Deutsch?«

Der Junge nickte eifrig. »Oui, Monsieur.«

»Sprechen auch?« Der Junge zögerte. »Ein wenig«, brachte er dann hervor und zerknüllte die Mütze in seiner Hand.«

»Woher?«, fragte der Klingenberger.

»Großmutter. Nuremberg.«

Der Klingenberger lachte. »Ein Feuerkopf mit einer fränkischen Großmutter. Na, dann kann uns ja nichts mehr passieren. Also gut, machen wir uns auf den Weg.«

Sie ritten erst ein Stück vom Ufer weg und bogen dann in eine etwas breitere Straße ein, die geradewegs nach Süden zu führen schien. Hier lebten offenbar besser gestellte Bürger und Händler, die Gebäude waren zweistöckig oder höher und vielfach aus Stein. Verkaufsbänke vor den Häusern machten den begrenzten Platz noch enger, aus einigen Fenstern ragten Stangen mit daran aufgehängter Ware, sodass die Reiter aufpassen mussten, sich nicht in baumelnden Kleidungsstücken, Taschen oder Gürteln zu verheddern.

»Was sprechen die hier?«, fragte Bertram. »Es klingt halb Französisch, halb Lateinisch, ich verstehe kein Wort.«

»Man nennt es Patois, eine Mundart des Französischen.«

Bertram sah Heinrich an. »Sag bloß, du beherrschst das?« Der feixte. »Kein Wort. Wir werden uns mit Latein behelfen müssen. Aber mach dir keine Sorgen. Die Menschen hier sind Fremde gewöhnt. Lyon war schon vor Jahrzehnten Tagungsort des ersten Konzils, zahlreiche Kreuzfahrertruppen aus aller Herren Länder haben sich hier versammelt und die wichtigste Handelsroute zu den Messen in der Champagne führt mitten durch die Stadt. Du wirst hier alles hören, Latein, Französisch, Italienisch, Arabisch. Sogar Deutsch, wie unser ungebildeter Feuerkopf beweist.« Sie kamen an einer halb verfallenen Kirche vorbei, deren schwarz in den Himmel ragende Säulenskelette davon zeugten, dass sie wohl einem Brand zum Opfer gefallen war. Sie schien eine Zäsur im Stadtbild zu markieren, die Gegend wurde ländlicher, die Häuser niedriger und dazwischen fanden sich kleine Ackerflächen und Obstgärten. Eine weitere Kirche kam in Sicht, an die sich ein von Mauern umgebener Gebäudekomplex anschloss. »Das könnte es sein«, meinte Heinrich.

Im gleichen Augenblick drehte sich ihr Führer um und rief laut: »Voila, Notre-Dame-du-confort, nous somme arrivé!« Er wies mit dem ausgestreckten Arm nach vorne. Bertram wollte einen kurzen Moment anhalten, um den reichen Figurenschmuck der Kirchenfassade zu bewundern, doch Pierre führte sie um die Kirche herum zu einem schmalen Rundbogenportal in der Mauer. Er schlug ein paarmal mit dem Eisenring gegen das Holz der Tür. Nach einer Weile öffnete sich ein kleines Fenster im oberen Drittel der Tür. Pierre wechselte ein paar Worte mit dem Pförtner, dann winkte er Heinrich zu sich heran. »Pardon, Monsieur – *litterae*?«

Heinrich sah ihn begriffsstutzig an.

Bertram flüsterte: »Ich glaube, die wollen den Brief sehen, den dir der königliche Bote am Hafen gegeben hat.«

Heinrich rollte die Augen, ritt dann vor das Fensterchen, sodass er in voller Pracht zu sehen war, und hielt dem dort hinausblickenden tonsurierten Kopf den entfalteten Bogen vor die Nase. Der Kopf murmelte etwas Unverständliches, dann flog der Fensterladen wieder zu. Kurz darauf hörten sie einen Riegel kreischen und das Tor öffnete sich. Sie saßen ab und traten ein, die Tiere am Zügel mit sich führend. Sie gelangten in einen geräumigen Innenhof, der linker Hand von der Kirche, an den übrigen Seiten von den Konventsgebäuden und Stallungen begrenzt war.

»Gelobt sei Jesus Christus«, begrüßte sie ein älterer Mann in schwarzem Habit auf Latein.

»In Ewigkeit, Amen«, erwiderte Bertram mit Inbrunst, froh darüber, endlich eine vertraute Sprache zu hören.

»Entschuldigt den vorsichtigen Empfang«, fuhr der Mönch fort, »aber wegen des Konzils werden wir überrannt von Fremden, die eine Unterkunft suchen. Die Stadt ist heillos überfüllt.«

»Das haben wir schon vernommen«, bemerkte der Klingenberger. Der Mönch maß ihn von Kopf bis Fuß, musterte besonders das Wappen auf der Satteldecke und warf dann einen zögernden Blick auf Bertram, an dessen schlichtem dunkelbraunem *Surkot* keinerlei Herkunftszeichen zu erkennen waren. »Ihr seid aber nicht der Burggraf Friedrich von Nürnberg?«

Heinrich schüttelte den Kopf. »Der Burggraf und der Graf von Sayn wurden direkt vom Hafen zu einer Audienz beim Heiligen Vater beordert. Wir haben nur ihr Gefolge mitgebracht.« Er wies auf die beiden Knechte und den Soldaten, die sich inzwischen im Schatten ihrer Tiere auf den Boden gehockt hatten.

Der Mönch kratzte sich den Hinterkopf und streckte dann die Hand aus. »Darf ich die Dokumente noch einmal sehen?«

Heinrich runzelte die Stirn, während er ihm die Pergamentbögen reichte. »Gibt es ein Problem?«

»Ich habe keinen Platz für so viele Leute. Selbst wenn wir die Dienstboten in den Ställen schlafen lassen. Die Griechen sind immer noch nicht eingetroffen, daher wurden einige Sitzungen nach hinten verschoben und die bereits angereisten Teilnehmer müssen länger bleiben als vorgesehen.«

Bertram beschlich ein mulmiges Gefühl. Er war müde, hungrig und durstig und wollte nichts weiter als essen und für einen Moment die Füße hochlegen. Der Dominikaner studierte die Blätter aufmerksam, dann glitt ein erleichtertes Lächeln über seine Züge. Er hielt Heinrich einen der Bögen unter die Nase. »Das Gefolge des Burggrafen könnt Ihr hierlassen, aber Ihr selbst seid bei den Minderbrüdern untergebracht. Es ist nicht weit von hier, das ummauerte Areal direkt an der Rhone, vielleicht fünfhundert Schritt entfernt.«

Heinrich riss ihm das Pergament beinah aus der Hand. Seine Züge verfinsterten sich zusehends, während er es durchlas. Dann nickte er Bertram zu. »Es ist so, wie er sagt. Lediglich der Burggraf und sein Gefolge sind hier untergebracht, wir müssen zu den Barfüßern. Ist unser Feuerkopf noch irgendwo?« Er sah sich suchend um.

Als hätte er nur darauf gewartet, tauchte hinter Mathis' Maultier Pierres fröhliches Gesicht auf. »Qui, Monsieur?«

»Kennst du den Weg zu den Barfüßern?«, fragte Heinrich.

Pierre warf einen zögernden Blick zu dem Dominikaner. »Les Cordeliers«, übersetzte dieser.

»Ah, les Cordeliers«, wiederholte Pierre und nickte eifrig. »Oui, Monsieur. Ganz nah.«

Der Klingenberger hatte inzwischen auch die anderen Papiere überflogen, winkte den Soldaten des Burggrafen zu sich und drückte ihm einen Teil davon in die Hand. »Das gibst du dem Burggrafen, wenn er eintrifft. Ihr bleibt hier, der Bruder wird euch eure Unterkunft zeigen. Wir reiten weiter.« Sie verabschiedeten sich von dem Dominikaner und traten unter Pierres Führung den Weg zum Franziskanerkonvent an.

Dort war der Empfang ähnlich verhalten wie bei den Dominikanern, erst nach langem Debattieren wurde ihnen eine gemeinsame winzige Zelle im Gästetrakt des Konvents zugewiesen, Mathis musste im Stall bleiben. Im Gegensatz zum Klingenberger nahm er es gelassen. »Das macht mir nichts«, meinte er zu Bertram. »So kann ich ein Auge auf unsere Tiere haben.« Während er die Pferde abrieb und tränkte, schleppte Pierre das Gepäck aufs Zimmer. Missmutig ließ der Klingenberger seine Augen durch den kargen Raum schweifen. Außer einer schmalen Bettstatt und einer leeren Truhe, die gleichzeitig als Stauraum und Sitzgelegenheit diente, gab es keine Möbel. Immerhin konnte man die Truhe abschließen, der Strohsack schien frisch zu sein und man hatte ihnen sogar zwei dünne Wolldecken gebracht, die Heinrich erst misstrauisch beäugte, bevor er sie zurück aufs Bett legte. »Ich will doch sicher sein, dass wir uns die Zelle nicht mit Heerscharen von Wanzen und Flöhen teilen«, meinte er, als Bertram ihn belustigt ansah. Bertram war inzwischen so hungrig, dass ihm alles egal war. Sein Magen knurrte vernehmlich.

Pierre grinste. »Faim? Auberge?«, fragte er, rieb sich dabei über den Bauch und führte dann einen imaginären Löffel zum Mund.

»Oui«, machte Bertram und wandte sich dann an Heinrich: »Ich könnte einen ganzen Ochsen verdrücken, meinst du, wir bekommen hier irgendwo etwas zu essen?«

Heinrich nickte. »Ja, lass uns essen gehen. Unser junger Freund hier kennt bestimmt ein passendes Lokal. Aber wir müssen erst Geld wechseln. Mit unseren Zürcher Pfennigen können wir hier nicht bezahlen. Ich muss zum Juden, habe mir daheim beim Gumbrecht einen Wechselbrief ausstellen lassen. Irgendjemand aus seiner weitläufigen Verwandtschaft hat hier eine Wechselstube in der Nähe von Saint Paul.«

Dank der Ortskenntnisse ihres Führers brachten sie das Wechselgeschäft rasch hinter sich, und wie es der Zufall wollte, arbeitete Pierres Schwester als Köchin in einem Wirtshaus unweit des Judenviertels. Als sie im Le Boef eintrafen, war der Schankraum brechend voll und der Geräuschpegel ließ einen kaum sein eigenes Wort verstehen. Auch an den Tischen draußen war kein freies Plätzchen zu erkennen. Pierre bedeutete ihnen zu warten und kehrte kurz darauf mit seiner Schwester zurück, einer drallen Person von vielleicht Ende zwanzig, die sie herzlich begrüßte. Sie hatte die gleichen fröhlichen Augen wie Pierre und unter ihrer weißen Leinenhaube lugten ein paar kupferrote Löckchen hervor. Im Gegensatz zu ihrem Bruder sprach Bertille leidlich gut Deutsch, wenn auch mit starkem Akzent. »Isch war oft bei grand-mère in der Küche«, erklärte sie, als Bertram ihr deswegen ein Kompliment machte. »Aber jetzt sorgen wir erst einmal für Euer Essen, Ihr seid bestimmt 'ungrig! Pierre wird Euch einen Tisch aufbauen, Euer Knecht kann ihm dabei helfen.« Sie scheuchte ihren Bruder und Mathis ins Haus, die kurz darauf eine Tischplatte und zwei hölzerne Böcke nach draußen schleppten und auch zwei Bänke aufstellten. Erleichtert ließ sich Bertram auf eine der Bänke sinken und Heinrich tat es ihm nach. Mathis hingegen entschuldigte sich mit dem Vorwand, sich um die Pferde zu kümmern und dann in der Küche essen zu wollen, und folgte Pierre mit den Tieren hinters Haus.

Heinrich blickte ihm amüsiert hinterher. »Ich glaube, deinem Knecht gefällt die hübsche Köchin«, meinte er.

Bertram sah ihn überrascht an. Es war ihm nie in den Sinn gekommen, dass sein langjähriger Knecht auch so etwas wie ein Liebesleben haben könnte, immerhin war er mit fast vierzig Jahren noch ledig.

Sie saßen im Windschatten des Hauses, und obwohl die Sonne sich langsam dem Horizont näherte, war es noch angenehm warm. Von ihrem Platz aus konnten sie über die Saône bis ans andere Ufer schauen. »Sieh nur, die vielen Boote«, meinte Bertram und wies zum Wasser, wo in der Tat ein reger Fährverkehr im Gange war.

»Man nennt sie batelets«, erklang Bertilles Stimme neben ihm. Sie stellte einen Weidenkorb mit verschiedenen Sorten Brot ab, dazu ein Fässchen Schmalz und zwei leere Becher. »Es gibt nur die eine Brücke über die Saône«, fuhr sie fort. »Wenn man zu Fuß ans andere Ufer möchte, ist ein batelet die schnellste Möglichkeit. Es gibt fast überall am Ufer Anlegemöglichkeiten für die kleinen Boote. Was möchtet Ihr trinken? Ich kann einen vin claret empfehlen, das ist ein heller Rotwein hier aus der Gegend, schön erfrischend und nicht so schwer – wir haben aber auch eine gute Bier.«
Heinrich warf einen Blick in die Runde. Die meisten Gäste dieser Wirtschaft schienen sich an Bier zu halten – das konnte kein Zufall sein. »Wir nehmen das Bier«, entschied er. »Und vielleicht etwas Warmes zu essen?«

»Bien sûr«, erwiderte Bertille. »Heute gibt es Pasteten, wahlweise mit Fleisch oder Fisch gefüllt oder einen gekochten Kalbskopf.«

Kalbskopf? Bertram schüttelte sich innerlich. »Ich glaube, wir nehmen die Fleischpastete«, meinte er und Heinrich nickte zustimmend. Sie ließen sich das Essen schmecken. Die Pasteten waren köstlich, eine knusprige Teighülle umschloss eine schmackhafte Füllung aus gehacktem Fleisch und Zwiebeln. Sie aßen schweigend, gaben sich ganz dem Genuss hin. Endlich war der ärgste Hunger gestillt. »Das war gut«, meinte Bertram und wischte sich den Mund mit seinem Ärmel ab. »Und das Bier ist schön süffig.« Er nahm einen tiefen Schluck. Langsam kehrten seine Lebensgeister zurück. Er sah Heinrich an. »Ob es der Burggraf und sein Gefährte genauso gut getroffen haben? Ich bin neugierig, wie die Begegnung mit dem Papst verlaufen ist.«

»Wenn man vom Teufel spricht«, murmelte Heinrich und sprang auf. Er drängelte sich zwischen den anderen Tischen hindurch und lief zum Ufer, wo er rufend und heftig gestikulierend stehen blieb. Bertram kniff die Augen zusammen, um besser sehen zu können. Tatsächlich, da waren der Burggraf und der Graf von Sayn in einem batelet. Als sie Heinrich bemerkten, gaben sie ihrem Bootsführer ein Zeichen, anzulegen.

Bertram fühlte die Enttäuschung fast körperlich. Der Abend hatte so schön begonnen. Immerhin würde jetzt seine Frage nach dem Ausgang der päpstlichen Audienz beantwortet werden. Er bemühte sich um ein freundliches Lächeln, als der Burggraf und sein Begleiter ihm gegenüber Platz nahmen, und schob ihnen seinen Becher hin. »Falls Ihr probieren wollt, das Bier ist wirklich gut. Und das Essen auch.«

»Wir haben schon gegessen«, antwortete der Burggraf, ohne Bertram direkt anzusehen. »Aber das Bier versuche ich gerne.« Er hob den Becher an seine Lippen.

Gottfried verzog den Mund. »Bier? Sie werden doch hoffentlich einen anständigen Wein haben.«

»Sicher«, erwiderte Heinrich und sah sich suchend um. Von Bertille war nichts zu sehen, aber auf sein Winken hin eilte der Wirt herbei. Seine Deutschkenntnisse waren ungefähr so rudimentär wie die von Pierre, aber für die Bestellung reichte es. Kurze Zeit später standen zwei weitere Becher und jeweils ein Krug Bier und vin claret auf dem Tisch. Sie prosteten sich zu.

Heinrich fragte: »Und, worauf trinken wir jetzt? Wie war die Sitzung mit dem Kanzler und dem Heiligen Vater? Ist endlich eine Entscheidung gefallen? Schließlich laufen die Verhandlungen schon seit Januar.«

Der Burggraf strich sich den Bierschaum aus dem Bart und nickte. »Der Kanzler wird morgen vor dem Papst und den Kardinälen im Namen des Königs alles beschwören, was der Papst verlangt. Und der Papst wird dann hoffentlich die Anerkennung der Königswahl aussprechen und Rudolf nach Rom zur Kaiserkrönung einladen. So ist es zumindest vereinbart.«

Der Klingenberger lehnte sich zurück und meinte nachdenklich: »Somit wäre Rudolf am Ziel – wenn er sich den nicht unerheblichen Bedingungen des Papstes beugt.«

Der Burggraf hob die Schultern. »Rudolf war schon immer ein Pragmatiker. Er verschwendet keine Zeit mit illusorischen Plänen, auch seine umfangreiche Hausmacht hat er sich Stück für Stück mit kleinen erreichbaren Erfolgen aufgebaut. Die Herrschaft in Italien ist ihm vorläufig gleichgültig. Also macht es ihm keine Mühe, die Ansprüche des Papstes bezüglich des Umfangs des Kirchenstaates zu erfüllen. Mit der Approbation des Papstes und der Aussicht auf die Kaiserkrone im Rücken kann er sich in Ruhe der Rückeroberung des staufischen Reichsgutes widmen. Und was später kommt, wird man sehen.« Er leerte seinen Becher mit einem Zug und gähnte herzhaft. »Also ich weiß nicht, wie es Euch geht, aber ich brauche jetzt mein Bett. Es war ein anstrengender Tag und der morgige wird auch nicht viel besser.«

Gottfried nickte. »Ja, lasst uns aufbrechen, damit wir noch mit dem letzten Tageslicht ein Boot ergattern. Oder besser gesagt, zwei Boote ... Ich glaube nicht, dass diese Nussschalen vier Leute plus Steuermann tragen.«

Heinrich schüttelte den Kopf. »Wir werden zwar ebenfalls aufbrechen, aber wir kommen nicht mit. Erstens haben wir die Pferde und unseren Knecht dabei und zweitens wohnen wir nicht bei den Predigern.«

Der Burggraf starrte ihn überrascht an. »Nicht? Wo seid Ihr denn dann?«

»Bei den Barfüßern«, erwiderte Heinrich. »In einer überaus komfortablen Zelle ...«

Bertram musste lachen. »Ach komm, so schlimm ist es nun auch wieder nicht. Immerhin ist es sauber ...« Er unterbrach sich, weil er den Blick auffing, den der Burggraf Gottfried zuwarf. Unverhohlener Ärger sprach daraus und seine Fäuste ballten sich. Es dauerte nur einen Moment, und Bertram dachte schon, sich getäuscht zu haben, doch Heinrich schien es auch bemerkt zu haben. Bertram spürte unter dem Tisch seine Hand auf seinem Oberschenkel.

Dann erhob sich Heinrich und sagte leichthin in die Runde: »Ich werde mal nach dem Wirt sehen, um die Zeche zu bezahlen. Außerdem muss ich das Bier loswerden.« Und zu Bertram gewandt: »Du kannst ja derweil nach Mathis und den Pferden schauen.« Bertram nickte schweigend und rutschte aus der Bank. Etwas verdutzt über den schnellen Aufbruch erhoben sich der Burggraf und sein Begleiter ebenfalls. Sie gaben noch ein paar Abschiedsfloskeln von sich und wandten sich dann dem Ufer zu.

Bertram sah ihnen hinterher und drehte sich dann zu Heinrich um, der entgegen seiner Ankündigung immer noch neben dem Tisch stand und in die Ferne starrte. »Die waren auf einmal sehr merkwürdig, oder? Verstehst du, warum der Burggraf so ärgerlich war, dass wir nicht bei den Dominikanern wohnen? Wir haben doch den Aufwand und nicht er.«

»Irgendwas ist vorgefallen«, murmelte Heinrich vor sich hin. »Zu dumm, dass ich heute Nachmittag nicht mit auf der Sitzung war.«

38. Kapitel

Lyon, Mittwoch, 6. Juni 1274 – frühmorgens

Das Läuten zur *Prim* drang langsam in Bertrams Bewusstsein. Sonnenlicht kitzelte seine Lider. Er konnte sich jedoch nicht überwinden, die Augen zu öffnen. Die erste Nacht in Lyon war alles andere als erholsam gewesen. Die schmale Bettstatt war eindeutig nicht für zwei Personen ausgelegt, der steinerne Zellenboden viel zu kalt, um eine ganze Nacht dort zu verbringen. Erst als Heinrich vorgeschlagen hatte, sich Kopf an Fuß auf den Strohsack zu legen, waren sie eingeschlafen. Bertram war mehrmals wachgeworden und erst weit nach Mitternacht in Tiefschlaf gefallen. Vorsichtig dehnte er seine verkrampften Arme und Beine, um Heinrich nicht zu stören. Doch da war kein Heinrich. Bertram schlug die Augen auf. Tatsächlich, er war allein in der Kammer. Er richtete sich auf und gähnte. Sollte Heinrich etwa zum *Stundengebet* gegangen sein? Ach was, er hatte bestimmt nur den Abort aufgesucht. Da musste Bertram eigentlich auch hin, aber eine gewisse Zeit konnte er es noch aushalten. Die Aussicht auf ein paar Minuten ungestörten Schlafes war zu verlockend. Er legte sich wieder hin, rollte sich in eine gemütliche Schlafposition und schloss die Augen. Er war kaum eingeschlafen, als ihn ein heftiges Rütteln an der Schulter unsanft aus den Träumen riss.

»Bertram! Bertram! Wach auf!«

Er öffnete die Augen und sah Heinrich neben sich sitzen, bereits fertig angezogen in einem dunkelblauen *Surkot* mit gleichfarbigem Untergewand. Bertram rieb sich die Augen. »Was machst du denn schon für einen Aufruhr am frühen Morgen? Haben wir etwas vor?«

»Du schon! Du kannst doch die *Cursiva*, oder? Einigermaßen schnell?«

Jetzt war Bertram richtig wach. Er setzte sich auf. »Natürlich kann ich die *Cursiva*, jeder Schüler am Grossmünster lernt sie. Wozu?«

»Dann komm mit, ich erkläre es dir unterwegs.« Heinrich zog ihm die Decke weg.

»Was, jetzt sofort? Aber ich habe noch nicht einmal etwas gegessen …«, protestierte Bertram und versuchte, die Decke zurückzuerobern.

»Ach was, ein bisschen Fasten schärft den Geist«, erwiderte Heinrich und hielt die Decke unerbittlich fest.

»Aber anziehen darf ich mich noch?«

Als sie wenig später über den Hof liefen, ließ Heinrich zu Bertrams Erstaunen die Ställe links liegen.

»Heinrich, jetzt warte doch. Brauchen wir nicht die Pferde?« Heinrich schüttelte den Kopf. »Nein, heute nicht. Mit dem Boot geht es schneller. St. Jean hat sogar eine eigene Anlegestelle.« Er strebte dem Ausgang entgegen.

Bertram folgte ihm eilig. »St. Jean? Wir gehen nach St. Jean?«, fragte er erstaunt. Dann dämmerte es ihm. »Heißt es, wir sind dabei? Wenn der Kanzler seinen Schwur leistet?« Vor Aufregung verschluckte er sich.

Heinrich nickte selbstzufrieden. »Mehr noch. Du wirst protokollieren.«

»Was soll ich?« Jetzt wurde ihm leicht übel.

»Schreiben«, erwiderte Heinrich. »Dafür habe ich dich doch mitgenommen. Und nun komm endlich. Du willst doch den großen Bonaventura nicht warten lassen.«

Bertram klappte die Kinnlade herunter. Der berühmte Franziskaner? Dem der Papst die Vorbereitung des Konzils anvertraut hatte? »Bonaventura ist hier? Hier im Kloster?« Unwillkürlich flüsterte er.

Heinrich nickte. »Höchstpersönlich. Ich habe ihn vorhin im Kreuzgang getroffen. Ein sehr angenehmer Mensch, trotz seines hohen Ranges freundlich und bescheiden. Wir haben uns etwas unterhalten. Dabei stellte sich heraus, dass er gut bekannt ist mit Pierre de Tarentaise, dem früheren Erzbischof von Lyon – ein enger Berater des Papstes und seit letztem Jahr Kardinalgroßpönitentiar, also der Mann, der für deine *Dispens* zuständig ist.« Heinrich machte eine Pause, wie um sich zu vergewissern, dass Bertram auch aufmerksam zuhörte. Dann fuhr er mit hörbarem Triumph in der Stimme fort. »Und dann erzählt er mir, dass die päpstliche Kanzlei wegen des Konzils hoffnungslos überlastet sei und sich der beste Kopist eine Entzündung im Handgelenk zugezogen habe.«

Bertram sah ihn ungläubig an. »Die werden doch andere Kopisten haben, wozu sollten sie einen Fremden nehmen, noch dazu bei einem so wichtigen Ereignis?«

»Gewiss, doch das sind Italiener oder Franzosen, die können kein Deutsch. Da die beiden wichtigsten weltlichen Zeugen Rudolfs *Illiterati* sind und ihre Schwüre auf Deutsch leisten, ergibt es doch Sinn, wenn der Protokollant dieser Sprache mächtig ist.«

Bertram wollte noch etwas erwidern, doch inzwischen hatten sie die Pforte erreicht. Von der anderen Seite näherte sich eine hagere Gestalt. Das musste Bonaventura sein! Zu Bertrams Erstaunen trug der berühmte Gelehrte weder den Ring noch das Festgewand, das ihm als Kardinalbischof von Albano zustand, sondern den bescheidenen Habit eines Franziskaners mit dem geknoteten Strick als Gürtel und Sandalen an den bloßen Füßen.

Bertram neigte ehrfürchtig den Kopf und murmelte auf Latein: »Gelobt sei Jesus Christus, hochwürdigster Herr.«

»In Ewigkeit, Amen«, klang es freundlich zurück. Bertram hob den Blick und sah sich von warmen dunklen Augen gemustert, die bis auf den Grund seiner Seele zu schauen schienen. Bertram schluckte. Dieser Mann brauchte kein Prunkgewand, um sich Respekt zu verschaffen. Bertram wusste, dass er wohl Mitte fünfzig sein musste, doch die asketischen Gesichtszüge und die magere Gestalt ließen ihn deutlich älter wirken.

»Wie heißt Ihr, mein Sohn?«

»Bertram, hochwürdigster Herr.«

»Und Ihr seid Lehrer am Grossmünster in Zürich, erzählte Euer Freund hier.« Er sah kurz zu Heinrich von Klingenberg, richtete dann seine Aufmerksamkeit wieder auf Bertram.

Da hatte Heinrich mal wieder mächtig übertrieben – aber ganz falsch war es schließlich nicht. Bertram nickte schweigend.

»Kennt Ihr Euch auch mit Urkunden aus?«

»Ja, hochwürdigster Herr. Mein Lehrer, Konrad von Mure aus Zürich, hat in Bologna studiert. In dieser Zeit war er *Abbreviator* für die päpstliche und kaiserliche Kanzlei. Er hat sogar ein Lehrbuch darüber verfasst. Von ihm habe ich es gelernt. Ich war auch bei einigen Prozessen dabei.«

»Gut. Ihr könnt mir unterwegs mehr davon erzählen.« Er gab dem Pförtner, der bei ihrer Ankunft herbeigeeilt, aber in respektvoller Entfernung stehen geblieben war, ein Zeichen, das Tor zu entriegeln.

Gemeinsam traten sie auf die Straße. Es war ein strahlend schöner Tag, trotz der frühen Stunde hatte die Sonne bereits wärmende Kraft. Bonaventura warf einen Blick zum blauen Himmel. »Was für ein herrlicher Morgen. Es scheint, als betrachte der Herr unser Vorhaben mit Wohlwollen.«

Der gewaltige Komplex des erzbischöflichen Viertels war wie eine Festung von trutzigen Mauern umgeben, die bis ans Wasser reichten. Lediglich an der Chorseite der Kathedrale öffneten sie sich zu einem kleinen Platz, der zugleich die Anlegestelle bildete. Soldaten der erzbischöflichen Garde flankierten ihn zu beiden Seiten. Staunend legte Bertram den Kopf in den Nacken, sein Blick folgte den schmalen Pfeilern zwischen den Fenstern des achteckigen Chores, die direkt gen Himmel zu streben schienen. Die Türme dahinter waren noch eingerüstet und stetiges Hämmern und das Kreischen der Winde machten deutlich, dass der Bau der Kathedrale noch lange nicht abgeschlossen war, auch wenn in ihrem Inneren bereits vor fast dreißig Jahren das denkwürdige erste Konzil von Lyon stattgefunden hatte, an dem der damalige Papst den großen Stauferkaiser Friedrich II. für abgesetzt erklärt hatte. Bertram fühlte Heinrichs Hand auf seiner Schulter, die ihn sanft, aber nachdrücklich nach links dirigierte, wo sich zwischen den Soldaten eine kleine Pforte in der Mauer geöffnet hatte, durch die sie Bonaventura hindurchwinkte. »Üblicherweise kommen Gäste von der Nordseite, aber so geht es schneller«, erläuterte er. »Der Akt wird in der Aula des erzbischöflichen Palastes stattfinden. Ich muss mich noch umkleiden, bringe Euch aber vorher zum *Poenitentiarius maior*, der wird alles Weitere mit Euch klären.« Bertram kam aus dem Staunen nicht mehr heraus. Hinter der Mauer befand sich beinah eine eigene Stadt mit vielen Gebäuden, unzählige Menschen tummelten sich hier, kirchliche Prälaten in Trachten aus der ganzen Welt, die allgegenwärtigen Soldaten, aber auch Mägde, Knechte und andere Zivilpersonen.

Der Franziskaner geleitete sie zu einem großen Saal im Erdgeschoss des erzbischöflichen Palastes. An der Tür wechselte er ein paar Worte mit einem einfachen Kleriker, der daraufhin im Inneren des Saales verschwand, und verabschiedete sich dann von Heinrich und Bertram. Kurze Zeit später kehrte der Kleriker mit einem mittelgroßen Mann in vollem Bischofsornat zurück, der auf dem Haupt den breitkrempigen purpurroten Kardinalshut trug. Er war glattrasiert und mochte vielleicht fünfzig Jahre zählen. »Ist das der Mann?« Bertram fühlte sich von stechenden Augen gemustert, neigte ehrfürchtig den Kopf und küsste den dargereichten Ring an der rechten Hand des Kardinals.

»Lehrer am Grossmünster in Zürich und der schnellste Schreiber, den sie dort haben, Ehrwürdigster Vater«, erwiderte Heinrich von Klingenberg.

»Und Ihr könnt Latein und Deutsch?«, wandte sich Pierre de Tarentaise direkt an Bertram.

»Ja, Ehrwürdigster Herr.«

»Gut, wir haben sowieso keine Wahl. Kommt mit.«

»Ich warte draußen, bis der Kanzler und der Burggraf eintreffen«, raunte Heinrich in Bertrams Ohr und gab ihm einen aufmunternden Schubs. Mit klopfendem Herzen trat Bertram über die Schwelle. So viele geistliche Würdenträger hatte er noch nie auf einem Haufen gesehen! Es roch nach Weihrauch, Kerzenwachs und den Ausdünstungen vieler Menschen. Am Kopfende des Saals war die Kathedra für den Heiligen Vater aufgebaut, zu beiden Seiten des Thrones jeweils sieben Stühle für die Kardinäle, von denen die meisten bereits Platz genommen hatten. Zur rechten Seite des Papststuhles stand ein Lesepult, auf das zwei niedere Kleriker gerade eine gewaltige Bibel wuchteten. Eine Truhe zu Füßen des Pultes schien Urkunden zu enthalten. Im Kielwasser des Großpönitentiars gelangte Bertram durch die Reihen der zahlreichen Bischöfe, die sich in dem Raum vor dem Thron versammelt hatten, zur rechten Wand des Saales, wo hinter dem Evangelienpult drei weitere Schreibpulte aufgebaut waren. Eines diente offensichtlich als Materialdepot und war bedeckt mit leeren Pergamentbögen, Federkielen, Tintenhörnchen und anderem Schreibwerkzeug. An einem weiteren stand ein älterer Dominikanermönch, das dritte war leer. Pierre de Tarentaise führte Bertram zu dem mittleren Pult, wechselte ein paar Worte mit dem Dominikaner und verschwand im Gewühl.

»Gelobt sei Jesus Christus«, begrüßte Bertram den Mönch leise.

»In Ewigkeit, Amen«, erwiderte der und wies auf das letzte Pult. »Nehmt Euch, was Ihr braucht.« Sein Latein hatte einen starken französischen Einschlag, sodass Bertram ihn kaum verstand, aber seine Geste war eindeutig. Bertram trat zu dem Pult. Er nahm einen der Federkiele in die Hand.

Zögernd sah er zu dem Mönch. »Habt Ihr auch unbeschnittene Kiele? Die ich mir selbst zurichten kann?«

Der Mönch nickte, ging zu Bertram und hob den Pultdeckel vorsichtig an. Bertram griff sich ein paar Kiele und ein Messer aus dem dort liegenden Vorrat sowie Tinte und einige Bögen Pergament und kehrte an seinen Platz zurück. Sorgfältig machte er sich daran, die Federkiele zuzuschneiden, und führte ein paar Probestriche aus. Endlich war er zufrieden, legte drei Kiele neben den Pergamentbogen und ließ seine Augen durch den Raum schweifen. Ganz offensichtlich waren zu diesem Konsistorium nicht nur die kurfürstlichen Erzbischöfe geladen. Bertram kam es so vor, als wären sämtliche auf dem Konzil anwesenden Bischöfe in diesem Raum versammelt. Es summte wie in einem Bienenstock. Doch plötzlich erhoben sich die Kardinäle von ihren Sitzen. Das Summen im Saal verebbte und in dem ungeordneten Haufen der Bischöfe bildete sich eine Gasse. Ein goldenes Vortragekreuz erschien in der Türöffnung. Bertram lief ein Schauder über den Rücken. Der Heilige Vater war eingetroffen.

⚜

Währenddessen im Kloster Selnau bei Zürich, Mittwoch, 6. Juni 1274, vormittags

Otto trat aus der dunklen Krankenstube ins Freie und schloss für einen Moment geblendet die Augen. Er fuhr sich über die Stirn und holte ein paarmal tief Luft, um den Geruch von Blut, Exkrementen und Angstschweiß aus der Nase zu bekommen. Im Angesicht des nahenden Todes geriet auch die verstockteste Seele in Aufruhr bei dem Gedanken, womöglich ohne Absolution vor den Allmächtigen treten zu müssen. Schwester Ita stammte aus einer angesehenen Bürgerfamilie aus Zürich, war erst in fortgeschrittenem Alter in das Kloster Selnau am Fuße des Ütliberges eingetreten und hatte sich davor offensichtlich wenig um Gottes Gebote geschert. Über eine Stunde lang hatte sie eine Sünde nach der anderen bekannt, immer gehetzter war ihre Stimme geworden, bis ihr der Todesengel endlich die Lippen verschloss. Otto verzog verächtlich die Mundwinkel. Wie erbärmlich war doch ein Menschenleben. Aber er war zu Höherem berufen, als sterbenden Nonnen die Beichte abzunehmen. Auch wenn er Gottes weisen Ratschluss nicht sofort erkannt hatte, als ihm Guardian Johannes den Auftrag erteilt hatte, einmal wöchentlich die Seelsorge im Frauenkonvent Selnau zu übernehmen. Das tat er doch nur, um sich dem Konstanzer Bischof und dem Zürcher

Klerus zu beugen und ihn, Otto, aus dem Weg zu schaffen. Otto hatte gehorcht, zähneknirschend zunächst, doch dann war ihm klar geworden, dass dies die ideale Gelegenheit war, sich unbeobachtet mit dem Boten des Königs zu treffen.

Albrecht von Schenkenberg war der älteste Sohn des Königs, unehelich geboren und wie sein fünf Jahre jüngerer ehelicher Halbbruder nach seinem Großvater benannt. Meist hielt er sich auf der Burg seiner mütterlichen Verwandten in der Grafschaft Schenkenberg auf, eine knappe Tagesreise von Zürich entfernt. Trotz seines jungen Alters von vierundzwanzig Jahren war er ein unerschrockener Kämpfer und hatte seinen Vater bereits auf zahlreichen Fehden begleitet. Seine bedingungslose Loyalität dem Vater gegenüber hatte auch Otto zu spüren bekommen: Sehr zu seinem Verdruss hatte sich Albrecht äußerst bedeckt gehalten, was die Rolle Bertrams anging, und ihn mit den gleichen Floskeln über »das Wohl des Reiches« abgespeist wie der König, und das, nachdem ihm Otto sogar Namen und Aufenthaltsort Bertrams verraten hatte. Dass Bertram im Haushalt des Kantors lebte, schien Albrecht etwas aus der Fassung zu bringen, doch hatte er die Nachricht kommentarlos entgegengenommen und Otto keinerlei Erklärungen gegeben. So war Otto zur Selbsthilfe geschritten und hatte vor ein paar Wochen die Gelegenheit beim Schopfe gepackt, als der *Librarius* des Grossmünsters vergessen hatte, nach der Messe die Sakristei abzuschließen. Wie ärgerlich, dass der Tölpel nicht auch vergessen hatte, die Truhen abzuschließen. Wenn es irgendwelche Dokumente über diesen Bertram gab, dann sicher dort. Doch leider hatte Otto unverrichteter Dinge wieder abziehen müssen. Immerhin brauchte er sich keine Gedanken mehr darüber machen, den Jungen zu einer Reise zu überreden, auch das hatte sich mit der Einladung zum Konzil ganz wunderbar gefügt. Albrecht war höchst zufrieden gewesen, als Otto ihm bei ihrem letzten Treffen davon berichtet hatte.

Ob er schon eingetroffen war? Otto ging hinüber zur Gaststube des Klosters. Tatsächlich, vor der Tür war Albrechts Apfelschimmel angebunden, einen Hafersack um den Hals. Otto umrundete das Gebäude und trat in das kleine Waldstück, in dem sie sich meist trafen.

Albrecht saß auf einem großen Felsbrocken und schlug ungeduldig mit einem Zweig gegen seinen Stiefel. Als er Otto näher kommen hörte, sprang er auf. Er war von langer schlanker Gestalt wie sein Vater und in seinem Gesicht prangte dessen unverwechselbare Habichtsnase. »Ihr kommt spät«, bemerkte er statt einer Begrüßung.

Angesichts dieser Respektlosigkeit verzichtete Otto ebenfalls auf irgendwelche Höflichkeitsfloskeln. »Ich hatte eine Beichte abzunehmen. Vergesst nicht, ich bin hier als Seelsorger.«

Albrecht winkte ab. »Geschenkt. Ich habe ein Hühnchen mit Euch zu rupfen!«

Otto zog die Augenbrauen hoch. »Wie meint Ihr das?«

»Dieser misslungene Versuch mit dem Sattel ist doch auf Eurem Mist gewachsen, oder?«

Otto bemühte sich um eine unverfängliche Miene, doch in seinem Inneren arbeitete es. Wieso misslungen? Was hatte dieser Dummkopf von Simon jetzt wieder angestellt? Und wieso konnte Albrecht schon davon wissen? »Ich weiß nicht, wovon Ihr sprecht«, stellte er sich dumm.

Albrecht schnaubte unwillig. »Natürlich nicht. Eure Aufgabe war es, diesen Bertram aus der Stadt zu locken und uns Nachricht darüber zu geben, nicht mehr und nicht weniger!«

Otto zuckte die Schultern. »Und? Genau das habe ich getan.«

»Einen Teufel habt Ihr! Die Route über den Bözberg nach Basel habt Ihr uns genannt, stattdessen hat der Klingenberger die Badener Straße nach Brugg genommen!«

»Kann ich was dafür, wenn der Klingenberger auf einmal seine Meinung ändert?«

Albrecht holte tief Luft. »Vielleicht nicht. Aber ärgerlich ist es trotzdem. Wir hatten alles so gut vorbereitet, den alten Knecht vergiftet, einen unserer Leute eingeschleust, und dann so etwas!

Und was sollte das mit seinem Sattel? Habt Ihr den Gurt manipuliert, damit er unterwegs reißt?«

Otto durchzuckte ein freudiger Schrecken. Hatte sich Bertram tatsächlich zu Tode gestürzt? Aber wieso war Albrecht dann so ärgerlich? Der König hatte doch mehr oder weniger zu verstehen gegeben, dass er Bertram lieber tot als lebendig sehen würde? Er antwortete ausweichend: »Ich dachte, es wäre in Eurem Sinne, wenn dieser Bertram sich auf der Reise den Hals bricht?«

Jetzt wurde Albrecht wieder laut. »Wer sich wann wo den Hals bricht, habt nicht Ihr zu bestimmen! Außerdem hat es nicht den Jungen getroffen, sondern ...« Er unterbrach sich, machte eine wegwerfende Handbewegung und fuhr dann etwas leiser fort: »Euer eigenmächtiges Handeln hat uns mehr geschadet als genutzt! Jetzt weiß Bertram, dass es jemand persönlich auf ihn abgesehen hat, und wird auf der Hut sein.«

Otto hörte nur den Anfang des zweiten Satzes. Es hatte nicht Bertram getroffen! Auch dieser Anschlag missglückt. Der Junge stand wirklich mit dem Teufel im Bunde. Er presste die Kiefer aufeinander.

»Wisst Ihr wenigstens, wo sie in Lyon absteigen wollten?«

Otto schüttelte den Kopf. »Leider nein. Aber ich könnte versuchen, es herauszufinden«, fuhr er eifrig fort.

Albrecht winkte heftig ab. »Lasst es, das erregt nur Aufsehen. Ich kümmere mich selbst darum. Ich habe schon kurz nach ihrem Aufbruch eine Nachricht an den Kanzler geschickt, vielleicht hat sie ihn schon erreicht. Ihr haltet dafür Augen und Ohren offen und setzt mich sofort in Kenntnis, falls Bertram wieder in Zürich eintrifft oder Ihr sonst Kunde von seinem Verbleib habt.«

Otto nickte.

Albrecht sah ihn eindringlich an. »Und keine eigenmächtigen Handlungen mehr, verstanden? Nur beobachten und informieren, mehr nicht.«

Otto ballte hinter seinem Rücken die Fäuste, aber nickte wieder.
»Gut, dann sind wir hier fertig. Ich muss mich sputen, damit ich bis zum Abend wieder zurück bin. Wartet noch einen Moment, bevor Ihr ebenfalls geht. Es muss uns niemand zusammen sehen.«
Als ob er das nicht wüsste! Otto sah dem jungen Grafen hinterher, der sich rasch einen Weg durch das Dickicht bahnte. Allmählich kamen ihm Zweifel, ob es wirklich eine gute Idee gewesen war, Simon mit ins Boot zu holen. Was, wenn es eine Untersuchung wegen des Sattels gab? Wie lange würde Simon standhalten? Würde er nicht eher alles ausplaudern, um seine eigene Haut zu retten? Otto fuhr sich über die Augen. Es wurde Zeit, sich dieses Dummkopfes zu entledigen. Und dann musste er sich etwas für Fides einfallen lassen. Auf keinen Fall würde er zulassen, dass sie die Kebse dieses Bertram wurde, falls er denn wider Erwarten gesund heimkehren würde.

39. Kapitel

Lyon, Mittwoch, 6. Juni 1274 – abends

»So schnell und so lange habe ich noch nie schreiben müssen – ich spüre meine Handgelenke nicht mehr. Kein Wunder, dass der ursprüngliche Schreiber krank geworden ist.« Bertram saß mit Mathis im Gästesaal des Franziskanerklosters, wo man ihnen nach der *Vesper* eine einfache Mahlzeit aus Brot, Gemüseeintopf und verdünntem Wein serviert hatte. Er war so hungrig, dass er an sich halten musste, nicht wie ein Schwein zu schlingen. Er wischte gerade mit einem Stück Brot seine Schüssel aus, als Heinrich von Klingenberg an den Tisch trat.

»Hier seid ihr, ich habe euch schon gesucht«, begrüßte er sie und schwang sich gegenüber von Bertram in die Bank. Er warf einen Blick in Bertrams Napf. »Was war das? Gemüsesuppe? Da ist die Verpflegung bei den Dominikanern aber besser.«

Bertram hob die Augenbrauen. »Du hast bei den Predigern gegessen?«

Heinrich nickte. »Ich habe den Kanzler und unsere beiden Freunde in ihre Unterkunft begleitet. Ich hatte die Hoffnung, dass sie in Bälde abreisen werden, nachdem der Schwur geleistet ist, und wir eventuell ihre Zimmer übernehmen könnten.«

»Und dem ist nicht so?«

Heinrich schüttelte den Kopf. »Der Burggraf wird weiter über die konkrete Umsetzung der Versprechen verhandeln. Nur der Kanzler reist morgen nach Hagenau ab, um dem König Bericht zu erstatten.« Sein Blick wurde abwesend und seine Kieferpartie verhärtete sich. Bertram warf Mathis einen Blick zu.

Der schien den Stimmungswechsel auch bemerkt zu haben und rutschte aus der Bank. »Wenn Ihr mich nicht mehr braucht, gehe ich mir noch ein wenig die Beine vertreten und sehe dann nach den Tieren.«

Heinrich schreckte auf, sah kurz zu ihm hoch und nickte. »Geh ruhig. Wir kommen zurecht.« Er versank wieder in Gedanken. Inzwischen waren sie die einzigen Gäste, ein Laienbruder begann lautstark klappernd, die Tische abzuräumen.

»Sollen wir nicht auch woanders hingehen?«, fragte Bertram und legte Heinrich die Hand auf den Arm.

Der sprang unvermittelt auf. »Ja, lass uns in den Kreuzgang gehen. Oder ganz nach draußen. Ich brauche ein wenig Bewegung.« Bertram war es recht, nach dem Tag am Schreibpult war ein Spaziergang sicher nicht verkehrt.

Sie liefen Richtung Süden stadtauswärts und erreichten nach kurzer Zeit eine belebte Kreuzung. Die breite Straße schien eine der Hauptverkehrsachsen zwischen den beiden Flüssen zu sein. Links von ihnen befand sich der turmartige Vorbau zur Rhonebrücke. Wie an jedem Stadttor befanden sich auch hier zahlreiche Schenken und Lokale, die zu dieser Zeit gut besucht waren. Vor der Brücke stauten sich die Besucherströme, da die Torwächter sie nur in kleinen Gruppen passieren ließen. Jetzt am Abend drängten mehr Menschen aus der Stadt als hinein, vornehmlich Bauern aus den umliegenden Dörfern, die ihre Erzeugnisse verkauft hatten und mit ihren leeren Karren heimfuhren. Bertram und Heinrich blieben einen Moment stehen, um die imposante Konstruktion aus Holz und Steinen zu bewundern. Zahlreiche Baugerüste bewiesen, dass die Brücke gerade umgebaut wurde, es hatte den Anschein, als wollte man einer ursprünglich hölzernen Brücke durch zusätzliche steinerne Fundamente mehr Stabilität verleihen. Bertram wies auf eine steinerne Platte, auf der in scharf geschnittener *Capitalis* Bruchstücke lateinischer Worte zu entziffern waren. »Sieh doch nur, Heinrich, haben die da alte Mauerreste verwendet? Denn der Text ergibt überhaupt keinen Sinn, der kann nicht für die Brücke angefertigt worden sein.«

Heinrich zuckte die Schultern. »Schon möglich. Lyon war eine bedeutende Römersiedlung, warum soll man die Trümmer aus den Ruinen nicht einer neuen Bestimmung zuführen? Das ist in Zürich doch genauso, die Steine der geschleiften Königspfalz sind in der ganzen Stadt verbaut worden.«

Sie überquerten die Rue de Mercier und gingen weiter nach Süden, wo die Gemeindewiesen begannen. Statt Wohnhäuser standen Schafställe und hölzerne Schuppen zwischen ausgedehnten Feldern und Weideflächen, auf denen das Vieh wiederkäuend im Gras lag. Nach der Hitze des Tages war die Luft auf ein angenehmes Maß abgekühlt, von der Rhone her wehte eine leichte Brise. Heinrich lehnte sich gegen einen Weidezaun und stocherte sich mit einem ausgerupften Schilfrohr zwischen den Zähnen herum.

Bertram sah ihn von der Seite an. »Was hat dir jetzt so die Laune verdorben?«, fragte er, nachdem Heinrich weiterhin schwieg. »Doch nicht nur die bescheidene Unterkunft?«

Heinrich schüttelte den Kopf. »Nein. Obwohl die wahrlich nicht geeignet ist, einen Menschen fröhlich zu stimmen. Meine Unterredung mit dem Kanzler ist nicht ganz so gelaufen, wie ich mir das gewünscht hatte.«

Bertram erwiderte nichts darauf, sah ihn nur weiter an.

Heinrich warf den zerkauten Halm weg. »Im Prinzip hat er mir zu verstehen gegeben, dass ich nach Bologna zurückkehren, mein Studium beenden und die Prüfungen ablegen soll, bevor er mich im Dienst der königlichen Kanzlei brauchen kann.«

Bertram ahnte, worauf Heinrich hinauswollte. »Und jetzt fragst du dich, ob ich den Weg zurück nach Zürich alleine finde, damit du direkt nach Bologna reisen kannst, nachdem du eh schon so weit im Süden bist?«

Heinrich sah ihn an: »Nicht nur. Aber ja, auch das gibt mir zu denken. Traust du dir das zu?«

Bertram überlegte kurz. Dann nickte er. »Ich glaube schon. Außerdem bin ich nicht alleine, Mathis ist ja auch noch da. Es wird sich sicher eine Reisegruppe finden, der wir uns anschließen können.«

Deutliche Erleichterung spiegelte sich in Heinrichs Zügen. »Bist du dir sicher?«

Bertram nickte nachdrücklich. »Das schaffe ich schon.« Er grinste und fügte dann hinzu: »Solange du nicht von mir verlangst, ohne dich mit dem geschwätzigen Burggrafen zurückzureisen. Noch eine Wiederholung von der Baseler Wahlnachricht ertrage ich nicht.«

Heinrich lachte kurz auf, wurde dann aber wieder ernst. »Das werde ich ganz bestimmt nicht verlangen. Und wenn ich dir einen guten Rat geben soll: Halte dich am besten fern vom Burggrafen und seinem Begleiter.«

Bertram sah ihn verwundert an. »Hast du herausbekommen, warum sie sich gestern so seltsam verhalten haben?«

Heinrich schüttelte den Kopf. »Nein, aber sie waren mehr als erstaunt, dich heute früh unter den Protokollanten zu sehen. Und der Burggraf hat mich mehrmals gefragt, was du generell auf dem Konzil zu suchen hast, woher du stammst, wen du kennst ...«

»Und was hast du gesagt?«

Heinrich hob die Schultern. »Was ich allen erzähle. Dass du der Ziehsohn des Kantors bist und dass er dich der päpstlichen Kanzlei als Schreiber empfohlen hat.« Er sah Bertram an. »Bist du ganz sicher, dass du den Burggrafen nicht von früher kennst? Oder jemanden aus seinem Umkreis?«

Bertram dachte kurz nach, schüttelte dann entschieden den Kopf. »Ich kenne ihn nicht. Woher auch. Ich bin sehr abgeschirmt aufgewachsen. Ein einziges Mal durfte ich deinen Onkel nach Konstanz begleiten, aber das ist bestimmt drei Jahre her. Bevor ich die Manesses kennengelernt habe, war ich sonst immer nur im Haushalt des Kantors oder im Grossmünster – abgesehen von gelegentlichen Besuchen bei den Dominikanern, mit denen wir Bücher austauschen.«

»Und nicht ganz so gelegentlichen Besuchen in der Werkstatt eines gewissen Pergamenters.«

Bertram musste lachen. »Ja, dass auch – aber das ist sicher kein Ort, an dem der Burggraf verkehren würde. Ich habe ihn das erste Mal auf dem Königsempfang im Januar gesehen – aber da haben wir nicht miteinander gesprochen, vermutlich hat er mich nicht einmal wahrgenommen. Es war sehr voll und ich saß an einem anderen Tisch.«

Heinrich nickte, dann maß er Bertram langsam von Kopf bis Fuß.

Bertram blickte irritiert an sich herunter. Hatte er sich etwa Suppe auf das Gewand geschüttet? Fragend sah er Heinrich an. »Stimmt etwas nicht?«

»Ich frage mich ... vielleicht kennt der Burggraf deinen Vater von früher und du siehst ihm ähnlich. Deine dunklen Haare sind ja nicht gerade alltäglich in unserer Gegend. Das wäre doch möglich.«

Bertram erschrak. Das wäre ja ... Er hatte sich so auf seine Leberflecke fixiert, dass er andere körperliche Merkmale völlig außer Acht gelassen hatte – vielleicht war Otto wirklich nicht sein Vater? Dessen Haare waren eher fahlblond – soweit man das unter dem ganzen Dreck erkennen konnte ... Er schluckte. »Ja, aber wenn das so ist, warum hat Graf Friedrich nicht direkt danach gefragt? Das wäre doch naheliegend.«

Heinrich hob die Schultern. »Ich weiß es nicht. War nur so ein Gedanke. Jedenfalls solltest du das mit deiner *Dispens* schleunigst in Ordnung bringen und dann abreisen.«

Bertram nickte. Nichts lieber als das. »Ich soll morgen früh sowieso wieder in den erzbischöflichen Palast kommen wegen der Urkunden – meinst du, ich kann mein Gesuch dort einfach abgeben?«

»Auf jeden Fall können die dir dort genau sagen, wo du es einreichen musst – und vergiss nicht, etwas Geld mitzunehmen für die Gebühren und die Handsalbe.«

Bertram nickte. »Ich werde daran denken. Sollen wir dann so langsam zurückgehen? Ich möchte das Tageslicht noch nutzen, um an den Kantor und an Fides zu schreiben. Sie warten bestimmt schon auf eine Nachricht, seit Brugg habe ich mich nicht mehr gemeldet. Meinst du, ich könnte die Briefe dem Kanzler mitgeben, wenn er morgen früh schon abreist?«

Heinrich zögerte einen Moment, dann sagte er: »Gib sie mir. Ich will sowieso an meinen Onkel schreiben, dass ich von Lyon aus direkt nach Bologna reisen werde.« Sie liefen eine Weile schweigend nebeneinanderher. Als sie wieder das Schenkenviertel erreichten, fiel Bertram eine Gruppe bunt gekleideter Männer im Vorgarten einer Taverne auf. Sie unterhielten sich lärmend auf Italienisch, während sie Bertram und Heinrich unverhohlen anstarrten. Jetzt erhob sich einer und kam auf sie zu.

Erstaunen malte sich auf Heinrichs Züge. »Das gibt's doch nicht«, murmelte er.

»Enrico!«, rief der Mann, als er sie erreichte. »Amico! Come stai?« Er schloss Heinrich in seine Arme und drückte ihm einen herzhaften Kuss auf beide Wangen.

»Luca!«, rief Heinrich, als er sich endlich befreien konnte. Er schob den Mann auf Armeslänge von sich und betrachtete ihn. »Was führt dich denn hierher?«, fuhr er dann auf Latein fort.

Luca wechselte mühelos in die gleiche Sprache. »Geschäfte, mein Freund, Geschäfte. Und Beschwerden – die Steuerforderungen dieses Carlo d'Angiò sind unerträglich und die Verbote des Papstes bezüglich des Handels mit der Levante inakzeptabel.« Seine Augen richteten sich auf Bertram, der dem Wortwechsel erstaunt gefolgt war.

Heinrich legte Bertram einen Arm um die Schulter. »Entschuldige, ich habe dich noch gar nicht vorgestellt. Bertram, das ist Luca Alberici aus Bologna, ein Studiengefährte von mir. Und Luca, das ist Bertram, ein Freund aus Zürich.«

Ohne viel Federlesen ließ Luca Bertram die gleiche Begrüßung angedeihen wie Heinrich. »Ciao Bertramo! Enricos amici sind meine amici!«

Bertram spürte die kostbaren Stickereien von Lucas Obergewand hart an seiner Wange und registrierte, dass dieser sich außerdem parfümiert hatte, und das nicht zu knapp. Er war froh, als ihn Luca endlich wieder losließ, und lächelte nur verlegen.

Luca wandte sich wieder Heinrich zu. »Und, wann kommst du endlich zurück? Alle professore fragen schon nach dir! Ein bis zwei Monate wolltest du Urlaub, jetzt ist ein halbes Jahr vergangen! Geht es deinem Vater wieder besser? Du musst mir alles erzählen, kommt, setzt Euch zu uns und trinkt einen Wein!« Er sah auch Bertram an und wies einladend zu ihrem Tisch.

Bertram schüttelte den Kopf. »Ein anderes Mal gerne, aber jetzt habe ich wirklich keine Zeit.« Er wandte sich an Heinrich. »Bleib du ruhig bei deinen Freunden, ihr habt euch sicher viel zu erzählen. Ich bräuchte nur den Schlüssel für die Truhe, damit ich an mein Schreibzeug komme.«

40. Kapitel

Lyon, Barfüßerkloster, Donnerstag, 7. Juni 1274

Wieder war es das Läuten zur *Prim*, das Bertram aufweckte. Die Morgenluft, die durch das Fenster in die Zelle drang, war noch kalt, aber das strahlende Licht verhieß einen schönen Tag. Vorsichtig schob er den Arm weg, der schwer auf seiner Hüfte lag, und rutschte aus dem Bett. Heinrich rührte sich nicht einmal, er schnarchte zum Gotterbarmen und verbreitete einen üblen Geruch nach schalem Wein und Schweiß. Wahrscheinlich roch er selbst auch nicht viel besser. Bertram steckte die Nase in seine Achselhöhle und verzog angewidert das Gesicht. So allmählich fühlte er sich wirklich nicht mehr wohl in seiner Haut. Vielleicht fand er auf dem Weg zum Abort eine Gelegenheit, sich zu waschen. Er strich sich über die Wangen. Rasieren tat auch dringend not. Am besten schaute er bei Mathis vorbei, der würde wissen, was zu tun war. Er nahm sein Rasierzeug und ein kleines Stück Seife aus seinem Reisesack und verließ die Zelle.

Als er eine knappe Stunde später zurückkehrte, fand er Heinrich auf der Truhe sitzend, das Schreibbrett auf den Knien. Bertram legte das nasse Seifenstück und das Rasiermesser auf der Fensterbank ab, damit beides trocknen konnte, und sah Heinrich über die Schulter. Der war gerade dabei, die letzten Zeilen auf dem Bogen zu vollenden, legte dann die Feder nieder und blies vorsichtig über das Blatt, um die Tinte zu trocknen. »Du kommst gerade recht«, begrüßte er ihn. »Ich habe mir erlaubt, mich an deinem Pergamentvorrat zu bedienen, ich hoffe, es ist dir recht. Viel ist allerdings nicht mehr übrig.«

Bertram nickte. »Ich weiß. Es macht nichts, ich wollte sowieso bei den hiesigen Händlern vorbeischauen, um einen Wunsch für Fides Vater zu erfüllen.«

Heinrich sah ihn an. »Sind deine Briefe schon fertig?«

Bertram bückte sich und zog die beiden gefalteten Bögen unter dem Bett hervor, wo er sie gestern Abend deponiert hatte. Heinrich schob sie zwischen seine beiden Briefe und umwickelte das Päckchen mit einer Schnur. Dann entzündete er das Talglicht und ließ einen Tropfen Wachs auf die Stelle fallen, an der sich die Schnüre kreuzten. Er presste eine bereits vorgeformte Platte aus rotem Wachs darauf und drückte seinen Siegelring hinein. Zufrieden betrachtete er sein Werk. »Das hätten wir. Und jetzt sollten wir zusehen, dass wir etwas zu essen bekommen, bevor wir aufbrechen.« Er sah zu Bertrams Seifenstück. »Waschen wäre allerdings nicht schlecht – kann man hier baden?«

Bertram lachte. »Na ja, baden würde ich das nicht nennen, aber es gibt einen Raum, in dem man sich waschen kann. Sie haben sogar eine Wasserleitung, wie unsere Prediger in Zürich, du musst also nicht zum Brunnen. Die Seife solltest du allerdings selbst mitbringen. Mathis kann dich rasieren, wenn du magst. Er ist ganz geschickt darin.«

Heinrich seufzte theatralisch. »Nun ja, besser als nichts. Vielleicht sollten wir einen Ortswechsel in Betracht ziehen. Luca ist im Haus eines Onkels im Kaufmannsviertel bei Saint-Paul untergekommen und hat uns angeboten, bei ihm zu wohnen, es gäbe genug Platz.« Er griff sich Seife und Rasierzeug und verließ das Zimmer.

Bertram sah ihm nachdenklich hinterher. Abgesehen von der engen Bettstatt fand er es hier gar nicht so übel. Zumindest hatte man seine Ruhe.

Der Bootsführer manövrierte sein batelet geschickt längs der Treppenstufen vor St Jean. Bertram drückte ihm eine Münze in die Hand und sprang ans Ufer. Er kramte den Passierschein hervor, den ihm Pierre de Tarentaise gestern ausgestellt hatte, damit er die kleine Pforte neben dem Chor der Kathedrale benutzen konnte und keinen Riesenumweg zum Haupteingang an der Westseite des Areals machen musste. Die Wächter ließen ihn anstandslos hindurch. Bertram überquerte den Hof und trug dem Pförtner am Eingang des erzbischöflichen Palastes sein Anliegen vor. Er wurde offensichtlich schon erwartet, ein Dominikanermönch nahm ihn in Empfang und geleitete ihn durch das Gängelabyrinth des Palastes in einen Raum im ersten Stock. Bertram trat über die Schwelle und fühlte sich sofort zu Hause. Der vertraute Geruch nach Pergament, Kreidestaub und Leim drang ihm in die Nase. Links neben dem Eingang brannte ein kleines Kohlebecken, umgeben von Utensilien zur Tintenherstellung. Er ließ seinen Blick durch den lang gestreckten Raum wandern. Ihm gegenüber an den Fensterseiten standen Schreibpulte, von denen die meisten besetzt waren. Vor dem letzten Fenster hingen schwere Vorhänge aus dunklem Stoff, um die dort ausgestellten Bücher vor direktem Lichteinfall zu schützen. Denn an der rechten Schmalseite des Raumes befand sich offensichtlich die bibliotheca, mit deckenhohen Regalen und zahlreichen Büchertruhen und Urkundenrollen. Auf großen Pulten lagen häufig benutzte Bücher griffbereit, mit Eisenketten am Tisch gesichert. An der fensterlosen Eingangswand fanden die vorbereitenden Arbeiten statt, wie das Zuschneiden und Linieren der Pergamentbögen. Weitere Pulte waren in der Raummitte aneinandergereiht, hier wurden offenbar kürzere Urkunden oder Mandate ausgefertigt. Bertram tastete nach dem

Brief des Propstes, den er unter seinem Gewand trug. Er musste unbedingt herausfinden, wo er sein Gesuch einreichen konnte. Trotz der vielen Menschen im Raum wurde kaum gesprochen, alle waren konzentriert bei der Arbeit und nahmen kaum von den Eintretenden Notiz. Bertrams Begleiter dirigierte ihn zwischen den Pulten hindurch zu einem Platz am Fenster, an dem ein Predigermönch von vielleicht vierzig Jahren sorgfältig Buchstaben in schönster Urkundenschrift auf einen großen Pergamentbogen malte. Zu seinem Erstaunen erkannte Bertram seine Mitschriften von gestern auf dem Pult. Der Mann vollendete die Zeile und sah dann fragend auf. Bertrams Begleiter flüsterte ihm etwas ins Ohr, worauf er Bertram freundlich anlächelte und ihm ein Zeichen machte, mit nach draußen zu kommen.

»Ich bin Bruder Markward«, stellte er sich auf Lateinisch vor. »Ihr habt gute Arbeit geleistet gestern, so eine klare Handschrift findet man selten, vor allem wenn es so schnell gehen muss – ich konnte alles mühelos lesen.«

Bertram bedankte sich für das Lob. Aber deswegen allein hatte man ihn sicher nicht einbestellt. Gespannt sah er Bruder Markward an.

Der fuhr fort: »Der Kardinaldekan hat Euch einen Vorschlag zu machen. Wir können gleich zu ihm gehen, er ist nebenan.« Er führte Bertram durch die nächste Tür. Es schien sich um das Sekretariat der Kanzlei zu handeln. Die Wände verschwanden hinter deckenhohen Regalen, in denen Folianten und Urkundenrollen lagerten. Am Boden Truhen und Körbe, gefüllt mit unzähligen Briefen. Bertram wurde ganz schlecht bei dem Gedanken, dass es sich dabei um Dispensgesuche handeln könnte. An einem Pult neben dem Eingang stand ein dunkel gekleideter Beamter, dessen hochgezogene Augenbrauen und herabhängende Mundwinkel keinen Zweifel ließen an seiner Wichtigkeit. Er sah sie kaum an und bedeutete ihnen durch eine Handbewegung, zu warten. In der Mitte des Raumes thronte Pierre de Tarentaise auf einem hochlehnigen Armstuhl und diktierte einem Schreiber, der neben ihm an einem Pult stand. Der Kardinal trug heute nicht das Prunkgewand von gestern, sondern den schwarz-weißen Habitus seines Ordens. Lediglich sein Ring legte Zeugnis ab von seiner Stellung. Nach wenigen Minuten entließ er seinen Schreiber und winkte Bertram und seinen Begleiter zu sich. Bertram beugte das Knie und küsste den Ring des Kardinals.

»Bruder Markward sagt, Ihr habt gute Arbeit geleistet gestern«, sprach ihn der Kardinal an.

»Es war mir eine Ehre, Hochwürdigster Herr«, erwiderte Bertram.

»Könnt Ihr auch Griechisch?«, fragte der Kardinal.

Etwas überrascht nickte Bertram. »Ja, Hochwürdigster Herr.«

»Sehr gut. Ich möchte Euch etwas zeigen.« Er erhob sich und schritt auf das Pult am Eingang zu, auf dem sein Sekretär inzwischen ein Bündel eng beschriebener gefalzter Pergamentbögen abgelegt hatte, das Ganze wirkte wie ein ungebundenes Buch. Er wandte sich an Bertram. »Ihr wisst vielleicht, dass mein verehrter Lehrer und Freund, Thomas von Aquin, auf dem Weg zu diesem Konzil Anfang März in Fossanova verschieden ist.«

Bertram nickte. Die Nachricht vom Tod des berühmten Gelehrten hatte natürlich auch Zürich erreicht.

»Und Ihr wisst vielleicht auch, dass er lange Jahre in Paris gelehrt hat. Dort sind wir uns auch begegnet. Das hier«, sagte der Kardinal und legte eine Hand auf den Stapel, »sind Mitschriften seiner Vorlesungen in Paris, im Wesentlichen Kommentare zu Aristoteles.« Er sah Bertram an. »Ich möchte, dass Ihr sie sortiert und eine Abschrift anfertigt, auf deren Basis wir sie weiter vervielfältigen können. Als Lehrmaterial für unsere Studenten. Und das möglichst schnell. Traut Ihr Euch das zu?«

»Darf ich?« Bertram trat an das Pult. Pierre de la Tarentaise schob ihm den Stapel zu. Vorsichtig blätterte Bertram durch die Bögen. Wer auch immer diese Abschrift angefertigt hatte, er konnte eindeutig besser Latein als Griechisch. Aber mit einer Vorlage müsste es gehen. Immerhin war die Schrift einigerma-

ßen leserlich. Er sah zum Kardinal. »Habt Ihr eine Aristotelesausgabe hier, die ich benutzen könnte?«
Der Kardinal nickte. »Natürlich.«
»Dann werde ich die Abschrift gerne anfertigen. Wie viel Zeit habe ich?«
Pierre de Tarentaise hob die Schultern. »Vielleicht zwei Wochen? Wie lange habt Ihr Euren Aufenthalt hier geplant? Wann müsst Ihr wieder in Zürich sein?«
Bertram zögerte. Das war nun wahrlich nicht der Moment, um von seiner *Dispens* anzufangen. »Es gibt keinen festen Zeitpunkt. Ich weiß nur nicht, wie lange mir meine Unterkunft noch zur Verfügung steht. Man hat uns deutlich zu verstehen gegeben, dass es schwierig wird mit dem Platz, wenn die griechischen Gesandten eintreffen. Ich bin mit meinem Knecht bei den Barfüßern untergebracht.« Heinrich ließ er jetzt mal außen vor, der würde sicher bei Luca unterkommen.

Der Kardinal schien etwas verblüfft. Es war ihm deutlich anzusehen, dass er sich gewöhnlich nicht mit solchen Banalitäten wie der Unterbringung seiner Schreiber beschäftigte.

Bruder Markward kam ihm zu Hilfe. »Da der Kopist für mindestens zwei Wochen ausfällt, könnten wir Bertram doch sein Zimmer geben?«

Der Kardinal hob die Hände zum Zeichen, dass er damit nichts zu tun haben wollte. »Dann regelt das so, mir ist es recht. Und für das Finanzielle wendet Euch an meinen Sekretär.« Er nickte Bertram zu und verließ dann den Raum.

Bruder Markward sah Bertram an. »Dann sind wir uns also einig? Für die Vergütung haben wir feste Tarife für auswärtige Schreiber.« Er wechselte ein paar Worte mit dem Sekretär, der daraufhin einen flachen *Codex* unter seinem Pult hervorzog, darin blätterte und ihn Bertram aufgeschlagen unter die Nase hielt. Bertram beugte sich über die Tabelle. Natürlich waren die Tarife in französischer Währung angegeben, aber Heinrich hatte ihm erklärt, wie er umrechnen musste. Er überschlug kurz die Summe. Das war anderthalbmal so viel, wie der Zürcher Stadtschreiber als Lohn erhielt! Wenn er dazu noch das Material, Unterkunft und Verpflegung gestellt bekam, konnte er die ganze Summe sparen! Bertram bemühte sich um einen neutralen Gesichtsausdruck und erwiderte: »Das erscheint mir angemessen, ich bin einverstanden.«

Der Sekretär klappte das Buch wieder zu und holte einen anderen Band unter seinem Pult hervor. Er blätterte bis zu einer leeren Seite, trug das Datum, Bertrams Namen und den Titel des zu kopierenden Werkes ein und bedeutete Bertram, auf der gleichen Zeile zu unterschreiben. »Ihr meldet Euch dann morgen früh nach der *Terz* bei mir. Dann weise ich Euch einen Arbeitsplatz zu.« Damit war Bertram entlassen. Bruder Markward begleitete ihn hinaus und verabschiedete sich. »Wir sehen uns dann morgen wieder hier. Bis dahin habe ich auch in Erfahrung gebracht, wie wir das mit dem Zimmer regeln können.«

Er wandte sich zum Gehen. Bertram hielt ihn auf. »Verzeiht, eine Frage habe ich noch.«

»Ja?«

»Wo kann man hier Dispensgesuche einreichen?«

Wenn Bruder Markward von der Frage überrascht war, ließ er es sich nicht anmerken. »Während des Konzils stehen die Minderpönentiare vormittags immer im Seitenschiff der Kathedrale. Aber ich fürchte, für heute ist es schon zu spät, sie sind bestimmt schon gegangen.«

Bertram biss sich auf die Lippen. Wie ärgerlich. Sollte er den Brief jetzt etwa wieder mitnehmen?

Bruder Markward schien seine Enttäuschung zu spüren. Er nickte zum Eingang des Sekretariats. »Ihr könnt es natürlich auch im Sekretariat versuchen. Dort werden sowieso alle Gesuche gesammelt. Wenn unser Secretarius in guter Stimmung ist, lässt er sich vielleicht herab, Euer Schreiben direkt anzunehmen.« Ein leichtes Lächeln kräuselte Markwards Lippen, dann wandte er sich zum Gehen.

Bertram blieb nachdenklich zurück. Gut gelaunt war nicht das Wort, das ihm bei dem Schwarzberockten als Erstes eingefallen wäre. Dann erinnerte er sich an die Unterredung mit Heinrich. Vielleicht konnte eine kleine Handsalbe den sauertöpfischen Sekretär milde stimmen? Zum Glück hatte er heute früh sein gesamtes französisches Geld eingesteckt. Er kramte eine seiner kostbaren *Turnosen* aus seinem Geldbeutel und hielt sie in der Hand verborgen. Dann zog er den Brief des Propstes hervor und trat wieder über die Schwelle.

Das Läuten zur *Sext* war verklungen, als Bertram wieder am Franziskanerkloster eintraf. Er konnte es kaum erwarten, Heinrich von seinen Erfolgen zu berichten. Der Kardinalsdekan persönlich war auf ihn aufmerksam geworden! Und sein Dispensgesuch hatte er auch einreichen können. Der Secretarius hatte ihm zwar noch eine weitere *Turnose* abgeknüpft für die Bearbeitungsgebühr und die *litterae*, aber das war ihm gerade herzlich egal. Mit dem neuen Auftrag musste er sich keine Sorgen mehr über die Reisekosten zurück machen und vermutlich blieb auch noch etwas übrig. Er tastete nach dem nummerierten Zettel in seiner Geldkatze, den ihm der Secretarius als Empfangsbestätigung ausgehändigt hatte. Mit etwas Glück wurde die *Dispens* innerhalb der zwei Wochen bearbeitet, die er für das Kopieren des Aristoteleskommentars benötigte. Von Heinrich war weder vor dem Tor noch im Innenhof etwas zu entdecken, vermutlich war er schon aufs Zimmer gegangen.

Bertram stieg die Treppe im Gästetrakt empor. Schon von Weitem sah er die Zellentür aufstehen, also war Heinrich schon eingetroffen. Er beschleunigte seine Schritte. »Heinrich, du glaubst nicht, was mir ...« Er unterbrach sich mitten im Satz. Von Heinrich keine Spur, aber das Zimmer sah aus, als wäre ein Sturm hindurchgefegt. Der Truhendeckel stand auf und sein Inhalt war über den ganzen Raum verstreut, ebenso die Kleidungsstücke aus den beiden Reisesäcken. »Na, der hat aber etwas gründlich gesucht«, war sein erster Gedanke. Dann registrierte er, dass der Strohsack auf der Bettstatt zerschnitten war, die Füllung zum Teil herausgeholt. Das konnte nicht Heinrich getan haben. Jemand war eingebrochen! Bertram kniete sich neben die Truhe. Das Holz des Deckels war geborsten, als hätte ihn jemand mit einem Beil traktiert. Mit zitternden Fingern durchsuchte er den Inhalt. Gott sei Dank, die Schreibtafel mit all seinen Notizen war noch da, zwar etwas lädiert an den Ecken, aber sie ließ sich noch benutzen. Die von Fides genähte Mappe war aufgerissen, die verbliebenen Pergamentbögen zerknickt. Er entdeckte seinen Reisemantel, in dessen Saum er die Zürcher Münzen eingenäht hatte – er war zerschnitten, die Münzen verschwunden ... doch dann fand er sie lose zwischen den anderen Kleidungsstücken auf dem Boden der Truhe. Auf den ersten Blick schien nichts zu fehlen. Vom Gang her näherten sich Schritte. War das jetzt Heinrich? Oder kam der Einbrecher etwa zurück? Bertram sah sich nach etwas um, das er notfalls als Waffe gebrauchen konnte, griff sich schließlich sein Schreibbrett und versteckte sich hinter der halb aufstehenden Tür. Die Schritte hielten am Eingang der Zelle inne.

»Was zum Teufel ...«, erklang Heinrichs Stimme.

Erleichtert ließ Bertram das erhobene Holzbrett sinken und trat hinter der Tür hervor. »Wir hatten offenbar Besuch«, meinte er.

»Das kann man wohl sagen«, erwiderte Heinrich und betrachtete kopfschüttelnd das Chaos.

»Aber anscheinend wurde nichts gestohlen«, ergänzte Bertram. »Mein Mantel wurde zwar aufgeschnitten, aber das eingenähte Geld ist noch da, zumindest das meiste. Das französische Geld hatte ich zum Glück bei mir. Fehlt dir etwas?«

Heinrich kniete sich auf den Boden und durchsuchte Truhe und Reisesack, wendete auch die auf dem Boden liegenden Kleidungsstücke. Dann sah er zu Bertram auf und schüttelte den Kopf. »Es scheint alles da zu sein. Ich hatte noch zwei Wechselbriefe, sie sind geöffnet, aber sonst unversehrt – nun ja, damit kann eigentlich außer mir niemand etwas anfangen.«

Bertram hockte sich vorsichtig auf die Bettkante. »Wieso bricht jemand ein, zerstört alles und nimmt nicht einmal das Geld mit?«

»Ich weiß es nicht.« Heinrich starrte eine Weile vor sich hin, dann riss er auf einmal den Kopf hoch. »Dein Dispensgesuch? Ist es noch da?«

Bertram schüttelte den Kopf. »Es war gar nicht mehr hier. Ich habe es vorhin eingereicht. Da ist die Quittung.« Er zeigte Heinrich den Pergamentstreifen.

Der atmete hörbar auf. »Das ist gut. Heb den Zettel gut auf und lass ihn niemanden sehen.«

Bertram konnte sich nicht vorstellen, dass der Einbruch mit seinem Gesuch zusammenhing. »Du glaubst doch nicht ernsthaft, dass der Einbrecher hier nach meinem Brief gesucht hat? Wer sollte denn Interesse an einem fremden *Dispens* haben? Das ergibt doch gar keinen Sinn.«

Heinrich sah ihn ernst an. »Worum sollte es sonst gehen? Alle Wertsachen sind noch da. Wenn man uns nur vertreiben wollte, hätte es genügt, einfach alles durcheinanderzuwerfen. Aber die Truhe aufzubrechen, Strohsack und Mantel zu zerschneiden, alle Umschläge aufzureißen – nein, hier hat jemand ganz gezielt nach etwas gesucht. Und es bleibt nur der Dispensbrief übrig.« Er schwieg einen Moment und fuhr dann fort: »Irgendjemand will mit aller Gewalt verhindern, dass du deine *Dispens* bekommst. Es ist gut, dass du das Gesuch schon eingereicht hast. Und jetzt sollten wir schleunigst unser Quartier wechseln. Und möglichst niemandem erzählen, wohin wir gehen.«

41. Kapitel

Lyon, Badestube, Freitag, 8. Juni 1274

Lucas Angebot war nicht nur höfliches Gerede gewesen, sein Onkel hatte die unerwarteten Gäste herzlich empfangen und ihnen gleich eine geräumige Kammer mit einem bequemen Bett richten lassen. Das Haus der Kaufmannsfamilie Chaponay lag auf halbem Wege zwischen dem erzbischöflichen Palast und dem Le Boef, wo Mathis Unterschlupf gefunden hatte. Nach einem köstlichen Abendessen im Kreise der Familie hatte Bertram geschlafen wie ein Stein. Und heute hatte Luca sie in die beste Badestube der Stadt geführt, um »orientalische Badekultur« zu genießen, wie er sich ausdrückte. Angeblich konnte man dort auch hervorragend speisen. Bertram konnte sich unter »Badekultur« nicht wirklich etwas vorstellen, aber wenn man hinterher sauber und satt war, sollte es ihm recht sein.

»Donnerwetter, Luca, du hast nicht zu viel versprochen.« Anerkennend ließ Heinrich seinen Blick durch den Raum schweifen. Auch Bertram, der sich nach dem Bad träge und schläfrig fühlte, war mit einem Mal hellwach. So etwas hatte er noch nie gesehen! Bunte Teppiche mit farbenfrohen Mustern bedeckten nicht nur die Wände, sondern lagen auch in mehreren Schichten auf dem Boden. Jetzt verstand er, warum man sie am Eingang gebeten hatte, die Schuhe auszuziehen. Statt langer Tafeln und Bänke waren niedrige Tische über den Raum verteilt, umgeben von weichen Polstern. Die Sitzgruppen entlang der Wände waren durch schwere Samtvorhänge voneinander abgeschirmt. Öllämpchen verbreiteten nicht nur ein angenehm warmes Licht, sondern auch einen betörenden Duft. Von irgendwoher ertönten Lautenklänge, untermalt von nasalen Flötentönen und dem Rhythmus einer Trommel. Mädchen in bunten Gewändern eilten geschäftig hin und her, brachten Speisen oder kredenzten den ausnahmslos männlichen Gästen Wein oder Bier. Ein babylonisches Sprachengewirr hing in der Luft. Bertram wusste nicht, wohin er zuerst schauen sollte. Blindlings folgte er Luca, der sie zu einer Ecknische führte. »Hier sind wir ungestört«, meinte er und ließ sich auf einem der Polster nieder. Bertram und Heinrich nahmen zu seinen Seiten Platz. Staunend erkannte Bertram, dass der kleine Tisch vor ihm gar kein Tisch war, sondern ein kunstvoll geschnitztes hölzernes Gestell, auf dem ein großes rundes Tablett aus punziertem Metall lag. Weitere zusammengeklappte Gestelle lehnten an der Wand. »Ich gehe doch recht in der Annahme, dass Ihr erst etwas essen wollt?« Luca wartete ihre Antwort gar nicht ab, sondern winkte eines der Mädchen zu sich und begann in rasend schnellem Französisch zu sprechen. Die Frau nickte, baute geschickt zwei weitere hölzerne Gestelle vor ihnen auf und lief aus dem Zimmer. Kurz darauf brachte sie einen Krug Wein und drei fein ziselierte Becher und stellte sie auf dem Tischchen ab. Sie schenkte ihnen ein und eilte dann wieder davon. Diesmal kehrte sie in Begleitung eines weiteren Mädchens zurück. Bertram fielen fast die Augen aus dem Kopf. Die Frau hatte eine Hautfarbe wie Ebenholz, ein leuchtend gelbes Seidengewand umfloss ihren schlanken Leib, als sie stolz wie eine Königin den Saal durchschritt. Belakane, dachte er. Es gibt sie wirklich. Die Mädchen balancierten große, runde Teller auf der Schulter, die sie mit einer anmutigen Bewegung auf den Gestellen absetzten. Sie enthielten eine Vielzahl irdener Schälchen, die mit köstlich duftenden Gerichten gefüllt waren, sowie ein Bastkörbchen mit dünnem Fladenbrot. Bertram versuchte, die Gerichte zu identifizieren. Ein paar Hühnerschenkel konnte er erkennen, dann gab es frische Trauben und Granatäpfel, getrocknete Früchte, Nüsse, eine Art von Fleischbällchen, verschiedene Pasten in bunten Farben.

Er schob sich eines der Fleischbällchen in den Mund. Die kross gebackene Kruste umschloss ein weiches Inneres, das intensiv nach einem unbekannten Gewürz schmeckte – unbekannt, aber köstlich. »Schmeckt es Euch?«, fragte Luca, der ihn gespannt beobachtete.

Bertram nickte und schluckte den Bissen hinunter. »Ungewöhnlich, aber sehr gut. Ich dachte erst, es wären Fleischbällchen – das ist aber kein Fleisch, oder?«

Luca lächelte. »Nein, das sind Falafel – ein Gericht aus pürierten Bohnen mit Knoblauch und verschiedenen Gewürzen, zu Kugeln gerollt und dann in Öl gebacken. Das hier müsst Ihr unbedingt probieren – eine Paste aus gerösteten Paprika vermengt mit gehackten Walnüssen und Olivenöl.« Er wies auf eine Schale, die einen leuchtend roten Brei enthielt, und reichte Bertram etwas Brot. »Ihr brecht ein Stückchen Brot ab, rollt es zu einer kleinen Tasche und nehmt damit etwas von der Paste auf.« Er machte es ihm vor, schob sich das gefüllte Stück Brot in den Mund und verdrehte genießerisch die Augen.

Bertram tat es ihm nach. »Zimt!«, rief er überrascht aus und dann traten ihm auf einmal die Tränen in die Augen. »Himmel, ist das scharf. Aber sehr gut.« Er spülte den Bissen mit einem großen Schluck Wein hinunter.

Heinrich hatte sich unterdessen ein grünes Röllchen in den Mund geschoben. »Reis«, stellte er fest, »aber was ist das Grüne?«

»Weinblätter«, erwiderte sein Freund.

Heinrich hob die Augenbrauen. »Tatsächlich? Dass man Weinlaub auf entzündete Wunden legt, war mir bekannt, aber nicht, dass es so gut schmeckt.« Er nahm sich noch ein Röllchen. »Das sollte man bei uns zur Fastenzeit auf den Tisch bringen, dann würden die vierzig Tage vergehen wie im Flug.«

Er lachte über seinen eigenen Witz und angelte sich dann einen Hühnerschenkel von der Platte. Sie ließen es sich gut gehen und probierten sich durch die verschiedenen Gerichte. Immer wenn sie ein Schälchen geleert hatten, erschien wie von Zauberhand ein neues und auch der Weinkrug wurde von den aufmerksamen Dienerinnen immer wieder nachgefüllt. Als Bertram meinte, nun endgültig keinen einzigen Bissen mehr hinunterzubringen, servierten die Mädchen süßes Gebäck, kandierte Früchte und gezuckerte Nüsse. Dann reichten sie ihnen eine Schale mit parfümiertem Wasser und bestickte Leinentücher, um sich die Finger und Lippen zu reinigen. Sehr satt und höchst zufrieden lehnte sich Bertram zurück. Versonnen betrachtete er den Teppich. Was für ein wunderbares Rankenwerk. Das würde sich auch prächtig in einer Initiale machen. Vielleicht nicht gerade beim Wilhelm von Orlens, aber sicher am Anfang eines *Psalters*. Er sah die Beatus-Vir-Initiale schon vor sich ...

»Und wie wäre es jetzt mit einem Besuch nebenan?«, unterbrach Luca seine Gedanken. »Ein wenig nette Damengesellschaft nach dem guten Essen?«

Heinrich nickte, aber Bertram schüttelte entschieden den Kopf. »Geht ihr ruhig. Ich bleibe hier noch ein Weilchen sitzen. Ich werde mich bestimmt nicht langweilen. Diese Muster sind faszinierend ...«

Luca verdrehte die Augen. »Ich glaube es nicht, man geht doch nicht ins beste Bordell der Stadt, um Teppiche anzuschauen.«

Auch Heinrich versuchte, ihn zu überreden. »Ach Bertram, jetzt sei doch nicht fad. Ein bisschen Spaß hat noch keinem geschadet.«

Bertram hatte keine Lust, sich vor Luca zu rechtfertigen. Er wechselte vom Lateinischen ins Deutsche und raunte Heinrich zu: »Sag deinem Freund vielen Dank für das Angebot, aber ich möchte wirklich nicht. Immerhin bin ich verlobt. Und ich hatte daheim schon Bekanntschaft mit diesen käuflichen Weibern. Es war ... widerlich.«

Heinrich sah ihn überrascht an, dann brach er in schallendes Gelächter aus. »Oh weh, ich ahne Böses. Hat Rüdiger versucht, dich mit den öffentlichen Frauen aus dem Töchterhaus an der Sihl zu verkuppeln?

Bertram nickte mit glühenden Wangen.

»Gut, da kann ich verstehen, dass dir der Appetit vergangen ist. Die meisten Damen dort sind etwas – sagen wir – abgenutzt. Aber Zürich ist Provinz. Hier in Lyon kommt die ganze Welt zusammen, da findest du Frauen, von denen du sonst nur träumen kannst.«

»Danke, aber ich brauche das nicht.«

Heinrich sah sich kurz um, ob ihnen auch niemand zuhörte. Dann beugte er sich vor und flüsterte. »Und was Fides angeht – die meisten Frauen schätzen es durchaus, wenn ein Mann ein bisschen Erfahrung hat. Vor allem beim ersten Mal.«

Bertram sah ihn nur mit großen Augen an.

Heinrich klopfte ihm auf die Schulter: »Lass mich nur machen, ich finde eine geeignete Dame für dich. Nimm es einfach als Hochzeitsgeschenk.«

Er zwinkerte Bertram zu und erhob sich. Zusammen mit Luca schlenderte er zum Ausgang. Er sprach eine ältere Dame an, die in auffälliger Kleidung neben der Tür saß. Sie wechselten ein paar Worte miteinander, dann sah die Frau kurz zu Bertram hinüber und nickte ihm freundlich zu. Bertram sank in seinem Polster zusammen und bedeckte die Augen mit seinen Händen. Jetzt wusste bestimmt der ganze Saal, dass er ein unerfahrener Trottel war.

»Darf ich mich zu Euch setzen?« Die Stimme hatte zwar einen starken Akzent, sprach aber eindeutig Deutsch.

Bertram öffnete die Augen und fuhr empor. Die Frau war nicht mehr ganz jung, vielleicht Ende zwanzig, aber recht hübsch mit einer drallen Figur und flachsblonden Locken, die ihr lose über die Schultern fielen. Warme graugrüne Augen blickten ihn freundlich an. Sie war kaum geschminkt und ihr hellblaues Seidenkleid hatte nur einen kleinen Ausschnitt. Hätte sie nicht die verräterischen gelben Bänder getragen, wäre sie als Bürgersfrau durchgegangen.

»Bitte, gerne«, stammelte Bertram und rutschte unbeholfen zur Seite. Sie raffte ihr Kleid zusammen und ließ sich neben ihm auf die Polster sinken. Er wusste nicht, wohin mit seinen Armen, und legte schließlich den einen hinter ihrer Schulter auf die Lehne. Durch den dünnen Stoff ihres Kleides spürte er ihren Oberschenkel direkt an seinem. Ihm wurde heiß. Hilfesuchend irrten seine Augen durch den Saal, aber von Heinrich und Luca war nichts mehr zu sehen. Er wandte sich wieder der Frau zu. Sie sah ihn unverwandt an. Er ballte nervös die Hände. Ihre Locken verfingen sich in seinen Fingern und sie stieß einen leisen Schmerzensschrei aus. Erschrocken rückte er von ihr ab.

Sie richtete sich auf und zupfte ihre Haare zurecht. »Wollt Ihr mir nicht ein wenig Wein anbieten?« Sie hatte eine sanfte Stimme.

»Ja, natürlich, wie ungeschickt von mir.« Bertram griff sich den Weinkrug und sah sich suchend auf dem Tisch um.

»Ich trinke gerne aus Eurem Becher«, half sie ihm aus der Not.

Er zögerte einen Moment, füllte dann den Becher und hielt ihn ihr hin.

Sie setzte den Becher an ihre Lippen und sah ihn über den Rand hinweg an, während sie trank. »Und jetzt Ihr.« Sie reichte ihm den Becher. Bertram nahm einen großen Schluck. Jetzt wurde ihm auch noch schwindlig. Sie nahm ihm den Becher aus der Hand. Als sie sich vorbeugte, um ihn auf den Tisch zu stellen, konnte er den Ansatz ihrer Brüste sehen. Er schluckte. Sie presste ihren Oberschenkel noch fester gegen seinen und ergriff seine Hand. Mit dem Zeigefinger malte sie kleine Kreise in seine Handfläche. Sie hauchte einen Kuss auf seine Wange und flüsterte ihm ins Ohr: »Sollen wir nach nebenan gehen?«

Er nickte willenlos und ließ sich von ihr in ein kleines Gemach führen. Im Vergleich zu dem Saal war es geradezu einfach eingerichtet. Eine geräumige Bettstatt nahm fast den ganzen Raum ein, die Decke bereits einladend zurückgeschlagen, mit sauberen Laken und dicken Kissen. In einem Wandhalter brannten zwei Öllämpchen, die den Raum in ein weiches Licht tauchten. Eine

Ecke des Zimmers war durch einen Wandschirm abgetrennt. Sie schob Bertram dahinter. Auf einer Truhe lagen ein paar saubere Leinentücher. Er sah einen kleinen Tisch mit einer großen Schüssel, daneben einen Krug und ein Stück Seife.

Sie wies auf die Truhe. »Dort könnt Ihr Eure Kleidung ablegen.« Dann hob sie kurz den Krug an. »Und Euch waschen. Das Wasser ist warm.« Sie wies mit dem Kinn zu der Schüssel.

Waschen? Schon wieder? Bertram nahm zögernd das Seifenstück und betrachtete seine Hände.

Sie lachte hellauf. »Nicht die Hände! Oder besser gesagt – nicht nur die Hände. Wenn Ihr Euch ausgezogen habt, wascht Ihr Euer – na, Ihr wisst schon ...«

Sie ließ ihn allein und kurz darauf hörte Bertram die Bettstatt knarren. Ernüchtert betrachtete er das Seifenstück in seiner Hand. Am liebsten wäre er davongelaufen, aber jetzt gab es kein Zurück mehr. Als er wenig später vorsichtig um die Ecke des Wandschirms spähte, war von der Frau nichts zu sehen außer ihren blonden Locken, die sich auf dem Kissen ausbreiteten. Er sprintete über die Dielen und kroch zu ihr unter die Decke. Ihr Körper empfing ihn warm und weich. Zaghaft schmiegte er sich an sie. Sie quiekte auf. Erschrocken rückte er von ihr ab.

Sie lachte kehlig. »Es ist nichts, Ihr habt nur kalte Füße. Ich werde Euch schon aufwärmen.« Sie drehte sich zu ihm hin. Bertram spürte, wie ihr Fuß an seinem Bein entlangstrich. Er blieb starr auf dem Rücken liegen und umklammerte die Bettdecke. Ihr Fuß glitt höher. Sie legte eine Hand auf seinen Bauch. Himmel! Er sog die Luft ein. Sein Unterleib schien ein Eigenleben zu entwickeln.

Sie biss ihn sanft ins Ohrläppchen und flüsterte ihm zu: »Wollt Ihr mich denn gar nicht anfassen?« Sie setzte sich auf und fuhr sich mit den Händen durch die Haare.

Bertram richtete sich auf und wagte erstmals, sie richtig anzusehen. Sie hatte einen schlanken Hals und milchweiße Brüste mit großen Höfen. Also gut, bringen wir es hinter uns, dachte er und griff beherzt zu.

Sie keuchte auf. »Langsam, mein ungestümer Freund.« Sie legte ihre Hände auf die seinen und führte sie langsam zu ihrem Nacken. »Die meisten Frauen haben es lieber, wenn Ihr Euch der Sache behutsam nähert. Macht einfach, was Euch selbst auch gefallen würde.« Sie legte ihre Hände um seinen Nacken und strich langsam seine Wirbelsäule entlang. Ein wohliger Schauer durchlief ihn. Zaghaft begann er, ihren Rücken zu streicheln. Er folgte mit den Fingern den Konturen ihrer Schulterblätter. Ihre Brustwarzen richteten sich auf. Er wurde mutiger, glitt mit den Händen bis zu ihrer Hüfte hinab und zog sie näher zu sich.

»Das ist schön«, murmelte sie und ließ den Kopf in den Nacken fallen. Seine Hände wanderten langsam nach oben. Als sie ihre Brüste umschlossen, hörte er auf zu denken. Jahrtausendalte Instinkte übernahmen die Führung und er ließ sich willig davontragen.

42. Kapitel

Lyon, erzbischöflicher Palast, Montag, 18. Juni 1274

Bertram legte die Feder nieder und sah zu, wie die letzten Worte auf dem Bogen trockneten. Er hatte es tatsächlich geschafft, die ganze Vorlesung abzuschreiben! Er zog die Schultern hoch und dehnte die Gelenke nach beiden Seiten, reckte den Hals, um den verspannten Nacken zu lockern. Bruder Markward, der an dem Pult neben ihm arbeitete, lächelte. »Kein Wunder, dass Ihr so verkrampft seid, Ihr habt ja seit Tagen fast ununterbrochen geschrieben«, flüsterte er Bertram zu.

»Dafür bin ich jetzt fertig«, wisperte Bertram zurück. Bruder Markward hob die Augenbrauen. Er trat an Bertrams Pult und betrachtete den Bogen. Fragend glitt sein Blick zu dem Stapel der Vorlesungs-Mitschriften, der auf einem ausgeklappten Brett seitlich des Pultes lag.

»Das ist nur die letzte Seite«, meinte Bertram. »Der Rest liegt darunter.«

Er hob vorsichtig den Pultdeckel an, während er den darauf befindlichen Bogen mit den Fingern festhielt. In dem Fach darunter lagen säuberlich aufeinandergeschichtet die fertiggestellten Bögen. Bruder Markward zog ein paar Blätter heraus und überflog sie. Dann legte er sie behutsam wieder zurück. Bertram schloss den Deckel wieder. Er griff sich den kleinen *Codex*, der neben den Mitschriften auf dem Vorlagenbrett ruhte.

»Ich stelle den Aristoteles wieder zurück, vielleicht braucht ihn jemand.«

Bruder Markward nickte. »Der Kardinaldekan wollte sofort verständigt werden, wenn Ihr fertig seid. Ich hole ihn.«

Während Bruder Markward den Saal verließ, lief Bertram mit dem Buch in der Hand zur Bibliothek an der Schmalseite des Raumes. Das Pult des Bibliothekars war verwaist. Bertram legte den Aristoteles darauf ab und sah sich suchend um. Sein Blick glitt über die deckenhohen Regale mit den Bücherkisten und Urkundenrollen. Ob der Bibliothekar ihm erlauben würde, einen Blick in die illustrierten Handschriften zu werfen? Wenn das Domkapitel tatsächlich so reich und prunksüchtig war, wie es die Familie Chaponay geschildert hatte, fanden sich hier vielleicht sogar illustrierte Epen oder Romane. Vielleicht erhielt er auf die Weise ein paar Ideen für Heinrichs *Codex*? Heute Abend waren sie im Le Boef verabredet – seit dem denkwürdigen Abend in der Badestube hatten sie nicht mehr viel Zeit miteinander verbracht. Zwei Tage danach war Bertram in das Zimmer des Kopisten in einem Nebengebäude des erzbischöflichen Palastes gezogen. Es war winzig und nicht vergleichbar mit der geräumigen und komfortabel ausgestatteten Kammer im Haus der Chaponays, doch für Bertrams Ansprüche genügte es. Außerdem blieben ihm auf diese Weise weitere Versuchungen dieser Art erspart. Bertram stieg jetzt noch die Schamröte ins Gesicht, wenn er daran zurückdachte. Auch deshalb hatte er sich so in seine Arbeit vergraben und das Erlebte in den hintersten Winkel seines Gedächtnisses verbannt.

»Ihr sollt nach nebenan kommen«, riss ihn Bruder Markwards Stimme aus seinen Gedanken. »Und nehmt Euren Text und die Vorlage mit.« Bertram dankte ihm, holte die Unterlagen und betrat das Sekretariat.

Der Kardinaldekan stand mit dem Rücken zu ihm am Fenster und unterhielt sich mit einem hochgewachsenen Mann in der Tracht der Barfüßer. Bertram stockte kurz. Das war doch... Die beiden hörten ihn eintreten und drehten sich um. Tatsächlich, es war Bonaventura. Als der Gelehrte Bertram bemerkte, glitt ein Ausdruck ehrliche Freude über sein Gesicht. Er umfasste Bertrams Hände, bevor dieser Gelegenheit hatte, sich zu verbeugen und seinen Kardinalsring zu küssen. »Dem Herrn sei Dank, dass Ihr unversehrt seid. Ich bedauere sehr, was Euch widerfahren ist. Ihr habt keine Idee, wer dahinterstecken könnte?«

Bertram schüttelte den Kopf. »Ich weiß es nicht. Es wurde nicht einmal etwas gestohlen. Vielleicht war es nur eine Verwechslung. Oder ein dummer Streich.«

Pierre de Tarentaise mischte sich ein. »Ich unterbreche nur ungern, aber wir haben nicht den ganzen Tag Zeit. Die Griechen werden in wenigen Tagen eintreffen und es gibt noch jede Menge zu tun. Wir sollten zur Sache kommen. Mein Sekretär hat extra einen Tisch freigeräumt.« Er wies neben sich und Bertram beeilte sich, die geschriebenen Bögen auszubreiten und die jeweiligen Vorlageblätter dazuzulegen.

Der Kardinaldekan studierte den ersten Bogen und verglich ihn mit der Vorlage. Dann zog er willkürlich ein paar Seiten heraus und verfuhr damit genauso.

Bonaventura warf ebenfalls einen Blick auf Bertrams Arbeit. Ein feines Lächeln umspielte seinen Mund. »Thomas Kommentare zu Aristoteles«, murmelte er gedankenverloren. »Was sonst. Ich werde unsere Diskussionen schmerzlich vermissen.« Er legte das Blatt wieder hin und meinte zu seinem Kardinalkollegen: »Jedenfalls ist das eine sehr schöne Abschrift. Eure Studenten werden gut damit arbeiten können.«

Pierre de Tarentaise legte die Bögen wieder aus der Hand und sah Bertram an. »Ich werde das natürlich noch Wort für Wort prüfen lassen, aber auf den ersten Blick kann ich keine Fehler entdecken und Eure Handschrift ist sehr klar und sauber. Ihr habt wirklich gute Arbeit geleistet – und das auch noch so schnell. Es sind doch keine zwei Wochen vergangen?«

»Zehn Tage«, meinte Bertram.

»Dann habt Ihr also noch Zeit?« Bertram nickte. Wieder schien es ihm nicht ratsam, nach seiner *Dispens* zu fragen. Der Kardinaldekan war in Eile, und wenn jetzt tatsächlich auch noch die Vertreter der Ostkirche eintrafen, hatte der Heilige Vater sicher anderes zu tun, als sich um profane Gesuche zu kümmern.

»Gut. Kommt einfach morgen wie immer ins *Skriptorium*. Ich habe euch einen Vorschlag zu machen.« Er verabschiedete sich und wechselte beim Hinausgehen ein paar Worte auf Französisch mit dem Sekretär, der Bertram daraufhin etwas schief ansah und schweigend begann, den Tisch abzuräumen. Bertram wusste nicht recht, ob er ihm dabei helfen sollte, wurde dann aber durch Bonaventura abgelenkt, der ihm durch eine Handbewegung zu verstehen gab, ihm zu folgen. Er führte ihn zu einem Regal, in dem verschiedene Körbe mit Briefen lagerten. Er fischte zwei versiegelte Briefe heraus und hielt sie Bertram hin. »Es sind Briefe gekommen aus Zürich, für Euch und für Euren Freund, Heinrich von Klingenberg. Sie wurden bei uns im Kloster abgegeben. Ich habe sie mitgenommen, weil ich annahm, Euch hier am ehesten zu erreichen.«

Unbändige Freude machte sich in Bertram breit. Nachrichten von daheim! Er betrachtete die Siegel. Ein schmaler Brief trug das Siegel des Propstes, ein etwas dickerer das des Kantors. Vielleicht lag darin sogar eine Nachricht von Fides? Wenn sie ihm tatsächlich geschrieben hatte, dann hatte sie die Nachricht sicher im Kantorhaus abgegeben, wie sie es vereinbart hatten.

»Ich danke Euch vielmals, Hochwürdigster Herr«, sagte er. »Ihr wisst gar nicht, wie viel mir das bedeutet.« Er neigte zum Abschied den Kopf vor Bonaventura und küsste den Kardinalsring.

Bertram verließ die Schreibstube, die Briefe fest in der Hand. Er eilte den Gang entlang und nahm die Treppe ins Erdgeschoss. Er konnte es kaum erwarten, endlich in sein Zimmer zu kommen und in Ruhe seine Post zu lesen. Er durchmaß die Eingangshalle und studierte im Laufen den Brief des Kantors, als würde ihm dieser allein durch sein Gewicht verraten, ob er mehr als einen Bogen enthielt. Im letzten Moment nahm Bertram eine Bewegung an seiner rechten Seite wahr und wich instinktiv einem Menschen aus, der unvermittelt aus einer Tür in die Halle getreten war.

»Verzeihung«, murmelte Bertram automatisch, bevor er aufblickte und in ein bärtiges Gesicht starrte.

Der Burggraf war mindestens genauso überrascht. »Ihr!«, rief er aus. »Da brat mir doch einer einen Storch, ich dachte, Ihr wärt schon längst abgereist?« Er musterte Bertram und sah sich suchend um. »Ist der Klingenberger auch noch hier?«

»Nein, ich bin alleine«, antwortete Bertram. Im selben Moment hätte er sich ohrfeigen können, aber nun war es zu spät.

»Aha«, meinte der Burggraf. Als Bertram nichts entgegnete, fragte er weiter: »Und was macht Ihr hier noch, ohne Heinrich? Ich dachte, Ihr wärt sein Schreiber?«

»Ich arbeite hier«, erwiderte Bertram. Er beschloss, zum Gegenangriff überzugehen. »Und Ihr? Sind Eure Verhandlungen bezüglich der Kaiserkrönung erfolgreich gewesen?«

Der Burggraf stieß ein Schnauben aus. »Wie man's nimmt. Aber ich denke, wir sind auf einem guten Weg. Aber jetzt hat der Heilige Vater keine Zeit mehr, die Griechen sind offenbar endlich eingetroffen. Und die Prediger brauchen unsere Schlafplätze. Wir reisen morgen ab.«

»Ja, das mit der Unterkunft scheint ein generelles Problem zu sein«, erwiderte Bertram.

Der Burggraf kniff die Augen zusammen. »Seid Ihr immer noch bei den Barfüßern?«

»Nein, der Kardinaldekan hat mir eine andere Wohnung besorgt«, erwiderte Bertram bewusst vage.

Der Burggraf kaute auf seiner Unterlippe. Es war ihm deutlich anzusehen, dass ihm Bertrams Antwort nicht gefiel, er aber keinen Grund fand, weiter nachzubohren. Bertram hatte keine Lust mehr, sich noch länger aufhalten zu lassen. »Ihr entschuldigt mich, ich muss weiter. Ich wünsche Euch eine gute Heimreise.« Er nickte dem Burggrafen zu und trat durch das Portal nach draußen. Er drehte sich nicht um, war sich aber sicher, dass ihm der Burggraf nachsah. Es war kein gutes Gefühl.

»Bertille, du hast dich mal wieder selbst übertroffen! Dieses *Cassoulet* war köstlich.« Heinrich lehnte sich zurück und rülpste zufrieden. Bertille räumte lächelnd die Näpfe ab und brachte ihnen unaufgefordert einen neuen Krug Bier. Ihre Verbindung zu Mathis hatte sie offenbar in den Stand von Lieblingsgästen versetzt. Egal wie voll es war, Bertram und seine Begleiter fanden immer einen Platz im Le Boef. Von der nahen Saint-Pauls-Kirche klang das Läuten zur *Komplet*. Der Himmel begann sich zu verdunkeln und das lag nicht nur an der beginnenden Abenddämmerung. Seit Tagen war es immer heißer und schwüler geworden, wahrscheinlich würde es bald regnen.

Heinrich nahm einen tiefen Schluck und wischte sich dann den Schaum von der Oberlippe. »Das Bier werde ich vermissen, wenn wir wieder in Italien sind.«

»Wann wollt ihr aufbrechen?«, fragte Bertram.

»Morgen Mittag«, erwiderte Heinrich. »Lucas Onkel hat eine Gruppe Genueser Kaufleute aufgetan, der wir uns anschließen werden.«

Bertram nickte. »Apropos Onkel«, meinte er dann. »Es ist Post für dich gekommen, aus Zürich.« Er schob den Brief mit dem Siegel des Propstes über den Tisch.

Heinrich hob überrascht die Augenbrauen, brach das Sigel und überflog den Inhalt. Dann faltete er den Brief wieder zusammen und schob ihn in seine Gürteltasche. »Das kann warten. Jetzt zu dir. Wie ist es dir ergangen in der päpstlichen Kanzlei? Wir haben uns ja kaum mehr gesehen.«

»Ich hatte viel zu tun. Sie wollten eine Abschrift von einer Aristotelesvorlesung, die Thomas von Aquin in Paris gehalten hat. Die Mitschrift war nicht immer leserlich, vor allem in den griechischen Teilen, aber zum Glück gab es eine Ausgabe der Politica in der Bibliothek. Und nicht nur das, so viele Bücher habe ich noch nie auf einem Haufen gesehen. Du hättest das sehen sollen, sie haben praktisch alles, die antiken Philosophen, die Kirchenväter, medizinische und juristische Traktate – ich hoffe, ich kann einmal einen Blick in die illustrierten Bücher werfen.« Vor Aufregung überschlug sich seine Stimme.

Heinrich lächelte leicht. »Dachte ich es mir doch, dass du hier in deinem Element bist. Und waren sie zufrieden mit deiner Arbeit?«

»Ich denke schon. Bonaventura berichtete mir, dass der Kardinaldekan voll des Lobes war.«

»Du hast Bonaventura wiedergetroffen?«

»Ja, er hat mir die Briefe gegeben, sie waren bei den Barfüßern abgegeben worden. Offenbar wusste er, dass ich weiterhin für den Kardinaldekan arbeite.«

»Deine Fähigkeiten haben sich augenscheinlich herumgesprochen. Weißt du denn schon, ob sie dich weiterbeschäftigen?«

Bertram schüttelte den Kopf. »Ich weiß es nicht, aber vermutlich schon. Jedenfalls soll ich morgen wieder ins *Skriptorium* kommen.«

Heinrich legte ihm die Hand auf den Arm. »Bertram, das ist die Gelegenheit, für deine Zukunft vorzusorgen. Während des Konzils triffst du alle bedeutenden Leute, die sonst über die ganze Welt verstreut sind. Und wenn du dann erst einmal deine *Dispens* hast ... Mit einem Posten bei der Kurie hättest du ausgesorgt.«

Bertram lachte auf. »Das wird wohl noch eine Weile dauern. Ich habe im Sekretariat die eingegangenen Gesuche gesehen, jeden Tag kommen ganze Waschkörbe hinzu. Und ich fürchte, der Secretarius mag mich nicht besonders ... Wahrscheinlich hat er meinen Brief ganz unten im Stapel vergraben, Handsalbe hin oder her.«

»Vergiss den Sekretär, du kennst jetzt wichtigere Leute. Sagtest du nicht gerade, der Kardinaldekan persönlich hat sich für dich eingesetzt?«

»Hm, ja.« Bertram nahm einen Schluck aus dem Bierkrug. Er verspürte wenig Lust, mit seinem Geburtsmakel hausieren zu gehen. Und noch weniger stand ihm der Sinn nach einer erneuten Diskussion über seine berufliche Zukunft. Seitdem er Fides' Zeilen gelesen hatte, wollte er nur noch nach Hause. Zeit für einen Themenwechsel. »Du glaubst nicht, wen ich heute getroffen habe. Den Burggrafen.«

Heinrich sah ihn mit offenem Mund an. »Tatsächlich? Mit dem Grafen von Sayn? Sind die immer noch hier?«

Bertram hob die Schultern. »Ich habe nur den Burggrafen gesehen. Offenbar haben sich die Verhandlungen mit dem Papst noch etwas hingezogen. Er will morgen abreisen. Hat er zumindest gesagt.«

»Und? Hat er irgendetwas Bemerkenswertes erwähnt?«

»Nicht mehr, als ich dir eben erzählt habe. Aber du hattest recht, er ist ganz schön neugierig, fast aufdringlich. Wollte ganz genau wissen, was ich dort mache und wo wir inzwischen wohnen.«

»Du hast ihm hoffentlich nichts erzählt?«

Bertram schüttelte den Kopf. »Er weiß nur, dass wir bei den Barfüßern ausziehen mussten und dass ich für die Kanzlei arbeite. Ich habe mich sehr schnell verabschiedet.« Er griff sich ein Stückchen Brot vom Tisch und begann, es zwischen seinen Fingern zu rollen.

Heinrich legte ihm die Hand auf den Arm. »Was ist los? Das war doch nicht alles?«

Bertram ließ das misshandelte Brot liegen und sah Heinrich an. »Halt mich jetzt bitte nicht für verrückt. Aber seitdem ich den Palast verlassen habe, kommt es mir so vor, als würde mich jemand beobachten.«

Heinrich runzelte die Stirn. »Bist du dir sicher? Hast du denn jemanden gesehen?«

»Es ist nur so ein Gefühl. Auch auf dem Weg hierher hatte ich mehrmals den Eindruck, als würde sich jemand ganz dicht an mich heranschieben, aber wenn ich mich umdrehte, war nichts Verdächtiges zu bemerken.« Er biss sich auf die Unterlippe. Dann leerte er den Bierkrug und stellte ihn mit einem lauten Knall wieder ab. »Wahrscheinlich bilde ich mir das Ganze nur ein. Es ist sehr voll auf den Straßen, da ist es doch nicht ungewöhnlich, wenn man angerempelt wird. Ich bin nur etwas durcheinander, weil ich nicht damit gerechnet hatte, dem Burggrafen noch einmal über den Weg zu laufen.«

Heinrich winkte mit dem leeren Krug nach dem Wirt.

Dann sah er Bertram an. »Das gefällt mir nicht. Vielleicht solltest du zumindest nachts nicht mehr alleine unterwegs sein.«

Bertram lachte. »Wenn du abgereist bist, fehlt mir sowieso die Gesellschaft, um nachts um die Häuser zu ziehen.«

Der Wirt erschien mit einem neuen Krug Bier.

Ein unternehmungslustiges Glitzern erschien in Heinrichs Augen. Er wartete, bis der Wirt wieder gegangen war, und beugte sich dann zu Bertram vor. »Dann sollten wir den heutigen Abend noch nutzen.«

Bertram schüttelte den Kopf: »Das halte ich für keine gute Idee. Du willst morgen früh bestimmt nicht verkatert auf eine mehrstündige Schiffsreise gehen. Und ich will dem Kardinaldekan nicht unausgeschlafen vor die Augen treten.«

»Auch wieder wahr. Dann werden wir uns wohl in Zurückhaltung üben müssen. Aber das Bier trinken wir noch in Ruhe aus. Ich hoffe, das Wetter macht uns keinen Strich durch die Rechnung.« Er warf einen misstrauischen Blick zum Himmel. »Mir sind noch ein paar Ideen für den Wilhelmroman gekommen. Hast du deine Wachstafel dabei?«

Einen weiteren Bierkrug und mehrere Donnerschläge später machten sie sich endlich auf den Heimweg. Die meisten Gäste hatten bereits das Weite gesucht, als das erste Wetterleuchten einsetzte. Bertram war froh, dass er den Reisemantel mit der breiten Kapuze mitgenommen hatte, den Bertille inzwischen geflickt hatte. Er klemmte die Wachstafel unter seinen Gürtel und zog den Mantel darüber, so war sie gut geschützt, falls der Regen losbrechen sollte, bevor er daheim war. Zum Glück hatte er es nicht allzu weit. Auf halbem Wege lag das Haus der Chaponays, wo er sich von Heinrich verabschiedete.

»Soll ich nicht doch mitkommen?« Heinrich sah ihn besorgt an.

»Wozu? Dann musst du alleine zurücklaufen und wirst womöglich triefnass, lange wird der Regen nicht auf sich warten lassen. Es ist ja nicht weit.«

Sie umarmten sich noch einmal zum Abschied, dann machte sich Bertram an das letzte Stück des Heimwegs. Inzwischen war es ganz schön windig geworden, die wenigen Passanten, die noch auf der Straße waren, eilten mit gesenktem Kopf an ihm vorbei. Bertram schritt zügig aus. Er spürte die Wachstafel an seinem Bauch und musste lächeln. Offenbar hatte Heinrich aufgegeben, ihm die päpstliche Kanzlei schmackhaft zu machen, sonst hätte er ihm nicht mit solcher Begeisterung seine Ideen für den Bilderzyklus des Wilhelm von Orlens unterbreitet. Die Chaponays besaßen eine illustrierte Weltchronik des gleichen Autors, die Heinrich offenbar sehr beeindruckt hatte. Bertram wollte sie sich in den nächsten Tagen ansehen. Hinter sich hörte er auf einmal Hufgeklapper, das sich rasch näherte. Instinktiv drückte er sich an eine Hauswand. Ein dunkles Pferd schoss so dicht an ihm vorbei, dass ihn der wehende Mantel des Reiters streifte. Was für ein rücksichtsloser Rüpel! Bertram hatte sich kaum von seinem Schreck erholt, als er sah, wie ein paar Schritte vor ihm ein Mönch zu Boden stürzte, während Ross und Reiter mit unverminderter Geschwindigkeit am Ende der Gasse verschwanden. Hatte der Kerl jetzt tatsächlich einen Menschen über den Haufen geritten? Der Mönch regte sich nicht. Bertram rannte los. Er hockte sich neben den Gestürzten und legte vorsichtig seine Hand auf dessen Rücken.

»Könnt Ihr mich hören?«, fragte er auf Latein. »Seid Ihr verletzt, braucht Ihr Hilfe?«

Der Mann stöhnte und murmelte etwas. Bertram beugte sich weiter vor, um ihn besser verstehen zu können, und versuchte gleichzeitig, ihn auf den Rücken zu drehen. Die Kapuze der Kutte verrutschte und gab einen üppigen Haarschopf frei. Bevor Bertram begriff, was er da sah, schoss der rechte Arm des Mannes nach vorne. Eine Klinge blitzte auf. Bertram fühlte einen heftigen Stoß im Unterleib. Er verlor das Gleichgewicht. Als sein Kopf auf den Boden schlug, wurde es dunkel um ihn.

43. Kapitel

Zürich, Dienstag, 3. Juli 1274, am Gedenktag des Apostels Thomas

Außer Atem erreichte Fides die Tür des Kantorhauses. Sie ließ die Deichsel des Handkarrens los, den sie den ganzen Weg von ihrer Werkstatt bis hinauf in die Kirchstraße gezogen hatte, und wischte sich ein paar Haarsträhnen von der verschwitzten Stirn.

Hedwig öffnete ihr. Sie lächelte ihr freundlich zu. »Fides, wie schön, du kommst bestimmt wegen der Briefe.«

Fides nickte. »Und Pergamente habe ich auch mitgebracht.« Sie wies auf den Karren. Hedwig bat sie herein. »Den Karren lässt du am besten in der Diele stehen. Die Pergamente kannst du zum Kantor bringen, er ist in seinem Studierzimmer.« Sie begleitete Fides in das Zimmer ihres Mannes und ließ sie dann allein.

Der Kantor sah von seinem Lesepult auf, als sie hereintrat. »Fides, schön, dich zu sehen. Wie geht es dem Vater?«

»Gut, ich soll Euch grüßen, er hat viel zu tun.«

»Du wartest sicher sehnsüchtig auf deinen Brief. Setz dich doch.«

Er deutete auf einen Faltstuhl und nahm selbst in seinem Lehnstuhl Platz. Er zog aus einem Bündel Briefe einen gefalteten Bogen heraus und reichte ihn Fides. Sie faltete den Bogen auf und überflog die wenigen Zeilen. Der Brief war ja noch kürzer als der aus Brugg! Sie musste sich zusammenreißen, um ihre Enttäuschung nicht sehen zu lassen. Sie schluckte den Kloß im Hals hinunter und sah zum Kantor auf. »Besonders viel hat er ja nicht erzählt. Wisst Ihr etwas über den Verlauf der Reise? Sind sie rechtzeitig auf dem Konzil eingetroffen?«

Der Kantor lächelte leicht. »Wahrscheinlich hatte er einfach keine Zeit zum Schreiben. Sie sind alle wohlbehalten in Lyon angekommen und es ist ihm gelungen, die Aufmerksamkeit des päpstlichen Kanzleileiters zu erringen. Jedenfalls war er als Protokollant bei der Eidesleistung des Kanzlers dabei. Mehr weiß ich auch nicht.«

Die päpstliche Kanzlei. Ja, das konnte sie sich vorstellen, da war Bertram bestimmt in seinem Element. Kein Wunder, dass er dann keine Lust mehr hatte, Briefe zu schreiben. In ihrer Kehle begann es zu brennen. Sie musste hier weg, und zwar schleunigst. Sie faltete den Brief zusammen und erhob sich. »Ich danke Euch für Eure Zeit, Meister Konrad«, presste sie hervor.

»Du kannst jederzeit wiederkommen«, erwiderte der Kantor herzlich und erhob sich ebenfalls. »Und richte deinem Vater Grüße aus.«

»Danke, das werde ich«, erwiderte Fides, bewusst offenlassend, auf welchen Teil des Satzes sich ihre Antwort bezog. Sie trat wieder in die Diele und griff nach der Deichsel ihres Karrens. Auf das klappernde Geräusch hin öffnete sich die Küchentür und Hedwig kam wieder zum Vorschein.

»Gehst du schon? Das war aber ein kurzer Besuch.«

Fides nickte. Das Brennen in ihrer Kehle verstärkte sich.

Hedwig warf einen Blick auf Fides' Gesicht und legte ihr dann die Hand auf den Arm. »Kannst du nicht noch ein bisschen bleiben und mir Gesellschaft leisten? Ich muss Erbsen palen und das ist ganz schön langweilig alleine.«

Fides sah sie überrascht an und nickte dann. Vielleicht konnte sie von Hedwig mehr erfahren. Sie legte den Brief in den Wagen und folgte der Frau des Kantors in die Küche, wo die Magd gerade dabei war, einen Brotteig zu kneten. Sie lächelte Fides kurz zu und widmete sich dann wieder ihrer Arbeit.

Hedwig nahm einen Tonbecher und einen Krug vom Tisch. »Du magst doch sicher einen Schluck Met?«

Sie wartete Fides' Antwort gar nicht erst ab, sondern drückte ihr beides in die Hand. Sie selbst nahm noch eine größere Schüssel von einem Wandbrett und öffnete dann die Hintertür. Fides staunte. Sie standen in einem kleinen, von einer Mauer umgebenen Hof. Links führte ein mit Holzplanken belegter schmaler Weg bis ans Ende des Grundstücks, wo sich offensichtlich der Abort befand, direkt neben einem kleinen Hühnerverschlag. In der Mitte des Areals war ein Gemüsebeet angelegt, entlang der Mauern zogen sich Blumenbeete. Fides erkannte Rittersporn, Tagetes und die leuchtend roten Blüten der Kapuzinerkresse. Gegen die Hauswand war eine Laube gesetzt, an der sich Weinlaub emporrankte und ein schützendes Dach bildete, unter dem eine hölzerne Bank und ein grob gezimmerter Tisch standen. Bienen summten und die rosafarbenen Blütenbälle der letzten Benediktinerrosen verströmten einen zarten Duft.

Fides stellte Becher und Krug auf dem Tisch ab und atmete tief durch. »Das ist wunderschön«, sagte sie leise.

»Setz dich doch«, sagte Hedwig und stellte die Schüssel auf den Tisch. Fides rutschte in die Bank. Hedwig schenkte den Becher voll und schob ihn ihr hin. Dann bückte sie sich nach einem Korb mit Erbsenschoten, der neben der Bank stand, und leerte ihn auf dem Tisch aus. Sie setzte sich neben Fides und stellte den leeren Korb dazwischen auf die Bank. »Hier können wir die leeren Schoten sammeln«, meinte sie. Sie griff sich die erste Schote, drückte kurz mit dem Daumen auf die Nahtstelle und zog die beiden Hälften auseinander. Sie hielt die Schote über die Schüssel, half mit dem Daumennagel nach und ließ die Erbsen hineinkullern. Fides tat es ihr nach. Eine Weile arbeiteten die Frauen schweigend nebeneinander. Dann meinte Hedwig beiläufig: »Du machst dir Sorgen um Bertram, nicht wahr?«

Fides' Kopf ruckte hoch. »Er hat fast gar nichts geschrieben«, stieß sie hervor. »Ich weiß überhaupt nicht, was er erlebt hat, geschweige denn, wie es ihm geht.«

»Was hat er denn geschrieben?«, fragte Hedwig ruhig.

»Ach, nur so allgemeines Zeug. Dass er mich liebt und vermisst und hofft, bald zurückzukommen.« Fides drückte so heftig auf die nächste Schote, dass die Erbsen zerbarsten.

Hedwigs Mundwinkel zuckten leicht. »Das ist doch gut. Wahrscheinlich war ihm das am wichtigsten.«

Fides sah sie überrascht an. So hatte sie die Sache noch gar nicht betrachtet. »Aber ... wieso ist er dann überhaupt abgereist?« Sie schwieg einen Moment, fuhr dann leise fort: »Es wäre so viel einfacher, wenn ihr Bertrams leibliche Eltern wärt. Was, wenn er doch von hoher Geburt ist? Wird er mich dann überhaupt noch wollen?« Sie drehte den Kopf weg von Hedwig und versuchte, die aufsteigenden Tränen wegzublinzeln.

Sie spürte Hedwigs Hand sanft auf ihrer zusammengeballten Faust. »Also das ist es, was dir wirklich Sorgen macht?«

Fides nickte. »Schon die ganze Zeit. Seitdem er mir erzählt hat, dass er ein Findelkind ist. Und noch mehr, seitdem er mir diesen Ring gegeben hat.« Sie zog die Schnur mit dem *Rosenkranzring* aus ihrem Ausschnitt, zeigte ihn Hedwig und ließ die Kette wieder zurückfallen. »Er stammt von seinem Vater oder zumindest aus seiner Familie. Aber es sind doch zumeist die Adeligen, die auf Kreuzfahrt gehen, oder?«

Hedwig hob die Schultern. »Dazu kann ich dir nichts sagen. Ich weiß auch nicht, wer Bertrams leiblicher Vater war.«

Fides wischte sich mit dem Ärmel über die Augen und fuhr fort: »Er redet immer von einem Erbe, das uns ermöglichen soll, zu heiraten. Als ginge es um einen Topf voll Silbermünzen, den man nur irgendwo ausgraben müsste. Aber was ist, wenn es gar nicht um Geld geht? Sondern um irgendwelche Ländereien und einen berühmten Namen, der fortgeführt werden muss? Mit einer standesgemäßen Frau?«

»Was sagt Bertram denn dazu?«

Fides senkte den Kopf. »Er weicht mir immer aus, wenn es um das Thema geht. Als hätte er selbst Angst vor der Wahrheit. Oder vor ihren Folgen. Was ist, wenn seine Eltern ihm schon eine Frau bestimmt haben? Wenn er keine Wahl mehr hat?« Ihre Stimme brach.

Hedwig nahm ihre beiden Hände in die ihren und drückte sie fest. »Glaub mir, Kind, man hat immer eine Wahl. Es ist nicht immer einfach und vielleicht macht man sich unbeliebt, aber man hat immer eine Wahl. Und wenn ich mich nicht irre, hat Bertram die seine schon getroffen.«

Fides sah Hedwig an. Die Bedeutung ihrer Worte sickerte langsam in ihr Bewusstsein. Sie erinnerte sich an die harten Worte ihres Vaters bei ihrer Verlobung, als er sich über den Lebensstil des Kantors ausließ. Sie erinnerte sich an das hämische Getuschel mancher Gottesdienstbesucher, wenn Hedwig mit ihren Kindern die Kirche betrat. Hedwig hatte sich für ein Leben mit dem Kantor entschieden, obwohl sie wusste, dass er sie nicht heiraten konnte. Bertram hatte ihr dieses Schicksal ersparen wollen. Er hatte sich schon einmal für sie entschieden. Er hatte die gut bezahlte Chorherrenstelle ausgeschlagen, um sie heiraten zu können. Wie konnte sie da noch immer an ihm zweifeln?

44. Kapitel

Lyon, erzbischöflicher Palast, Donnerstag, 5. Juli 1274

Bertram liebte die frühen Morgenstunden im Kreuzgang von St. Jean. Das Sonnenlicht war noch sanft, die Luft frisch und außer dem Gesang der Vögel war kaum etwas zu hören. Jeden Morgen dankte er dem Herrn aufs Neue, dass er noch auf dieser Erde weilte. Wie durch ein Wunder war Pierre rechtzeitig aufgetaucht und hatte den falschen Mönch vertrieben. Schaudernd erinnerte sich Bertram an den Moment, als er in strömendem Regen wach geworden war und das ganze Blut auf seinem Mantel entdeckt hatte. Doch rasch hatte sich herausgestellt, dass es wohl von dem Angreifer stammen musste. Vermutlich hatte er sich die Hand zerschnitten, als sein Messer in Bertrams Wachstafel stecken geblieben war. Pierre hatte ihn dann zu seiner Schwester gebracht, wo er zwei Tage mit mörderischen Kopfschmerzen das Bett hüten musste, bevor er seine Arbeit in der Kanzlei wieder aufnehmen konnte. Sein blaues Auge und die Beule an der Schläfe hatte er mit einem Sturz erklärt – was ja streng genommen nicht einmal gelogen war.

Jetzt saß er auf der Brüstung, den Rücken gegen eine der Säulen gelehnt, das Schreibbrett auf den Knien, während Bonaventura vor ihm auf und ab schritt und diktierte. Gelegentlich gesellten sich noch andere Schreiber oder Zuhörer dazu, doch meist waren sie um diese Uhrzeit allein. Seit zwei Wochen trafen sie sich regelmäßig nach der *Prim* und arbeiteten drei Stunden zusammen, bis Bertram seinen Dienst in der Kanzlei antrat. Jetzt zahlte es sich aus, dass Meister Konrad ihn nicht nur die Kirchenväter, sondern auch die antiken Philosophen hatte studieren lassen, denn Bertram schrieb das Griechische genauso schnell wie Latein. Es ging um eine Vorlesung über das Sechstagewerk, die der berühmte Gelehrte im Frühjahr letzten Jahres in Paris begonnen hatte, aber wegen seiner Erhebung zum Kardinal nicht mehr hatte vollenden können.

Heute schien es jedoch, als sei Bonaventura nicht ganz bei der Sache. Seine ansonsten sichere und klare Stimme klang müde, er wiederholte sich und einmal kam es Bertram so vor, als habe er den Faden verloren. Lange vor der üblichen Zeit brach er den Vortrag ab und setzte sich zu Bertram auf die Mauer. Bertram betrachtete ihn besorgt. Der Gelehrte erschien ihm außergewöhnlich blass und auf seiner Stirn glänzten Schweißperlen. »Fühlt Ihr euch nicht wohl, Ehrwürdiger Herr?«, fragte Bertram. »Kann ich Euch etwas holen, einen Becher Wasser oder etwas Stärkeres?«

Bonaventura schüttelte den Kopf. »Nein, danke, mein Sohn. Ich brauche nichts.« Er schwieg einen Moment, dann sah er Bertram an. »Wir machen morgen weiter. Ich möchte jetzt allein sein.«

Bertram nickte, suchte seine Sachen zusammen und machte sich auf den Weg ins *Skriptorium*. Eigentlich war es gar nicht so schlecht, dass er heute fast zwei Stunden früher fertig war. So hatte er mehr Zeit, die Aufgaben für den Kardinaldekan zu erledigen, bevor ihn am Nachmittag wieder der Erzbischof in Anspruch nahm. Und er konnte den Secretarius mal wieder nach der *Dispens* fragen – falls dieser überhaupt schon anwesend war.

Kurz nach der *Sext* betrat Bertram den kleinen Raum neben der Privatkapelle des Erzbischofs, in dem sich dieser eine eigene Schreibstube eingerichtet hatte. Eigentlich war es eher eine Malstube, seine Urkunden stellte der Bischof in der Kapelle aus. Aber der Nebenraum hatte einen unbestreitbaren Vorteil: Er ließ sich abschließen und war daher der ideale Aufbewahrungsort für die kostbaren Farbpigmente und das Blattgold. Und was für Pigmente sie hier zur Verfügung hatten! Sogar das teure Lapislazuli, das Bertram aus dem *Theophilus Presbyter* kannte, das ihm aber in Zürich nicht zur Verfügung gestanden hatte. Man merkte eben, dass hier Händler aus dem Orient vorbeikamen. Und dass dem neuen Erzbischof nichts zu teuer war, was dem Ansehen der erzbischöflichen Bibliothek diente.

Aymar de Roussillon, der das Amt des Lyoner Erzbischofs im letzten Jahr von Pierre de Tarentaise übernommen hatte, stammte aus einer reich begüterten Familie aus der Nähe von Lyon und war offensichtlich fest entschlossen, dem durch die Kriegsjahre geschädigten Amt des Erzbischofs wieder zu altem

Glanz zu verhelfen. Klein und rundlich von Statur, versuchte er, diesen Mangel an äußerer Größe durch kostbare Gewandung auszugleichen. Auch außerhalb der Messfeier und Konsortien hüllte er sich in Seide und Brokat und die Edelsteine an seinen Fingerringen funkelten mit denen an den Gewandborten um die Wette.

Bertram musste immer noch schmunzeln, wenn er an ihre erste Begegnung vor gut einer Woche zurückdachte. Bruder Markward hatte ihm den Gebrauch der Rohrfeder nahebringen wollen, die man vor allem in der Levante, aber auch in Italien statt der Bertram geläufigen Gänsefederkiele verwendete. Bertram hatte rasch gemerkt, dass ihm beim Schreiben der vertraute Federkiel lieber war, die Rohrfeder war ihm zu dick und der damit erzeugte Strich zu schwammig – aber vielleicht ließ sich damit zeichnen? Hatte er nicht vor Kurzem eine Idee für eine Beatus-vir-Initiale gehabt? Bertram hatte sich ein Reststück Pergament genommen, die Rohrfeder eingetunkt und den ersten Strich gezogen. Er formte rechts aufsteigend die Doppelrundung des Buchstabens, glitt dann links den Buchstabenrücken hinunter und umschlang ihn mit einem anmutigen Rankenwerk, das er in einem eleganten Bogen unterhalb des Buchstabens auslaufen ließ. Bruder Markward hatte ihn mit offenem Mund angestaunt. »Bertram, das ist wunderschön«, hatte er ausgerufen. »Du kannst ja richtig zeichnen – wo hast du das gelernt?« »Zeichnen? Lasst sehen«, hatte auf einmal eine unbekannte Stimme hinter ihnen gesagt und feiste Finger, mit kostbaren Ringen gepanzert, sich des Pergaments bemächtigt. Seitdem verbrachte Bertram die Nachmittage meist in den Räumen des Erzbischofs, um bei der Ausschmückung einer Psalterhandschrift zu helfen.

Bertram trat an sein Pult, auf dem der Gehilfe bereits die Buchseite ausgebreitet hatte, die er heute illustrieren sollte. Der Text war schon fertig geschrieben, der Schreiber hatte den Platz für die *Miniaturen* ausgespart.

Der Erzbischof hatte die Gelegenheit des Konzils genutzt, den Abt der Abtei Saint-Bénigne in Dijon um eine Vorlage zu bitten. Die Benediktinerabtei verfügte über ein ebenso großes wie berühmtes *Skriptorium* und Abt Hugues d'Arc hatte nicht nur eine kostbare Bibel mit auf die Reise genommen, sondern auch einen seiner Miniatoren, damit er den erzbischöflichen Malern die neuesten Techniken erklären konnte.

Bertram verstand sich gut mit Bruder Jean. Er hatte viel von ihm gelernt in der letzten Woche, er wusste nun, wie man Blattgold auftrug und dass Eisengallustinte zwar einen wunderschönen lackähnlichen Glanz erzeugte, mit den Jahren aber das Pergament zerstörten konnte, wenn Feuchtigkeit ins Spiel kam. Natürlich kannte er die Anweisungen aus dem *Theophilus Presbyter*, aber es war doch ein Unterschied, über die Dinge zu lesen oder sie praktisch anwenden zu können. Mit so kostbaren Materialien hatte er daheim in Zürich noch nie gearbeitet – im Vergleich dazu nahm sich das *Graduale*, das er für das Grossmünster gemalt hatte, geradezu bescheiden aus, trotz seiner bunten Bilder. Auch wenn ihn die selbstherrliche Art des Erzbischofs eher abstieß, machte es Bertram Freude, hier aus dem Vollen schöpfen zu können. Er holte sich den Bogen, an dem er gestern gearbeitet hatte. Es war die Seite zum Beginn des ersten Psalms – »Beatus vir qui non abiit in consilio impiorum ... wohl dem, der nicht wandelt im Rat der Gottlosen«. Der Schreiber hatte den ersten Buchstaben weggelassen und die folgenden sechs Zeilen eingerückt, sodass Bertram genügend Platz hatte für eine verschwenderische Ausgestaltung des B. Er hatte den Harfe spielenden König David ins Zentrum des Buchstabens gesetzt, den Hintergrund mit Blattgold belegt. Weitere Musiker tummelten sich in dem Rankenwerk, das vom Buchstabenschaft ausgehend den Textspiegel umrahmte. Wer genau hinsah, entdeckte darin auch die winzige Gestalt eines Bischofs, zwar demütig kniend mit erhobenen Händen, doch durch Pallium und Mitra eindeutig als solcher zu erkennen. Ein besonderer Wunsch Aymar de Roussillons. Er hätte ihn gerne noch größer gehabt, aber Bertram hatte ihm das Bild erst gezeigt, als das Rankenwerk schon so weit fertiggestellt war, dass man daran nichts mehr ändern konnte. Inzwischen war auch die Davidminiatur fast vollendet. Bertram setzte gerade die letzten Weißhöhungen, um den Gewandfalten mehr Plastizität zu verleihen, als von draußen Schritte zu hören waren. Sie verharrten kurz vor der Tür und entfernten sich dann Richtung Kapelle. Kurz darauf hörte Bertram den Erzbischof sprechen. Es klang nicht gerade freundlich. Er schien sich einen heftigen Wortwechsel mit dem Eingetretenen zu liefern. Bertram konnte kein Wort verstehen, meinte aber, die Stimme des Kardinaldekans zu erkennen. Ihn beschlich ein ungutes Gefühl. Er hatte schon am Vormittag den Eindruck gehabt, dass Pierre de Tarentaise nicht sehr erbaut davon war, dass der Erzbischof Bertram abgezogen hatte. Offenbar hatte er den Ehrgeiz, möglichst viele Konzilsteilnehmer vor ihrer Abreise mit Abschriften der Thomas-von-Aquin-Vorlesung zu versorgen und allmählich drängte die Zeit. Die Stimmen kamen näher und kurz darauf betrat der Erzbischof die Malstube, gefolgt von Pierre de Tarentaise und Bonaventura. Der Gegensatz hätte kaum größer sein können: Aymar de Roussillon klein und rundlich im vollen Bischofsornat, flankiert von den groß gewachsenen Kardinälen in schlichter Ordenstracht. Die Miniatoren hörten auf zu arbeiten und Bertram trat respektvoll zurück, als die drei vor seinem Pult stehen blieben. Bonaventura war der Einzige, der ihm freundlich zulächelte. Der Gelehrte sah etwas besser aus als heute früh, war aber immer noch sehr blass.

»Seht Ihr«, rief der Erzbischof und wies auf die Buchseite. »Ich kann nicht auf ihn verzichten. Und ich habe die Vorlage auch nur bis zum Ende des Konzils. Außerdem wäre es eine Schande, so ein Talent mit schnödem Schreibwerk zu vergeuden.«

Der Kardinaldekan begutachtete die Seite. Auf einmal gingen seine Augenbrauen in die Höhe. Offensichtlich hatte er den Bischof im Rankenwerk entdeckt. Seine Nasenflügel zogen sich verächtlich zusammen, als er erwiderte: »Es ist kindisch, sich derartig an goldenen und silbernen Buchstaben zu ergötzen. Diese Prunkbände sind eher beschriftete Lasten als wirkliche Bücher, wir sollten unsere Zeit und Arbeit statt in schöne Bücher lieber in korrekte Texte investieren.«

Der Erzbischof verzog höhnisch die Mundwinkel. »Ja, natürlich, der *Doctor famosissimus* muss wieder *Peraldus* zitieren.«

Bertram hatte Mühe, angesichts dieser Respektlosigkeit einen neutralen Gesichtsausdruck beizubehalten.

Die Augenbrauen des Kardinalsdekans zogen sich unheilvoll zusammen. Er warf einen Blick in die Runde. »Lasst uns alleine.« Als hätten sie nur auf diese Aufforderung gewartet, ergriffen die Miniatoren die Flucht. Bertram verbeugte sich und wandte sich ebenfalls zum Gehen.

»Aber bleibt in der Nähe, ich brauche Euch noch«, rief ihm der Erzbischof hinterher.

Erst auf dem Gang bemerkte Bertram, dass Bonaventura ihm gefolgt war. Unsicher sah er den Gelehrten an. »Es lag nicht in meiner Absicht, Unfrieden zu stiften.«

Bonaventuras Mundwinkel hoben sich leicht. »Macht Euch keine Gedanken. Nicht Ihr seid es, der hier Unfrieden stiftet.«

Doch Bertram gingen die Worte des Kardinaldekans nicht aus dem Sinn. »Bisher habe ich das Malen auch nie als etwas Verwerfliches angesehen. Erweist man Gott nicht auch die Ehre, wenn man den Büchern mit seinen heiligen Worten ein festliches Aussehen gibt?«

»Meint Ihr, das ist die Intention des Bischofs?«

Bertram senkte den Kopf. »Darüber kann ich mir kein Urteil anmaßen.« Er zögerte und fuhr dann fort: »Ehrlich gesagt war ich geschmeichelt, als der Erzbischof mich gebeten hat, bei der Ausschmückung des *Psalters* mitzuwirken. Und neugierig. Da, wo ich herkomme, habe ich nur selten Gelegenheit, so kostbare Handschriften zu studieren. Ich habe hier viel gelernt.«

»Seid Ihr deshalb nach Lyon gekommen?«
Bertram wusste nicht, was er sagen sollte. Obwohl sie viel Zeit miteinander verbracht hatten, war es das erste Mal, dass Bonaventura so eine persönliche Frage stellte. »Unter anderem«, murmelte er schließlich.

Bonaventura erwiderte nichts, sah ihn nur ernst an. Als Bertram weiterhin schwieg, fragte er nach: »Und deshalb bricht man in Eure Unterkunft ein und tut Euch noch Schlimmeres an?« Er warf einen bezeichnenden Blick auf Bertrams Schläfe. »Das war nicht einfach nur ein Sturz, habe ich recht?«

Bertram erschrak. Er konnte den berühmten Gelehrten doch nicht mit seinen Sorgen behelligen? Noch dazu, wenn er krank war. »Das ist eine lange Geschichte«, meinte Bertram schließlich. »Ich will Euch nicht Eure Zeit stehlen.«

Bonaventura lächelte leicht. »Ihr könnt mir nichts stehlen, was mir nicht gehört. Ich brauche etwas frische Luft. Begleitet Ihr mich wieder in den Kreuzgang? Dort ist es schattiger als in diesem stickigen Palast.«

Als Bertram zwei Stunden später in die Malstube zurückkehrte, fühlte er sich leer und gleichzeitig wunderbar getröstet. Er hatte dem Franziskaner alles gestanden, sein ganzes Leben vor ihm ausgebreitet. Nach den ersten Worten hatte er nicht mehr aufhören können zu reden. Es war, als wäre ein Damm gebrochen und alles darin aufgestaute Wasser ausgeflossen. Bonaventura hatte hauptsächlich zugehört und nicht viel gesagt. Aber er hatte Bertram darin bestätigt, dass seine Vorbehalte bezüglich des Lyoner Erzbischofs zutrafen. »Ich glaube, Ihr seid hier nicht am richtigen Ort«, hatte er gesagt. »Ich will sehen, was ich wegen der *Dispens* tun kann.«

45. Kapitel

Lyon, päpstlicher Palast, Donnerstag, 12. Juli 1274

»Ihr habt fünf Minuten! Der Heilige Vater ist sehr beschäftigt.« Pierre de Tarentaise höchstpersönlich hatte Bertram an der Reihe der Bittsteller vorbeigeführt, die den Flur vor dem Raum belagerten, in dem der Papst seine Einzelaudienzen abhielt. Bertram nickte, vor Aufregung hatte es ihm die Sprache verschlagen. Er trat über die Schwelle und bewegte sich gemessenen Schrittes auf den Thron am Ende des Saales zu. Er beugte das Knie und küsste den Ring an der dargereichten Hand. Ein Mann neben dem Thron flüsterte dem Papst etwas ins Ohr. Gregor X. beugte sich etwas vor.

»Ihr seid Bertram vom Grossmünster aus Zürich?«

»Ja, Heiliger Vater.«

Bertram fühlte graue Augen auf sich gerichtet, die ihn von Kopf bis Fuß musterten.

»Ihr habt ein besonderes Talent, sagte man mir. Und angesehene Fürsprecher, die Euch einen guten Leumund bescheinigen. Ihr wisst nichts von Eurem Vater?«

»Nein, Eure Heiligkeit. Ich soll es erst am Tag meiner Volljährigkeit erfahren. Also im November dieses Jahres.«

»Geduld ist die Zierde des Mannes. Ein Geduldiger ist besser als ein Starker, und wer sich selbst beherrscht, ist besser als einer, der Städte einnimmt.«

Er gab dem neben ihm stehenden Kardinal ein Zeichen, der daraufhin einen versiegelten Brief von einem Tisch nahm und damit auf Bertram zutrat. Bertram konnte kaum glauben, was er sah. Wie von ferne drangen die Worte des Papstes an sein Ohr.

»Ich gewähre Euch die *Dispens*. Damit stehen Euch alle Wege offen, auch für eine kirchliche Laufbahn. Seid Euch bewusst, dass Ihr damit eine große Verantwortung übernehmt. Ich hoffe, Ihr wisst damit umzugehen. Vertraut auf den Allmächtigen. Er wird Euch im Gebet den rechten Weg weisen.« Seine Handbewegung machte deutlich, dass Bertram entlassen war.

Bertram wusste hinterher kaum mehr, wie er aus dem Saal gekommen war. Er erinnerte sich nur noch, dass er das Schreiben aus der Hand des Kardinals entgegengenommen und den Ring an der rechten Hand des Papstes geküsst hatte. Erst als die Tür mit einem vernehmlichen Knall ins Schloss fiel, kam er wieder zu sich. Zu seiner Verwunderung nahm ihn der Kardinaldekan wieder in Empfang. Das Schreiben in Bertrams Hand erwähnte er mit keinem Wort. »Bonaventura möchte Euch sprechen«, sagte er kurz. »Wir müssen uns beeilen.« Er schlug jedoch nicht den Weg zu den Kanzleiräumen ein, sondern führte ihn durch ein Labyrinth von Gängen in die privaten Räume des Palastes. Bertram wurde es mulmig. Er hatte Bonaventura seit ein paar Tagen nicht mehr gesehen. War etwas dran an den Gerüchten, der große Gelehrte sei an einer der Seuchen erkrankt, die in der übervollen Stadt gerade grassierten? Er hatte Mühe, mit dem Kardinal Schritt zu halten. Dumpfes Stimmengewirr verstärkte sich, je näher sie kamen. Sie erreichten eine breite Treppe, auf der es von Menschen wimmelte. Zahlreiche Barfüßer in ihren dunklen Kutten, aber auch Mönche anderer Orden, ranghohe Kirchenfürsten, Äbte – Bertram entdeckte sogar unierte Metropoliten mit imposanten Bärten und malerischen Amtstrachten. Die Menschen unterhielten sich flüsternd, viele beteten, einige weinten sogar. Soldaten der bischöflichen Garde versuchten Ordnung in die Masse zu bringen. Als sie den Kardinaldekan erblickten, drängten sie die anderen Besucher so weit zurück, dass sich eine Gasse bildete, durch die Pierre de Tarantaise hinaufstieg, Bertram folgte in seinem Kielwasser. Die Menschenmenge zog sich einen langen Gang entlang und endete vor einer verschlossenen Tür, die von weiteren Soldaten bewacht wurde. Sie öffneten dem Kardinaldekan die Tür und ließen beide passieren. Nachdem sie eingetreten waren, musste Bertram einen Moment stehen bleiben, um seine Augen an das Dämmerlicht zu gewöhnen. Sie befanden sich in einem Schlafgemach, die schweren Samtvorhänge vor den hohen Fenstern waren halb zugezogen. Die Luft war so stickig und abgestanden, dass Bertram Mühe hatte, einen Brechreiz zu unterdrücken. Ein Hauch von Weihrauch und Kerzenwachs waberte über einer Dunstglocke aus Schweiß, Fäulnis und dem unverkennbaren Eisengeruch von Blut. Auch dieser Raum war voller Menschen, Bertram erkannte einige der Kardinäle und Bischöfe, die bei der Eidesleistung des Kanzlers dabei gewesen waren. Sie umstanden ein breites Bett, in dessen üppigen Polstern die schmale Gestalt Bonaventuras beinah verschwand. Ein schwarz gewandeter Medikus war gerade dabei, ihm den Puls zu fühlen. Pierre de Tarentaise bedeutete Bertram mit einer Handbewegung, zu warten, und trat an das Bett. Er beugte sich zu dem Kranken hinunter und flüsterte ihm etwas ins Ohr. Bonaventura öffnete die Augen und winkte Bertram zu sich. Bertram trat näher und kniete neben dem Bett nieder. Der Franziskaner war nur noch ein Schatten seiner selbst. Seine Haut war fast durchsichtig geworden, unter den Augen lagen tiefe Schatten und die Nase ragte spitz aus dem eingefallenen Gesicht. Bertram begriff: Das war kein Krankenbesuch mehr, das war ein Abschied. Er hatte Mühe, die Tränen zurückzuhalten.

»Ehrwürdigster Herr«, flüsterte er.

Bonaventura lächelte leicht. »Ihr habt Eure *Dispens*?«, fragte er.

Bertram nickte. »Ja, Ehrwürdigster Herr. Ich kann Euch nicht genug danken.«

Die Augen des Franziskaners irrten umher und blieben an denen des Kardinaldekans hängen. Pierre de Tarentaise gab einem der Bischöfe, der im Hintergrund gewartet hatte, ein Zeichen, näher zu treten. Bonaventura lächelte dem vielleicht Sechzigjährigen zu und sah dann Bertram an. »Bertram, das ist

Hildebrand von Möhren, der Fürstbischof von Eichstätt. Er will Ende Juli eine Kapelle in Wettingen weihen und wird am letzten Tag des Konzils von hier aufbrechen. Ihr könnt Euch mit Eurem Knecht seinem Reisetross anschließen. Ein guter Schreiber und ein fleißiger Knecht sind immer willkommen.« Bertram wusste nicht, was er sagen sollte. Er sah zu dem Bischof auf, der ihm ernst zunickte, und dann wieder zu Bonaventura. »Ihr seid zu gütig, Ehrwürdigster Herr.« Bonaventura schloss die Augen. Bertram spürte eine Hand auf seiner Schulter. Es war der Kardinaldekan, der ihm wohl zu verstehen geben wollte, dass es Zeit war zu gehen. Er wollte sich gerade erheben, als Bonaventura wieder die Augen öffnete. Er hob eine Hand und winkte Bertram, näher zu kommen. Bertram rutschte näher zum Bett. Der Franziskaner legte ihm die Hand auf den Kopf. »Geh mit Gott, mein Sohn. Vertraue auf den Herrn, er wird dich leiten.« Erschöpft ließ er die Hand sinken und schloss die Augen. Mit einem dicken Kloß im Hals erhob sich Bertram und verließ das Krankenzimmer. Wie betäubt bahnte er sich zwischen all den Menschen den Weg nach draußen. Das Läuten zur *Non* brachte ihn wieder zur Besinnung. Er hatte heute so viel erlebt, dass es ihm vorkam, als wäre es bereits spät am Abend, dabei war es erst früher Nachmittag. Er fühlte sich nicht in der Lage, zu arbeiten, aber in die Kanzlei musste er trotzdem. Er musste unbedingt an den Kantor schreiben – die päpstliche Kanzlei hatte tägliche Kuriere in alle Himmelsrichtungen, so würde sein Brief hoffentlich vor ihm selbst ankommen.

Als er den vertrauten Raum betrat, fand er ihn nahezu verwaist vor. Statt des üblichen Federkratzens hörte er nur das Schlappen der Sandalen von Bruder Markward, der mit dem Bibliothekar dabei war, herumliegende Bücher einzusammeln. Als er Bertram gewahr wurde, eilte er ihm entgegen. Er warf einen Blick in Bertrams Gesicht. »Ihr wart bei Bonaventura?«

Bertram nickte. Sprechen konnte er nicht.

»Steht es so schlecht?«

Bertram nickte wieder. Bruder Markward bekreuzigte sich unwillkürlich. Dann entdeckte er das Schreiben mit dem päpstlichen Siegel in Bertrams Hand. »Ihr habt Eure *Dispens*?«

Endlich fand Bertram seine Stimme wieder. »Ja. Könnt Ihr mir helfen? Ich will meine Leute benachrichtigen, dass ich nach Hause komme.«

Bruder Markward nickte. »Ja, natürlich. Also werdet Ihr das Angebot des Kardinaldekan nicht annehmen?«

»Was für ein Angebot? Er hat mir keines gemacht.«

Bruder Markward biss sich auf die Lippen. »Da war ich wohl etwas vorschnell. Er wollte Euch für die Kanzlei verpflichten, solange der Papst in Lyon bleibt – was vermutlich bis mindestens zum nächsten Frühjahr dauern wird. Am liebsten würde er Euch mit nach Rom nehmen – Ihr seid wirklich der schnellste und sorgfältigste Schreiber, den wir je hatten. Und es war sehr angenehm, mit Euch zusammenzuarbeiten«, fügte er nach einer kleinen Pause hinzu.

Rom? Wenn man ihm das vor einem Jahr angeboten hätte, wäre er außer sich gewesen vor Begeisterung. Bertram lächelte mühsam. »Danke, ich fand es auch sehr angenehm, mit Euch zu arbeiten. Aber es ist Zeit für mich, nach Hause zu gehen.«

Bruder Markward drang nicht weiter in ihn. »Gut. Dann schreibt Eure Nachrichten und ich sorge dafür, dass sie weitergeleitet werden.«

Bertram ging zu seinem üblichen Schreibpult. Aus dem Behälter mit Pergamentabschnitten suchte er sich zwei Stücke heraus, die wegen einiger Löcher und Unebenheiten nicht mehr für Buchseiten taugten, aber als Briefbögen noch brauchbar waren. Zunächst setzte er eine kurze Notiz an den Abt von Wettingen auf, dass er im Gefolge des Eichstätter Bischofs vorbeikommen und bei der Gelegenheit das eingelagerte Gepäck Heinrichs von Klingenbergs mitnehmen würde. Dann folgte der Brief an den Kantor. Er beschränkte sich auf das Nötigste, berichtete, dass er die *Dispens* erhalten habe und in fünf Tagen mit Mathis aufbrechen würde. Dass er eine Reisegruppe gefunden habe und dass sie über Wettingen kommen würden, um Heinrichs Sachen dort abzuholen, weil dieser nach Bologna gereist sei. Nach kurzem Zögern fügte er noch hinzu, dass er Gelegenheit gehabt hatte, Bonaventura persönlich kennenzulernen, und dass der große Gelehrte im Sterben liege. Ganz zum Schluss bat er den Kantor noch, den Propst, Fides und Rüdiger von seiner Ankunft zu benachrichtigen. Er löschte den Bogen mit etwas Sand und faltete ihn dann zusammen. Bruder Markward drückte das Siegel der päpstlichen Kanzlei darauf und deponierte die Briefe in dem Korb mit der Ausgangspost. »Spätestens morgen früh gehen sie auf die Reise«, meinte er dann. Bertram bedankte sich und machte sich auf den Heimweg. Jetzt musste er nur noch Mathis beibringen, dass der Abschied von Lyon und damit von Bertille doch schneller als erwartet bevorstand. Er war sich nicht sicher, wie sein Knecht reagieren würde.

46. Kapitel

Lyon, Markt, Samstag, 14. Juli 1274

»Die Farbe gefällt mir«, sagte Bertram und strich mit den Fingerkuppen vorsichtig über den Flaum des dunkelgrünen Samtes, den der Händler vor ihm ausgebreitet hatte. Der Farbton würde wunderbar zu Fides' Haaren passen. Einen ähnlichen

Stoff hatte sie damals für ihr Ballkleid gewählt – das Kleid, das Simon ruiniert hatte.

»Bon«, sagte Bertille. »Das ist ein sehr schöner Stoff für ein Hochzeitskleid. Und jetzt noch Seide für das Unterkleid. Vielleicht in Weinrot?«

Bertram zuckte hilflos die Achseln. Er war mit diesem Frauenkram heillos überfordert und froh gewesen, dass Bertille sich bereit erklärt hatte, ihn heute früh bei seinen Einkäufen zu begleiten. Sie hatten im Judenviertel begonnen, denn Bertram hatte sich an Heinrichs Wechsel erinnert und beschlossen, den Großteil seiner französischen Barschaft in einen Wechselbrief umzuwandeln, den er daheim in Zürcher Währung einlösen konnte. Er hatte nur das behalten, was er hier für die letzten Tage und auf der Rückreise brauchen würde. Jetzt waren sie auf der Rue de Mercier, die nicht nur die Hauptverkehrsachse, sondern auch die größte Einkaufsstraße Lyons bildete. Der italienische Stoffhändler, dessen Ware sie gerade begutachteten, hatte von ihrem deutschen Wortwechsel offensichtlich das Wesentliche verstanden, jedenfalls zog er ungefragt zwei Ballen Seide unter seinem Verkaufsstand hervor und breitete sie neben dem Samt aus. Bertram deutete auf den dunkleren Stoff, dessen blutrote Farbe leicht schimmerte. Es war ein schwerer Taft, der Händler schob eine Hand unter das Tuch und bewegte sie leicht, um den Fall des Stoffes und das leichte Changieren zu demonstrieren, während er in schnellem Französisch auf Bertille einsprach.

Bertille wandte sich an Bertram: »Sollen wir die Stoffe nehmen? Der Händler ist etwas teurer als andere, aber er hat sehr gute Qualität und betrügt nicht beim Abmessen. Vielleicht kann ich ihn auch etwas runterhandeln.«

Als Bertram nickte, begann eine lautstarke und gestenreiche Diskussion. Endlich wurden sie sich handelseinig, Bertram zählte dem Mann den geforderten Betrag in die Hand und der Händler maß den Stoff ab und faltete ihn sorgsam zusammen. Bertram legte ihn in den Weidenkorb, in dem sich bereits Gewürze für Hedwig und kandierte Früchte für Friedrich befanden.

Bertille hakte sich bei ihm unter. »Und jetzt zu den Bortenwebern!«

»Bortenweber?«

Bertille sah ihn entrüstet an. »Mais oui, Ihr wollt Eurer Braut doch wohl ein paar Schmuckborten an ihrem Kleid gönnen? Und vielleicht eine Gürtel?«

Bertram nickte ergeben. Einige Zeit später wanderte auch eine zwei Finger breite Borte mit Goldstickereien in den Korb. Aufgestickte Kreise in Rubinrot und Saphirblau muteten von Weitem wie Edelstein an. Bertram erstand noch eine weitere Borte in Silber und Dunkelblau für Hedwig, die vorzüglich zu ihrem dunkelblauen Sonntagskleid passen würde. Inzwischen hatten sie die Kreuzung mit der Rue Grenette erreicht, wo der Getreidemarkt stattfand. Hier begann auch das Viertel der Lebensmittelhändler.

»Braucht Ihr noch etwas?«, fragte Bertille. »Ich würde sonst gerne ein wenig Käse für die Wirtschaft besorgen.«

Bertram erklärte sich einverstanden und sie schlugen den Weg zum Käsemarkt ein.

Er sah Bertille von der Seite her an. »Du bist nicht böse, dass ich dir Mathis wieder entführe?«

Bertille lächelte leicht. »Wir wussten doch, dass dieser Tag kommen würde. Außerdem ... vielleicht gehe ich ja mit nach Deutschland. Ich habe immer noch Familie in Nürnberg.«

Bertram blieb überrascht stehen. Davon hatte Mathis ihm nichts erzählt. »Du meinst ...«

Bertille lachte hellauf, als sie sein Gesicht sah. »Ne t'en fais pas, Monsieur Bertram, nicht sofort. Ich weiß, dass Ihr jetzt keine Frau und zwei Kinder mitnehmen könnt. Und ich kann meinen Onkel nicht von heute auf morgen ohne Köchin lassen. Das wäre nicht gerecht, nach allem, was er für mich getan hat.«

»Aber du und Mathis ...«

»Er hat mich gefragt, ob ich ihn heiraten will. Und ich habe gesagt, dass ich es mir überlegen werde.«

Bertram schwieg verblüfft. Sein schweigsamer Knecht zeigte mehr Tatendrang, als er ihm zugetraut hätte. Sie gingen weiter. Bertille fuhr fort. »Es ist hier immer noch nicht sicher. Im Augenblick ist es ruhig, weil der Papst hier wohnt und vor allem die französischen Soldaten und die Truppen des Erzbischofs ständig anwesend sind. Aber die Streitigkeiten von damals sind noch nicht geklärt – ich habe Angst, dass der Krieg wieder ausbricht, sobald der Papst abgereist ist. Meine Kinder haben schon ihren Vater verloren. Ich will nicht, dass sie zu Vollwaisen werden oder selbst das Leben lassen.« Sie schwieg einen Moment. Als sie fortfuhr, klang es eher, als spräche sie zu sich selbst als zu Bertram: »Und Mathis ist ein anständiger Mann. Er trinkt nicht und ist gut zu den Kindern. Sophie und Philipp mögen ihn auch.«

Bertram drückte ihren Arm. »Das stimmt. Ich glaube, Mathis hat dich aufrichtig gerne. Und wenn ich das so sagen darf – deine Hechtklößchen wären eine Bereicherung für Zürich.«

Sie warf den Kopf in den Nacken und lachte schallend. Dann weiteten sich ihre Augen und sie verstummte abrupt. Sie verlangsamte ihren Schritt, wandte ihm den Kopf zu und flüsterte: »Monsieur Bertram, da ein paar Häuser vor uns steht ein Kerl in der Gasse und starrt uns an. Er sieht ziemlich übel aus.«

Bertram folgte ihrem Blick. Am späten Vormittag waren in diesem Viertel recht viele Menschen unterwegs, sodass er zunächst nichts Verdächtiges feststellen konnte.

»Bei dem roten Haus«, zischte Bertille. »Passt auf, er kommt näher!«

Jetzt sah Bertram ihn auch, einen kräftigen Mann in zerlumpter Kleidung, mit einem wilden Haarschopf. Das war doch – der falsche Mönch! Als sich ihre Blicke trafen, stieß der Mann ein paar unverständliche Worte aus und kam mit langen Sprüngen auf Bertram zugerannt. Die erhobene rechte Hand war mit einem schmutzigen Verband umwickelt. Im Laufen zerrte er mit der Linken einen Dolch aus seinem Gürtel. Bertram schubste Bertille hinter sich. Er packte den Korb mit beiden Händen, sprang dem Angreifer entgegen und hieb ihm das stabile Weidengeflecht mit aller Gewalt ins Gesicht. Der Mann taumelte zurück und verlor das Messer. Suchend sah er sich um und wollte sich dann mit bloßen Händen auf Bertram stürzen. Doch angelockt von Bertilles Geschrei waren ein paar Passanten stehen geblieben. Rufe nach dem *Büttel* wurden laut. Der falsche Mönch warf noch einen letzten hasserfüllten Blick auf Bertram und verschwand dann in der Menge.

»Bertille sagt, du kanntest den Mann?«, begann Mathis sein Verhör. Sie saßen auf der Familienbank neben dem Le Boef.

Bertram zögerte mit der Antwort. »Kennen ist zu viel gesagt«, meinte er schließlich.

»Versucht nicht, es zu leugnen«, ertönte da Bertilles Stimme. Sie trug einen Bierkrug und eine Schale Nüsse und hatte ihren Bruder im Schlepptau. Pierre hatte sie offenbar ebenfalls eingeweiht, denn er legte Bertram kurz die Hand auf die Schulter, ehe er sich neben ihn setzte. Bertille stellte den Krug und die Nüsse ab und schlüpfte neben Mathis auf die Bank. Er legte einen Arm um ihre Taille.

Bertille beugte sich vor und erdolchte Bertram fast mit ihrem Zeigefinger. »Ich habe es genau gehört! ›Diesmal entkommst du mir nicht‹, hat der Mann gebrüllt. Das war der Kerl, der Euch an dem Tag mit dem schrecklichen Gewitter fast erstochen hätte, n'est-ce pas?«

Bertram gab auf. »Ja, ich denke schon. Er war jetzt anders gekleidet, aber das Gesicht vergesse ich mein Lebtag nicht mehr. Und er hatte die rechte Hand verbunden – wir hatten doch schon vermutet, dass er sich bei seinem letzten Überfall verletzt hat.«

Mathis zog scharf die Luft ein. »Glaubst du mir jetzt endlich, dass das damals kein zufälliger Raubüberfall war? Irgendjemand will dich aus dem Weg schaffen, und zwar seit unserer Abreise.«

Bertram hob die Schultern. »Und was fangen wir jetzt an mit dieser Erkenntnis? Ich habe nicht die leiseste Ahnung, wer dahinterstecken könnte. Der einzige Mensch, mit dem ich in Zürich Streit hatte, ist bestimmt nicht in der Lage, hier in Lyon irgendwelche Meuchelmörder anzuheuern.«

Bertille mischte sich ein. »Dann gibt es nur eine Lösung. Ihr müsst abreisen, so schnell wie möglich und ohne dass jemand etwas davon weiß. Vielleicht sogar heute noch.«

Bertram sah sie verdattert an und blickte dann zu Mathis. »Aber die Chaponays haben mich heute Abend zu einem Abschiedsessen eingeladen. Und sie wollten mir die Handschrift zeigen, die Heinrich so gut gefallen hat. Es wäre sehr unhöflich, nicht hinzugehen, nach allem, was sie für uns getan haben.«

Pierre hob die Schultern. »Pas de Problem. Ihr könnt en tous cas erst reisen dans la nuit.«

Bertram sah ihn entgeistert an. »In der Nacht aufbrechen? Aber dann ist es doch viel zu dunkel zum Reiten. Wir werden uns den Hals brechen.«

Pierre grinste verschmitzt. »No. Pleine lune.« Vollmond?

Bertram war immer noch nicht überzeugt. »Aber wie kommen wir nachts ohne Aufsehen aus der Stadt? Die Tore sind verriegelt. Braucht man nicht einen Passierschein für die Wachen?«

Pierre schüttelte den Kopf. »Pont du Rhone. Ich habe dort gearbeitet und kenne den Verwalter. Ich löse das.«

Mathis lachte. »Gib auf, Bertram, gegen uns kommst du nicht an.«

Pierre hatte recht behalten, ein sternenklarer Himmel wölbte sich über Lyon und dank des Vollmonds konnte man besser sehen, als Bertram erwartet hatte. Pierre hatte seinen Dienstherrn Michel Cicarelle eingeweiht. Der Verwalter der Brückenbauarbeiten war ein Verwandter der Chaponay und hatte nicht nur seine Hilfe zugesagt, sondern auch versprochen, seine Schwiegereltern erst einige Tage nach Bertrams Abreise einzuweihen. Mathis und Pierre waren damit beschäftigt, die Hufe der beiden Reittiere mit alten Lumpen zu umwickeln, damit sie auf den hölzernen Brückenbohlen nicht so einen Lärm machten. Während Bertrams Stute gutmütig alles mit sich machen ließ, trat das Maultier unwillig um sich. Der Verwalter hatte unterdessen den Wachposten angewiesen, Bertram und seinen Begleiter passieren zu lassen und den Vorgang sogleich zu vergessen. Der Mann nickte zufrieden, als ein paar Silberstücke den Weg von Bertrams Börse in seine Hand fanden.

Michel sah sich zu Mathis und Pierre um. »Seid ihr fertig?«

Mathis hatte gerade den letzten Huf umwickelt und erhob sich. Er nickte.

»Dann los. Ihr führt die Pferde am besten am Zügel, bis wir über die Brücke sind. Ich begleite Euch, damit Ihr keine Schwierigkeiten mit den Wachposten auf der anderen Seite bekommt.«

Es wurde ernst! Sie verabschiedeten sich von Pierre und griffen ihre Tiere am Zügel. Schweigend überquerten sie die Brücke. Es war nichts zu hören außer den dumpfen Pferdetritten, dem leisen Rauschen des Flusses unter ihnen und dem Gezänk der Möwen, die sie aufgescheucht hatten. Aus dem Wachturm am anderen Ende der Brücke traten ihnen zwei Wachen mit aufgerichteten Spießen entgegen. Als sie den Verwalter erkannten, ließen sie ihre Waffen sinken. Wieder wechselten ein paar Münzen den Besitzer, dann öffnete sich das Tor für Bertram und Mathis.

Nachdem sie die Pferde durch das Brückentor geführt hatten, stiegen sie auf und trabten leise zwischen den Bauernkarren hindurch, die eine kleine Zeltstadt vor der Stadtmauer bildeten. Manche Bauern pflegten mit ihren Wagen vor den Stadttoren zu nächtigen, damit sie die Ersten waren, die bei Tagesanbruch in die Stadt gelangten.

Erst als sie niemanden mehr entdecken konnten, saßen sie ab, um ihren Tieren die Bandagen abzunehmen. Mathis hatte übrigens recht gehabt ... die Pferde sahen in der Nacht ganz ausgezeichnet. Und der Ausritt in der kühlen Nachtluft und ohne den Lärm und das Gedränge der überhitzten Stadt schien ihnen zu gefallen.

Bertram warf einen Blick zum Himmel und suchte den Polarstern. »Genf liegt nordöstlich von Lyon. Michel meinte, wir sollen zunächst knapp zwei Meilen der Rhone folgen, bis wir den Weiler bei der Festung Mire bellum erreichen. Sie liegt auf einem Hügel und sollte auch nachts nicht zu übersehen sein. Dort geht der Fluss nach Osten, wir müssen aber weiter nach Norden. Vielleicht sollten wir uns dort einen Unterschlupf für den Rest der Nacht suchen und erst bei Tagesanbruch weiterreiten, bevor wir uns heillos verlaufen.«

Mathis nickte. »Das scheint mir auch sinnvoller.« Er rollte die Bandagen sorgfältig auf und verstaute sie in seiner Satteltasche. »Wer weiß, ob wir sie noch einmal brauchen.« Bertram warf noch einen letzten Blick zurück Richtung Lyon. Es kam ihm so vor, als habe er in den letzten Wochen mehr erlebt als in seinem ganzen Leben zuvor.

Mathis legte ihm die Hand auf die Schulter. »Wir sollten jetzt wirklich gehen.«

Bertram nickte.

Sie saßen auf und folgten dem Polarstern.

47. Kapitel

Zürich, Dienstag, 24. Juli 1274, am Gedenktag des Hl. Christophorus

»Martha, jetzt reiß dich zusammen! Was genau stand in dem Brief?« Otto beherrschte sich mühsam, um Fides' Mutter nicht anzubrüllen. Am liebsten hätte er das dumme Weib gepackt und geschüttelt, die Wahrheit aus ihr herausgeprügelt. Vorsichtig ließ er seinen Blick durch das Kirchenschiff schweifen. Noch waren sie alleine in der Barfüßerkirche, aber das konnte sich jederzeit ändern. Vor allem wenn der Tag fortschritt, verirrten sich immer mehr Menschen in das schattige Gemäuer, wohl weniger der Andacht wegen, als um der brütenden Hitze draußen zu entfliehen.

Martha zog die Nase hoch und wischte sich mit dem Ärmel über das Gesicht. Sie holte tief Luft und stieß endlich ein paar verständliche Sätze hervor: »Fides sagt, er wolle spätestens am nächsten Sonntag im Kloster Wettingen sein. Offenbar reist er im Gefolge eines Bischofs, der dort einen Altar weihen will. So genau habe ich das nicht verstanden.«

Ottos Gedanken rasten. Das wäre ja schon in fünf Tagen. Immerhin Zeit genug, den Sohn des Königs ins Bild zu setzen. Morgen waren sie wieder im Kloster Selnau verabredet – Otto freute sich schon diebisch auf das dumme Gesicht Albrechts, wenn er ihm diese Neuigkeiten unter die Nase reiben konnte. Denn aus seinen Andeutungen hatte er entnommen, dass die Häscher des Königs Bertram in Lyon offenbar aus den Augen verloren hatten.

Martha begann wieder zu schluchzen. »Oh, Pater Otto, was soll ich nur tun? Dieser Bertram wird nur Unglück über unsere

Familie bringen. Was ist das überhaupt für ein Mann? Wir kennen ja nicht einmal seine wahren Eltern ...«

Otto war in Gedanken immer noch bei seinem Gespräch in Selnau und auf einmal nahm im hintersten Winkel seines Gehirns eine Idee Gestalt an.

Er sah Martha ernst an. »Dann müssen wir eben dafür sorgen, dass er Fides nicht mehr vorfindet.«

Martha hörte schlagartig auf zu weinen und starrte ihn mit großen Augen an. »Was meint Ihr damit?«

»Ich werde Fides in meine Obhut nehmen. Ich werde sie nach Selnau bringen, das ist das Frauenkloster am Fuß des Ütliberg. Da ist sie gut aufgehoben, in frommer Gesellschaft und kann sich überlegen, ob sie dortbleiben will oder sich ihrem Stand gemäß mit einem Handwerker vermählen.«

Völliges Unverständnis malte sich in Marthas Blick. »Aber nach Selnau gehen doch nur feine Damen? Wie sollen wir uns das leisten?«

Otto machte eine wegwerfende Handbewegung. »Die feinen Damen dort haben jede Menge Personal.« Er kräuselte verächtlich die Lippen. »Ich bin dort Seelsorger und konnte mich davon überzeugen. Ich kann Fides dort als Dienst- oder Küchenmagd unterbringen.«

Marthas Abwehr schien zu bröckeln. Doch dann schüttelte sie den Kopf und sah Otto niedergeschlagen an. »Aber dem wird Fides im Leben nicht zustimmen! Und ihr Vater auch nicht.«

»Still, Martha, ich habe mir schon etwas überlegt. Du musst nur dafür sorgen, dass heute Abend genug zu essen da ist, dass ihr Simon zum Abendessen einladen könntet.«

Jetzt stand blankes Entsetzen in Marthas Blick. »Simon zum Essen einladen? Das wird nicht gehen ... nicht wegen des Essens, aber Fides' Vater wird Simon nicht willkommen heißen. Er hat ihm immer noch nicht verziehen, was in der Nacht des Ratswechsels geschehen ist.« Sie schlang nervös die Finger ineinander.

Otto lächelte triumphierend. »Er wird ihn anhören, wenn

Simon kommt, um sich zu entschuldigen. Und um sich zu verabschieden.«

»Verabschieden?« Martha sah Otto verdattert an.

Der nickte nachdrücklich. »Ja. Simon wird sich verabschieden, weil er nach Basel zurückgeht.«

Martha klappte den Mund auf und gleich wieder zu. »Aber, aber ... wenn er fortgeht, was ist dann mit Fides ...?«

Otto rollte innerlich die Augen. Dann ergriff er Marthas zitternde Hände. »Martha, er wird doch nur so tun als ob. Damit dein Mann ihn ins Haus lässt. Alles Weitere überlass einfach mir.« Er drückte ihre Hände. »Martha, sieh mich an.«

Sie hob den Blick. »Sich über seinen Stand zu erheben, ist Hochmut. Du willst doch nicht, dass deine Tochter dieser Todsünde anheimfällt?«

Martha schüttelte heftig den Kopf.

»Dann tu einfach, was ich dir gesagt habe, und alles wird gut werden. Simon wird Fides aus dem Haus schaffen, dann nehme ich sie in meine Obhut und bringe sie zu den Schwestern in Selnau. Dieser Bertram wird sehr schnell das Interesse verlieren, wenn er sie nicht mehr sehen kann.«

Martha schien immer noch nicht wirklich überzeugt. »Aber wie soll ich ihrem Vater erklären, dass sie nicht mehr da ist?«

Otto wurde allmählich ärgerlich. Mussten diese Weiber ständig Widerworte geben? Konnten sie nicht einmal tun, was man ihnen sagte? Wenn sein Plan aufging, würde Fides' Vater keine Gelegenheit mehr haben, nach seiner Tochter zu fragen. Genauso wenig wie Martha selbst. Aber das konnte er ihr natürlich nicht auf die Nase binden. Stattdessen rang er sich ein beruhigendes Lächeln ab. »Du musst ihn eben davon überzeugen, dass sie mit Simon nach Basel durchgebrannt ist.« Das Läuten zur *Sext* erklang. Endlich! Otto erhob sich. »Ich muss zum *Stundengebet*. Mach einfach alles so, wie wir es besprochen haben.«

Sie hockte immer noch auf der Bank, sah unsicher zu ihm auf.

Er legte ihr beruhigend die Hand auf die Schulter, schlug dann das Kreuzzeichen über ihr. »Vertraue auf den Herrn, er wird dich leiten. Und jetzt geh!« Er sah ihr nach, wie sie mit hängenden Schultern zum Portal schlurfte. Als die schwere Tür hinter ihr ins Schloss fiel, atmete er auf. Er wandte sich dem Chor zu, in dem nacheinander seine Mitbrüder auftauchten. Hoffentlich hatte der Guardian heute Nachmittag keine Aufgaben für ihn. Er musste Simon finden.

Das Schlussgebet war kaum verklungen, als Otto sich auch schon leise aus dem Chor stahl. Ihm war eingefallen, wo er heute mit großer Wahrscheinlichkeit auf den Gerbersohn treffen würde – am Richtplatz hinter der Wasserkirche. Wenn er sich recht erinnerte, war heute der Tag, an dem sich der unglückselige Wackerbold der Bäckertaufe unterziehen musste. Zum wiederholten Male hatte ihn ein erboster Bürger angezeigt, weil er zu leichte Brote gebacken hatte, jetzt hatte der Rat beschlossen, ihn nicht mit einer Geldbuße davonkommen zu lassen, und eine Leibstrafe verhängt. Wackerbold würde den Tag in einem Schandkorb über dem sumpfigen Teil der Limmat hinter der Wasserkirche verbringen müssen, der Hitze und den Schmähungen der Bürger ausgesetzt, bis ihn die *Büttel* am Abend in den Fluss kippen würden. Derartige Spektakel zogen jede Menge Schaulustige an und Otto war sich ziemlich sicher, dass Simon dabei sein würde. Doch bevor er sich auf den Weg zur Wasserkirche machte, musste er noch etwas besorgen. Er hastete über den Hof zur Krankenstube, die heute zum Glück leer war. In der kleinen Stube am Kopfende des Saales bewahrte der *Infirmarius* seine Heilkräuter und Tinkturen auf. Otto hatte schnell gefunden, was er suchte. Er schob das kleine Pulversäckchen in seinen Bettelbeutel und hastete nach draußen.

Schon von Weitem sah er, dass er mit seiner Vermutung recht gehabt hatte. Trotz der brütenden Hitze drängten die Menschen von allen Seiten zur Limmat hin. Er folgte dem Strom, musterte dabei aus den Augenwinkeln die Gesichter. Je weiter man zum

Ufer kam, desto undurchdringlicher wurde die Menge. Es war sinnlos, in diesem Gewühl jemanden zu finden, wenn man nicht wusste, wo er stand. Otto schlug daher den Weg zur Münsterbrücke ein, von wo aus man den Gefangenen zwar nicht traktieren konnte, aber einen besseren Überblick hatte. Auch hier war es voll, doch standen die Menschen nicht Schulter an Schulter und ein Blick aus seinen eisblauen Augen ließ sie so weit zurückweichen, dass er bald vorne am Geländer stand. Hinter der Wasserkirche, kurz vor den Schwirren, die den Fluss zum See hin abgrenzten, war der große Kran befestigt, an dessen Arm der hölzerne Käfig mit dem Delinquenten schaukelte. Im Frühjahr zur Zeit der Schneeschmelze reichte das Wasser bis zur Ufermauer, doch die wochenlange Hitze hatte den Fluss ausgetrocknet, das uferseitige Gebiet neben der Fahrrinne in einen übelriechenden Morast verwandelt. Man hatte den Bäcker bis auf seine *Bruoche* entkleidet. Er kauerte in einer Ecke des Käfigs, der dadurch in eine unangenehme Schieflage geriet, und versuchte mit über den Kopf gezogenen Armen seinen Körper vor der Sonnenhitze und den Geschossen der Leute zu schützen, die ihn mit faulem Obst und anderem Unrat bewarfen. Otto schüttelte angewidert den Kopf. Solche Ereignisse brachten wahrhaft das Schlimmste im Menschen hervor. Mit zusammengekniffenen Augen fixierte er den johlenden Mob auf der Ufermauer. Auf einmal schrie der Bäcker auf und sprang fluchend auf die Füße. Der Korb schaukelte wild hin und her, Wackerbold wurde gegen die Stäbe geschleudert und ging zu Boden. Mit Mühe richtete er sich wieder auf, steckte die geballte Faust durch die Gitterstäbe und brüllte Verwünschungen zum Ufer hinüber. Blut lief ihm den Hals hinab, offenbar hatte jemand einen Stein nach ihm geworfen. Otto folgte seinem Blick und entdeckte eine Gruppe junger Handwerksburschen, die sich vor Lachen auf die Schenkel schlugen. Einer überragte sie um Haupteslänge und holte gerade zu einem neuen Wurf aus. Simon. Natürlich. Wo sonst sollte er sein? Otto kamen allmählich Zweifel, ob es wirklich eine gute

Idee war, Fides mit diesem Grobian zu verheiraten. Vielleicht war sie im Kloster tatsächlich besser aufgehoben. Oder bei den frommen Beginen, die sich in den letzten Jahren rund um das Barfüßerkloster angesiedelt hatten. Aber darüber konnte er sich später Gedanken machen. Jetzt brauchte er diesen Hohlkopf, um Fides vor Bertram in Sicherheit zu bringen. Er verließ die Brücke und wandte sich dem Ufer zu. Beifall brandete auf, offenbar hatte Simon wieder einen Treffer gelandet. Wackerbold kreischte jetzt wie ein wildes Tier. Mühsam schlängelte sich Otto durch die Menschenmauer. Er verlor eine Sandale und seine Kutte war am Rücken klatschnass, als er Simon endlich erreichte. Der bückte sich gerade nach einem neuen Wurfgeschoss.

»Wer ohne Sünde ist, werfe den ersten Stein«, rief ihm Otto zu und fixierte ihn mit verschränkten Armen.

Simon erstarrte mitten in der Bewegung. Unsicher schielte er zu Otto empor. Dann ließ er den Stein liegen und richtete sich langsam auf. »Pater, was soll das? Der Mann ist ein Betrüger. Der hat die Lektion verdient.«

Otto schwieg, schaute ihn nur mit hochgezogenen Augenbrauen an. Die Umstehenden begannen zu tuscheln. Simons Kameraden wichen langsam vor ihm zurück. Simon warf ihnen einen bösen Blick zu, wandte sich dann wieder an Otto. »Was wollt Ihr eigentlich?«

»Mitkommen. Sofort.« Er wartete Simons Reaktion gar nicht erst ab, sondern wandte sich zum Gehen. Diesmal machten ihm die Leute Platz. Im Schatten des Grossmünsters blieb Otto stehen und drehte sich um. Simon war ihm gefolgt. Mit niedergeschlagenen Augen hielt er ihm eine Sandale hin. »Die lag am Boden. Die habt Ihr wohl vorhin verloren.«

Otto riss ihm den Schuh aus der Hand und schlüpfte hinein. Er sah sich nach allen Seiten um und zog ihn in eine Ecke, wo sie vor den Blicken der Vorübergehenden geschützt waren.

»Ich habe mit dir zu reden. Bertram kommt zurück.«

Simon zuckte zusammen und ballte die Fäuste. »Wann?«

»Bald. Sehr bald. Du musst mir helfen, Fides fortzuschaffen.«
Simon lachte auf. »Wie soll ich das denn anstellen? Sie geht doch kaum noch aus dem Haus ohne Begleitung.«

Otto betrachtete ihn von Kopf bis Fuß, musterte die fettigen Haare, die ihm verschwitzt am Kopf klebten, die Tränensäcke unter den Augen, den schmutzigen Kittel. »Wie viel hast du heute schon getrunken?«

Eine Mischung aus Schuldbewusstsein und Trotz glitt über Simons Züge. Er strich sich die Haare aus der Stirn und bemühte sich um eine aufrechte Haltung. »Mann, es ist heiß. Nur ein paar Bier.«

»Schaffst du es, heute Abend halbwegs nüchtern, gewaschen und in sauberer Kleidung vor Fides' Tür zu stehen?«

Simon hob die Arme. »Wozu? Sie wird mich nicht reinlassen.«

Otto knirschte innerlich mit den Zähnen. »Simon, jetzt reiß dich zusammen. Willst du Fides nun haben oder nicht? Dann lass dieses Gejammer und tu endlich was.«

Simon rollte die Augen. »Und was soll ich tun? Gewaschen vor Fides Tür stehen, um mich von ihrem Vater hinauswerfen zu lassen? Ihr hattet schon bessere Vorschläge. Sagt mir lieber, wann Bertram zurückkommt, damit ich ihm eins aufs Maul geben kann.« Wieder ballte er die Fäuste.

»Du wirst nichts dergleichen tun. Stattdessen wirst du dich heute Abend bei Fides und ihren Eltern einfinden, um dich für dein bisheriges Verhalten zu entschuldigen und dich außerdem zu verabschieden, weil du nach Basel zurückgehst.«

Simon stieß ein leichtes Röcheln aus und starrte Otto aus glasigen Augen an.

Ungerührt fuhr Otto fort. »Fides' Mutter ist eingeweiht, sie wird dich zum Essen einladen. Um der alten Familienfreundschaft willen.«

Simon schloss die Augen und presste eine Hand auf seine Nasenwurzel. Hinter seiner niedrigen Stirn schien es mächtig zu arbeiten. Endlich sah er Otto wieder an. »Versteh ich das richtig, ich soll so tun, als würde ich nach Basel gehen, damit Fides' Vater mir aus Höflichkeit nicht die Tür weist?«

Otto nickte zufrieden. »Genau so.«

Simon schüttelte den Kopf. »Und dann? Was soll das bringen?«

»Wenn sie dich eingeladen haben, wirst du anbieten, im nächsten Wirtshaus Bier zu holen. In das Bier mischst du ein Schlafpulver, das ich dir geben werde. Und wenn das seine Wirkung getan hat, bringst du Fides nach draußen, wo ich sie in Empfang nehmen und an einen sicheren Ort bringen werde.«

Simon starrte ihn mit offenem Mund an, dann glitt ein hämisches Lächeln über seine Züge. »Ich muss schon sagen, ihr Pfaffen habt es faustdick hinter den Ohren. Der Plan gefällt mir. Besonders der Teil mit dem Schlafmittel. Fides gebe ich auch davon, oder?« Unwillkürlich griff er sich in den Schritt.

Otto verzog angewidert das Gesicht. »Du wirst sie nicht anrühren, bevor ihr nicht ehelich verbunden seid.«

Simon schob die Unterlippe vor und ballte wieder die Fäuste, aber er nickte. »Ist ja schon gut, ich tu ihr nix. Aber wie soll das dann weitergehen? Ich meine, ihre Eltern wissen doch, dass ich bei ihnen war. Die stehen doch sofort bei uns vor der Tür.«

»Du musst dich auch rarmachen, am besten die Stadt verlassen. Dann verbreiten wir das Gerücht, dass ihr beide nach Basel durchgebrannt seid. Bertram wird sie nicht mehr wollen und ihr wird gar nichts anderes übrigbleiben, als dich zu heiraten.«

Simon kratzte sich hinter dem Ohr. »Wozu dieser Umstand? Warum kann ich sie nicht gleich mitnehmen?«

Otto betrachtete ihn spöttisch, ließ den Blick vor allem auf seiner Nase ruhen. »Meinst du, du wirst diesmal mit ihr fertig?«

Simon starrte ihn böse an. »Wenn man mir freie Hand lässt, werde ich mit allem fertig«, stieß er schließlich hervor.

Otto schüttelte den Kopf. »Verdirb es nicht, Simon. Fides ist viel zu verstockt und verblendet, solange sie noch irgendeine Hoffnung auf Bertram hat. Ich mache sie dir schon gefügig, sorg du inzwischen für deine Meisterprüfung, vorher darfst du eh nicht heiraten.«

Simon schob wieder die Unterlippe vor, doch endlich nickte er. »Gut. Wo ist das Zeug, das ich in das Bier tun soll? Und es wird Fides hoffentlich nicht schaden?«

Otto holte den kleinen Beutel hervor und drückte ihn Simon in die Hand. »Hier drin ist ein Pulver. Es enthält unter anderem gemahlenen Hopfen, man wird es in Bier nicht schmecken. Und pass auf mit der Dosierung, nur wenige Gran auf den Krug Bier, was man mit drei Fingern greifen kann, dann wird es niemandem schaden. Und du musst natürlich auch so tun, als würdest du davon trinken, damit sie keinen Verdacht schöpfen. Aber schluck nichts davon runter, niemandem ist geholfen, wenn du selbst schnarchend auf der Bank liegst.«

Simon beäugte den Beutel misstrauisch, ließ ihn dann kommentarlos in seinem Hosensack verschwinden. Sie wechselten noch ein paar Worte bezüglich der Zeitplanung, dann machte sich Simon auf den Heimweg. Otto sah ihm hinterher, die Hände in den Ärmeln seiner Kutte verborgen. »Nein, Simon, du bist ihrer auch nicht würdig. Ich glaube, ich werde mich höchstpersönlich um Fides kümmern müssen.«

48. Kapitel

Zürich, Dienstag, 24. Juli 1274, am Gedenktag des Hl. Christophorus

Fides summte vor sich hin, während sie dem Vater eine neue Pergamenthaut anreichte. Er balancierte auf der Leiter zum Trockenboden und gab die Haut weiter an den neuen Lehrling, der sie über die Gestelle im Dachgeschoss hängte. Dort waren sie vor direkter Sonneneinstrahlung und Regen geschützt und gut belüftet durch den Wind, der durch die Ritzen im Gebälk wehte. Allmählich wurde jedoch der Platz knapp. Die offensichtliche Verbindung des Pergamenters zum Grossmünsterstift und der Klingenbergerfamilie hatte sich herumgesprochen und auf einmal wurden sie von Bestellungen geradezu überrannt. Wenn das so weiterging, waren sie nächstes Jahr schuldenfrei.

»Fides! Fides! Träumst du?« Die Stimme ihres Vaters drang nur langsam in ihr Bewusstsein.

Fides fuhr zusammen. Schuldbewusst reichte sie den nächsten Bogen nach oben. »Verzeiht, Vater. Ich freu mich nur so, dass Bertram endlich zurückkommt.«

Der Vater knurrte nur etwas, dann arbeiteten sie schweigend weiter, bis alle Häute versorgt waren. Der Vater half dem Lehrling die steile Leiter herunter und schickte ihn dann zu Rudolf an den Fluss. Mit einem langen Stock verschloss er die Klappe zum Dachboden und lehnte Leiter und Stab an die hintere Werkstattwand. Lächelnd wandte er sich Fides zu und legte ihr die Hände auf die Schulter. »Dann hast du also recht behalten mit deiner Prophezeiung – wenn die Bögen für den Klingenberger Auftrag fertig sind, wird Bertram zurückkommen. Heute früh

hast du die letzten Pergamente zum Kantor gebracht und siehe da, ein Brief berichtet von seiner Abreise.«
Fides nickte strahlend.
»Wann kommt er denn genau?«
»Spätestens am Sonntag wollte er im Kloster Wettingen sein. Noch fünf ganze Tage – wie soll ich das aushalten?«
Der Vater kniff ihr sanft in die Wange. »Du hast acht lange Wochen ausgehalten, da kommt es auf die paar Tage auch nicht mehr an. Und wir haben genügend Arbeit, damit dir die Zeit nicht lang wird.«
In diesem Augenblick steckte Fides' Mutter den Kopf durch die Werkstatttür. »Fides, könntest du mir heute Nachmittag in der Küche helfen?«
Fides wechselte einen erstaunten Blick mit dem Vater. Üblicherweise bat die Mutter nicht, sie befahl. Außerdem wirkte sie ungewöhnlich nervös. Sie knüllte ihre Schürze in den Händen und ihr Blick irrte zwischen Fides und ihrem Vater hin und her, wobei sie den beiden nicht in die Augen sah. Fides' Vater trat einen Schritt auf sie zu. »Weib, was ist los? Warum zappelst du so herum, als hättest du Hummeln im Hintern?«
»Ich habe vorhin auf dem Markt Mechthild getroffen.«
Fides schwante nichts Gutes. Und da kam es auch schon.
»Simon will uns heute Abend besuchen.«
Hermann stieß einen Fluch aus. »Weib, was soll das? Ich will diesen Trunkenbold nicht mehr in meinem Haus haben!«
Die Mutter kehrte zu ihrer alten Form zurück und stemmte die Hände in die Hüften. »Jetzt hör doch einmal zu, Mann. Mechthild sagt, dass Simon sich geändert hat.«
Fides stieß ein ungläubiges Schnauben aus und drehte ihrer Mutter den Rücken zu. Eher fror die Hölle zu, als dass sich ein Simon von dem Stege ändern würde.
»Außerdem kommt er, um sich zu verabschieden. Er geht zurück nach Basel.«
»Nach Basel?«, fragten Fides und ihr Vater gleichzeitig.

»Ja.« Die Mutter nickte nachdrücklich. »Nachdem du ihn ja nicht wolltest, wird er wohl eine Tochter seines Lehrmeisters heiraten.« Sie sah Fides bei den letzten Worten nicht an, sondern spielte wieder mit ihrem Schürzensaum.

Fides starrte sie verblüfft an. Das waren ja mal Neuigkeiten! »Da hat er sich aber schnell getröstet«, konnte sie sich nicht verkneifen. Immerhin war ihr letztes Gespräch erst wenige Wochen her. Und da hatte er noch deutlich zum Ausdruck gebracht, dass er sie nicht in Ruhe lassen würde.

»Jetzt tut es dir wohl leid?«, giftete ihre Mutter. »Aber nun ist es zu spät. Ich habe dir immer gesagt, dass du ihn nicht ewig hinhalten kannst.«

»Schon gut, Mutter. Und es tut mir kein bisschen leid. Im Gegenteil, ich bin froh, dass er jemand anders gefunden hat.«

Die Mutter wandte sich an den Vater, der ihren Ausführungen kommentarlos gefolgt war. »Verstehst du jetzt, warum ich Mechthild das nicht abschlagen wollte? Unsere Familien waren so lange befreundet, da können wir doch nicht so unversöhnlich sein.«

Hermann zog die Nase hoch. »Es fällt mir schwer zu glauben, dass Simon sich tatsächlich geändert hat. Und es wundert mich noch mehr, dass er gerade jetzt nach Basel gehen will. Soweit ich weiß, ist der Streit zwischen den Handwerkern und dem Bischof noch in vollem Gange. Aber da ich seinen Vater nach wie vor schätze, will ich nicht nachtragend sein und mir anhören, was er zu sagen hat. Wenn er sich tatsächlich hierher traut. Und jetzt an die Arbeit.« Er verließ die Werkstatt ohne ein weiteres Wort.

Fides sah ihn als Erste. Das Abendläuten war gerade verklungen und sie war nach draußen gegangen, um das große Hoftor zu schließen, als Simon gemächlich dahergeschlendert kam. Ihr Herzschlag beschleunigte sich. Sie ärgerte sich über sich selbst und fuhr mit ihrer Arbeit fort, als hätte sie ihn nicht bemerkt.

Er blieb neben dem Tor stehen. »Guten Abend, Fides.«

Sie drehte sich betont langsam um. »Simon.«
Er lächelte ihr zu. Wenigstens schien er tatsächlich nüchtern zu sein. Und gewaschen hatte er sich auch. Er trug einen sauberen grauen Kittel über schwarzen Beinlingen und sogar seine Stiefel waren geputzt. Auf die Bundhaube hatte er verzichtet, sodass ihm das fahlblonde Haar lose in die Stirn fiel. Auf eine etwas grobschlächtige Weise wirkte er durchaus ansehnlich. Fides begann zu glauben, dass die Geschichte mit der Basler Meistertochter stimmen könnte.

Er hielt ihrer Musterung stand, dann räusperte er sich. »Fides, ich wollte mich entschuldigen.«

Sie lehnte sich gegen die Hauswand, verschränkte die Arme vor der Brust und sah ihn schweigend an. Er begann unruhig zu werden und sah sich nach allen Seiten um.

Dann trat er einen Schritt auf sie zu und flüsterte: »Willst du diese Unterhaltung tatsächlich auf der Straße führen?«

Sie hatte das nicht vorgehabt, aber allmählich begann ihr die Sache Spaß zu machen. Wie lange er wohl durchhielt, den reumütigen Sünder zu spielen? Sie wollte ihm gerade antworten, als von der Stadt her Geschrei und Gejohle zu hören war, das sich rasch näherte. Simon fuhr herum und auch Fides stieß sich von der Wand ab und sah in die Richtung des Lärms. Ein über und über mit Schlamm bedeckter Mann taumelte die Straße entlang, verfolgt von einer kreischenden Meute, die ihn verhöhnte und verlachte. Fides schlug unwillkürlich die Hand vor den Mund. Das musste Bäcker Wackerbold sein, der seine Strafe abgesessen hatte und auf dem Heimweg war. Als er Simon erblickte, blieb er plötzlich stehen. Fides erschrak, als sie den mörderischen Zorn in seinen Augen bemerkte.

»Du!«, brüllte der Bäcker und ging mit erhobenen Fäusten auf Simon los.

Der wich in die Toreinfahrt zurück und streckte dem Mann abwehrend die Handflächen entgegen. »Fass mich bloß nicht an, du stinkender Drecksack! Ich habe gerade gebadet.«

Der Bäcker stieß ein tierisches Gebrüll aus und wollte sich auf Simon stürzen, doch einige kräftige Männer hielten ihn fest.

Der Lärm lockte Fides' Vater aus der Werkstatt. Er schenkte Simon nur einen flüchtigen Blick und trat dann auf die Straße hinaus. »Was ist hier los?«, donnerte er.

Das Gejohle verstummte und auch Wackerbold stellte sein Gebrüll ein. Breitbeinig stand Fides' Vater in der Toreinfahrt, die kräftigen Hände in die Hüfte gestützt. Sein Mund verzog sich verächtlich, als er die Lage erfasste. Die ersten Schaulustigen schlichen davon.

»Schämt ihr euch nicht?«, schnauzte er die Verbleibenden an. »Der Mann hat seine Strafe verbüßt. Jetzt lasst ihn in Frieden nach Hause gehen, wie es sich für gute Christenmenschen geziemt.«

Halbherziger Protest erhob sich, doch als Meister Hermann mit gerunzelter Stirn einen Schritt vortrat, wichen die Leute zurück. Auch Wackerbold schien sich beruhigt zu haben, sodass seine Wächter ihn losließen.

»Nichts für ungut, Meister Hermann«, nuschelte einer, winkte seinen Kameraden und gemeinsam trotteten sie davon. In kurzer Zeit hatte sich die Menge zerstreut. Wackerbold blieb allein zurück und starrte vor sich hin. Fides betrachtete ihn mitleidig. Der Mann stank zum Gotterbarmen. Auf den bloßen Schultern und Oberarmen hatte er einen üblen Sonnenbrand und der Schlamm auf seinen Beinkleidern war zu einer grauen Kruste getrocknet, die bei jeder Bewegung Risse bekam.

»Geh nach Hause, Nachbar«, sagte Meister Hermann ruhig.

Wackerbold nickte langsam und wandte sich zum Gehen. Als er an Fides vorbeikam, stutzte er. Er warf einen Blick zurück auf Simon, dann wieder auf Fides. Überraschung malte sich in seinen Augen, dann so etwas wie Enttäuschung. »Fides«, murmelte er. »Dass du dich mit so einem Lump abgibst, hätte ich nicht gedacht.« Er schwankte davon.

Fides' Vater warf ihr einen besorgten Blick zu. »Ist dir etwas passiert? Hat Simon dich etwa belästigt?«

Sie schüttelte den Kopf und wischte die schweißnassen Finger an der Schürze ab. »Nein, Vater. Ich bin nur erschrocken von dem Lärm. Lass uns ins Haus gehen.«

Er nickte und wandte sich an Simon, der immer noch in der Toreinfahrt wartete. »Simon.« Er maß ihn mit kühlem Blick von Kopf bis Fuß. »Ich hatte nicht erwartet, dich hier noch einmal zu sehen.«

Simon senkte den Blick. Fides sah, wie er die Fäuste ballte. Doch dann holte er tief Luft und sah ihren Vater ruhig an. »Meister Hermann, ich bin gekommen, um mich zu entschuldigen. Es tut mir leid, was in der Mainacht passiert ist. Ich war betrunken und nicht ganz bei Sinnen.«

Der Pergamenter verzog keine Miene. Simons Blick glitt hinüber zu Fides, doch sie war nicht gewillt, ihm zu helfen. Er versuchte es noch einmal. »Bitte, Meister Hermann, ich habe mich geändert. Ich trinke nicht mehr.« Fides' Vater zog die Augenbrauen hoch. »Und was war das eben mit dem Wackerbold?« Simon sah ihn begriffsstutzig an.

»Warum wollte er dich angreifen? Wieso bezeichnet er dich als Lump?«

Simons Schläfenader begann zu pochen. Trotzig stieß er hervor: »Das weiß ich doch nicht. Ich kam zufällig an der Wasserkirche vorbei, als er in seinem Käfig hing. Da hat er mich wohl gesehen. Zusammen mit jeder Menge anderer Leute! Wahrscheinlich ist er einfach zornig auf jeden.«

Meister Hermann nickte nur. Ein ungemütliches Schweigen breitete sich zwischen ihnen aus.

Als hätte sie nur auf diesen Moment gewartet, kam die Mutter über den Hof gelaufen. »Simon!«, rief sie. »Wie schön, dich zu sehen.« Sie schenkte Simon einen strahlenden Blick und Fides und ihrem Vater einen ärgerlichen. »Warum steht ihr hier im Hof rum? Habt ihr ihn nicht hineingebeten, jetzt wo der Junge weggeht aus Zürich?«

Fides tat so, als wäre ihr diese Nachricht neu. »Du gehst weg?«

Offensichtlich erleichtert, dass sie wieder mit ihm redete, erwiderte Simon: »Ja, ich gehe nach Basel, zu meinem früheren Meister. Er hat nur Töchter und sucht einen Nachfolger für sein Geschäft.« Er lächelte schief und warf Fides einen langen Blick zu. »Du wolltest mich ja nicht.«

»Sie hatte ihre Gründe«, warf Fides' Vater scharf ein.

Simon zuckte zusammen. »Ist ja schon gut«, murmelte er. »Ich hab mich doch entschuldigt.«

Martha legte demonstrativ eine Hand auf Simons Arm und sah ihren Mann beschwörend an. »Hermann, jetzt lass doch endlich die alten Sachen ruhen. Um der alten Freundschaft willen. Du bist doch sonst nicht so nachtragend.«

Ihr Mann zögerte einen Moment. Dann streckte er Simon die Hand entgegen. »Gut. Um deines Vaters willen. Lassen wir die Vergangenheit ruhen. Ich wünsche dir alles Gute für Basel.«

Simon war die Erleichterung deutlich anzusehen. Er packte die Hand und schüttelte sie kräftig. »Danke, Meister Hermann.«

Die Mutter klatschte in die Hände. »Na also. Und jetzt lasst uns essen. Simon, du hast doch noch Zeit?«

Simon warf einen zögernden Blick zu Hermann. Als dieser nickte, stimmte er zu. »Sehr gerne, Martha. Darf ich das Bier dazu beisteuern? Sozusagen als Wiedergutmachung ...«

»Wir können uns unser Bier selber kaufen«, unterbrach ihn Fides' Vater barsch.

»Ach bitte, ich möchte es gerne. Als Zeichen der Versöhnung.«

Meister Hermann zögerte noch immer, gab dann aber nach. »Also gut. Es war ein heißer Tag. Ein kühles Bier wird uns allen guttun.«

Simon wirkte auf einmal sehr zufrieden. »Gut, dann laufe ich schnell zum Rössli und hole einen Krug. Ich bin gleich wieder da.« Bevor jemand Einwände erheben konnte, war er verschwunden.

»Simon, möchtest du noch etwas?« Die Mutter war schon aufgestanden, um seinen Napf erneut aus dem Suppenkessel über dem Herd zu füllen, doch Simon wehrte ab. »Danke, Martha, ich hab wirklich genug. Aber es war sehr gut, wie immer.« Martha lächelte etwas verkrampft und sah dann fragend zu ihrem Mann. »Möchtest du ... oder Fides?« Beide schüttelten den Kopf. Sie setzte sich wieder.

Die Unterhaltung bei Tisch war nicht recht in Gang gekommen. Fides fühlte sich immer noch unbehaglich in Simons Gegenwart und ihrem Vater schien es ähnlich zu gehen. Er löffelte schweigend seinen Eintopf und sagte kaum ein Wort, wenn die Mutter ihn direkt ansprach. Simon tat so, als würde er es nicht bemerken. Er antwortete freundlich auf Marthas Geplapper und schob den Bierkrug immer wieder zu Fides' Vater hin. Er selbst hielt sich zurück, nahm nur hin und wieder einen Schluck. Fides betrachtete ihn nachdenklich. Was war in den letzten Wochen geschehen, dass er sich so verändert hatte? Seit wann gab Simon Geld aus für Bier, an dem er sich kaum beteiligte? Er fasste ihren Blick als Aufforderung auf und schob ihr den Krug hin. Sie nahm einen kleinen Schluck und verzog den Mund. Sie mochte Bier nicht besonders, es war ihr zu bitter. Und dieses ganz besonders. »Wo hast du das denn geholt?«, fragte sie und stellte den Krug wieder ab. Er zog die Augenbrauen hoch. »Beim Rössli, der war am nächsten. Warum? Schmeckt es dir nicht?« Er zog den Krug zu sich und probierte. Dann zuckte er die Achseln. »Schmeckt doch gut, oder?« Er schob den Krug zu ihrem Vater.

Der wirkte merkwürdig abwesend, reagierte erst, als Simon ihn anstieß. »Was? Ach so, das Bier. Ja, vielleicht ein bisschen bitter heute. Wahrscheinlich hat der Wirt wieder ein neues Rezept ausprobiert und zu viel Hopfen beigemischt.«

Die Mutter warf Fides einen bösen Blick zu. »Du musst nicht immer alles schlechtmachen, was von Simon kommt.« Demonstrativ nahm sie einen großen Schluck und wischte sich über den

Mund. »Schmeckt, wie Bier eben schmeckt.« Sie nahm noch einen Schluck und knallte dann den Krug wieder auf den Tisch.

Fides erhob sich. »Kann sein. Ich mag sowieso kein Bier. Ich hole frisches Wasser vom Brunnen.«

Simon sah sie an. »Soll ich dir helfen?« Sein Blick war völlig arglos, trotzdem erstarrte sie innerlich. Ihre letzte Begegnung an einem Brunnen würde sie nicht so schnell vergessen. »Nein, danke«, erwiderte sie und drängte sich hinter der Mutter vorbei, ohne Simon anzusehen. »Es ist ja nicht weit.«

Sie wollte den Tonkrug vom Wandbrett nehmen, als sich die Mutter einmischte. »Ach Fides«, meinte sie, »Vielleicht holst du doch besser einen ganzen Eimer. Wir müssen das Geschirr noch waschen und nachher das Herdfeuer löschen, bei der Trockenheit kann man gar nicht vorsichtig genug sein.«

Simon machte Anstalten, sich zu erheben. »Der Eimer ist doch schwer. Soll ich nicht doch ...«

»Nein!«, rief Fides lauter als beabsichtigt.

Simon sank wieder auf die Bank zurück und presste die Lippen zusammen. Ihre Mutter sah sie ärgerlich an, während ihren Vater nichts von alldem zu interessieren schien.

Fides holte tief Luft. »Danke, Simon, aber das ist wirklich nicht nötig. Sonst hole ich das Wasser auch immer alleine.« Sie griff sich den Holzeimer, der neben dem Herd stand. Er war tatsächlich so gut wie leer. Aber ihrer Mutter traute sie es zu, den Eimer absichtlich ausgeleert zu haben, um einen Grund zu finden, sie mit Simon vor die Tür zu schicken. Sie verließ die Küche, lief über den Hof und schlüpfte durch die kleine Pforte neben der Einfahrt nach draußen. Bis zum öffentlichen Brunnen in ihrem Viertel waren es nur ein paar Schritte. Üblicherweise holte sie das Trinkwasser krugweise beim Zübli, dem Quellwasserbrunnen neben dem Predigerkloster, aber so weit wollte sie den schweren Eimer nicht schleppen. Der Sodbrunnen in ihrem Viertel tat es auch. Die Dämmerung hatte eingesetzt, ein leichter Wind wehte von der Limmat her, brachte aber kaum Abkühlung. Zu dieser fortgeschrittenen Stunde waren nur noch wenige Menschen am Brunnen, sie würde nicht lange warten müssen, bis sie an der Reihe war. Müßig ließ sie ihren Blick durch die Gegend schweifen. Eine Gestalt in dunkler Kutte weckte ihre Aufmerksamkeit, weil sie sich in dem *Ehgraben* zwischen zwei Häusern herumdrückte. War das nicht – sie kniff die Augen zusammen – Otto? Auf die Begegnung hatte sie nun wahrhaftig keine Lust, Simon allein war schon schlimm genug. Schnell trat sie einen Schritt zurück, um sich hinter der Frau vor ihr zu verstecken. Ein Jammerlaut zu ihren Füßen ließ sie herumfahren. »Ach herrje, Katharina, habe ich dich getreten? Das wollte ich nicht, ich habe dich nicht gesehen.« Sie beugte sich zu der blond gelockten Tochter ihrer Nachbarin hinunter und strich ihr beruhigend über den Kopf. Dabei rutschte ihr Bertrams Kette aus dem Ausschnitt. Neugierig griff das Kind nach dem baumelnden Anhänger. Fides ging in die Hocke und löste sanft Katharinas Finger von dem Ring. »Vorsichtig, Katharina, das ist mein Verlobungsring. Er ist mir lieb und teuer.« Sie ließ ihn wieder in ihrem Ausschnitt verschwinden und richtete sich auf. Katharina schob einen Daumen in den Mund und drückte sich an ihre Mutter.

Die lächelte wissend und raunte Fides zu: »Vor dem Franziskaner würde ich mich heute auch verstecken. Er hat vorhin dem armen Wackerbold eine Predigt gehalten, dass ihm Hören und Sehen verging.«

Also hatte sie sich nicht getäuscht, es war tatsächlich Pater Otto gewesen. Fides riskierte einen vorsichtigen Blick, konnte ihn aber nicht mehr entdecken. Inzwischen war sie an der Reihe, ihren Eimer zu füllen. Rasch erledigte sie ihren Auftrag und hastete dann heimwärts, so schnell es der volle Eimer zuließ. Als die Hoftür hinter ihr zuschlug, lehnte sie sich einen Moment dagegen und atmete ein paarmal tief ein und aus.

»Geht's dir nicht gut?«

Sie riss die Augen auf. Simons Gesicht war nur eine Handbreit von ihr entfernt. »Was willst du hier? Gehst du schon?«

Er trat einen Schritt zurück und sah sie gekränkt an. »Ich musste zum Abort und wollte nachsehen, wo du bleibst.« Er griff nach dem Eimer. »Jetzt gib schon her.«

Widerstrebend überließ sie ihm den Eimer und lief neben ihm her zur Küchentür.

»Wann genau gehst du nach Basel?«, fragte sie. Er hob die Schultern. »In den nächsten Tagen.«

»Mit dem Schiff?«

Er zögerte kurz, dann nickte er. Fides sah ihn von der Seite her an. Er vermied ihren Blick und schien es sehr eilig zu haben, die Küche zu erreichen. Sie wollte ihn gerade zur Rede stellen, als ein helles Flackern ihre Aufmerksamkeit weckte. Sie warf einen Blick zur Hofmauer und erschrak. Jenseits ihres Gartens loderten Flammen empor! Sie nahm starken Rauchgeruch wahr und hörte ein bedrohliches Fauchen und Knistern und noch etwas: Jemand sang und grölte dort vor sich hin! Im nächsten Moment flog ein brennendes Reisigbündel über die Mauer und landete im Misthaufen. Gierig leckten die Flammen über das trockene Stroh und schossen kurz darauf in die Höhe.

»Herrgott, es brennt!«, schrie Fides auf und riss Simon den Eimer aus der Hand. Sie rannte zum Misthaufen und kippte das Wasser in die Flammen, wo es zischend verdampfte. Hustend sprang sie wieder zurück. Ein weiteres Reisigbündel traf sie am Arm und fiel dann zu Boden. Sie stieß einen Schmerzensschrei aus und fegte die Glut von ihrem Kleid. Simon war zu ihr gerannt und versuchte, die Flammen auszutreten. Er warf einen Blick zu der Mauer. Das Nachbarhaus stand bis zum Dach in Flammen, der Wind hatte aufgefrischt und wirbelte Glutnester in den dunklen Himmel.

»Der Wackerbold ist offenbar völlig irre geworden, wir müssen verschwinden!« Er packte sie am Arm und wollte sie zur hinteren Gartenpforte ziehen, zum Fluss hin.

Fides schlug ihm auf den Arm und riss sich los. »Nein, Simon, wir müssen die Eltern holen! Und die Nachbarn warnen!« Sie stürzte zur Küchentür. »Vater! Mutter! Es brennt!« Ihr Vater lag halb ausgestreckt über dem Tisch und schnarchte vor sich hin. Die Mutter saß ihm zusammengesunken gegenüber und blinzelte mühsam, als Fides hineingestürmt kam. »Da seid ihr ja wieder«, murmelte sie undeutlich.

Fides packte sie an den Schultern und rüttelte sie. »Mutter, es brennt! Wir müssen sofort nach draußen!«

Die Mutter versuchte aufzustehen, sank dann aber wieder auf der Bank zusammen. »Mir ist schlecht«, stöhnte sie. Simon war hinter ihr eingetreten und betrachtete die Szene mit zusammengekniffenen Augen.

»Hilf Mutter nach draußen«, schnauzte Fides ihn an. »Ich kümmere mich um den Vater.« Sie lief zur anderen Seite des Tisches und beugte sich zu ihrem Vater. Sie krallte ihre Finger in seinen Kragen und versuchte, ihn aufzurichten. Er grunzte nur etwas Unverständliches, sein Kopf sank gegen ihre Schulter. Ein Speichelfaden lief ihm aus dem halb geöffneten Mund. Schaler Bierdunst drang ihr in die Nase. Ihr Blick fiel auf den Bierkrug. Das Bier! Langsam sickerte das Begreifen in ihr Bewusstsein. Sie starrte Simon an. Der hatte ihre Mutter zurück auf die Bank gedrückt, presste seine Hände auf ihre Schultern und hielt sie dort fest. Fides las eine Mischung aus Schuldbewusstsein und Triumph in seinen Augen. »Was hast du getan, Simon?«, flüsterte sie.

»Nichts, was nicht ein paar Stunden Schlaf heilen können«, erwiderte er.

»Aber wir haben keine Zeit!«, schrie Fides ihn an. »Wir werden hier alle verbrennen!« Sie begann ihren Vater zu ohrfeigen. Als er nicht reagierte, schlang sie die Arme um seinen Brustkorb und versuchte, ihn aus der Bank zu ziehen. Doch er war viel zu schwer für sie, gemeinsam fielen sie zu Boden. Tränen der Wut und der Verzweiflung sprangen ihr in die Augen. Sie krabbelte unter ihrem Vater hervor und versuchte, seinen leblosen Körper am Kragen über den Boden zu schleifen. Aus dem Kaminschacht drang plötzlich ein Poltern und Knistern, dann fielen funkensprühende Teile in die Asche und beißender Rauch quoll hervor. »Herrgott, Simon, unser Dach brennt schon! Willst du uns alle umbringen? Jetzt hilf mir doch endlich!«

Ihre Mutter schien endlich zu begreifen, dass sie wirklich in Gefahr waren. Sie versuchte, sich gegen Simons Griff zu wehren und auf die Füße zu kommen, doch ein Faustschlag von ihm schickte sie auf den Boden. Simon stieg über sie hinweg und bückte sich zu Fides hinunter. Er packte sie an den Haaren und zerrte sie nach oben. Sie schrie auf und grub ihm ihre Nägel in die Wangen. Er fluchte gotteslästerlich und schleuderte sie gegen den Tisch. Sie prallte mit dem Bauch auf die harte Kante und für ein paar Sekunden blieb ihr die Luft weg. Er riss sie wieder nach oben. »Deine Eltern können von mir aus verrecken, aber du kommst jetzt mit«, zischte er ihr ins Ohr.

Sie schauderte, als sie seinen heißen Atem an ihrem Hals spürte. Sein Arm drückte ihr die Kehle ab, dass sie kaum sprechen konnte. Einen Augenblick hielt er sie so an sich gepresst, dann wanderte seine Hand auf einmal tiefer und umschloss ihre Brust.

Sie keuchte entsetzt auf. »Simon, bist du irre? Wir müssen hier raus, bevor das Haus zusammenfällt.«

»Keine Sorge, mein Liebchen, ich brauch nicht lange. Und dann gehörst du endlich mir.« Er ließ sich mit seinem ganzen Körpergewicht auf sie fallen. Mit der linken Hand presste er ihren Kopf auf die Tischplatte, mit der rechten schob er ihre Röcke hoch und tastete nach seiner *Bruoche*. Sie begann zu schreien und versuchte, ihn gegen die Schienbeine zu treten, doch er lachte nur. »Zappel ruhig noch mehr, mein Herz, so macht das erst richtig Spaß.« Er strich mit seiner Zunge über ihren Hals. In ohnmächtigem Entsetzen fühlte sie seine Hand auf ihrem bloßen Hintern. Sie versuchte zu schreien, doch der Qualm war inzwischen so dicht geworden, dass sie husten musste. Auch Simon machte der Rauch zu schaffen, sein erregtes Keuchen ging in Husten über. Er fluchte und richtete sich etwas auf, hielt aber immer noch ihren Kopf in eisernem Griff. Auf einmal nahm sie eine Bewegung neben sich wahr, Simon stieß einen überraschten Schrei aus und krachte zu Boden. Sie war frei. Hustend richtete sie sich auf. Ihre Mutter stand neben dem Tisch, den Schürhaken in der Hand, und starrte auf den Boden. Dann öffneten sich ihre Finger und der schwere Eisenstab fiel klirrend zu Boden. Mit glasigen Augen sah sie Fides an. »Ich glaube, ich hab ihn umgebracht«, stieß sie hervor, bevor ihre Worte in einen Hustenanfall übergingen.

Fides warf nur einen kurzen Blick auf Simons zerschmetterten Schädel. Mühsam schluckte sie. »Es ist gut, Mutter, sieh nicht hin.«

Fides' Mutter sank hustend zu Boden. »Das wollte ich nicht, Kind, glaub mir, das wollte ich wirklich nicht.«

Fides fiel neben dem Vater auf die Knie und fühlte nach seiner Halsschlagader. Gott sei Dank, sie spürte ein Pochen – er lebte noch. »Mutter – hilf mir, den Vater herauszutragen. Jede nimmt einen Arm.« Gemeinsam schleiften sie den schweren Mann Richtung Tür. An der Schwelle hielten sie kurz inne, da sie zu dritt nicht durch die Öffnung passten. Fides schlang ihrem Vater die Arme um den Brustkorb und versuchte, ihn über die Schwelle zu ziehen, während ihre Mutter seine Füße nahm. Auf einmal spürte Fides eine Berührung an ihrem Rücken. Sie sah das Erstaunen im Blick der Mutter und wollte sich gerade umdrehen, als etwas Schweres in einem Funkenregen auf sie niederfiel. Sie spürte einen sengenden Schmerz an der Schulter und schrie auf. Ein heftiger Schlag traf sie am Hinterkopf. Dann wurde alles schwarz.

49. Kapitel

Wettingen, Donnerstag, 26. Juli 1274 – früher Nachmittag

Bertram spürte jeden Knochen in seinem Leib, als nach tagelangem Ritt endlich einzelne Hütten und Stallungen des Wettinger Gutshofes vor ihnen auftauchten. Seinem verkniffenen Gesichtsausdruck nach schien es Mathis ähnlich zu gehen. Ihre Reittiere schlugen ganz von allein einen schnelleren Schritt an, als würden sie spüren, dass endlich eine längere Rast vor ihnen lag. Auf den umliegenden Wiesen wurde bereits das Heu eingefahren. Die Luft wurde immer schwüler und am Horizont zogen dunkle Wolken auf. Auf einem Grenzstein am Wegesrand saß ein kleiner Junge von vielleicht acht oder zehn Jahren. Bei ihrem Anblick sprang er auf, betrachtete sie kurz und rannte dann spornstreichs auf den Gutshof zu, als wäre der Leibhaftige hinter ihm her.

Lachend sah Bertram zu Mathis. »Sehen wir wirklich so furchterregend aus?«

Der hob die Schultern. »Vielleicht soll er uns ankündigen.«

Und tatsächlich kam ihnen wenig später ein Mönch in brauner Kutte entgegen. Bruder Gisbert! Bertram hielt sein Pferd an und sprang aus dem Sattel. Fast wäre er dem Bruder um den Hals gefallen. Es tat so gut, ein vertrautes Gesicht zu sehen. »Gelobt sei Jesus Christus«, sagte er stattdessen.

»In Ewigkeit, Amen«, erwiderte Bruder Gisbert. Er nickte auch Mathis zu, der inzwischen ebenfalls abgesessen war. »Wie schön, dass Ihr wohlbehalten eingetroffen seid. Lasst uns zur Fähre gehen. Die Gaststube im Gutshof ist voll, es sind zwei Reisegruppen hier – der Abt bittet Euch daher, direkt zum Kloster zu kommen. Er ist schon gespannt, was Ihr vom Konzil zu berichten habt. Und die Sachen von Eurem Freund Klingenberg sind auch gerichtet.«

Bertram atmete auf. »Also sind unsere Briefe rechtzeitig eingetroffen?«

Bruder Gisbert nickte. »Vor drei Tagen.« Er sah Bertram kaum an, sondern nahm dessen Pferd am Zügel und strebte dem Ufer zu. Bertram wunderte sich etwas über die Eile, aber vielleicht wollte das Boot gleich ablegen. Schweigend folgte er Gisbert zum Wasser. Zu seinem Erstaunen führte Bruder Gisbert sie nicht zur allgemeinen Fähre, sondern zu einem wesentlich kleineren Boot, das ein paar Meter entfernt am Ufer festgemacht war. Offenbar das persönliche Boot des Abtes. Ein Laienbruder döste auf sein Stakruder gestützt im Schatten einer Ulme und richtete sich hastig auf, als Gisbert näher kam. Mit vier Personen und zwei Pferden beladen lag der Kahn ziemlich tief im Wasser, doch erreichten sie ohne Zwischenfall das andere Ufer.

»Ich habe Euch einen Raum im *Infirmarium* gerichtet. Dort seid Ihr ungestört. Für gewöhnlich bringen wir dort die ansteckenden Kranken unter, aber zum Glück wird er zurzeit nicht benötigt. Ich hoffe, es ist Euch recht.«

Bertram nickte. »Ja, natürlich ist mir das recht, ich danke Euch sehr.«

Der Raum lag am äußersten Ende des lang gestreckten Gebäudeteils mit der Krankenstation und hatte sogar einen eigenen Eingang. Er war zweckdienlich eingerichtet, enthielt sogar einen kleinen Tisch mit einem Schemel davor und zwei Betten. Auf einem entdeckte Bertram Heinrichs Reisesack.

Bruder Gisbert half ihnen beim Abladen des Gepäcks. Dann meinte er zu Bertram: »Euer Knecht kann im Gesindetrakt schlafen. Bruder Matthäus wird ihm den Weg zeigen und ihm mit den Tieren helfen. Und ich begleite Euch ins Gästehaus. Es ist Besuch für Euch gekommen.«

Besuch? Wer sollte das sein? War der Eichstätter Bischof etwa auch schon angekommen? Aber dann hätte Bruder Gisbert sich bestimmt anders ausgedrückt. Neugierig folgte Bertram ihm nach draußen. Bruder Gisbert wies auf einen schmalen Weg, der zwischen Gemüsebeeten zu einem größeren Gebäudekomplex führte. »Folgt nur immer dem Weg, ich sage dem Abt Bescheid, dass Ihr eingetroffen seid.«

Als Bertram um die Ecke bog, traute er seinen Augen kaum. Die gebeugte schwarze Gestalt kannte er doch ... und den schlaksigen Jungen daneben auch! Mit ausgebreiteten Armen lief Bertram auf seinen Ziehvater zu. »Meister Konrad! Was für eine unerwartete Freude, Euch zu sehen!«

Der Kantor schloss ihn in die Arme. »Mein Junge«, murmelte er. »Mein lieber Junge.« Gerührt registrierte Bertram, dass er ihm gerade einmal bis zur Schulter reichte. War das vor seiner Abreise auch schon so gewesen? Es war ihm nie aufgefallen, dass er seinen Ziehvater um mehr als eine Haupteslänge überragte. Er machte sich von ihm los und sah zu Friedrich. Im Gegensatz zum Kantor schien der in die Höhe geschossen zu sein. Und von seinen blonden Locken waren nur noch kurze Stoppeln übrig, die eine frisch geschorene *Tonsur* umrahmten.

Bertram zog die Augenbrauen hoch. »Was ist denn mit deinen Haaren passiert?«

Friedrich lächelte verlegen und fuhr sich mit der Hand über die kümmerlichen Reste der ehemaligen Haarpracht. »Der Glatzenschneider war mal wieder da.« Er fing einen strafenden Blick des Kantors auf und fuhr schnell fort: »Aber bei der Hitze ist es ganz angenehm.« Er senkte den Blick und zeichnete mit dem Fuß Muster in den Staub.

Bertram lachte. Seine eigenen Haare waren inzwischen so lang geworden, dass sie ihm bis auf die Schultern reichten. »Wie auch immer, ich freue mich, dich zu sehen, und dass du den Kantor begleitet hast. Konntest es wohl nicht erwarten, die kandierten Früchte zu probieren, die ich dir mitgebracht habe?«

Friedrich lächelte nur verkrampft und wich seinem Blick aus. Erstaunt sah Bertram ihn an, blickte dann fragend zum Kantor.

Der räusperte sich kurz und meinte dann: »Friedrich, warum gehst du nicht zu den Stallungen und hilfst Mathis beim Abladen.« Bertram wunderte sich noch mehr, dass Friedrich widerspruchslos gehorchte. Sonst ließ er sich nicht so leicht vertreiben, wenn etwas Gutes zu essen in Aussicht gestellt war.

Der Kantor wies auf die Bank. »Setzen wir uns doch. Möchtest du einen Schluck Wasser?« Er wartete Bertrams Antwort gar nicht erst ab, sondern setzte sich und schenkte aus einem Tonkrug Wasser in zwei Becher. Bertram ließ sich ihm gegenüber nieder. Sie tranken sich zu. Dann stellte der Kantor den Becher ab. Er holte tief Luft und sah Bertram ernst an. »Bertram, es gibt einen Grund, warum wir uns schon hier treffen. Es ist etwas – passiert.« Er stockte.

Bertram sah ihn überrascht an. »Passiert? Ihr seht so ernst aus – ist etwas mit dem Propst?«

»Mit dem Propst ist alles in Ordnung. Ich vertrete ihn zurzeit, er ist meistens in Konstanz ...«

»Wegen des Kreuzzugszehnts, ich weiß, Heinrich hat es mir erzählt. Aber was ist dann? Ihr seht so ernst aus – Hedwig ist doch nichts zugestoßen?« Erschrocken legte er ihm die Hand auf den Arm.

»Hedwig? Nein, Hedwig geht es gut. Sie lässt dich grüßen. Sie kann es kaum erwarten, dich wiederzusehen. Es geht um ... Fides.«

Fides? Bertram war es, als hätte er einen Schlag in die Magengrube bekommen. Hatte Simon es also doch geschafft. Deshalb hatte sie auch nicht mehr geschrieben. »Was ist mit Fides?«, fragte er. Seine Stimme wollte ihm nicht mehr gehorchen. »Ist sie – verheiratet? Mit Simon?«

Der Kantor schüttelte den Kopf. Unendliches Mitleid stand in seinen Augen. »Nein, Bertram. Sie ist nicht verheiratet. Sie hat auf dich gewartet. Aber sie ist – tot.«

Bertram konnte nicht glauben, was er gehört hatte. Mit großen Augen starrte er den Kantor an. Tot. Das konnte nicht sein. Er musste sich verhört haben. Fides konnte nicht tot sein. Langsam zog er seine Hand vom Arm des Kantors zurück, doch dieser griff danach und hielt sie fest. »Es gab ein Feuer vor zwei Tagen. Im Gerberviertel. In der Nacht. Und es hatte so lange nicht mehr geregnet. Es ging so rasend schnell. Das halbe Viertel ist abgebrannt. Bertram, sie sind alle tot. Fides. Ihre Eltern. Und Simons Familie. Und hundert andere auch.«

Das Blut rauschte in Bertrams Ohren. Ein Feuer. Vor zwei Tagen. Wenn er doch nur früher abgereist wäre. Sie sind alle tot. Die Worte des Kantors hallten in ihm nach wie ein Echo. Er erhob sich. Für einen Moment wurde ihm schwarz vor Augen. Er musste sich an der Tischkante festhalten. Der besorgte Ausdruck in den Augen des Kantors war zu viel für ihn. Mühsam riss er sich zusammen.

»Ich möchte jetzt allein sein«, presste er hervor. Steifbeinig verließ er den Tisch, prallte fast mit Mathis zusammen, der gerade mit Friedrich zurückkam. Er fing den erstaunten Blick seines Knechts auf, dann sah er Friedrich an. Dessen aufgerissene Augen schwammen in Tränen. Da begriff er es. Fides war tot.

50. Kapitel

Zürich, Pergamenterhaus, Freitag, 27. Juli 1274

Bertram roch es bereits, bevor er die ersten Häuserruinen zu Gesicht bekam. Es stank immer noch nach Rauch und Feuer und über allem schwebte süßlicher Verwesungsgeruch. Von dem Pergamenterhäuschen stand nur noch das steinerne Erdgeschoss. Fassungslos ließ Bertram seinen Blick über die geschwärzten Mauern gleiten, aus denen noch Teile der hölzernen Stützbalken in den Himmel ragten. Das Tor zum Hof existierte nicht mehr, ebenso wenig der Gartenzaun am hinteren Ende des Grundstücks, man konnte direkt hindurch bis zur Limmat schauen. Zögernd trat Bertram durch die Türöffnung in das, was einmal die Werkstatt gewesen war. Der Boden war bedeckt mit den Trümmern des Dachstuhls, zwischen denen die Pergamentbögen zu schwarzgrauen Klumpen zusammengebacken waren. In einer Ecke ragte ein fast unversehrtes Tischbein aus dem Schutt. Bertrams Herz zog sich zusammen. Dort an dem Tisch hatte er Fides zum ersten Mal gesehen. Oder besser gesagt, unter diesem Tisch. Es konnte nicht sein, dass sie tot war. Bestimmt war sie hier irgendwo, er musste sie nur finden. Er bückte sich und griff nach dem Tischbein.

»He, du da! Was tust du da? Hier wird nicht geplündert!«, ertönte eine barsche Stimme hinter seinem Rücken.

Bertram fuhr herum und sah sich einem Soldaten der Stadtwache gegenüber, der ihm drohend seinen Speer entgegenhielt. Er maß Bertram langsam von Kopf bis Fuß und ließ dann den Speer sinken. Er wechselte in die höfliche Anrede. »Euch kenne ich, Ihr seid doch mit dem Ratsherrn Rüdiger befreundet?«

Bertram nickte. »Bertram, der Ziehsohn von Meister Konrad, dem Kantor.« Er zögerte einen Moment und fuhr dann fort. »Meine Verlobte, sie hat hier gewohnt ... mit ihren Eltern. Ich wollte sehen, ob ...« Er vollendete den Satz nicht.

Der Soldat sah ihn mitleidig an. »Das tut mir leid. Aber hier werdet Ihr niemanden mehr finden. Die Toten und Verletzten wurden schon in der Brandnacht weggebracht.«

Bertram glaubte, so etwas wie einen Vorwurf in seiner Stimme zu hören, und beantwortete die unausgesprochene Frage: »Ich wusste von alldem nichts. Ich war verreist, bin erst heute Mittag zurückgekehrt.« Er verstummte.

»Oh. Ja, dann.« Der Soldat kratzte sich am Kopf.
»Wart Ihr in der Brandnacht hier? Habt Ihr sie gefunden?« Der Soldat schüttelte den Kopf. »Ich war woanders eingesetzt. Aber wir sollen dieses und das Nachbarhaus besonders bewachen. Der Rat geht von Brandstiftung aus.«
Bertram schlug die Hand vor den Mund. »Brandstiftung?«, wiederholte er entsetzt. »Wie kommen sie denn darauf? Und wer sollte so etwas tun?«
Der Soldat zögerte kurz, dann winkte er Bertram, ihm zu folgen. Er lief über den Hof dorthin, wo früher die Küche gestanden hatte. Hier standen wirklich nur noch die Grundmauern und Reste der Feuerstelle – Schürhaken, Kette, ein verbeulter Kessel ... Bertram schauderte es.
»Da, seht Ihr es?«, fragte der Soldat.
»Was soll ich sehen? Hier ist ja gar nichts mehr übrig«, erwiderte Bertram.
»Eben«, meinte der Soldat. »Es ist zu viel verbrannt. Als hätte nicht nur das Dach Feuer gefangen, sondern als hätte es auch von unten gebrannt.«
»Na ja, es war doch eine Küche mit einer Feuerstelle«, meinte Bertram unschlüssig.
»Schon, aber in den anderen Häusern sieht es nicht so schlimm aus. Hier wirkt es, als hätte jemand absichtlich brennbares Material ins Haus geholt und dann angezündet. So wie es der Wackerbold in seinem Haus gemacht hat.«
»Der Bäcker?«, fragte Bertram verständnislos. »Warum sollte er das tun?«
Der Soldat seufzte. »Ihr wart wohl länger weg, oder? Der Wackerbold ist doch ständig angezeigt worden, weil er zu leichtes Brot gebacken hat. Diesmal hatte der Rat eine Leibstrafe verhängt. Er musste in den Schandkorb. Darüber war er so zornig, dass er Rache geschworen hat. Ein paar Anwohner haben ihn gesehen, wie er brennende Reisigbündel über die Mauer zu seinen Nachbarn geworfen hat.« Er packte

Bertram an der Hand und zog ihn zur Gartenmauer, die ebenfalls Ruß- und Brandspuren aufwies. »Dahinter stand das Bäckerhaus.«

Bertram konnte es immer noch nicht glauben. »Ja, aber wenn die Nachbarn ihn gesehen haben, warum ist dann niemand eingeschritten?«

Der Soldat lachte auf. »Wisst Ihr, wie schnell sich so ein Feuer ausbreitet? Es hatte wochenlang nicht geregnet und unglückseligerweise gab es Wind in dieser Nacht. Außerdem hatte der Wackerbold in seinem eigenen Haus offenbar Reisig ausgelegt, mit Schnaps und Öl begossen und angezündet.«

»Und Wackerbold selbst?«

Der Soldat hob die Schultern. »Umgekommen oder geflohen, keiner weiß etwas. Seine Frau war mit den Kindern gleich nach der Urteilsverkündung zu ihren Eltern gegangen. Sie wollte wohl nicht, dass die Kinder den Vater im Schandkorb sehen. In seinem Haus wurde niemand mehr gefunden.«

Das brachte Bertram wieder auf den ursprünglichen Zweck seines Besuches. »Und die Menschen aus diesem Haus? Wisst Ihr darüber etwas?«

»Da müsst Ihr beim Rat fragen. Soweit ich weiß, gibt es dort Listen. Ihr habt ja gute Verbindungen.«

Bertram nickte. »Dann werde ich dort weitersuchen. Habt Dank für Eure Mühe.«

Von der Straße her erklangen Rufe. Der Soldat fuhr zusammen. »Ich muss zurück auf meinen Posten.«

Er nickte Bertram kurz zu und eilte nach vorne, wo gerade zwei Männer das Grundstück betraten. Bertram kniff die Augen zusammen. Den einen kannte er doch, das war – sein Freund Johannes Manesse! Er beschleunigte seine Schritte.

Jetzt hatte Johannes ihn auch erkannt. »Bertram!«, rief er. »Du bist zurück? Seit wann?«

»Seit heute.« Johannes warf einen Blick auf die Trümmer und dann in Bertrams Gesicht.

»Verstehe. Ein furchtbares Unglück. Du hast gehört, was passiert ist?«

Bertram nickte. »Meister Konrad kam mir gestern bis Wettingen entgegen und hat berichtet. Dein Wächter sprach von Brandstiftung?«

Johannes sah den Mann ärgerlich an, der in respektvoller Entfernung stehen geblieben war. »Das untersuchen wir gerade. Warte kurz, ich muss etwas mit ihm besprechen. Den Gesellen des Pergamenters kennst du wohl?« Er wies auf den jungen Mann neben ihm in Handwerkertracht, der bisher geschwiegen hatte und Bertram jetzt zaghaft zulächelte. Bertram erinnerte sich, er hatte ihn öfters auf dem Hof und bei den Gärbottichen gesehen. »Ja, natürlich«, sagte er und nickte ihm zu. »Roland, oder?«

»Rudolf«, verbesserte der Angesprochene.

Johannes schob ihn zu dem Wächter. »Das ist der Geselle von Meister Hermann. Ich habe ihm erlaubt, auf dem Grundstück nachzusehen, ob noch etwas von den Werkzeugen zu retten ist.« Der Soldat nickte und Rudolf machte sich auf den Weg zu seinem früheren Arbeitsplatz. Bertram sah ihm hinterher. Seine widerstreitenden Gefühle spiegelten sich offenbar so deutlich in seinem Gesicht, dass ihm Johannes die Hand auf den Arm legte. »Das Leben muss weitergehen, Bertram.«

Bertram nickte. Dann fragte er: »Wohin habt ihr die Verletzten gebracht?«

Johannes sah ihn überrascht an. »Bertram, es tut mir leid, aber aus diesem Haus wurden keine Verletzten geborgen.«

»Woher weißt du das? Warst du dabei?«

»Nein, aber ...«

»Ich war dabei«, erklang auf einmal eine leise Stimme neben Bertram. Sie fuhren beide herum.

»Friedrich!«, rief Bertram überrascht aus. »Was machst du denn hier? Ich dachte, der Kantor hat dich in den Unterricht geschickt?«

Friedrich senkte den Kopf. »Ich bin nicht hingegangen. Ich ... ich muss Euch etwas sagen. Der Kantor hat es verboten, damit Ihr Euch keine falschen Hoffnungen macht, aber ich muss es Euch einfach sagen.«

»Was musst du mir sagen?«, fragte Bertram. Vor Aufregung war seine Stimme ganz heiser.

Friedrich holte tief Luft und brachte dann hervor: »Fides war da nicht drin.«

Einen Herzschlag lang sagte niemand ein Wort. Dann stieß Johannes einen Fluch aus. Mit einer Mischung aus Mitleid und Verzweiflung sah er Friedrich an. »Junge, erzähl doch nicht so einen Unsinn.«

»Aber vielleicht hat er recht«, warf Bertram ein.

Johannes sah ihn an. »Bertram, hast du schon einmal eine Brandleiche gesehen?«

Bertram schüttelte den Kopf.

»Dann sei froh! Das hat nichts Menschliches mehr ans sich, Feuer hat eine furchtbare Gewalt. Oft kann man nicht einmal mehr erkennen, ob es sich um Mann oder Frau, Kind oder Erwachsenen handelt.« Großer Gott. Bertram wurde übel.

»Ich weiß, was ich gesehen habe«, beharrte Friedrich. Er schloss einen Moment die Augen. Ein Schauder durchlief ihn und er unterdrückte mit Mühe einen Würgereiz. Dann sah er Bertram und Johannes fest an. »Es waren zwei große und nur eine kleine Gestalt. Zwei Männer und eine Frau. Nicht Fides.«

Johannes wechselte einen Blick mit Bertram, dann sah er Friedrich wieder an. »Gut, Friedrich, nur mal angenommen, du hättest recht – wer soll dann der zweite Mann gewesen sein? Denn der Geselle war es sicher nicht.« Er warf einen bezeichnenden Blick auf Rudolf, der gerade zurückkehrte. »Hast du etwas gefunden?«, fragte er ihn.

»Nur das hier.« Rudolf hielt ihm zwei rußgeschwärzte Schabeisen entgegen. Vorsichtig prüfte er mit dem Daumen die Klinge. »Ich weiß nicht, ob man sie noch benutzen kann. Der Werkzeugschuppen direkt am Fluss scheint unbeschädigt, aber er ist abgeschlossen. Der Schmied muss ihn aufbrechen.« Er ließ seinen Blick über die Ruine gleiten und schüttelte den Kopf. »Ich kann es immer noch nicht glauben.«

»Vielleicht hatten sie Besuch«, nahm Friedrich das unterbrochene Gespräch wieder auf. »Ein Nachbar oder ein Kunde. Könnte doch sein.«

Johannes seufzte. »Junge, nun lass es gut sein.«

Friedrich schob trotzig die Unterlippe vor. Bertram legte ihm die Hand auf die Schulter. Rudolfs Blick ging fragend von einem zum anderen. »Worum geht es denn? Was für Besuch?«

Johannes schnaubte verächtlich. »Friedrich behauptet, in dem Haus hätten nicht die Leichen von Fides und ihren Eltern gelegen, sondern die von zwei Männern. Und nachdem du nicht da warst, war angeblich jemand anders dort.«

Rudolf horchte auf. »Aber sie hatten tatsächlich Besuch in der Brandnacht. Deswegen hat Meister Hermann uns doch den Abend freigegeben, dem Lehrling und mir.« Jetzt hatte er die Aufmerksamkeit von allen.

»Besuch? Weißt du, von wem?«, fragte Bertram.

Rudolf schüttelte den Kopf. »Nein. Das hat er nicht gesagt.« Johannes mischte sich ein. »Erzähl uns genau, was an diesem Tag passiert ist.«

»Vormittags waren wir am Fluss bei den Häuten, Meister Hermann, der Lehrling und ich. Fides ist zum Kantor gegangen, um Pergamente abzuliefern, Martha war auch außer Haus. Mittags kam Fides zurück, sie hat ihrem Vater und dem Lehrling geholfen, die frischen Pergamente auf den Trockenboden zu hängen. Dann kam der Lehrling wieder zurück zum Fluss und erzählte, dass es einen Riesenstreit mit der Meistersfrau gegeben hätte. Er wusste aber nicht, warum. Kurz darauf kam der Meister zu uns. Er hatte furchtbar schlechte Laune und hat mir gesagt, wir sollten den Abend bei unseren Eltern verbringen, weil sie Besuch erwarten würden. Wir sind kurz vor dem

Vesperläuten gegangen, da war aber noch niemand eingetroffen.« Er nahm seine Haube ab und fuhr sich durch die Haare. »Mein Gott, wenn uns der Meister nicht weggeschickt hätte, wären wir jetzt vermutlich auch tot.«

Friedrich begann, vor Aufregung an Bertrams Arm zu zerren. »Seht Ihr, dass ich recht hatte? Es waren zwei Männer in dem Haus. Fides lebt noch.« Bertram sah ihn an. Er würde es so gerne glauben.

Johannes hob abwehrend die Hände. »Langsam, Junge, langsam. Auch wenn dort, wie du sagst, zwei Männer lagen, heißt das noch lange nicht, dass Fides lebt. Die fehlende Person könnte genauso gut ihre Mutter gewesen sein.«

Bertram gab sich einen Ruck und wandte sich an Johannes. »Wo habt ihr die Toten hingebracht? Ich will sie sehen! Ich muss mich selbst davon überzeugen, ob es Fides ist oder nicht.«

Johannes legte ihm eine Hand auf die Schulter. »Bertram, du kannst sie nicht mehr sehen. Wir haben alle Leichen schon begraben. Die Prediger haben uns die Oetenbach-Gärten neben ihrem Kloster zur Verfügung gestellt.«

Bertram ballte die Fäuste. »Dann grabe ich sie wieder aus! Es ist doch erst zwei Tage her. Ich glaube erst an ihren Tod, wenn ich es mit eigenen Augen gesehen habe.«

»Bertram, das geht nicht, du würdest sie nicht finden, da liegen Hunderte von Menschen.« Er packte ihn an den Schultern und rüttelte ihn. »Bertram, sieh mich an. Wir konnten nicht warten. Nicht bei dieser Hitze. Das Feuer war schon schlimm genug, wir können keine Seuchen riskieren. Du musst dich damit abfinden. Fides ist tot.«

Bertram schüttelte den Kopf. »Nein. Ich werde sie finden. Und wenn ich jedes Kloster und jedes Haus in dieser verdammten Stadt durchsuchen muss.«

51. Kapitel

Zürich, Oetenbach-Gärten, Sonntag, 29. Juli 1274

Die Krähen ließen sich nicht vertreiben. Ihre heiseren Schreie füllten die Luft, während sie in Scharen das Gräberfeld belagerten und in der frisch umgegrabenen Erde nach Nahrung suchten. Bertram konnte den Blick nicht abwenden. Jedes Mal, wenn ein Schnabel in die Erde fuhr, erwartete er, etwas daraus auftauchen zu sehen – ein Stückchen buntes Gewand, eine rotbraune Locke.

Mit Grausen erinnerte er sich an seinen gestrigen Besuch im städtischen Spital vor dem Predigerkloster, das wie durch ein Wunder unversehrt geblieben war. Die üblichen Insassen, meist alte Menschen ohne Angehörige, die sich keine eigene Wohnung leisten konnten, hatten eng zusammenrücken müssen. Bestimmt achtzig Menschen waren in einem Saal zusammengepfercht, der eigentlich keine dreißig fasste. Die Luft war zum Schneiden und Bertrams Ohren gellten noch immer von dem Gewimmer und Geschrei der Verwundeten und den Klagen der Angehörigen. Das Grossmünster versah die Seelsorge des Stiftes, und so hatte er *Leutpriester* Wello begleitet, der die Beichte abnahm und Sterbesakramente spendete. Die Feuersbrunst, die so unvermittelt über die Stadt hereingebrochen war, schien dem Kanoniker einen heilsamen Schrecken eingejagt zu haben, sodass er sein Amt höchstpersönlich und mit größter Inbrunst ausübte. Daher hatte Bertram Gelegenheit, jedes Bett und jeden Kranken in Augenschein zu nehmen, doch Fides hatte er nicht gefunden, auch niemanden, den er aus ihrer Nachbarschaft kannte. Obwohl ihr Wohnhaus direkt am Wasser lag, hatte wohl auch Simons gesamte Familie den Brand nicht überlebt. Zu viele Menschen waren einfach im Schlaf überrascht worden.

Ein heller Knabensopran erklang. *Requiem aeternam dona eis, Domine* ... Friedrich. Unwillkürlich wandte Bertram den Kopf. Wie immer hatte es der Kantor auch unter diesen widrigen Umständen verstanden, eine festliche Liturgie zu inszenieren. Die Tücher auf dem provisorischen Altartisch strahlten in makellosem Weiß, ebenso die Chorröcke der Schüler und Kanoniker. Auf der anderen Seite des Altars fielen jetzt die Stiftsdamen des Fraumünsters in den Wechselgesang ein. Die Messe zelebrierte der frisch erwählte Konstanzer Bischof Rudolf, ein gleichnamiger Vetter des Königs. Er hatte die Amtsgeschäfte erst vor Kurzem übernommen, nachdem sein Vorgänger Anfang des Sommers verstorben war. Auch hiervon hatte Bertram erst nach seiner Rückkehr erfahren. So viel war während seiner Abwesenheit geschehen. Es kam ihm so vor, als habe er die vergangenen beiden Monate unter einer großen Glocke verbracht, während draußen das Leben weiterlief. Ohne ihn. So wie jetzt sein Leben weiterlief. Ohne Fides. Er biss die Zähne zusammen. Nein, er würde jetzt nicht aufgeben. Er hatte doch gerade erst mit seiner Suche begonnen. Das Spital war die erste Anlaufstelle gewesen, weil es am nächsten zum Unglücksort lag. Dort lagen die Schwerstverletzten. Andere hatte man auf die weiter entfernten Klöster verteilt. Er musste nur weitersuchen. Aber die Stimmen in seinem Kopf wollten nicht verstummen. Wenn Fides nur leicht verletzt ist, warum hat sie sich dann nirgendwo gemeldet? Warum sich nicht nach ihren Eltern erkundigt? Keine Nachricht zum Kantorhaus geschickt – sie wusste doch von seiner Rückkehr, Meister Konrad hatte ihr seinen Brief vorgelesen. Er musste wohl ein leichtes Stöhnen ausgestoßen haben, denn auf einmal fühlte er Hedwigs Hand in seiner. Dankbar erwiderte er ihren Händedruck. Sie war – neben Friedrich – die einzige Person gewesen, die seinen Wunsch, nach Fides zu suchen, nicht von vornherein als Narretei abgetan hatte.

Mechanisch folgte er dem Rest der Liturgie, bewegte die Lippen an den richtigen Stellen, ohne auch nur ein Wort wirklich wahrzunehmen. Dabei ließ er seine Augen über die versammelte Menge gleiten auf der Suche nach einem Gesicht, das er sonst lieber nicht sah. Er musste Pater Otto finden! Von Rüdiger hatte er erfahren, dass Otto als einer der Ersten am Brandherd gewesen war und mitgeholfen hatte, Verletzte ins Spital zu bringen. Vielleicht wusste er etwas über Fides' Verbleib. Obwohl Bertram wahrscheinlich der Letzte war, dem Otto Auskunft über Fides geben würde.

Als sich die Messe ihrem Ende näherte, entdeckte Bertram das kleine Grüppchen der Barfüßer. Erstaunlicherweise verhielt sich Otto ruhig, Bertram hätte jetzt eher erwartet, dass er eine flammende – was für ein Wortspiel – Rede über Sodom und Gomorra halten würde, denn üblicherweise ließ er keine Gelegenheit verstreichen, zu so vielen Menschen zu sprechen. Entweder hatte der Tadel des Konstanzer Bischofs tatsächlich etwas bewirkt, oder Otto war von den Ereignissen selbst so betroffen, dass er Zurückhaltung übte. Der Bischof sprach den Schlusssegen. In die Menge geriet Bewegung.

Bertram drückte Hedwigs Hand fester. »Geht ihr nur schon nach Hause, ich komme bald nach. Ich muss noch jemanden sprechen.«

Wenn sie überrascht war, ließ sie sich das nicht anmerken, sondern nickte ihm nur zu. Bertram schlängelte sich durch die Menge in die Richtung, in der er die Barfüßer zuletzt gesehen hatte. Und da kamen sie auch schon, vorneweg der Guardian und der Lektor, dahinter die Brüder. Als Letzter in der Reihe lief Pater Otto, die Hände in den Ärmeln seiner Kutte verborgen, das Haupt demütig gesenkt. Bertram beeilte sich, bis er gleichauf mit Otto war. »Gelobt sei Jesus Christus«, redete er ihn an.

Otto reagierte nicht. Doch Bertram bemerkte, dass er unwillkürlich etwas schneller lief und die Hände tiefer in die Kutte schob – er hatte ihn sehr wohl gehört.

»Bitte, Pater Otto, schenkt mir einen Augenblick. Ich muss mit Euch reden.«

Otto schien einen Moment zu überlegen, dann blieb er stehen, während seine Mitbrüder ihren Weg fortsetzten. Otto starrte Bertram aus den Tiefen seiner Kapuze an. Die eisblauen Augen ließen ihn erschauern. »Was wollt Ihr?«, fragte Otto. »Habt Ihr nicht schon genug Unheil angerichtet?«
Bertram beschloss, nicht auf den Vorwurf einzugehen. »Verzeiht, Pater Otto. Man sagte mir, dass Ihr bei den Ersten wart, die bei dem Brand geholfen haben. Wisst Ihr etwas von Fides' Schicksal? Und dem ihrer Eltern?«
Ottos Blick wurde noch frostiger. »Ihr wagt es, nach ihr zu fragen? Ihr seid schuld, dass sie ohne Beichte und Absolution vor den Allmächtigen treten musste.«
»Ich habe das Feuer nicht gelegt! Ihr wisst, dass ich verreist war.«
»Ihr habt ein ganz anderes Feuer gelegt. Ihr habt sie verführt, Ihr habt sie dazu gebracht, Gottes Gebote zu missachten und sich über ihren Stand zu erheben! Ihr habt die von Gott gewollte Ordnung gestört!« Die letzten Worte spie er ihm geradezu entgegen und Speicheltröpfchen netzten Bertrams Gesicht.
Bertram unterdrückte den Wunsch, sich das Gesicht abzuwischen. »Ich hatte nur ehrenhafte Absichten mit Fides! Ich wollte meinen Stand aufgeben und sie heiraten!«
Otto schnaubte verächtlich. »Wie oft ich das schon in der Beichte gehört habe! Ihr verderbten Kanoniker seid doch alle gleich, mit wohlklingenden Worten betört Ihr die jungen Mädchen und macht den Unschuldigen Versprechungen, die Ihr nicht halten könnt oder wollt. Und wenn dann das Strafgericht Gottes über Euch hereinbricht, ist das Wehklagen groß!« Er reckte den Zeigefinger in die Luft und rief: »Denn siehe, es kommt ein Tag, der brennen soll wie ein Ofen; da werden alle Verächter und Gottlosen Stroh sein, und der künftige Tag wird sie anzünden, spricht der Herr Zebaoth!«
Bertram wurde allmählich wütend. »Ihr wollt mir also nicht helfen, Fides zu finden?«

Otto sah ihn aus schmalen Augen an. »Fides ist tot. Ihr habt sie umgebracht, Ihr und Euer gottloser Haufen habt die Menschen hier zu frevelhaftem Tun verleitet und so Gottes Zorn über diese Stadt heraufbeschworen.«

»Bruder Otto! Mäßigt Euch! Das ist weder die Zeit noch der Ort für solche Beschuldigungen!« Der donnernde Bass des Guardians übertönte Ottos Tirade. Offenbar hatte er Ottos Fehlen bemerkt und war zurückgekommen.

Otto fuhr zusammen. Kurz blitzte es in seinen Augen zornig auf, dann senkte er die Lider und neigte demütig den Kopf. »Verzeiht, Ehrwürdiger Vater. Die Trauer über dieses furchtbare Unglück hat mich übermannt.«

Der Guardian warf auch Bertram einen nicht gerade freundlichen Blick zu, bevor er sich zum Gehen wandte. Otto fügte sich ohne ein weiteres Wort in die Reihe seiner Mitbrüder ein und gemeinsam verließen die Barfüßer den Friedhof.

Bertram spürte eine Hand auf seiner Schulter. Es war Rüdiger, der ihn mitleidig ansah. »Ich weiß, es ist schwer zu akzeptieren, aber du solltest die Toten ruhen lassen.«

Bertram schüttelte den Kopf. »Das kann ich nicht, Rüdiger. Ich kann sie noch nicht aufgeben.« Er starrte in die Richtung, in die Otto verschwunden war. »Ich kann mir nicht helfen, aber ich bin mir sicher, dass er mehr weiß, als er zugibt. Es würde mich nicht wundern, wenn er etwas mit dem Brand zu tun hatte.«

Rüdiger nahm die Hand von Bertrams Arm. »Jetzt gehst du zu weit, Bertram. Ja, Pater Otto befand sich kurz vor Ausbruch des Brandes im Niederdorf. Er war dort als Seelsorger. Und wir können von Glück sprechen, dass er dort war. Er hat das Feuer früh bemerkt und Alarm geschlagen, sonst hätte es sicher noch mehr Tote gegeben.«

Bertram strich sich mit der Hand über die Augen. »Ich weiß einfach nicht mehr, was ich glauben soll.«

52. Kapitel

Zürich, Beginenviertel, Montag, 6. August 1274

Irgendetwas roch verkehrt. Mit einem Schrei fuhr Fides empor. Sie wusste nicht mehr genau, was sie geträumt hatte, nur, dass es entsetzlich gewesen war. Unerträgliche Hitze hatte sie eingehüllt und die Teufel des Fegefeuers stießen ihre Lanzen in ihren Körper. Keuchend rang sie nach Luft, versuchte, ihren rasenden Herzschlag zu beruhigen. Sie tastete nach Bertrams Ring, den sie immer an einer Kette um den Hals trug. Doch da war kein Ring. Da war auch keine Kette. Und was noch viel beunruhigender war: Sie trug kein Hemd. Bis auf einen Leinenverband um ihren linken Oberarm und die Schulter war sie splitterfasernackt. Sie riss die fadenscheinige Decke, die ihre Beine bedeckte, bis zum Kinn hoch und sah sich entsetzt um. Das war nicht ihr Bett! Das war auch nicht ihre Schlafkammer. Wo war sie? Wo waren ihre Eltern? Und was um Himmels willen war geschehen? War sie krank geworden? Sie hatte Mühe, frei zu atmen, und ihr Kopf schmerzte fürchterlich. Sie griff sich an die Stirn und spürte Stoff unter ihren Fingern. Sie tastete daran herum und kam zu dem Schluss, dass es sich eher um einen Verband als um eine Haube handelte. Ihre Haare schienen darunter verborgen zu sein. Vorsichtig bewegte sie den verbundenen Arm, hielt aber gleich wieder inne. Es fühlte sich an, als wäre ihre Haut über Nacht geschrumpft und zu klein geworden für ihren Arm. Sie sah sich in der Kammer um. Offenbar befand sie sich im Dachstuhl eines kleinen Hauses. Sie hörte Regen rauschen. Durch ein geöffnetes Fenster im Giebel fiel trübes Tageslicht in den Raum. Besonders geräumig war er nicht, zwischen den groben Dachbalken gab es gerade Platz für ihr schmales Bett und einen niedrigen Schemel, auf dem sie zusammengelegte Kleidungsstücke entdeckte. Sie sah unter das Bett, ob dort vielleicht irgendwelche Schuhe standen, entdeckte aber nur einen Nachttopf. Über ihrem Kopf lief ein breiter Balken quer durch das Zimmer, auf dem ein Tonkrug und zwei flache Schüsseln standen, daneben lag ein kleines Buch. Ein Buch? In so einem ärmlichen Haushalt? Sie musste unbedingt herausfinden, wo sie sich befand. Die Decke um ihren Körper gewickelt drehte Fides sich zur Bettkante und stellte ihre Füße auf den Boden. Sie fühlte sich entsetzlich schwach und blieb einen Moment auf der Bettkante sitzen, bevor sie sich aufrichtete. Ihr wurde schwindlig und sie musste sich an der Wand abstützen, um nicht umzufallen. Langsam bewegte sie sich auf das Fenster zu. Vielleicht half ihr ein Blick auf die Umgebung. Doch sie wurde enttäuscht, das Fenster führte nur auf eine andere hölzerne Hauswand und es war zu hoch, um hinauszuschauen. Vielleicht mit dem Schemel? Sie ging zurück, warf den Kleiderstapel auf das Bett und zog den Schemel zum Fenster. Als sie sich wieder aufrichtete, wurde ihr übel. Sie hielt ihr Gesicht in den frischen Luftstrom, der von außen hereindrang, und atmete ein paarmal tief ein und aus. Als der Schwindel abklang, stieg sie auf den Hocker. Er war zu niedrig, sie konnte immer noch nicht viel weiter aus dem Fenster sehen. Sie hielt sich mit der gesunden Hand am Fensterrahmen fest und stellte sich auf die Zehenspitzen. Mit einem lauten Gepolter kippte der Hocker um und sie landete unsanft auf dem Boden. Sie hatte sich gerade wieder aufgerappelt, als sie die Treppenstufen knarren hörte. Dann flog die Tür auf.

»Hab ich doch richtig gehört, du bist endlich aufgewacht!« Fides hatte die magere Frau, die sie von der Türschwelle aus musterte, noch nie gesehen. Ihre Gewandung glich der einer Nonne: Sie trug ein schmuckloses Kleid aus dunkelgrauem Leinen, die Haare waren unter einer hellen Haube mit Schleier verborgen. Hinter ihrem Rock tauchte ein blonder Lockenkopf auf. Fides riss die Augen auf. Das konnte doch nicht sein? Ein kleines

Mädchen rannte auf bloßen Füßen über die Dielen und umarmte Fides so stürmisch, dass diese fast wieder hintenübergefallen wäre. Ihre Decke geriet ins Rutschen. Fides lehnte sich mit dem Rücken an die Wand und klemmte die Zipfel der Decke unter ihren Achseln fest. Dann nahm sie Katharina auf den Schoß.

»Wo kommst du denn her und was machst du hier, Katharina? Und wo sind wir hier überhaupt?« Sie warf einen Blick zu der Frau, die näher gekommen war und nun direkt auf sie herabblickte.

»Du kannst Schwester Gertrud zu mir sagen. Du kennst dieses Kind? Es hat noch kein Wort gesagt. Offenbar ist es schwachsinnig.« Missbilligend musterte sie das Mädchen, das sich noch enger an Fides schmiegte.

Fides legte beide Arme um den zitternden Leib und wiegte Katharina beruhigend hin und her, während sie gleichzeitig versuchte, Ordnung in das Gedankenkarussell in ihrem Kopf zu bringen. »Schwester«, hatte die Frau gesagt. Diese Kammer hier befand sich aber eindeutig nicht in einem Kloster, sondern in einem Privathaus. Einem eher ärmlichen Gebäude. Gehörte die Frau etwa zu den sogenannten »armen Schwestern«, die sich in den letzten Jahren um das Prediger- und Franziskanerkloster angesiedelt hatten? Aber warum war sie dann hier? Ihre Familie hatte keinerlei Kontakt zu den Beginen. Am besten fragte sie direkt.

Sie sah die Frau an und erwiderte: »Das ist Katharina, die Tochter meiner Nachbarin. Sie ist nicht schwachsinnig, nur von Geburt an stumm. Und ich würde jetzt gerne wissen, warum wir hier sind. Wo ist Katharinas Mutter? Wo sind meine Eltern?«

Die Begine betrachtete sie herablassend. »Ihr beide könnt dem Herrn danken, dass ihr noch am Leben seid. Es gab ein Feuer. Pater Otto hat euch aus dem brennenden Haus gezogen. Er hat euch gerettet.«

Fides war es, als hätte sie einen Schlag ins Gesicht bekommen. Ein Feuer! Also hatte sie gar nicht geträumt? Aber wenn sie allein hier war, wo waren dann ihre Eltern? Und Katharinas Mutter? Waren sie …

»Deine Eltern sind tot.«

Fides zuckte zusammen. Mit offenem Mund starrte sie die Begine an. Die starrte ungerührt zurück. »Sie sind nicht die Einzigen. Das halbe Viertel ist abgebrannt. Hunderte sind gestorben. Der Herr allein weiß, warum er euch am Leben ließ. Ein schwachsinniges Kind und eine schamlose Dirne.« Sie kräuselte verächtlich die Mundwinkel.

Fides wusste nicht, was sie darauf antworten sollte. Ihre Eltern sollten tot sein? Und statt sie zu trösten, beschimpfte die Frau sie auch noch? Tränen brannten in ihren Augen, aber sie wollte vor dieser herzlosen Frau nicht weinen. Katharina schien ihre Trauer zu spüren. Sie tastete nach Fides' Gesicht und strich ihr über die Wange. Dann griff sie ihr an den Hals und verzog fragend die Mundwinkel.

Die Kette! Auch Katharina erinnerte sich an die Kette. Fides schob das Kind sanft zur Seite, damit sie aufstehen konnte. Mühsam kam sie auf die Füße. Jetzt war sie wenigstens auf Augenhöhe mit dieser merkwürdigen Schwester. »Wo sind meine Sachen?«, fragte Fides und sah die Frau fest an. »Meine Kleider? Und mein Schmuck?«

»Die waren nicht mehr zu retten«, sagte die Frau. »Sie waren zerrissen und voller Ruß und wir mussten dir die Reste vom Leib schneiden, um die Wunden versorgen zu können.« Sie wies mit dem Kinn auf das Kleiderbündel neben Fides. »Ich habe dir neue Sachen hingelegt. Wenn sie nicht passen, musst du sie eben passend machen. Nähzeug habe ich unten.«

»Aber meine Kette? Es war ein silberner *Rosenkranzring* an einer Kette aus doppelten Lederschnüren, das geht doch nicht so schnell verloren?«

»Ich weiß nichts von einer Kette«, sagte die Frau. Sie sah Fides dabei nicht an.

Fides war sich sicher, dass sie log. »Aber«, setzte sie an, doch die Frau unterbrach sie barsch: »Zieh dich an und komm nach unten. Wenn du schon alleine aufstehen kannst, dann kannst du auch arbeiten. Du kannst mir in der Küche helfen, hast lange genug faul im Bett gelegen.«

Fides starrte sie sprachlos an. Die »armen Schwestern« waren für ihre selbstlose Krankenpflege bekannt. Diese hier hatte so viel Mitleid wie ein Stein. Das musste wohl Ottos Einfluss sein. Otto! Was hatte die Frau gesagt? Otto hätte sie gerettet? Das musste sie genauer wissen. Doch die Frau hatte sich schon umgedreht, um den Raum zu verlassen.

»Wartet!«, rief Fides, aber die Frau ging einfach weiter.

»Zieh dich an und komm runter«, rief sie ihr über die Schulter zu, dann verklangen ihre Schritte auf der Treppe.

Fassungslos sah Fides ihr hinterher. Sie zitterte vor Wut und Erschöpfung. Ihre Beine gaben nach und sie ließ sich langsam zu Boden sinken. Katharina rutschte zaghaft näher. Fides streckte die Arme aus und zog das Kind an sich. Jetzt endlich brachen sich die zurückgehaltenen Tränen Bahn. Ihre Eltern waren tot. Und die von Katharina vermutlich auch. Sie waren ganz auf sich allein gestellt, der Gnade von Menschen wie dieser unbarmherzigen Begine ausgeliefert. Sie schluchzte so heftig, dass ihr ganzer Körper bebte. Sie wusste nicht, wie lange sie dort am Boden gehockt hatte, doch endlich wurde sie ruhiger. Das Weinen hatte sie völlig erschöpft, aber auch ihre Gedanken geklärt. Sie wischte sich die Tränen aus dem Gesicht und fuhr sich mit dem Arm über die Nase.

Sie sah auf Katharina hinunter, die am Daumen nuckelte und mit großen Augen zu ihr empor sah. »Weißt du was, Katharina? Wir lassen uns doch von dieser unfreundlichen Frau keine Angst einjagen. Ich werde mich jetzt anziehen und dann gehen wir fort von hier. Wir gehen zum Kantor. Vielleicht ist Bertram ja schon zurück von seiner Reise. Und wenn nicht, Meister Konrad ist ein freundlicher Mann und wird uns sicher nicht fortschicken.«

Bei Fides' letzten Worten glitt ein strahlendes Lächeln über Katharinas Gesicht. Sie nahm den Daumen aus dem Mund und fuhr mit der Hand in die Tasche ihres Kittels. Sie wühlte darin herum und hielt Fides dann auf der flachen Hand ein kleines Münzstück entgegen.

»Ein Viertelpfennig«, sagte Fides erstaunt. Sie wusste erst nicht, was das Kind damit sagen wollte, dann begriff sie. »Hat dir den der Kantor geschenkt?«, fragte sie.

Katharina nickte.

»Und du hast ihn aufgehoben?«

Katharina nickte erneut und schloss ihre Hand wieder um die Münze.

»Dann pass gut darauf auf«, sagte Fides. »Am besten versteckst du das Geld wieder in deiner Tasche. Und jetzt lass uns die Kleider da anschauen. Vielleicht musst du mir ein wenig helfen beim Anziehen, ich kann den linken Arm nicht gut bewegen.«

Zum Glück war das graue Leinenkleid so großzügig geschnitten, dass Fides trotz des verletzten Armes hineinschlüpfen konnte. Es schlotterte derartig um ihren Leib, dass Fides sich fragte, ob sie nicht an Gewicht verloren hatte. Wie lange war sie schon hier? Und hatte sie überhaupt zu essen bekommen? Sie fühlte sich schwach und elend, das Anziehen der Kleider hatte sie so erschöpft, dass sie am liebsten wieder ins Bett gekrochen wäre. Gleichzeitig verspürte sie auf einmal nagenden Hunger und Durst. Sie würde die Begine um etwas zu essen bitten und dann mit Katharina zum Kantor gehen. Wahrscheinlich war die Frau sowieso froh, sie beide loszuwerden. Sie öffnete die Zimmertür und gelangte auf einen schmalen Flur. Gegenüber erblickte sie eine weitere Tür, die vermutlich zu einer identischen Schlafkammer gehörte. Dazwischen führte eine steile Treppe nach unten. Katharina schien sich auszukennen und kletterte ohne Zögern nach unten. Fides folgte ihr etwas langsamer, mit der gesunden Hand krampfhaft das Geländer umklammernd.

Den größten Teil des Erdgeschosses nahm die Küche ein. Fides blieb mit Katharina an der Hand auf der Schwelle stehen und sah sich im Raum um. Die Küche unterschied sich nicht sehr von der in ihrem Elternhaus. Es gab eine Feuerstelle mit einem Kaminschacht darüber, in dessen Rauchfang ein Schinken und diverse Würste hingen. Ein rußgeschwärzter Kessel stand auf einem Dreibein in der Glut. Dem Geruch nach zu schließen, köchelte darin eine Kohlsuppe vor sich hin. Neben der Feuerstelle der obligatorische Wassereimer; weitere Küchengerätschaften sowie einige Leinentücher an Wandhaken. Hölzerne Teller und Näpfe stapelten sich neben Tonbechern auf einem Wandbrett. Büschel von getrockneten Kräutern baumelten von der Zimmerdecke, ein weiteres Wandbrett enthielt verschlossene Vorratsgefäße, vermutlich mit Heilkräutern oder Gewürzen. In einer Ecke stand ein grob gehauener Tisch mit zwei Bänken. Eine Truhe und zwei Schemel vervollständigten die Einrichtung. Die schmale Holztür gegenüber dem Eingang stand offen und schien ins Freie zu führen. Rasch durchquerte Fides die Küche. Vielleicht konnte sie jetzt endlich erkennen, wo sie gelandet war! Doch die Tür führte nur in einen kleinen Hinterhof, der ringsum von einem mannshohen Lattenzaun umschlossen war. Der Regen hatte aufgehört, und so trat Fides einen Schritt nach draußen, um sich einen Überblick zu verschaffen. Das Hofstück war schmal, vielleicht dreißig Fuß lang und zehn breit. Ein Bretterschlag neben dem Misthaufen am Ende des Grundstücks diente offenbar als Abort. In säuberlich geharkten Beeten wuchsen Kräuter, auf dem Misthaufen entwickelte eine Kürbispflanze ihre dicken Früchte und am Zaun entlang rankten Bohnen und Erbsen. Der Garten war gut gepflegt, wirkte aber sehr zweckmäßig, ohne die verschwenderische Blütenpracht, die Hedwigs Garten ausgezeichnet hatte. Als hätte sie ihr Kommen gehört, trat die Begine aus dem Bretterverschlag und kam eilig auf sie zu.

»Da seid ihr ja endlich«, rief sie ihnen entgegen. »Es hat schon zur *Vesper* geläutet, lasst uns beten und dann essen.«

Die Kohlsuppe war einfach und fast ungewürzt, aber angereichert mit Rüben und Pastinaken. Fides aß mit gutem Appetit und fühlte ihre Lebensgeister langsam zurückkehren. Sie sah zögernd zu ihrer Gastgeberin, die nach dem Tischgebet kein Wort mehr gesprochen hatte.

Fides wusste nicht recht, wie sie beginnen sollte. »Schwester Gertrud ...«

Die Begine reagierte nicht.

Fides versuchte es noch einmal, jetzt erhielt sie eine barsche Antwort. »Wir Beginen pflegen unsere Mahlzeit schweigend einzunehmen.«

Fides sah sie überrascht an, senkte dann den Blick und nickte. Dann eben nach dem Essen. Wortlos beendeten die drei ihr Mahl.

Nachdem sie das Geschirr gesäubert hatten, setzte sich die Begine wieder auf die Küchenbank, stellte einen Korb mit Nähzeug vor Fides hin und holte einen Rosenkranz hervor. Oh nein! Bevor sie jetzt anfing zu beten, wollte Fides eine Antwort. Sie versuchte es erneut: »Schwester Gertrud, ich danke Euch, dass Ihr Katharina und mich bei Euch aufgenommen und versorgt habt. Wir stehen tief in Eurer Schuld. Aber nun wollen wir Euch nicht länger zur Last fallen. Wir werden zu Freunden gehen.«

Schwester Gertrud gab mit keiner Miene zu verstehen, dass sie etwas von Fides' Worten wahrgenommen hatte. Sie ließ die Perlen des Rosenkranzes durch ihre Finger gleiten und murmelte vor sich hin.

Fides rutschte unruhig auf der Bank hin und her. Es kam ihr schäbig vor, die Näharbeiten nicht auszuführen, nachdem die Frau sie offensichtlich gepflegt hatte, aber andererseits wollte sie so schnell wie möglich fort, und das am liebsten bei Tageslicht. Sie fühlte sich immer noch recht schwach und das Essen hatte sie müde gemacht. Aber noch eine Nacht unter diesem Dach wollte sie gewiss nicht bleiben.

Schließlich stand sie auf und nahm Katharina an die Hand. »Ich will Euch nicht in Eurer Andacht stören. Wir gehen dann jetzt. Habt Dank für alles. Gott schütze Euch.« Sie nickte der Frau noch einmal zu und trat durch die Küchentür in die Diele.

Da die Fensterläden vorgelegt waren, fiel nur wenig Licht durch die Ritzen hinein, aber die Haustür befand sich direkt gegenüber der Küche und war nicht zu verfehlen. Fides schob den Riegel zurück und wollte sie öffnen – doch die Tür war verschlossen. Suchend ließ sie den Blick den Türrahmen entlangwandern. Die meisten Leute deponierten ihren Haustürschlüssel an einem kleinen Haken neben der Tür. Der Haken fand sich, aber es hing kein Schlüssel daran. Das war doch ... Fides ballte unwillkürlich die Fäuste.

Dann sah sie Katharina an und deutete auf den Haken. »Katharina, weißt du, wo der Schlüssel ist?«

Katharina schüttelte den Kopf und sah über ihre Schulter zur Küchentür.

Fides stürmte zurück in die Küche, wo die Begine immer noch ihren Rosenkranz betete. »Schwester Gertrud!« Sie war froh, dass ihre Stimme kaum zitterte. »Gebt mir bitte den Schlüssel für die Haustür. Sie ist abgeschlossen.«

Schwester Gertrud legte den Rosenkranz auf den Tisch und sah Fides völlig ausdruckslos an. »Wozu? Du gehst nirgendwohin. Und das Kind auch nicht.«

Fides sah sie ungläubig an. »Was soll das? Mit welchem Recht haltet Ihr mich hier fest?« Sie überlegte einen Moment, dann fügte sie etwas freundlicher hinzu: »Falls Ihr wegen mir Kosten hattet – ich bin sicher, Meister Konrad, der Kantor, wird dafür aufkommen.« Und wenn nicht er, dann doch sicher Bertram. Wenn er schon zurück war. Unwillkürlich faltete Fides die Hände vor dem Schoß.

Die Begine sah sie mit solchem Abscheu an, dass Fides unwillkürlich zurückwich. »Was ich für dich getan habe, habe ich für Gotteslohn getan. Ich brauche keine Almosen von diesen verderbten Kanonikern, deren Flittchen du bist – Pfaffenkebse!«

Fides konnte erst nicht fassen, was ihr die Frau da entgegenschleuderte. Dann begriff sie. Das waren Pater Ottos Worte. Genauso redete er in seinen Predigten und Beichtgesprächen.

Sie holte tief Luft. »Ihr könnt mich nicht gegen meinen Willen festhalten. Ich will sofort Pater Otto sprechen.« Irrte sie sich oder war die Begine bei der Erwähnung von Ottos Namen zusammengezuckt? Fides verschränkte die Arme vor der Brust und sah die Frau abwartend an, während Katharina sich eng an sie schmiegte.

»Heute ist es zu spät«, erwiderte die Begine unbeeindruckt. »Pater Otto kommt morgen sowieso vorbei. Bis dahin wirst du dich gedulden müssen.«

Fides schnaubte verächtlich. »Ihr habt kein Recht dazu, mich hier festzuhalten. Und Pater Otto auch nicht.«

»Es ist nur zu deinem Besten. Deine Wunden bedürfen noch der Pflege und dein Geist der Läuterung. Statt hier verstockt mit mir zu debattieren, solltest du dich lieber im Gebet üben. Oder zumindest in ehrlicher Arbeit.« Sie wies mit dem Kinn zum Nähkorb.

Fides wurde es leid. Sie nahm Katharina bei der Hand und sah die Begine kalt an. »Wir gehen jetzt. Und wenn Ihr mir den Schlüssel nicht geben wollt, dann schlage ich so lange gegen die Tür und schreie, bis mich jemand hört.«

Die Begine schien einen Moment zu überlegen, dann steckte sie die Hand in ihre Rocktasche. Sie kam auf Fides zu und hielt ihr die Faust entgegen. Fides wollte den Schlüssel gerade entgegennehmen, da riss die Frau Katharina an sich und sprang zurück. Ehe Fides reagieren konnte, hielt sie das zappelnde Kind über das Herdfeuer.

Triumphierend starrte sie Fides an. »Dann geh doch und schreie, wenn dir danach ist. Ich schau derweil, ob man dieser stummen Missgeburt nicht doch ein paar Töne entlocken kann.«

Fides schlug die Hand vor den Mund und starrte das Kind an. Riesengroß standen die Augen in dem kleinen Gesicht und ein schreckliches Wimmern drang aus Katharinas Kehle. Krampfhaft umklammerten ihre Hände Arm und Schulter der Begine und sie zog die Füße an, um nicht von den Flammen erfasst zu werden. Fides wurde es übel. Sie sank zu Boden. Flehend streckte sie der Frau die Arme entgegen. »Oh bitte, Ihr dürft ihr nichts tun! Gebt sie mir zurück! Wir tun alles, was Ihr sagt, aber lasst sie nicht ins Feuer fallen!«

Schwester Gertrud kräuselte verächtlich die Mundwinkel, dann setzte sie Katharina auf dem Küchenboden ab. Blitzschnell krabbelte das Kind auf allen vieren zu Fides und vergrub den Kopf in ihrem Schoß. Es zitterte am ganzen Körper wie Espenlaub und seine Tränen durchnässten Fides' Kleid. Fides schlang beide Arme um Katharina und drückte sie fest an sich. Das Herz schlug ihr bis zum Hals. Am liebsten hätte sie sich schreiend auf dieses grausame Weib gestürzt, aber sie wollte das Mädchen nicht noch mehr ängstigen. So schluckte sie ihre Wut hinunter und wiegte Katharina sanft hin und her, während sie leise Worte des Trostes in ihr Ohr murmelte.

53. Kapitel

Zürich, Beginenhaus, Dienstag, 7. August 1274

Nach den gestrigen Erlebnissen hatte Fides geglaubt, in der Nacht kein Auge schließen zu können, aber sie war so erschöpft gewesen, dass sie in einen tiefen, traumlosen Schlaf gefallen war, sobald ihr Kopf das Kissen berührt hatte. Als sie erwachte, schien helles Morgenlicht in die Kammer und sie hörte Vögel singen. Katharina schlief neben ihr, den Daumen im Mund, die Wangen verkrustet von Tränenspuren. Fides schauderte, wenn sie daran dachte, wie die Begine das Kind über das Feuer gehalten hatte. Wie konnte jemand so grausam sein und sich dann noch »barmherzige Schwester« schimpfen? Sie stieg vorsichtig aus dem Bett, huschte zur Tür und legte ihr Ohr dagegen. Von unten war nichts zu hören. Wie spät mochte es sein? Ob die Begine noch schlief? Vermutlich hatte es wenig Sinn, nach unten zu schleichen und einen Weg aus dem Haus zu finden – die alte Holzstiege knarrte dermaßen laut, der Lärm würde Tote aufwecken. Sie warf einen Blick zum Fenster. Sie konnte zwar nicht hinaussehen, aber vielleicht gab es doch eine Möglichkeit, sich bemerkbar zu machen. Sie erwog kurz, auf den Schemel zu klettern und nach draußen zu rufen, verwarf die Idee aber gleich wieder. Damit würde sie nur die schreckliche Frau anlocken, und wer weiß, ob sie überhaupt jemand hörte. Aber vielleicht konnte sie etwas aus dem Fenster werfen, das auf der Straße Aufmerksamkeit erregte. Ihr Blick fiel auf den Dachbalken über ihrem Bett. Sollte sie den Krug aus dem Fenster werfen oder die Teller? Das Buch? Vielleicht brachte sie das Buch auf eine Idee. Sie nahm es in die Hand und setze sich auf die Bettkante. Katharina regte sich, murmelte etwas, aber schlief weiter, als Fides ihr über die Haare strich. Dann wandte sie sich dem Buch zu. Es war vielleicht handtellergroß und daumendick, der Einband bestand nur aus einem steifen Pergamentbogen ohne Beschriftung. Das Pergament der Innenseiten war dünn und minderwertig, mit vielen Narben und Löchern, die Seiten ungleich groß und mit groben Stichen vernäht, als hätte jemand Reststücke zusammengebunden. Vielleicht ein Heft für die persönliche Andacht? Einige Strohhalme ragten zwischen den Seiten hervor, vermutlich hatte jemand damit bestimmte Textstellen markiert. Sie schlug eine Stelle auf und buchstabierte sich durch den Text. Er war deutsch und in einer recht klaren und relativ großen Schrift geschrieben. »Und der vierte Engel goss seine Schale aus auf die Sonne; und ihr wurde gegeben, die Menschen mit Feuer zu versengen.« Grundgütiger, von Feuer hatte sie nun wahrlich genug. Sie schlug eine andere Seite auf. »Denn siehe, es kommt ein Tag, der brennen soll wie ein Ofen; da werden alle Verächter und Gottlosen Stroh sein, und der künftige Tag wird sie anzünden, spricht der Herr Zebaoth, und wird ihnen weder Wurzel noch Zweige lassen.« Wer auch immer dieses Werk zusammengestellt hatte, hatte eindeutig einen merkwürdigen Geschmack. Sie blätterte das ganze Buch von vorne bis hinten durch, im Wesentlichen enthielt es deutsche Texte von ähnlicher Art, dazwischen fanden sich auch einige Gebete oder Psalmen auf Latein, die sie aus der Messe kannte. Sie sah sich suchend um. Wenn sich ein Messer und irgendwelches Schreibzeug auftreiben ließe, könnte sie versuchen, ein Blatt herauszutrennen, den Text abzuschaben und eine Nachricht an den Kantor zu verfassen. Aber leider bot die kleine Kammer nichts, um diese Idee zu verwirklichen. Seufzend legte Fides das Buch wieder zurück. Es war sowieso eine dumme Idee gewesen, wie hätte ihre Nachricht den Kantor erreichen sollen? Die Begine hätte sie sicher nicht zugestellt. Sie warf einen Blick zum offenen Fenster. Das Blatt einfach hinauswerfen, ohne zu wissen, ob es gefunden würde und von wem? Nun, darüber würde sie nachdenken, wenn sie etwas zum Schreiben gefunden hatte. Jetzt musste sie zusehen, dass sie wieder zu Kräften kam. Vielleicht würde ja das Gespräch mit Pater Otto neue Erkenntnisse bringen. Sie rüttelte Katharina sanft an der Schulter.

»Wenn du ständig zappelst, kann ich den Verband nicht wechseln!« Fides biss die Zähne zusammen. Sie saß auf einem Hocker neben der geöffneten Küchentür zum Hof, mit bloßem Oberkörper, auf dem Schoß einen Korb mit aufgerollten sauberen Leinenstreifen. Katharina war draußen im Hof und spielte mit der Katze, ab und zu warf sie einen Blick zu Fides, als wollte sie sich vergewissern, dass sie nicht wegging. Schwester Gertrud war damit beschäftigt, den alten Verband zu entfernen. Er war teilweise mit der Wunde verklebt, was höllisch schmerzte, auch wenn die Begine erstaunlich sanft zu Werke ging. Vielleicht war sie als Krankenschwester doch nicht so schlecht. Endlich fiel der letzte Leinenstreifen zu Boden.

»Bleib still sitzen«, sagte Schwester Gertrud. »Ich hole die Kräutertinktur zum Säubern und die Salbe, bevor ich dich neu verbinde.«

Fides warf einen Blick auf ihren Oberarm und sog scharf die Luft ein. Das sah ja schrecklich aus! Blutrote offene Stellen wechselten sich mit weißen schorfigen ab, die Haut war zum Teil geschwollen und mit Blasen bedeckt, die Wundränder an einigen Stellen schwarz.

Schwester Gertrud kehrte mit einer Tonschale zurück, aus der es stark nach Essig roch. Mit einem sauberen Lappen tupfte sie die Wunde vorsichtig ab. Fides keuchte auf vor Schmerzen. »Essig hilft gegen Wundbrand«, erläuterte die Begine. »Wir haben das abgestorbene Gewebe entfernen müssen, sonst dringen die Gifte in den ganzen Körper. Aber es heilt ganz gut.«

»Wie gut?«, fragte Fides leise. »Werden Narben zurückbleiben?«

Schwester Gertrud schnaufte missbilligend. »Das ist wohl deine einzige Sorge? Dass Narben zurückbleiben? Eitles Geschöpf! So wie früher wird es nicht mehr, das kann ich dir versichern. Und im Gesicht auch nicht.«

Im Gesicht? Heilige Muttergottes, hatte sie im Gesicht etwa auch solche Wunden? Unwillkürlich tastete sie nach dem Kopfverband, der von ihrer linken Schläfe bis über das Ohr führte, doch Schwester Gertrud drückte ihren Arm wieder nach unten.

»Halt still, habe ich gesagt!«

Fides zwang sich, ruhig sitzen zu bleiben, während die Frau Honig und eine Kräutersalbe auf die Wunden strich und dann einen frischen Leinenverband anlegte. Doch in ihrem Kopf überschlugen sich die Gedanken. Wenn ihr Gesicht genauso entstellt war wie ihr Arm – würde Bertram sie überhaupt noch wollen? Schwester Gertrud hatte die Arbeit an ihrem Arm beendet und machte sich daran, den Kopfverband abzurollen. Fides erwartete, dass ihr die Haare über die Schultern fallen würden, doch nichts geschah. Sie versuchte, nach oben zu schielen.

Schwester Gertrud sah sie ärgerlich an. »Was ist denn?«

Fides schluckte. »Was ist mit meinen Haaren? Habt Ihr sie hochgesteckt?«

Die Begine sah sie erstaunt an. »Hochgesteckt? Nein, ich habe sie abgeschnitten. Wie sollte ich sonst die Wunde säubern?«

»Abgeschnitten? Ihr meint – alles?« Vor Entsetzen wurde ihre Stimme ganz schrill. Ohne auf die Proteste der Begine zu achten, fuhr sie mit beiden Händen an den Kopf und tastete nach ihren Haaren. Auf der rechten Seite fühlte sie die vertrauten Locken, doch reichten sie nur noch bis zum Kinn. Links waren sie klebrig und die Haut von der Schläfe bis über die halbe Wange fühlte sich schorfig und uneben an. Ihre Hände sanken herab. Sie schloss die Augen und unterdrückte mühsam ein Schluchzen.

»Du solltest dankbar sein, dass du dein Augenlicht behalten durftest«, wies sie Schwester Gertrud zurecht. Aber das war Fides nur ein schwacher Trost.

»Ich weiß nicht, ob ich mit ihr auf Dauer fertigwerde. Sie ist verstockt und gibt Widerworte und gestern Abend wollte sie um jeden Preis weglaufen. Ich konnte sie nur mit Mühe daran hindern.« Schwester Gertruds schrille Vorwürfe prasselten auf Pater Otto ein, kaum dass sie ihn ins Haus gelassen hatte.

Er sah sie strafend an. »Beruhigt Euch, Schwester Gertrud. Fides ist verletzt und in fremder Umgebung aufgewacht. Es ist doch nur natürlich, wenn sie verstört ist. Was habt Ihr ihr erzählt?«

»Ich habe alles so gemacht, wie Ihr gesagt habt. Ich habe ihr nur gesagt, dass es ein Feuer gab, dass ihre Eltern umgekommen sind und dass Ihr sie gerettet habt.« Mit geradezu hündischer Ergebenheit sah die Begine zu Pater Otto auf.

»Hat sie sich an irgendwas erinnert?«, fragte Pater Otto.

Schwester Gertrud schüttelte den Kopf. »Ich glaube nicht. Sie wusste nichts von dem Brand. Aber sie kennt das Kind. Es heißt Katharina. Offenbar ist es stumm.«

Otto atmete auf. Stumm? Das war endlich eine gute Nachricht, dann konnte es wenigstens nichts ausplaudern, egal, was es gesehen haben mochte. »Das habt Ihr gut gemacht. Und jetzt will ich mit Fides reden.«

»Sie ist in der Küche.«

»Allein?«

Schwester Gertrud nickte. »Das Kind ist im Hof und spielt mit der Katze.«

Otto lächelte zufrieden. »Das ist gut. Sorgt dafür, dass es mir nicht in die Quere kommt.«

Sie betraten gemeinsam die Küche, in der Fides zusammengesunken auf einem Hocker vor der geöffneten Küchentür saß. Bei seinem Anblick erhob sie sich. Die Begine durchquerte den Raum und verschwand nach draußen, wobei sie die Tür hinter sich schloss. Otto trat auf Fides zu und schenkte ihr ein Lächeln. »Fides«, sagte er und drückte kurz ihre Hände. »Es freut mich, dass du wieder unter den Lebenden weilst. Es sah nicht gut aus.« Er ließ sie wieder los und trat einen Schritt zurück.

Sie nickte, hielt den Blick gesenkt und spielte mit dem Saum ihrer Schürze.

Otto beobachtete sie schweigend. Schließlich hob sie den Blick. »Schwester Gertrud sagt«, die Stimme versagte ihr. Sie räusperte sich und begann von Neuem. »Schwester Gertrud sagt, es gab ein Feuer?«

»Du erinnerst dich nicht?«

Sie schüttelte den Kopf. »Nicht genau. Ich dachte, es wäre ein Traum. Ich spürte Flammen und es war entsetzlich heiß und ich hatte Schmerzen.« Sie sah zu Otto auf. Jetzt standen Tränen in ihren Augen. »Schwester Gertrud sagt, das halbe Niederdorf sei abgebrannt. Und meine Eltern ...«

Otto nickte langsam. »Ja, das stimmt, Fides. Das Feuer hat Euer Haus zerstört. Du standst an der Küchentür, als ein brennender Balken auf dich gefallen ist. Deshalb konnte ich dich hinausziehen. Aber deine Eltern waren noch im Haus. Ich konnte nichts mehr für sie tun. Es tut mir leid.«

Jetzt weinte sie. Sie sank auf den Hocker zurück, während Otto auf der Küchenbank Platz nahm. Ein paar Minuten lang war nichts zu hören außer ihrem verzweifelten Schluchzen. Dann schien sie sich wieder zu fassen. Sie fuhr sich mit der Hand über die Augen.

Dann sah sie Otto an. »Warum hat es gebrannt? Und warum wart Ihr dort?«

Es war nicht zu fassen, ihre Stimme hatte wieder den vertrauten aufmüpfigen Klang. Er sah sie ernst an. »Du erinnerst dich nicht?«

Sie schüttelte den Kopf.

Er zögerte. Aber er musste es wissen. »Wackerbold«, sagte er schließlich.

Sie runzelte die Stirn. »Der Bäcker?«

Otto nickte.

»Was hat er mit dem Brand zu tun?«

Otto betrachtete sie misstrauisch. Tat sie nur so oder konnte sie sich wirklich an nichts mehr erinnern? »Wackerbold wurde zum Schandkorb verurteilt«, sagte er vorsichtig.

Ihr Gesichtsausdruck veränderte sich. »Jetzt weiß ich es wieder«, rief sie aus. »Ich habe vormittags Pergamente ausgeliefert. Es war ungewöhnlich voll auf der Straße, obwohl es so ein schrecklich heißer Tag war. Ich habe jemanden gefragt, warum so viele Menschen Richtung Wasserkirche liefen, und er sagte, dass dahinter der Bäcker im Schandkorb sitzen würde.« Dann wurde sie wieder still, lauschte in sich hinein.

Otto betrachtete sie lauernd.

Endlich schüttelte sie den Kopf und sah ihn mutlos an. »Ich weiß nicht mehr, was danach passiert ist.«

Er sah sie forschend an. »Bist du beim Schandkorb gewesen?«

Sie hob die Schultern. »Ich weiß es nicht. Ich glaube nicht, ich gehe nie zu den Verurteilungen, wenn es sich vermeiden lässt. Ich mag das Gedränge nicht. Und mir tun die Menschen leid.«

»Du weißt nicht mehr, dass es abends ein Handgemenge vor eurem Haus gab?«

Fides starrte ihn aus großen Augen an. Langsam schüttelte sie den Kopf, als könnte sie selbst nicht glauben, so etwas vergessen zu haben.

»Du warst dabei, das Hoftor vor eurer Werkstatt zu schließen. Wackerbold hatte seine Strafe abgesessen und war auf dem Weg nach Hause, verfolgt von einer Horde Bürger, die es nicht lassen konnte, ihn zu verspotten. Dein Vater hat sie vor eurem Haus zur Ordnung gerufen.« Otto ließ Fides nicht aus den Augen. Sie wirkte ehrlich erstaunt.

»Ich soll Wackerbold noch getroffen haben? Und mein Vater war auch dabei?« Sie sah ihn ungläubig an.

Otto beschloss, alles auf eine Karte zu setzen. »Simon war auch dort.«

Sie fuhr zusammen. Otto presste unwillkürlich die Nägel in den Handballen. Er hatte Simon mit eingeschlagenem Schädel in ihrem Haus gefunden. Wenn Fides oder ihre Eltern dafür verantwortlich waren, musste sie sich doch erinnern? Offenbar nicht.

»Simon?«, rief sie aus. »Aber ich habe Simon seit einer Ewigkeit nicht mehr gesehen! Meine Mutter hat ihn einmal mit nach Hause gebracht, es gab ein schreckliches Gewitter an dem Tag, ich glaube, es war noch im Mai. Wir haben uns gestritten, wegen …«, sie unterbrach sich plötzlich und warf Otto einen schuldbewussten Blick zu. Röte stieg ihr in die Wangen. Dann fuhr sie hastig fort. »Jedenfalls habe ich ihn danach nicht mehr gesehen.« Sie sah Pater Otto an und fragte: »Wisst Ihr, was Simon bei uns wollte?«

Otto war sich jetzt völlig sicher, dass sie nichts mehr von diesem Tag wusste. Jetzt musste er nur aufpassen, was er ihr von der Brandnacht erzählen sollte. »Simon war bei dem Mob, der Wackerbold gehänselt hat. Das war vermutlich auch der Grund, warum dein Vater eingeschritten ist. Es gab einen heftigen Wortwechsel, dann hat sich die Menge zerstreut. Ich habe dem Wackerbold noch ins Gewissen geredet, dass er sich diese Strafe zu Herzen nehmen und künftig nicht mehr betrügen soll. Als ich ihn verließ, schien er sich beruhigt zu haben. Doch auf dem Heimweg bemerkte ich, wie er brennendes Reisig zu den Nachbarhäusern warf.«

Fides schlug die Hand vor den Mund.

Otto nickte traurig. »Du weißt ja, dass es wochenlang nicht geregnet hatte. Euer Dach fing sofort Feuer. Ihr hattet euer Haupttor zum Hof schon geschlossen, aber die kleine Pforte daneben war nicht verriegelt. Ich bin hineingerannt und sah dich an der Küchentür, wie du versuchtest, jemanden hinauszuziehen. Bevor ich dich erreichen konnte, ist der Türbalken eingestürzt.«

Er machte eine Pause und fuhr sich mit der Hand über die Augen. Zwischen den Fingern hindurch beobachtete er Fides. Sie schien seine Worte förmlich in sich aufzusaugen. Otto ließ seine Hand sinken und fuhr fort: »Ich habe den Balken von dir gewälzt und dich in den Hof gezogen. Deine Kleidung hat gebrannt, ich habe versucht, die Flammen auszuschlagen. Ich habe mir dabei selbst die Hände verbrannt.« Er hielt ihr seine Handflächen hin, auf denen in der Tat halb verheilte Brandblasen zu sehen waren. »Bis ich damit fertig war, hat die ganze Küche so stark gebrannt, dass man nicht mehr hineinkonnte.« Er schwieg.

Sie saß eine Zeitlang regungslos und starrte in ihren Schoß. Dann hob sie wieder den Kopf. »Und Katharina?«, fragte sie dann. »Wie kommt Katharina hierher?«

»Während ich noch versuchte, in die Küche zu kommen, sind andere Menschen in den Hof gelaufen, um zu helfen, Katharina war dabei. Sie schien dich zu kennen und ist nicht mehr von deiner Seite gewichen. Ihre Eltern sind offenbar umgekommen, jedenfalls wusste niemand etwas mit ihr anzufangen. Da habe ich euch beide zu Schwester Gertrud gebracht.«

Fides sah ihn an. Er wurde nicht ganz schlau aus ihrem Blick. Endlich sagte sie leise: »Dann verdanken wir Euch unser Leben, Katharina und ich?«

Otto machte eine wegwerfende Handbewegung. »Dem Herrgott hat es gefallen, euch beide am Leben zu lassen. Ich und die anderen Helfer waren nur sein demütiges Werkzeug.«

Fides nickte. Dann fragte sie: »Warum gerade Schwester Gertrud? Ich kenne sie nicht, meine Familie hatte nie etwas mit ihr zu tun.«

»Sie kommt schon jahrelang in unser Kloster zum Gottesdienst und zur Beichte. Sie ist eine gottesfürchtige Frau und sehr bewandert in der Heilkunst. Ihr seid hier sicherer als in dem überfüllten Spital, wo Männlein und Weiblein nebeneinanderliegen und Gott weiß was geschehen kann.«

Er sah, wie sich ihr Blick umwölkte. Ihr Mund war auf einmal nur noch ein schmaler Strich und ihre Finger krallten sich in den Rand der Schürze. Soso, offenbar gefiel es ihr hier nicht. Kaum dem Tod entronnen und immer noch so verstockt. Aber das würde er ihr schon noch austreiben.

»Müssen wir hierbleiben? Ich will Schwester Gertrud nicht mehr als nötig zur Last fallen.«

Otto seufzte. »Ihr fallt niemandem zur Last. Schwester Gertrud weiß, was ihre Christenpflicht ist. Sie tut sie gerne. Es ist zu deinem Besten. Du hast doch niemanden mehr. Willst du betteln oder dich als Dienstmagd verdingen? Oder Schlimmeres?«

»Ich dachte ...« Sie biss sich auf die Lippen und warf Otto einen zögernden Blick zu. Dann sprach sie schnell weiter. »Ich bin doch verlobt. Ich dachte, Bertram würde für mich sorgen ...« Sie verstummte.

Otto hatte Mühe, seine Züge im Zaum zu halten. Die Brandnacht hatte sie vergessen, aber dieser Pfaffensohn war immer noch in ihrem Herzen! Mit unbewegter Miene sah er sie an.

Ihre Stimme zitterte ängstlich. »Er ist doch wieder zurück, oder?«

Otto schwieg noch immer.

»Pater Otto, warum antwortet Ihr nicht? Ist ihm etwas zugestoßen? Oder ...«

Er legte eine sorgfältig dosierte Spur Mitleid in seine Stimme. »Fides, du warst ziemlich lange bewusstlos ...«

Sie stieß ein erschrockenes Keuchen aus. »Was ist heute für ein Tag?«

»Der 7. August. Gestern feierten wir mit den Predigern das Fest ihres Ordensgründers Dominikus.«

»Der 7. August?!«, schrie sie fast. »Aber das heißt ja ...« Sie brach ab. »Wann genau war der Brand?«, flüsterte sie dann.

»Am Tag des Heiligen Christophorus. Am 24. Juli.«

Sie sah aus, als hätte sie einen Schlag erhalten. Oder als würde ihr plötzlich etwas einfallen. »Christophorustag«, wiederholte sie. »Ich habe nicht nur Pergamente ausgeliefert. Da war auch etwas mit einem Brief ...« Sie verstummte wieder, stützte den Kopf in die Hände. »Ein Brief von Bertram ... Er schrieb etwas von einem neuen Mentor, Bonaventura, der wohl todkrank sei wegen eines Fiebers – und dass er seine Angelegenheiten erledigen konnte und zurückkommen würde ... dass er sich dem Reisezug eines Bischofs anschließen könne, der in Wettingen eine Kirche weihen solle ... oder so ähnlich, ich weiß es nicht mehr genau.« Sie senkte für einen Moment die Lider. Dann sah sie Otto direkt an. »Auf jeden Fall muss er schon längst zurückgekommen sein. Bitte, Pater Otto, ich muss ihn sehen.«

Otto behielt seine ausdruckslose Miene bei, während er fieberhaft überlegte, wie er mit diesen Informationen umgehen sollte. Auf keinen Fall würde er zulassen, dass sie diesen Bertram traf. Sein Schweigen schien sie zu beunruhigen, auf einmal riss sie erschrocken die Augen auf und rief: »Er ist doch zurückgekommen, oder? Nicht dass dieses Fieber, von dem er schrieb ...«

Otto konnte sein Glück kaum fassen. Da war sie, die Lösung

all seiner Probleme, und Fides hatte sie ihm selbst geliefert. Er musste nur dafür Sorge tragen, dass sie niemals mehr dieses Haus verließ. Er räusperte sich und sah sie mitleidig an. »Fides, es gab tatsächlich eine schreckliche Epidemie in Lyon. Es waren einfach zu viele Menschen von überall her auf engstem Raum zusammengepfercht ... schlechte Luft, schlechtes Wasser ... Die Leute sind gestorben wie die Fliegen.« Er sah sie lauernd an. Sie saß stocksteif auf ihrem Hocker, klappte ein paarmal den Mund auf und zu.

Endlich stieß sie hervor: »Wollt Ihr damit sagen ... Bertram ... ist er auch ... aber er ist doch zurückgekommen, oder?«

Otto schüttelte langsam den Kopf. »Nein, Fides. Der Bischof aus Lyon hat zwar die Kirche in Wettingen geweiht, aber Bertram war nicht in seinem Gefolge. Ich fürchte ...«

Ein lautes Poltern unterbrach ihn. Fides war mitsamt dem Hocker zu Boden gestürzt. Er sprang auf und kniete neben ihr nieder. Vorsichtig hob er ihren Kopf an. Ihre weit geöffneten Augen starrten blicklos zur Decke.

54. Kapitel

Zürich, Dienstag, 14. August 1274, Tag vor Mariä Himmelfahrt

»Ihr wolltet mich sprechen?« Meister Konrad betrat das Arbeitszimmer des Propstes. Es war bereits nach der *Terz*, doch durch die pergamentverhangenen Fenster drang nur so wenig Licht in den Raum, dass in den Wandhaltern einige Kerzen brannten. Für Mitte August war es viel zu kalt und zu regnerisch, von der Hitzewelle zu Beginn des Sommers war nichts mehr zu spüren. Propst Heinrich hob den Blick von den Dokumenten, die er gerade an seinem Lesepult studierte, und nickte dem Kantor zu. »Ja. Setzt Euch doch. Bertram habe ich auch rufen lassen.« Er wies auf einen Scherenstuhl in der Mitte des Zimmers und nahm selbst in seinem Lehnstuhl Platz. Meister Konrad ließ sich umständlich in dem Sessel nieder. Er ordnete seine Gewänder, damit er den Propst nicht ansehen musste. Offenbar war die Schonzeit, die dieser Bertram gewährt hatte, vorbei. Das Datum seiner Volljährigkeit rückte näher und es sah nicht danach aus, als habe der Propst seine ursprünglichen Pläne aufgegeben.

»Wie geht es Bertram?«

Meister Konrad erwiderte: »Er redet nicht viel. Aber er scheint sich zu fangen. Er arbeitet wieder regelmäßig im *Skriptorium*.« Und weint sich immer noch jede Nacht in den Schlaf, dachte er bei sich. Aber das musste der Propst nicht wissen.

Der Propst nickte zufrieden. »Das ist gut. Die Reise war das Richtige für ihn. Ich wusste doch, dass sich der Junge letztendlich auf seine wahre Bestimmung besinnen wird.«

Meister Konrad verkniff sich eine Antwort.

Der Propst sah ihn mit gerunzelter Stirn an. »Aber mit Euch habe ich ein ernstes Wort zu reden. Das heißt, ich nehme an, dass Ihr dafür verantwortlich seid.«

Der Kantor verzog keine Miene. »Wofür verantwortlich?«, gab er zurück.

»Ihr habt den Brief verschwinden lassen. Bertram hat mir die *Dispens* des Papstes übergeben. Ich wollte sie in die Truhe mit den anderen Dokumenten über seine Herkunft legen, da habe ich es bemerkt. Es ist nur noch das Siegel mit den Siegelschnüren da, der eigentliche Brief fehlt. Das könnt nur Ihr gewesen sein. Ein Dieb hätte alles genommen. Warum?«

Vielleicht hätte ich tatsächlich alles an mich nehmen und zerstören sollen, dachte Meister Konrad bei sich. Aber es steht mir nicht zu, Schicksal zu spielen. Bertram hat ein Recht darauf, seine Herkunft zu erfahren. Und selbst über seine Zukunft zu entscheiden.

Er räusperte sich. »Ihr habt recht. Nach dem Einbruch in der Sakristei schien mir der Aufbewahrungsort nicht mehr sicher genug. Bertrams Leben ist in Gefahr, wenn seine Herkunft vorzeitig bekannt würde. Ich hielt es für besser, das Dokument und seine Beglaubigung getrennt zu verwahren, und habe den Brief an einen sicheren Ort gebracht. Ich habe die Siegelschnüre so getrennt, dass jeder erkennt, dass Brief und Siegel zusammengehören. Wenn der Tag der Volljährigkeit kommt, werde ich beides vorlegen.«

Das Gesicht des Propstes war bei jedem Wort röter geworden. »Und Ihr habt es nicht für nötig befunden, mir davon zu berichten.«

Meister Konrad sah ihn fest an. »Je weniger Menschen davon wissen, umso sicherer ist Bertram.«

Der Propst schien einen Moment sprachlos, dann erwiderte er mit scharfer Stimme: »Meister Konrad, Ihr vergesst Euch. Auch wenn Ihr in meiner Abwesenheit mein Stellvertreter seid, gibt Euch das noch lange nicht das Recht …« Ein Klopfen an der Zimmertür ließ ihn innehalten. »Wir sprechen uns noch«, zischte er dem Kantor zu, dann rief er »Herein« und wandte sich dem Eintretenden zu.

Es war Bertram, dessen Blick erstaunt zwischen dem Propst und dem Kantor hin- und herging. »Gelobt sei Jesus Christus«, grüßte er und blieb abwartend stehen. Meister Konrad lächelte ihm beruhigend zu.

Der Propst erwiderte den Gruß und wies auf die Truhe, die schon bei der Reisebesprechung als Sitzgelegenheit gedient hatte. »Nehmt Platz. Ich habe Neuigkeiten, die auch Euch betreffen.«

Falls es Bertram aufgefallen war, dass der Propst ihn nicht

mehr duzte, sondern die förmliche Anrede gebrauchte, ließ er es sich nicht anmerken. Er dankte ihm mit einem Neigen des Kopfes und nahm auf der Truhe Platz.

Meister Konrad beobachtete ihn verstohlen. War es tatsächlich erst vier Monate her, dass Bertram auf dem gleichen Platz gesessen hatte, neben Heinrich von Klingenberg, voller Aufregung und Vorfreude wegen der bevorstehenden Reise? Das Jungenhafte war nun gänzlich aus seinen Zügen verschwunden, ernst und gefasst waren seine Augen auf den Propst gerichtet. Er ist erwachsen geworden, dachte Meister Konrad gerührt.

»Ich habe gehört, Ihr habt Eure Arbeit im *Skriptorium* wieder aufgenommen?«

Bertram nickte.

»Gut. Da ich meist in Konstanz war, haben wir uns seit Eurer Rückkehr kaum gesprochen. Ihr habt noch gar nichts von Eurer Reise erzählt. Was habt Ihr auf dem Konzil erlebt? Ihr habt doch sicher bedeutende Leute getroffen? Mein Neffe schrieb, Ihr wart bei der Eidesleistung des Kanzlers dabei?«

Bertram nickte wieder. »Ja, das hatte ich Eurem Neffen zu verdanken. Er hat den Kontakt hergestellt zu Bonaventura und zum Kardinaldekan.« Als er den Namen des großen Gelehrten erwähnte, schwankte seine Stimme leicht. Er verstummte und wandte kurz den Blick ab. Dann fuhr er fort. »Ich habe viele Stunden mit Bonaventura verbracht. Er hat mir eine Vorlesung über das Sechstagewerk diktiert. Seine Ansichten sind wirklich bemerkenswert.« Meister Konrad sah ihn forschend an. Es war das erste Mal, dass Bertram etwas von seinen Erlebnissen während des Konzils preisgab. Offenbar hatte ihn die Begegnung mit diesem Mann sehr berührt. Fast spürte er so etwas wie Eifersucht.

»Sein Tod ist ein großer Verlust«, ergriff der Propst wieder das Wort. »Aber er war sicher nicht der Einzige, mit dem Ihr gearbeitet habt.«

Bertram runzelte die Stirn. »Natürlich nicht. Worauf wollt Ihr hinaus?«

Der Propst seufzte und zog zwei Pergamentbögen hervor. »Diese beiden Briefe haben mich letzte Woche erreicht. Der eine ist von Pierre de Tarentaise, dem Kardinaldekan. Der andere vom Erzbischof von Lyon, Aymar de Roussillon.«

Hatte Bertram den Namen des Kardinaldekans gleichmütig zur Kenntnis genommen, stiegen seine Augenbrauen in die Höhe, als der Propst den Erzbischof erwähnte. Er beugte sich auf seinem Sitz vor.

»Beide schreiben unabhängig voneinander, wie sehr sie Eure Schreib- und Malkünste schätzen gelernt haben und wie erstaunt sie über Eure plötzliche Abreise waren. Und beide bieten Euch, wieder unabhängig voneinander, eine Stelle an. Der Kardinal in der päpstlichen Kanzlei, der Erzbischof in seinem *Skriptorium* in Lyon. Sie bitten mich, Euch zu diesem Zweck freizustellen beziehungsweise aus unserer Gemeinschaft zu entlassen.«

Meister Konrad war mindestens genauso erstaunt wie Bertram. Der Propst hatte auch ihm gegenüber nichts von diesen Angeboten erwähnt, obwohl er Bertrams Ziehvater war. Das Entwenden des Briefes musste ihn noch mehr verärgert haben, als er vorhin zugegeben hatte. Der Kantor lehnte sich in seinem Stuhl zurück und beobachtete Bertrams Reaktion.

Bertram faltete die Hände in seinem Schoß zusammen. »Ich weiß nicht, was ich dazu sagen soll«, meinte er schließlich.

Der Propst beugte sich vor. »Ihr könntet mir zum Beispiel erklären, wieso Ihr so plötzlich abgereist seid. Ihr habt doch geschrieben, dass Ihr im Gefolge des Eichstätter Bischofs nach Wettingen reist? Das muss doch zumindest der Kardinaldekan gewusst haben?«

Bertram senkte den Blick. »So war es geplant. Aber wir sind früher aufgebrochen.«

Der Propst zog die Augenbrauen hoch.

Bertram holte tief Luft und stieß dann hervor: »Es gab ein paar Zwischenfälle. Schon seit Beginn der Reise. Und dann auch, als Euer Neffe schon nach Bologna abgereist war. Mathis meinte, ich wäre dort nicht mehr sicher. Und so sind wir gleich abgereist, nachdem ich die *Dispens* erhalten hatte. Ich weiß, es war nicht sehr höflich dem Kardinaldekan gegenüber, nach allem, was er für mich getan hatte – ich wollte ihm schreiben und ihm alles erklären, aber als wir hier ankamen, erfuhr ich von dem Brand und dann ...« Er verstummte.

»Was für Zwischenfälle meinst du?«, fragte Meister Konrad. »Redest du von dem gerissenen Sattelgurt? Oder ist noch mehr passiert?«

Bertram schien sich sichtlich unbehaglich zu fühlen.

»Raus mit der Sprache«, sagte der Propst. »Was ist in Lyon geschehen?«

»In unsere erste Unterkunft wurde eingebrochen. Unsere Sachen wurden durchwühlt, aber es wurde nichts gestohlen, nicht einmal Geld. Heinrich meinte, es wäre wegen meines Dispensgesuchs gewesen. Das war aber zu diesem Zeitpunkt nicht mehr im Zimmer, ich hatte es bereits abgegeben.«

Der Propst und der Kantor wechselten einen Blick. Dann fragte der Propst: »Das war aber noch nicht alles, nehme ich an?«

Bertram schüttelte den Kopf. »Nein. Ich hatte auch in der Zeit danach ab und zu das Gefühl, als würde uns jemand verfolgen. Aber bemerkt haben wir niemanden. Und als Heinrich dann abgereist war, da wurde ich überfallen.«

Meister Konrad riss es fast aus seinem Stuhl. »Überfallen? Jemand hat dich überfallen? War es ein Dieb?«

Bertram schüttelte den Kopf. »Das glaube ich nicht. Dafür war es zu geplant – jemand hatte sich als Mönch verkleidet und ist vor mir gestürzt. Als ich ihm aufhelfen wollte, hat er mit einem Messer auf mich eingestochen.«

Jetzt stand auch dem Propst der Schrecken ins Gesicht geschrieben. »Allmächtiger! Wurdet Ihr schwer verletzt?«

»Nein, ich hatte Glück im Unglück.« Er lächelte Meister Konrad zu. »Eure Schreibtafel hat mich gerettet. Ich trug sie unter meinem Gewand und das Messer ist an ihr abgeprallt. Zum

Glück kamen Passanten vorbei und der Übeltäter ist geflohen. Aber ich bin gestürzt und hatte eine üble Platzwunde am Kopf davongetragen. Ich musste ein paar Tage das Bett hüten.« Meister Konrad holte mühsam Atem. »Was für ein Erlebnis. Ich danke dem Herrn, dass er seine Hand über dich gehalten hat. Aber warum denkst du, dass es nicht einfach ein Straßenräuber war, der zufällig dich ausgesucht hat?«

»Weil mich der gleiche Mann ungefähr einen Monat danach noch einmal angegriffen hat, als ich mit unserer Wirtin auf dem Markt war. Es war helllichter Tag und viele Leute unterwegs, deshalb ist er auch schnell wieder geflohen, aber Mathis hat dann keine Ruhe mehr gegeben, bis ich der Abreise zugestimmt habe. Freunde haben uns nachts aus der Stadt gebracht, dann haben wir uns alleine durchgeschlagen.«

Während Meister Konrad erleichtert aufatmete, fragte der Propst misstrauisch: »Freunde? Was für Freunde?«

Bertram zögerte kurz. Dann straffte er die Schultern. »Der Bruder unserer Wirtin und eine Kaufmannsfamilie, die wir über einen italienischen Kommilitonen Eures Neffen kennengelernt hatten.«

Der Propst rollte die Augen. »Ihr hattet schon immer eine Begabung, Euch mit unpassenden Leuten zu umgeben.«

Meister Konrad sah Ärger in Bertrams Augen aufsteigen und räusperte sich, doch der Propst beachtete ihn gar nicht.

»Wenn Ihr Euch mit gemeinem Volk umgebt, müsst Ihr Euch nicht wundern, wenn derartige Zwischenfälle passieren! Was soll überhaupt das Gerede von einer Wirtin? Es war doch vereinbart, dass Ihr bei den Dominikanern unterkommt? Zusammen mit den Boten des Königs, in deren Gefolge Ihr gereist seid. Da hättet Ihr doch genügend Begleitschutz gehabt?«

Bertram verschränkte die Arme vor der Brust. »Die Prediger hatten keinen Platz für uns und haben uns zu den Barfüßern geschickt. Dort ist auch der Einbruch geschehen. Und was das Gefolge des Königs betrifft ...« Er machte eine Pause, lehnte

sich auf seinem Sitz nach vorne und sprach den Propst direkt an: »Kann es sein, dass meine Herkunft, um die Ihr so ein großes Geheimnis macht, etwas mit dem Burggrafen zu tun hat?«
Meister Konrad fuhr unwillkürlich zusammen. Er sah zum Propst, der Bertrams Blick ungerührt erwiderte. Lediglich seine angespannten Kiefermuskeln wiesen darauf hin, dass er nicht so ruhig war, wie er sich gab.
»Wie kommt Ihr darauf?«
Bertram lehnte sich wieder zurück. »Weil der Burggraf mich ständig angestarrt hat, als würde er mich kennen oder als würde ich ihn an jemanden erinnern. Er hat mich die ganze Reise über nach meiner Herkunft ausgefragt. Und als er erfuhr, dass wir nicht zusammenwohnen werden, wurde er sehr ungehalten. Am Tag darauf wurden unsere Sachen durchsucht. Heinrich hat uns dann eine andere Unterkunft beschafft, ohne ihn darüber zu informieren. Kurz nachdem ich ihm Wochen später zufällig wieder über den Weg lief, fanden die anderen Überfälle statt. Das ist doch ein bisschen viel des Zufalls, meint Ihr nicht?«
Ich hatte recht, dachte Meister Konrad. Eine zentnerschwere Last schien auf einmal auf seinen Schultern zu liegen. Ich hätte nicht zulassen dürfen, dass er in dieser Begleitung reist. Wir haben ihn direkt in die Höhle des Löwen geschickt. Ein Wunder, dass er das überlebt hat.
Der Propst hatte das Kinn in die Hand gestützt und schien nachzudenken. Dann schüttelte er den Kopf. »Ich kann mir keinen Reim darauf machen. Ich wüsste auch nicht, woher der Burggraf Euch kennen sollte. Wahrscheinlich haben diese Ereignisse gar nichts miteinander zu tun. Viel wichtiger ist, dass Ihr gesund zurückgekehrt seid. Ihr müsst jetzt an Eure Zukunft denken. In zwei Monaten werdet Ihr volljährig. Dank der *Dispens* stünde Euch ein Chorherrenamt offen. Im Augenblick sind alle Stellen besetzt, aber einige unserer Mitbrüder sind bereits hochbetagt, sodass damit zu rechnen ist, dass in absehbarer Zeit ein Amt frei wird. Und bis dahin habt Ihr diese beiden glänzenden

Angebote ... Man stelle sich vor, der Kardinaldekan persönlich verwendet sich für Euch! Ich wusste immer, dass Ihr zu Höherem berufen seid ...«

Im Gegensatz zum Propst bemerkte Meister Konrad, dass Bertram bei den Worten des Propstes immer bleicher wurde. Schließlich unterbrach er ihn: »Ich dachte, ich hätte Euch bereits vor der Reise klar gemacht, dass ich kein Chorherrenamt anstrebe.«

Propst Heinrich verstummte und sah ihn mit offenem Mund an. Dann räusperte er sich und sagte mit deutlicher Kälte in der Stimme: »Nun, ich ging davon aus, dass Ihr inzwischen wieder zur Vernunft gekommen seid, nachdem sich diese kleine Episode von selbst erledigt hat.«

Ein Poltern unterbrach ihn. Bertram war so heftig von der Truhe aufgesprungen, dass das schwere Möbelstück über den Boden rutschte. »Kleine Episode?«, schrie er den Propst an. »Ihr wagt es, Fides als Episode zu bezeichnen? Das war keine Episode, sie war die Frau, die ich heiraten wollte, und das habe ich Euch bereits vor meiner Abreise deutlich gesagt!« Er zitterte vor Wut und seine Fäuste ballten sich.

Meister Konrad versuchte, ihm zuzureden: »Bertram, Junge, beruhige dich! Du hast das falsch verstanden. Wir wissen, dass du Fides aufrichtig geliebt hast. Sie war ein gutes Mädchen, ich habe sie und ihren Vater sehr geschätzt.« Er warf einen warnenden Blick zum Propst, dessen Mundwinkel sich verächtlich kräuselten, und fuhr dann fort: »Aber Fides ist tot, du kannst nichts mehr für sie tun. Dein Leben jedoch geht weiter. Du kannst dich nicht ewig in deinem Kummer vergraben. Du musst dir überlegen, wie es weitergehen soll.«

Bertram lachte kurz auf, dann erwiderte er in beherrschtem Tonfall: »Oh, ich mache mir durchaus Gedanken über meine Zukunft. Fides ist nicht tot. Der Brand ist gerade einmal drei Wochen her. Ich werde weiter nach ihr suchen. Und ich werde sie finden. Und dann werden wir heiraten.«

Meister Konrad sank in seinem Stuhl zusammen. Es tat ihm in der Seele weh, dass Bertram immer noch davon überzeugt war, seine Verlobte könnte noch am Leben sein. Sosehr er es ihm gegönnt hätte, es sprach einfach alles dagegen.

Der Propst hingegen hielt sich nicht mehr zurück. »Denkt Ihr, ich habe Euch auf diese Reise geschickt, damit Ihr weiter diesen unreifen Torheiten nachhängt? Herrgott noch mal, Ihr habt die berühmtesten Theologen unserer Zeit kennengelernt, der Papst persönlich hat Euch dispensiert, Ihr durftet für den Erzbischof und die päpstliche Kanzlei arbeiten, man bietet Euch eine glänzende Karriere auf dem Silbertablett an und Ihr werft das alles weg? Für eine – Frau?« Das letzte Wort spuckte er geradezu aus. Er sah Bertram einen Moment schweigend an und fügte dann hinzu: »Ich kann nicht glauben, dass Ihr so dumm seid, das alles aufs Spiel zu setzen.«

Bertram starrte den Propst aus zusammengekniffenen Augen an. »Wisst Ihr, was ich inzwischen glaube? Dieses ganze Theater um meine Herkunft, diese Besessenheit, meine Geburt zu legitimieren – es ging nie um mich, habe ich recht? Ihr seid es, der irgendeinen Vorteil davon hat, entweder Ihr selbst oder der Konvent, und nur deshalb lasst Ihr mich die ganzen Jahre im Dunkeln. Aber wisst Ihr was? Es interessiert mich nicht mehr! Behaltet die *Dispens* und macht damit, was Ihr wollt, es ist mir egal.« Er verschränkte die Arme vor der Brust.

Meister Konrad versuchte zu vermitteln. »Bertram, jetzt wirst du ungerecht und undankbar. Propst Heinrich will dich nur schützen.«

Bertram sah ihn traurig an. »Meint Ihr? Dann sagt Ihr mir doch, was diese Geheimniskrämerei soll. Warum werde ich seit Jahren von allen nur vertröstet oder angelogen? Sagt mir, wer mein Vater war.«

Der Kantor seufzte. »Bertram, ich habe ein Versprechen gegeben, das ich nicht brechen kann. Es sind doch nur noch zwei Monate, kannst du nicht so lange noch warten?«

Bertram schwieg. Dann nickte er langsam. »Ihr habt recht. Ich werde warten. Aber nicht bei Euch. Ihr habt mich enttäuscht. Ich werde für eine Zeit zu Rüdiger ziehen. Und für den Rat arbeiten, bis ich weiß, wie es mit meinem Leben weitergeht. Wenn Ihr mir etwas zu sagen habt, Ihr wisst, wo Ihr mich findet.« Er drehte sich um und verließ den Raum gemessenen Schrittes. Leise fiel die Tür hinter ihm ins Schloss.

55. Kapitel

Zürich, Dienstag, 11. September 1274, Festtag der Stadtheiligen Felix und Regula

»Ich glaube, du brauchst keinen Verband mehr. Die Wunden sind gut verheilt, schöner wird das nicht mehr, da muss ich keine Salbe daran verschwenden.« Schwester Gertrud verschloss nachdrücklich den Salbentiegel und legte die abgewickelten Leinenbinden in den Korb für die Schmutzwäsche.

Fides warf einen Blick auf ihre linke Schulter und biss die Zähne zusammen. Sicher, die Wunden hatten sich geschlossen, aber die Haut sah immer noch grässlich aus, schuppig und von roten und weißen Narben durchzogen. Unwillkürlich strich sie sich über die Wangen. Wenigstens schienen die Wunden im Gesicht nicht so tief gewesen zu sein, die Haut fühlte sich wieder halbwegs glatt an. Obwohl ihr das herzlich egal sein konnte, jetzt, wo Bertram tot war. Bei dem Gedanken daran stiegen ihr wieder die Tränen in die Augen. Da hatte er die weite Reise und den Anschlag mit dem Sattelgurt überlebt, um dann an einem Fieber zu sterben? Sie konnte es kaum glauben. Aber Pater Otto hatte es gesagt und ein Mann Gottes würde doch nicht lügen?

»Was träumst du denn wieder vor dich hin?«, ertönte Schwester Gertruds mürrische Stimme dicht an ihrem Ohr. »Wenn ich wegen euch beiden schon die Prozession verpasse, könntest du mir wenigstens beim Kochen helfen.«

Fides sah auf. Prozession? Ach ja, heute war der Gedenktag der Stadtheiligen, Felix und Regula. Die ganze Stadt würde auf den Beinen sein und nach der Prozession gab es eine Armenspeisung auf dem Lindenhof, die vor allem von den Barfüßern versorgt wurde. Schwester Gertrud hatte sich bereit erklärt, einen großen Kessel Gemüseeintopf zu stiften. Sie saß schon am Küchentisch und war dabei, einen Berg erdiger Lauchstangen vom gröbsten Dreck zu befreien. Fides erhob sich von dem Hocker neben der geöffneten Küchentür und setzte sich Schwester Gertrud gegenüber auf die Küchenbank. Wortlos schob ihr die Begine einen Korb Zwiebeln hin. Das war ja klar. Aber Fides war es gar nicht so unrecht. Auf diese Weise konnte sie sich ihren Gedanken hingeben und notfalls die Tränen auf die Zwiebeln schieben. Sie nahm die erste braune Kugel aus dem Korb und begann, sie zu schälen. Ihre Gedanken wanderten zurück zu Bertram. Sie wollte nicht glauben, dass er tot war, aber noch weniger wollte sie glauben, dass er noch lebte und kein Interesse mehr daran hatte, sie zu heiraten. Denn warum sonst hatte sie keine Nachricht von ihm? Er hätte sich doch sicher bei Otto nach ihr erkundigt. Meinst du denn, Otto hätte dir das erzählt? Die misstrauische Stimme in ihrem Kopf gab keine Ruhe. Der Barfüßer hatte immer versucht, ihr Bertram auszureden, warum hätte sich daran etwas ändern sollen? Fast schien es ihr, als wollte er sie bewusst von allen ihren Freunden und Bekannten fernhalten. Inständig hatte sie Pater Otto angefleht, mit dem Kantor sprechen zu dürfen, doch er hatte ihr nur mitgeteilt, dass der Kantor sie nicht sehen wolle, da er ihr die Mitschuld an Bertrams Tod gäbe. Das hatte sie noch mehr getroffen – schließlich hatte sie doch versucht, Bertram die Reise auszureden. Und der Kantor kannte sie von Kindesbeinen an, sie hatte sich sogar eingebildet, er wäre so etwas wie ein väterlicher Freund. Ottos Worte kamen ihr wieder in den Sinn: Seuchen, Feuer und Wasser sind die Strafen Gottes für unser sündhaftes Tun. War es denn wirklich so eine schwere Sünde gewesen, sich außerhalb ihres Standes zu verlieben? Warum hatte der Kantor als Bertrams Ziehvater dann der Verlobung zugestimmt? Denn immerhin hatte Bertram sie heiraten und nicht zu seiner Kebse machen wollen, wie das die meisten Kanoniker mehr oder weniger offenkundig taten. Würde es danach gehen, hätte das Feuer im Oberdorf ausbrechen müssen. Aber diese ketzerischen Gedanken behielt sie lieber für sich. Es war unklug, Pater Otto zu reizen. Wenn sie hier jemals wieder hinauskommen wollte, musste sie sich gut mit ihm stellen, sein Vertrauen gewinnen. Und sie musste hier heraus, um zu erfahren, was wirklich mit ihren Eltern geschehen war, ob Bertram vielleicht doch noch lebte und was der Kantor dazu zu sagen hatte. Wenn er sie wirklich nicht mehr zu sehen wünschte, dann wollte sie das von ihm persönlich hören. Immerhin hatte sie inzwischen eine vage Ahnung, wo sie sich befand. Vom Garten aus hörte man in regelmäßigen Abständen das Läuten zu den *Stundengebeten*. Fides kam es so vor, als würden zwei Glocken anschlagen, daher vermutete sie, dass sie in dem Stadtviertel zwischen dem Prediger- und dem Barfüßerkloster untergebracht waren. Dort hatten sich in den letzten Jahren auch viele Beginen angesiedelt. Auch die Tatsache, dass Otto oft kurz vor oder nach den *Stundengebeten* vorbeischaute, legte nahe, dass Schwester Gertruds Haus nicht weit vom Barfüßerkloster entfernt lag. Und damit auch nicht allzu weit weg von der Kirchstraße, in der sich das Haus des Kantors befand. Sie brauchte nur einen Vorsprung von vielleicht einer halben Stunde, um es zu erreichen. Aber dazu musste sie erst einmal einen Weg hinaus finden. Sie warf einen verstohlenen Blick auf Schwester Gertrud, die ein paar Rüben in Stücke hackte und dabei murmelnd die Lippen bewegte. Fides hatte schnell festgestellt, dass Schwester Gertrud eher eine Maria als eine Marta war. Lieber betete sie oder las in den Schriften, die Pater Otto ihr regelmäßig vorbeibrachte, als sich um den Haushalt zu kümmern. Seitdem Fides ihr den Großteil davon abnahm, war sie merklich freundlicher geworden. Zu den Gebetszeiten zog sie sich regelmäßig in ihre Schlafkammer zurück, um eine Andacht zu halten, und überließ Fides und Katharina das Kochen, Waschen und Putzen. Das waren geschenkte Minuten, in denen Fides das Erdgeschoss und den kleinen Garten nach einer Fluchtmöglichkeit durchsuchte. Oder zumindest nach einer Möglichkeit, eine Nachricht nach draußen zu schmuggeln. Schon lange lagen zwei Kohlestückchen unter Fides' Matratze, mit denen man notfalls schreiben konnte. Das Andachtsbüchlein befand sich noch immer auf dem Dachbalken in Fides' Schlafkammer und sie hütete sich, Schwester Gertrud daran zu erinnern. Auch das frühmorgendliche Anheizen des Herdfeuers und die Zubereitung der Morgenmahlzeit hatte Fides übernommen, auf diese Weise gewann sie beinah eine Stunde für sich, bevor das Knarren der Treppenstufen ankündigte, dass sich Schwester Gertrud auf den Weg nach unten machte. Leider hatte sich ihre Hoffnung, dass die Begine eines Abends vergessen würde, die Haustür abzuschließen, bis jetzt nicht erfüllt. Ob sie die Begine wohl dazu bewegen konnte, das Haus zu verlassen? Sie hob den Blick von den Zwiebeln und sagte: »Schwester Gertrud, ich kann die Suppe auch alleine kochen. Dann könnt Ihr unterdessen zur Prozession gehen.«

Die Schwester antwortete nicht, aber ihre Lippen hörten auf, sich zu bewegen.

Fides versuchte es weiter. »Wenn Ihr jetzt losgeht, seht Ihr noch die Erhebung der Reliquien und seid rechtzeitig zurück, wenn die Mönche die Suppe holen kommen.«

Schwester Gertrud betrachtete sie misstrauisch und nagte an ihrer Unterlippe.

»Wir können doch nicht weglaufen, wenn die Tür verschlossen ist.« Fides deutete in den Hof, wo Katharina gerade hinter der Hauskatze herjagte. »Wenn Ihr Euch sicherer fühlt, könnt Ihr Katharina in Eurer Kammer einschließen, so wie immer, wenn Ihr zur Messe geht.« Das schien den Ausschlag zu geben.

Die Schwester erhob sich. »Du bist sicher, dass du die Suppe rechtzeitig fertig bekommst? Ich will keinen Ärger mit Pater Otto.«

Fides nickte.

»Gut. Aber du gehst vorher mit Katharina zum Abort, ich weiß nicht, wie lange ich fortbleibe, und will nicht, dass sie meine Kammer beschmutzt.« Fides lief hinaus in den Garten und rief nach dem Mädchen. Gemeinsam gingen sie zum Bretterverschlag. Fides öffnete die Tür und hob Katharina auf den Sitz. Dabei achtete sie darauf, dass ihr Rücken das Kind verdeckte, falls Schwester Gertrud sie beobachten sollte. Während Katharina ihr Geschäft verrichtete, flüsterte Fides ihr zu: »Hör zu, Katharina. Schwester Gertrud wird gleich zur Prozession gehen. Deshalb wird sie dich wieder in ihrer Kammer einsperren.«

Die Augen des Kindes weiteten sich erschrocken und seine Unterlippe begann zu zittern.

Fides versuchte, Katharina zu beruhigen. »Psst, Katharina, nicht weinen. Schwester Gertrud wird nicht weggehen, ohne dich einzuschließen, und ich brauche die Zeit, um an unserem Fluchtweg zu arbeiten. Das verstehst du doch, oder?« Eindringlich sah sie Katharina an.

Die wirkte nicht wirklich überzeugt, ließ sich aber widerstandslos von Fides ins Haus führen und zögerte nur kurz, als Schwester Gertrud ihr auffordernd die Hand hinstreckte. Ergeben trottete sie an ihrer Hand die Stiege ins Obergeschoss hinauf. Als Schwester Gertrud wenige Augenblicke später wieder in die Küche kam, trug sie ihre Ausgehhaube und hatte ihren Mantel umgelegt. Sie wirkte geradezu freudig erregt. »Ich gehe jetzt. Und mach keine Dummheiten, ich werde auch die Haustür abschließen und nehme beide Schlüssel mit.«

Fides hatte sich bereits wieder dem Gemüse zugewandt und nickte nur. Nach dem Zuschlagen der Haustür sagte sie in Gedanken noch zwei Vaterunser auf, bevor sie aufstand und leise zur Tür schlich. Probeweise drückte sie die Klinke herunter, aber natürlich war abgeschlossen. Sie stieg die Treppe ins Obergeschoss hinauf und versuchte es an der Schlafzimmertür, mit dem gleichen Misserfolg. Sie klopfte an die Tür. »Katharina, hörst du mich? Geht es dir gut?«

Ein leises Klopfen antwortete ihr.

»Gut, Katharina, ich geh jetzt wieder nach unten. Du kannst ja versuchen zu schlafen.«

Ein erneutes Klopfen erklang, dann hörte Fides ihre kleinen Füße über die Dielen patschen und dann ein dumpfes Geräusch. Offenbar war das Kind auf das Bett gesprungen. Sie wartete noch ein wenig, dann lief sie wieder in die Küche zurück. In Windeseile hackte sie das restliche Gemüse in Stücke, schließlich musste die Suppe beizeiten fertig werden. Sie ließ eine Schwarte Speck in dem Kessel über dem Feuer aus und gab zunächst die Lauch- und Zwiebelringe hinein. Mit einem Holzlöffel wendete sie die Stücke gleichmäßig. Sobald es zu duften begann, warf sie die Rüben- und Pastinakenwürfel hinterher, füllte mit Wasser auf und gab noch ein paar Gewürze hinzu. Als die ersten Blasen aufstiegen, hängte sie den Kessel etwas höher, sodass es darin nur noch leise simmerte. Jetzt konnte sie ihn eine Weile sich selbst überlassen. Sie trat durch die Hintertür in den Garten und lief zur linken Seite, wo eine üppige Efeupflanze den mannshohen Lattenzaun beinahe vollständig überwucherte. Sie hatte öfters beobachtet, dass Schwester Gertrud nicht verwertbare Abfälle dort über den Zaun warf und gelegentlich auch ihren Nachttopf dort ausleerte, wenn ihr der Weg zum Abort am Ende des

Grundstücks zu weit war. Zu diesem Zweck stand ein umgedrehter Eimer dort vor dem Zaun, den sie als Tritt verwendete. Fides vermutete, dass hinter dem Zaun einer der *Ehgräben* verlief. Das waren schmale Gassen zwischen den Häusern, die bis zur Limmat liefen und der Abfallentsorgung dienten. Der bei bestimmten Windrichtungen auftretende Gestank bestätigte ihre Vermutung. Fides hatte auf ihren früheren Erkundigungsgängen rasch festgestellt, dass hier die einzige Möglichkeit zur Flucht bestand. Zur Rechten grenzte der Zaun zwar an einen weiteren Garten, doch schien das zugehörige Haus unbewohnt zu sein, jedenfalls hatte Fides noch nie Stimmen oder andere Geräusche von dort gehört, die auf Bewohner hindeuteten. Die Rückseite des Gartens stieß an eine fensterlose Hauswand. Der einzige Weg hinaus führte tatsächlich über den *Ehgraben*. Und so hatte sie schon vor Wochen begonnen, die Latten des Zauns auszugraben. Es war ein mühsames Geschäft, die festgetretene und von Efeuwurzeln durchwucherte Erde zu lockern, da sie außer ihren bloßen Händen kein richtiges Werkzeug hatte. Sie verwendete einen der beiden Hornlöffel aus der Küche, doch konnte sie nur vorsichtig arbeiten, da sie sich nicht sicher war, wie lange er der Beanspruchung standhalten würde. Und sie konnte immer nur eine kurze Zeit am Stück arbeiten, da sie nie wusste, wann die Begine zurückkehren würde, und sie zuvor alle Erdspuren von dem Löffel und ihren Händen beseitigen musste. Den ersten Pfosten hatte sie bereits gelockert, zum Glück hielt ihn das Efeugestrüpp an seinem Platz. Leider war die entstandene Öffnung selbst für Katharina zu klein, sie musste also mindestens noch einen weiteren Pfosten ausgraben. Viel Zeit hatte sie nicht, der Vormittag war schon fortgeschritten gewesen, als Schwester Gertrud aufgebrochen war, und spätestens zur *Sext* wollten die Mönche die Suppe abholen. Sie begann zu graben. Der Regen der letzten Tage hatte das Erdreich aufgeweicht, sodass sie heute besser vorankam. Sie war so in ihre Arbeit vertieft, dass das Läuten der Glocke nur langsam in ihr Bewusstsein drang. Dann sprang sie empor. Himmel, es konnte doch nicht schon so spät sein? Sie rannte in die Küche, um nach der Suppe zu sehen. Gott sei Dank war sie weder angebrannt noch verkocht, sie hatte die Wassermenge gut eingeschätzt. Gut, jetzt noch Hände und Löffel säubern. Und den Fußboden, stellte sie zu ihrem Schrecken fest. In ihrer Eile hatte sie jede Menge schlammiger Erde in die Küche getragen. Sie griff sich den Besen und fegte den gröbsten Dreck zur Tür hinaus. Mit einem Lumpen wischte sie hinterher. Im selben Moment wurde hart an die Haustür geklopft. Fides erstarrte. Das mussten die Barfüßer sein, um die Suppe abzuholen. Was sollte sie jetzt tun? Schwester Gertrud war noch nicht zurück – sollte sie die Gelegenheit nutzen und durch die Tür rufen, dass sie hier festgehalten wurde? Aber was, wenn die Mönche darüber schon Bescheid wussten? Oder, schlimmer, Pater Otto höchstpersönlich vor der Tür stand? Bevor sie zu einer Entscheidung gekommen war, hörte sie durch die Tür Stimmengewirr. Sie meinte, Schwester Gertruds schrille Stimme zu erkennen. Die Begine war zurück. Fides sah an sich herunter. Die Schürze trug Erdspuren auf Höhe der Knie und ihre Fingernägel starrten vor Dreck. So konnte sie der Begine nicht ohne einen plausiblen Grund unter die Augen treten! Als sie den Schlüssel im Schloss hörte, rannte sie wieder hinaus in den Garten und begann, eine Stange Lauch aus dem Boden zu zerren. Über die Schulter warf sie einen vorsichtigen Blick zum Haus. Sie sah, wie Schwester Gertrud schnellen Schrittes in die Küche kam, kurz innehielt und dann in den Garten sah. Für einen Wimpernschlag trafen sich ihre Blicke. Dann eilte Schwester Gertrud auf die Küchentür zu und schloss sie. Fides atmete auf. Dann war Pater Otto wohl nicht dabei. Und wer auch immer gekommen war, er sollte sie nicht sehen. Vermutlich hatte Schwester Gertrud ein schlechtes Gewissen, weil sie sie allein gelassen hatte. Also tat sie am besten so, als hätte sie nur Gemüse geerntet. Sie kniete sich wieder hin und lockerte mit dem Finger das Erdreich, bis sie einige Lauchstangen herausziehen konnte. Als sie sich wieder aufrichtete, stand Schwester Gertrud mit in die Seite gestützten Armen in der geöffneten Tür und rief: »Kannst du mir erklären, was du da treibst?«

Fides wischte die Hände an der Schürze ab und ging mit dem Gemüse in der Hand auf die Küche zu. »Ich war fertig mit der Suppe und dachte, ich hole noch etwas Lauch für morgen. Nach dem gestrigen Regen ist das Erdreich locker und wer weiß, wie das Wetter morgen wird.« Sie schob sich an Schwester Gertrud vorbei in die Küche und legte die Stangen auf den Tisch. Dann sah sie zur Feuerstelle. Mit einem erstaunten Gesichtsausdruck drehte sie sich zu Schwester Gertrud um. »Oh, wurde der Kessel schon abgeholt?«

Schwester Gertrud verschränkte die Arme vor der Brust und sah Fides misstrauisch an. »Soeben. Hast du das Klopfen nicht gehört?«

Fides schüttelte den Kopf. »Im Garten hört man nichts. Sind die Mönche denn nicht zusammen mit Euch gekommen? Hoffentlich haben sie sich nicht gewundert, dass niemand aufmachte.«

Schwester Gertrud biss sich auf die Lippen. Sie starrte Fides mit gerunzelter Stirn an, doch die starrte ungerührt zurück. Endlich senkte die Begine den Blick. »Schon gut. Ich gehe mich umziehen und hole Katharina nach unten.« Sie wandte sich zum Gehen. An der Tür drehte sie sich noch einmal um. »Ich warne dich, Fides. Treib keine Spielchen mit mir.«

56. Kapitel

Zürich, Manessehaus, Mitte September 1274

> Minne, triff mich nicht alleine,
> Sonst verbleib' ich trüb' und wund;
> Mache, daß mich minn' und meine
> Der Geliebten rother Mund.
> Weil du übst Gewalt an mir
> Und mir leitest Herz und Sinne
> Wie du willst: ach, werthe Minne,
> Zeig' auch deine Macht an ihr.
>
> *[Jakob von Warte – nachgedichtet von*
> *Wilhelm Storck (1829–1905)]*

Mit einem perlenden Akkord auf seiner Laute beendete der Sänger seinen Vortrag und verbeugte sich schwungvoll. Dann richtete er sich wieder auf, strich sich eine blonde Haarsträhne aus den Augen und erwartete das Urteil seiner Zuhörer, die in einem Halbkreis um ihn saßen. Höflicher Applaus erklang.

Rüdiger erhob sich. »Ich danke Euch, werter Herr von Warte, dass Ihr Euch trotz Eures jugendlichen Alters bereit erklärt habt, vor diesem Kreis vorzutragen. Man merkt, dass Ihr Euch den Edlen von Winterstetten zum Vorbild genommen habt.«

Bertram war sich nicht sicher, ob das als Kompliment zu verstehen war, und dem jungen Jakob von Warte schien es ähnlich zu gehen. Eine leichte Röte überzog seine Wangen und seine Finger spielten unruhig mit dem Griff der Laute. Doch Rüdiger hatte offenbar nicht vor, ihn noch länger zu quälen. Er applaudierte noch einmal in seine Richtung und wandte sich dann an die gesamte Runde: »Das war jetzt der letzte Liedbeitrag für den heutigen Abend. Ich würde vorschlagen, wir nehmen erst eine kleine Stärkung zu uns, bevor wir uns einem Romantext zuwenden. Mein junger Freund Bertram«, er zwinkerte ihm kurz zu, »hat meine erbärmliche Parzival-Vorlage vollständig abgeschrieben, sodass wir nun wieder ein schönes leserliches Exemplar zur Verfügung haben. Ich würde mich freuen, wenn unsere hochwürdigste Frau Fürstäbtissin uns die Ehre erweisen würde, einige Passagen daraus vorzutragen. Ihr habt so eine angenehme Lesestimme.«

Er verbeugte sich vor der Fürstäbtissin, die mit einem leichten Neigen des Kopfes ihre Zustimmung erklärte. Elisabeth von Wetzikon war in weltlicher Tracht erschienen, trug das gleiche dunkelblaue Samtkleid, das Bertram bereits vom Königsempfang kannte, hatte diesmal aber einen kurzen weißen Schleier über dem blonden Haarkranz drapiert. Nach Rüdigers Ankündigung erhoben sich die Gäste, um sich ein wenig die Beine zu vertreten. Bertram stand etwas verloren herum. Er ließ seinen Blick durch die Schreibstube wandern, aus der für diesen Anlass die Pulte entfernt und durch aufklappbare Scherenstühle ersetzt worden waren, um Platz für die Gäste zu gewinnen. Rüdiger und seine Frau Margareta waren verschwunden, vermutlich kümmerten sie sich um den versprochenen Imbiss. Ihr Sohn Johannes wurde von Jakob von Warte mit Beschlag belegt und die Äbtissin unterhielt sich mit dem Abt von Einsiedeln in einer Fensternische. Es waren noch drei Herren anwesend, Grafen aus den benachbarten Adelsgeschlechtern, die Bertram aber nur vom Namen her kannte. Einer von ihnen fing seinen umherirrenden Blick auf und kam auf ihn zu. Ein hochgewachsener Mann in den Dreißigern, die blonden Locken modisch kinnlang, gekleidet in einen knöchellangen weinroten *Surkot* mit goldbesetzten Säumen. Bertram rekapitulierte rasch Rüdigers

Vorstellung zu Beginn des Abends – der Regensberger war das nicht, der war in Rüdigers Alter, also musste es einer der Grafen von Toggenburg sein, vermutlich Friedrich.

Er trug eine Pergamentrolle in den Händen und lächelte Bertram freundlich zu. »Ihr seid also der neue Schreiber bei Herrn Rüdiger, dem es zu verdanken ist, dass Wolframs Werke nicht in Vergessenheit geraten?«

»Nun, ich bin gewiss nicht der einzige«, wehrte Bertram ab. »Aber es stimmt, ich schreibe gerade seine alten Manuskripte ab, den Parzival und Gottfrieds Tristan.«

Der Graf rückte etwas näher an Bertram heran und senkte die Stimme. »Und was haltet Ihr von dem Vortrag des Herrn von Warte?«

Bertram hob die Schultern. »Darüber kann ich mir kein Urteil erlauben, ich bin Schreiber und kein Dichter. Aber ich finde es beachtenswert, wenn die Jungen versuchen, die alten Traditionen auf ihre Weise weiterleben zu lassen.«

Der Graf schürzte die Lippen und dachte einen Moment nach. Dann meinte er: »Nun, man muss es ihm nachsehen. Was weiß ein Grünschnabel von kaum siebzehn Jahren schon über die Gewalt der Minne? Jakob von Warte beherrscht die äußere Form, aber es fehlt das Gefühl, das bei einem Gedicht erst für den nachhaltigen Eindruck sorgt. Nicht jeder hat das Talent eines Veldekes oder Eschenbachs.«

»Mit Eurem Urteil über die dichterischen Fähigkeiten unseres jungen Freundes gebe ich Euch recht, doch in Bezug auf die Minne irrt Ihr, werter Graf Friedrich. Es gibt sehr wohl Dichter, die die Gewalt der Minne bereits in sehr jugendlichem Alter besingen.« Elisabeth von Wetzikon war unbemerkt herangetreten und mischte sich in die Unterhaltung.

Der Graf von Toggenburg sah sie etwas ratlos an. »Von welchem Dichter sprecht Ihr?«, fragte er.

Elisabeth sah Bertram an. »Sagt Ihr es ihm«, forderte sie ihn auf und ein leichtes Lächeln spielte um ihre Lippen.

Bertram wusste nicht recht, was er sagen sollte. War Heinrichs Geheimnis gar kein Geheimnis mehr, wusste Elisabeth, dass er in dessen Auftrag eine Kopie des Wilhelm für sie anfertigen sollte? Oder ging sie einfach davon aus, dass er das Buch kannte, woher auch immer?

»Meint Ihr den ›Wilhelm von Orlens‹ des Rudolf von Ems?«, antwortete er schließlich mit einer Gegenfrage. Elisabeth nickte.

»Den Dichter kenne ich wohl, hat er nicht im Auftrag der Staufer eine Weltchronik verfasst?«, erwiderte Graf Friedrich. »Und so erbauliches Zeug. Ich wusste allerdings nicht, dass er auch einen Minneroman geschrieben hat.«

Elisabeth nickte. »Doch. Eigentlich ist es eher eine Art Erziehungsroman, verpackt in eine Liebesgeschichte. Wilhelm verliert seine leiblichen Eltern früh und wird von seinem Ziehvater mit zwölf Jahren als Knappe an den englischen Hof geschickt, um eine ritterliche Ausbildung zu erhalten. Ein Jahr später entbrennt er in Liebe zur wesentlich jüngeren Königstochter, die sein Ansinnen zunächst in kindlicher Empörung von sich weist.«

»Das kann ich mir vorstellen«, rief der Graf lachend. »Und wie geht es weiter? Ändert sie ihre Meinung?«

Elisabeth nickte und fuhr fort: »Nachdem er ihr ein Jahr lang vergeblich den Hof gemacht hat, tritt Wilhelm in Hungerstreik. Daraufhin willigt Amelie ein, seine Frau zu werden, sobald er in Brabant den Ritterschlag erhalten hat und innerhalb eines Jahres zu ihr zurückkehrt. Unglückseligerweise beschließt ihr Vater in der Zwischenzeit, sie einem anderen zur Frau zu geben. Wilhelm entführt sie daraufhin, beide werden erwischt und Wilhelm zur Strafe verbannt. Erst nach vielen Bewährungsproben kehrt er zurück und beide heiraten.«

Der Graf lachte und meinte: »Ich sehe schon, wir sollten Rüdiger bitten, ein Exemplar für diese Runde hier aufzutreiben, es scheint sich doch um eine lesenswerte Geschichte zu handeln. Aber jetzt entschuldigt mich, ich habe diese Gedichte im Nachlass meines Vaters gefunden und wollte sie ihm zeigen, vielleicht kann er sie in seiner Sammlung verwenden.« Friedrich von Toggenburg hob kurz die Hand mit der Pergamentrolle und eilte dann zur Tür, wo soeben Rüdiger erschien, einen großen Krug in der Hand und gefolgt von seiner Frau und zwei Mägden, die mit Speisen beladene Tabletts trugen.

Elisabeth legte Bertram die Hand auf den Arm. »Wartet noch einen Moment, ich wollte Euch alleine sprechen. Mein Vetter hat mir geschrieben.«

»Aus Bologna?«, fragte Bertram aufgeregt. Seit seinem Brief hatte er nichts mehr von Heinrich gehört. »Geht es ihm gut?«

Elisabeth nickte. »Ja. Er hat Euren Brief empfangen und lässt Euch grüßen. Er hat mir berichtet, was Euch widerfahren ist. Es tut mir leid, was mit Fides geschehen ist.« Bertram senkte den Kopf. »Ich danke Euch«, erwiderte er leise.

»Vielleicht kann ich Euch helfen, Eure Verlobte zu finden.«

57. Kapitel

Zürich, Donnerstag, 4. Oktober 1274, am Gedenktag des Hl. Franz v. Assisi

Katharinas Magen knurrte vernehmlich. Fides sah sie belustigt an. »Hast du Hunger?«

Katharina nickte.

»Ich eigentlich auch. Wo nur die Schwester bleibt?«

Sie erhob sich von dem Bett, auf dem sie mit Katharina hockte, und ging zur Tür. Lauschend legte sie ein Ohr an das Holz, aber es war nichts zu hören. Die Begine war offensichtlich noch nicht zurück von ihrem Besuch im Barfüßerkloster. Seit dem Vorfall am Tag der Stadtheiligen begegnete sie Fides wieder mit Misstrauen und schloss sie zusammen mit Katharina in ihrer Kammer ein, wenn sie das Haus verlassen musste. Somit schrumpfte das Zeitfenster, in dem Fides ungestört an ihrem Fluchtweg arbeiten konnte, auf die knappe Stunde frühmorgens, wenn sie sich um das Feuer und das Frühstück kümmerte, während die Begine ihre Morgenandacht hielt. Sie lehnte sich mit dem Rücken an die Tür und ließ den Blick durch das Zimmer schweifen. Es war ähnlich sparsam eingerichtet wie ihre eigene Schlafkammer, enthielt aber außer der Bettstatt und einem Hocker noch eine Kleidertruhe. Zumindest vermutete Fides, dass die Truhe diesem Zweck diente, denn sie war immer abgeschlossen. An der Giebelwand hing ein einfaches Holzkreuz, darunter hatte Schwester Gertrud an einem Haken ihren Rosenkranz aufgehängt. Von einem weiteren Haken baumelte eine neunschwänzige Peitsche. Die Holzwand dahinter wies dunkle Flecken auf, über deren Ursprung Fides lieber nicht so genau nachdachte. Offenbar pflegte Schwester Gertrud die Selbstgeißelung – jetzt verstand Fides auch die klatschenden Geräusche, die manchmal aus ihrer Kammer drangen. Ein Glück, dass sie das Ding bisher nicht gegen Katharina eingesetzt hatte. Schaudernd wandte Fides den Blick ab und überflog den Rest des Zimmers. Zerfledderte Gebetsschriften und ein Vorrat an Talglichtern lagen auf dem Dachbalken. Fides hatte das Zimmer schon hundertmal durchsucht, aber nichts gefunden, was ihr in irgendeiner Form hätte nützen können. Weder den Schlüssel zur Truhe noch einen weiteren Schlüssel zur Tür und auch sonst nichts, was sie gebrauchen konnte. Niedergeschlagen ging sie zum Bett zurück und ließ sich auf die Bettkante sinken. Sie barg den Kopf in den Händen. Sie wusste nicht mehr weiter. Dazu kam noch die Angst, dass Pater Otto sie vielleicht fortbringen würde aus Zürich. Das letzte Mal hatte er etwas von den Reuerinnen in Basel gefaselt. Offenbar hatte Schwester Gertrud genug von ihr und wollte sie aus dem Haus haben. Sie hob den Kopf und sah Katharina traurig an: »Allmählich fällt mir nichts mehr ein, was uns helfen könnte.« Katharina legte den Kopf schief, dann sprang sie vom Bett, legte sich bäuchlings davor und begann, unter das Bett zu kriechen.

Fides musste lachen. »Was machst du denn da? Willst du den Boden putzen? Du machst dich ganz staubig!« Sie beugte sich zu Katharina hinunter. Die hatte einen sehr konzentrierten Gesichtsausdruck aufgesetzt und strich mit ihren Händen leicht über die Holzbohlen des Fußbodens. Auf einmal schlug sie mit der Faust kräftig auf den Boden. Triumphierend wandte sie sich Fides zu. Die kniete sich neben das Kind und sah genauer hin. Die Planke hatte sich verschoben und ein Ende ragte etwas in die Höhe. Fides schob einen Finger darunter und versuchte, sie zu bewegen. Zu ihrem Erstaunen ließ sie sich leicht herausziehen. Darunter befand sich ein flacher Hohlraum, in dem ein in Leder eingeschlagenes Bündel lag. Der Staub, der durch die Bodenritzen hinabgerieselt war, hatte graue Streifen auf dem Paket hinterlassen und machte deutlich, dass es wohl schon ziemlich lange dort gelegen hatte. Der Begine würde es wohl nicht so schnell auffallen, wenn sie es durchsuchte. Fides hob das Bündel vorsichtig hoch und legte es auf den Fußboden. Katharina hockte sich daneben und sah ihr neugierig zu. Behutsam faltete Fides das Leder auseinander. Sie starrte auf den Inhalt und konnte kaum glauben, was sie sah. Katharina schien es ähnlich zu gehen, sie schlug die Hände vor den Mund. Das war doch – ihre Kette mit dem Verlobungsring! Fides nahm den Ring in die Hand und strich vorsichtig über die Erhebungen. Eindeutig ein *Rosenkranzring*, wie ihn ihr Bertram geschenkt hatte. Sie betrachtete die ineinandergeschlungenen Lederschnüre in Schwarz und Braun – sie waren nicht aufgeknotet oder gerissen, sondern durchgeschnitten worden. Schwester Gertrud hatte gelogen! Ihre Kette war nicht verloren gegangen, sie hatte sie ihr gestohlen! Wenn sie deswegen gelogen hatte, dann vielleicht auch mit allem anderen – vielleicht waren ihre Eltern und Bertram gar nicht tot! Eine unbändige Wut stieg in ihr hoch. Dieses scheinheilige Weibsbild. Am liebsten hätte sie sie mit ihrer eigenen Peitsche verdroschen. Aber sie musste jetzt besonnen sein. Fides faltete das lederne Tuch wieder so zusammen, wie sie es vorgefunden hatte, legte es in das Versteck zurück und verbarg es unter der Bodenplanke. Zögernd betrachtete sie ihre Kette. Umlegen konnte sie sie nicht, die Gefahr war zu groß, dass Schwester Gertrud das Band in ihrem Ausschnitt bemerkte. Sie wickelte die Lederbänder um den Ring und drückte Katharina das Päckchen in die Hand. »Bei dir ist er sicherer, kannst du ihn eine Weile für mich aufheben? Steck ihn zu deinem Pfennig in die Tasche. Ich habe eine Idee, wie wir hier wegkommen.«

Katharina tat wie geheißen, dann sah sie Fides erwartungsvoll an. In diesem Moment hörten sie die Treppe knarren.

Fides legte den Finger auf ihre Lippen. »Schwester Gertrud kommt zurück«, flüsterte sie. »Ich erkläre es dir später, sie darf nichts merken.«

Am nächsten Morgen stieg Fides mit Katharina an der Hand bereits kurz nach der *Prim* die Treppe hinunter. Sie gab sich keine Mühe, besonders leise zu sein, schließlich war Schwester Gertrud es gewohnt, dass sie morgens als Erste in die Küche ging. Sie hob Katharina auf die Küchenbank und öffnete dann die Hintertür, um ein paar Holzscheite von dem Stapel an der Hauswand zu holen. Es war noch dämmrig, am Horizont zeigte sich der erste rötliche Schimmer und es war empfindlich kalt. Sie fröstelte und warf einen Blick auf das Kind, das verschlafen den Kopf auf die Tischplatte gelegt hatte und am Daumen nuckelte. Sonst holte sie Katharina erst aus dem Bett, wenn der Morgenbrei schon fertig war, doch heute hatte sie sie früher geweckt.

Fides hatte die halbe Nacht wach gelegen und gegrübelt, war aber immer zu dem gleichen Schluss gekommen. Sie musste das Kind alleine losschicken, und das möglichst schnell, am besten heute noch. Wer weiß, wie schnell die Begine den Verlust der Kette bemerkte, und außerdem hatte ihr Ottos Gerede von den Reuerinnen Angst gemacht. Sie hatte erst zwei Pfosten lockern können, das reichte knapp für Katharinas schmalen Körper, aber niemals für einen Erwachsenen. Fides fegte die alte Asche aus dem Herd und schichtete die neuen Holzscheite hinein. Sie holte Feuerstein und Zunder vom Wandbord und bald brannte ein knisterndes Feuer im Kamin. Sie warf einen Blick in den Hafersack. Die Menge reichte gerade noch, um den Frühstücksbrei zu kochen. Sie rührte alles an und hängte dann den Kessel über das Feuer. Aus der Vorratskammer holte sie einen Laib Brot, schnitt zwei Scheiben davon ab und steckte sie mit einem Apfel und ein paar Trockenpflaumen in den leeren Hafersack und band ihn mit einer dünnen Lederkordel zu. Katharina sah ihr mit großen Augen zu und vergaß darüber sogar das Daumenlutschen. Fides setzte sich zu ihr auf die Bank und gab ihr eine weitere Trockenpflaume, die Katharina mit großem Genuss verspeiste.

Dann strich sie ihr über das Haar und nahm ihr Gesicht zwischen die Hände. »Katharina, du musst mir jetzt gut zuhören. Ich habe ein Loch in den Zaun gemacht, durch das wir fliehen können, aber es ist zu klein für mich. Du musst alleine gehen und den Kantor suchen.«

Katharina erschrak und schüttelte wild den Kopf. Tränen stiegen in ihre Augen.

Fides spürte selbst einen Kloß im Hals. Aber es half nichts. Sie konnten nicht riskieren, noch länger zu warten. »Katharina, bitte! Schwester Gertrud wird bald merken, dass die Kette fehlt, und dann kommen wir hier nie mehr weg.«

Sie griff in ihre Rocktasche und zog ein Blatt hervor, das sie aus dem Gebetbuch in ihrer Kammer gerissen hatte. Mit Kohle hatte sie ihren Namen quer über die Seite geschrieben. Sie zeigte Katharina das Blatt. »Ich habe eine Nachricht geschrieben für den Kantor. Die gibst du ihm. Dann weiß er, dass ich dich geschickt habe. Er wird sich um dich kümmern und mich hier herausholen.« Sie faltete das Blatt einmal zusammen und steckte es Katharina in die Kitteltasche. »Hast du die Münze noch und die Kette mit Bertrams Ring?«

Katharina nickte. Fides zog ihr Umschlagtuch von der Schulter und legte es Katharina um. Sie kreuzte die vorderen Enden vor ihrer Brust, fädelte die Schnur des Hafersacks hindurch und verknotete die Tuchenden auf ihrem Rücken. Es war kein vollwertiger Mantel, aber besser als nichts. Sie führte das Kind in den Garten und zeigte ihm die Lücke im Efeu. »Siehst du? Hinter dem Zaun ist ein schmaler Graben, der führt auf die Straße. Gleich geht die Sonne auf, dann wird es heller. Du musst dir nur merken, immer bergab zu laufen, dann kommst du zum Fluss. Und von dort siehst du schon die Kirchtürme.« Sie umarmte sie fest. »Da suchst du den Kantor oder einen der Männer mit Glatze und weißem Chorrock, dem gibst du den Zettel. Er wird dir helfen.« Sie ließ sie los und drückte ihr einen letzten Kuss auf die Stirn. »Und jetzt geh!«

Katharina zwängte sich durch den Zaun. Fides sah ihre weißen Beinchen noch einen Augenblick in der Dämmerung aufleuchten, dann waren sie verschwunden.

58. Kapitel

Zürich, Samstag, 6. Oktober 1274, am Gedenktag der Hl. Fides

Bertram ließ seinen Blick bewundernd über die Decke des Chores wandern. Bei seinen früheren Besuchen in der Kirche des Fraumünsters war er Teil der Prozession gewesen und hatte kaum Muße gehabt, die Schönheit des Raumes wahrzunehmen. Wie ein Sternenhimmel überspannte das bemalte Gewölbe den Chor, und wo die Rippen zusammenliefen, prunkten figürliche Schlusssteine. Elisabeth hatte die von ihrer Vorgängerin begonnenen Umbauarbeiten zügig fortgeführt, die französischen Steinmetze verstanden ihr Handwerk. Während das Querhaus noch eine Baustelle war, konnten im Allerheiligsten bereits Messen gefeiert werden.

Bertram war mit Rüdigers Frau Margareta und den jüngeren Kindern gekommen, Rüdiger und seine erwachsenen Söhne hatten sich dem Gremium der Ratsherren angeschlossen. Beim Eintreten hatte er Hedwig mit ihren Kindern bemerkt, die ihm von ferne freundlich zunickte. Als Elsbeth ihn erkannte, wollte sie auf ihn zulaufen, wurde aber von der Mutter zurückgehalten. Bertram hatte sich damit begnügt, grüßend die Hand zu heben.

Er richtete seine Aufmerksamkeit wieder auf den Chorraum, in den jetzt Bewegung kam. Die Damen der Abtei zogen ein, gefolgt von den Kanonikern, und nahmen ihre Plätze ein. Nach der gemeinsamen Prozession durch den Kreuzgang des Fraumünsters fand in der Kirche eine Messe statt, die von den Priestern beider Kirchen zelebriert wurde. Auch wenn das Grossmünster für die Teilnahme eine Entschädigung von der Abtei erhielt, wusste Bertram, dass der Kantor mit Leib und Seele dabei war und die komplizierte Liturgie bis ins kleinste Detail durchkomponiert hatte. Der feierliche Wechselgesang zwischen den dunklen Männerstimmen und dem hellen Damensopran setzte ein. Bertram schloss die Augen, um sich ganz der Musik hinzugeben.

Bertram ließ sich mit der Menge Richtung Ausgang treiben. Er verlor Margareta und den Rest der Familie aus den Augen und beschloss, am Rande des Münsterplatzes auf sie zu warten. Es war zwar kalt, aber trocken, der Herr hatte diesen besonderen Tag mit Sonne gesegnet. Während er sich durch die Menge kämpfte, spürte er auf einmal kleine Finger, die sich in seine Hand schoben.

»Elsbeth! Wie schön, dich wieder einmal zu sehen«, sagte er und blickte nach unten.

Doch das kleine Mädchen, das mit großen Augen zu ihm aufsah, war nicht Elsbeth. Überrascht ging Bertram in die Hocke, um das Kind genauer in Augenschein zu nehmen. Fast wäre er hintenüber gefallen. Das Mädchen stank bestialisch, als wäre es durch einen *Ehgraben* gekrochen. Und so sah es auch aus, die blonden Locken starrten vor Schmutz, ebenso der fadenscheinige Kittel und die bloßen Füße. Unter Bertrams forschendem Blick schien es verlegen zu werden und schob einen Finger in die Nase. Die Erinnerung setzte ein wie ein Schlag. Das war doch … das Mädchen, das sie auf dem Weg zur Verlobung getroffen hatten. Deren Mutter ihm einen Eimer Wasser vor die Füße geschüttet hatte. Fides' Nachbarin. Wie hieß sie doch?

»Katharina«, flüsterte er.

Ein breites Lächeln glitt über ihr Gesicht, sie zog den Finger aus der Nase und nickte heftig.

Bertram spürte einen Kloß im Hals. Er räusperte sich. »Katharina, weißt du, wo Fides ist? Hast du sie gesehen? Lebt sie noch?«

Wieder nickte sie. Dann zog sie etwas aus ihrer Kitteltasche und drückte es ihm in die Hand. Das war doch – sein Verlobungsring! Ein silberner *Rosenkranzring*, inzwischen schwarz verfärbt an einer zweifarbigen Lederschnur – es war kein Zweifel möglich. Fast war ihm, als würde er Fides' Stimme hören, als sie ihm erklärt hatte, dass sie Braun und Schwarz gewählt hatte, weil das ihrer beiden Haarfarben waren. Er betrachtete das Band genauer – es war durchschnitten worden, Fides hatte die Kette nicht freiwillig ausgezogen.

Eindringlich sah er Katharina an. »Was ist passiert? Wo ist Fides?«

Katharina biss sich auf die Lippen und sah ihn mit großen Augen an.

Da fiel es Bertram wieder ein. Das Kind war stumm. Es konnte nicht sprechen. Das durfte doch nicht wahr sein. Endlich ein Lebenszeichen, und dann das. Irgendwie musste er herausbekommen, wo Fides steckte. Verzweifelt sah er Katharina an. Erst jetzt bemerkte er, dass sie zitterte. Großer Gott, wie hatte er das übersehen können – es war herbstlich kalt, das Kind hatte fast nichts an und war dazu noch barfuß. Er steckte die Kette in seine Gürteltasche, dann richtete er sich auf, nahm seinen Umhang ab und wickelte Katharina darin ein. »Ich nehme dich erst einmal mit zu mir. Da ist es warm, wir können dich waschen und du bekommst etwas zu essen und saubere Kleider. Und dann suchen wir Fides. Ist das gut?«

59. Kapitel

Zürich, Beginenhaus, Samstag, 6. Oktober 1274 – nachmittags

»Wie konntet Ihr mir das verheimlichen!« Otto war rasend vor Wut. Am liebsten hätte er das dumme Weibsbild geschlagen, dass ihm Hören und Sehen verging. Wie schwierig konnte es sein, auf ein Kleinkind aufzupassen?

Schwester Gertrud knetete den Saum ihrer Schürze, wie immer, wenn sie nervös war. »Aber Ihr wart doch gestern gar nicht bei uns«, wagte sie einzuwenden.

»Ihr hättet einen Boten schicken können«, schnauzte er sie an. »So wie Ihr das für jeden Dreck tut.«

Dann wandte er sich an Fides, die dem Disput schweigend gefolgt war. Sie war es, die ihm von Katharinas Verschwinden berichtet hatte. Sie schien aufrichtig besorgt zu sein, ihre Augen waren rot unterlaufen, als hätte sie stundenlang geweint. Trotzdem – irgendetwas stimmte hier nicht, das spürte er. Er musterte sie aus zusammengekniffenen Augen.

»Erzähl mir noch einmal ganz genau, wann das Kind verschwunden ist. Seit wann war sie alleine?«

Schwester Gertrud wollte etwas sagen, doch er brachte sie mit einer Handbewegung zum Schweigen und wandte sich nachdrücklich an Fides.

»Ich höre.«

Fides holte tief Luft und erzählte ihm die gleiche Geschichte wie schon vor ein paar Minuten. »Ich bin wie jeden Morgen zur *Prim* aufgestanden und nach unten gegangen, um Feuer zu machen und das Frühstück vorzubereiten. Katharina hat noch geschlafen, ich hab sie liegen lassen. Bevor ich hinunterging, hab ich das Dachfenster geöffnet, zum Lüften.« An dieser

Stelle brach ihre Stimme. »Oh Gott, wenn sie da hinausgestiegen ist – sie ist bestimmt zu Tode gestürzt und ich bin schuld!« Sie schlug die Hände vors Gesicht und ihre Schultern zuckten.

»Das ist Unfug«, mischte sich Schwester Gertrud ein. »Wie soll sie denn da hinaufgekommen sein? Sie ist viel zu klein.« Otto warf ihr einen bösen Blick zu und sie verstummte. »Die Kammer sehe ich mir gleich an. Erzähl weiter, Fides.«

Fides hob das Gesicht und fuhr fort. »Es war alles wie immer. Ich bin nach unten gegangen, habe Holz aus dem Garten geholt, das Herdfeuer angefacht und den Brei gekocht. Dann kam Schwester Gertrud hinunter. Für gewöhnlich wird Katharina von alleine wach und kommt in die Küche. Als sie nicht auftauchte, bin ich nach oben gegangen, um sie zu wecken. Aber sie lag nicht im Bett.« An dieser Stelle schlug sie wieder die Hände vors Gesicht und ließ sich auf die Küchenbank sinken.

Er nickte, dann sagte er: »Fides, geh auf dein Zimmer. Ich habe etwas mit Schwester Gertrud zu besprechen.«

Einen kurzen Augenblick lang meinte er, so etwas wie Widerstand in ihren Augen zu lesen, doch dann erhob sie sich, drückte sich an Schwester Gertrud vorbei und stieg die Treppe ins Obergeschoss hinauf. Er hörte ihre Schritte über den Flur gehen, dann das Schließen der Zimmertür. In Gedanken zählte er langsam bis zehn, dann wandte er sich an Schwester Gertrud. »Seid Ihr von allen guten Geistern verlassen? Habt Ihr allen Ernstes Fides und das Kind unbeaufsichtigt gelassen, und das offenbar schon seit Wochen?«

Schwester Gertrud zerrte wieder an ihrer Schürze. »Verzeiht, Pater Otto. Ich wollte die Morgenstunde zum Gebet nutzen. Ihr sagt doch selbst immer, wir ehren den Herrn durch unser Gebet ...«

»Ihr solltet vor allem auf Fides aufpassen!«, brüllte er. »Ich dachte, Ihr wärt würdig. Aber offenbar habe ich mich getäuscht.«

Ihre schmalen Lippen verzogen sich weinerlich. Sie senkte den Kopf. »Verzeiht, Pater Otto. Ich dachte nicht, dass es schaden könnte. Fides hätte das Kind niemals alleine gehen lassen, es ist doch noch klein und außerdem schwachsinnig, was soll es schon ausrichten?«

Otto holte tief Luft, um sich zu beruhigen. »Dass das Kind stumm ist, heißt noch lange nicht, dass es auch schwachsinnig ist«, entgegnete er in gemäßigtem Ton. »Vielleicht ist es tatsächlich aus dem Fenster gestürzt. Habt Ihr im *Ehgraben* nachgesehen?« Schwester Gertrud verzog angewidert den Mund und verneinte.

Otto rollte die Augen. Alles musste man selbst machen. »Ihr bleibt hier. Ich gehe kurz nachsehen.« Zwischen beiden Häusern befand sich tatsächlich eine schmale Gasse, kaum eine halbe Armlänge breit. Ein Erwachsener konnte sich dort allenfalls seitwärts hindurchzwängen. Kein Wunder, dass die Nachbarn ihrer Pflicht, die Gräben regelmäßig vom Unrat zu befreien, so selten nachkamen und sich lieber auf den Regen verließen. Obwohl ihm der Gestank beinah den Atem nahm, steckte Otto den Kopf hinein und versuchte, in der Dunkelheit etwas zu erkennen. Soweit er das beurteilen konnte, lag dort kein Mensch. Er suchte mit den Augen die Hauswand ab. Ganz oben sah er das Giebelfenster, doch gab es an der Wand darunter keinerlei Vorsprünge oder andere Möglichkeiten, sich herabzulassen. Diesen Weg hatte das Kind sicher nicht gewählt. Trotzdem schadete es nicht, einen Blick in ihr Zimmer zu werfen.

Als Fides die Treppenstufen knarren hörte, erhob sie sich leise vom Fußboden, auf dem sie bäuchlings gelegen hatte, und setzte sich auf die Bettkante. Sosehr sie sich auch bemüht hatte, mehr als Ottos Vorwürfe gegenüber der Begine hatte sie nicht verstehen können. Ob er ihre Geschichte geglaubt hatte? Bisher hatte sich Ottos Zorn hauptsächlich gegen Schwester Gertrud und ihre mangelnde Aufmerksamkeit gerichtet. Wenn er glaubte, dass Katharina bei ihrem Fluchtversuch ums Leben gekommen war, würde er die Sache hoffentlich auf sich beruhen lassen. Gebe

Gott, dass Katharina inzwischen den Kantor gefunden hatte und in Sicherheit war. Die Tür flog auf. Otto trat ein, dicht gefolgt von Schwester Gertrud. Fides wollte sich erheben, doch Otto bedeutete ihr mit einer gebieterischen Handbewegung, sitzen zu bleiben. Er sah nach oben zu den geöffneten Fensterläden im Dachgiebel. Er streckte den Arm nach oben und konnte sie gerade eben berühren. Fides benötigte immer den Hocker, um sie zu öffnen oder zu schließen.

»Nie im Leben ist das Kind ohne Hilfe durch das Fenster gekommen«, murmelte er vor sich hin. »Es sei denn«, er warf Fides einen lauernden Blick zu. »Es sei denn, du hast Katharina hinausgehoben.« Sein Zeigefinger wies anklagend auf sie.

Fides legte die Hand aufs Herz. »Um Gottes willen, das wäre ihr sicherer Tod gewesen. Ich würde doch nichts tun, was ihr schadet. Ich kenne sie seit ihrer Geburt, sie ist wie eine kleine Schwester für mich.«

Schwester Gertrud ließ ihren Blick durch die Kammer wandern. »Vielleicht ist sie geklettert? Vom Bett auf den Dachbalken und dann zum Fensterladen und durch das Fenster?«

Otto starrte nach oben. Er schürzte die Lippen und überlegte. »Das kann ich mir nicht vorstellen. Dafür müsste sie sehr gelenkig und kräftig sein. Außerdem liegt da jede Menge Zeug auf dem Balken.« Er tastete nach oben.

Fides blieb beinahe das Herz stehen, als das Andachtsbüchlein zu Boden fiel. Sie wollte sich danach bücken, doch Otto war schneller.

»Was ist das?«, fragte er.

»Ach, das muss das Buch sein, aus dem ich Fides vorgelesen habe«, meinte Schwester Gertrud. »Ich habe es wohl hier vergessen.«

»Erbauliche Lektüre kann nicht schaden«, meinte Otto salbungsvoll und blätterte durch das Buch. Auf einmal stutzte er. Er runzelte die Stirn. Dann hielt er Fides das aufgeschlagene Buch hin. »Was hat das zu bedeuten?«, zischte er.

Mit weit aufgerissenen Augen starrte Fides auf das Buch, sorgfältig seinen Blick meidend. »Ich weiß nicht, was Ihr meint«, stammelte sie.

Schwester Gertrud sah ihn erstaunt an. Otto beugte sich tiefer hinunter zu Fides. Er kam ihr so nah, dass sie die Speichelfäden zwischen seinen Lippen glänzen sah. Sein übler Atem strich über ihr Gesicht. »Da fehlt ein Blatt«, sagte er leise. »Was hast du getan? Du hast ein Blatt herausgerissen und Katharina damit losgeschickt, stimmt's?«

Fides rutschte auf dem Bett bis zur Wand zurück. »Ich weiß nicht, was Ihr meint«, wiederholte sie.

Der Schlag traf sie so überraschend, dass sie keine Zeit hatte, die Arme hochzureißen. Ihre Wange brannte wie Feuer. Tränen stiegen ihr in die Augen. Schwester Gertrud sah sie mit einem Ausdruck des Abscheus an, dann schlug sie auf einmal die Hand vor den Mund und rannte aus der Kammer. Fides hörte, wie sie ihre eigene Zimmertür aufsperrte, und schloss die Augen. Jetzt war alles aus. Ein gellender Schrei ertönte, dann kam Schwester Gertrud wieder ins Zimmer gestürmt.

»Sie ist weg«, rief sie. »Die Kette ist weg.«

»Was für eine Kette?«, fragte Pater Otto.

»Fides hatte eine Kette um, als Ihr sie zu mir gebracht habt. Ich musste sie ihr vom Hals schneiden, um die Wunden versorgen zu können. Ich hatte sie sicher aufbewahrt und jetzt ist sie weg.« Sie zeigte anklagend auf Fides. »Du hast sie gestohlen!«

Jetzt reichte es Fides. »Was einem gehört, kann man nicht stehlen!«, schrie sie zurück. »Ihr hattet kein Recht, die Kette an Euch zu nehmen. Und Ihr habt gelogen, als ich Euch danach gefragt habe.«

»Es reicht jetzt, Fides!«, mischte sich Pater Otto ein. »Was war das für eine Kette?« Und an Schwester Gertrud gewandt: »Und warum weiß ich davon nichts?«

Schwester Gertrud schlug die Augen nieder. »Verzeiht, Pater Otto. Ich dachte nicht, dass es wichtig sein könnte. Die Kette war wohl von dem Kanoniker, mit dem sie Unzucht getrieben hat. Ich hielt es für angemessen, sie davon zu befreien.«

»Unzucht getrieben? Wir wollten heiraten! An der Kette hing mein Verlobungsring!«, schrie Fides.

»Schweig!«, herrschte Pater Otto sie an. Er packte sie am Nacken und zog sie näher zu sich heran. Sie umklammerte seinen Arm und versuchte, sich loszureißen, doch er war erstaunlich kräftig. Seine Finger gruben sich in ihre Kopfhaut. »Nach all den Wochen des Gebets bist du immer noch so verstockt? Du glaubst immer noch, dass er dich heiraten wollte, du dummes Ding? Bertram hat dich doch längst vergessen, warum sonst hätte er die Stelle ...«

Pater Otto verstummte abrupt. Doch Fides hatte genug gehört. Ihre Arme sanken herab. Fassungslos starrte sie Pater Otto an. Ihr Gehirn versuchte, das Gehörte zu verarbeiten. Bertram hatte eine Stelle angenommen? Aber das hieße doch ...»Er lebt also noch?«, schrie sie Pater Otto unvermittelt an. »Bertram lebt? Ihr habt mir weisgemacht, er wäre in Lyon an einem Fieber gestorben? Ihr habt gelogen! Ihr, ein Mann Gottes, habt gelogen!«

Die nächste Ohrfeige warf sie aufs Bett zurück. Schluchzend hielt sie sich die Wange.

»Ich habe Euch vertraut und Ihr habt mich angelogen«, flüsterte sie.

»Hüte deine Zunge, Mädchen«, erwiderte Pater Otto. Seine eisblauen Augen musterten sie kalt. »Ich lüge nie. Ich habe lediglich gesagt, dass es in Lyon ein verheerendes Fieber gab, das viele Todesopfer gefordert hat, und dass Bertram nicht im Gefolge des Bischofs zurückgekehrt ist. Beides ist wahr. Was du dir zusammengereimt hast, ist deine Sache.«

Fides fühlte auf einmal eine unendliche Müdigkeit in sich aufsteigen. Sie ließ die Schultern sinken. Es war doch alles sinnlos. Was sie auch tat, gegen diesen aalglatten Widerling kam sie nicht an. Wenn sie nur wüsste, warum gerade sie das Opfer seiner Heimsuchungen war.

»Warum tut Ihr das?«, flüsterte sie und sah zu Pater Otto empor. »Was habe ich Euch getan? Warum hasst Ihr mich so sehr?«

Einen kurzen Moment lang sah sie etwas in seinen Augen aufleuchten. Schmerz? Mitleid? Dann legte sich wieder der übliche salbungsvolle Ausdruck über seine Züge. Ruhig antwortete er: »Ich hasse dich nicht, Fides, ebenso wenig, wie ich Bertram hasse. Ich will euch beide nur vor einer großen Dummheit bewahren. Und vor den Qualen des Fegefeuers, in dem ihr unweigerlich landen werdet, wenn ihr euch weiterhin den Geboten des Herrn widersetzt. War dir das Feuer nicht Lehre genug? In dem deine Eltern umgekommen sind? Und viele andere auch? Meinst du, der Herr hat dich verschont, damit du weiterhin deinen lasterhaften Begierden folgst? Nein, er wollte dir Gelegenheit zur Reue und Buße geben. Ich wollte dein Lehrmeister sein, aber ich gebe zu, ich bin deiner Verstocktheit nicht gewachsen. Und darum werde ich dich zu den Reuerinnen nach Basel bringen. Die haben Erfahrung mit deinesgleichen.«

Nach Basel? Nur das nicht, dann würde Bertram sie niemals finden. Wenn er tatsächlich noch lebte, dann würde er nach ihr suchen, dessen war sie sich auf einmal ganz sicher. Wahrscheinlich hatte Otto ihn genauso belogen und ihm weisgemacht, sie wäre tot. Aber wenn Katharina ihn gefunden hatte ... Katharina. Sie war in Sicherheit. Hoffentlich. Auf jeden Fall konnte diese grässliche Schwester sie nicht mehr mit Katharina erpressen.

Fides richtete sich auf und wischte sich die Tränen aus dem Gesicht. »Ich will nicht in ein Kloster. Ihr habt kein Recht, mich dazu zu zwingen. Ich will zu Bertram. Er wird mein Mann, er wird für mich sorgen.«

Sie wappnete sich für einen erneuten Wutausbruch, doch Otto blieb ganz ruhig. Der Blick aus seinen eisblauen Augen ließ sie erschauern, doch sie verschränkte die Arme vor der Brust und zwang sich, seinem Blick standzuhalten. Endlich zuckte er die Achseln. »Wie du willst, Fides. Es ist dein Leben.«

Sie traute ihren Ohren nicht. Auf einmal so nachgiebig? Sie sah zu Schwester Gertrud, die offenbar genauso erstaunt war wie sie selbst.

Verunsichert strich Fides mit den Händen über ihre Knie. »Kann ich dann gehen?«

Otto schüttelte den Kopf. »Nein. Wir schicken eine Nachricht ans Kantorhaus, dass Bertram dich hier finden kann. Dann wirst du schon sehen, ob er kommt oder nicht. Und ob er dich noch will, mit deinen Entstellungen.«

Er warf einen bezeichnenden Blick auf ihren Arm. Bevor sie reagieren konnte, wandte er sich an Schwester Gertrud. »Habt Ihr Schreibzeug in Eurer Kammer?«

Schwester Gertrud nickte und wollte aus dem Zimmer gehen, doch Otto hielt sie mit einer Handbewegung zurück. »Lasst, ich hole es selbst.«

Er verließ die Kammer. Fides fühlte, wie ihr Herzschlag sich beschleunigte. War es wirklich wahr? Sie durfte Bertram benachrichtigen? Würde er sie holen? Unwillkürlich strich sie sich über den linken Arm. Natürlich würde er sie holen. Sie hörte Pater Otto zurückkommen und setzte sich aufrechter hin. Erwartungsvoll blickte sie zur Tür. Im nächsten Moment schrie sie auf. Ein grässlicher Schmerz durchzuckte ihre Unterarme. Sie starrte noch fassungslos auf die roten Striemen, die sich dort bildeten, als sie bereits der nächste Schlag traf. Wimmernd versuchte sie, sich in Sicherheit zu bringen, doch Pater Otto folgte ihr unerbittlich. Seine Augen sprühten Feuer und die Haare standen ihm wild vom Kopf ab. Er hob den Arm mit der Geißel und der nächste Schlag ging auf sie nieder. Sie robbte auf dem Bett bis zur Wand und rollte sich zu einer Kugel zusammen, den Kopf mit den Händen schützend. Ihr ganzes Dasein bestand nur noch aus Schmerz. Sie hörte das Pfeifen der Lederschnüre und Ottos keuchenden Atem, dann wie aus der Ferne die Stimme von Schwester Gertrud: »Hört auf, Pater Otto, Ihr schlagt sie noch tot!« Dann wurde es still und dunkel.

60. Kapitel

Zürich, Beginenviertel, Sonntag, 7. Oktober 1274

Bertram lief unruhig in der Diele auf und ab. Er hatte kaum abwarten können, bis die Sonntagsmesse vorbei war, um endlich mit Katharina die Suche zu beginnen. Und jetzt trödelte Margareta noch endlos in der Küche herum, weil sie der Magd Anweisungen für das Essen geben musste. Bertram rief sich selbst zur Ordnung, immerhin hatte Margareta ihm zuliebe auf den üblichen späten Festgottesdienst verzichtet und war mit ihm in die Frühmesse gegangen, damit sie eher loskamen. Bertram zog wieder die Buchseite hervor, die er in Katharinas Kittel gefunden hatte. Wieder und wieder hatte er das Blatt studiert, ohne dass es ihm weitere Hinweise geliefert hätte. Es schien aus einem privaten Gebetbuch zu stammen. Das legte nahe, dass Fides in einem Beginenhaushalt stecken könnte. Diese Vermutung hatte auf dem Liederabend auch die Fürstäbtissin geäußert und ihm versprochen, bei ihren wohltätigen Besuchen bei den armen Frauen nach ihr Ausschau zu halten. Fides musste wirklich schwer verletzt sein, wenn sie sich die ganze Zeit nicht selbst gemeldet hatte. Trotzdem blieb das Ganze höchst merkwürdig, warum hatte niemand angegeben, dass er eine verletzte Frau bei sich beherbergte? Die Küchentür öffnete sich und Margareta kam in die Diele, Katharina an der Hand. Das Mädchen trug einen braunen Umhang, unter dem der Saum eines dunkelblauen Wollkleids hervorlugte. Margareta hatte sogar ein Paar passender Stiefel für sie gefunden. Die blonden Locken waren zu zwei ordentlichen Zöpfen geflochten, aus denen sich bereits die ersten Strähnen lösten. Als Katharina Bertram bemerkte, lächelte sie schüchtern.

Bertram hockte sich hin. »Guten Morgen, Katharina«, begrüßte er sie. »Hast du Lust auf einen Spaziergang? Sollen wir Fides suchen?«
Sie schien einen Moment zu überlegen, dann nickte sie. Sie kam näher und streckte Bertram eine Hand hin. Er richtete sich auf, nahm das Kind an der Hand und öffnete die Haustür. Gemeinsam traten sie hinaus, dicht gefolgt von Margareta. Bertram beugte sich zu Katharina hinunter. »Kannst du dich erinnern, wo Fides ist? Findest du das Haus wieder?«
Katharina sah sich zögernd um. Dann hob sie die Achseln. Margareta mischte sich ein. »Ich denke, wir sollten einfach Richtung Niederdorf gehen. Rund um das Predigerkloster und bei St. Verena haben sich viele Beginen angesiedelt. Vielleicht erkennt sie etwas wieder, wenn sie es sieht.«
Bertram nickte zustimmend und gemeinsam machten sie sich auf den Weg. Es war ein schöner goldener Herbsttag, auf der Straße waren hauptsächlich festlich gekleidete Kirchgänger unterwegs. Sie kamen nur langsam voran, denn Margareta wurde ständig gegrüßt und ab und an blieb sie stehen, um mit Bekannten ein paar Worte zu wechseln. Sie erreichten die Kreuzung mit der Brunnengasse. Katharina hielt plötzlich inne und zog an Bertrams Hand. Sie wies nach rechts. Bertram wagte kaum, zu hoffen. Führte sie ihn wirklich zu Fides' jetzigem Aufenthalt oder war ihr der Weg nur vom Wasserholen vertraut? Bertram wusste, dass viele Niederdorfbewohner zwar ihr Brauchwasser aus der Limmat oder dem Sodbrunnen in ihrem Quartier holten, aber für frisches Trinkwasser gerne bis zum Quellwasserbrunnen der Prediger liefen. Fides hatte ihr Trinkwasser fast immer von dort geholt. Hinter dem Brunnen begann das Beginenquartier, das sich östlich bis zur Stadtmauer erstreckte und im Süden an die Rückseite der Häuser am Neumarkt stieß. Unwillkürlich beschleunigte er seine Schritte. Auf der Höhe des Predigerklosters kam ihnen ein priesterlich gewandeter Mönch entgegen, begleitet von einem Knaben, der ein Weihrauchfass, eine Kerze

und ein Kreuz trug. Als der Mann Bertram bemerkte, stutzte er und blieb stehen. Auch Bertram erkannte ihn. Er hatte mit ihm früher zusammengearbeitet, wenn er im Rahmen des regen Büchertausches zwischen dem Prediger- und Grossmünsterkonvent Schriften kopiert hatte. »Gelobt sei Jesus Christus«, begrüßte er ihn.

Bruder Ulrich erwiderte den Gruß. Falls ihn Bertrams Begleitung wunderte, so ließ er es sich nicht anmerken. Er nickte Margareta und Katharina freundlich zu und richtete sein Augenmerk wieder auf Bertram. »Dass ich dich gerade jetzt hier treffe, erscheint mir fast wie eine Fügung. Ich komme von einer letzten Ölung. Die Frau war wohl nicht mehr ganz bei sich und hat jede Menge ungereimtes Zeug gefaselt, aber ich habe ganz deutlich verstanden, dass sie sich seit vielen Jahren die Schuld am Schicksal eines Knaben Bertram gibt. Du bist doch ein Findelkind, oder?«

Bertram durchfuhr es heiß. Sollte er tatsächlich jemanden gefunden haben, der ihn noch aus Kindertagen kannte? So verbreitet war sein Name schließlich nicht. Er warf einen Blick zu Margareta, die genauso erstaunt schien wie er selbst. Er wandte sich wieder an Bruder Ulrich: »Hat sie irgendetwas Genaueres gesagt?«

Bruder Ulrich schüttelte den Kopf. »Mehr kann ich dir nicht sagen. Aber frag sie doch selbst. Als ich sie verließ, lebte sie noch. Es ist das dritte Haus auf der rechten Seite. Eine Mitschwester ist bei ihr. Sie ist sehr freundlich und wird dir sicher helfen.« Das ließ sich Bertram nicht zweimal sagen. Sie verabschiedeten sich von dem Bruder und seinem Begleiter und standen kurze Zeit später vor einem schmalen Holzhäuschen. Es wirkte bescheiden, aber gut unterhalten, und ein Tongefäß mit Rosmarin und anderen Kräutern vor der Haustür vermittelte einen wohnlichen Eindruck. Bertram klopfte an. Eine ältere Frau öffnete ihm und sah sie fragend an. Sie trug die übliche Tracht der armen Schwestern, ein bodenlanges graues Kleid mit einer schwarzen

Schürze darüber und einen dunklen Schleier. Katharina warf nur einen Blick auf sie, dann stieß sie einen erstickten Laut aus. Sie riss sich von Bertrams Hand los und rannte die Straße hinunter, so schnell sie ihre kurzen Beinchen trugen. »Katharina! Bleib stehen!«, rief Bertram ihr nach.

Margareta legte ihm die Hand auf die Schulter. »Bleibt hier, ich mach das schon.« Sie hob die Röcke und eilte Katharina hinterher.

»Was hat das Kind denn?«, fragte die Frau neugierig. Bertram sah sie an. Sie wirkte völlig arglos.

»Verzeiht die Störung. Ihr habt das Kind noch nie zuvor gesehen?«

Die Frau schüttelte den Kopf. »Ganz bestimmt nicht. Daran würde ich mich erinnern. Wir haben nicht viel Umgang mit Kindern.« Sie lächelte Bertram freundlich an. »Kann ich etwas für Euch tun? Wenn nicht, möchte ich mich gerne zurückziehen, ich habe eine Schwerkranke im Haus und möchte sie nicht so lange allein lassen.«

Bertram besann sich wieder auf sein ursprüngliches Anliegen. »Ja, natürlich, verzeiht bitte. Ich habe gerade Euren Seelsorger getroffen. Er hat mir etwas über Eure Mitschwester erzählt, das mich vielleicht betreffen könnte. Mein Name ist Bertram und ich wurde vor zwanzig Jahren am Grossmünster ...«

Er hatte den Satz noch nicht ausgesprochen, als die Begine eine Hand vor den Mund schlug. Sie starrte ihn mit großen Augen an, dann trat sie auf die Straße und musterte ihn im Sonnenlicht von Kopf bis Fuß. »Tatsächlich«, murmelte sie. »Ihr könntet es sein. Kommt mit. Ich bringe Euch zu Schwester Griseldis.« Sie packte ihn am Handgelenk und zog ihn ins Haus und eine steile Stiege hinauf. Sie betraten eine kleine Kammer, in der noch der Duft von Weihrauch hing. Ein geöffnetes Fenster im Giebel ließ Luft und Licht hinein. Bertram sah auf die Frau hinunter, die unter einem Berg Decken fast verschwand. Sie war mittleren Alters, vielleicht in den Vierzigern, ihr Gesicht fast faltenfrei und das unter der Schlafhaube hervorlugende braune Haar wies nur wenige graue Strähnen auf. Doch die eingefallenen Wangen und die tiefen Schatten unter den Augen ließen keinen Zweifel daran, dass sie im Sterben lag. Ihre Augen waren geschlossen und einen Moment lang fürchtete Bertram, er sei zu spät gekommen. Doch dann sah er, dass sich ihre Hände über der Bettdecke bewegten, unruhig über den Stoff strichen. Die Frau, die ihn hereingelassen hatte, beugte sich über die Schlafende und berührte sanft ihre Wange. »Schwester Griseldis«, sagte sie leise dicht an ihrem Ohr. »Ihr habt Besuch. Bertram ist gekommen.«

Griseldis' Finger verharrten auf einmal, ein Seufzer entrang sich ihren Lippen. Der Mund verzog sich zu einem schwachen Lächeln und sie flüsterte etwas, das Bertram nicht verstehen konnte.

Ihre Mitschwester nickte. »Ja, er sagt, er heißt Bertram. Und er ist im richtigen Alter.«

Schwester Griseldis murmelte wieder etwas. Ihre Hand tastete über die Bettdecke. Die Begine wandte sich Bertram zu und deutete auf die Bettkante. »Bitte setzt Euch zu ihr, sie kann nicht mehr laut reden. Und nehmt ihre Hand.«

Mit klopfendem Herzen ließ Bertram sich auf der Bettkante nieder. Behutsam berührte er eine Hand, deren Haut sich wie dünnstes Pergament anfühlte. Doch ihr Griff war erstaunlich fest. Ihre Finger krallten sich in seine Hand, sie zog ihn etwas zu sich heran. Dann öffnete sie die Lider. Wässrige blaue Augen starrten ihn an, erst verschwommen, dann immer klarer. »Bertram«, flüsterte sie und ein strahlendes Lächeln glitt über ihr Gesicht. »Du lebst – und wie schön du geworden bist! Du hast ihre Locken ... und die Augen deines Vaters.« Sie streckte einen Arm aus und betastete sein Gesicht. Bertram saß stocksteif da und wagte kaum, zu atmen. Kraftlos sank ihre Hand herunter.

Du hast die Augen deines Vaters – die Bedeutung dieser Worte drang langsam in Bertrams Bewusstsein. Er hatte braune

Augen – nicht blaue. Wenn das stimmte, dann war Otto doch nicht sein Vater? Aber das Muttermal? Er musste es wissen! Bertram umfasste Griseldis' Hand sanft mit beiden Händen. Er spürte einen Kloß im Hals und musste erst schlucken, bevor er sprechen konnte. »Ihr kanntet meine Eltern?«, fragte er leise.

Sie nickte. Ihre Augen schlossen sich wieder.

Bertram spürte eine Hand auf seiner Schulter. »Bitte, Ihr müsst jetzt gehen, es strengt sie zu sehr an«, sagte die Begine freundlich, aber bestimmt.

Bertram sah sie verzweifelt an. »Oh bitte, noch ein wenig – Ihr wisst nicht, wie viele Jahre ich nach einer Antwort gesucht habe.«

»Schick ihn nicht fort, Josefa«, erklang die Stimme der Kranken. Ihre Augen waren noch immer geschlossen, aber ihre Stimme war kräftiger als vorhin und ihre Finger ließen Bertrams Hand nicht los. Dann schlug sie die Augen auf und sah ihre Mitschwester an. »Hilf mir auf, Josefa. Und gib mir Wasser. Bitte.«

Josefas Seufzer machte deutlich, was sie von dieser Anweisung hielt, aber sie gehorchte wortlos, hob den Oberkörper der kranken Frau an und schob ein dickes Kissen darunter, sodass sie aufrecht sitzen konnte. Sie legte ihr noch ein Wolltuch um die mageren Schultern, bevor sie ihr einen Becher mit Wasser an die Lippen hielt.

Schwester Griseldis trank langsam und bedächtig. Sie dankte Josefa mit einem Neigen des Kopfes und wandte sich dann wieder Bertram zu. Ein zärtlicher Ausdruck trat in ihre Augen. »Ich kann nicht glauben, dass du ein Mann geworden bist. Du warst so winzig ... aber zäh, das muss man dir lassen. Ich weiß es noch, als wäre es gestern gewesen – ein kalter Sonntag im November, der Tag des Heiligen Willehad. Willehad, das bedeutet Kämpfer, und du hast dich wahrlich ins Leben gekämpft – Marie, deine Mutter, sie war noch so jung und so zierlich, ihr Körper war nicht dafür gemacht, ein Kind auszutragen.« Sie hielt kurz inne und erschauerte leicht, als würde sie das Erlebte erneut durchleiden.

Bertram wagte nicht, sich zu rühren, strich nur leise mit einem Finger über ihre Hand.

Endlich fuhr Griseldis fort. »Stundenlang hat sie in den Wehen gelegen und wurde immer schwächer und schwächer. Wir dachten schon, sie würde es nicht schaffen und wir müssten dich in ihrem Leib zu Grabe tragen. Und dann warst du endlich da und ich habe dich in ihren Arm gelegt und gesagt: ›Da habt Ihr Euren kleinen Kämpfer – er macht seinem Namenspatron Willehad alle Ehre.‹ Und sie hat dich angesehen, das kleine verrunzelte Gesichtchen unter dem pechschwarzen Haarschopf, den winzigen Mund gespitzt auf der Suche nach Nahrung, und meinte: ›Eigentlich sieht er eher aus wie ein aus dem Nest gefallener Rabe – er soll Bertram heißen.‹ Das bedeutet *glänzender Rabe*, hat sie mir erklärt.« Tränen rollten über ihre Wangen, als sie Bertram ansah. »Sie mochte Vögel sehr gerne. In ihrem Garten fraßen ihr die kleinen Meisen aus der Hand.« Ihr Blick ging ins Leere und ihre Augenlider senkten sich.

Bertram sah, wie erschöpft sie war, doch er konnte es nicht übers Herz bringen, so kurz vor dem Ziel aufzugeben. »Was ist dann geschehen?«, fragte er und drückte leicht ihre Hand.

Ihre Augen öffneten sich wieder. Einen Moment schien es, als würde sie ihn nicht erkennen, dann lächelte sie und fuhr mit ihrer Geschichte fort. »In der gleichen Nacht ist sie gestorben. Dein Vater hat ihren Wunsch respektiert und dich Bertram genannt, obwohl dieser Name nicht üblich war in seiner Familie. Ich wollte dich zu mir nehmen, aber deinem Vater war es nicht sicher genug. Außerdem war ich nur eine einfache Magd und er wollte, dass du standesgemäß aufwächst und erzogen wirst. Er hat die nötigen Dokumente ausgestellt und ich musste dich am Grossmünster abgeben.« Sie erschauerte wieder und zog unwillkürlich das Wolltuch enger um ihre Schultern. »Es war so kalt in dieser Nacht, so bitterkalt. Und du hast geschrien und geschrien – es hat mich noch jahrelang verfolgt. Ich wollte zurückkommen und sehen, wie es dir geht, aber der Herr hat es nicht erlaubt, er hat mich mitgenommen, weit fort ... Ich wollte nicht, aber was hätte ich tun können?« Ihre Stimme erstarb und für ein paar Minuten war nichts zu hören außer ihr schweres Atmen.

Bertram beugte sich vor. »Mein Vater – kennt Ihr seinen Namen?«

Sie sah ihn an und lächelte. »Du hast seine Augen, so schöne Samtaugen, so hat Marie ihn immer genannt, mein samtäugiger Ritter ... Sie hat mir etwas für dich gegeben, sie hat wohl geahnt, dass sie sterben muss ... Gib es meinem Jungen, hat sie gesagt ... Ich habe es aufgehoben, all die Jahre.« Ihr Blick wurde unstet, irrte in der Kammer umher. »Josefa, du musst mir helfen, in meiner Truhe, der Beutel mit den Federn ...«

Schwester Josefa, die die ganze Zeit schweigend am Kopfende des Bettes ausgeharrt hatte, beugte sich zu ihr hinunter und strich ihr beruhigend über die Wangen. »Schhhh, Griseldis, du darfst dich nicht so aufregen, ich helfe dir, ich suche den Beutel.«

Die Kranke beruhigte sich wieder und ein leichtes Lächeln erhellte ihre Züge. »Das ist gut. Du bist so gut, Josefa, so gut.« Sie murmelte etwas Unverständliches, das Kinn sank ihr auf die Brust.

Schwester Josefa legte einen Finger an ihre Halsschlagader, dann zog sie das Kissen unter ihrem Rücken hervor und bettete sie wieder in eine liegende Position.

Bertram sah sie schreckensstarr an. »Ist sie ...?«

Schwester Josefa schüttelte den Kopf. »Nein, sie schläft. Aber sie ist sehr schwach, was auch immer Ihr noch wissen wollt, es muss bis morgen warten. Wenn sie überhaupt noch einmal aufwacht.«

Er nickte, fuhr sich mit der Hand über die Augen. Dann faltete er die Hände und sprach ein stilles Gebet.

Währenddessen machte sich Schwester Josefa an einer kleinen Truhe zu schaffen, die neben dem Bett stand. Endlich zog sie einen dunklen Lederbeutel heraus, der mit einer bunten Stoffschleife verschlossen war. »Das wird es wohl sein«, murmelte sie. »Macht ihn auf.« Sie drückte Bertram den Beutel in die Hand.

Zögernd drehte er ihn in der Hand hin und her. Erst als sie ihm ermunternd zunickte, öffnete er die Schleife und blickte hinein. Mit spitzen Fingern zog er den Inhalt hinaus und legte ihn auf der offenen Handfläche ab. Es war eine Haarlocke von sehr dunklem Braun, fast schwarz, umwunden mit einem roten Samtband, an das kleine Vogelfedern genäht waren.

»Die Locke könnte fast von Euch sein«, sprach Schwester Josefa seine Gedanken aus. »Diese Marie, von der Schwester Griseldis gesprochen hat, Gott sei ihrer Seele gnädig, war wohl tatsächlich Eure Mutter.«

61. Kapitel

Kloster Selnau, Mittwoch, 10. Oktober 1274, Tag des Hl. Gereon

Heute schien ihm der Weg zum Fuße des Ütlibergs endlos. Pater Otto hatte keinen Blick für die herbstliche Schönheit der tief stehenden Sonne, die die abgeernteten Weizenfelder golden erstrahlen ließ. Mechanisch setzte er einen Schritt vor den anderen. In seinem Kopf drehten sich unablässig die Gedanken. Er konnte Fides nicht länger bei Schwester Gertrud lassen. Seitdem sie wusste, dass Bertram noch lebte, war sie aufsässiger denn je, trotz der Schläge. Vor allem, weil es ihr offensichtlich gelungen war, dieses dumme Gör mit einer Nachricht nach draußen zu schmuggeln. Er hätte seiner ersten Eingebung folgen und das Kind einfach ins Feuer werfen sollen, als er es in der Brandnacht neben Fides entdeckt hatte. Aber es half nicht, sich über verschüttete Milch aufzuregen. Jetzt musste er das Beste aus der Situation machen. Vorläufig saß Fides sicher eingeschlossen in Gertruds Kammer. Da nur diese über ein Türschloss verfügte, hatte die Begine ihre Besitztümer in das andere Zimmer räumen müssen. Er hatte der Schwester strikt verboten, die Kammertür zu öffnen, wenn er nicht dabei war, auch wenn das bedeutete, dass Fides einen ganzen Tag oder länger ohne Nahrung saß, schließlich konnte er sich nicht ständig von seinen Pflichten im Kloster losreißen. Aber ein bisschen fasten hatte noch keinem geschadet, vielleicht würde es ihren Widerstand brechen. Allerdings hatte er noch keine Idee, wie er sie nach Basel schaffen sollte. Freiwillig würde sie nicht mitkommen. Trotzdem konnte er sie nicht mehr allzu lange bei Schwester Gertrud lassen, die Gefahr der Entdeckung war viel zu groß. In den letzten Tagen trieben sich ständig die vornehmen Damen des Fraumünsters in dem Viertel herum. Angeblich, um die armen Schwestern mit Brot und anderen Nahrungsmitteln zu unterstützen, doch er befürchtete, dass ihr Interesse nicht nur der Nächstenliebe galt. Was, wenn es Katharina tatsächlich gelungen war, den Kantor oder Bertram zu erreichen? Fides hatte eisern geschwiegen, er hatte nicht aus ihr herausprügeln können, ob und was für eine Nachricht sie ihr mitgegeben hatte.

Das Kloster kam in Sicht. Der Marsch hatte Pater Otto durstig gemacht. Er beschloss, sich in dem Gasthof einen Schluck Dünnbier geben zu lassen, bevor er seine seelsorgerischen Aufgaben bei den Schwestern wahrnahm. Als er das Gebäude erreichte, sah er zu seinem Erstaunen einen Apfelschimmel davor angebunden. War Albrecht von Schenkenberg etwa schon eingetroffen? Dann musste der Königssohn in der Morgendämmerung aufgebrochen sein. Offenbar wollte er Pater Otto sofort sprechen. Pater Otto öffnete die Tür zur Gaststube und warf einen kurzen Blick hinein. Bis auf zwei Dominikanermönche in einer Ecke war der Raum leer, vermutlich erwartete ihn Albrecht von Schenkenberg am üblichen Treffpunkt. Dann musste das Bier eben warten. Er schloss die Tür wieder und machte sich auf den Weg in das Waldstück hinter dem Gasthof. Er war kaum in das schützende Dunkel der Bäume getreten, als ihm der Königssohn bereits entgegenkam. Wie immer hielt er sich nicht mit Höflichkeitsfloskeln auf. »Ihr habt mein Pferd gesehen«, stellte er statt einer Begrüßung fest. »Gut, dass Ihr sofort gekommen seid.«

Otto nickte. »Ich dachte mir schon, dass Ihr nicht warten wollt, bis ich meine Aufgaben im Kloster erledigt habe. Was gibt es denn so Dringendes?«

»Die Zeit wird allmählich knapp. Uns bleibt weniger als ein Monat, uns dieses Bertrams zu bemächtigen.«

Otto runzelte die Stirn. »Wieso? Was ist denn in einem Monat?«

Albrecht von Schenkenberg sah aus, als hätte er bereits zu viel gesagt. Er machte eine wegwerfende Handbewegung. »Das muss Euch nicht interessieren. Euer Hinweis, dass er inzwischen Wohnung beim Ratsherrn genommen hat, war sehr hilfreich. Allerdings ist es uns bisher nicht gelungen, ihn alleine zu erwischen. Ständig ist er in Begleitung, irgendwelche Familienmitglieder, Ratsherren oder Schreiber sind immer bei ihm.«

Otto machte sich in Gedanken eine Notiz, nachzuforschen, was für Ereignisse in einem knappen Monat anstanden. Gemessen antwortete er: »Ich wüsste nicht, was ich daran ändern könnte. Mit den Ratsherren habe ich wenig zu schaffen.«

Albrecht von Schenkenberg wippte ungeduldig auf den Fersen. »Ich hatte gehofft, Euch würde irgendetwas einfallen, um ihn aus der Stadt zu locken. Gibt es denn niemanden, den er besuchen könnte? Was ist mit diesem Klingenberger? Mit dem ist er doch befreundet, habt Ihr zumindest behauptet.«

»Der ist meines Wissens in Italien«, murmelte Otto geistesabwesend. Gerade war ihm eine Idee gekommen, wie er alle seine Probleme auf einmal lösen könnte.« »Ich habe vielleicht eine Lösung«, sagte er langsam. »Aber Ihr müsst mir dafür einen Gefallen tun.«

»Ja? Lasst hören.«

»Was ich Euch jetzt sage, muss unter uns bleiben.«

Albrecht von Schenkenberg nickte ungeduldig. »Das versteht sich von selbst. Redet endlich.«

»Ihr wisst, dass es am Christophorustag vor knapp drei Monaten einen schrecklichen Brand in Zürich gegeben hat?«

Albrecht nickte. »Wer hat nicht davon gehört? Ein ganzes Stadtviertel soll abgebrannt sein.«

»Es ist mir gelungen, eine junge Frau aus den Flammen zu retten. Sie war schwer verletzt und lange Zeit ohne Bewusstsein. Sie ist immer noch in meiner Obhut. Ich möchte, dass Ihr sie nach Basel in das Kloster der Reuerinnen bringt.«

Albrecht hob die Augenbrauen. »Warum tut Ihr das nicht selbst? Und wie soll uns das dabei helfen, endlich diesen Bertram zu erwischen?«

»Die Frau wird sich vermutlich widersetzen. Sie ist die frühere Geliebte von Bertram. Er weiß nicht, dass sie noch lebt. Aber wenn man ihm erzählen würde, dass sie gerettet wurde und in Basel lebt ...«

Albrecht starrte ihn an. Dann lachte er kurz auf und meinte: »Ihr Pfaffen seid doch immer wieder für eine Überraschung gut. Aber der Plan ist gar nicht schlecht. Wo, sagtet Ihr, habt Ihr die Frau untergebracht?«

Otto zögerte. Wenn er dem Königssohn Fides' Aufenthalt verriet, gab er alle Trümpfe aus der Hand, ohne zu wissen, ob Albrecht seinen Teil der Abmachung einhalten würde. »Ich werde Euch hinführen, wenn Ihr so weit seid, sie nach Basel zu bringen. Lasst mir einfach eine Nachricht zukommen.«

Albrecht presste unwillig die Lippen zusammen. Dann erwiderte er. »Nein. Wir machen es anders. Kennt Ihr den Schwarzen Engel?«

Otto nickte. Der Schwarze Engel war eine übel beleumdete Kneipe im Kratzviertel, einem ärmlichen Stadtteil hinter der Abtei, direkt am Ufer des Sees gelegen. Dort wohnten neben dem Henker und den Wäscherinnen mehr oder weniger nur Bettler, Huren und ähnliches Gesindel.

»Gut. Ich habe dort immer mindestens einen Boten, dem ihr Nachrichten mitgeben könnt, wenn es eilt. Ich werde dort mehrere Söldner postieren, sagen wir am nächsten Montag? Die werden die Frau in Empfang nehmen. Bekommt Ihr das hin?«

Otto war sich zwar nicht sicher, wie er Fides unbemerkt dorthin schaffen sollte, doch innerhalb der fünf Tage würde ihm sicher etwas einfallen. Er nickte. »Ich werde da sein. Aber erst nach der Mittagsstunde. Und jetzt muss ich mich sputen, die Nonnen werden sich schon wundern, wo ich bleibe.«

62. Kapitel

Zürich, Freitag, 12. Oktober 1274

Bertram bestrich die Stelle, die das Blattgold tragen sollte, mit aufgeschlagener Eikläre. Dann nahm er einen neuen Haarpinsel und feuchtete die Spitze des Pinselstiels mit der Zunge an. Vorsichtig stippte er sie auf eine Ecke des zugeschnittenen Goldblättchens. Er hob es an, platzierte es an der gewünschten Stelle und glättete es mit dem Pinsel, wobei er den Atem anhielt, damit das hauchfeine Stückchen nicht wegwehte, bevor es angetrocknet war. So verfuhr er weiter, bis alle Stellen des Hintergrunds mit Blattgold belegt waren. Anschließend polierte er sie mit einem Eberzahn, bis sie glänzten und keine Nahtstellen mehr zu sehen waren. Mit schräg geneigtem Kopf betrachtete er das Ergebnis. Er hatte in der Vergangenheit nicht so oft Gelegenheit gehabt, mit dem kostbaren Material zu arbeiten, und so hatte er beschlossen, zunächst an den Zierinitialen zu üben, bevor er sich an die großflächigen *Miniaturen* machte. Er war zufrieden mit seiner Arbeit. Der Goldgrund schimmerte in makellosem Glanz und umrahmte den Buchstaben R, den Bertram später mit Farbe füllen würde. Dunkelrot, nahm er sich vor, das harmonierte gut mit Gold und passte zu dem Einleitungsbild. Den Text der ersten Lage hatte er bereits fertiggestellt, und um seine Schreibhand etwas zu entlasten, hatte er beschlossen, sich zwischendurch den Bildseiten zu widmen. Heinrich von Klingenberg hatte sich eine repräsentative *Miniatur* zu Beginn des Buches gewünscht. Und er hatte angedeutet, dass er nichts dagegen hätte, wenn das Bild Hinweise auf seine Urheberschaft des Projektes geben würde, und seien sie noch so versteckt. Bertram fühlte sich an die Psalterillustration des Bischofs von Lyon erinnert, die den Kardinaldekan damals so erzürnt hatte. Da die Einleitungsverse des Romans wenig Vorgaben zur Illustration boten, hatte Bertram vorgeschlagen, den Dichter Rudolf von Ems darzustellen, ähnlich wie man dem *Psalter* ein Bild König Davids voranstellte. Das war Heinrich zu allgemein gewesen. In der Weltchronik, die sie bei den Chaponays in Lyon betrachtet hatten, fand sich eine Darstellung, wie König Konrad IV. dem Dichter Rudolf von Ems den Auftrag zur Verfassung der Weltchronik erteilte. Rudolf bezeichnete in seinem »Wilhelm von Orlens« den Schenken Konrad von Winterstetten als seinen Auftraggeber, einen der ranghöchsten Reichsministerialen am staufischen Königshof. So hatten sie sich darauf geeinigt, im ersten Bild einen fürstlich gekleideten Mann in Denkerpose darzustellen, rechts von ihm einen Schreiber. Der uneingeweihte Betrachter würde nicht mehr darin erkennen als den Auftraggeber Konrad von Winterstetten und den Dichter Rudolf von Ems, doch Heinrich – und vielleicht sogar Elisabeth – würde die Doppeldeutigkeit auffallen: er selbst als Auftraggeber in fürstlicher Gewandung, neben ihm Bertram als Schreiber. Um Heinrichs Eitelkeit Genüge zu tun, hatte Bertram die Gestalt des Diktierenden unter einen Baldachin gesetzt und mit blonder Haar- und Barttracht ausgestattet.

Von ferne hörte Bertram das Schlagen zur *Non*. Zeit, das Gold aufzuräumen, bald würde Rüdiger von seiner Ratsversammlung heimkehren. Bertram hatte zwar extra die Tür geschlossen, doch Rüdiger war niemand, der sich mit Anklopfen aufhielt, erst recht nicht in seinem eigenen Haus. Zu ärgerlich, wenn ein plötzlicher Luftstoß die kostbaren Blättchen in unerreichbare Dielenritzen wehen sollte. Bertram sammelte jedes Krümelchen sorgfältig ein, verschloss die Dose und räumte sie in die kleine Kiste, in der er seine Farbpigmente aufbewahrte. Mit der Fingerspitze prüfte er, dass der Goldgrund auch wirklich vollständig getrocknet war, bevor er das Blatt zu den übrigen Bögen legte. Dann nahm er das Schälchen, in dem er das Eiweiß angerührt hatte, und machte sich auf den Weg nach unten, um es im Hof zu säubern. Er hatte kaum die Diele betreten, als ihm Margareta entgegenkam.

»Gut, dass ich dich hier treffe, Bertram, das erspart mir den Weg nach oben. Es sind zwei Boten für dich gekommen.«

»Zwei Boten?«, echote Bertram.

»Ja«, bekräftigte Margareta und zwinkerte ihm zu. »Du bist ganz schön gefragt. Der eine war von der Fürstäbtissin. Sie hat dir etwas mitzuteilen und du kannst sie heute zwischen *Non* und *Vesper* in ihrem Arbeitszimmer aufsuchen.«

Bertram durchfuhr ein freudiger Schrecken. Ob sie Fides gefunden hatte? Am besten brach er gleich auf, es war ja schon kurz nach der *Non*. Zögernd betrachtete er das Schälchen in seiner Hand.

Margareta rollte die Augen.»Nun gib schon her, ich mach das. Kannst es wohl gar nicht erwarten?«

Bertram sah sie schuldbewusst an.»Verzeiht, Margareta. Es ist nur ... Sie hatte versprochen, im Beginenviertel nach Fides zu schauen – vielleicht hat sie ja mehr Erfolg als Katharina.«

Margareta nickte. Sie hatte Katharina am letzten Sonntag zwar schnell wieder einfangen können, doch hatte sich das Mädchen seitdem geweigert, noch einen Fuß in das Viertel zu setzen.»Ich versteh schon. Vergiss deinen Mantel nicht, wenn die Sonne sinkt, wird es kühl. Und bist du gar nicht neugierig auf die zweite Nachricht?«

Bertram, der schon auf halbem Weg in seine Kammer war, wandte sich auf der Treppe um.»Ach so, ja, von wem war die zweite Nachricht?«

»Von Friedrich. Er meinte, wenn du Zeit hast, solltest du dich heute zur *Vesper* am Nordportal des Grossmünsters einfinden.«

Bertram runzelte die Stirn.»Hat er gesagt, warum?«

Margareta schüttelte den Kopf.»Ich weiß nicht mehr, als ich dir mitgeteilt habe.«

Bertram verabschiedete sich von ihr und holte den Mantel aus seiner Kammer. Für alle Fälle schob er etwas Kleingeld in die Tasche und nahm seine Schreibtafel mit, wer weiß, was Friedrichs Nachricht von ihm verlangte.

»Ehrwürdige Mutter?« Bertram blieb abwartend in der Tür des Arbeitszimmers stehen, zu dem ihn eine der Laienschwestern geleitet hatte. Elisabeth von Wetzikon trat von dem Pult zurück, an dem sie gelesen hatte, und begrüßte ihn lächelnd.»Bertram! Wie schön, dass Ihr es so schnell einrichten konntet. Setzt Euch.«

Sie wies auf einen Scherenstuhl und nahm selbst in dem Lehnstuhl gegenüber Platz. Während Bertram sich setzte, ordnete sie die Falten ihres Habits und lächelte ihm freundlich zu.

Er konnte nicht mehr an sich halten.»Habt Ihr Fides gefunden?«

»Ich bin nicht sicher«, antwortete Elisabeth. »Aber ich denke, wir sind auf der richtigen Spur. Vor zwei Tagen waren wir in dem Beginenviertel hinter dem Barfüßerkloster unterwegs. In der Regel sind die Schwestern dort sehr dankbar, wenn wir ihnen Brot oder andere Gaben vorbeibringen, und entsprechend freundlich. Wir haben an eine Tür geklopft. Als niemand öffnete, wollten wir schon weitergehen, doch dann haben wir ein dumpfes Poltern gehört, das aus dem Haus zu kommen schien. Wir haben also noch mehrmals an die Tür geklopft und endlich hat uns eine Frau aufgemacht. Sie trug die übliche Gewandung der armen Schwestern, war aber alles andere als freundlich. Ich hatte den Eindruck, als könnte sie uns gar nicht schnell genug loswerden. Als ich sie auf das Gepolter ansprach, murmelte sie etwas von einem umgefallenen Hocker und schlug uns dann die Tür vor der Nase zu.«

»Das ist in der Tat ziemlich merkwürdig.«

Elisabeth beugte sich etwas vor. »Und was noch viel merkwürdiger ist: Dieser aufmüpfige Barfüßer Otto trieb sich zur gleichen Zeit in der Gegend herum und er legte größten Wert darauf, nicht von uns gesehen zu werden. Habt Ihr nicht gesagt, dass er bereits früher versucht hat, Eure Verbindung zu dem Mädchen zu verhindern?«

Bertram hielt es kaum mehr auf dem Stuhl. »Würdet Ihr das Haus wiederfinden? Könnt Ihr mich hinbringen?«

»Langsam, Bertram. Tut jetzt nichts Unüberlegtes. Ihr könnt dort nicht einfach eindringen. Wir wissen nicht, ob sich Fides tatsächlich dort befindet.«

Bertram ließ die Schultern sinken. »Warum habt Ihr mich überhaupt benachrichtigt, wenn ich doch nichts tun soll?«

»Ihr solltet Euren Freunden von unserem Verdacht erzählen und das Haus – und vielleicht auch Pater Otto – beobachten lassen. Schickt unauffällige Leute vorbei, die dort unter einem Vorwand anklopfen – weil sie etwas verkaufen wollen, oder Hilfe bei Krankheit oder der Versorgung eines Sterbenden benötigen.

Wenn sich tatsächlich Hinweise finden, dass Eure Braut sich dort aufhält, könntet Ihr den Rat und seine *Büttel* einschalten.«

Bertram nickte langsam. Der Vorschlag war gut, doch wen sollte er dort vorbeischicken? Zu seinen früheren Freunden hatte er so gut wie keinen Kontakt mehr.

»Ihr solltet Euch mit dem Kantor versöhnen.« Elisabeths ruhige Stimme unterbrach seine Gedanken. Er fuhr zusammen. Einen Wimpernschlag lang durchzuckte ihn Ärger. Was ging die Äbtissin sein Verhältnis zum Kantor an? Dann stieg Scham in ihm auf. Schließlich opferte sie Zeit und Geld, um ihm zu helfen, dabei kannte sie ihn kaum. Und wenn er ganz ehrlich war – so richtig wusste er auch nicht mehr, warum er sich so überstürzt von allem losgesagt hatte. Er räusperte sich. »Ich werde über Eure Worte nachdenken«, sagte er schließlich.

Ein feines Lächeln umspielte die Lippen der Äbtissin. »Tut das«, erwiderte sie und erhob sich, zum Zeichen, dass die Audienz beendet war.

Gedankenverloren blieb Bertram einen Moment auf dem Münsterplatz stehen. Er konnte über den Weinplatz und die große Gemüsebrücke nach Hause gehen, oder die Limmat jetzt gleich überqueren und am Grossmünster vorbei die Hauptstraße nehmen. Das Vesperläuten nahm ihm die Entscheidung ab. Beinahe hätte er Friedrichs Nachricht vergessen! Was hatte er gesagt? Am Nordportal, zur *Vesper*. Das sollte er noch schaffen. Eilig lief Bertram über die Münsterbrücke und an den trutzigen Türmen des Grossmünsters vorbei. Zu seinem Erstaunen entdeckte er den *Leutpriester* Wello vor dem Nordportal, umgeben von einer kleinen Gruppe Menschen. Sie schienen sehr angeregt miteinander zu sprechen, während ein paar Kinder um sie herum tobten. War das nicht Elsbeth? Jetzt erkannte er auch Hedwig, die sich mit einer anderen Frau unterhielt. Die Frau drehte den Kopf in Bertrams Richtung. Er blinzelte und traute seinen Augen kaum.

»Bertille«, flüsterte er. »Wie ist das möglich?« Jetzt hatte Bertille ihn auch bemerkt, kam auf ihn zugelaufen und fiel ihm um den Hals. Sie drückte ihn fest, dann trat sie einen Schritt zurück und murmelte: »Pardon, 'err Bertram, isch bin so froh, Eusch gesund zu sehen.« Ihr französischer Akzent war viel ausgeprägter, als er es in Erinnerung hatte.

Bertram starrte sie fassungslos an. »Bertille, ich freue mich auch, dich zu sehen, aber wie kommst du auf einmal hierher? Und wo sind die Kinder?« Jetzt erst bemerkte er die Wölbung unter ihrem Kleid. Bertille fing seinen Blick auf und errötete. Dann klopfte sie sich zärtlich auf den Bauch. »Ja, ganz rischtig, an Ostern wir werden 'aben eine kleine Mathis.«

»Oder eine kleine Bertille«, ertönte eine tiefe Stimme.

Bertram löste den Blick von ihrem Bauch und sah auf. »Mathis!«, rief er aus. Sein Blick ging von Mathis, der einen Arm um Bertilles Taille geschlungen hatte, zu Pater Wello, der das Geschehen interessiert verfolgte.

Endlich begriff er. »Ihr habt geheiratet!«, stieß er hervor.
»Gerade eben«, bestätigte Mathis.

Bevor Bertram etwas sagen konnte, zerrte jemand heftig an seinem Arm. Elsbeth strahlte ihn an. »Bertram, schau, ich habe jetzt eine neue Freundin – aber sie spricht so komisch.« Sie hielt an der anderen Hand ein vielleicht vierjähriges Mädchen, das ihn unter einem roten Lockenschopf schüchtern anlächelte.

»Sophie!«, rief Bertram aus. Er beugte sich zu ihr hinunter und hielt ihr die Hand hin. »Bonjour, Sophie. Ça va?«, kratzte er sein Französisch zusammen.

»Bertram«, rief Sophie und streckte ihm die Arme entgegen. Er hob sie hoch und erklärte Elsbeth: »Sie spricht Französisch, weil sie in Lyon aufgewachsen ist.« Er wandte sich wieder an Bertille. »Ist Philipp auch hier und dein Bruder? Ihr müsst mir unbedingt erzählen, wie ihr hierhergekommen seid!«

Mathis antwortete an ihrer Stelle: »Philipp steckt hier

irgendwo mit Friedrich, Pierre ist in Lyon geblieben. Warum kommst du nicht mit uns und wir erzählen dir alles? Wir haben keine große Feier, aber wir essen alle zusammen im Rüden. Bertille kocht dort einmal in der Woche und der Wirt hat uns einen Tisch zur Verfügung gestellt.« Bertram zögerte.

Bertille stellte sich auf die Zehenspitzen und flüsterte ihm zu. »Komm, 'err Bertram, isch 'ab *Quenelles au Brochet* gemacht – wer könnte da widerstehen?«

Bertram musste lachen. Bertilles Hechtklößchen waren in der Tat jede Verzögerung wert.

»Ich würde mich auch freuen, wenn du uns Gesellschaft leistest.« Diese sonore Stimme kannte Bertram nur zu gut. Unsicher sah er den Kantor an. Es war ein seltsames Gefühl, ihn nach so langer Zeit wiederzusehen.

»Meister Konrad«, sagte er leise. »Es tut so gut, Euch wiederzusehen.« Und in dem Moment spürte er, dass das keine leere Floskel war. Er freute sich wirklich. Und dem Kantor schien es genauso zu gehen. Er las keinen Vorwurf in seinem Blick, keinen Ärger, nur Freundlichkeit.

»Gut«, sagte der Kantor. Dann lasst uns die Kinder einsammeln und gehen.«

Wenige Augenblicke später fand sich Bertram zwischen Bertille und Mathis an einem der langen Tische im Rüden wieder, einen Bierkrug vor sich. Der Kantor und seine Familie hatten ihnen gegenüber Platz genommen. Nachdem das allgemeine Anstoßen und Hochleben des Brautpaares vorbei war, hielt Bertram es nicht länger aus. »Jetzt erzählt schon. Wie bist du hierhergelangt, Bertille?«

»Na ja, es war so ungefähr drei Wochen nach Eurer Abreise, da war ich mir sicher, dass ich – wie sagt man – guter Hoffnung war. Pierre hat die Chaponays gefragt, ob ich mit den Kindern auf einem ihrer nächsten Handelszüge mitreisen könnte. So sind wir dann vor zwei Wochen in Straßburg angekommen. Von dort hat Mathis uns abgeholt. Meine Onkel war nicht sehr erfreut, aber was soll er machen? Isch liebe diese Mann.« Sie lächelte Mathis zärtlich an, der ihr einen Kuss auf die Stirn drückte.

Bertram fiel es immer noch schwer, seinen ehemaligen Knecht und eingefleischten Junggesellen als Ehemann und werdenden Vater zu sehen. Aber offensichtlich waren die beiden glücklich. Und nur darauf kam es an.

Er hob den Krug und prostete ihnen zu. »Dann trinken wir auf eine glückliche Ehe!« Er wischte sich den Mund ab und fragte: »Wo wohnt ihr denn jetzt? Mathis hatte doch nur ein Lager bei den anderen Knechten?«

Mathis und Bertille wechselten einen fast schuldbewussten Blick, dann meinte Mathis: »Ehrlich gesagt wohne ich immer noch da. Der Kantor hatte Bertille und den Kindern angeboten, vorläufig in deiner ehemaligen Kammer zu wohnen, bis wir etwas Passendes gefunden haben.«

Bertram fühlte einen leichten Stich. Bertille schien sein Stimmungswechsel aufzufallen.

Sie legte eine Hand auf seinen Handrücken und meinte: »Isch habe gehört von die schreckliche Brand und das ist verschwunden deine petite ami. Können wir etwas tun?«

Auch Mathis schaltete sich ein: »Gibt es neue Nachrichten?«

Bertram zögerte. Dann gab er sich einen Ruck. Such dir Helfer, hatte die Äbtissin gesagt. Dann konnte er genauso gut sofort damit anfangen. Er erzählte ihnen von seiner Suche und Elisabeths Beobachtungen.

Bertille nickte eifrig. »Naturalement wir werden helfen, nicht wahr, Mathis?« Mathis nickte und Bertille fuhr fort: »Isch gehe besuchen diese pauvre soer – isch sage, ich bin enceinte und brauche Medizin oder so – und dann isch falle um und dann sie muss mich lassen ins Haus und mir geben Wasser oder so und dann ich sehe schon, ob deine Fides ist da ...« Sie übertrieb ihren französischen Akzent und untermalte ihre Worte mit derartig eindrucksvollen Gesten, dass Hedwig sich besorgt über den Tisch beugte, während Mathis und Bertram in schallendes Gelächter ausbrachen.

»Bertille, an dir ist eine Schauspielerin verloren gegangen«, sagte Bertram, als er endlich wieder sprechen konnte. Ihre Darbietung hatte auch die Aufmerksamkeit der anderen erregt. Friedrich war sofort Feuer und Flamme, als er hörte, worum es ging. Sogar der Kantor hielt es für keine schlechte Idee, besagtes Haus genauer in Augenschein zu nehmen. Zum ersten Mal seit Wochen verspürte Bertram wieder echte Hoffnung.

63. Kapitel

Zürich, Sonntag, 14. Oktober 1274 – Gedenktag des Hl. Callistus

Pochende Kopfschmerzen weckten Fides auf. Sie hatte einen schalen Geschmack im Mund und ihr war übel. Sie ließ die Augen geschlossen und versuchte, ruhig zu atmen. Wahrscheinlich hatte Schwester Gertrud ihr irgendetwas in den Kräutertee getan, den sie ihr gestern mit dem Essen gebracht hatte. Fides hatte ihn erst nicht trinken wollen, aber ihr war so schrecklich kalt gewesen. Die Kammer war nicht dafür gedacht, sich darin den ganzen Tag aufzuhalten, und jetzt, wo der Herbst unaufhaltsam dem nahenden Winter wich, wurde es empfindlich kühl. Meist verbrachte sie ihre Tage zusammengerollt unter der fadenscheinigen Wolldecke auf dem Bett. Widerstrebend öffnete sie die Augen. Das Dämmerlicht verriet nichts über die Tageszeit, es konnte ebenso gut morgens oder nachmittags sein. Allmählich verlor sie das Zeitgefühl. Wie viel Zeit war seit Katharinas Flucht vergangen? Eine Woche? Zwei? Warum kam Bertram nicht? Oder war er das doch gewesen, vor ein paar Tagen, an der Haustür? Aber nein, sie hatte nur Frauenstimmen gehört. Sie hatte versucht, so viel Lärm zu machen wie möglich, aber mehr als Prügel hatte ihr das nicht eingebracht. Sie zog einen Arm unter der Decke hervor. Fünf rote Streifen zeugten von Ottos brutalem Angriff. Einer der Striemen hatte sich entzündet, die Wundränder waren geschwollen und stark gerötet. Sie musste Schwester Gertrud um eine Salbe bitten, bevor es noch schlimmer wurde. Hoffentlich kam sie heute überhaupt. Fides hatte auf einmal schrecklichen Durst. Sie setzte sich im Bett auf und griff nach dem Krug, der neben dem Bett auf dem Boden stand. Ein wenig Wasser befand sich noch darin. Sie hielt sich nicht damit auf, den Becher zu suchen, sondern setzte ihn gleich an die Lippen. Nicht alles auf einmal, flüsterte eine Stimme in ihrem Kopf, aber sie war zu durstig. Jetzt begann auch ihr Magen zu knurren. Sie setzte den leeren Krug ab. Wenn sie sich recht erinnerte, hatte sie von der letzten Mahlzeit noch einen Apfel aufgehoben. Zum Schutz vor Mäusen hatte sie ihn auf den Dachbalken gelegt und mit dem leer gegessenen Suppennapf bedeckt. Sie stellte sich auf das Bett und hob den Napf an. Der Apfel war noch da, und auch nicht angenagt. Sie nahm nur kleine Bissen und kaute gründlich, damit er länger hielt. Auf diese Weise hatte sie auch etwas zu tun. Trotzdem war der Apfel in kürzester Zeit vollständig verzehrt. Sie legte den Stiel in den Holznapf und leckte ihre klebrigen Finger ab. Angeekelt betrachtete sie die schwarzen Ränder unter ihren Fingernägeln. Es war Ewigkeiten her, dass sie sich das letzte Mal gewaschen hatte. Bestimmt stank sie inzwischen übler als der widerliche Nachttopf, den sie nicht mehr aus dem Fenster leeren konnte, weil Otto den Schemel aus dem Zimmer entfernt hatte. Immerhin stand das Fenster jetzt dauernd offen, sodass etwas Licht und vor allem Luft in das Zimmer kamen, dafür auch die Kälte und manchmal ein paar Regentropfen, wenn der Wind sie gegen den Giebel trieb. Ab und an drangen auch ein paar Stimmen von der Straße zu ihr hinauf, meist waren es Kinder, die rudelweise durch die Gassen zogen. Jetzt schien sich wieder so eine Gruppe zu nähern. Erstaunt bemerkte Fides, dass die Stimmen sich nicht wieder entfernten, sondern offensichtlich vor dem Haus innehielten. Pater Otto hatte noch nie Kinder mitgebracht. Bekam Schwester Gertrud Besuch? Oder war das am Ende – Katharina? Hatte sie Hilfe geholt? Fides wagte nicht, sich wieder bemerkbar zu machen, aber lauschte angestrengt nach draußen. Jetzt war es still, vielleicht waren die Kinder doch weitergezogen? Das lautstarke Pochen an der Haustür ließ sie zusammenfahren. Unwillkürlich faltete sie die Hände. Waren ihre Gebete doch erhört worden?

Ungute Vorahnungen hatten Otto aus dem Haus getrieben. Er hatte versucht, seinen Geist mit Beten zu beruhigen, doch das rastlose Gefühl wollte nicht weichen. Er musste unbedingt heute noch bei Schwester Gertrud vorbeigehen und sich selbst davon überzeugen, dass alles in Ordnung war. Viel Zeit blieb ihm nicht, zur *Vesper* sollte er beim *Stundengebet* sein, wenn er nicht noch mehr auffallen wollte als jetzt schon. Trotzdem nahm er nicht den direkten Weg, sondern lief in einem großen Bogen die Kirchstraße hinunter und bog dann nach rechts in die publica strata ein, sich immer wieder umschauend, ob nicht königliche Soldaten irgendwo lauerten. Erst als er sicher war, nicht verfolgt zu werden, schlüpfte er in das schmale Nadilgässchen. Er hörte es bereits, bevor er etwas erkennen konnte: Auf der Straße herrschte Aufruhr, Frauenstimmen zeterten, Kinder weinten ... Er stürzte fast aus der engen Gasse auf die Straße und bleib wie angewurzelt stehen. Die Tür zu Schwester Gertruds Haus stand sperrangelweit auf, eine beleibte Frau stützte sich am Türpfosten ab und schien mit Schwester Gertrud zu diskutieren, während ein halbwüchsiger Junge und ein kleines Mädchen um sie herumsprangen und einen ohrenbetäubenden Lärm veranstalteten. Otto hatte noch Selbstbeherrschung genug, um sich zu schauen, bevor er sich dem Haus näherte. Ein paar Häuser weiter flog bereits der erste Fensterladen auf, es war nur eine Frage der Zeit, bis es auch auf dieser wenig frequentierten Straße von Schaulustigen wimmeln würde.

»Was ist hier los?«, versuchte er mit lauter Stimme, das Getöse zu übertönen.

Statt einer Antwort stieß die fremde Frau einen durchdringenden Schrei aus und krümmte sich zusammen, die Hände auf den Leib gepresst. Jetzt erst bemerkte Otto, dass sie keineswegs dick, sondern unübersehbar schwanger war. Sie war noch recht jung und trug die Haube der verheirateten Frauen, unter der kupferrote Locken hervorsahen. Otto hatte sie noch nie gesehen. Wahrscheinlich lag sie sonntags lieber im warmen Ehebett, als sich in die zugige Kirche zu begeben. Die Kinder begannen wieder zu kreischen.

Otto wollte die Frau gerade ansprechen, als das Vesperläuten erklang. Er unterdrückte mühsam einen Fluch. Auch das noch. Selbst wenn der Guardian in Basel weilte, hatte er bestimmt einen Aufpasser auf ihn angesetzt, der ihm brühwarm berichten würde, wenn Otto schon wieder das *Stundengebet* versäumte.

»Bruder Otto!«, hörte er zu seinem Entsetzen eine vertraute Stimme. »Was machst du denn hier? Ich wähnte dich im Kloster, beim *Stundengebet*.«

Er sah auf, direkt in die vorwurfsvollen Augen von Bruder Jakobus. Otto setzte eine arrogante Miene auf.

»Die Frage kann ich nur zurückgeben.«

Bruder Jakobus zog die Augenbrauen hoch. »Was erlaubst du dir? Ich bin der Stellvertreter des Guardian, er hat mich beauftragt, dieses Haus in Augenschein zu nehmen. Die verstorbene Witwe Judenta Stagiln – Gott hab sie selig – hat es in ihrem Testament unserem Kloster vermacht. Ich soll etwaige Baumängel festhalten.«

Jetzt erst bemerkte Otto den hochgewachsenen Mann in Zimmermannstracht, der hinter Bruder Jakobus stand und ihn neugierig musterte.

Otto änderte seine Taktik. »Verzeiht, Bruder Jakobus. Ich war auf dem Weg und wurde aufgehalten. Ein medizinischer Notfall.«

Er wollte auf die schwangere Frau zeigen, bemerkte jedoch, dass diese sich inzwischen mitsamt ihrer Brut aus dem Staub gemacht hatte. Er sah ihre Silhouette gerade noch Richtung Kirchgasse verschwinden. Für jemanden, der gerade noch Schmerzen gehabt hatte, bewegte sie sich ziemlich schnell.

Bruder Jakobus betrachtete ihn einen Moment schweigend, dann meinte er: »Wenn du schon da bist, kannst du mitkommen. Vier Augen sehen mehr als zwei.« Er zog einen schweren Schlüssel aus seiner Gürteltasche, sperrte die Haustür auf und ließ den Zimmermann vorangehen. Dann bedeutete er Otto mit einer Handbewegung, ebenfalls einzutreten. Innerlich mit den Zähnen knirschend, folgte Otto dieser Aufforderung. Er wusste jetzt schon, dass Bruder Jakobus ihn nicht aus den Augen lassen würde, bis sie wieder im Kloster waren. Mit Schwester Gertrud würde er ein anderes Mal reden müssen. Und Fides musste einen weiteren Tag hungern. Wenn er nur wüsste, wer diese fremde Frau gewesen war.

64. Kapitel

Zürich, Montag, 15. Oktober 1274

Ächzend richtete Otto sich auf. Nach einer durchwachten Nacht auf dem Steinfußboden gehorchten ihm seine Knie kaum. Er rieb sich die brennenden Augen und warf einen Blick auf die Stundenkerze. Zeit, seine Mitbrüder zur *Prim* zu rufen. Er schlurfte zum Glockenstrang. Hell klang das Läuten durch die dunkle Nacht. Die Sonne würde frühestens in einer Stunde aufgehen. Er nahm seinen Platz im Chor ein und wartete auf das Eintreffen seiner Mitbrüder. Wie zu erwarten war Bruder Jakobus der Erste. Mit selbstgefälligem Lächeln betrat er den Chor. Otto bemühte sich um eine demütige Miene und beobachtete ihn unter gesenkten Lidern. Wenn der Stellvertreter des Guardian glaubte, ihn durch eine aufgebrummte Nachtwache mürbezumachen, hatte er sich getäuscht. Nach ein paar Minuten war das kleine Grüppchen vollzählig. »Beatus vir qui non abiit in consilio impiorum et in via peccatorum ...«, schallte es aus sechs Kehlen – »Wohl dem, der nicht wandelt im Rat der Gottlosen, noch tritt auf den Weg der Sünder.« Wie immer fand Otto Trost und Bestätigung in den Worten des ersten Psalms, der jeden Montag den Arbeitstag der Mönche einläutete. Inbrünstig sprach Pater Otto vor allem die letzte Zeile: »Denn der HERR kennt den Weg der Gerechten; aber der Gottlosen Weg vergeht.« Wie sehr der HERR die Gottlosen strafte, hatte er vor ein paar Monaten eindrucksvoll bewiesen. Jetzt musste es Otto nur gelingen, Fides schnellstmöglich aus der Stadt zu schaffen, bevor sie wieder unter den Einfluss dieser sittenlosen Kanoniker geriet. Während der langen Nachtstunden hatte er einen Plan ausgearbeitet. Diesen Dienstag um die Mittagszeit legte

ein Schiff nach Basel ab. Wenn er heute Mittag die Boten des Königssohns überzeugen konnte, war Fides morgen schon auf dem Weg zu den Reuerinnen. Vielleicht war Albrecht ja selbst erschienen. Schließlich hatte Otto es dringend gemacht. Als das letzte Gebet verklang, konnte Otto es kaum erwarten, nach draußen zu gelangen. Mit mühsam verhehlter Ungeduld reihte er sich unter seinen Brüdern ein, die hinter dem stellvertretenden Guardian den Chor verließen. Heute war er zum Gartendienst eingeteilt worden. Das hieß zu dieser Jahreszeit vor allem Laub fegen, die Zäune kontrollieren und gegebenenfalls ausbessern sowie Holz hacken. Mit etwas Glück konnte er sich nach der *Terz* davonmachen, dann blieb ihm noch genug Zeit, vor der Mittagstunde zum Schwarzen Engel zu laufen. Hoffentlich hatte ihm Bruder Jakobus nicht ausgerechnet den griesgrämigen Nikolas zugeteilt, der alles und jeden mit misstrauischen Argusaugen überwachte. Als er den Hof betrat, war Bruder Martin gerade dabei, im Schein einer Laterne die Werkzeuge im Schuppen zu prüfen. Otto atmete auf. Der junge Bruder war ein sehr umgänglicher Mensch, er würde sich leicht überreden lassen, die Arbeit eine gewisse Zeit allein zu verrichten, vor allem nachdem es sein Nachtdienst war, den Otto hatte übernehmen müssen.
»Gelobt sei Jesus Christus«, grüßte er und betrat den Schuppen.
Martin erwiderte den Gruß freundlich und hielt ihm ein Beil unter die Nase. »Ich dachte mir, bis die Sonne aufgeht und es draußen hell genug ist zum Arbeiten, kontrolliere ich die Werkzeuge. Diese Axt sollten wir schärfen lassen, sonst wird das Holzhacken sehr mühsam.«
Otto nickte zustimmend. Schweigend gingen sie den Bestand an Werkzeugen und Messern durch und sammelten die stumpfen in einem flachen Weidenkorb. »Da hat sich ganz schön was angesammelt«, meinte Otto. »Wenn es dir recht ist, bringe ich den Korb nach der *Terz* zum Schleifer.«
Bruder Martin sah ihn forschend an. »Wird dir das nicht zu schwer? Ich bin jünger, ich könnte auch gehen.«

Otto schüttelte den Kopf. »Das macht mir nichts. Und ein wenig Bewegung wird mir guttun.« Er gähnte unverhohlen.

Bruder Martin schien zu begreifen. »Es war sehr freundlich von dir, meinen Nachtdienst zu übernehmen«, meinte er. Otto sah ihn überrascht an. Kein Wort davon, dass es eigentlich eine Strafe wegen seiner Abwesenheit während des Chorgebets gewesen war. Jetzt zwinkerte Martin ihm sogar zu und flüsterte: »Immerhin kürzen sie uns nicht die Brotration, wie bei den Kanonikern vom Grossmünster.«

Otto schnaubte verächtlich. »Als ob es bei uns noch was zu kürzen gäbe«, antwortete er.

Bruder Martin lachte hellauf. »Das könnte in der Tat schwierig werden. Aber was soll's, ich bin noch immer satt geworden. Bei meinen Eltern gab es auch nicht mehr. Zu viel Essen macht träge.« Er reckte seinen jugendlich schlanken Körper und warf einen Blick nach draußen. »Ich glaube, es ist jetzt hell genug. Wir können uns an das Holz machen. Du reichst an und ich schlage, einverstanden?« Er wartete Ottos Antwort gar nicht ab, sondern griff sich eine scharfe Axt und machte sich auf den Weg nach draußen, wo im Windschatten des Schuppens der Hackklotz stand. Otto folgte ihm schweigend.

Im Rathaus, kurz vor der Terz

»Wie viele Beweise brauchst du denn noch, um endlich tätig zu werden?« Bertram stützte sich mit beiden Händen auf den großen Tisch im Ratssaal und sah Rüdiger eindringlich an. Die Ratsversammlung hatte noch nicht begonnen, die meisten der *Consules* waren noch nicht einmal erschienen. Lediglich der Reichsvogt Jakob Müllner stand mit dem Hottinger Ritter in einer Fensternische und diskutierte – wahrscheinlich ging es mal wieder um das Wegerecht, das der Hottinger beim Ausbau seines Wohnturmes ständig missachtete. Rüdiger Manesse, der zu Beginn des Herbstrates den Vorsitz übernommen hatte, war mit seinem Schreiber noch das Protokoll durchgegangen, als Bertram in den Raum gestürmt war, gefolgt von Mathis mit seiner neuen Familie und Friedrich. Seufzend bedeutete Rüdiger dem Schreiber, sich zurückzuziehen, und wandte sich dann an Bertram. »Ich weiß immer noch nicht, ob deine sogenannten Beweise wirklich ausreichend sind, um gewaltsam in ein Beginenhaus einzudringen. Die frommen Schwestern sind sehr angesehen in der Stadt, es würde großes Aufsehen verursachen.«

»Aber mein Junge hat doch gehört das arme Ding«, mischte sich jetzt Bertille ein. Sie stemmte die Arme in die Hüften und starrte Rüdiger angriffslustig an. »Er ist in die Haus von diese pauvre sœur gelaufen und da war sie eingesperrt.«

Rüdiger wandte sich an Philipp. »Erzähl mir mal ganz genau, was du gehört oder gesehen haben willst.«

Philipp starrte ihn fragend an. Als seine Mutter ihm die Frage übersetzte, sprudelte er einen Wortschwall auf Französisch hervor, den seine Mutter auf Deutsch zusammenfasste: »Er lief die Treppe nach oben, da gab es eine abgeschlossene Tür. Er hat Fides' Namen gerufen, und da hat jemand von innen an die Tür geklopft und auch gerufen die Namen ›Fides‹ und ›Bertram‹. Und dann kam diese schreckliche sœur und hat ihn beschimpft und nach unten gezerrt.« Sie verschränkte die Arme vor der Brust und sah Rüdiger triumphierend an.

»Und Pater Otto war ebenfalls dort, an dem gleichen Haus hat ihn vor wenigen Tagen auch die Äbtissin gesehen«, ergänzte Bertram. »Sie sagt, er hätte sich sehr merkwürdig benommen und versucht, sie um jeden Preis von dem Haus abzulenken.«

Jetzt drängte sich Friedrich nach vorne. »Und ich habe ihn – also Pater Otto – gestern nach der Sonntagsmesse am Lindentor gesehen, er hat da mit einem ziemlich übel aussehenden Kerl geredet, ich glaube, es war einer der königlichen Söldner.«

»Mir hat Otto ins Gesicht gelogen, dass Fides tot sei«, sagte Bertram, »findest du das alles zusammengenommen nicht äußerst verdächtig?«

Rüdiger kratzte sich am Hinterkopf. »Auf jeden Fall ist es sehr ungewöhnlich, dass die Schwester eine Frau in ihrem Haus einsperrt, ganz egal, ob es sich dabei um Fides handelt oder nicht. Obwohl es auch dafür Gründe geben könnte.«

»Was denn für Gründe?«, fragte Friedrich vorlaut.

Rüdiger sah ihn strafend an. »Es könnte sich um eine Geisteskranke handeln, die zu ihrem eigenen Schutz eingesperrt wird, Naseweis.«

Bertram rollte die Augen. »Das glaubst du doch selber nicht. Wieso sollten diese Schwester und Pater Otto dann so ein Geheimnis darum machen? Und wieso trifft er sich mit Söldnern?«

»Das würde mich allerdings auch interessieren«, schaltete sich jetzt der Müllner ein. Er war während ihrer Unterredung näher gekommen und hatte offensichtlich die letzten Worte mitgehört. Er legte Rüdiger eine Hand auf die Schulter. »Es schadet doch nicht, in dem Haus einmal nach dem Rechten zu sehen?«

Rüdiger stieß einen lauten Seufzer aus und hob die Hände. »Also gut, überredet. Ich schicke morgen zwei *Büttel* hin, die sollen das Haus in Augenschein nehmen.«

»Morgen«, presste Bertram hervor. Am liebsten wäre er gleich in das Haus eingedrungen.

Eine gute Stunde nach der *Terz* hatte Otto den schweren Korb beim Schmied abgeliefert und war dann weitergelaufen zum Kratzviertel. Es lag am südlichsten Zipfel der *Wacht* Münster, direkt am Ufer des Zürichsee. Als er auf seinem Weg an der Abtei vorbeikam, zog er die Kapuze der Kutte tief in die Stirn – das fehlte noch, dass er einer dieser neugierigen Nonnen über den Weg lief. Außerdem blendete ihn so die tief stehende Sonne nicht, die zu dieser späten Vormittagsstunde über dem Zürichsee stand und gleißende Lichter auf die sanft schaukelnden Wellen malte. Otto war so zeitig aufgebrochen, dass er den Schwarzen Engel lange vor dem verabredeten Zeitpunkt erreichte. Wenn die Soldaten dort nächtigten, konnte er sie vielleicht bei einem Gespräch belauschen – er hätte doch zu gerne gewusst, was es mit Bertram auf sich hatte. Vielleicht war ja auch der Königssohn persönlich erschienen. In diesem abgelegenen und verrufenen Viertel würde ihn so schnell niemand vermuten. Vor der Tür der Kneipe lungerten ein paar bunt gekleidete Weiber herum, an den roten Mützchen deutlich als Huren erkennbar. Eine kam ihm mit wiegenden Hüften entgegen und bot ihm mit beiden Händen ihr überquellendes Mieder dar. Eine Mischung aus billigem Duftwasser, Alkoholdunst und Schweiß stieg ihm in die Nase. So roch der Atem der Hölle. »Lass mich in Ruhe, Weib«, fuhr er die Frau an. Aber so schnell ließ sie sich nicht entmutigen. »Nicht so schüchtern«, erwiderte sie. »Lass doch ein bisschen Saft ab, dann kriegst du auch bessere Laune.« Sie presste sich an ihn und plötzlich fühlte er eine Hand an seiner Leistengegend. »Scher dich weg, du Ausgeburt der Hölle!«, schrie er und stieß sie von sich. Mit einer obszönen Geste wandte sie sich von ihm ab und schlenderte zu ihren Gefährtinnen zurück, die ihren Misserfolg mit hämischem Gelächter und Schmährufen gegen Otto kommentierten. Otto beschloss, nicht direkt in die Schankstube zu gehen, sondern das Gebäude zu umrunden. Vielleicht fand sich ein Fenster, durch das er hineinsehen konnte. Linker Hand befand sich ein direkt an die Hauswand gesetzter Unterstand, in dem einige Pferde standen. Das erregte Ottos Neugier, berittene Kundschaft fand sich in dieser üblen Gegend eher selten ein. Albrechts Apfelschimmel konnte er nicht ausmachen, aber das musste nichts heißen. Eventuell wollte der Königssohn sein Lieblingspferd nicht diesem Dreck aussetzen oder nicht erkannt werden.

»Sucht Ihr etwas, Pater?« Otto fuhr zusammen und starrte den halbwüchsigen Jungen an, der ihn misstrauisch beobachtete.

Er hielt eine Mistforke in der Hand und gehörte offenbar zum Haus, auch wenn er für einen Knecht zu zerlumpt und schmutzig war. Die Zinken der Forke richteten sich bedrohlich auf Otto. Der hob beschwichtigend die Hände. »Langsam, mein Junge, du könntest jemanden verletzen mit dem Ding! Ich dachte, ich hätte das Pferd eines Bekannten gesehen, aber ich habe mich wohl geirrt.«

Der Junge senkte die Forke kaum merklich. »Bekannte? Ihr? In dieser Gegend?« Es war ihm deutlich anzusehen, dass er Otto nicht glaubte.

»Deswegen war ich ja so erstaunt«, redete Otto sich heraus. Der Junge schien nicht wirklich überzeugt, aber zumindest richtete er die Forke nicht mehr auf Otto, sondern begann ein wenig Stroh von einer Ecke des Unterstands in die andere zu räumen.

»Nix für ungut, Pater«, meinte er. »Hier treibt sich nur allerhand merkwürdiges Volk herum in den letzten Tagen. Ich krieg 'ne warme Mahlzeit, wenn ich ein Auge auf die Pferde hab.«

»So? Na ja, die feilen Weiber vor der Tür werden sich ja wohl kaum an den Gäulen vergreifen.«

Das brachte den Jungen zum Lachen. Kichernd sah er Otto an. »Die haben Euch wohl nachgestellt, was?« Als Otto nicht antwortete, fuhr er mit gesenkter Stimme fort: »Die warten auf die Soldaten, die hier in letzter Zeit häufig verkehren. Irgendetwas scheint sich in Basel zusammenzubrauen. Ich hoffe, es gibt nicht wieder Krieg.«

Otto betrachtete ihn mit hochgezogenen Augenbrauen. »Was verstehst du denn von Kriegsführung? Und woher hast du diese Kenntnisse?«

Der Junge hörte auf, im Mist herumzustochern. »Umsonst ist nur der Tod«, sagte er dann und sah Otto abwartend an.

»Du solltest dich schämen, einen Mann Gottes ausnehmen zu wollen«, empörte sich Otto.

Der Junge zuckte nur mit den Achseln und wandte sich wieder seiner Arbeit zu. Otto sah, dass er so nichts ausrichten würde.

Theatralisch seufzend nestelte er an seinem Bettelbeutel. »Also gut, du Halsabschneider. Hier hast du einen Viertelpfennig.« Der Junge schien zu überlegen, ob noch mehr zu holen war, doch als Otto Anstalten machte, das Geldstück wieder in seine Börse zu legen, riss er es Otto aus der Hand. Er betrachtete es prüfend, dann ließ er es in seiner Hosentasche verschwinden. Er lehnte die Mistgabel an die Wand des Schuppens und winkte Otto, ihm zu folgen. Der Schuppen war zweigeteilt; während im vorderen Bereich die Pferde standen, diente der hintere offenbar als Lagerplatz für Heuballen und Holz. Einen Hackklotz konnte Otto dort auch ausmachen. Der Junge legte Otto eine Hand auf den Arm und flüsterte: »Seht Ihr das geöffnete Fenster dort in der Hauswand? Das gehört zum hinteren Teil der Gaststube. Wenn man im Schuppen steht, kann man fast jedes Wort verstehen, das dort gesprochen wird. Beim Holzholen habe ich das eine oder andere aufgeschnappt. Offenbar ist der Baseler Bischof gestorben, der, mit dem unser neuer König so viel Ärger hatte. Jetzt streiten sie wohl, wer der neue Bischof wird.«

Otto horchte auf. Ob deshalb der Guardian nach Basel gereist war? Der Neuenburger war Mitte September gestorben, wenn er sich richtig erinnerte. Er hatte dem nicht sehr viel Aufmerksamkeit geschenkt, da er vollauf mit Fides beschäftigt gewesen war. Rudolf I. würde alles daransetzen, einen ihm gewogenen Bischof in Basel zu haben. Wer war dafür besser geeignet als Heinrich von Isny, sein Beichtvater und langjähriger Vertrauter und zurzeit Lektor der Baseler Franziskaner? Er legte dem Jungen die Hand auf die Schulter. »Das sind wirklich interessante Neuigkeiten.«

Eine schrille Stimme unterbrach ihre Unterredung. »Hans, wo steckst du denn, du Nichtsnutz? Hilf mir mit den Gästen, ich schaffe das nicht alleine!«

Der Junge duckte sich unwillkürlich. »Die Wirtin«, flüsterte er. »Ich muss los, sonst gibt es Prügel.« Er entfernte sich Richtung Wirtsstube, während Otto in den Schatten des Holzstadels trat, um nicht gesehen zu werden. Er hörte Männerstimmen und Hufschläge, dann wurden zwei weitere Pferde in den Unterstand geführt. Otto kauerte sich hinter der Trennwand zusammen und wartete, bis Hans die Pferde versorgt hatte und sich ins Wirtshaus zurückzog. Grobe Männerstimmen drangen jetzt durch das geöffnete Fenster zu ihm hinaus, offenbar wurden die Neuankömmlinge lautstark von den bereits Anwesenden begrüßt.

»Ruhe!«

Diesen befehlsgewohnten Ton kannte Otto. Er erhob sich und blickte über die Trennwand in den Pferdestall. Tatsächlich, eines der beiden neu eingetroffenen Pferde war ein Apfelschimmel. Albrecht war persönlich gekommen. Das konnte interessant werden. Otto schlich näher zu dem geöffneten Fenster, um ja kein Wort zu verpassen.

»Dieser Pater ist noch nicht erschienen?«, fragte Albrecht von Schenkenberg.

»Nein, es hat aber auch noch nicht zur *Sext* geläutet«, erwiderte eine tiefe Stimme. »Wann sollen wir jetzt das Mädchen fortschaffen? Morgen mit dem Schiff nach Basel?«

»So schnell wie möglich. Und nicht mit dem Schiff, das ist zu auffällig. Zu Pferd oder auf einem Karren.«

»Hättet Ihr das nicht früher sagen können?«, maulte eine andere, jüngere Stimme. »Wo sollen wir denn auf die Schnelle einen Karren herbekommen? Denn ich nehme an, dass es schon wieder nichts kosten soll?«

»Dann lass dir etwas einfallen! Notfalls stiehl einen«, schnauzte ihn der Königssohn an. Etwas ruhiger fuhr er fort: »Wir haben keine Zeit mehr, wenn dieser Bertram volljährig wird und sein Erbe einfordert, haben wir ein Problem. Mein Vater muss die Reise zur Kaiserkrönung finanzieren, ganz abgesehen davon, was ihn die Unterstützung des Baseler Bischofs kosten wird. Er kann es sich nicht leisten, das Geld zurückzugeben.«

Der Erste schaltete sich ein. »Das schaffen wir schon. Wenn der Pater kommt, sagen wir ihm, dass wir das Mädchen gleich mitnehmen. Das kann ihm doch nur recht sein. Und dann schicken wir diesem Bertram eine Nachricht, wo er sie finden kann. Mit einer Locke von ihr, damit er es glaubt.«

Der andere stieß ein meckerndes Lachen aus. »Ich freu mich schon darauf, mich mit ihren Locken zu befassen. Die ist bestimmt hübscher als die abgehalfterten Huren hier.«

Ein klatschendes Geräusch war zu hören, gefolgt von einem Schmerzensschrei. Dann erklang wieder Albrechts Stimme. »Kannst du einmal deine oberen Körperregionen zum Denken benutzen, Oswald? Bevor wir Bertram nicht ausgeschaltet haben, lasst ihr alle die Finger von ihr, verstanden? Danach könnt ihr mit ihr machen, was ihr wollt.«

»Und was geschieht mit diesem Pater?«, fragte Oswald, der offenbar unter Beweis stellen wollte, dass er durchaus mitdachte.

»Was soll mit ihm sein?«

»Na ja, der weiß inzwischen auch 'ne ganze Menge. Vielleicht sollten wir den gleich mit erledigen. Immerhin hat er uns gesehen.«

Otto hielt den Atem an.

Albrecht zögerte einen Moment mit der Antwort. »Wir brauchen uns nicht selbst die Finger schmutzig zu machen. Der Tod eines Kirchenmannes erregt immer Aufsehen. Es wird genügen, seinem Guardian einen kleinen Hinweis zu geben.«

»Und wenn er uns verrät?«

»Das wird ihm nichts nützen. Er ist schon dermaßen oft unangenehm aufgefallen, der Guardian wird ihm nicht glauben oder es wird ihn nicht interessieren. Er wird ihn an einen abgelegenen Ort schicken, an dem er keinen Schaden mehr anrichten kann. Solche Sachen regelt die Kirche gerne unter sich. Ich hoffe bloß, er kommt bald. Erst macht er es furchtbar wichtig, dann lässt er uns ewig warten.«

»Soll ich einmal nachsehen? Nicht, dass ihn die Damen am Eingang mit ihren Reizen betört haben.« Oswald stieß wieder sein meckerndes Lachen aus.

Otto wartete eine Antwort erst gar nicht ab, sondern trat aus dem Unterstand hervor und lief davon, so schnell ihn seine Füße trugen. Wie gut, dass man von der hinteren Gaststube aus nicht auf die Straße sehen konnte. Erst bei der Münsterbrücke hielt er kurz inne. Er stützte sich auf das Geländer, um wieder zu Atem zu kommen. Die Gedanken überschlugen sich in seinem Kopf. Was hatte der Königssohn gesagt? Bertram war ein Erbe? Es ging bei der ganzen Geschichte nur um – Geld? Geld, das sich der König offenbar unrechtmäßig angeeignet hatte und nicht zurückgeben wollte oder konnte. Otto fühlte heißen Zorn in sich aufsteigen. Rudolf hatte ihn angelogen. Er war kein Stück besser als die ganzen Raubritter, gegen die er zu Felde zog – zum Wohl des Reiches. Lächerlich. Und Fides – er konnte sie unmöglich diesen Soldaten überlassen. Lieber würde er sie töten. Die Kräuter, die er damals Simon mitgegeben hatte – er musste sofort ins Kloster zurück. Er hastete weiter und erreichte das Gelände in dem Augenblick, als die Glocke zur *Sext* läutete.

Bruder Martin kam ihm lächelnd entgegen. »Da bist du ja wieder. Wann wird der Schleifer mit den Werkzeugen fertig sein?« Er schlug den Weg zur Kirche ein und Otto blieb nichts anderes übrig, als ihm zu folgen. Mühsam versuchte er, sich auf das Gespräch zu konzentrieren. Kaum zu glauben, dass er erst vor wenigen Stunden beim Schleifer gewesen war, es kam ihm wie eine Ewigkeit vor. »In zwei Tagen«, antwortete er und stieg geistesabwesend die Treppen zum Chor hinauf. Durch jahrelange Gewohnheit hatte Otto die Psalmen und Gebete so verinnerlicht, dass er das *Stundengebet* hinter sich brachte, ohne unangenehm aufzufallen. Martin blieb an seiner Seite, als sie den Weg zum Refektorium einschlugen, wo die Mönche ihre Mittagsmahlzeit zu sich nahmen.

Doch kurz vor der Tür zögerte Otto. »Ich werde heute fasten«, sagte er dann, was ihm einen erstaunten Blick von Bruder Martin und einen beifälligen von Bruder Jakobus einbrachte.

»Fasten läutert den Geist«, meinte dieser nur, als Otto sich mit einem leichten Neigen des Hauptes verabschiedete und den Weg zum Zellentrakt der Brüder einschlug.

Kaum war er außer Sichtweite, beschleunigte er seine Schritte. Er hastete in seine Zelle, schloss die Tür und lehnte sich einen Augenblick schwer atmend dagegen, bevor er vor dem Bett niederkniete. Er zog seine Kiste hervor und betrachtete sie wehmütig. Am liebsten hätte er sie mitgenommen, aber sie war zu sperrig. So nahm er nur die Münzen heraus und ließ sie in seine Geldkatze fallen. Er entfaltete den Brief mit Maries letzten Worten. Das getrocknete Vergissmeinnicht rutschte ihm entgegen und zerfiel. Er nahm es zwischen die Finger und zerrieb es vollends zu Staub. Asche zu Asche, Staub zu Staub ... wozu sich noch mit Erinnerungen belasten? Den Briefbogen faltete er so klein zusammen, dass er in den Lederbeutel mit der Haarlocke passte. Die Lederschnüre, mit denen er verschlossen wurde, band er zu einer Schlaufe, die er sich um den Hals hängte und unter seiner Kutte verbarg. Ein letztes Mal sah er sich in der kargen Zelle um, die so viele Jahre seine Heimat gewesen war. Er wusste, dass er nicht mehr zurückkehren würde. Eine letzte Aufgabe hatte er noch zu erledigen, dann war er bereit, vor seinen Schöpfer zu treten. Er stand auf und schüttelte seine Kutte zurecht. Wenn er noch unbemerkt die Kräuter aus der Krankenstube holen wollte, musste er sich beeilen, bevor das Mittagsmahl beendet war.

65. Kapitel

Zürich, Montag, 15. Oktober 1274 – kurz nach der Sext

Otto hatte gerade die Abzweigung zu den oberen Zäunen erreicht, als ihn jemand unsanft von hinten am Kragen packte. Er stieß einen überraschten Schrei aus, der sofort erstarb, weil sein Angreifer ihn herumwirbelte und mit dem Gesicht gegen sein Gewand presste. Hartes Leder drückte ihm die Nase ein und nahm ihm die Luft zum Atmen. »Hab ich dich, Bürschchen!«, hörte er die grobe Stimme Oswalds. Otto schielte nach oben. Der Mann mochte vielleicht um die dreißig sein, fahlblonde Strähnen hingen ihm in die niedrige Stirn und die engstehenden Augen unter buschigen Brauen gaben ihm etwas Verschlagenes. Als er weitersprach, entblößte er vorstehende Schneidezähne wie bei einem Pferd. »Dachte ich's mir doch, dass es deine hässliche Visage war, die ich am Schwarzen Engel gesehen hab. Wieso bist du nicht reingekommen, hä?« Er ließ ihn los.

Otto trat einen Schritt zurück und setzte eine arrogante Miene auf. »Was erlaubst du dir, so respektlos mit einem Mann Gottes umzugehen«, schnauzte er den Söldner an.

Der spuckte aus. »Warum seid Ihr nicht reingekommen?«, wiederholte er. Immerhin bequemte er sich jetzt zu einer höflichen Anrede.

»Ich weiß nicht, wen oder was du gesehen hast. Ich war noch gar nicht dort. Ich wurde aufgehalten«, behauptete Otto. »Ich wollte mich gerade auf den Weg machen.«

»Wer's glaubt«, murmelte der Mann abfällig. Dann straffte er seine Gestalt. »Egal. Spielt sowieso keine Rolle mehr. Wo ist das Mädchen? Ich nehme es mit.«

Ottos Gedanken rasten. Er suchte fieberhaft nach einem Ausweg. »Was, jetzt? Aber das Schiff nach Basel geht erst morgen ...«

»Auf dem Schiff sind viel zu viele Leute, wir nehmen den Landweg. Also, wo ist die Frau?«

Otto konnte nicht verhindern, dass sein Blick unwillkürlich in die Gasse schweifte. Pferdegesicht zeigte seine gelben Zähne. »Also in dieser Straße, ja?« Er schubste Otto in die richtige Richtung. Otto versuchte, seine Hand abzuschütteln, aber der Mann war zu stark. Er überlegte, um Hilfe zu rufen, doch auf einmal fühlte er kaltes Metall an seinem Hals. Oswald drängte ihn gegen eine Hauswand. »Ein falsches Wort und ich stech dich ab«, zischte er ihm ins Ohr.

Otto spürte, wie ihm ein Rinnsal Schweiß den Rücken hinabrann. Fieberhaft schätzte er seine Lage ein. Der Mann wusste nicht, in welchem Haus sich Fides aufhielt, offensichtlich kannte er sich in Zürich überhaupt nicht aus. Wenn er ihn nun weiter in die Straße hineinführte, an Schwester Gertruds Haus vorbei bis zur Nadilgasse, dann bestand die Möglichkeit, durch die Gasse zu entkommen, wenn er nur schnell genug war. Die Nadilgasse war sehr schmal und von der Hauptstraße aus nur zu sehen, wenn man wusste, wo sie war.

Otto hob die Hände. »Schon gut, Mann, ich geh ja schon. Kein Grund, mir fortwährend die Luft abzudrücken.« Er setzte sich in Bewegung. Ausgerechnet jetzt war natürlich kein Mensch auf der Straße, wahrscheinlich saßen alle beim Essen. Nur ein paar Straßenkinder beäugten sie neugierig, nahmen aber schleunigst Reißaus, als Pferdegesicht sie grimmig anstarrte. Nach wenigen Augenblicken hatten sie Schwester Gertruds Haus erreicht. Otto zwang sich, den Blick starr geradeaus zu richten und einfach weiterzulaufen.

»Dauert das noch lange? Da vorne ist die Gasse ja schon zu Ende, wenn du mich verarschen willst ...« Pferdegesicht stocherte wieder mit seiner Klinge in Ottos Nacken herum.

»Wir sind gleich da«, sagte Otto. Er richtete den Blick fest auf die Stelle, wo er die Nadilgasse vermutete. Herrgott, lass mich nicht vorbeilaufen, betete er im Stillen. Noch drei Schritte. Noch zwei. Otto warf sich nach links. Sein Ellenbogen schrammte schmerzhaft über eine Hauswand. Hinter ihm ertönte ein Fluch, gleichzeitig fühlte er einen heftigen Schlag im Rücken. Er taumelte noch ein paar Schritte vorwärts, dann gaben seine Beine nach. Er versuchte, sich mit ausgestreckten Armen an den Hauswänden rechts und links abzustützen, doch er hatte keine Kraft mehr. Sein Rücken brannte. Nässe durchdrang sein Gewand. Ich muss weiter, dachte er. Sonst bringt er mich vollends um. Er kämpfte gegen die Müdigkeit an, aber seine Glieder gehorchten ihm nicht mehr. Ergeben ließ er sich zu Boden sinken und erwartete den nächsten Schlag. Ein heller Aufschrei holte ihn wieder ins Bewusstsein. Mühsam hob er den Kopf. Ein kleiner Junge kniete neben ihm am Boden, beide Hände vor den Mund gepresst.

»Junge«, röchelte Otto. »Hol einen Priester. Schnell.«

Der Junge starrte ihn einen Augenblick lang an, dann sprang er auf die Füße. Das Patschen seiner nackten Füße auf dem Lehmboden war das Letzte, was Otto noch hörte. Dann verließen ihn die Sinne.

Bertram hatte den Rest des Vormittags in der Bibliothek der Prediger zugebracht, um sich ein paar Anregungen für den Bilderzyklus in Heinrichs *Codex* zu holen. Dabei war er mit dem *Librarius* ins Gespräch gekommen, der ihn ausführlich über seine Eindrücke während des Konzils ausfragte. So war es bereits weit nach der *Sext*, als Bertram wieder am Manesehaus eintraf. Zu seinem Erstaunen wurde die Tür von drei kleinen Jungen belagert, die mit vereinten Kräften auf die Magd einschrien, die mit verschränkten Armen in der Türöffnung stand. Bertram stutzte. Die kannte er doch – das waren seine ehemaligen Schüler! Und streng genommen schrien auch nur zwei, der dritte stand heulend daneben und hatte Schluckauf vom Weinen. Bertram kniete sich hin und fasste ihn vorsichtig an der Schulter. »Kuno, was ist denn los? Ist dir etwas passiert?«

Sofort schnatterten die anderen beiden gleichzeitig los.

»Ruhe!«, rief Bertram. »Ich kann euch nicht helfen, wenn ich nichts verstehe. Lasst Kuno erzählen.«

Nach ein paar zitternden Atemzügen hatte Kuno sich so weit beruhigt, dass er reden konnte. »Ich glaube, der Pater ist tot«, flüsterte er.

Bertram wurde es kalt. »Was meinst du? Welcher Pater?«, fragte er, obwohl er die Antwort schon ahnte.

»Der Wunderprediger. Pater Otto. Ein Soldat hat ihn erstochen. Alles war voll Blut …« Er sah Bertram mit einem jammervollen Blick an. »Er wollte, dass ich einen Priester hole. Aber zu Euch war es näher … und jetzt ist es vielleicht schon zu spät …«

Bertram drückte ihn an sich. »Du hast das Richtige getan, Kuno. Also hat er noch gelebt, als du bei ihm warst?«

Kuno nickte.

»Wo ist das passiert? Kannst du mich führen?«

Kuno nickte wieder. »An der Nadilgasse«, flüsterte er.

Bertram wurde es noch kälter. Das war doch ganz in der Nähe von dem Haus, das Bertille beschrieben hatte. Das Haus, in dem vermutlich Fides gefangen gehalten wurde. Er packte Kuno am Arm. »Und der Soldat? Was ist mit dem Soldaten?«

Kuno hob die Schultern. »Der ist weggelaufen, als der Pater am Boden lag. Ich denke nicht, dass er mich gesehen hat.«

Bertram sprang auf die Füße. »Gut. Wir müssen uns beeilen. Ich geh mit Kuno. Du da«, er wies auf einen seiner Kameraden, »du läufst zu den Predigern, die sind am nächsten, und holst einen Priester, den du zu der Nadilgasse bringst.« Dann wandte er sich an den Dritten: »Und du läufst zum Rüden, wo die Ratsherren essen, und sagst Rüdiger, er muss sofort mit ein paar starken Männern zu dem Haus kommen, über das ich heute früh mit ihm geredet habe. Er versteht das dann schon.«

Die beiden Jungen fackelten nicht lange und stoben davon. Bertram wandte sich an Kuno. »Und du bringst mich zu Pater Otto.«
Er sah kurz auf seine Schreibtafel, die er immer noch am Gürtel trug. Am liebsten wäre er das sperrige Ding losgeworden, aber er wollte es weder der Magd anvertrauen noch Zeit damit verlieren, es in die Schreibstube im oberen Stock zu bringen. Es würde schon gehen. Er nahm Kuno bei der Hand und gemeinsam rannten sie los. An der Nadilgasse hatte sich bereits ein Menschenauflauf gebildet. Bertram drängte sich rücksichtslos durch die Menge. Einige Leute erkannten ihn und sorgten für einen Durchgang. Er fand Otto am Eingang der Gasse, auf einen Mantel gebettet. Ein dunkler Fleck breitete sich unter seinem Rücken aus und wurde stetig größer.

»Ist es hier passiert?«, fragte Bertram.

»Nein, in der Nadilgasse«, antwortete ihm ein junger Handwerker. Er deutete in die Gasse, wo in ein paar Schritt Entfernung dunkle Flecken am Boden von der Untat zeugten. »Ich habe ihn herausgetragen, weil man ihn hier besser versorgen kann. Aber die Schwester sagt, man könne nichts mehr für ihn tun.« Er zeigte auf eine ältere Begine, die bestätigend nickte.

»Er wird bald vor den Allmächtigen treten«, sagte sie. »Wir haben nach dem Priester geschickt.«

Bertram sank neben Otto auf den Boden. Dessen Augen waren geschlossen, tiefe Schatten lagen darunter. Nur das Zittern seiner Nasenflügel verriet, dass er noch lebte. Bertram berührte ihn vorsichtig an der Hand.

»Confiteor Deo omnipotenti ...«, murmelte Otto.

Bertram drückte die Hand fester. »Pater Otto! Der Priester ist noch nicht da, ich bin es, Bertram.«

Das Murmeln hörte auf, dann öffnete Otto die Lider. Die eisblauen Augen weiteten sich. »Ihr!« Etwas Farbe kehrte in sein Gesicht zurück. »Ich wollte einen Priester! Ich muss beichten!«

»Wir haben nach dem Priester geschickt«, erwiderte Bertram ruhig. »Er wird gleich kommen.«

Er zog seinen Umhang aus, wickelte ihn zu einem Kissen zusammen und schob es Otto unter den Kopf. »Was ist geschehen? Wer hat Euch das angetan? Kuno sprach von einem Soldaten?«

Ein ängstlicher Ausdruck glitt plötzlich über Ottos Gesicht. Seine Augen irrten hin und her.

»Er ist weg«, sagte Bertram. Otto schien sich wieder etwas zu entspannen, seine Lider sanken herab. Dann riss er wieder die Augen auf. Er fuhr sich mit der Hand an die Kehle und zerrte an einer Lederschnur. »Sie dürfen sie nicht finden«, murmelte er. »Die Soldaten, sie dürfen sie nicht finden.« Er riss ein paarmal an der Schnur, dann sank seine Hand kraftlos herab.

Bertram griff ihm in den Ausschnitt und förderte einen Lederbeutel zutage. Er sah Otto an, doch der schien ohne Bewusstsein. Kurzerhand zog Bertram den Beutel über Ottos Kopf und sah vorsichtig hinein. Er fischte ein gefaltetes Stückchen Pergament hervor. Da war aber noch etwas. Vorsichtig leerte er den Beutel in seine Hand. Fassungslos starrte Bertram auf seine Handfläche. Das war doch seine ... Nein, es war nicht das Erinnerungsstück, das ihm die Begine vor ein paar Tagen gegeben hatte, dieses Samtband war blau statt rot, aber die Locke mit der Feder ... Es musste von derselben Frau sein. Er hob die Locke hoch. »Was ist das hier?«, schrie er Otto an. Otto stöhnte nur leise. Bertram rüttelte ihn an der Schulter. »Woher habt Ihr das?«

Otto öffnete mühsam die Augen. »Marie«, röchelte er. »Oh, meine arme Marie.«

Bertram fühlte eine eiskalte Hand nach seinem Herzen greifen. Er wollte es nicht hören, aber er musste es wissen. »Wer ist Marie?«, fragte er leise. Als Otto nicht antwortete, schrie er ihn an: »Wer. Ist. Marie?«

»Meine Schwester«, flüsterte Otto. »Meine kleine Schwester.«

Schwester? Bertram wurde es schwindlig. Ungläubig starrte er Otto an. Schwester. Sie war seine Schwester. Nicht seine

Geliebte. Otto war nicht – sein Vater. Ihm wurde schwarz vor Augen. Für einen Moment barg er sein Gesicht in den Händen. Dem Himmel sei Dank. Otto war nicht sein Vater. Aber wer dann? Er musste es wissen. »Was ist mit ihr geschehen?« Ottos Augenlider hatten sich wieder geschlossen. Bertram rüttelte ihn erneut an der Schulter, diesmal etwas sanfter. »Was ist mit Marie geschehen?«

Ottos Gesicht verzog sich zu einer hässlichen Fratze. »Verführt hat er sie«, zischelte er, »dieser schändliche ...« Seine Stimme brach.

Bertram musste an sich halten, ihn nicht zu schlagen. »Wer?«, fragte er nochmals. »Wer hat Marie verführt? Otto, wer war es? Den Namen – ich muss es wissen!«

Ottos Augen öffneten sich wieder. Kalte blaue Seen. Eisiger Hass sprühte Bertram entgegen. »Wozu? Damit Ihr Euch weiden könnt an ihrem Unglück? Ihr seid doch selbst ein schamloser Verführer! Wozu ...?«

»Weil ich ihr Sohn bin«, unterbrach ihn Bertram und sah Otto fest ins Gesicht. »Ich bin Maries Sohn.«

Otto riss die Augen auf, sein Mund öffnete sich weit, doch es kam kein Ton heraus. Er schnappte nach Luft wie ein Fisch auf dem Trockenen. Dann wurde sein Blick starr und sein Kopf fiel zur Seite.

66. Kapitel

Zürich, Beginenviertel, Montag, 15. Oktober 1274

»Ist er tot?« Bruder Ulrichs Stimme riss Bertram aus seiner Erstarrung. Er sah auf. Bruder Ulrich kniete neben Otto nieder und untersuchte ihn kurz. Dann schloss er ihm die Augen und schlug das Kreuzzeichen über ihm. »Es tut mir leid, er ist schon tot. Ich bin so schnell gekommen, wie ich konnte«, sagte er leise zu Bertram. »Was ist geschehen? Hat er noch etwas gesagt?«
»Es war ein Soldat. Er sagte, ein Soldat habe ihn niedergestochen. Mehr weiß ich nicht.« Bertram erhob sich langsam. Bruder Ulrich sah erschrocken zu ihm auf. »Ein Mord? Wir müssen den Rat rufen!«
»Das habe ich schon getan«, erwiderte Bertram tonlos. So nah war er der Wahrheit gewesen und doch wusste er genauso wenig wie zuvor. Er sah auf Otto hinunter. Das also war sein Onkel gewesen. So hatte er sich seine Familie gewiss nicht vorgestellt. Er schauderte unwillkürlich. Ein Zerren an seiner Hand holte ihn wieder in die Gegenwart zurück.
»Herr Bertram, wolltet Ihr nicht zu dem Haus, zu dem der Ratsherr kommen soll?«
Bertram starrte Kuno an, dann Ulrich. Fides! Er hatte Fides vergessen!
»Bruder Ulrich, kannst du hierbleiben? Ich muss dringend weg.« Er wartete seine Antwort gar nicht ab, sondern hastete mit Kuno die Straße entlang. »Ein ärmliches Holzhaus ungefähr in der Mitte der Straße, das Nachbargebäude ist unbewohnt«, so hatte Bertille es beschrieben. Das musste es sein. Bertram klopfte an. Niemand öffnete. Er lauschte. Bewegte sich dahinter nicht etwas? Er klopfte kräftiger. Ohne Erfolg. Er begann zu rufen: »Fides!

Fides! Bist du da oben?« Dann hämmerte er mit beiden Fäusten gegen die Tür. Kuno hatte währenddessen seine Hände wie einen Trichter um den Mund gelegt und brüllte fortwährend Fides' Namen. Aus den Nachbargebäuden traten die ersten Menschen. »Da kommen die Ratsherren!«, schrie Kuno auf einmal aufgeregt und wies nach links. Tatsächlich, Rüdiger, sein Sohn Johannes und sogar der Müllner kamen die Gasse entlanggeeilt, gefolgt von zwei *Bütteln* und drei Männern, die Bertram nicht kannte. Die Ritter hatten ihre Schwerter umgelegt, die *Büttel* trugen außerdem noch kräftige Knüppel.

Bertram schlug mit vermehrter Kraft gegen die Tür. »Aufmachen! Oder wir verschaffen uns mit Gewalt Zutritt!«, brüllte er.

Jetzt endlich hörte er das Knirschen des Riegels. Aus dem Türspalt sah ihn eine magere Frau in Beginentracht unwillig an. »Was soll das Geschrei …?«, begann sie.

Bertram schob sie zur Seite und stürmte ins Haus, gefolgt von Kuno. Kurz erfasste er die Umgebung. Gegenüber der Küche führte rechts eine Treppe nach oben. »Du schaust in der Küche nach, ich gehe hinauf«, wies er Kuno an und war schon auf dem Weg nach oben. In dem Dämmerlicht, das durch die Ritzen fiel, erkannte er zwei Türen. Er rüttelte an der ersten. Sie war abgeschlossen. Er klopfte dagegen. »Fides!«, rief er wieder. »Bist du da drin?«

Schritte näherten sich von innen. Dann eine zaghafte Stimme: »Bertram?«

Ihm blieb fast das Herz stehen. Fides. Sie lebte noch. Er hatte sie gefunden. Einen Moment lehnte er den Kopf gegen das Holz, dann riss er sich zusammen. »Fides, wir holen dich da raus. Weißt du, wo der Schlüssel ist?«

»Den hat Schwester Gertrud«, antwortete Fides.

»Gut. Ich hole ihn. Und geh von der Tür weg – wenn ich den Schlüssel nicht finde, brechen wir sie auf.« Im selben Moment fühlte er das Haus von schweren Tritten erzittern. Rüdiger kam die Treppe heraufgestürmt, gefolgt von den beiden *Bütteln*.

»Fides ist wirklich da drin«, empfing ihn Bertram. »Die Begine hat den Schlüssel.«

Rüdiger sah ihn fassungslos an, dann klopfte er ebenfalls. »Bertram?«, klang es wieder von innen.

Rüdiger schüttelte den Kopf, dann winkte er den kräftigeren der beiden Büttel zu sich. »Mädchen, geh zur Seite«, rief er. »Wir brechen sie jetzt auf.« Er trat selbst einen Schritt zurück und zog Bertram mit sich.

Der Büttel untersuchte die Konstruktion der Tür, dann lächelte er verächtlich. »Das haben wir gleich«, meinte er. Er hob den Fuß und trat mit dem schweren Stiefel mit aller Gewalt gegen das Schloss. Das Holz splitterte vernehmlich, nach einem weiteren Tritt war der Weg frei. »Allmächtiger!«, rief der Mann.

Bertram drängte sich an ihm vorbei ins Zimmer. Fides kauerte in einer Ecke neben dem Bett auf dem Boden. Mit zwei großen Schritten war er bei ihr und kniete nieder. Er zog sie in seine Arme. »Dem Himmel sei Dank, Fides! Ich dachte, du wärst tot!«

Sie brach in Tränen aus. Krampfhaftes Schluchzen erschütterte ihren Leib. Bertram drückte sie fest an sich, wiegte sie sanft hin und her und murmelte beruhigende Worte in ihr Haar. Nach einer Weile verebbte das Schluchzen. Sie sah zu ihm auf. »Er hat gesagt, du wärst tot«, flüsterte sie.

Bertram wischte ihr mit dem Daumen die Tränen von der Wange. »Wer hat das gesagt?«, fragte er.

»Pater Otto«, erwiderte Fides. »Aber ich wusste, dass er lügt. Warum hat er das gemacht?«

Bertram schloss die Augen. »Ich weiß es nicht«, murmelte er. »Aber es ist unwichtig. Er ist tot. Und du lebst. Das alleine zählt.« Er sah sie liebevoll an, dann mit zunehmendem Entsetzen. »Dein Haar«, flüsterte er. »Was ist mit deinem Haar geschehen?« Kurze Locken, die ihr strähnig am Kopf klebten, waren alles, was von der einst hüftlangen Pracht geblieben war. Ihre Kleidung sah aus, als hätte sie tage-, wenn nicht sogar wochenlang darin geschlafen, und so roch sie auch. Er ließ den Blick durch die Kammer wandern. Jetzt erst bemerkte er den überquellenden Nachttopf, einen umgestürzten Becher neben einem leeren Teller. Er betrachtet Fides genauer, registrierte die unnatürliche Blässe, die aufgesprungenen Lippen. »Fides, wann hast du zum letzten Mal etwas gegessen oder getrunken?«

»Ich weiß nicht«, flüsterte sie. »Gestern? Oder vorgestern?«

»Großer Gott«, murmelte Rüdiger, der die ganze Zeit schweigend neben ihnen gestanden hatte. Dann wandte er sich an die Büttel: »Setzt diese Begine fest, wenn sie nicht schon längst getürmt ist. Und dann seht nach, ob in der Küche etwas Essbares zu finden ist oder wenigstens Wasser.« Er legte Bertram eine Hand auf die Schulter. »Komm, Junge. Wir müssen sie nach unten bringen. Sie muss etwas trinken. Alles Weitere wird sich finden.«

Gemeinsam schafften sie Fides die steile Treppe hinunter ins Erdgeschoss. Während Rüdiger den anderen Bericht erstattete, führte Bertram Fides in die Küche. Er schob sie vorsichtig auf die Küchenbank und setzte sich daneben. Die Begine war wohl gerade beim Essen gewesen, auf dem Tisch standen noch ein halb geleerter Napf Gemüsesuppe und ein Kanten Brot, daneben ein Krug Wasser und ein Becher. Bertram füllte den Becher und hielt ihn Fides an die Lippen. »Trink langsam, sonst wird dir schlecht.« Er rupfte das Brot in kleine Stücke, die er in den Suppenteller tauchte und ihr dann in den Mund schob. Langsam bekamen ihre Wangen wieder etwas Farbe.

Sie schob seine Hand weg. »Danke, ich glaube, jetzt schaffe ich das alleine.« Sie zog den Napf zu sich und griff nach dem Löffel. Erst zittrig, dann zunehmend sicherer führte sie ihn zum Mund. »Wie hast du mich gefunden?«, fragte sie mit vollem Mund.

»Katharina hat mich gefunden«, sagte er.

Sie ließ um ein Haar den Löffel fallen. »Geht es ihr gut? Du lieber Gott, ich hatte solche Angst, dass ihr etwas passiert sein könnte.«

»Sie ist ein tapferes kleines Ding«, sagte Rüdiger, der in diesem Augenblick die Küche betrat. »Meine Frau hat einen Narren an ihr gefressen.«

Fides sah erstaunt von ihm zu Bertram. Dem wurde heiß. »Ich wohne zurzeit bei den Manesses«, sagte er. »Erklär ich dir später.« Er fühlte Rüdigers Hand auf der Schulter.

»Bertram, kann ich dich einen Augenblick sprechen? Allein?«

Bertram sah zögernd zu Fides, die ihm ermunternd zunickte.

»Geh ruhig. Ich fühle mich schon viel besser.«

Er trat hinter Rüdiger in die Diele. Außer den beiden *Bütteln*, die damit beschäftigt waren, Schaulustige von der Tür zu weisen, standen dort nur noch die drei unbekannten Ratsherren sowie der Müllner und Rüdigers Sohn Johannes. Von der Begine fehlte jede Spur. Rüdiger deutete Bertrams suchenden Blick richtig. »Die Schwester hatte sich schon davongemacht, als wir mit Fides nach unten kamen. Ich habe sie laufen lassen, mir war wichtiger, dass die *Büttel* hierbleiben, bevor noch mehr Unruhe ausbricht wegen dem da.« Er nickte in eine Ecke der Diele. Jetzt erst bemerkte Bertram Ottos Leichnam, der dort auf dem Boden lag. Man hatte ihn offenbar auf dem blutbefleckten Mantel hereingetragen, jemand hatte ihn mit Bertrams Umhang zugedeckt. Unwillkürlich bekreuzigte sich Bertram.

»Ich habe ihn herbringen lassen, damit wir ihn genauer untersuchen können. Bevor ihn der Mob draußen zum Märtyrer erklärt und seine Körperteile als Reliquien in alle Welt wandern.«

Bertram sah ihn erschrocken an. Rüdiger hob die Schultern. »Alles schon vorgekommen. Und ich habe einen der kleinen Lümmel zur Äbtissin geschickt. Schließlich ist sie die Stadtherrin, soll sie sich doch um den Schlamassel hier kümmern. Erst wird ein Pfaffe ermordet und dann finden wir eine misshandelte Frau in einem Beginenhaus, die dieser Pfaffe offenbar entführt hatte – das ist mir zu heikel. Wer weiß, was da noch alles zutage kommt.«

Bertram senkte den Kopf. »Wie es scheint, war er mein Onkel«, sagte er leise.

»Was redest du da? Wer war dein Onkel?«

Bertram nickte zu der Leiche hin. »Pater Otto. Seine Schwester war meine Mutter.«

»Allmächtiger.« Rüdiger lüpfte seinen Hut und wischte sich den Schweiß von der Stirn. »Bist du sicher?«

Bertram nickte. Er kniete sich neben die Leiche und verschob den Umhang, sodass das Gesicht freikam. Dann strich er Otto die Haare aus der Stirn. »Siehst du es? Das tropfenförmige Muttermal da?«

Rüdiger beugte sich hinunter. »Ja, und?«

Bertram schob seine eigenen Haare zurück. Rüdiger starrte auf Bertrams Ohrläppchen, dann wieder auf Ottos. »Allmächtiger«, sagte er erneut und erhob sich. Bertram stand ebenfalls auf. Sie schwiegen eine Weile.

Dann kam einer der Türwächter auf sie zu. »Die Äbtissin kommt.« Im gleichen Augenblick trat Elisabeth von Wetzikon über die Schwelle, begleitet von zwei jüngeren Stiftsdamen. Sie war in vollem Ornat und hatte außerdem ihren *Plenarier* dabei. Üblicherweise trug er ihr bei Prozessionen das Messbuch voraus, heute hatte sie ihn offenbar dazu eingesetzt, ihr auf dem Weg den Amtsstab zu tragen, den er ihr jetzt überreichte. »Gelobt sei Jesus Christus«, grüßte sie in die Runde.

»In Ewigkeit, Amen«, erwiderten die Anwesenden im Chor. Rüdiger geleitete sie zu Ottos Leichnam. Sie bekreuzigte sich und schüttelte den Kopf. »Wer tut so etwas? Wer ermordet hinterrücks einen unbewaffneten Mönch?«

Bevor ihr jemand antworten konnte, kam einer der Schüler in das Haus gestürzt. »Soldaten!«, schrie er mit überschnappender Stimme. »Es kommen Soldaten angeritten!«

»Jetzt wird es richtig interessant«, sagte Rüdiger und legte die Hand an seinen Schwertknauf. Sie hörten Hufschläge näher kommen, die aber nur von einem Pferd zu stammen schienen. Jemand sprang ab und sprach mit den beiden *Bütteln*. »Er sagt, er hat eine Nachricht für Bertram«, riefen diese.

»Ist er allein? Dann lasst ihn eintreten, wenn er vorher sein Schwert ablegt«, antwortete Rüdiger. »Was kann er von dir wollen?«, raunte er Bertram zu.

Der hob die Schultern. »Ich habe nicht die leiseste Ahnung.«

Vor der Tür gab es einen kurzen, aber heftigen Disput. Dann trat der Soldat über die Schwelle, sein Schwert hatte er offensichtlich abgegeben. Bertram betrachtete aufmerksam das hagere Gesicht mit den fahlblonden Strähnen über der niedrigen Stirn. Er hatte den Mann noch nie in seinem Leben gesehen. Der Mann blieb breitbeinig in der Mitte des Raumes stehen, hakte die Daumen in seinen Gürtel und ließ seinen Blick von einem zum anderen wandern.

Dann kam er langsam auf Bertram zu. »Ihr seid Bertram, oder?«

Bertram war der Kerl nicht ganz geheuer. Er umfasste seine Schreibtafel, um seine Finger ruhig zu halten, und bemühte sich um einen unbefangenen Gesichtsausdruck. Da er seiner Stimme nicht traute, nickte er nur.

»Jetzt spuck schon aus, was du zu sagen hast, Mann«, schnauzte ihn Rüdiger an. Er hatte wieder die Hand an seinen Schwertknauf gelegt und fixierte den Mann unter zusammengezogenen Brauen.

Der Mann bedachte ihn mit einem schiefen Lächeln und entblößte dabei ein vorstehendes Pferdegebiss. »Bin ja schon dabei«, erwiderte er gleichmütig und wandte sich wieder Bertram zu. Dann riss er auf einmal sein Messer aus dem Gürtel. »Fahr zur Hölle, Verräter«, schrie er und drang auf Bertram ein.

Der taumelte zurück und riss unwillkürlich die Schreibtafel hoch. Doch der Gurt, mit dem er sie am Gürtel befestigt hatte, war ziemlich kurz, und so versetzte er seinem Angreifer nur einen Schlag gegen den Bauch, der ihn kaum aufhielt. Bertram fühlte einen scharfen Schmerz im Oberarm. Um ihn herum brach die Hölle aus. Die beiden jungen Nonnen kreischten in den höchsten Tönen, während Rüdiger und der Müllner ihre Schwerter herausrissen und auf den Soldaten eindrangen. Der sank vor Bertram zu Boden, umklammerte dessen Schienbeine und versuchte, ihn zu Fall zu bringen. Bertram hieb ihm mit solcher Kraft die Schreibtafel auf den Kopf, dass das Holz zerbarst. Der Mann brach ächzend zusammen. Entsetzt starrte Bertram auf die Trümmer seiner Tafel. Meister Konrads schönes Geschenk – zerstört! Es schmerzte Bertram beinahe mehr als sein Arm. Er überließ den Soldaten den anderen und zog sich ans Fenster zurück, um den Schaden in Augenschein zu nehmen. Vielleicht konnte man die Tafel noch retten. Oder zumindest Teile davon. Die inneren Teile schienen nicht in Mitleidenschaft gezogen. Er begutachtete die gesplitterte Tafel. Nicht nur der Rahmen war geborsten, auch die Wachsfüllung hatte den harten Schlag nicht überstanden, sondern bröckelte aus dem Rahmen. Seine Aufzeichnungen von heute Morgen waren dahin. Ein hervorstehender Zipfel erregte seine Aufmerksamkeit. Er sah genauer hin. Das war kein Wachs, das war – Pergament! Üblicherweise goss man das Wachs direkt in den Holzrahmen und verwendete kein Pergament als Unterlage. Neugierig zog Bertram an dem Pergamentzipfel. Weitere Wachsstücke platzten ab. Er half mit den Fingern nach, bis er das ganze Stück herausziehen konnte. Es war ein gefalteter Bogen. Bertram klappte ihn auf. Er war beschrieben. Noch merkwürdiger. Ob man eine alte Buchseite als Unterlage verwendet hatte? Er begann zu lesen. In seinen Ohren rauschte das Blut. Die Geräusche um ihn herum verstummten. Er las das Blatt Wort für Wort bis zum Ende durch und fing dann wieder von vorne an. Er konnte nicht glauben, was dort stand. Dann rutschte er langsam an der Wand entlang und ließ sich zu Boden sinken.

»Bertram! Bertram!« Rüdigers Stimme brachte ihn wieder zu Bewusstsein. »Bist du schwer verletzt? Du blutest am Arm!« Bertram warf einen Blick auf seinen Oberarm. Der Schnitt in seinem Ärmel wies blutige Ränder auf. Es brannte etwas, fühlte sich aber nicht so an, als wäre er ernsthaft verwundet. »Es ist nichts«, sagte er. »Ich glaube nicht, dass der Schnitt tief ging.«

Rüdiger atmete auf. »Junge, du hast mir vielleicht einen Schrecken eingejagt. Aber warum hockst du dann am Boden und machst ein Gesicht, als wäre die Welt untergegangen? Der Hundsfott ist tot, der Müllner hat ihn erledigt.«

Bertram reichte ihm den Bogen, den er in der Wachstafel gefunden hatte.

Rüdiger überflog den Text. Dann weiteten sich seine Augen. »Allmächtiger!«, rief er wieder einmal. Dann sprang er auf. »Alle mal herhören!«

Bertram kam auf die Füße. »Jetzt warte doch, Rüdiger!«, zischte er ihm zu und versuchte, den Bogen wieder an sich zu nehmen. Inzwischen waren auch die anderen aufmerksam geworden und kamen näher. Bertram sah Fides neben der Küchentür an der Wand lehnen und erschrak. Wie lange stand sie da schon? Hoffentlich hatte sie den Angriff auf ihn nicht mit ansehen müssen. Rüdiger räusperte sich, doch bevor er etwas sagen konnte, war von draußen wieder Hufschlag zu hören, diesmal von vielen Tieren. Von der Menschenmenge ertönten erstaunte Rufe. »Aus dem Weg, Kerl!«, rief eine barsche Stimme und dann trat ein groß gewachsener Mann in die Stube. Er war so lang, dass er unter dem Türsturz den Kopf einziehen musste. Unter seinem weinroten Reitrock sahen schwarze Beinlinge hervor, die in derben Reitstiefeln steckten. Ein kurzer schwarzer Umhang fiel ihm von den Schultern, das Schwert steckte in einer zerkratzten Lederscheide, die wohl schon manches Gefecht mitgemacht hatte. Halblange blonde Haare umrahmten sein bartloses Gesicht. Er mochte kaum Mitte zwanzig sein, die scharfen Züge und vor allem die lange gebogene Nase gaben ihm etwas Raubvogelartiges. Hinter ihm drängten einfacher gewandete Söldner in die Diele. Ihr Anführer ließ seinen Blick durch den Raum schweifen. Als er den niedergestreckten Soldaten entdeckte, zogen sich seine buschigen Augenbrauen zusammen und seine Hand flog zum Schwertknauf. »Wer hat es gewagt, einen meiner Männer zu töten?«, rief er aus.

Die Äbtissin trat ihm entgegen. »So, dieser Kerl gehört also zu Euch? Er hat versucht, einen Wehrlosen niederzustechen!«

»Er hat auch Pater Otto getötet!«, ertönte auf einmal eine helle Stimme. Kuno war neben die Äbtissin getreten. Ein entsetztes Raunen ging durch den Raum.

Der Neuankömmling betrachtete den Jungen verächtlich. »Pah! Woher willst du Lümmel das wissen?«

Kuno drückte sich zitternd an die Äbtissin. »Ich habe es gesehen. Mit eigenen Augen.« Sie sah ihn überrascht und mitleidig an, dann legte sie ihm eine Hand auf die Schulter. »Da hört Ihr es, Albrecht von Schenkenberg. Ihr solltet Eure Männer besser auswählen. Einen wehrlosen Mönch ermorden, Ihr solltet Euch schämen!«

Albrecht starrte sie wütend an. »Was erlaubt Ihr Euch? Wie redet Ihr mit mir? Ich bin der Sohn des Königs!«

Elisabeth von Wetzikon hob das Kinn. »Ihr seid der uneheliche Bastard des Königs«, korrigierte sie ihn mit sanfter Stimme. »Und ich bin Reichsfürstin und die Stadtherrin! Was innerhalb dieser Mauern geschieht, untersteht zunächst einmal meinem Urteil! Und dem des Reichsvogts«, fügte sie mit Blick auf den Müllner hinzu, der an ihre andere Seite getreten war.

Albrecht von Schenkenberg kniff die Lippen zusammen.

»Was sucht Ihr überhaupt hier?«, fragte sie weiter.

»Ich glaube, er sucht das hier«, sagte Rüdiger. Bevor Bertram ihn daran hindern konnte, war er vorgetreten und hielt der Äbtissin das Stück Pergament hin, sorgfältig darauf bedacht, damit außerhalb von Albrechts Reichweite zu bleiben. Bertram sah den Königssohn erbleichen. Seine Hand fuhr zum Schwertgriff. Er zog die Waffe heraus, dann zögerte er und ließ die Hand mit dem Schwert sinken.

Elisabeth nahm das Dokument entgegen. »Was ist das?« Sie überflog es. Ihre Augenbrauen hoben sich. Dann sah sie auf und winkte Bertram zu sich. »Wusstet Ihr davon?«

Bertram schüttelte den Kopf. Seine Stimme wollte ihm kaum

gehorchen.«Ich habe nichts davon gewusst. Ich habe das Dokument gerade eben in meiner Wachstafel gefunden.«
»Jetzt macht es doch nicht so spannend«, rief einer der Ratsherren, der direkt hinter der Äbtissin stand. Zustimmendes Gemurmel erklang.
Albrecht und die Äbtissin hoben gleichzeitig die Hand, um sie zum Schweigen zu bringen. Elisabeth sah Bertram an. »Soll ich?« Er nickte ergeben.
Sie begann vorzulesen: »Zürich, im Jahre des Herrn 1253 am 10. November. Ich, Graf Bertram IV. von Kiburg, genannt der Ältere, erkenne hiermit die Vaterschaft an für den männlichen Säugling Bertram, geboren am Tag des Hl. Willehad, dem 8. November im Jahre des Herrn 1253 in Zürich durch die Mutter Maria von Hettlingen, verstorben am 9. November ebendort im Jahre des Herrn 1253. Bertram ist mein einziger leiblicher Sohn und soll am Tag seiner Volljährigkeit mein Erbe antreten.«
Als sie geendet hatte, herrschte für einen Augenblick Totenstille, dann brach ein ungeheurer Tumult los. Albrecht von Schenkenberg stieß einen gotteslästerlichen Fluch aus. Er schmetterte sein Schwert auf den Boden, fuhr sich mit beiden Händen durch die Haare und drehte sich einmal um die eigene Achse. Dann hob er seine Waffe wieder auf, warf Bertram einen mörderischen Blick zu und gab seinen Leuten das Zeichen zum Aufbruch. Sie drängten sich durch die schmale Tür nach draußen und kurz darauf verlor sich das Hufgetrappel ihrer Pferde in der Ferne. Die anderen riefen wild durcheinander, umringten Bertram und jeder versuchte, einen Blick auf das Stück Pergament zu erhaschen. Rüdiger war es, der mit lauter Stimme endlich für Ruhe sorgte. »Jetzt lasst den Jungen doch zur Besinnung kommen. Wir werden die Echtheit des Dokuments untersuchen und das Thema in einer außerordentlichen Ratsversammlung behandeln. Aber jetzt geht nach Hause.«
Die Hütte leerte sich endlich. Als Erste verließen die drei Ratsherren den Raum, nachdem sie Rüdiger widerstrebend

geschworen hatten, Stillschweigen über das Erlebte zu bewahren. Johann erbot sich, zum Barfüßerkloster zu laufen, um die Nachricht von Pater Ottos Tod zu überbringen. Rüdiger und der Müllner halfen den beiden *Bütteln*, die Menschenversammlung vor dem Haus aufzulösen. Die Äbtissin legte Bertram eine Hand auf den Arm. »Ihr solltet Euch um Fides kümmern«, sagte sie leise. Dann zog sie sich mit ihren Damen an Ottos Totenbett zurück. Das gedämpfte Murmeln ihrer Gebete war jetzt das einzige Geräusch in der Hütte.

Bertram ging zu Fides. Sie saß neben der Küchentür auf dem Boden, den Kopf auf den Knien, die Hände darüber verschränkt.

Bertram kniete sich neben ihr hin und berührte sie vorsichtig am Arm. »Fides, Liebes, was hast du? Du musst keine Angst mehr haben, die Soldaten sind weg. Es ist vorbei.«

Sie hob den Kopf. Unendliche Traurigkeit stand in ihren Augen. »Da hast du recht, Bertram«, sagte sie leise. »Es ist vorbei. Wir können nicht mehr heiraten.«

67. Kapitel

Zürich, Fraumünster, Donnerstag, 1. November 1274, Allerheiligen

Wie immer erwachte Fides kurz vor dem Läuten zur *Prim*. Sie drehte sich auf die andere Seite und lauschte den Glockenschlägen, denen bald darauf der mehrstimmige Chorgesang der Stiftsdamen und Kanoniker folgte. Er war nur gedämpft im *Infirmarium* zu hören. Fides liebte diese ersten Minuten des neuen Tages, die nur ihr gehörten. Zwei Wochen war sie nun hier und sie fühlte mit jedem Tag ihre Kräfte stärker werden. Sie war der Äbtissin unendlich dankbar, dass sie sie nach ihrem Streit mit Bertram kurzerhand mitgenommen und im Krankensaal der Abtei untergebracht hatte. Die Misshandlungen und Entbehrungen der letzten Zeit hatten ihren Tribut gefordert und sie hatte ein heftiges Fieber entwickelt. Eine der Wunden am Arm hatte sich entzündet. Der Medikus hatte sie zur Ader gelassen und ihr strengste Bettruhe verordnet, damit die giftigen Säfte sich nicht in ihrem Körper ausbreiteten. Zwei Tage hatte sie nur geschlafen, dann war das Fieber verschwunden und sie fühlte sich wieder wie ein Mensch. Sie rekelte sich in ihrem Bett, genoss das Gefühl des glatten Lakens auf ihrer Haut und den Duft nach Lavendel, den es verströmte. Was für eine Wohltat war es gewesen, endlich wieder zu baden und saubere Kleider anzuziehen. Schwester Berchta hatte ihr eigenhändig den Kopf mit einer widerlich riechenden Paste eingerieben, die zumindest die Läuse und anderes Ungeziefer vernichtet hatte. Nach vier Tagen hatte Fides die Untätigkeit nicht mehr ausgehalten und war der Leiterin des *Infirmariums* bei der Versorgung der anderen Kranken zur Hand gegangen. Noch immer lagen hier Opfer aus der Brandnacht, jedoch niemand, den Fides kannte. Ihr Gedächtnis war nicht zurückgekehrt und der Medikus hatte ihr wenig Hoffnung gemacht, dass das jemals geschehen würde. Vielleicht war das auch besser so. Es war schon schlimm genug, mit dem Wissen zu leben, dass ihre Eltern gestorben waren. Sie musste nicht auch noch ihre letzten Minuten durchleben. Sie presste die Fäuste gegen ihre Augenlider. Dann holte sie tief Atem und setzte sich auf. Sie tastete nach Zunder und Feuerstein und zündete das Talglicht an, das auf einem kleinen Tisch neben ihrem Lager stand. Mit dem Licht in der Hand ging sie von Bett zu Bett und vergewisserte sich, dass niemand ihre Hilfe brauchte. Die acht Patienten schliefen noch. Fides schlüpfte in ihren Umhang und ging nach draußen, um die Fensterläden zu öffnen. Es war noch dunkel, nicht der kleinste Streifen zeigte sich am Horizont. Die Luft war frisch, aber trocken – mit etwas Glück gab es schönes Wetter, ideal für die Prozessionen. Der heutige und der folgende Tag standen ganz im Zeichen des Totengedenken. Morgen fand die große Allerseelenprozession statt, der sich angesichts des erst wenige Monate zurückliegenden Unglücks sicher viele Menschen anschließen würden. Fides sicherte die Läden mit den Wandhaken und ging wieder nach drinnen. Gleich würde Schwester Berchta vom Chorgebet zurückkehren. Sie würde ihr helfen, die Kranken zu waschen und zu versorgen, bis die Laienschwestern mit dem Frühstück kamen. Und dann würde sie zum ersten Mal wieder unter die Leute gehen: Sie würde an der Messe teilnehmen. Und danach Bertram treffen. Er hatte jeden Tag nach ihr gefragt, aber sie hatte ihn nicht sehen wollen. Dann waren seine Freunde gekommen, sein Knecht Mathis, Friedrich und gestern sogar der Kantor. Er und die Äbtissin hatten ihr zugeredet, dass Bertram zumindest das Recht auf eine Aussprache habe.

»Gelobt sei Jesus Christus!« Schwester Berchta betrat den Krankensaal, einen schweren Korb mit Bettlaken über dem Arm, und brachte einen Schwall kalter Luft von draußen mit. »In Ewigkeit, Amen«, erwiderte Fides und ging ihr entgegen. Sie nahm ihr den Korb ab und begann, die Laken in eine Truhe zu stapeln. Jede Tätigkeit, die sie vom Nachdenken abhielt, war willkommen.

Fides sah ihn schon von Weitem. Er hatte die Mantelkapuze zurückgeschlagen und seine rabenschwarzen Locken blitzten unverkennbar hervor. Unruhig ging er vor der Oberdorfstraße auf und ab, wo sie sich verabredet hatten. Offensichtlich war er genauso aufgeregt wie sie selbst. Jetzt hob er den Kopf, ihre Blicke trafen sich.

Er lief ihr entgegen. »Fides«, rief er. »Endlich!« Er fasste sie an den Händen und sah sie prüfend an. »Es geht dir besser, oder? Du hast wieder Farbe im Gesicht.«

Sie nickte. »Es geht mir gut. Schwester Berchta hat mich aufgepäppelt. Und der Medikus sagt, ich werde wieder vollständig gesund. Bis auf ...« Sie sah kurz auf ihren linken Arm und biss sich auf die Lippen. Da sie eh nicht heiraten würden, musste er auch keine Einzelheiten wissen.

Er sah sie abwartend an, fragte aber nicht nach, als sie nicht mehr weitersprach. »Sollen wir ein Stück in die Weinberge gehen? Oder ist es dir zu weit?«

»Nein, das schaffe ich schon, ein wenig Bewegung an der frischen Luft wird mir guttun. Ich war lang genug eingesperrt ...« Sie biss sich wieder auf die Lippen.

Er ging auch diesmal nicht darauf ein, sondern legte einfach ihre Hand in seine Armbeuge und schlug den Weg zum Oberdorftor ein. Sie wollte ihm ihre Hand entziehen, aber es fühlte sich einfach so gut an, so geborgen. Sie schwiegen, bis sie das Tor passiert hatten. Die meisten Kirchgänger, die mit ihnen unterwegs waren, gingen auf der Straße nach Stadelhofen weiter. Linker Hand lief ein schmaler Pfad aufwärts, zu den Weinbergen.

Bertram sah sie an. »Sollen wir da hinaufgehen? Jetzt sind wir dort bestimmt ungestört.«

Sie nickte. Ihr Herzschlag wollte sich nicht beruhigen. Sie wusste nicht, wie sie beginnen sollte. Es gab so viele Dinge, die sie wissen wollte. »Wann bist du eigentlich zurückgekommen? Aus Lyon?«, fragte sie schließlich.

»Ein paar Tage früher, als ich dir geschrieben hatte. Ursprünglich sollte ich mit dem Eichstätter Bischof reisen. Er war auch auf dem Konzil und sollte eine Kapelle in Wettingen weihen. Aber ich bin früher abgereist.«

»Wegen der Überfälle«, sagte Fides leise.

Er zuckte zusammen. »Du weißt davon?«

»Ja. Mathis hat es mir erzählt.«

»Mathis hat dich besucht?«
»Ja. Mit seiner neuen Frau.« Beim Gedanken an Bertille musste sie unwillkürlich lächeln. »Sie ist lustig, diese Bertille. Und sie scheint sehr nett zu sein, auch wenn ich Mühe hatte, sie zu verstehen. Friedrich mag sie auch. Und der Kantor.«
»Die hast du auch getroffen? Friedrich und sogar Meister Konrad?« Sie hörte die Enttäuschung in seiner Stimme.
»Bertram, versteh doch, ich konnte dich nicht sehen. Ich musste nachdenken.«
Er blieb stehen und zog sie in seine Arme. »Und? Hast du jetzt genug nachgedacht? Wann heiraten wir? Weißt du, ich habe nicht schlecht verdient in Lyon. Und wenn das stimmt, was in dieser Urkunde steht ...«
Sie machte sich von ihm los und trat einen Schritt zurück. »Bertram, wir können nicht mehr heiraten. Du bist der Sohn eines Grafen! Du kannst keine Handwerkertochter heiraten! Wir sind nicht vom gleichen Stand, es geht einfach nicht mehr.«
»Wir waren auch vorher nicht vom gleichen Stand. Aber es war mir gleich. Und dich hat es doch auch nicht gestört.« Er sah sie ernst an.
Sie senkte den Blick. »Eigentlich hat es mich schon gestört. Aber ich wollte es nicht wahrhaben. Weißt du, als du damals kurz vor deiner Abreise vorbeigekommen bist ... mit diesem Klingenberger ...«
»Ja? Was war da? Wir haben über die Pergamente für den *Codex* gesprochen. Du hast ihm die Aufteilung erklärt.«
»Als du dann mit ihm weggeritten bist ... Du sahst so anders aus, so hoch zu Ross ... Du sahst aus wie ein Ritter und du warst so vertraut mit dem Klingenberger ...«
Er packte sie an den Oberarmen. »Fides, du willst mir jetzt nicht erzählen, dass du eifersüchtig warst auf Heinrich von Klingenberg?«
»Nein, nicht eifersüchtig ... Ich habe einfach gemerkt, dass du so in deinem Element warst und dass ich nie dazugehören

würde ... Ach, ich kann es nicht erklären, du verstehst es einfach nicht!«

Er schüttelte den Kopf. »Nein, Fides, ich verstehe es wirklich nicht.«

Sie sah ihn ernst an. »Sag mir ehrlich, dieser Heinrich – hat er nicht versucht, dich mir auszureden? Und Meister Konrad? Und der Propst?«

»Der Propst tut nichts zur Sache! Er denkt immer nur an den finanziellen oder politischen Vorteil für das Stift!«

»Na gut, aber die anderen, deine Freunde, dein Ziehvater – waren sie nicht immer gegen uns? Genau wie meine Eltern?«

Er schwieg.

»Na siehst du«, sagte sie traurig.

»Nein«, sagte er dann. »Das akzeptiere ich nicht. Gut, sie hatten ihre Vorbehalte. Aber wir haben sie überzeugt. Dein Vater hat der Verlobung zugestimmt, und Meister Konrad auch.«

Fides schüttelte den Kopf. »Sie haben zugestimmt, weil sie hofften, dass du es dir auf der Reise anders überlegst, wenn du endlich unter deinesgleichen bist und siehst, was für Möglichkeiten dir offenstehen.«

Er stieß ein verächtliches Schnauben aus. »Oh ja, ich habe sie gesehen, die Möglichkeiten, die mir offenstehen. Ich gebe zu, ich habe wunderbare Menschen kennengelernt und große Wissenschaftler, ich habe fantastische Bibliotheken gesehen – aber auch Neid und Geltungssucht in einem Ausmaß, das ich mir so nicht vorgestellt hatte.« Er schwieg einen Augenblick, dann fuhr er fort: »Fides, ich liebe dich. Du bist die Gefährtin, die ich an meiner Seite haben will. Ich will nicht ohne dich sein, Fides. Ich habe dich in Lyon so vermisst! Wie gerne hätte ich alle meine Erlebnisse mit dir geteilt! Als mir der Kantor sagte, du wärest vermutlich tot, wusste ich nicht, wie ich weiterleben sollte ohne dich!«

»Aber du hast weitergelebt! Und ich auch! Es tut weh, aber es geht!«

Er sah sie kopfschüttelnd an. »Fides, ich verstehe nicht,

warum du so abweisend bist. Was ist denn geschehen, dass du deine Meinung so geändert hast?«

Sie senkte den Kopf. »Das Feuer. Es war ein Zeichen. Eine Strafe. Für unsere Sünden. Meine Eltern ...«, sie spürte einen Kloß im Hals und verstummte.

Dann fühlte sie seine Hände an ihren Wangen. »Fides, sieh mich an.« Sie hob den Blick.

»Fides, hat Otto dir das eingeredet? Dass du schuld bist an dem Brand wegen irgendwelcher Sünden?«

Sie hatte keine Antwort. Jetzt, wo er es so formulierte, klang es ziemlich abwegig.

»Fides, das Feuer war nicht deine Schuld. Das Niederdorf ist nicht abgebrannt, weil du oder ich oder irgendjemand anders gesündigt hat. Wir sündigen fortwährend, wenn es danach ginge, wären wir alle schon längst zu Asche geworden. Es ist abgebrannt, weil ein gekränkter Mann Rache nehmen wollte und Feuer gelegt hat! Es ist abgebrannt, weil ausgerechnet an dem Abend der Wind so ungünstig stand! Und es ist abgebrannt, weil in diesem Viertel die Häuser meist noch aus Holz waren und so eng nebeneinanderstanden – nicht umsonst hat der Rat ein neues Gesetz beschlossen, dass alle Neubauten mindestens zwei steinerne Stockwerke und eine zusätzliche Zwischenmauer haben müssen!«

Fides wusste nicht, was sie darauf antworten sollte. Sie wollte ihm so gerne glauben. Aber dann geisterten wieder diese Sätze von der Verdammnis durch ihren Kopf. Und nachts träumte sie noch immer vom Höllenfeuer. Das musste doch etwas zu bedeuten haben?

»Wenn wir nicht heiraten, was willst du denn dann tun? Wo willst du leben? Hast du irgendwo noch Familie? Du wirst doch nicht ins Kloster gehen, oder?«

Sie schüttelte den Kopf. »Ich dachte, ich könnte vielleicht Rudolf heiraten«, sagte sie leise. »Wenn er mich nimmt.«

Bertram ließ sie los und trat einen Schritt zurück. »Was für einen Rudolf?«, fragte er. »Den Gesellen deines Vaters?«

Fides nickte. »Ja. Er ist im Augenblick bei dem Pergamenter an der Sihl. Aber ich weiß, dass er dort sofort weggehen wird, wenn ich ihn frage. Wir könnten Vaters Werkstatt wieder aufbauen.«

»Aber du liebst ihn doch nicht.«

Sie hob die Schultern. »Aber ich verabscheue ihn auch nicht. Er ist ehrlich und freundlich und fleißig. Er hat viel von Vater gelernt, so wie ich auch. Gemeinsam könnten wir es schaffen.«

Er sah sie an, als wäre sie völlig verrückt geworden. »Fides, was redest du denn da? Woher willst du die Mittel nehmen? Und Rudolf ist noch kein Meister, er darf noch gar nicht heiraten.«

»Dann warten wir eben noch. Und was die Mittel angeht: Unser Haus hat der Abtei gehört. Ich habe es mir angesehen, es ist nicht so schlimm zerstört – die Küche ist vollständig abgebrannt, aber von dem Hauptgebäude mit der Werkstatt steht das gemauerte Stockwerk noch. Lediglich der hölzerne Dachboden müsste neu gemacht werden. Die Äbtissin sagt, sie würde uns unterstützen – im Gegenzug für spätere Pergamentlieferungen. Der Rat hat ebenfalls großes Interesse daran, das Viertel möglichst schnell wieder aufzubauen. Er kümmert sich um günstiges Bauholz.«

»Du hast also schon Pläne gemacht, in denen ich überhaupt nicht mehr vorkomme?«

»Ach Bertram, versteh doch ...«

»Nein, ich verstehe es nicht. Und ich will es auch nicht verstehen. Du hast mir ein Versprechen gegeben, Fides. Zählt das denn alles nicht mehr?« Er sah sie ernst an. »Sag mir, dass du mich nicht mehr liebst, dann gehe ich und lasse dich in Ruhe.«

Sie schwieg. Der Kloß in ihrem Hals wurde immer dicker. Wenn sie jetzt etwas sagte, würde sie in Tränen ausbrechen.

Er zog sie wieder in seine Arme und legte sein Kinn auf ihrem Scheitel ab. »Ach, Fides, mein Mädchen. Wann begreifst du endlich, dass du alles hast, was ich mir wünsche? Du bist klug, du bist hübsch ...«

»Ich bin nicht mehr hübsch«, murmelte sie mechanisch.

Er strich ihr über die Haare. »Was redest du denn da? Du bist immer noch genauso hübsch wie vorher. Dein Haar wird wieder wachsen. Außerdem bringen die kurzen Locken deine Grübchen viel besser zur Geltung.«

Sie stutzte und hob den Kopf. »Meine was?«

Er umfasste ihr Gesicht mit beiden Händen. »Du hast Grübchen in den Wangen, wenn du lächelst.« Er küsste ihren linken Mundwinkel. »Da. Und da.« Er küsste auch den rechten Mundwinkel. Dann wurde sein Kuss intensiver, fordernder. Einen Augenblick lang war sie versucht, ihm nachzugeben, dann schob sie ihn von sich.

»Bertram, hör auf. Wir dürfen das nicht mehr tun. Du bist der Sohn eines Grafen. Du musst dir eine standesgemäße Frau suchen.«

»Standesgemäße Frau? Fides, ich will keine andere Frau! Ich will dich, und nur dich! Und so edel bin ich nun auch nicht. Du bist wenigstens ehelich geboren, ich bin ein Bastard.«

»Mit einer päpstlichen *Dispens*! Und dein Vater war ein Graf!«

»Gut, vielleicht war mein Vater ein Graf, aber meine Mutter war offensichtlich ein ganz einfaches Mädchen.« Er schnitt eine Grimasse. »Mit einem höchst merkwürdigen Bruder.«

Das lenkte Fides ab. »Ich kann immer noch nicht fassen, dass Pater Otto dein Onkel war. Und dass er eine Schwester hatte, die er geliebt hat. Er war immer so, so …«

»Unausstehlich?«, half Bertram aus.

Sie musste lachen. Dann wurde sie ernst. »Diese Urkunde, die in deiner Tafel steckte – ist sie wirklich echt?«

Bertram seufzte. »Leider ja. Rüdiger hat sie prüfen lassen. In der Sakristei vom Grossmünster liegen die abgetrennten Siegelschnüre mit dem Kiburger Wappen daran. Die Schnittkanten passen genau. Die Siegel gehören zweifelsfrei zu der Urkunde, der Brief ist echt. Auch die Handschrift ist die des Kiburger Grafen, es lagert genügend Vergleichsmaterial in den Archiven des Rates und der Diözese.« Er schwieg einen Moment, dann fuhr er fort: »Es gibt noch ein weiteres Dokument in der gleichen Handschrift, darin hatte mein Vater Verfügungen über meine Erziehung am Grossmünster getroffen und den Unterhalt geregelt. Wusstest du, dass das Grossmünster im Gegenzug für seine Verschwiegenheit damals die Wasserkirche erhalten hat? Der Propst hat schon nach mir geschickt für eine Unterredung ... Wahrscheinlich hofft er auf noch mehr ... Spätestens in einer Woche, wenn ich volljährig bin, muss ich mich dem wohl stellen.«

»Aber wenn die ganze Sache so vorteilhaft für das Stift ist, warum hat der Kantor dann den Brief versteckt? Und ausgerechnet in einer Schreibtafel, die man jederzeit verlieren kann?«

Bertram hob die Achseln.

Sie sah ihn forschend an. »Du hast den Kantor bisher nicht gesprochen?«

Bertram schüttelte den Kopf.

»Warum denn nicht? Bist du ihm immer noch böse? Ich bin sicher, er wollte dich nur beschützen. Er hat dich gern, Bertram, das merkt man an allem, was er tut oder sagt.«

Er fuhr sich mit den Händen durch seine Haare. »Fides, ich schäme mich so furchtbar. Ich habe unverzeihliche Sachen zu ihm gesagt. Ich war so verzweifelt, weil alle meinten, du wärst tot und dass ich mich damit abfinden und weiterleben müsste ...«

»Bertram, geh zu ihm. Du musst mit ihm reden. Ich habe doch mitbekommen, wie sehr er sich um dich gesorgt hat, als du in Lyon warst. Mehr kann dich ein leiblicher Vater auch nicht lieben.«

»Du hast recht.« Er sah sie traurig an. »Siehst du, wie sehr ich dich brauche? Du musst mich einfach heiraten!«

68. Kapitel

Zürich, Donnerstag, 8. November 1274, Tag des Hl. Willehad

»Denkst du, er wird kommen?« Hedwig nahm den leeren Becher entgegen, den ihr Meister Konrad über sein Lesepult reichte. In der kalten Jahreszeit nahm der Kantor nach dem morgendlichen *Stundengebet* gerne einen heißen Kräutertee mit Honig zu sich.
»Er hat uns extra eine Nachricht geschickt, also wird er auch kommen.«
»Einundzwanzig Jahre«, sagte sie andächtig. »Nun ist er also auch zu seinen Tagen gekommen. Mir ist es, als wäre es erst gestern gewesen, seitdem du ihn von der Amme geholt hast. Wie alt war er da? Vielleicht zwei?«
Meister Konrad nickte versonnen. »So ungefähr.«
»Ein Jahr später hast du ihm den ersten Griffel in die Hand gedrückt. Den hat er dann praktisch nicht mehr losgelassen.«
Sie lächelte bei der Erinnerung. Sie hörten die Magd von draußen rufen. »Das wird er sein«, sagte Hedwig. »Ich bringe ihn gleich zu dir ins Studierzimmer, ja?« Sie wartete seine Antwort nicht ab, sondern lief nach draußen, ohne die Tür zu schließen.
Kurz darauf klopfte Bertram an den Türrahmen. Er sieht gut aus, dachte Meister Konrad und ließ seinen Blick über seine Gestalt wandern. Auf der Hochzeit von Mathis und Bertille vor drei Wochen hatte er ihn nur kurz gesehen. Offenbar hatte der Umgang mit den modebewussten Ratsherren auf Bertram abgefärbt. Über einem schwarzen Untergewand mit schmalen Ärmeln trug er einen mitternachtsblauen *Surkot*, der am Hals mit einer schmalen silbernen Borte eingefasst war. Die schwarzen Locken waren auf Kinnlänge gestutzt. »Meister Konrad«, sagte er leise.

»Bertram, mein Junge«, erwiderte der Kantor und ging auf ihn zu. Er schloss ihn in die Arme. Dann hielt er ihn auf Armeslänge von sich ab und sah zu ihm auf. »Nun bist du also zu deinen Tagen gekommen. Ich gratuliere dir, mein Junge.«

»Danke. Ich kann es selbst kaum glauben.« Bertram sah sich im Raum um. Sein Blick fiel auf das Lesepult, auf dem der *Liber Ordinarius* mit der Gottesdienstordnung aufgeschlagen lag. Etwas wie Schuldbewusstsein glitt über seine Züge. »Störe ich auch bestimmt nicht? Ich dachte, ich komme lieber früh, Ihr habt ja noch die Messliturgie vorzubereiten.«

Der Kantor winkte ab. »Bis die Messe anfängt, ist noch etwas Zeit. Und Friedrich ist schon im Chor, er weiß, was zu tun ist, und hat die jüngeren Sänger inzwischen ganz gut im Griff. Auch wenn er sie manchmal zu höchst unziemlichen Dingen verleitet.« Er sah Bertram gespielt vorwurfsvoll an.

Bertram hob die Hände und lächelte gequält. »Bitte, Meister Konrad, ich hatte keine Ahnung, dass er einige seiner Kameraden auf Pater Otto angesetzt hatte, bis er es mir erzählt hat. Ich habe ihm schon ins Gewissen geredet deshalb.«

Meister Konrad nickte. »Wer weiß, was geschehen wäre, wenn die Jungen Pater Otto nicht beschattet hätten? Nur deshalb konnten sie so schnell Hilfe holen. Aber lassen wir das.« Er wies auf den Hocker, der neben seinem Lehnstuhl stand. »Setzen wir uns doch. Was führt dich zu mir?«

Sie nahmen Platz. Bertram rutschte etwas hin und her, dann sagte er: »Ich wollte Euch einladen. Rüdiger bestand darauf, dass ich meine Volljährigkeit mit einem Umtrunk feiern muss. Nach der Messe auf Lunkhofens Estrich. Ich würde mich freuen, wenn Ihr auch kommt. Mit Hedwig und den Kindern. Mathis und seine Familie kommen auch. Und die Ratsherren. Und die Äbtissin und der Propst. Ich glaube, Rüdiger hat die halbe Stadt eingeladen.«

Der Kantor schmunzelte. »Nun ja, es geschieht ja nicht alle Tage, dass einer aus ihrer Mitte sich auf einmal als Grafensohn entpuppt. Wir kommen gerne.« Er sah Bertram an, der alles andere als glücklich aussah.»Wie kommst du mit deiner neuen Rolle zurecht?«, fragte er.

Bertram lachte leise auf. Dann sagte er:»Gar nicht. Ich kann es noch gar nicht glauben. Ich weiß nicht, was ich erwartet hatte, aber das sicher nicht.« Er sah Meister Konrad an.»Wisst Ihr, was mir die ganze Zeit im Kopf herumgeht? Zu Beginn unserer Reise habe ich in Wettingen an meines Vaters Grab gestanden und es nicht gewusst. Wenn ich damals schon den Brief geöffnet hätte ...«

»Ehrlich gesagt hat es mich gewundert, dass du es nicht getan hast. Du hattest den Brief des Propstes und die päpstliche *Dispens* wochenlang bei dir und bist nie in Versuchung gekommen, sie zu lesen?«

Bertram schwieg einen Moment, dann meinte er:»Oh, ich war schon in Versuchung. Heinrich wollte das Schreiben seines Onkels schon auf unserer ersten Rast öffnen.«

»Und was hat dich gehindert?« Mit ehrlicher Neugier sah er Bertram an.

Der sagte langsam:»Ich glaube, in meinem tiefsten Innern wollte ich es gar nicht wissen. Ich wollte, dass alles so bleibt, wie es ist.« Er hob den Kopf und sah den Kantor an.»Ihr wart mir immer ein guter Vater. Ich hätte keinen besseren haben können.«

Meister Konrad senkte den Kopf, um seine Rührung zu verbergen. Bertram fuhr fort:»Warum habt Ihr das gemacht? Warum habt Ihr den Brief in meiner Tafel versteckt, ohne jemandem davon zu erzählen? Er hätte doch verloren gehen können.«

»Ich wollte dich schützen. Rudolf von Habsburg war der Neffe deines Vaters, der Sohn seiner Schwester und damit der nächste männliche Nachkomme – bis du geboren wurdest. Als dein Vater seine Verfügungen getroffen hatte, konnte doch niemand ahnen, dass er einmal König werden würde. Er wusste nur, dass Rudolf sicher alles daransetzen würde, seiner Witwe ihr Erbe streitig zu machen. Er dachte, wenn du erwachsen bist, könntest du ihr beistehen. Sie war wesentlich jünger als er, es war zu erwarten, dass sie ihn lange überleben würde. Deswegen hat er ihr in einem Brief deine Existenz gebeichtet und sie gebeten, nach seinem Tod weiterhin für dich zu sorgen. Du kennst den Brief, eine Abschrift war bei deinen Sachen. Seine Witwe muss ihn in seinem Nachlass gefunden haben und war offensichtlich der Meinung, damit ein Druckmittel gegen Rudolf in der Hand zu haben.«

»Das war also tatsächlich die Frau, die vor Jahren unsere Schule besucht hat?«

Meister Konrad nickte. »Ja, das war sie. Margarethe von Savoyen. Aber letztes Jahr starb sie. Ihr Bruder Philipp von Savoyen lag schon seit Hartmanns Tod in ständiger Fehde mit Rudolf wegen ihres Wittums. Und wegen Besitztümern im Waadtland. Bald nach Margarethes Tod wurde Rudolf zum König gewählt. Auf einmal benötigte er schlagartig viel Geld und konnte es sich noch weniger leisten, dieses Erbe oder Teile davon wieder zu verlieren. Er musste seine ganzen Wahlhelfer entlohnen, die Hochzeiten seiner Töchter ausrichten, die Reise zur Krönung finanzieren, dem Papst hatte er einen Kreuzzug versprochen … Zu diesem Zeitpunkt begannen die Anschläge auf dich. Er muss in Margarethes Nachlass irgendetwas gefunden haben, was auf deine Existenz hinwies. Und er wollte um jeden Preis verhindern, dass du zum Zuge kommst. Als dann in die Sakristei eingebrochen wurde, war für mich das Maß voll. Ich wollte einfach verhindern, dass jemand vor der Zeit erfährt, wer du wirklich bist.« Er zögerte einen Moment, dann stieß er hervor: »Ich war sogar in Versuchung, die Dokumente zu vernichten. Aber dann wurde mir klar, dass ich nicht das Recht hatte, dich um das alles zu bringen.«

Bertram stützte den Kopf in die Hände. »Vielleicht hättet Ihr das tun sollen. Mein Leben könnte kaum komplizierter sein als jetzt.« Er hob den Kopf wieder und sagte langsam: »Wenn Rudolfs Mutter die Schwester meines Vaters war, dann – dann wäre ich ein Vetter des Königs??«

»So ist es, mein Junge. Einer von vielen. Die Habsburger sind mit fast allen bedeutenden Adelsgeschlechtern der Gegend irgendwie verwandt.«

»Und was bedeutet das für die Erbfolge?«

»Ich bin sicher, die königliche Kanzlei wird ein juristisches Tauziehen anfangen, wessen Erbansprüche berechtigter sind. Ein Sohn steht höher als ein Neffe, aber legitime Geburt steht vor illegitimer. Doch du hast die päpstliche *Dispens* wegen deiner Geburt. Deine Aussichten sind nicht so schlecht, würde ich sagen. Trotzdem – recht haben und Recht bekommen sind zwei verschiedene Dinge. Einfach wird es nicht.«

Bertram erhob sich aus dem Stuhl und trat ans Fenster, vor dem der rosa Schein des beginnenden Tages sichtbar wurde. Er starrte hinaus. »Ich weiß nicht, ob ich das möchte.« Er drehte sich zu Meister Konrad um. Verzweiflung stand in seinen Augen. »Ich dachte, wenn ich endlich weiß, wer mein leiblicher Vater ist, dann finde ich meinen Frieden. Gleichzeitig hatte ich eine furchtbare Angst, dass Pater Otto mein Vater sein könnte. Weil er so abstoßend war.«

»Aber wie um Himmels willen bist du auf diese Idee gekommen?«

»Wegen des Leberflecks!« Bertram hob sein Haar hoch und zerrte an seinem Ohrläppchen. Zum ersten Mal bemerkte Meister Konrad bewusst den tropfenförmigen braunen Leberfleck. »Otto hatte genau das gleiche Muttermal an genau der gleichen Stelle!«

Eine Welle von Mitleid stieg im Kantor hoch. »Ach Junge, warum hast du denn nichts gesagt?«

»Ich wollte es nicht wahrhaben, ich konnte es nicht einmal aussprechen.«

Konrad erinnerte sich. »Ach, deshalb hast du mich einmal gefragt, ob dein Vater ein Mönch gewesen sei.«

Bertram nickte heftig. »Und jetzt stellt sich heraus, dass Otto mein Onkel war und nur deshalb so fanatisch, weil er wiedergutmachen wollte, was er meinte, bei seiner Schwester versäumt zu haben ... und dann ist sie auch noch durch mich gestorben.« Bertram ließ sich wieder auf seinen Schemel sinken und vergrub den Kopf in seinen Händen.

Meister Konrad lehnte sich vor und legte ihm die Hand auf den Arm. »Bertram, der Zweck heiligt nicht immer die Mittel. Was Otto auch getrieben hat, es hatte nichts mit dir zu tun. Er war verblendet. Und er ist zu weit gegangen. Er hat unentwegt Hass und Zwietracht gesät. Durch seine Schuld sind viele unschuldige Menschen gestorben. Er hat Fides entführt und misshandelt.« Er ergriff Bertrams Hand. »Und auch der Tod deiner Mutter ist nicht deine Schuld. Immer wieder sterben Frauen im Kindbett, das ist traurig, aber es ist eben einfach so. Der Tod gehört zum Leben dazu.«

Bertram sah zu ihm auf. »Es tut mir leid, was ich Euch angetan habe.«

Konrad hob die Augenbrauen. »Was meinst du?«

»Ihr wart immer so gut zu mir. Es muss Euch doch gekränkt haben, dass ich unbedingt meinen leiblichen Vater finden wollte. Und dass ich Euch enttäuscht habe. Ihr habt so viel Zeit in meine Ausbildung gesteckt, und jetzt werde ich noch nicht einmal weiter studieren.«

Meister Konrad zwinkerte ein paarmal, bevor er wieder sprechen konnte. »Ach Bertram, Junge, du hast mich nicht gekränkt. Wir haben dir nie verheimlicht, dass du ein Findelkind bist, da ist es doch nur natürlich, dass du nach deinen Wurzeln suchst. Und ja, ich gebe zu, ich war zunächst etwas enttäuscht, dass du weder weiter studieren noch *Chorherr* werden wolltest. Und vielleicht habe ich mir erhofft, dass du in Lyon auf andere Gedanken kommst. Aber du nutzt deine Talente auf deine Weise. Und Fides ist ein kluges und fleißiges Mädchen, sie wird dir eine gute Gefährtin sein. Ich bin stolz auf dich.« Er drückte Bertrams Hände.

Der stieß ein unterdrücktes Stöhnen aus. »Fides. Das ist auch so eine Sache. Sie will mich nicht mehr, seitdem sie erfahren hat, wer mein richtiger Vater war. Sie sagt, sie wäre nicht gut genug für mich. Dass unsere Verbindung nur Unglück gebracht hätte. Und dass ich mir eine standesgemäße Frau suchen soll.«

»Bertram, gib ihr Zeit. Sie hat viel Schlimmes erlebt in den letzten Wochen: Ihre Eltern sind gestorben, sie wurde schwer verletzt und sie war den Einflüsterungen Ottos ausgesetzt. Ihr Geist muss zur Ruhe kommen. Ich glaube, sie ist im Augenblick bei den Stiftsdamen ganz gut aufgehoben. Und du musst dir überlegen, wie es für dich weitergehen soll. Sprich mit den Ratsherren, mit dem Stadtvogt, und vor allem sprich mit dem Propst. Er war lange Jahre Kiburger Notar, er kannte deinen Vater persönlich, wenn sich jemand mit ihren Besitzverhältnissen auskennt, dann ist er das.«

Bertram stieß einen tiefen Seufzer aus. »Davor kann ich mich wohl nicht länger drücken, oder?«

Meister Konrad schüttelte den Kopf. »Nein, Bertram. Du bist jetzt erwachsen. Du musst dein Leben selbst in die Hand nehmen.«

Bertram erhob sich. »Gut. Ich werde mit ihm sprechen, heute noch.« Er fuhr sich mit einer Hand durch die Haare, die jetzt nach allen Seiten abstanden wie ein zerzaustes Rabengefieder. »Ich danke Euch, dass Ihr mir zugehört habt. Und für Euren Rat. Ich glaube, ich sehe jetzt ein wenig klarer.«

Meister Konrad erhob sich ebenfalls. Er zwinkerte Bertram zu. »Dazu sind Väter da, oder?«

Estrich der Freiherren von Lunkhofen, nach der Messe

»Bertille, deine Hechtklößchen sind köstlich wie immer, aber wenn ich noch ein einziges Stück esse, dann platze ich!« Bertram schob nachdrücklich die Platte von sich, die Mathis' Frau ihm einladend unter die Nase hielt. Sie zuckte die Achseln und ging mit der Platte weiter zum nächsten Gast. Bertram nahm einen Schluck aus dem gemeinsamen Bierkrug vor ihm und wischte sich mit dem Handrücken den Schaum von der Oberlippe. Es ging mal wieder hoch her auf dem Estrich der Freiherren von Lunkhofen, Rüdiger hatte Wort gehalten und alles eingeladen, was in der Stadt Rang und Namen hatte. Neben den Ratsherren war auch eine größere Schar der Grossmünsterkanoniker erschienen – darunter auch einige, die sich bisher wenig um ihre Residenzpflicht geschert hatten und auswärts wohnten. Bertram hatte Glückwünsche von Leuten entgegengenommen, die er noch nie im Leben gesehen hatte. Er war sich ziemlich sicher, dass hierfür der Probst verantwortlich war. Offensichtlich wollte er möglichst großes Aufsehen erzeugen. Bertram war froh, dass wenigstens auch seine Familie und Freunde erschienen waren, der Kantor mit Hedwig und ihren Kindern, Mathis und Bertille mit Philipp und Sophie – auch Friedrich hatte sich eingefunden. Die kleine Katharina saß auf Margaretas Schoß, kaute zufrieden auf einem Brotkanten und betrachtete mit großen Augen das Menschengewühl um sich herum. Nur der Mensch, den er am liebsten an seiner Seite gehabt hätte, fehlte. Fides war nicht erschienen. Er hatte zwar nicht wirklich mit ihrem Kommen gerechnet, aber es schmerzte doch. Als er eine Hand auf seiner Schulter spürte, sah er nach oben. Propst Heinrich von Klingenberg stand hinter ihm, seinen eigenen fein ziselierten Silberbecher in der Hand. Bertram rückte zur Seite und der Probst ließ sich umständlich auf den Platz neben ihm sinken. Er nahm einen Schluck aus seinem Becher, dann kam er ohne Umschweife zur Sache. »Es wird Zeit, dass wir uns ein wenig unterhalten.«

Bertram nickte zustimmend. Das Unangenehme brachte man am besten gleich hinter sich. »Ich wollte Euch sowieso in den nächsten Tagen aufsuchen. Der Kantor sagte, als ehemaliger Kiburger Notar kennt Ihr Euch am besten aus.«

Der Probst nickte. »Das ist wahr. Ich weiß auch schon, wie wir vorgehen werden. Rudolf wird nicht kampflos aufgeben.

Daher müssen wir uns Verbündete suchen. Da wäre zum einen Philipp von Savoyen, der Bruder von Hartmanns Ehefrau. Er ist nicht mehr der Jüngste, aber immer noch ein rüstiger Kriegsmann. Er ist gut bekannt mit dem Papst, noch aus der Zeit, als er das Amt des Erzbischofs von Lyon innehatte. Gregor X. hatte mehrfach an Rudolf appelliert, seine Streitigkeiten mit Philipp bezüglich des Waadtlandes beizulegen, bevor er seine Königskrönung anerkennen würde. Also von seiner Seite werden wir sicher Unterstützung erfahren. Und dann wäre da noch der neue Konstanzer Bischof, Rudolf von Habsburg-Laufenburg, ein Vetter des Königs. Sein jüngerer Bruder Eberhard ist mit Anna von Kiburg verheiratet, der Nichte Eures Vaters. Es hat ihm damals gar nicht gefallen, wie Rudolf mit dem Kiburger Erbe verfahren ist, doch hatte er wenig in der Hand, etwas dagegen zu unternehmen. Es wird ein Leichtes sein, ihn auf unsere Seite zu ziehen.«

Bertram begann der Kopf zu schwirren, doch der Propst war nicht zu bremsen. Enthusiastisch fuhr er fort: »Wie Ihr wisst, bin ich zu einem der Kollektoren für den Kreuzzugszehnten ernannt worden. Schon morgen werde ich wieder in Konstanz sein und bei der Gelegenheit mit dem Bischof sprechen.«

»Entschuldigt, aber das werdet Ihr nicht tun!« Bertram war selbst überrascht, wie laut seine Stimme geworden war.

Der Propst runzelte die Stirn. »Was werde ich nicht tun?«

»Mit dem Bischof sprechen wegen mir. Und diesen Philipp oder wie auch immer er heißt informieren. Ich muss mir erst selbst darüber klar werden, was ich tun will.«

Im Gesicht des Propstes breitete sich eine ungesunde Röte aus. »Was gibt es da zu überlegen? Du bist der nächste Kiburger Graf. Du wirst deiner Pflicht nachkommen, so wie es dein Vater für dich vorgesehen hat.«

»Mein Vater!«, stieß Bertram aus. »Ein Vater, den ich nie gesehen habe. Der starb, als ich gerade einmal zehn Jahre alt war.«

Der Propst betrachtete ihn aus schmalen Augen. »Jetzt auf einmal? Die ganzen Jahre hast du mich und den Kantor gelöchert mit Fragen nach deiner Herkunft und jetzt interessiert sie dich nicht mehr?«

Bertram schwieg. Erst jetzt ging ihm auf, dass der Propst ihn wieder duzte – und das sicher nicht aus Zuneigung.

»Bertram, ich bin es leid, dass du ständig meinst, irgendwelchen Launen folgen zu müssen. Ich habe dich nicht dazu erzogen, einem Weiberrock hinterherzulaufen. Du wirst jetzt endlich einmal etwas zurückgeben, nach allem, was wir für dich getan haben, die ganzen Jahre lang. Ich finde, du schuldest uns etwas!«

»Ihr maßt Euch Dinge an, die nicht wahr sind! Es war der Kantor, der mich großgezogen hat! Er war es auch, der mich unterrichtet hat. Ich bin Euch dankbar dafür, dass Ihr mich am Stift aufgenommen habt, aber Ihr seid dafür auch reichlich entlohnt worden! Mein Vater hat dem Stift die Wasserkirche überschrieben und darüber hinaus jahrelang meinen Unterhalt finanziert!«

Bertram sah, dass der Propst Einwände erheben wollte, und fuhr ihm einfach über den Mund. »Ich weiß, das letzte Jahr sind keine Zahlungen mehr gekommen, aber ich habe schließlich unterrichtet für mein Schulgeld. Seit ich eine Feder halten konnte, habe ich für Euch gearbeitet und auch Schreibaufträge von außerhalb erledigt, die dem Stift gutes Geld gebracht haben. Versteht mich nicht falsch, ich habe das gern gemacht und auch keine Vergütung dafür erwartet. Aber es ist einfach nicht richtig, dass ich Euch noch etwas schulde. Ich würde sagen, wir sind quitt. Und es ist mein Leben, um das es hier geht. Und somit sollte ich derjenige sein, der darüber entscheidet.« Außer Atem verstummte Bertram. Um ihn herum war es still geworden. Viele Augenpaare starrten ihn an, die meisten verwundert und neugierig, der Kantor mitleidig, die Äbtissin befremdet. Bertram wusste selbst, dass er zu weit gegangen war. Er warf einen Blick neben sich. Der Propst hatte die Hände um seinen Becher geballt, eine tiefe Falte stand auf seiner Stirn. Bertram erhob sich. »Verzeiht meine Unbeherrschtheit, ich wollte Euch nicht kränken. Aber ich bleibe bei meiner Entscheidung. Bitte unternehmt vorläufig nichts in dieser Angelegenheit.«

Dann wandte er sich an Rüdiger, der auf seiner anderen Seite saß. Seinem entsetzten Gesichtsausdruck nach hatte er das meiste ihres Gespräches mitbekommen. Bertram löste seine Geldkatze vom Gürtel und schob sie Rüdiger hin. »Mach dir keine Gedanken, ich weiß schon, was ich tue. Feiert ruhig noch weiter, ich werde jetzt gehen. Bist du so nett und übernimmst die Rechnung für mich? Ich muss etwas erledigen.« Rüdiger öffnete den Mund, besann sich dann aber anders. Mit einem resignierten Lächeln nahm er Bertrams Geldbeutel an sich und drückte ihm dabei kurz die Hand. Bertram legte ihm die Hand auf die Schulter, dann sah er sich suchend um. Er wusste jetzt, was er zu tun hatte, und dazu brauchte er Bertille.

69. Kapitel

Hagenau, Königspfalz, Samstag, 10. November 1274, der Tag vor Martini

»Ihr! Dass Ihr Euch hertraut – was wollt Ihr hier?«
Bertram musste den Kopf in den Nacken legen, um den Sprecher sehen zu können. Albrecht von Schenkenberg sah von der Burgzinne auf ihn herab. Offenbar weilte der Königssohn gerade auf der väterlichen Pfalz in Hagenau.
Bertram fasste die Zügel fester, um sein Pferd ruhig zu halten. Dann wiederholte er, was er vor einer guten Weile

bereits dem Torwächter gesagt hatte. »Ich muss mit Eurem Vater sprechen.«

»Mein Vater hat keine Zeit. Er bricht morgen früh nach Nürnberg auf. Er ist sowieso schon zu spät.«

Ach ja, der Hoftag. Bertram erinnerte sich, dass Rüdiger davon gesprochen hatte. »Was ich zu sagen habe, könnte für den Hoftag wichtig sein. Ich bin mir ziemlich sicher, der König wird es Euch verübeln, mich nicht vorgelassen zu haben.«

»Wartet hier. Ich frage ihn.«

Bertram machte sich auf eine erneute längere Pause gefasst, doch bereits nach wenigen Augenblicken winkte ihn der Torwächter hinein. Bertram ritt durch den Torbogen und gelangte in einen dreieckigen Innenhof, der von mehreren Gebäuden umschlossen wurde. Albrecht von Schenkenberg kam ihm entgegen, flankiert von zwei Pferdeknechten. Bertram saß ab. Einer der Männer griff sein Pferd am Zügel und wollte es wegführen. »Warte«, rief Bertram. »Ich brauche die Dokumente aus der Satteltasche.« Er nahm ein paar Pergamentstücke aus der Tasche.

»Eure Waffen bleiben hier«, beschied ihm Albrecht.

Bertram hob die Arme. »Wie Ihr seht, bin ich unbewaffnet. Ich trage nur mein Proviantmesser am Gürtel – soll ich das auch ablegen?«

Albrecht grunzte etwas Unverständliches und winkte ab. »Dann kommt. Und fasst Euch kurz, wie gesagt, mein Vater hat wenig Zeit.«

Bertram folgte ihm in das größte Gebäude. Albrecht hieß ihn in der Diele warten und verschwand durch eine große zweiflügelige Tür mit kostbaren Schnitzereien.

Bertram hörte die sonore Stimme des Königs. »Lass ihn eintreten. Und dann schließ die Tür hinter dir und sorg dafür, dass uns niemand stört.«

»Aber ...«

»Ich will ihn alleine sprechen!«

Bertram trat von der Tür zurück und gab vor, die Deckentäfelung zu bewundern. Kurz darauf kam Albrecht aus dem Zimmer. Unter zusammengezogenen Augenbrauen musterte er Bertram. »Ihr könnt jetzt eintreten. Macht keine Dummheiten, ich warte direkt vor dem Saal.«

Bertram nickte nur, dann trat er über die Schwelle. Mit einem lauten Krachen fiel die Tür hinter ihm ins Schloss. Mit klopfendem Herzen sah sich Bertram um. Die Ausstattung des Saales stammte offensichtlich noch von den Staufern, die diese Burg vor über hundert Jahren errichtet hatten. Die holzgetäfelte Decke zeigte Wappenfriese und ritterlich gewandete Figuren, die Wände waren mit kostbaren Teppichen behängt. An einer Längsseite befand sich ein gemauerter Kamin, in dem ein Feuer prasselte. Trotzdem war es in dem großen Saal nicht gerade warm und Bertram war froh, seinen Umhang nicht abgelegt zu haben. Ein schmaler Teppich mit orientalischen Mustern lief von der Tür bis zur Mitte des Raumes zu einer Art Podest, auf dem der König in einem hochlehnigen Stuhl saß. Seine schlichte Gewandung stand in auffälligem Gegensatz zu der Pracht des Raumes. In der Nähe des Kamins waren Tische aufgestellt, die mit diversen Dokumenten und Schreibutensilien bedeckt waren. An einem Stehpult stand ein beleibter Mann in Barfüßertracht. Das musste Heinrich von Isny sein, der Beichtvater und engste Vertraute des Königs. Er nickte Bertram freundlich zu und gab ihm mit der Hand ein Zeichen, näher zu treten.

Bertram lief auf den Thron zu. »Mein König.« Er kniete nieder und senkte den Kopf. Seine Finger umklammerten die Dokumente.

»Erhebt Euch.«

Bertram stand auf und blickte den König offen an.

Der strich sich über das Kinn und betrachtete Bertram prüfend.

»Ihr habt keine Zeit verloren. Es erstaunt mich, dass Ihr selbst kommt. Und dass Ihr alleine kommt. Nach allem, was vorgefallen ist, hatte ich eine ganze Armee von Rechtsverdrehern erwartet. Oder gleich ein bewaffnetes Heer.«

Bertram atmete auf. Trotz allem schien der König seinen Humor nicht verloren zu haben.

»Ich bin gekommen, um Euch etwas zu geben. Die Vaterschaftsanerkennung meines Vaters. Und meine Verzichtserklärung.« Er drehte die Dokumente in seiner Hand.

Der König starrte ihn an. »Verstehe ich das richtig, Ihr wollt auf das Erbe verzichten?«

Bertram nickte. »So ist es.«

»Und was wollt Ihr dafür?«

»Nichts. Meinen Frieden.«

Der König sah ihn mit hochgezogenen Augenbrauen an. »Niemand verzichtet auf so viel, ohne etwas dafür zu erwarten.«

Bertram lächelte traurig. »Ich hatte nie darum gefragt. Alles, was ich wollte, war, meine Herkunft zu kennen. Ich wollte wissen, wer mein Vater war. Das weiß ich jetzt.«

Der König sah ihn schweigend an und wartete auf eine Fortsetzung.

Bertram holte tief Luft. »Mein König, es ging mir nie um Macht oder um Besitz. Ich glaube daran, dass jeder seinen Platz auf der Welt hat. Und dass Gott uns die nötigen Talente gibt, diesen Platz auszufüllen. Ich hatte diesen Platz schon gefunden. Ich war glücklich hier, als Schreiber und Miniator, mit meinen Büchern. Ich hatte einen Vater, der mich von Herzen liebte, obwohl er mich nicht gezeugt hatte. Gott gab mir sogar eine Gefährtin, die mir von Herzen zugetan war. Doch ich war so vermessen zu glauben, das wäre nicht genug. Ich dachte, da müsse noch mehr sein. Ich dachte, es wäre meine Pflicht, meine wahre Herkunft aufzudecken, mein Erbe anzutreten. Aber ich habe mich geirrt. Es hat mir nur Kummer und Leid gebracht. Und es sind Menschen deswegen zu Tode gekommen.«

Er machte eine Pause. Heinrich war neben den König getreten und sah ihn mit unverhohlenem Interesse an.

»Ich will mich nicht darum streiten, wer von uns beiden den höheren Anspruch hat – Ihr, der legitime Neffe, oder ich, der illegitime Sohn. Ich bin weder ein Graf noch ein Feldherr. Ich wüsste dieses Erbe weder zu verwalten noch zu verteidigen. Aber Ihr seid beides und Ihr könnt beides. Und Ihr seid der erwählte König. Mehrer des Reiches und Wahrer des Friedens. Die Anerkennung des Papstes habt Ihr schon. Große Aufgaben liegen vor Euch. Die Kaiserkrönung, der Kreuzzug, den Ihr dem Papst versprochen habt. Darüber hinaus müsst Ihr dieses zerstrittene Reich wieder einen, die verlorenen Reichgüter zurückfordern, den Böhmen in seine Schranken weisen. Ihr solltet Euch nicht mit nebensächlichen Scharmützeln aufhalten. Und deshalb gebe ich Euch das hier.«

Er reichte dem König den Brief seines Vaters mit den zugehörigen Siegeln und der Beglaubigung des Rates, nach einem leichten Zögern auch den Brief seines Vaters an Margarethe.

Rudolf von Habsburg betrachtete schweigend erst die Dokumente und das Siegel, dann Bertram. Noch immer schweigend gab er Heinrich von Isny ein Zeichen.

Der trat neben den König. Er überflog die beiden ersten Blätter. »Das ist in der Tat die Vaterschaftsanerkennung Hartmanns. Und ein Schreiben des Zürcher Rates und des Propstes, dass die Überprüfung von Handschrift und Siegel die Echtheit des Dokuments ergab.« Er gab dem König die Blätter zurück und studierte das letzte. »Das dritte Dokument ist die Abschrift eines Briefes an seine Frau, in dem Hartmann sie bittet, nach seinem Ableben für seinen Sohn zu sorgen und nach dessen Volljährigkeit seine Erbansprüche durchzusetzen. Soll ich es laut vorlesen, mein König?« Rudolf nickte. Mit halblauter Stimme verlas Heinrich von Isny den Brief. Die Miene des Königs verdüsterte sich zusehends. Als er geendet hatte, lachte er bitter auf. »Hätten wir den vollständigen Brief schon vor einem Jahr gehabt, hätten wir viel Zeit und Geld gespart.«

Und ich würde vermutlich nicht mehr leben, dachte Bertram im Stillen.

Aber er zwang sich, ruhig dem Blick des Königs zu begegnen,

der sich jetzt auf ihn richtete. »Ich wusste schon immer, dass diese Tochter Savoyens ein falsches Spiel mit mir trieb. Deshalb hatte ich nach dem Frieden von Löwenberg einige meiner Männer in ihren Haushalt eingeschleust. Als Margarethe ihr Ende nahen fühlte, hat sie offenbar versucht, einige Dokumente verschwinden zu lassen. Ein mir gewogener Diener fand ein halb verbranntes Stück Pergament im Kamin, aus dem hervorging, dass Hartmann 1253 Vater eines unehelichen Sohnes wurde, jedoch nicht, wo dieses Kind lebt.« Gedankenverloren spielte er mit den Siegelschnüren. Dann sah er Bertram wieder an. »Ihr wisst aber schon, dass Ihr eine *Dispens* braucht, falls Ihr das hier durchsetzen wollt?«

»Die habe ich«, erwiderte Bertram ruhig. »Vom Papst persönlich. Ich habe ihn in Lyon getroffen.« Während der König die Augenbrauen zusammenzog, meinte Bertram, fast so etwas wie Erheiterung in den Augen des Franziskaners zu lesen.

»Aber ich brauche sie nicht«, fuhr Bertram fort. Er trat einen Schritt vor und reichte dem König eine weitere Pergamentrolle, von der einige Siegel herabhingen.

»Und das ist die Verzichtserklärung.« Er zog sich wieder in respektvolle Entfernung zurück und beobachtete den König.

Der widmete sich zunächst den Siegeln, nahm eines nach dem anderen in die Hand. »Das Siegel des Kantors, das war klar … das Siegel des Rates … und sogar das Siegel der Fürstäbtissin.« Die Augenbrauen des Königs hoben sich.

Er hielt Heinrich von Isny die Rolle hin. »Lest.«

Der entrollte den Bogen und begann vorzulesen:

»Ich, Bertram von Kiburg, geboren zu Zürich am 8. November im Jahre des Herrn 1253, erkläre hiermit vor unten genannten Zeugen …«

Seinen neuen Namen aus dem Munde eines anderen zu hören, kam Bertram immer noch merkwürdig vor. Er wusste, dass diese Urkunde sein weiteres Leben für immer festlegte, trotzdem hatte er nicht das Gefühl, als ginge es darin um ihn selbst. Nachdem der Propst sich schlichtweg geweigert hatte, in dieser Angelegenheit tätig zu werden, hatte Bertram Meister Konrad und Rüdiger um Hilfe gebeten. Er selbst war bei juristischen Texten heillos überfordert. Wie gerne hätte er Heinrich an seiner Seite gehabt! Doch der Kantor hatte nicht umsonst etliche Jahre im Dienst der staufischen Kanzlei gestanden und auch Rüdiger war mit Rechtstexten vertraut. Zum Schluss hatten sie ihr Werk noch von einem Notar begutachten lassen, damit es hieb- und stichfest war.

Heinrich von Isny war inzwischen bei der Beglaubigung angelangt. Als er geendet hatte, herrschte für einen Moment Schweigen. Schließlich wandte sich der König wieder an Bertram: »Ihr habt da eine beachtliche Zeugenreihe. Die Fürstäbtissin, der Rat, der Kantor, diverse Nobilitäten der Stadt – es fehlt eigentlich nur noch der Propst.«

»Ich hielt es nicht für ratsam, den Propst in dieser Angelegenheit zu belästigen.«

Der König lachte auf. »Das kann ich mir denken. Und es ist Euer Ernst, dass Ihr auf jegliche Ansprüche verzichtet, die Euch aus dieser Vaterschaftsanerkennung erwachsen könnten?«

Bertram nickte. »Mein völliger Ernst.«

»Also kann ich diese Dokumente«, er hielt die Vaterschaftsanerkennung und den Brief hoch, »vernichten?«

Bertram schluckte, aber er nickte wieder. »Ihr könnt sie vernichten, mein König.«

Der König erhob sich und trat zu dem Kamin. Er hielt die Pergamentblätter über die züngelnden Flammen und sah zu Bertram. »Ihr seid Euch wirklich sicher?«

Bertram nickte. »Ich bin mir sicher.«

»Aber es sind auch die letzten Worte Eures Vaters.«

»Ich weiß. Was mir wichtig war, habe ich mir gemerkt. Ich trage sie in meinem Herzen.«

Der König nickte, dann ließ er die Bögen fallen. Die Flammen loderten einen Augenblick hell empor, erfassten die neue Nahrung. Ein beißender Geruch breitete sich aus. Bertram ballte unwillkürlich die Fäuste. Gebannt beobachtete er das

Geschehen. Die Bögen rollten sich zusammen, verfärbten sich schwarz, schrumpften immer mehr zusammen, bis sie wie kleine Gesteinsbrocken im Kamin lagen. Ruhig brannte das Feuer weiter. Bertram hatte gedacht, er müsste doch zumindest so etwas wie Trauer empfinden. Stattdessen war ihm so leicht zumute wie schon lange nicht mehr. Schweigend starrte er in die Flammen.

»Und was werdet Ihr jetzt tun?«, drang die Stimme des Königs an sein Ohr. Er hatte nicht bemerkt, dass Rudolf neben ihn getreten war.

Fröhlich sah er zu ihm auf. »Das, was ich immer getan habe, mein König. Schreiben. Es macht mir Freude, große Gedanken für die Nachwelt festzuhalten. Das ist in Euren Augen vielleicht nicht besonders heldenhaft, aber Ihr solltet die Macht des geschriebenen Wortes nicht unterschätzen.«

Der König lächelte leicht. Dann legte er Bertram die Hand auf die Schulter. »Von allen mir bekannten Vettern seid Ihr mit Abstand der Außergewöhnlichste, Bertram von Kiburg. Ich werde Euch im Auge behalten.«

70. Kapitel

Zürich, in der Schneiderlaube, Mittwoch, 14. November 1274

»Ach Barbara, jetzt lass es doch! Davon werden die Haare auch nicht länger.« Fides nahm ihrer Freundin den Kamm aus der

Hand, mit dem diese eine gefühlte Ewigkeit lang jede Strähne bearbeitet hatte. Unglücklich starrte sie in den großen Spiegel, den der Schneidermeister als neueste Erwerbung in seinem Verkaufsraum aufgestellt hatte. »Dann sehe ich eben aus wie ein Junge, ist doch egal.«

Barbara ließ ihren Blick anzüglich über Fides' Figur gleiten und meinte: »Kein Mensch mit Augen im Kopf wird so etwas denken. Du könntest kahl sein und trotzdem würde dich niemand mit einem Jungen verwechseln.«

Fides schlug ihr mit dem Kamm spielerisch auf den Arm. »Barbara, du bist unmöglich.«

»Ich weiß«, sagte diese selbstzufrieden. Dann nahm sie ein schwarzes Samtband in die Hand und hielt es probeweise an den Ausschnitt von Fides' Kleid. »Was meinst du? Soll ich den Rand noch damit einfassen?«

»Die Borte auch noch? Barbara, du hast mir doch schon das Kleid geschenkt, das ist wirklich genug.«

Barbara machte eine wegwerfende Handbewegung. »Ach was, ich habe dir schon gesagt, das Kleid war für eine Kundin, der es dann doch nicht gefallen hat. Aber dir steht der grüne Wollstoff ganz ausgezeichnet. Und das bisschen Samt gebe ich gerne dazu. Schließlich geschieht es nicht alle Tage, dass meine beste Freundin von den Toten aufersteht.« Ihre Stimme schwankte ein wenig, als sie Fides von hinten umarmte. Dann sah sie ihr im Spiegel in die Augen. »Ich glaube, das war der furchtbarste Moment in meinem Leben, als die Nachricht von dem Brand nach Basel kam. Und ausgerechnet dann konnte ich nicht weg. Meine Tante war gerade niedergekommen und meine Mutter hatte mich zu ihr geschickt, damit ich ihr im Haushalt helfe. Ich sage dir, das war vielleicht ein Getümmel dort, vier Kinder hatte sie schon und dann noch die beiden Schreihälse dazu! Ich hoffe, wenn ich mal so weit bin, kriege ich nicht gleich Zwillinge!«

Fides musste lachen. »Aber du hast doch selbst fünf jüngere Geschwister!«

Barbara schnitt eine Grimasse. »Schon, aber der Jüngste ist schon sechs – offenbar hatte ich vergessen, wie laut Säuglinge sind. Die vier Monate dort haben mir jedenfalls gereicht. Ich glaube, ich warte noch ein wenig mit dem Heiraten, auch wenn mein Vater mir ständig in den Ohren liegt.«
Fides legte ihr die Hand auf den Arm. »Ich jedenfalls bin froh, dass du wieder da bist. Du hast mir gefehlt.«
»Du mir auch. Und ich kann immer noch nicht fassen, was dieser widerliche Pater dir angetan hat. Egal was für Gründe er hatte.«
»Ach, lassen wir das einfach. Es wird Zeit, nach vorne zu blicken.« Sie warf einen prüfenden Blick in den Spiegel. »Wenn ich darf, würde ich das Samtband gerne haben.«
»Aber sicher«, rief Barbara. Sie begann die Schnüre von Fides' Überkleid zu lösen. »Los, zieh das aus, dann nähen wir es gleich an. Schließlich willst du hübsch sein, wenn du dich mit deinem Lehrer – pardon, Grafen triffst.« Sie zog ihr das Kleid über den Kopf und erstickte damit Fides' Proteste.
»Ich habe doch recht, oder? Du magst ihn noch. Rudolf heiraten, also wirklich. Du warst schon immer für etwas Besseres bestimmt. Wenigstens hat dein Vater dich zur Schule geschickt. Und jetzt setz dich und halte das hier fest, damit ich Maß nehmen kann.« Sie schob Fides auf einen Hocker und drückte ihr das Kleid in die Hand. Dann wickelte sie von dem Samtband so viel ab, dass es für den gesamten Ausschnitt reichte. Sie setzte sich Fides gegenüber und begann, die Borte am Ausschnitt festzustecken.
»Ach Barbara, so einfach ist das nicht.«
»Ich finde, es ist ganz einfach. Ich verstehe wirklich nicht, warum du so ein Problem draus machst.«
»Ich will nicht die Geschichte seiner Mutter wiederholen!«
Barbara ließ ihre Arbeit sinken und sah Fides überrascht an.
»Warum solltest du? Du hast doch gesagt, er will dich heiraten.«
»Als ob es darum geht, was er will. Da wird seine neue Familie sicher ein Wörtchen mitreden.«

»Jetzt warte doch erst einmal ab. Bisher ist doch noch gar nichts geschehen in der Richtung, oder? Obwohl er inzwischen volljährig sein müsste – war der Geburtstag nicht Anfang November?«

»Am 8. November«, sagte Fides mechanisch. Bertram hatte sie zu der Feier eingeladen, aber sie war nicht hingegangen. »Aber ich habe ihn seit zwei Wochen nicht mehr gesehen.«

»Aua!« Barbara hatte sich gestochen und schob den Finger schnell in den Mund, um keine Blutflecke auf dem Kleid zu hinterlassen. »Wieso hast du ihn seit zwei Wochen nicht gesehen?«, nuschelte sie. »Ist er verreist? Zu seiner Familie?«

»Nein, das heißt – ich weiß es nicht. Ich habe ihm gesagt, dass wir uns nicht mehr treffen können. Und dass ich Zeit brauche zum Nachdenken.«

»Aha. Aber morgen trefft ihr euch?«

»Ja, ich konnte es ihm nicht abschlagen.«

»Und, was wirst du ihm sagen? Dass du immer noch Rudolf heiraten willst? Weiß der überhaupt schon von seinem Glück?«

Fides schüttelte den Kopf. »Das habe ich doch nur gesagt, damit Bertram Ruhe gibt. Mir ist auf die Schnelle nichts Besseres eingefallen.«

Barbara rollte die Augen. Dann legte sie Fides das Kleid auf den Schoß. »Annähen kannst du die Borte selber. Ich hole uns etwas zu trinken. Und dann erzählst du mir den Rest.«

Einen Tag später

Diesmal war Fides die Erste am Treffpunkt. Sie war froh, dass Barbara sie zu dem neuen Kleid überredet hatte. Auch wenn sie es dank des kalten Wetters unter dem dicken Mantel verstecken musste, tat es einfach gut, wieder etwas Hübsches anzuziehen nach den langen Wochen in Grau und Braun. Sie warf einen Blick nach oben. Zumindest regnete es heute nicht und die Wintersonne hatte die Wolken der letzten Tage vertrieben.

»Fides!« Sie wandte den Kopf und sah Bertram mit schnellen Schritten herankommen.

Er wirkte ausgesprochen vergnügt. Die Wochen ohne sie schienen ihn ja nicht sehr belastet zu haben. Wahrscheinlich hatten ihn seine neuen Aufgaben derartig in Anspruch genommen, dass er keinen einzigen Gedanken an sie verschwendet hatte.

Er nahm sie ohne Umschweife in den Arm und drückte einen Kuss auf ihre Stirn. »Entschuldige, dass du warten musstest. Der Kantor hat mich aufgehalten.«

Etwas überrumpelt nickte sie nur.

»Gehen wir wieder in die Weinberge? Oder hast du einen besseren Vorschlag?«

Sie schüttelte den Kopf. Nach einem kurzen Zögern schob sie ihre Hand in seine Armbeuge. Schweigend gingen sie die Oberdorfstraße entlang, passierten das Stadttor und schlugen den vertrauten Pfad ein. Diesmal war der Boden etwas aufgeweicht vom gestrigen Regen. Abgefallenes Weinlaub und halb verfaulte Beeren hatten sich in den Bodensenken gesammelt und Fides musste Acht geben, nicht auszurutschen. Bertram sah sie besorgt an: »Geht es? Oder sollen wir umkehren?«

»Ach was«, erwiderte sie. »Wir haben es ja gleich geschafft.« Kurz darauf hatten sie den steilen Anstieg hinter sich gebracht. Fides ließ ihren Blick über die langen Reihen der Rebstöcke wandern. Die Blätter leuchteten in Gelb und Rot, am Boden wucherten Brennnesseln fast kniehoch empor. Die meisten Früchte waren eingebracht, nur vereinzelte Trauben hingen noch am Stock. »Die Farben sind so schön zu dieser Jahreszeit«, meinte sie. »Als würde die Natur sich noch einmal ausleben, bevor der dunkle Winter kommt.«

Bertram nickte zustimmend. Fides betrachtete ihn verstohlen von der Seite. Er hatte nicht viel gesagt, seitdem sie das Stadttor passiert hatten. Auch kein Wort darüber verloren, dass sie nicht zu seiner Feier gekommen war. Geküsst hatte er sie auch nicht. Jedenfalls nicht richtig. »Ich habe Barbara getroffen«, sagte sie schließlich.

»Ach ja? Wie geht es ihr?« Er schien nicht wirklich interessiert.

»Sie war eine Zeit lang in Basel. Ihrer Tante im Haushalt helfen. Die hat Zwillinge bekommen.«

»Zwillinge!« Das schien ihn etwas aus der Reserve zu holen. »Da war sie sicher beschäftigt.«

»Ja. Sie kam erst vor ein paar Tagen zurück. Sie wusste gar nichts von ... was mir passiert ist. Und von deinem ... Erbe.«

Bertram sah sie an. Ein rätselhaftes Lächeln spielte um seine Lippen. »Ach, das hat sich erledigt. Es gibt kein Erbe mehr.«

Fides schnappte nach Luft. »Was? Aber ... dann war die Urkunde also doch nicht echt? Eine Fälschung? Aber warum sollte jemand ...«

»Doch, doch, die Urkunde war schon echt. Hartmann von Kiburg war mein Vater.«

»Aber warum ...«

»Ich habe alles weggegeben.«

»Wie weggegeben?«

»Ich bin zum König geritten und habe ihm die Dokumente überlassen.«

Fides blieb der Mund offen stehen. Dann flüsterte sie: »Du hast was gemacht?«

»Ich bin zum König geritten ... genauer gesagt bin ich erst mit dem Schiff bis nach Straßburg gefahren und von dort nach Hagenau geritten. Zum Glück habe ich den König noch angetroffen. Er wollte gerade nach Nürnberg aufbrechen, wie mir sein ältester Sohn in seiner liebenswürdigen Art mitgeteilt hat.«

»Was, Albrecht von Schenkenberg war auch da? Herrgott, Bertram, du könntest tot sein.« Unwillkürlich lehnte sie sich an ihn. Er schloss seine Arme um sie.

»Das war mir in dem Moment egal. Außerdem ...«

»Und was hat der König gesagt?«

»Gesagt? Eigentlich nicht so viel. Er hat die Dokumente verbrannt.«

»Verbrannt? Das heißt, sie sind wirklich vernichtet?«

Bertram nickte. »Obendrein habe ich ihm noch eine Verzichtserklärung ausgehändigt, falls doch noch irgendjemand ein Duplikat meiner Dokumente aus dem Hut zaubern sollte. Ich war mir nicht sicher, was der Propst noch alles aushecken könnte. Er war recht ungehalten.«

»Verzichtserklärung?«, echote sie verständnislos.

»Ja, du weißt schon, so ein Dokument, in dem ich auf alle Rechte und Güter verzichte, die mir durch diese Vaterschaftsanerkennung zustehen könnten ... Rüdiger und der Kantor haben mir bei der Abfassung geholfen, die Äbtissin hat es mit gesiegelt ... Es sah ziemlich beeindruckend aus.«

»Der Kantor und die Äbtissin wussten von deinem Vorhaben? Und haben es unterstützt?«

Bertram nickte. »Ja.«

Sie konnte das Gehörte immer noch nicht glauben. »Dann bist du jetzt also doch kein Grafensohn?«

Er fing an zu lachen. »Ich fürchte, daran kann ich nun wirklich nichts ändern. Aber jetzt bin ich ein Grafensohn ohne Ländereien und Pflichten. Bis auf eine.«

Er ging vor ihr auf die Knie und ergriff ihre Hände.

»Fides, edelste Dame meines Herzens, willst du diesen demütig vor dir knienden Mann mit den tintenfleckigen Fingern zu deinem rechtmäßigen Ehegatten ...«

Sie fing an zu kichern. »Bertram, hör auf mit dem Unsinn.«

»Das ist mein völliger Ernst!« Er ließ eine Hand los und begann in seiner Tasche zu kramen. Dann zog er einen silbernen Ring hervor und hielt ihn ihr hin. »Sieh mal, was ich für dich in Straßburg gekauft habe. Ich hoffe, er passt besser als der *Rosenkranzring* meines Vaters.«

Ihr traten die Tränen in die Augen. »Oh, Bertram«, flüsterte sie.

»Fides, Liebste, könntest du dich bitte entscheiden? Mein Knie wird ganz klamm, ich glaube, da ist eine Pfütze.«

Sie brach in Tränen aus. »Ja«, rief sie. »Ja, ich will! Und jetzt steh endlich auf.«

Er sprang auf die Füße und zog sie fest in seine Arme. Sie zitterte so heftig, dass sie nicht sprechen konnte.

»Lachst du oder weinst du?«, flüsterte er in ihr Ohr.

»Ich weiß nicht«, stieß sie endlich hervor. »Wahrscheinlich beides.« Sie tat einen tiefen Atemzug und sah zu ihm empor. »Ich liebe dich«, flüsterte sie. Er verschloss ihr den Mund mit einem innigen Kuss. Dann ergriff er ihre linke Hand und schob seinen Ring auf ihren Ringfinger. Er passte perfekt.

»Er ist leider nur aus Silber«, sagte Bertram. »Gold konnte sich der Grafensohn ohne Land nicht leisten.«

Fides spreizte die Finger und betrachtete den schmalen Reif aus drei ineinander geflochtenen Silbersträngen. »Er ist wunderschön«, sagte sie und wischte sich die letzten Tränen aus den Augen. Dann fiel ihr Blick auf seine Rechte. »Du trägst ja wieder den Ring deines Vaters«, rief sie überrascht.

»Ja«, sagte er und strich versonnen über die fünf Erhebungen. »Nachdem ich jetzt endlich weiß, wer er war.«

»Ob er wirklich im Heiligen Land gewesen ist?«, fragte Fides.

»Wir werden es wohl nie erfahren«, erwiderte Bertram. »Aber es ist auch nicht mehr wichtig.«

71. Kapitel

Zürich, Rathaussaal, Samstag, 24. November 1274

Versonnen betrachtete Bertram seine Braut, die neben ihm an der langen Tafel saß. Barbaras Vater hatte aus den Stoffen, die Bertram aus Lyon mitgebracht hatte, ein geradezu fürstliches Hochzeitskleid gezaubert. Der dunkelgrüne Samt des ärmellosen *Surkot* war am Hals und an den Ärmelausschnitten mit goldgewirkter Borte eingefasst, die aufgestickten Medaillons in Rubinrot und Saphirblau glänzten im Kerzenlicht wie echte Edelsteine. Das langärmelige Unterkleid changierte bei jeder Bewegung in satten Rottönen. In Ermangelung von Blumen zu dieser Jahreszeit trug Fides ein Schappel aus dem Bortenstoff. Sie unterhielt sich angeregt mit Hedwig, die an ihrer anderen Seite saß. Die Aufregung oder vielleicht auch der Wein hatten ihre Wangen zart gerötet. Sie schien seinen Blick zu spüren, wandte auf einmal den Kopf nach ihm um und schenkte ihm ein so strahlendes Lächeln, dass ihm ganz warm wurde. Er tastete unter dem Tisch nach ihrer Hand und verschränkte seine Finger mit den ihren. Heut Nacht würde sie endlich ihm gehören.

»Kannst es wohl kaum erwarten«, flüsterte ihm eine Stimme ins Ohr. Rüdiger ließ sich neben ihm auf die Bank plumpsen. »Aber keine Bange, ich werde dafür sorgen, dass unten genug Wein bereitsteht, damit die ganze Bande euch möglichst schnell in Ruhe lässt.« Bertram ließ Fides' Hand los und wandte sich dem Ratsherrn zu. Auf das Ritual der Brautlege hätte er gerne verzichtet, aber damit hätte er die Gäste um ihren Hauptspaß gebracht, das Brautpaar bis ins eheliche Schlafgemach zu begleiten, um zu bezeugen, dass sie auch wirklich unter einer Decke steckten.

»Wenn du dich schon von deiner Rolle als Kiburger Graf gedrückt hast, bist du uns wenigstens eine anständige Hochzeit schuldig!«, hatte Rüdiger gemeint. »Nach den furchtbaren Ereignissen der letzten Zeit hat die Stadt etwas Festtrubel verdient. Ich stelle den Ratssaal für die Feier zur Verfügung. Und ich gebe den Brautvater für Fides, da ihre Eltern tot sind.« Und so hatte Bertram die Nacht vor seiner Hochzeit wieder im Kantorhaus verbracht und war am folgenden Tag mit seiner Familia, dem Kantor samt Hedwig, den Kindern und übrigen Mitgliedern seines Hauses zum Manessehaus gezogen, um dort seine Braut abzuholen und in den Festsaal zu geleiten. Unterwegs hatten sich ihnen noch jede Menge weitere Leute angeschlossen. Bertram war angesichts des zu erwartenden Ausmaßes und der Kosten ganz schlecht geworden, aber dann war alles nur halb so schlimm gewesen. Bertille und Hedwig hatten zusammen mit anderen Frauen das Kochen übernommen, die Äbtissin hatte großzügig Rehe und Wildschweine aus ihren Wäldern gestiftet und zu Bertrams größtem Erstaunen waren Wein und Brot vom Grossmünster geliefert worden. Der Propst selbst hatte sich mit unabkömmlichen Geschäften in Konstanz entschuldigt, doch einige der Kanoniker waren erschienen, vor allem die, mit denen er die letzten Jahre zusammengearbeitet hatte: der Schulherr Nikolaus, Bruder Anselm aus dem *Skriptorium*, der *Librarius* und natürlich der *Leutpriester* Wello, der ihnen morgen früh vor der Brautmesse den kirchlichen Segen erteilen würde. Bertram hob den Weinbecher und prostete Rüdiger zu. »Danke, dass du das möglich gemacht hast. Es ist wirklich schön, mit allen seinen Freunden zu feiern.«

Rüdiger grunzte etwas Unverständliches und schob sich ein Hechtklößchen von der gemeinsamen Platte in den Mund. »Köstlich«, nuschelte er. »Diese Bertille versteht etwas vom Kochen. Von mir aus könnte sie den Rüden ganz übernehmen.«

»Na, ich glaube, sie wird bald mit etwas ganz anderem beschäftigt sein«, meinte Bertram.

Rüdiger lachte. »Auch wieder wahr. Wann soll das Kind denn kommen? Ostern?«

Bertram nickte. »So ungefähr. Und bei euch? Kann Katharina bleiben?«

Rüdiger sah ihn erstaunt an. »Wo sollte sie denn sonst hin? Niemand von ihrer Familie hat sich gemeldet, sie werden wohl alle umgekommen sein. Außerdem ist Margareta ganz vernarrt in sie. Sie will wohl nicht auf unsere Enkel warten. Warum fragst du?«

Bertram drehte den Becher vor ihm zwischen den Fingern. »Ich dachte, über kurz oder lang werden Fides und ich uns eine eigene Bleibe suchen müssen. Spätestens wenn sie schwanger wird, wollen wir euch nicht länger zur Last fallen. Wir könnten Katharina auch aufnehmen.«

Rüdiger lachte und legte ihm die Hand auf den Arm. »Mach dir keine Gedanken. Ihr könnt so lange bleiben, wie ihr wollt, das Haus ist groß genug. Und jetzt lass uns weiterfeiern, ich glaube, die Musiker sind gerade eingetroffen.«

»Musiker?« Bertram konnte sich nicht erinnern, Musiker bestellt zu haben, aber in der Tat waren vor der Saaltür die nasalen Töne einer Schalmei zu hören, begleitet von Trommelschlägen. Kurz darauf zog eine Schar bunt gekleideter Gaukler hinein, die von den Gästen mit lautem Jubel empfangen wurden.

Rüdiger musste Bertram ins Ohr brüllen, damit er ihn verstehen konnte. »Die hast du dem Klingenberger zu verdanken. Er meinte, ich könne dich nicht heiraten lassen ohne einen anständigen Reigen.«

»Was? Heinrich ist hier?« Bertram sprang auf und sah sich suchend um.

Rüdiger zog ihn am Ärmel wieder zurück. »Leider nein, er ist noch in Bologna, und so wie es aussieht, wird er noch eine Weile bleiben. Es gibt wohl ein paar Unruhen, mit dem Studieren ist es gerade schwierig und Reisen ist gefährlich. Aber er hat mir einen Wechsel geschickt und genaue Anweisungen, wie ich damit verfahren soll. Du kennst ihn ja. Er plant gerne alles ganz genau.«

Bertram musste lachen, obwohl ihn die Erinnerung an die gemeinsamen Stunden in Lyon etwas wehmütig stimmte. Wie gerne hätte er den Freund heute dabeigehabt! Fides zupfte ihn am Ärmel. Jetzt erst bemerkte er, dass die Gäste sich erhoben hatten und rhythmisch in die Hände klatschten. »Ich glaube, wir sollen den Reigen eröffnen«, flüsterte sie ihm zu.

»Ganz recht«, ergänzte Rüdiger. »Was meinst du, warum ich im hinteren Teil des Saales keine Tische aufstellen ließ? Platz genug zum Tanzen!« Er wies zum Kopfende des Saales, wo die Musiker inzwischen Aufstellung genommen hatten.

Bertram sprang auf die Füße und half Fides aus der Bank. Dann reichte er ihr seine rechte Hand und mit hoch erhobenen Armen schritten sie auf die Musiker zu, während sich hinter ihnen die anderen Gäste paarweise anschlossen.

»Hier, trink einen Schluck. Das Wasser ist schon ein bisschen abgestanden, aber ich glaube, es ist dir jetzt lieber als Wein.«

Fides stürzte den Becher in einem Zug hinunter, dann stellte sie ihn auf der Fensterbank ab und wischte sich mit dem Handrücken den Mund ab. »Danke, Bertram, das tat jetzt gut.« Sie lehnte sich mit dem Rücken gegen ihn und sah mit leuchtenden Augen den anderen Tänzern zu, die sich noch immer unermüdlich auf der Tanzfläche drehten. Mit zunehmendem Wein- und Biergenuss wurden die Tänze immer wilder, die Sprünge immer höher. Besonders Rüdiger tat sich hervor, angesichts seiner stattlichen Figur hätte Bertram nie vermutet, dass der Ratsherr so gelenkig war. Als ein besonders hoher Sprung den Holzboden unter ihren Füßen erbeben ließ, lachte Fides hell auf. Sie sah zu Bertram empor. »Ich glaube, ich hatte schon lange nicht mehr so viel Spaß wie heute.«

Er strich ihr die verschwitzten Locken aus der Stirn. »Magst du noch tanzen?«, fragte er.

Sie schüttelte den Kopf. »Nein, ich habe genug. Lass uns einfach hier stehen bleiben und zuschauen.« Sie lehnte sich wieder

gegen ihn und er schlang von hinten seine Arme um sie. Nach einer Weile fragte sie: »Was hast du vorhin mit Rüdiger beredet? Ich habe Katharinas Namen gehört.«
»Ach, ich habe ihn nur gefragt, ob wir sie mitnehmen sollen, wenn wir ausziehen.«
Sie drehte sich zu ihm um. »Ziehen wir denn aus?«
»Irgendwann schon, hoffe ich. Wir können doch nicht ewig zusammen in meiner kleinen Kammer leben. Du willst doch sicher deinen eigenen Hausstand.«
»Schon, aber immerhin geht es uns besser als Bertille und Mathis. Die wohnen immer noch nicht zusammen, obwohl sie schon verheiratet sind. Können wir uns das denn leisten, eine eigene Wohnung?«
Er hob die Schultern. »Jetzt noch nicht, aber in ein paar Monaten schon. Kein Haus natürlich, aber für ein oder zwei Zimmer zur Miete in der *Wacht* Linde oder Neumarkt wird es schon reichen.« Er machte eine Pause, dann fuhr er fort: »Weißt du, dass ich sogar mit dem Gedanken gespielt habe, das Haus deines Vaters wieder aufzubauen – so wie du es mit Rudolf geplant hattest? Ich dachte, wir könnten ihn einstellen zum Pergamentemachen, du sorgst für die Veredelungen und ich könnte mir in eurem ehemaligen Verkaufsraum eine Schreibwerkstatt einrichten ...«
Sie begann zu lachen. »Bertram, das geht nicht zusammen. Natürlich brauchst du Pergamente zum Schreiben, dennoch sind Pergament machen und Pergament beschreiben zwei völlig verschiedene Dinge! Das *Antwerk* würde nie seine Zustimmung geben. Außerdem – wer benötigt denn einen Schreiber? Die Ratsherren, die Notare, die reichen Kaufleute – meinst du, die würden dich im Niederdorf aufsuchen, im Gerberviertel, bei dem Gestank?«
Jetzt musste Bertram auch lachen. »Nein, das wohl eher nicht. Wie hat Heinrich es damals bezeichnet? Eine ›olfaktorische Herausforderung‹.«

Fides verzog schmollend den Mund. »Ich weiß zwar nicht, was das bedeutet, aber es klingt nicht gerade nach einem Kompliment.«

»Immerhin hat Heinrich sich dieser Herausforderung gestellt, aber du hast recht, die meisten würden es nicht tun. Sowieso haben wir nicht die Mittel dazu. Es war eine dumme Idee. Ich kam nur darauf, weil ich an das Gespräch mit deinem Vater denken musste, als wir Pläne gemacht haben für unsere Zukunft – dass wir gut zusammenarbeiten könnten, wenn er die Pergamente liefert, die ich zum Schreiben benötige.«

Fides' Blick umwölkte sich. »Ich vermisse ihn furchtbar«, sagte sie leise.

Er nahm sie fester in den Arm. »Ich vermisse ihn auch.« Einen Moment lang standen sie so schweigend, dann sagte er: »Ich habe aber auch eine gute Nachricht – ich habe schon wieder einen Schreibauftrag für ein Buch – ich muss nur irgendwo eine Vorlage auftreiben.«

»Wirklich? Von wem? Und was für ein Buch?«

»Erinnerst du dich, dass ich dir von der Kaufmannsfamilie in Lyon erzählt habe, die mir und Mathis bei der Flucht geholfen hat?«

Fides nickte.

»Nun, sie haben Freunde in Straßburg. Bertille hat dort ein paar Tage gewohnt, bis Mathis sie abholen konnte. Bevor ich nach Hagenau geritten bin, habe ich mir von Bertille die Adresse geben lassen und sie besucht. Sie waren sehr gastfreundlich, ich blieb ein paar Tage dort. Sie wussten von der Weltchronik, die die Chaponays besitzen, und sie haben mich gefragt, ob ich ihnen auch ein Werk des Rudolf von Ems abschreiben würde, den ›Guten Gerhard‹.«

Fides hob die Augenbrauen. »Das klingt ja eher nach einer Heiligenlegende.«

»Fast. Es geht um einen frommen Kölner Kaufmann, der eine Reise in den Orient unternimmt und dabei christliche Ritter

und eine Königstochter aus den Händen der Heiden befreit. Ich weiß, dass Heinrichs Mutter ein Exemplar besitzt, sie ist ein großer Verehrer von Rudolf von Ems und hat fast alle seine Werke. Vielleicht überlässt sie es mir zum Abschreiben.«
Fides klatschte in die Hände. »Oh Bertram, das wäre doch wunderbar. Und es gibt so viele reiche Kaufleute hier und in der näheren Umgebung, vielleicht kannst du noch mehr Abschriften verkaufen?«
»Das hoffe ich ... Was ist denn jetzt schon wieder los?«
Vor der Saaltür war Stimmengewirr zu hören, offenbar war ein Streit im Gange. Dann betrat ein groß gewachsener blonder Mann in Reitkleidung den Saal und sah sich suchend um.
Bertram fühlte, wie ihm das Blut aus dem Gesicht wich. »Was will der denn hier?«, murmelte er. Als sich ihre Blicke trafen, kam der Mann mit großen Schritten auf ihn zu. Bertram schob Fides in die Fensternische. »Du bleibst hier«, sagte er und ging Albrecht von Schenkenberg entgegen. In der Mitte des Saales trafen sie aufeinander. Die Musik brach ab und die Gespräche ringsum verstummten, als die Menschen neugierig zu ihnen herübersahen. Albrecht hatte tatsächlich seinen Waffengurt vor der Tür abgegeben, das war vermutlich der Grund für den Disput gewesen. Bertram atmete heimlich auf. Dann war der Königssohn wohl nicht in feindlicher Absicht gekommen. »Was führt Euch her?«, fragte er. »Wie Ihr seht, haben wir eine Feier – kann ich Euch etwas anbieten? Einen Trunk, etwas zu essen?«
Albrecht verbeugte sich vor ihm und bedachte ihn mit einem spöttischen Lächeln. »Ich bin gekommen, um Euch zur Hochzeit zu gratulieren – Onkel.«
Ein Raunen ging durch den Saal.
»Ich danke Euch – Neffe«, erwiderte Bertram.
Unterdrücktes Gelächter wurde laut.
»Darf ich Euch meine Braut Fides vorstellen.« Bertram drehte sich um und winkte Fides zu sich. Sie trat an seine Seite und betrachtete Albrecht neugierig.

Der verbeugte sich wieder. »Und Euch gratuliere ich auch. Ihr seht bezaubernd aus. Und ich entschuldige mich dafür, dass unsere erste Begegnung so – unglücklich verlaufen ist.«

Dann wandte er sich wieder Bertram zu. »Ich bin gekommen, um Euch etwas zu geben. Mein Vater hat ein Hochzeitsgeschenk für Euch.« Jetzt erst bemerkte Bertram die Pergamentrolle, die Albrecht in der Hand hielt. Im Saal begann es wie in einem Bienenstock zu summen, als Albrecht sie ihm entgegenstreckte.

»Ein Hochzeitsgeschenk?«, wiederholte Bertram erstaunt. Er nahm die Rolle entgegen. »Ich danke Euch.« Er trat an die Tafel und räumte Teller und Becher zur Seite. Dann öffnete er das Siegel und entrollte den Bogen auf dem Tisch. Fides schob einen Kerzenleuchter näher heran. Er begann zu lesen. Sein Herzschlag beschleunigte sich. Das war doch ... Er sah Albrecht an, der eine höchst selbstzufriedene Miene aufsetzte.

»Bertram, worum geht es darin?«, fragte Fides.

»Um ein Haus«, sagte Bertram langsam, als könne er nicht glauben, was er las. »Der König gibt uns ein Haus. Es ist am Rindermarkt, das Haus des im Mai verstorbenen Ratsherrn Ulrich.«

»Der König schenkt uns ein Haus?« Fides war offenbar genauso fassungslos wie er.

Bertram warf wieder einen Blick in die Urkunde. »Nein, nicht geschenkt. Das Haus ist Reichsgut, es ist nach dem Tod des Ratsherrn wieder an die Krone gefallen. Der König überlässt es uns für einen Jahreszins von einer Mark Silber – mit Wohnrecht auf Lebenszeit für uns und unsere gemeinsamen Kinder.« Er ließ den Bogen sinken und starrte Albrecht an. »Das ist sehr großzügig«, sagte er dann. »Ich weiß gar nicht, wie ich dem König danken kann.«

Der zuckte die Schultern. »Ihr habt dem König bereits einen großen Dienst erwiesen.« Dann ließ er sich ohne Umschweife auf die Bank fallen. »Und wo bleibt jetzt der versprochene Trunk und das Essen? Ich habe Hunger, es war ein langer Ritt.«

Während Bertille sich beeilte, den Königssohn zu versorgen, studierten Bertram und Fides die Urkunde genauer. Fides schüttelte den Kopf. »Ich kann es noch gar nicht glauben. Ein ganzes Haus für uns alleine!«

»Und was für eines! Fides, erinnerst du dich nicht, das muss diese Baustelle zwischen Rinder- und Salzmarkt gewesen sein vor einem Jahr. Das Haus ist riesig, es ist bestimmt vierzig Mark Silber wert! Es hat drei Stockwerke – genügend Platz, um darin auch eine Schreibwerkstatt einzurichten.«

Fides wurde ernst. »So groß? Bertram, das können wir doch nicht alleine bewohnen – was meinst du, sollen wir Bertille und Mathis mit den Kindern zu uns holen? Bertille könnte mir im Haushalt helfen und einen Knecht werden wir dann sowieso brauchen – wenn der Kantor ihn gehen lässt.«

Bertram legte den Arm um sie. »Der Kantor hat bestimmt nichts dagegen.« Er drückte seine Nase in ihren Nacken und flüsterte ihr ins Ohr: »Und wir hätten Platz für einen ganzen Stall eigener Kinder.«

Sie kicherte. »Wenn wir hier jemals wegkommen – meinst du, die feiern noch lange?«

»Das will ich nicht hoffen. Wir sollten Rüdiger etwas auf die Sprünge helfen.«

Er zog sie eng an sich und sie schmiegte sich in seine Arme. Als sich ihre Lippen berührten, versank die Welt um ihn herum.

Epilog

Zürich, Bertrams Haus, Dienstag, 9. April 1275, in der Woche vor Ostern

»Bertille, es hat geklopft!«
Fides war gerade dabei, am Küchentisch den kleinen Mathis zu wickeln, der diese Prozedur nur höchst unwillig über sich ergehen ließ. Bertille war hinausgegangen, um frische Kleidung zu holen, denn der junge Mann hatte sich von oben bis unten eingenässt. Den Türklopfer hatte sie offenbar nicht gehört, kein Wunder, bei dem Gebrüll. Dann musste sie eben selbst nachsehen. Sie legte sich das halb nackte Kind über die Schulter, strich sich die Haare aus der Stirn und öffnete die Tür. Verdattert schaute sie zu dem groß gewachsenen Mann empor, der gerade die Zügel seines Reitpferdes an dem Mauerring neben der Haustür befestigte. Er trug einen dunkelgrauen Reitrock mit silbernen Bordüren, halb lange blonde Locken quollen unter dem pelzverbrämten Hut hervor, den er bei ihrem Anblick absetzte.
»Herr von Klingenberg!«, stieß sie hervor. »Das ist aber mal eine Überraschung!«
»Die Überraschung ist ganz meinerseits«, erwiderte Heinrich. Sein Blick glitt von ihrem Gesicht zu dem brüllenden Bündel auf ihrer Schulter und wieder zurück. Fides sah förmlich, wie es hinter seiner Stirn arbeitete. Sie fing an zu lachen. »Ihr könnt aufhören zu rechnen, das ist nicht mein Sohn«, sagte sie und trat einen Schritt zurück. »Kommt herein, Bertram wird sich riesig freuen, Euch zu sehen.«
Heinrich stimmte in ihr Gelächter ein. »Nichts für ungut, Frau Fides, ich gebe zu, ich war einen Moment lang irritiert.«
»Monsieur Klingenberg! Quelle surprise!« Bertille war in

die Diele gekommen und nahm Fides das Kind ab, das in den Armen seiner Mutter endlich aufhörte zu schreien.

»Bertille!«, rief der Klingenberger aus. »Also ist es wahr, was mir mein Onkel geschrieben hat – du und Mathis seid wirklich zu Bertram und Fides gezogen?«

»Bertram hat Euch auch geschrieben«, warf Fides ein. »Er hat Euch doch von der Hochzeit berichtet und dass uns der König dieses Haus überlassen hat?«

Heinrich hob die Achseln. »Ich habe keinen Brief erhalten – allerdings bin ich auch mehrmals umgezogen, in Bologna war es in den letzten Monaten etwas turbulent. Wahrscheinlich ging der Brief verloren.«

»Bertram wird Euch alles erzählen – bleibt Ihr zum Essen? Es ist zwar Fastenzeit, aber Bertille bringt trotzdem immer etwas Leckers auf den Tisch, nicht wahr?«

Heinrich deutete eine Verbeugung an. »Wie könnte ich da Nein sagen?«

»Bertram, du hast Besuch.«

Bertram hob den Kopf von dem Pergamentbogen, an dem er gerade gearbeitet hatte. Er wollte Fides danken, doch sie war schon verschwunden. Stattdessen trat ein blonder Mann durch die Tür.

»Heinrich!«, rief Bertram aus. Er eilte Heinrich entgegen und sie fielen sich in die Arme. Dann ließ Heinrich ihn los und schob ihn auf Armeslänge von sich. »Ich muss schon sagen, du steckst voller Überraschungen, Bertram von Kiburg. Wer hätte gedacht, dass der gute Hartmann auf seine alten Tage noch so aktiv war – und dann auch noch so erfolgreich!«

Bertram lachte verlegen. »Nun ja, aber das ist Geschichte. Wie du siehst, fühlte ich mich nicht zum Grafen berufen.«

Heinrich stieß einen theatralischen Seufzer aus. »Ja, mein Onkel ist immer noch nicht darüber hinweg, dass du alles weggegeben hast. Und die Angebote aus Lyon abgelehnt.«

Bertram zuckte die Achseln. »Er wird es überleben.«

Heinrich ließ seine Blicke durch den Raum schweifen. »Nun, ich muss schon sagen, schlecht hast du es nicht getroffen. Das ist ja fast größer als bei Rüdiger. Und du hast auch Glasfenster.«

Bertram nickte. »Ja, der Ratsherr Ulrich – Gott hab ihn selig – hatte sich offenbar das Manessehaus zum Vorbild genommen. Wir mussten kaum etwas ändern. Es wird natürlich noch eine Weile dauern, bis wir alles eingerichtet haben, aber das hat keine Eile.«

Heinrich war an das Pult getreten, an dem Bertram gearbeitet hatte, und betrachtete die Bögen, die dort lagen. »Was gibt das? Illustrierst du ein Buch über Pferde?«

Bertram lachte und schob die Bögen zusammen. »Nein, das ist für mein Musterbuch.«

»Du hast ein Musterbuch?«

»Ja, ich dachte mir, ich mache mir eine Sammlung von Bildmotiven, die man ständig braucht – Pferde in verschiedenen Stellungen, Soldaten, Bäume für den Hintergrund – solche Sachen eben. Fides hat mich auf die Idee gebracht. Ich habe ihr erzählt, dass ich für eine Kaufmannsfamilie in Straßburg den ›Guten Gerhard‹ abschreiben und illustrieren soll und sie meinte dann, ich solle es auch anderen Kaufleuten anbieten. Die meisten können lesen und stellen das gerne zur Schau.«

Heinrich nickte. »Ach, deshalb hast du das Buch von meiner Mutter ausgeliehen.« Er sah sich suchend um. »Wo wir gerade beim Thema sind – was macht mein Buch? Hast du überhaupt Zeit dafür?«

Bertram lachte. »Keine Sorge, mit deinem Buch komme ich gut voran. Mit dem Text bin ich fertig, es fehlen noch einige Bildseiten.«

Er holte den hölzernen Kasten mit den Bögen des Wilhelm aus dem Regal und stellte ihn auf einen Hocker. Vorsichtig hob er einige Blätter heraus und breitete sie vor Heinrich aus. Wie erwartet, fand die Einleitungsminiatur mit dem diktierenden Auftraggeber seinen vollen Beifall. Heinrich hielt den Bogen ins Licht und bewunderte den spiegelnden Goldgrund. »Ich sehe schon, deine Zeit beim Lyoner Erzbischof hat Früchte getragen. Das ist noch schöner als das *Graduale*, das du für die Propstei gemacht hast.«

Bertram erwiderte nichts darauf, zeigte ihm nur den nächsten Bogen mit einer Turnierszene.

»Sehr hübsch«, meinte Heinrich. »Und es ist wohl kein Zufall, dass die junge Dame lange kastanienbraune Locken hat?« Er zwinkerte Bertram zu und nahm sich den nächsten Bogen. Hier war die Bildseite noch nicht ausgeführt, lediglich der Rahmen angelegt mit der Maleranweisung darin. »Hier male, wie Wilhelm zu Tische saß mit seinem Gesinde«, las Heinrich laut vor. Er runzelte die Stirn und las den Text auf der gegenüberliegenden Seite. »Was für ein Essen war das?«

Bertram sah ihm über die Schulter. »Das muss das Festmahl bei der Schwertleite Wilhelms gewesen sein.« Er drehte das Blatt um. »Genauso ist es, auf der Seite davor wird die Schwertleite beschrieben.«

»Kannst du das noch ändern?«

»Das Bild? Ja, natürlich, ich habe den Bogen ja noch nicht einmal grundiert. Was soll ich denn stattdessen malen? Die Schwertleite?«

Heinrich nickte. »Ja, das erscheint mir passender. Schließlich ist es ein entscheidender Schritt im Leben unseres jungen Helden – so ein Festmahl wirkt doch eher beliebig.«

»Wie du willst. Wie du weißt, haben wir die Bilderliste an deinem letzten Tag in Lyon angefertigt – nach einem köstlichen Essen im Le Boef. Wahrscheinlich hat das unser Urteilsvermögen beeinflusst.«

Heinrich musste lachen. »Dann sollten wir schnell noch einmal alles durchgehen, bevor wir wieder den gleichen Fehler machen. Deine Frau hat mich zum Essen eingeladen.«

Deine Frau. Auch wenn ihre Hochzeit bereits über vier Monate zurücklag, empfand Bertram immer noch Stolz und

Freude, wenn jemand Fides so bezeichnete. Heinrich schien seine Vorbehalte inzwischen abgelegt zu haben. Bertram freute sich aufrichtig. »Du bleibst also? Das ist wunderbar, dann kannst du uns von Bologna erzählen.«

»Ja, und du musst mir unbedingt von der Begegnung mit dem König berichten. Du musst ihn ja ziemlich beeindruckt haben, wenn er ein ganzes Haus springen lässt. Ich habe es ja schon in Wettingen geahnt – in dir steckt mehr, als man auf den ersten Blick vermuten könnte.«

»Wettingen«, sagte Bertram leise. »Es ist seitdem so viel passiert, ich kann kaum glauben, dass es weniger als ein Jahr zurückliegt.«

»Apropos ein Jahr – Fides hat mir vorhin einen gehörigen Schrecken eingejagt, als sie mir die Tür geöffnet hat mit dem kleinen Schreihals auf dem Arm.«

Bertram lachte hellauf. »Das ist der Sohn von Bertille und Mathis. Unser Kind kommt im August ...« Er schlug die Hand vor den Mund.

Heinrich zog die Augenbrauen hoch. »Viel Zeit habt ihr aber auch nicht verloren.«

Bertram fühlte, wie er errötete. »Könntest du das noch für dich behalten? Fides wollte die Schwangerschaft erst im nächsten Monat bekannt machen, wenn es sicher ist.«

Heinrich legte ihm die Hand auf die Schulter. »Ich werde schweigen.« Er sah ihn forschend an. »Das Angebot der päpstlichen Kurie hat sich damit wohl endgültig erledigt, oder? Bereust du es?«

Bertram schüttelte entschieden den Kopf. »Nicht einen Augenblick. Es war eine Erfahrung, die ich sicher nicht missen möchte, aber das war nicht meine Welt. Hier habe ich den Vater, der mich großgezogen hat, die Frau, die ich liebe, und eine Arbeit, die mich erfüllt – was könnte ich mehr wollen?«

Heinrich lächelte leicht. »Ergo invenisti quod quaeresivas?«

Bertram stutzte einen Moment – also hast du gefunden, was

du suchtest? –, dann fiel es ihm wieder ein: die Rast in Wettingen, auf der er Heinrich eingeweiht hatte, und das Motto, das sie für ihre Reise gewählt hatten: »Utinam inveniamus, quod quaeramus – auf dass wir finden, was wir suchen!« »Ja«, sagte er dann, »ich habe es gefunden – und wie steht es mit dir?«

Heinrichs Blick ging in die Ferne. Dann sah er Bertram an. »Nein, ich glaube, ich bin noch auf der Suche. Aber vielleicht ist das meine Bestimmung – immer ein Suchender zu sein?«

ENDE

Nachwort

Die Krönung Rudolfs von Habsburg am 24. Oktober 1273 beendet das seit dem Tod des Stauferkaisers Friedrich II. (1250) herrschende Interregnum und markiert den Aufstieg der Habsburger Dynastie. Der frisch gebackene König sieht sich mit einigen Problemen konfrontiert. Das 13. Jahrhundert ist eine Zeit des politischen und gesellschaftlichen Umbruchs, das Bürgertum gewinnt gegenüber Adel und Kirche zunehmend an Macht, Stadträte und Städtebünde entstehen. Auch die Handwerker beginnen sich politisch zu organisieren, misstrauisch beäugt durch den Stadtrat (Zürich) oder vom bischöflichen Stadtherrn gefördert (Basel). Die neuen Bettelorden der Franziskaner und Dominikaner finden beim Volk großen Zulauf, da sie die Missstände der etablierten Kirche – unter anderem Machtmissbrauch, zunehmende Sittenlosigkeit, schleichender Niedergang an Bildung – anprangern.

In dieser Atmosphäre entsteht in Zürich eine bebilderte Handschrift des »Wilhelm von Orlens« von Rudolf von Ems, die heute unter der Signatur Cgm 63 in der Bayerischen Staatsbibliothek München aufbewahrt wird.

Ein einziges Mal durfte ich diese Kostbarkeit in Augenschein nehmen. Ehrfürchtig blätterte ich durch die samtigen Pergamentseiten und bestaunte die leider nur noch rudimentär erhaltenen *Miniaturen*. Über 700 Jahre Geschichte lagen leibhaftig in meiner Hand! Ich verspürte den unbändigen Drang, herauszufinden, wer dieses kleine Kunstwerk damals geschaffen hatte und für wen. Denn das bebilderte Buch in handlichem Oktavformat war ein Novum: ein weltlicher Liebesroman mit einer Ausstattung, wie sie zu dieser Zeit nur liturgischen Büchern vorbehalten war: Gold und Farben! Die drögen Fakten habe ich dann in meiner Dissertation abgehandelt, aber so ganz abgeschlossen hatte ich mit dem Thema nicht. Jahrzehnte später entstand während eines Schreibseminars die Idee, daraus einen Roman zu machen und auf diese Weise Geschichte lebendig werden zu lassen. Auch wenn dies ein Roman mit einer frei erfundenen Handlung ist, gibt es darin doch das eine oder andere Körnchen historischer Wahrheit.

Fakten zum Codex

Schrift und Mundart des Handschriftentextes weisen auf eine Entstehung im Züricher Raum gegen Ende des 13. Jahrhunderts hin. Die gleiche Schreiberhand des Cgm 63 wurde auf einigen Fragmenten einer großformatigen Parzival-Handschrift aus Zürich entdeckt. *Miniaturen* des Cgm 63 zeigen auffällige Übereinstimmungen mit *Miniaturen* aus der circa dreißig Jahre später entstandenen Manessischen Liederhandschrift. Die Ähnlichkeiten sind so groß, dass man davon ausgehen kann, der Manesse-Maler habe den Cgm 63 als Vorlage oder beide Maler das gleiche Formelbuch benutzt. Erhalten haben sich solche Bücher mit Mustervorlagen für häufig gefragte Bildthemen wie »Zweikampf«, »Schreiberbild« oder »Liebespaar« erst aus dem 14. und 15. Jahrhundert, es ist aber anzunehmen, dass auch frühere Buchmaler auf diese Art gearbeitet haben. In der Manessischen Liederhandschrift gibt es ein Gedicht, das explizit Förderer und Initiatoren der Sammlung nennt, darunter den Ratsherrn Rüdiger Manesse, den späteren Konstanzer Erzbischof Heinrich von Klingenberg und die Äbtissin des Fraumünsters, Elisabeth von Wetzikon.

Fakten zu den Figuren – historische Personen

Auch wenn Aussehen, Charakter und Handeln aller meiner Romanfiguren gänzlich meiner Fantasie entsprungen sind, stößt man beim Lesen auf einige Persönlichkeiten, die dem einen oder anderen aus dem Geschichtsunterricht bekannt sein dürften.

König Rudolf von Habsburg (1218–1291; röm.-dt. König 1273–1291) hatte schon als Graf enge Beziehungen zur Stadt Zürich, die er unter anderem im Kampf gegen die Regensberger unterstützte. Er hielt sich urkundlich nachweisbar mehrfach in Zürich auf, unter anderem kurz nach seiner Krönung mehrere Tage im Januar 1274. Sein chronischer Geldmangel war legendär, nachweislich hat er sogar Papst Gregor X. mehrmals um Geldmittel gebeten zur Finanzierung seiner Romreise und des versprochenen Kreuzzugs.

Albrecht von Löwenstein-Schenkenberg († 1304) war der älteste (uneheliche) Sohn Rudolfs von Habsburg aus dessen Grafenzeit, er begleitete seinen Vater 1278 auf dessen Kriegszug gegen Ottokar von Böhmen.

Hartmann IV. der Ältere, Graf von Kiburg (1192–1264) war ein Onkel des späteren Königs Rudolf von Habsburg. Er war mit **Margarethe von Savoyen** (1212–1273) verheiratet, die Ehe blieb kinderlos, was später zu großen Erbstreitigkeiten führte. Seine Witwe Margarethe hatte nach seinem Tod große Mühe, ihr Erbe vor dem Habsburger durchzusetzen, man einigte sich in einem Vergleich.

Konrad von Mure (1210–1281) war Lehrer und Kantor am Grossmünster in Zürich, er verfasste mehrere wissenschaftliche Schriften und war mit Rudolf von Habsburg eng vertraut, angeblich hob er dessen Tochter Guta aus der Taufe. Er lebte mit der Bürgerlichen Hedwig Fink zusammen, mit der er vier Kinder hatte. Außerdem hatte er einen weiteren illegitimen Sohn aus einer früheren Beziehung.

Propst Heinrich I. von Klingenberg war ein Kiburger Notar, seit 1248 Chorherr am Grossmünster und dort 1271–1276 (†) Propst.

Sein gleichnamiger Neffe **Heinrich II. von Klingenberg** (circa 1240–1306) studierte 1273/1274 in Bologna Jura und die freien Künste und kehrte dann nach Deutschland zurück, wo er sich schnell diverse *Pfründe* sicherte und bald in der königlichen Kanzlei aufstieg. 1279 war er bereits Protonotar. Er begleitete Rudolf von Habsburg und später dessen Söhne auf Kriegszügen und unternahm für den König diverse diplomatische Reisen, unter anderem als Heiratsvermittler für dessen Kinder. Er war ein Förderer der schönen Künste und wird in der Manessischen Liederhandschrift als Mäzen erwähnt, zusammen mit **Elisabeth von Wetzikon**, die zur Romanzeit Äbtissin (1270–1298) am Fraumünster in Zürich ist. Sie engagierte sich sehr für den prunkvollen Ausbau ihrer Kirche und führte den gotischen Stil in Zürich ein. Heinrich II. von Klingenberg ist im Roman der Auftraggeber für den Cgm 63, seine Teilnahme am Konzil von Lyon ist allerdings nicht bezeugt und gänzlich meiner Fantasie entsprungen.

Sehr wohl auf dem Konzil waren der **Burggraf** und ein **Graf von Sayn**, sie tauchen wiederholt in Urkundentexten auf. Ebenfalls dort anwesend waren die erwähnten Geistlichen, **Papst Gregor X.**, **Pierre de Tarentaise**, **Aymar de Roussillon**. **Bonaventura** starb tatsächlich während des Konzils und wurde dort beerdigt. Auch die **Kaufmannsfamilie Chaponay** ist historisch belegt, **Barthélémy Chaponay** spielte eine politische Rolle bei den Friedensverhandlungen nach den Aufständen von 1269.

Mein Antagonist, Pater Otto, ist zwar eine fiktive Figur, ich habe mich jedoch bei ihrer Entwicklung von realen Persönlichkeiten inspirieren lassen. Es gab tatsächlich einen Franziskanerpater Otto in Zürich, Urkunden aus der Mitte des 13. Jahrhunderts berichten von wiederholten Beschwerden der Äbtissin und des Grossmünster-Kapitels beim Konstanzer Bischof über einen Minoritenpater Otto, der sie in seinen Predigten aufs Übelste beschimpfen würde – die ganze Geschichte endete in einem Vergleich: Otto wurde auferlegt, sich zu mäßigen, im Gegenzug sollten aber auch die Grossmünsterleute den Franziskanern das Betteln und Predigen in ihren Bezirken gestatten. Diese Notiz hat mich so fasziniert, dass ich sie unbedingt im Roman verarbeiten wollte. Wer den (lateinischen) Urkundentext im Original lesen möchte, der Text wurde ediert und ist online zugänglich:

Urkundenbuch der Stadt und Landschaft Zürich. [4], 1265–1276: mit Karte zum III. Band. Escher, Johann Jakob (1818–1909) und Schweizer, Paul (1852–1932). Zürich, Fäsi & Beer, 1896 und 1898. S. 34f., Nr. 1321: https://daten.digitale-sammlungen.de/0007/bsb00073416/images/index.html?id=00073416&groesser=&fip=yztseayawewqxdsydewqxdsydeayaw&no=14&seite=42

Literarisches Vorbild für die Predigten Ottos im Roman war **Berthold von Regensburg** (1210–1272), ein Franziskanermönch, der ungeheuren Zulauf hatte. Die Predigten sind von Zeitgenossen aufgeschrieben und später ediert worden, man erfährt daraus vieles aus dem Alltagsleben und den Moralvorstellungen dieser Zeit, Berthold prangert zum Beispiel das betrügerische Verhalten mancher Handwerker und Händler an und warnt die jungen Mädchen eindringlich vor der »Winkelehe«.

Der **Ratsherr Rüdiger Manesse I.** (um 1240–1304) und sein **Sohn Johannes** stammten aus einer politisch sehr einflussreichen Familie, sie stiegen zu Rittern auf und stellten jahrelang Plätze im Rat, diverse Familienmitglieder waren Chorherren am Grossmünster. Rüdiger interessierte sich für Juristerei ebenso wie für Kultur, er ließ den Sachsenspiegel abschreiben und den

»Zürcher Richtebrief«, die Gesetzessammlung der Stadt. Er gab diverse höfische Romane in Auftrag und war vermutlich der Initiator für die Manessische Liederhandschrift.

Einen **verheerenden Brand gab es in Zürich** um 1281 (die Quellen geben unterschiedliche Daten an), der Legende nach wurde das Feuer von einem gewissen **Bäcker Wackerbold** gelegt, der wegen Betrugs zum Pranger verurteilt worden war und sich dafür rächen wollte – ich habe mir erlaubt, Daten und Geschichte für meine Zwecke anzupassen.

Völlig frei erfunden sind die Protagonisten **Bertram** und **Fides** und ihre Helfer **Friedrich**, **Mathis** und **Bertille**. Die **Handwerkerfamilien** und die **Beginen** sind ebenfalls meiner Fantasie entsprungen, auch wenn ihre Namen und Lebensumstände zum Teil auf Rechtsakten zurückgehen, die ich im Zürcher Urkundenbuch aus dieser Zeit gefunden habe. Alte Gerichtsakten sind unheimlich inspirierend.

Literaturauswahl

Inzwischen wurde der gesamte Codex Cgm 63 farbig digitalisiert: https://bildsuche.digitale-sammlungen.de/index.html?c=viewer&bandnummer=bsb00102987&pimage=00001&v=100&nav=&l=de

Werner Gysel: Das Chorherrenstift am Grossmünster. Verlag Neue Züricher Zeitung, Zürich 2010.
Die Weltchronik des Rudolf von Ems – und ihre Miniaturen. Illustrierte Weltgeschichten aus dem mittelalterlichen Zürich. Rudolf Gamper, Robert Fuchs, Doris Oltrogge, Jürgen Wolf (Autoren). Nünnerich-Asmus; 1. Edition (5. September 2022).
Rudolf von Ems: Willehalm von Orlens. Eingeleitet und übersetzt von Gisela Vollmann-Profe. Unter redaktioneller Mitarbeit von Jenny Huber. LIT Verlag Berlin 2017.
Peter Kern: Die Sangspruchdichtung Rumelants von Sachsen. Edition – Übersetzung – Kommentar. De Gruyter, Berlin – Boston 2014.
Martin Schubert (Hrsg.): Schreiborte des Deutschen Mittelalters. Skriptorien – Werke – Mäzene. De Gruyter, Berlin 2013.
Martin Steinmann: Handschriften im Mittelalter. Eine Quellensammlung. Verlag Schwabe-AG, Basel 2013.
Susanne Rau: Räume der Stadt. Eine Geschichte Lyons 1300–1800, Campus-Verlag, Frankfurt/Main 2014.
Jacques Rossiaud: Lyon 1250–1550. Réalités et imaginaires d'une métropole. CHAMP VALLON 2012.
Vera Trost: Skriptorium. Die Buchherstellung im Mittelalter. Belser 1991. Schreibereintrag in einem westgotischen Rechtsbuch aus dem 8. Jh., Berlin PKB lat.fol.270; Mon.Germ.Leg III (1863), S.589.

Glossar

Abbreviator: Beamter der (päpstlichen) Kanzlei, zuständig für Urkundenentwürfe.

Affaneur: Taglöhner.

Antwerk: Innung, Zusammenschluss von Handwerkern eines Berufes, im Gegensatz zur Zunft ohne politische Bedeutung.

Äschergruben: Darin lagern die von Fleisch und Fett befreiten Tierhäute mehrere Tage in Pottasche oder Kalkmilch, um die Haare zu lösen.

Bruoche: Knielange Unterhose für Männer aus hellem Stoff.

Büttel: Ordnungshüter.

Capitalis: Antike römische Schrift aus Großbuchstaben.

Cassoulet: Französischer Eintopf mit weißen Bohnen, Würstchen, Speck und gepökeltem Schweinefleisch.

Cellarius: Auch Cellerarius oder Kellerer, hatte die Aufsicht über die Weinberge und die Vorratskeller eines Klosters.

Chorherren: Mitglieder eines Dom- oder Stiftskapitels, die im Gegensatz zu Mönchen kein Leben in Klausur führen und Pfründe als persönliche Einkommensquelle erhalten.

Cingulum/Zingulum: Gürtel der Mönchstracht, bei den Franziskanern ein weißer Strick, dessen Enden drei Knoten tragen, die die drei Ordensgelübde Armut, Keuschheit und Gehorsam symbolisieren.

Clipearius Teutonicorum: Wörtlich »Wappenschild der Deutschen«. Um 1260–1264 verfasstes heraldisches Traktat in Versen von Konrad von Mure, vermutlich Schullektüre als Erläuterung zu einer Wappenrolle.

Codex: (von lateinisch caudex = Holzblock) bezeichnet im Gegensatz zur Papyrus/Pergamentrolle das zwischen Holzdeckeln gebundene Buch.

Consules: Ratsherren

Cotte: Tunikaartiges langärmeliges Gewand zum Hineinschlüpfen, von Männern und Frauen getragen.

Cursiva: Lateinische Schrägschrift der Römer, ermöglichte schnelles Schreiben von Briefen, Urkunden und persönlichen Notizen.

Defectus natalium: Makel der unehelichen Geburt.

Dispens: Von kirchenlateinisch »dispensa« = Erteilung einer Gunst, eine hoheitliche Befreiung oder Ausnahmebewilligung von einem Gebot oder Verbot.

Doctor famosissimus: Beiname von Pierre de Tarentaise (1225-1276), dem späteren Papst Innozenz V., den er aufgrund seiner Gelehrsamkeit während seiner Zeit als Professor an der Pariser Sorbonne erhielt, wo er als Mitarbeiter von Thomas von Aquin und Albertus Magnus lehrte.

Ehgraben: Schmaler, nicht bebauter Streifen zwischen Häusern mittelalterlicher Städte zur Entsorgung der Fäkalien.

Expektanten: Bewerber, Anwärter.

Gerwe: Hefe.

Graduale: Liturgisches Buch mit den liturgischen Gesängen der Heiligen Messe.

Hemicrania: Migräne.

Hübschlerin: Prostituierte.

Illiteratus: Ungebildeter im Sinne von lesensunkundiger Mensch.

Infirmarium: Krankenstube eines Klosters.

Infirmarius: Klosterbruder (weiblich: Infirmaria), der sich um die Versorgung der Kranken kümmert.

Kapitel: Bezeichnung für eine klösterliche Gemeinschaft.

Klafter: Historisches Längenmaß, bezeichnet die Spanne zwischen den ausgestreckten Armen eines Mannes, im schweizerischen Raum definiert auf 6 Fuß oder 1,80 Meter.

Latwerge: Pflaumenmus.

Leutpriester: Auch Pleban, im südwestdeutschen Sprachraum der Priester, dem die Seelsorge des Volkes (der lieut, Leute) an einer Pfarrkirche oblag.

Liber Ordinarius: Buch mit der Gottesdienstordnung, in der die

Abläufe der Liturgie festgehalten sind.
Librarius: Klosterbruder, dem die Bücher anvertraut sind.
Litterae: Brief, einfache Urkunde, im Mittelalter Sammelbezeichnung für päpstliche Urkunden aller Art.
Litterae testimoniales: Empfehlungsschreiben.
Lunellarium: Arbeitswerkzeug der Pergamentmacher zum Entfernen der Haare und Fleischreste, sichelförmiger Scherdegen mit zwei Holzgriffen.
Meliores: Oberschicht, Patriziat.
Miniatur: In der Buchmalerei ursprünglich die Bezeichnung für die in Rot (minium = zinnoberroter Farbstoff) ausgeführten Initialen und Kapitelüberschriften, dehnte sich dann auf den gesamten Bildschmuck der Handschrift aus.
Peraldus: Wilhelm Peraldus (um 1200–1271) war ein französischer Dominikaner und Moraltheologe, dessen Tugend- und Lasterlehre »Summa de vitiis et de virtutibus« große Verbreitung fand.
Pfründe: Nach kanonischem Recht ein Kirchenamt mit Einkünften für den Lebensunterhalt des Amtsinhabers.
Plenarier: Ein unter Elisabeth von Wetzikon neu geschaffenes Kirchenamt, der Plenarier trug ihr bei Prozessionen das Evangelienbuch voran.
Poenitentiarius maior: Kardinalgroßpönitentiar, Vorsteher der »Apostolischen Pönitentiarie«, einer päpstlichen Verwaltungsbehörde, die für das Gnaden- und Ablasswesen zuständig ist.
Psalter: Liturgisches Buch mit Psalmen und weiteren Texten, teilweise prächtig ausgeschmückt und illustriert.
Rebleute: Weinbauern.
Reichsinsignien: Herrschaftszeichen der Könige und Kaiser des Heiligen Römischen Reiches, unter anderem Krone, Schwert und Lanze.
Rosenkranzring: Kleinere Form des Rosenkranzes in Gestalt eines Ringes mit fünf oder zehn winzigen Perlen oder Einkerbungen und einem Kreuz. Man beginnt bei dem Kreuz mit einem Vaterunser und betet bei jeder Perle ein Ave Maria, wobei man den Ring mit dem Daumennagel derselben Hand um eine Perle weiter dreht.

Sigrist: Küster.
Skriptorium: (klösterliche) Schreibstube, Schreibwerkstatt.
Stilus: auch Stylus, Griffel aus hartem Material (Eisen, Bronze, Silber, Elfenbein, Knochen) zum Schreiben auf Wachstafeln. Mit dem abgeflachten Ende konnte man das Geschriebene wieder glätten.
Stundengebet: Auch Tagzeiten oder Offizium genannt, Teil der Kirchenliturgie. Die Mönche versammelten sich zum gemeinsamen Chorgebet. Das Stundengebet gliedert den Tagesablauf: Prim – 6:00, Terz – 9:00, Sext – 12:00, Non – 15:00, Vesper – 18:00, Komplet – 21:00, Matutin/Vigil – 24:00, Laudes – 3:00.
Surkot: Über der Cotte getragenes Überkleid für Männer und Frauen.
Theophilus Presbyter: Pseudonym für einen Benediktinermönch, der um 1120 eine lateinische Schrift über die verschiedenen Kunsthandwerkstechniken verfasste, die *Schedula diversarum artium* oder auch *De diversis artibus*.
Tonsur: Kreisförmige Rasur des Kopfhaares aus religiösen Gründen. Die Größe der kahlen Stelle bezeichnete in der (katholischen) Kirche den Rang: frisch in den geistlichen Stand getretene (und Studenten) hatten eine kleine münzgroße Tonsur, Priester die einer Hostie, Bischöfe trugen sie noch größer und der Papst nur noch einen Haarkranz.
Trippen: Hölzerne Unterschuhe, die man im Mittelalter unter die Lederschuhe schnallte, als Schutz vor Kälte und Schmutz.
Turnose: Französische Münze des Mittelalters für den täglichen Geldverkehr.
Wachten: Mittelalterliche Bezeichnung für die Stadtteile Zürichs.
Weidling: Flachboot, das mit Stehrudern vorwärtsbewegt wird.